U0094449

王瑶 著

中国文学：古代与现代

北京大学出版社
PEKING UNIVERSITY PRESS

图书在版编目（CIP）数据

中国文学：古代与现代 / 王瑶著. —2 版. —北京：北京大学出版社，2024.5
ISBN 978-7-301-34898-7

Ⅰ.①中… Ⅱ.①王… Ⅲ.①中国文学—文学研究 Ⅳ.①I206

中国国家版本馆 CIP 数据核字（2024）第 052805 号

书　　　名	中国文学：古代与现代
	ZHONGGUO WENXUE：GUDAI YU XIANDAI
著作责任者	王　瑶　著
责 任 编 辑	张文礼　张凤珠
标 准 书 号	ISBN 978-7-301-34898-7
出 版 发 行	北京大学出版社
地　　　址	北京市海淀区成府路 205 号　100871
网　　　址	http://www.pup.cn　新浪微博：@ 北京大学出版社
电 子 邮 箱	编辑部 wsz@pup.cn　总编室 zpup@pup.cn
电　　　话	邮购部 010-62752015　发行部 010-62750672
	编辑部 010-62767315
印 刷 者	涿州市星河印刷有限公司
经 销 者	新华书店
	650 毫米×980 毫米　16 开本　28.5 印张　447 千字
	2008 年 5 月第 1 版
	2024 年 5 月第 2 版　2024 年 5 月第 1 次印刷
定　　　价	138.00 元

未经许可，不得以任何方式复制或抄袭本书之部分或全部内容。
版权所有，侵权必究
举报电话：010-62752024　电子邮箱：fd@pup.cn
图书如有印装质量问题，请与出版部联系，电话：010-62756370

目　次

"五四"新文学所受外国文学的影响

一

由"五四"开始的中国现代文学,人们一向习惯称为"新文学",这个"新"字的意义是与主要产生于封建社会的"旧文学"相对而言的,说明它"从思想到形式"都与过去的文学作品有了不同的风貌。这是有许多原因的;当作"五四"新文化运动重要部分的文学革命,从一开始就是和中国人民革命的任务密切联系的;由于当时国内外形势的变化,特别是由于十月社会主义革命的胜利,使中国的革命先驱者发生了"民族解放的新希望",接受了马克思列宁主义的思想,因而在"五四"以后便形成了文化战线和思想战线上的"新军",展开了声势浩大的革命运动。当作新文化运动重要部分的新文学,同样是从"五四"起就受共产主义文化思想的领导,服务于无产阶级领导下的人民民主革命的。因此,尽管中国现代文学是历史悠久的中国文学史的一个新的发展部分,它与中国古典文学的传统有着不可分割的联系,但它的新的时代特点仍然是非常显著的。这不只从新文学的领导思想,作品中的社会主义因素和彻底的、不妥协的反帝反封建的性质等可以看出来,就是在主张以白话文作为唯一的文学语言这点上,也是与民主革命的启蒙要求相联系的,是为了使文学作品能够为更多的人所看懂着想的。如果我们就"五四"以来新文学的作品来看,就是从鲁迅先生所谓"'文学革命'的实绩"来看,以上这些"新"的特征都很显著,都是与过去的作品具有鲜明的区别的;正如毛主席所说:"这个文化新军的锋芒所向,从思想到形式(文字等),无不起了极大的革命。"①这些"起了极大的革命"的变化,都是中国现

① 毛泽东:《新民主主义论》。

代文学的"新"的性质,是我们应当继承和发扬的"五四"革命文学的传统。

这里所要谈的是另外一个问题,就是对"五四"新文学在它的成长过程中所受到的外国文学的影响的估计。这也是新文学的"新"的特点之一,是使许多作品的风格和表现形式等有别于传统作品的"新"的因素,而且是在"五四"以后曾经着重提倡并为一些作者所努力探索过的;但它与以上所谈的那些"从思想到形式"的变化却有所不同,它的影响是包括着积极和消极两方面的因素的。

中国现代文学从一开始就把介绍外国文学当作一个重要方面,并在它的成长过程中受到了外国文学很大的影响,这一点是毋庸置疑的。鲁迅先生在介绍他自己的作品时说:"从一九一八年五月起,《狂人日记》、《孔乙己》、《药》等,陆续的出现了,算是显示了'文学革命'的实绩。又因那时的认为'表现的深切和格式的特别',颇激动了一部分青年读者的心。然而这激动,却是向来怠慢了绍介欧洲大陆文学的缘故。"①很显然,这些当作"'文学革命'的实绩"的早期出现的作品,它的重要特色"表现的深切和格式的特别",是和外国文学的影响有密切联系的。鲁迅先生说他开始做小说的时候,"大约所仰仗的全在先前看过的百来篇外国作品和一点医学上的知识"②,同样可以说明这种情形。其实不只鲁迅先生,许多作家都有类似的情况。郭沫若的《女神》是开辟了新诗道路的划时代的作品,他自己在《我的作诗的经过》一文中就说:"惠特曼的那种把一切的旧套摆脱干净了的诗风和五四时代的暴飙突进的精神十分合拍,我是彻底地为他那雄浑的豪放的宏朗的调子所动荡了。"③文学研究会成立以后,在最初发表的《小说月报改革宣言》中,就标明主旨是"将于译述西洋名家小说而外,兼介绍世界文学界潮流之趋向,讨论中国文学革进之方法"④。而这个主张大体上是贯彻到了这个文学社团以后的各种活动的。小说诗歌方面如此,戏剧和散文也不例外。话剧形式本来是从外国输入的,1918 年 6 月《新青年》就出了"易卜生专号",易卜生的剧作在"五四"时期曾起过很大影响。为什么要介绍易卜生

---

① 鲁迅:《中国新文学大系·小说二集导言》。
② 鲁迅:《南腔北调集·我怎么做起小说来》。
③ 见《质文》第 2 卷第 2 期(1936 年)。
④ 见《中国新文学大系·史料索引》。

呢？鲁迅先生解释道："因为要建设西洋式的新剧，要高扬戏剧到真的文学底地位，要以白话来兴散文剧，还有，因为事已亟矣，便只好先以实例来刺戟天下读书人的直感；这自然都确当的。但我想，也还因为 Ibsen 敢于攻击社会，敢于独战多数，那时的绍介者，恐怕是颇有以孤军而被包围于旧垒中之感的罢，现在细看墓碣，还可以觉到悲凉，然而意气是壮盛的。"①因此尽管曾经有过像胡适之流的借着易卜生来大肆宣扬个人主义的事实，尽管当时对易卜生的作品还缺少恰当的分析和批判，但在当时来说，介绍易卜生仍然是有革命作用的，"娜拉"的形象在"五四"时期青年人身上所发生的广泛影响，也可以说明这一点。散文的形式和中国文学的传统是有更其密切的联系的，但也同样受到了外国文学的影响。鲁迅先生在谈到散文小品的时候曾说："到五四运动的时候，才又来了一个展开，散文小品的成功，几乎在小说戏曲和诗歌之上。这之中，自然含着挣扎和战斗，但因为常常取法于英国的随笔（essay），所以也带一点幽默和雍容；写法也有漂亮和缜密的，这是为了对于旧文学的示威，在表示旧文学之自以为特长者，白话文学也并非做不到。以后的路，本来明明是更分明的挣扎和战斗，因为这原是萌芽于'文学革命'以至'思想革命'的。"②以上这些资料不只可以说明新文学从一开始就多方面地受到了外国文学的影响，包括当时的重要作家和各种文学体裁，而且也说明了为什么会产生这种情形的原因；新文学"原是萌芽于文学革命以至思想革命的"，从开始起就包含着"挣扎和战斗"，因此向外国文学的学习就不只是为了艺术上的借鉴，而且也是为了找寻真理和战斗的武器的，要用新事物来"刺戟天下读书人的直感"。

这是很容易理解的；中国的介绍外国近代文学，是与晚清的"向西方找真理"的民主革命要求同时开始的，正是痛切地感到了祖国的落后，才向外国追求进步事物的。以林琴南在清末所译的西洋小说为例，这些书籍尽管在选择上或译文上可以訾议之处极多，但在当时的确是一种新事物，而且是激动了青年人的心的。据周启明回忆，鲁迅在东京时对林译小说非常热心，"只要他印出一部，来到东京，便一定跑到神田的中国书林，去把它买

---

① 鲁迅：《集外集·〈奔流〉编校后记三》。
② 鲁迅：《南腔北调集·小品文的危机》。

来,看过之后鲁迅还拿到订书店去,改装硬纸板书面,背脊用的是青灰洋布"①。郭沫若在《我的幼年》中也说:"林译小说对于我后来的文学倾向上有决定性影响的……我受 Scott 的影响很深,这差不多是我的一个秘密。"这些介绍过来的外国作品中的思想和表现方式,对于当时占统治地位的产生于封建社会的流行书籍说来,的确是新的事物;只是在旧民主主义革命时代,那些介绍外国文学的知识分子还不敢把新的事物和旧事物对立起来,反而努力企图在两者之间寻求联系和共同点,寻求调和与妥协的办法;例如在外国小说作品中寻找太史公笔法之类。"五四"时期的新文学运动就不同了,由于已经有了无产阶级思想的领导作用,因此对于封建主义的文化就采取了彻底的不妥协的革命态度,并努力将新的事物与旧的事物对立起来。如毛主席所说:"五四运动所进行的文化革命则是彻底地反对封建文化的运动,自有中国历史以来,还没有过这样伟大而彻底的文化革命。当时以反对旧道德提倡新道德、反对旧文学提倡新文学为文化革命的两大旗帜,立下了伟大的功劳。"②为了要彻底进行文化革命和反对旧文学,就不但必须同时提倡新文学,而且必须如鲁迅所说,要以创作的"实绩"来表示"对旧文学的示威"。在这样的条件下,追求革新和进步的先驱者们对于包含有近代民主主义思想内容的外国文学采取了热烈欢迎的态度,不正是很容易理解的吗?而在他们自己的创作中,也就是在新文学的成长过程中,受到一些外国文学的影响,也是十分自然的事情。这就是说,"五四"时期所提倡的新文学,在"新"字的含义中就包含有向外国进步文学借鉴和学习的意思,因此自然就容易受到外国文学的影响了。

我们承认新文学在它的成长过程中接受了外国进步文学的很大影响,这与资产阶级的民族虚无主义者是毫无共同之处的。他们常常喜欢吹嘘说中国现代文学是欧洲文学的"移植",是与中国的文学传统截然分开的;这种说法显然是荒谬的,因为现实主义文学总是植根于人民生活的土壤中的,决不是任何外来的"移植"可以"顿改旧观"的。从"五四"开始,现代文学就是在人民生活的土壤上,创造性地继承了中国文学的优良传统,适应着在

---

① 周启明:《鲁迅的青年时代·鲁迅与清末文坛》。
② 毛泽东:《新民主主义论》。

无产阶级领导下的人民革命的需要和人民的美学爱好而发展起来的,它是中国文学史的一个新的发展部分,与古典文学有着紧密的历史联系。当时之所以特别重视介绍外国文学,从根本上说来,也是为了通过学习和借鉴,更好地促进新文学的成长,以便更有效地为人民革命服务的。中华民族是一个发展着的向上的民族,我们向来是勇于和善于接受一切外来的有价值的事物的。鲁迅就称赞过汉唐两代勇于接受外来影响的气魄,他说:"遥想汉人多少闳放,新来的动植物,即毫不拘忌,来充装饰的花纹。唐人也还不算弱,例如汉人的墓前石兽,多是羊,虎,天禄,辟邪,而长安的昭陵上,却刻着带箭的骏马,还有一匹驼鸟,则办法简直前无古人。……宋的文艺,现在似的国粹气味就熏人。然而辽金元陆续进来了,这消息很耐寻味。"①后来他还写过《拿来主义》的名文,认为我们之所以被外国东西吓怕,是因为像英国鸦片、美国电影之类都是"送来"的,而不是"拿来"的缘故;他说:"没有拿来的,人不能自成为新人,没有拿来的,文艺不能自成为新文艺。"②可知向外国"拿来"一些有用的东西,其中本来就包含了我们自己的选择和批判,是为了适应我们自己的需要。

　　鲁迅之所以指出早期小说创作在"表现的深切和格式的特别"方面跟外国文学的联系,正是着重在新文学在建设过程中特别需要借鉴外国文学的艺术表现能力和表现的格式方法,而不是主张在内容和语言形式上生搬硬套的。他指出他的《狂人日记》要"比果戈理的忧愤深广"③,而且他写小说的方法也特别注意于像中国旧戏和旧式年画上的没有背景、只有主要的几个人的方法④,都说明他的重视外国文学,是批判地吸收了其中有益的东西,作为创造中国新文学的借鉴的。毛主席说:"有这个借鉴和没有这个借鉴是不同的,这里有文野之分,粗细之分,高低之分,快慢之分。"⑤因此在"五四"新文学运动中提倡介绍外国文学,是应该被肯定的,而且事实上也在新文学的成长过程中起了积极的促进作用。

---

① 鲁迅:《坟·看镜有感》。
② 鲁迅:《且介亭杂文·拿来主义》。
③ 鲁迅:《中国新文学大系·小说二集导言》。
④ 鲁迅:《南腔北调集·我怎么做起小说来》。
⑤ 毛泽东:《在延安文艺座谈会上的讲话》。

但并非所有的人都是有恰当的辨别和批判能力的,这样的人在当时还只能是少数,同时也的确有许多人存在着无批判地崇拜外国文学的倾向,这就给现代文学的发展带来了一些消极的影响。毛主席在《反对党八股》一文中说:

> 但五四运动本身也是有缺点的。那时的许多领导人物,还没有马克思主义的批判精神,他们使用的方法,一般地还是资产阶级的方法,即形式主义的方法。他们反对旧八股、旧教条,主张科学和民主,是很对的。但是他们对于现状,对于历史,对于外国事物,没有历史唯物主义的批判精神,所谓坏就是绝对的坏,一切皆坏;所谓好就是绝对的好,一切皆好。这种形式主义地看问题的方法,就影响了后来这个运动的发展。

这种情形也同样存在于当时对待外国文学的态度上。在形式主义方法的支配下,有许多人对外国文学采取了无批判地接受的态度,同时对中国的传统文学不分精华与糟粕,作了过多的否定。但应该注意,"五四"新文化运动是具有共产主义思想的知识分子、革命的小资产阶级知识分子和资产阶级知识分子三部分人的统一战线的运动,在这个问题上他们的表现也是不一致的;应该说,这种形式主义地看问题的缺点,在当时的资产阶级知识分子身上,表现得最为突出和显著;而最能克服这种弱点的却正是马克思列宁主义的思想。毛主席说:"五四运动的发展,分成了两个潮流。一部分人继承了五四运动的科学和民主的精神,并在马克思主义的基础上加以改造,这就是共产党人和若干党外马克思主义者所做的工作。另一部分人则走到资产阶级的道路上去,是形式主义向右的发展。"①这两种不同的态度和路线也同样表现在对待外国文学的问题上。就现代文学发展的主流和基本倾向说,由于它一开始就有了无产阶级思想的领导,由于有许多进步的作家努力使文学为人民革命服务,因此可以说我们是在不断地克服那种弱点,基本上是顺着前一条路线发展下来的。当然,许多外国的著名作品都是产生于资本主义社会的,因此在它们发生积极影响的同时,必然也会伴随着一些消极

---

① 毛泽东:《反对党八股》。

性的东西;这就更需要我们在学习和借鉴的时候,永远保持一种蓬勃的革命的批判的精神,而这一点还是做得远远不够的。

二

"五四"以后对外国文学的翻译和介绍,涉及的国家、时代和文学体裁,都是非常广泛的,因而新文学所受到的影响也是复杂的和多元的。文学研究会成立后,《小说月报改革宣言》中就说:"译西洋名家著作,不限于一国,不限于一派;说部,剧本,诗,三者并包。"他们曾"翻译俄国、法国及北欧的名著,他们介绍托尔斯泰、屠格涅夫、高尔基、安特列夫、易卜生以及莫泊桑等人的作品"①。《小说月报》曾出过"俄国文学专号"和"被压迫民族文学专号",此外如未名社的介绍俄国文学和苏联文学,沉钟社的介绍德国文学,都是发生过一定影响的。我们只要略翻一下《中国新文学大系·史料索引》一编中的《翻译总目》,就可知道当时介绍外国文学所涉及范围的广泛了。这样多方面地介绍各个国家和各种流派的著名文学作品可以扩大我们的眼界,使我们能够借鉴一切对自己有用的东西,也可以防止和避免生搬硬套的"文学教条主义"的滋长,因而对现代文学的成长是有好处的。但这是否说我们在介绍外国文学时就无所抉择,接受影响也只是处于被动状态呢?事实上并不如此。如果我们就外国文学所发生的社会影响来考察,即在中国现代文学的成长过程中,在它所受的外国文学的多元的和复杂的影响中,最为深广和显著的无疑是近代现实主义文学,特别是俄罗斯文学以及后来的苏联文学。这一历史现象对于我们考察外国文学对中国新文学的影响,是有非常重要的意义的。

首先,这说明"五四"以来那些从事介绍工作的人对于他要介绍什么实际上是有所抉择的,而且无论是否完全自觉,其眼光和标准总是受着中国现实需要的一定制约的。"五四"运动是在十月社会主义革命的号召下发生的,在中国人民开始决定了"走俄国人的路"的时代,对于反映着俄罗斯社会关系和人民生活的文学作品自然就会有极大的关心和兴味,而这些作品本

---

① 茅盾:《中国新文学大系·文学论争集导言》。

身不只具有高度的艺术成就和艺术魅力能够吸引读者，更重要的是其中所反映的社会内容是为中国读者所理解的，他们可以根据自己的生活经验，像读自己本国作品那样地体味其中的思想内容。毛主席在《论人民民主专政》一文中曾说："中国有许多事情和十月革命以前的俄国相同，或者近似。封建主义的压迫，这是相同的。经济和文化落后，这是近似的。两个国家都落后，中国则更落后。先进的人们，为了使国家复兴，不惜艰苦奋斗，寻找革命真理，这是相同的。"这种在社会生活和经济文化方面的相同或近似，不只使读者容易感受和理解作品的内容，而且也可以从那里面对十月革命所开辟的道路有所领悟，它启发人们思索一个国家由落后走向进步所应循的途径。这是很多读者喜欢俄罗斯作品的原因，同时首先它就是介绍者自己在考虑介绍对象时的一个重要因素。鲁迅先生自述他早年留心文学的时候，"注重的倒是在绍介，在翻译，而尤其注重于短篇，特别是被压迫的民族中的作者的作品。……因为所求的作品是叫喊和反抗，势必至于倾向了东欧，因此所看的俄国、波兰以及巴尔干诸小国作家的东西就特别多"[①]。这是和他介绍外国文学的目的分不开的，他自述从事翻译的意思，"不过要传播被虐待者的苦痛的呼声和激发国人对于强权者的憎恶和愤怒而已，并不是从什么'艺术之宫'里伸出手来，拔了海外的奇花瑶草，来移植在华国的艺苑"[②]。这就说明为什么在他一生的约三百万的译文中，俄国和苏联的作品要占到一半的原因；他本来是并不精通俄文的。茅盾也说过："介绍西洋文学的目的，一半果是欲介绍他们的文学艺术来，一半也为的是欲介绍世界的现代思想——而且这应是更注意些的目的。"[③]以上这些话大体上是可以说明许多译述者在选择对象时的着眼点和取舍标准的。也就是说，那些介绍者在介绍外国文学时并不是无所抉择的，而是着重选取那些内容富有革命思想和在艺术上有杰出成就的著名外国作品，以便对于中国人民革命和现代文学的建设能起积极的作用。虽然每个人的注意点和艺术爱好并不完全相同，但这是可以说明外国文学介绍工作的一般倾向的。

---

① 鲁迅：《南腔北调集·我怎么做起小说来》。
② 鲁迅：《坟·杂忆》。
③ 茅盾：《中国新文学大系·文学论争集·新文学研究者的责任与努力》。

其次,文学作品的作用和影响是要通过群众的考验的,如果缺乏必要的社会基础,即使介绍过来也很难得到读者的爱好和存在的条件。举例说,中国懂英语、日语的人比较多,但英美文学和日本文学的影响并不突出,介绍过来的数量也不算很多,倒是通过英、日文重译的其他国家的作品很不少,这就说明了介绍者在选择时的取舍倾向。高尔基的《我的童年》解放前共有四种译本,全是根据英文重译的;《夜店》有九种译本,除两种是由俄文直译者外,其余七种都是由英、日文转译的[①]。这就说明无论译者或读者,首先注意的是作品的思想内容和它对于中国人民的需要;也就是说不论自觉与否,事实上我们接受外国文学的影响是有所抉择和批判的;这就保证了我们所受的影响在主要方面是积极的,因而对现代文学创作也就产生了有益的效果。当然,也并不是没有人介绍过例如世纪末的颓废主义的作品,但的确它在创作上或社会上都没有发生较大的影响,而很快就像泡沫一样地吹散了。因此仅就俄罗斯文学对中国现代文学的影响特别深厚这一点,就可以说明在主要倾向方面我们对待外国文学的态度是保持了"五四"的革命的批判的精神的。

至于苏联文学,则人们从来就是把它当作革命教科书来看待的,它对中国读者的最大的影响就是教育和推动他们走向革命,提高了他们的觉悟,激励了他们的革命热情和理想;其影响远非仅限于文学领域之内的事情。1957年纪念十月革命四十周年时,《文艺报》曾以"感谢苏联文学对我的帮助"为题征文,在所发表的许多文章的作者中,包括了各种不同工作岗位的革命干部,范围极其广泛;他们都以亲切的感受谈到苏联文学作品对自己的启发和教育,不少人是由于受了某一作品的影响而参加革命的;仅只这一点也足以说明苏联文学在中国所以受到热烈的欢迎和对中国现代文学的深厚影响了。这是中苏两国人民的革命精神的联系;中国人民和中国作家都是由于先认识了十月革命和苏联社会主义建设的巨大意义,才更加理解苏联文学的世界性质和它对中国现代文学的关系的。茅盾曾说:"'五四'运动所孕育的整整一代的先进的文艺工作者,也是通过苏联文学而认识到自己的

---

① 据戈宝权《高尔基作品中译本编目》一文。

使命。逐渐地学习着怎样把文艺作为阶级斗争、改造社会的武器。"①许多中国作家从优秀的苏联作品中学习了社会主义现实主义的创作方法,在党的领导下和深入革命斗争的实践中,他们写出了许多富有社会主义精神的杰出的作品,这些作家所受到的苏联文学的影响是毋庸多说的。就是在一般文学爱好者中间,俄罗斯文学和苏联文学也已成为中国人民精神生活中的一个重要部分,托尔斯泰、契诃夫、高尔基、马雅可夫斯基,这些名字都是为中国读者所熟知的;从这里正可以看出这两个伟大国家的人民的精神上和思想上的联系。

我国现代文学史上的许多著名作家都非常重视介绍外国文学的工作;鲁迅是中国最早致力于介绍的工作者之一,1907 年他就写过《摩罗诗力说》,他不但自己翻译过像《死魂灵》《毁灭》这些著名作品,而且可以说他是世界进步文学介绍事业之提倡者和组织者。他曾把介绍工作喻为有如普洛美修士窃火给人类,有如私运军火给造反的奴隶,他在这方面的贡献是非常巨大的。瞿秋白在 1923 年就写过《赤俄新文艺时代的第一燕》的介绍文章,他所译的高尔基的短篇选集是以译笔的忠实优美著称的;他认为"翻译世界无产阶级革命文学的名著,并且有系统的介绍给中国读者……这是中国普罗文学者的重要任务之一"②。茅盾早在主编《小说月报》时就特别重视介绍各国文学的情况,并翻译过许多著名作品。最初翻译马雅可夫斯基的诗为中文的是郭沫若,那是 1929 年;另外他还翻译过《浮士德》《战争与和平》等著名作品。他们对介绍外国文学的工作也都是有显著贡献的。可以想见,在鲁迅、茅盾这些杰出作家自己的创作中,当然是受到了外国进步文学的积极影响的。其实不只他们,"五四"以后的现代作家很少完全没有受过外国文学影响的,虽然情况和程度各不相同,但大体上是可以说明中国现代文学和各国进步文学之间的联系的。特别是苏联文学,许多作家都从那里得到了启示和营养,它对中国现代文学发生了极大的影响;这是促使中国社会主义文学迅速成长的一个重要因素。

---

① 茅盾:《社会主义现实主义永远胜利前进》,见《文艺报》1957 年第 30 号。
② 《二心集·关于翻译的通信(来信)》。

三

肯定外国文学对中国现代文学发生过很大的积极影响，并不等于说在这些影响中就不伴随着消极性的因素。事实上不只是如前面所提到的那些颓废主义的作品对我们毫无好处，就是起过一定积极作用并在世界文学史中有地位的作品，也常常是会同时带来许多消极影响的；易卜生的戏剧，罗曼·罗兰的小说，都曾在不同时期在中国发生过很大影响，但由于这些作品本身的弱点和历史条件的不同，也给读者带来了许多消极性的东西。这样的例子还多得很，它提醒我们在学习和借鉴时必须要有严格的批判的精神，才能取其精华，弃其糟粕。就现代文学的成长过程说，由于从"五四"起就存在着"形式主义地看问题"的缺点，有些人对外国作家有无批判地崇拜的倾向，在学习中又有硬搬和模仿的现象，遂使得"欧化"也成为文艺大众化的障碍之一，增加了文学和它的服务对象之间的距离，在一定程度上阻碍了文学的民族化和群众化；这当然是在接受外国文学的影响中所产生的消极作用。1932年瞿秋白同志在《大众文艺问题》一文中说："现在，平民群众不能够了解所谓新文艺的作品，和以前的平民不能够了解诗、古文、词一样。新式的绅士和平民之间，没有'共同的言语'。既然这样，那末，无论革命文学的内容是多么好，只要这种作品是用绅士的言语写的，那就和平民群众没有关系。"①造成这种现象的原因，是和新文学作品在语言形式上的过于"欧化"有密切关系的。它使我们的创作缺乏深厚的民族特色，与自己民族的文学传统的联系不够紧密；这就大大缩小了文学的影响范围，阻碍了文学和群众的结合。当然，正确地向外国进步文学学习和借鉴，与文学的民族化和群众化并不是对立的；毛主席说："我们必须继承一切优秀的文学艺术遗产，批判地吸收其中一切有益的东西，作为我们从此时此地的人民生活中的文学艺术原料创造作品时候的借鉴。"②人民生活是现实主义文学的唯一源泉，如果在学习中不是把外国文学当作借鉴的对象，而是错误地把它当成了

---

① 见《瞿秋白文集》第2卷。
② 毛泽东：《在延安文艺座谈会上的讲话》。

创作的源泉或模仿的范本，那就一定要犯如毛主席所说的"最没有出息的最害人的文学教条主义和艺术教条主义"①。这样的倾向在新文学的成长过程中也是存在的。毛主席在《新民主主义论》中所指出的"形式主义地吸收外国的东西，在中国过去是吃过大亏的"，在文学史上也并不是没有这样的例证：洋腔洋调的文体，十四行的诗体，都曾引起过读者的厌恶。但这仍然是学习的态度和方法的问题，并不是应该不应该学习和借鉴的问题。正因为毛主席《在延安文艺座谈会上的讲话》正确地解决了如何对待文学遗产这一原则问题，因此在 1942 年以后所产生的许多作品虽然也接受了外国文学的有益的影响，但在形式和风格上仍然带有比较显著的民族特色；这应该说是我们现代文学取得进展的一个重要标志。

上面所说的那种消极影响的确是存在的，但我们也不能把它的作用过于夸大，认为是"五四"以来外国文学所产生的影响的主要方面，因为如前所说，在"五四"当时也并不是所有的人都是"形式主义地看问题"的，而且在实践中也是不断在克服这种弱点的。由于"五四"新文化运动是一个生动活泼的革命运动，从开始起就贯串着要求民族解放和爱国主义的精神，因此它也是非常重视发扬我们民族传统中的有价值的事物的；当时的先驱者们并不是把向外国学习和发扬自己民族的优秀传统对立起来的。"五四"新文化运动的重要内容之一，就是对中国文学遗产作出了新的评价；因此除对于"桐城谬种""选学妖孽"等封建糟粕作了有力的抨击以外，还把古典文学中带有人民性的一部分提到了文学正宗的地位，这主要是小说、戏曲和民间文学。鲁迅曾说过"在中国，小说不算文学，做小说的也决不能称为文学家"的话②，就说明在封建社会里对于一些人民性很强的小说、戏曲作品的歧视和抑制，但在"五四"新文化运动中却把《水浒》《红楼梦》《儒林外史》等作品提到了文学正宗的地位；鲁迅曾慨叹"中国之小说自来无史"③，而他的研究中国小说史正是为了发扬古典文学中那些有价值的部分，为建设新的现实主义文学创造条件的。对于民间文学给以很高的评价并开始收集和研究，也

---

① 毛泽东：《在延安文艺座谈会上的讲话》。
② 鲁迅：《南腔北调集·我怎么做起小说来》。
③ 鲁迅：《中国小说史略·序言》。

是从"五四"以后开始的;鲁迅对于民间文学的"刚健清新"的风格就非常赞赏,瞿秋白也是非常重视民间文学的传统的。尽管当时对某些作品所作的评价还有许多可议之处,但这种对待古典文学遗产的态度和精神是说明了"五四"的革命的批判的精神的,它并没有盲目地崇拜外国和轻率地全部抛弃我们自己的遗产。这应该说是"五四"文学革命的主流,而且是帮助我们在学习外国文学的过程中少犯一些"文学教条主义"的重要原因。我们试看一下,凡是中国现代文学创作中比较成功的作品,总是在艺术风格上带有一定的民族特色;这除过作家与人民生活的联系以外,和中国古典文学的传统也是有着历史联系的,这是使作家能够在语言形式上摆脱过于"欧化"的一个重要因素。

当我们细致地研究"五四"以来某些杰出作家的成就的时候,例如鲁迅、郭沫若、茅盾、赵树理等,是很容易看到在他们作品中所受到的中国古典文学的滋养的;特别在作品的形式渊源、风格特点以及创作构思等方面,这种历史联系就更其显著。鲁迅曾称赞过《诗经》《楚辞》的文采,又说唐代传奇"大归则究在文采与意想"[①],所谓"文采与意想"大抵相当于我们现在所说的艺术表现力和艺术构思,而这正是值得人们去注意学习的地方。他的杂文是和以孔融、嵇康等人为代表的"魏晋文章"的风格特色有着密切联系的;而中国古典白话小说对他的小说创作也同样有深刻的影响。他特别喜爱《儒林外史》一书,这除过他对于《儒林外史》所写的封建知识分子的精神生活有深切的感受以外,对于这部作品的讽刺艺术和形式结构上的一些特点,他也是十分推崇的;而且对自己的创作有深刻的影响。在他某些小说的艺术构思中,特别在关于知识分子形象的塑造中,也是和中国古典文学有密切联系的,更不必说专以历史传说为题材的《故事新编》了。其他有成就的作家也有同样情形;郭沫若不只写过多种著名的历史剧,而且早在《女神》中就有对于屈原的赞颂,他自己说他早年在"唐诗中喜欢王维、孟浩然,喜欢李白、柳宗元,而不甚喜欢杜甫,更有点痛恨韩退之"[②],从这里可以看出像屈原、李白这些诗人的浪漫主义特色对于他的诗歌创作的影响。茅盾对于中

---

① 鲁迅:《中国小说史略》。
② 郭沫若:《我的幼年》。

国古代神话和古典小说的研究是很深邃的,这对他的创作当然也有一定的影响;而赵树理的作品和中国古典小说、评话弹词以及民间文学的联系,更是为人所熟知的,这是形成他那种为人民所喜闻乐见的艺术风格的一个重要因素。这些都说明了中国现代文学是有它的深厚的历史基础和民族特色的,因此当我们考察外国文学对现代文学的影响的时候,也只是把它当作构成新文学的"新"的特色之一来考虑,而不能把它和我们的民族传统对立起来,过分夸大了它的积极作用或消极影响。像鲁迅这样的作家,正是因为他对古典文学和外国文学的继承和借鉴都是带有创造性的、经过消化的,因此他就可能从多元的影响来源中吸收到有用的东西,并避免了消极作用的滋生。当作现代文学的奠基者,他的这种特色也代表着现代文学的一个重要倾向;因此如果把外国文学所产生消极影响当作新文学的主要方面来看待,是不妥当的。抗战初期在关于民族形式的论争中,曾有人认为"五四"以来的新文学是"舶来品",过多地接受了外来的影响,因而说它是"畸形发展的都市的产物",是"大学教授、银行经理、舞女、政客以及小'布尔'的适切的形式"。这个估计是错误的,它同样是"坏就是绝对的坏"的形式主义看问题的方法。我们应该正视现代文学中民族特色不够深厚的弱点,也应该对"重外轻中"的思想加以批判,但不能把外国文学所产生的消极影响过分夸大,把它当作历史的主流,因为这是不符合实际情况的。

在向外国文学学习的过程中发生过一些教条主义的现象,也是有它的历史原因的。本来吸收其他民族文化中的有价值的部分,经过很好地消化,使之成为我们自己文化的有机部分,原是一件创造性的非常艰苦的事情;是需要付出一定的时间和代价的。就历史发展的过程看来,在这当中发生过一些硬搬和模仿的现象,是很难完全避免的。我们当然是要及早摆脱这种带有一定模仿性质的阶段的,因此我们要求继承和发扬自己的民族传统,并在短时间内赶上世界水平;这也是建立现代科学文化水平的社会主义文化建设中的一项重要内容。当然,指出和重视外国文学所产生的消极影响对我们仍然是必要的,它可以使我们从错误中吸取教训,端正学习的态度和方法。在这方面鲁迅先生也是我们的榜样,因为在他身上就体现了一个广泛地吸收外国进步文学的有益的营养,并在民族传统的基础上形成自己创作特色的创造性的过程。因此法捷耶夫称他为"真正的中国作家",说"他的讽刺和幽默虽然具有人类共同的性格,但也带有不可模仿的民族特点"。[1] 当然,像鲁迅这样伟大的作家毕竟很少,但因为他代表了一个正确的方向,另外许多人虽然成就没有他那么高,但也是同样向着这个方向努力的。

因此当我们就主要倾向来考察问题的时候,就会感到有意识地接受外国进步文学的影响的确是构成"五四"新文学的"新"的特色之一,而且这种影响在主要方面是积极的,是对新文学的成长和发展起了促进作用的。虽然在发生这种积极作用的同时也带来了一些消极影响,但它总是处在不断地克服的过程中。特别是毛主席《在延安文艺座谈会上的讲话》发表以后,现代文学的民族化和群众化有了很大的进展,因而也就大大纠正了无批判地崇拜外国的倾向。这说明我们的现代文学已经在"五四"革命文学传统的基础上,大大地向前发展了。

1959 年 4 月 13 日,为"五四"四十周年纪念作

原载 1959 年 5 月《新建设》第 128 期,署名王瑶。收入《王瑶全集》第 7 卷《竟日居文存》(河北教育出版社,2000 年版)。

---

① 见 1949 年 10 月 19 日《人民日报》。

"五四"文学革命的启示

"五四"文学革命发生于中国从资产阶级领导的旧民主主义革命向无产阶级领导的新民主主义革命转变的时期,它是"五四"新文化运动的重要组成部分,在群众中起了广泛的思想解放作用,并为"五四"爱国运动作了酝酿和准备。通过"五四",文学革命获得了群众基础,文学社团和白话报刊纷纷出现,新文学的影响扩大和深入到全国范围,并以它的彻底的不妥协的反帝和反封建的性质,成为中国无产阶级领导的新民主主义革命的有力的一翼。正如"五四"运动揭开了中国历史的新页,中国人民由此开始,经过艰苦曲折的斗争,终于取得了新民主主义革命的胜利,走上了社会主义革命和建设的道路那样,作为人民革命机器的"齿轮和螺丝钉",由"五四"文学革命开始的现代文学,也从思想到形式都与过去的文学有了不同的风貌,成为中国文学史的一个新的发展部分,取得了辉煌的成就。毛主席指出:"在'五四'以来的文化战线上,文学和艺术是一个重要的有成绩的部门。"①就因为从开始起,它就是和中国人民革命的任务密切联系的,它主张文学必须正视现实,真实地反映人民群众的生活和斗争,理想和愿望,要求文学起到教育人民和打击敌人、推动社会向前发展的作用。这就决定了作品的主要的思想倾向和语言形式,以及文学事业前进的道路和方向。毛主席指出:"新民主主义的政治、经济、文化,由于其都是无产阶级领导的缘故,就都具有社会主义的因素,并且不是普通的因素,而是起决定作用的因素。"②这里所谓"决定作用"主要是就方向道路的意义说的,正如新民主主义革命之为社会主义革命扫清道路和准备条件一样,"五四"新文学中反帝反封建的彻底性和马

---

① 毛泽东:《在延安文艺座谈会上的讲话》。
② 毛泽东:《新民主主义论》。

克思主义思想影响的逐步加强也同样导致了它向社会主义文学发展的历史方向。虽然"五四"新文化运动仍然是一个新民主主义性质的运动,社会主义还只是作为因素而存在,但它前进的道路和方向不仅已为社会实践所证明,而且从"五四"文学革命开始,它就是由中国人民革命的性质和对文学的要求以及文学创作的反映现实生活和"改良社会"(鲁迅语)的要求所规定了的。"五四"文学革命正是适应这一历史任务而产生的。

鲁迅在 1932 年写的《〈自选集〉自序》中曾回顾说:"我做小说,是开手于一九一八年,《新青年》上提倡'文学革命'的时候的。这一种运动,现在固然已经成为文学史上的陈迹了,但在那时,却无疑地是一个革命的运动。我的作品在《新青年》上,步调是和大家大概一致的,所以我想,这些确可以算作那时的'革命文学'。"现代文学到 30 年代已经发展到党所直接领导的左翼革命文艺运动了,"五四"文学革命已成为历史的过去,但正如鲁迅把他在"五四"时期所写的小说看作"显示了'文学革命'的实绩"一样,他回顾"五四"文学革命时仍然认为它是一个大体上有一致步调的革命的运动,因为后来的深入和发展正是导源于那时的。文学革命是一个伟大的开始,是使我们的文学取得同人民的联系和走向现代化的起点,毛主席指出:"在那时,这个运动是生动活泼的,前进的,革命的。"①尽管像历史上一切伟大的事件一样,它也不可避免地有它的弱点和历史局限性,但如果我们从这个运动的主要精神,从当时"文学革命"的理论主张和创作实践,从先驱者们大体一致的"步调"来考察,那么不但这个运动在当时的革命性质十分鲜明,而且今天仍然可以给我们以宝贵的启示,它的主要精神对于我们社会主义文学的繁荣和发展仍然具有值得重视的现实意义。

一

"五四"文学革命是从提倡白话文开始的,它在当时是一场引起激烈反响的伟大运动;因此提倡白话文、反对文言文,是文学革命精神的首要的标志。中国古典文学中如《水浒传》《红楼梦》《儒林外史》等都是用白话写

---

① 毛泽东:《反对党八股》。

的,晚清的资产阶级改良主义者也提倡过白话文运动,而且还出版了不少白话文的报刊和书籍,为什么那时没有在社会上引起像"五四"文学革命那样的巨大反响呢?就因为在这以前,无论社会舆论或者提倡者自己,都不过把白话文看作是"启迪民智"的通俗教育的东西,是给那些文化不高的下等人看的,所以反对文学革命的林纾可以一方面诋毁白话不过是"都下引车卖浆之徒所操之语",一方面又吹嘘他早在清末庚子就在《白话日报》上写过"白话道情"。① 但"五四"文学革命则不只是提倡白话文,而且主张"中国文学当以白话为正宗"②,就是说必须同时坚决反对文言文,要用白话文全部、彻底地取而代之。他们的态度十分鲜明和坚定,认为"其是非甚明,必不容反对者有讨论之余地"③。这就尖锐地触动了封建文化赖以庇护和存在的重要工具,就不能不引起巨大的反响和震动。文学革命在创作上是从白话诗开始的,初期新诗的作者都是《新青年》的骨干,包括李大钊和鲁迅,他们都是以一种为文学革命开辟阵地的心情来写诗的,就是说一定要用创作实践来证明白话文可以适用于一切体裁,不只是小说和论文,而且包括旧文学自以为价值很高的以抒情写景为特点的诗和散文,白话文才能确定其为文学正宗的地位,才能打倒和取代文言文。所以鲁迅说他写新诗是"因为那时诗坛寂寞,所以打打边鼓"④,又说"五四"时期之所以出现"漂亮和缜密"的散文,"是为了对于旧文学的示威,在表示旧文学之自以为特长者,白话文学也并非做不到"⑤。"五四"时期有过诗是"贵族的"还是"平民的"的争论,有过白话文是否能写"美文"的讨论,都说明把白话文仅只当作一般叙事和议论的工具,用它来讲道理或讲故事,实际上仍然把它看作一种用于普及的宣传手段,是为一般人所承认的;而把它作为一种富有艺术表现力的文学语言,许多人就抱着怀疑的态度了。不攻克这一道关,就不可能打倒文言文,就很难确立白话为文学正宗的地位。因此在前进的道路上是含着挣扎和战斗的。

为什么一定要主张"中国文学当以白话为正宗"呢?这是为中国人民革

① 林纾:《致蔡鹤卿太史书》及《论古文白话之相消长》。
②③ 陈独秀:《答胡适之书》。
④ 鲁迅:《集外集·序言》。
⑤ 鲁迅:《小品文的危机》。

命的性质和它对文学的要求所决定的。从"五四"文学革命开始,中国现代文学就贯串着一个中心内容,那就是如何使文学更好地和更有效地为人民群众服务,或者说是如何促使文学与人民取得紧密的联系。毛主席把"大众的"规定为新民主主义文化的主要特征之一,正是体现了人民对于新文化的基本要求。从"五四"把提倡白话文当作建设新文学的重要课题开始,以后左翼革命文艺运动提出了大众语和文学的大众化问题,抗战初期开展了通俗文艺的创作和关于民族形式的讨论,直至毛主席提出了文艺的工农兵方向,实际上都是沿着这一历史线索向前发展的。这是关系文学和它的服务对象之间的联系的问题;尽管历史向前发展了,问题的深度不同了,但直到今天它仍然是文学工作者所应该严肃对待的重要问题。过去我们批判胡适的主观唯心主义和文学上形式主义的思想,那是完全必要的,但由此导致忽视或低估"五四"提倡白话文的革命意义,则是不妥当的。"五四"文学革命是一个伟大的历史运动,它的发生是同中国人民的革命斗争密切联系的,绝不是任何个别人物的意志的产物。我们当然不能同意把提倡白话文当作文学革命的全部的或主要的内容的观点,如同胡适所鼓吹的那样;但提倡白话文、反对文言文毕竟是"五四"文学革命的一项重要内容,它的根本精神应该得到我们充分的重视和评价。

　　就当时关于提倡白话文的许多历史文献看来,他们主要是阐述了两方面的理由:第一,白话文可以使语言和文字一致,能够为一般人所读懂,能够普及;第二,白话文是一种比文言文更富有艺术表现力的工具,能够更好地表达人们的思想感情。就第一点而言,由于文言文事实上是一种脱离口语和现代生活的书面语言,学习起来相当困难,因此除过"国粹"主义者和顽固派以外,是比较容易为人接受的。鲁迅就反驳那些认为"白话鄙俚浅陋,不值识者一哂"的人说:"四万万中国人嘴里发出来的声音,竟至总共'不值一哂',真是可怜煞人。"[1]刘大白甚至把古文叫作"鬼话",这说明他们是要求用现代人的"人话"来扩大读者范围的。至于第二点,则不仅有理论上的问题,而且必须用创作实践来证明,才有较强的说服力。理论上当时多半是从白话和文言的比较立论,针对文言文的含混和陈腐,特别是运用典故套语

---

[1]　鲁迅:《现在的屠杀者》。

和意义不通等现象，申述白话文的精密和鲜明的优点；如有人以"二桃杀三士"和"两个桃子杀了三个读书人"两种句式的比较来反对白话文。鲁迅就指出原出处的"士"字乃指"勇士"，并非指"读书人"。[①] 这就证明白话文远比文言文精密得多。但最有力的论据还是用创作成就来说话，所以鲁迅把《狂人日记》等小说看作是"'文学革命'的实绩"[②]。"五四"以后的创作，就以实际成就证明白话文作为一种文学语言，对表现人民的现实生活和思想感情是有丰富的表现力的。这就打掉了反对派的论据，解除了一些人的疑虑，确立了白话文在文学上取代文言文的正宗地位；从而也就使文学作品获得了广泛的读者，推动了文学和人民群众之间的联系。这是"五四"文学革命精神的一个重要方面。鲁迅曾说他所用的语言是"采说书而去其油滑，听闲谈而去其散漫，博取民众的口语而存其比较的大家能懂的字句，成为四不像的白话"[③]，就是为了使作品能够更好地表现人民生活和为更多的人所接受。这同他的追求像旧戏和年画那样的只注意人物而不多描写背景的风格特色，是出于同样的原因，都是为了考虑人民群众（特别是农民）的欣赏习惯和艺术爱好，为了关注文学作品与它的服务对象之间的联系。这正说明了"五四"文学革命由提倡白话文、反对文言文开始的重大意义。

二

鲁迅把旧文学概括为"瞒和骗的文艺"，要求新文艺必须"对于人生，——至少是对于社会现象"，采取"正视"的态度。[④] 这实际上就揭示出了"五四"革命现实主义的主要特征：提倡正视现实，反对瞒和骗。当时批判旧文学的许多精辟的论点，其实都可以用"瞒和骗"来概括，就是说它脱离生活实际，掩盖社会矛盾，以虚假的臆想来粉饰现实，这除过如鲁迅所说的"自欺欺人"的效果以外，起不了任何积极的社会作用。如陈独秀说"其内容则目光不越帝王权贵，神仙鬼怪，及其个人之穷通利达。所谓宇宙，所谓人

---

① 鲁迅：《再来一次》。
② 鲁迅：《〈中国新文学大系〉小说二集序》。
③ 鲁迅：《关于翻译的通信》。
④ 鲁迅：《论睁了眼看》。

生,所谓社会,举非其构思所及"①。刘半农抨击旧小说"无不以'某生某处人'开场","而其结果,又不外'夫妇团圆'、'妻妾荣封'、'白日升天'、'不知所终'数种"。② 沈雁冰则概括旧文学的特点为"不喜现实,谈玄,凡事折中",是"佯啼假笑的不自然的恶札"。③ 他们所着重批判的当然是封建主义的思想内容,但就创作方法而言,可以说都是违反了文学必须真实地反映社会生活的特征,根本上是反现实主义的。"五四"时期着重批判的文艺思想主要有两种,一种是宣扬封建思想的"文以载道"论,另一种是"将文艺当作高兴时的游戏或失意时的消遣"的创作观;它们都属于瞒和骗的一类,对读者只能起到毒害的作用。而新文学则从开始起就是以反映社会现实、推动社会进步作为它的努力目标的。鲁迅说他开始写小说"不过想利用他的力量,来改良社会",所以取材"多采自病态社会的不幸的人们中,意思是在揭示病苦,引起疗救的注意"。④ 沈雁冰说,"这几年来的新文学运动都是向这个'假'上攻击而努力于求真的方面,现在差不多已成了一个普遍的记号","新文学的写实主义于材料上最注意精密严肃,描写一定要忠实"。⑤ 当时的许多作者大体上都是向着忠于现实生活这一目标努力的。由于他们处于人民革命的新时代,本身有改革社会的强烈愿望,因而就要求将自己熟悉的或体验过的生活按照它的实际面貌描绘出来,以期引起读者的同感,推动社会的改革和进步。因此鲁迅主张创作要"有真意,去粉饰,少做作,勿卖弄",而反对那种"障眼法"。⑥ 要做到这一点,就必然要求作者站在时代的前列,解放思想,正视现实,勇于揭露社会矛盾和表现自己的爱憎倾向。这就是由"五四"文学革命开始的、以鲁迅为杰出代表的革命现实主义传统的主要精神。这种精神在"五四"时期有广泛的代表性,尽管不同的文学社团和作家在文学主张上或作品成就上存在着某种区别和参差,但就总的倾向来说,这可以说是一种时代精神,在新文学阵营内部是普遍存在

---

① 陈独秀:《文学革命论》。
② 刘半农:《我之文学改良观》。
③ 沈雁冰:《文学与人生》及《自然主义与中国现代小说》。
④ 鲁迅:《我怎么做起小说来》。
⑤ 沈雁冰:《什么是文学》。
⑥ 鲁迅:《作文秘诀》。

的。例如文学研究会的创作态度是"提倡血与泪的文学,主张文人们必须和时代的呼号相应答,必须敏感着苦难的社会而为之写作"①。茅盾就认为"表现社会生活的文学是真文学,是于人类有关系的文学,在被迫害的国里更应该注意这社会背景"。他要求"注意社会问题,同情于被损害者与被侮辱者"。② 即使是提倡浪漫主义的创造社,除了更加强调对黑暗现实的反抗和对美好理想的追求外,其根本出发点也是正视现实的。他们认为"新文学的使命在给新醒的民族以精神的粮食,使成为伟大。以伟大的心情从事的即是,以卑鄙的利欲从事的即非"③。而这种"伟大的心情"用郭沫若的话说就是文学"不能满足于现状,要打破从来因袭的样式而求新的生命之新的表现"④。由于当时的新的时代条件,如毛主席所分析,革命知识分子已经"发生了中国民族解放的新希望"⑤,因此表现在创作上也就富有一种对于光明和变革的渴望和追求的精神。即使是揭露黑暗现实的作品,一般也并不是客观主义的描写或悲观主义的倾诉。这是"五四"革命现实主义的重要特点,因而是可以把浪漫主义概括在内的,只是不同的作家和流派有所侧重罢了。当时的著名作家叶绍钧就说:"现在的创作家,人生观在水平线以上的,撰著的作品可以说有一个一致的普遍的倾向,就是对于黑暗现实的反抗,最多见的是写出家庭的惨状,社会的悲剧,和兵乱的灾难,而表示反抗的意思。"⑥所以就提倡正视现实、反对瞒与骗的精神来说,新文学作家的倾向基本是一致的。

鲁迅在反对瞒与骗的文艺时,着重指出它的危害性在于"令中国人更深地陷入瞒与骗的大泽中,甚而至于自己不觉得"。因而他要求"冲破一切传统思想和手法",敢于正视现实。他重视传统思想和手法对于人民的毒害,要求文艺能够起到解放思想和唤醒人民觉悟的作用,这正反映了新民主主义革命的要求。作为文学革命最初"实绩"的《狂人日记》不但首次把封建

---

① 郑振铎:《中国新文学大系·文学论争集导言》。
② 郎损:《社会背景与创作》及沈雁冰:《自然主义与中国现代小说》。
③ 成仿吾:《〈创造周报〉停刊宣言》。
④ 郭沫若:《我们的文学新运动》。
⑤ 毛泽东:《新民主主义论》。
⑥ 叶绍钧:《创作的要素》。

社会的历史概括为"吃人"的历史,而且提出了"从来如此,便对么"的疑问,就体现了彻底地反封建的时代特点,而这同样也是"五四"文学革命的精神。因此就当时一般的创作来说,尽管它所反映的社会面还相当狭窄,思想上也有这样或那样的缺点,但它产生于无产阶级领导的人民革命的新时代,就其总的倾向来说,这些作品对黑暗现实的揭露和反抗一般是坚决和彻底的,而且有强烈地追求光明和进步的倾向,这就从根本上摆正了文艺和生活以及文艺和人民革命的关系。1923 年恽代英曾提出新文学应"能激发国民的精神,使他们从事于民族独立与民主革命的运动"①,体现了人民革命对于文学的社会作用的要求;鲁迅则把文艺和这种"国民精神"的关系作出了互为作用的解释:"文艺是国民精神所发的火光,同时也是引导国民精神的前途的灯火。"②也就是说这种积极从事"民族独立和民主革命"的国民精神是新文艺产生的必要条件,同时新文艺又为这种国民精神指引着光明的前途。尽管这些话在意义表达上还不够科学和准确,但它已显示了"五四"文学革命所开辟的道路是通向社会主义的。因此鲁迅大声呼吁:"世界日日改变,我们的作家取下假面,真诚地,深入地,大胆地采取人生并且写出他的血和肉来的时候早到了;早就应该有一片崭新的文场,早就应该有几个凶猛的闯将!"③

三

既然要提倡不同于旧文学的新文学,因此提倡创新、反对模拟,同样是"五四"文学革命强调的重要精神。文学工作是创造性的劳动,贵有新意,何况"五四"新文学要求"从思想到形式"都来一次"极大的革命"呢!就文学革命倡导时期仍在流行的旧文学来说,模拟是它的重要特征之一。"五四"文学革命一开始就把"桐城谬种"和"选学妖孽"当作革命的对象,这并不是反对唐宋八大家等古代作家或《文选》这部书,而是指向当时那些以模拟为能事的旧式文人。这些人作古文时或学"选体",或尊唐宋;作诗则或学中晚唐

---

① 恽代英:《八股》。
②③ 鲁迅:《论睁了眼看》。

诗,或学宋诗;总之是以模拟为上乘。署名王敬轩的在《给〈新青年〉编者的一封信》中所竭力推崇的林纾、陈三立、易顺鼎、樊增祥等当时的知名人物,就是被《新青年》视为"迂谬不化"的旧文学的代表。陈独秀斥之为"刻意模古","无病而呻";"说来说去,不知说些什么。此等文学,作者既非创造才,胸中又无物,其伎俩唯在仿古欺人,直无一字有存在之价值"。[①] 刘半农更号召"欲建造新文学之基础,不得不首先打破此崇拜旧时文体之迷信",认为"如不顾自己,只是学着古人,便是古人的子孙。如学今人,便是今人的奴隶"。[②] 可见反对模拟、提倡创新,从最初起就是文学革命的重要精神。

鲁迅认为他的小说之所以"显示了'文学革命'的实绩",是因为它"表现的深切和格式的特别,颇激动了一部分青年读者的心"。[③] 也就是说这些作品体现了"创新"的精神。其实把文学作品称为"创作",就是从"五四"文学革命开始的,以前习惯只叫"属文"或"赋诗"之类;这当然是受了外国文学的影响,但也体现了当时提倡创新的精神。1923 年沈雁冰在《读〈呐喊〉》一文中说:"在中国新文坛上,鲁迅君常常是创造新形式的先锋,《呐喊》里的十多篇小说几乎一篇有一篇新形式,而这些形式又莫不给青年作者以极大的影响。"这种创新的努力为新文学起了奠基的作用,产生了广泛的影响,体现了文学革命的精神和要求。由于《新青年》是一个以议论为主的综合性刊物,作品发表得不多。到文学研究会成立、《小说月报》进行改革的时候,就特辟"创作"一栏,大力提倡;而且还展开了关于创作的讨论,发表了许多文章。另一影响很大的文学团体创造社则直接以"创造"为名,更突出了文学的创新的意义。郭沫若在《创造季刊》创刊号上就以《创造者》为题,为挥动笔锋努力创造唱了一首热情的赞歌,渴望"无明的浑沌,突然现出光来"。所以创新的含义其实是双重的,一方面固然要求作品"从思想到形式"都能创新,要求在新文学的建设方面有所探索和贡献;同时也要求新文学能为推翻旧世界、创立光明的新世界起到推动的作用。所以提倡创新不仅是指作品的艺术表现问题,而且也是从作品的社会作用来考虑问题的。

---

① 陈独秀:《文学革命论》。
② 刘半农:《我之文学改良观》。
③ 鲁迅:《〈中国新文学大系〉小说二集序》。

新文学作品增多起来以后,它本身也出现了模拟的问题;特别是模仿外国作品的现象,一度曾相当流行。这当然是违背创新精神,必须加以反对的。沈雁冰在批评当时的小说时说:"一般的缺点,依我看来,尚不在表现的不充分,而在缺少活气和个性。此弊在读了翻译的或原文的小说便下笔做小说,纯是模仿,而不去独立创造。"①鲁迅曾指出当时的创作"好的也离不了刺取点外国作品的技术和神情,文笔或者漂亮,思想往往赶不上翻译品"②。这就说明,从"五四"文学革命的主要精神来说,它一直是提倡独立创造、反对模拟的,不论作者模仿的是中国的还是外国的作品。当时闻一多就主张作家要有"自创力",使作品"既不同于今日以前的旧艺术,又不同于中国以外的洋艺术。这个然后才是我们翘望默祷的新艺术了!"③当时之所以出现了较多的模仿外国作品的现象,并不是因为有人认为模仿外国是值得提倡的,而是因为许多作者的生活面很窄,体验不深,苦于难为无米之炊,使创造性的活动受到了限制。当时从事创作的人绝大部分是青年知识分子,他们的社会经历和生活感受都不丰富,而且彼此还是相似的,因此反映在创作上的社会面就比较狭窄,描写工农群众的作品不多,这就影响了作家认识生活和反映生活的创造性。沈雁冰当时就指出创作"必须经过若干时的人生经历","如果关在一间小屋子里,日夜读小说,模仿着做,便真有创造天才的人也做不出好东西"。④鲁迅批评弥洒社的作品说:"一切作品,诚然大抵很致力于优美,要舞得'翩跹回翔',唱得'宛转抑扬',然而所感觉的范围却颇为狭窄,不免咀嚼着身边的小小的悲欢,而且就看这小悲欢为全世界。"⑤这是深刻地指出了"五四"期创作的通病的。当时的许多作者为了建设新文学确实想在艺术上有所创新,其所以有时也犯模仿之弊者,除了艺术素养方面的原因以外,主要是由于生活基础不够深广,认识受到限制,这同旧文学的以模拟相标榜、视似古为上乘,是有根本区别的。为了提高创作质量,以后许多作者不仅在艺术表现方面,而且也在扩大生活面和提高自己的思想认识方面作了有益的努力和追求,取得了不同程度的收获,推动了新文

---

① ④　沈雁冰:《新文学研究者的责任与努力》。
②　鲁迅:《未有天才之前》。
③　闻一多:《〈女神〉之地方色彩》。
⑤　鲁迅:《〈中国新文学大系〉小说二集序》。

学的发展。所以由"五四"文学革命开始的提倡创新、反对模拟的精神及其发展，实际上也促进了作家向人民生活这一文学的唯一源泉的探索和体验。

四

"五四"文学革命同时也是一场旗帜鲜明的思想革命。它不仅坚决反对旧文学，而且以文学为武器，彻底地反对一切封建文化和思想，对旧事物采取了毫不妥协的批判态度；因此提倡批判精神、反对折中调和，就必然成为它的重要的精神。鲁迅正是自始就以他所创造的杂文这一独特的形式对旧事物进行了多方面的彻底的批判而成为"中国文化革命的主将"的，他的战斗业绩就充分体现了"五四"文学革命的这种批判精神。林纾以"覆孔孟、铲伦常"为《新青年》的重大罪状[①]，"孔孟"和"伦常"确实是一向被认为最神圣不可侵犯的东西，而"打倒孔家店"是"五四"时期的激动人心的口号，鲁迅就写了不少批判"圣人之徒"的杂文。"伦常"中当作"三纲"的君权、父权和夫权，除过皇帝已为辛亥革命所推翻外，鲁迅最早写的两篇长文《我之节烈观》和《我们现在怎样做父亲》就是针对夫权和父权的。《热风》中的杂感始于《新青年》的《随感录》，而《新青年》于1918年4月开始设《随感录》一栏，就是专为发表批判性的短评的。当时写文章的人都是《新青年》的骨干，鲁迅就曾称赞钱玄同的文章说："玄同之文，即颇汪洋，而少含蓄，使读者览之了然，无所疑惑，故于表白意见，反为相宜，效力亦复很大。"[②]又说刘半农"是《新青年》里的一个战士"[③]。总的讲来，这些文章都是贯串了对旧事物的战斗和批判的内容的。以《热风》为例，"有的是对于扶乩，静坐，打拳而发的；有的是对于所谓'保存国粹'而发的；有的是对于那时旧官僚的以经验自豪而发的；有的是对于上海《时报》的讽刺画而发的"[④]。可见从"五四"开始的这种革命的批判的精神不仅表现在文学本身的范围，而且涉及广泛的社会

---

① 林纾:《致蔡鹤卿太史书》。
② 鲁迅:《两地书·一二》。
③ 鲁迅:《忆刘半农君》。
④ 鲁迅:《热风·题记》。

的和文学的领域；用鲁迅的话说，就是注重"文明批评"和"社会批评"①。它的主要精神可以用后来鲁迅对《语丝》特点的说明来概括：那就是"任意而谈，无所顾忌，要催促新的产生，对于有害于新的旧物，则竭力加以排击"②。因为《语丝》的这种特点正是"五四"批判精神的坚持和继续。鲁迅的杂文本身就有力地说明了这种战斗传统和它的社会作用。

就文学革命而言，被鲁迅称作当时打的一场"大仗"的钱玄同、刘半农写的答王敬轩的"双簧信"③，就是把反对文学革命的代表人物和主要论点都罗织起来，并给以有力的批判的，它为文学革命开辟了前进的道路。当时的先驱者们由在寂寞中呼喊到经受严重的迫害，然而战斗的热情和勇气并未减少，使我们今天读起那些文献来还感到鼓舞。他们首先以"桐城谬种""选学妖孽"为对象，针对林纾和国故派的许多腐旧论点进行了抨击。但像一切革命运动的进行情况那样，在双方尖锐的对立中也出现了一些折中调和的观点。如有人说："吾人既认白话文学为将来中国文学之正宗，则言改良之术，不可不依此趋向而行。然使今日即以白话为各种文学，以予观之，恐矫枉过正，反贻人之唾弃；急进反缓，不如姑缓其行。……故吾人今日一面急宜改良道德学术，一面顺此日进之势，作极通俗易解之文学，不必全用俗字俗语，而将来合于国语，可操预券。"④类似这种貌似赞同而实反对的持调和观点的文章，《新青年》也发表了几篇，但他们的态度却是"必以吾辈所主张者为绝对之是，而不容他人之匡正"⑤，坚决反对折中与调和。

其实这种软弱调和的办法之行不通，是早已为旧民主主义革命时代的文学改良运动所证明了的。夏曾佑、谭嗣同等人提倡"诗界革命"，不过在旧体诗中嵌入了一些新名词，梁启超则主张"以旧风格含新意境"⑥，实际上仍然是要师法古人，结果是被所谓"同光体"的旧诗人打败了。此外如梁启超的"笔锋常带情感"的新民体散文和《新罗马传奇》式的新剧，晚清流行的与

---

① 鲁迅：《两地书·一七》。
② 鲁迅：《我和〈语丝〉的始终》。
③ 鲁迅：《忆刘半农君》。
④ 方孝岳：《我之文学改良观》。
⑤ 陈独秀：《答胡适之书》。
⑥ 梁启超：《饮冰室诗话》。

"群治"有关的白话谴责小说,都夭折了。到"五四"文学革命时谴责小说已堕落成了鸳鸯蝴蝶派和黑幕小说,新剧变成了以噱头为主的"文明戏",诗文则占统治地位的仍然是桐城派等拟古文人。由于中国资产阶级的软弱,这些改良主义者本身又与封建文化保有密切的联系,因此他们不敢把旧事物同他们的改革主张对立起来,并采取批判的态度;反而企图在新旧之间寻找共同点,寻求折中调和的办法。这种资产阶级的文学改良运动确实如毛主席所分析,"只能上阵打几个回合","就偃旗息鼓,宣告退却,失了灵魂,而只剩下它的躯壳了"。① "五四"是一个新的革命时代的开始,文学革命是以彻底反封建的批判精神展开它的战斗的,它不能容忍那种对旧势力采取折中调和的妥协态度。

"五四"文学革命向前发展,除过对于学衡派、甲寅派等反对新文学的封建性流派继续进行批判以外,又对以《礼拜六》期刊为代表的鸳鸯蝴蝶派展开了批判。《礼拜六》也用白话写小说,有时还作几首游戏式的新诗,但内容庸俗下流,是专供有闲者游戏消遣的东西。它迎合半殖民地都市腐烂堕落的社会风尚和低级恶劣的生活趣味,因此除过批判他们的游戏消遣的文学观和强调文学的社会作用以外,也对那种消极不良的社会现象和生活态度进行了批判。如郑振铎斥此派文人为"文娼",认为"以游戏文章视文学,不惟侮辱了文学,并且也侮辱了自己"②。沈雁冰说:"总之,要使人把人生看得极严肃……可惜中国多是那些变态的人,《礼拜六》派的文人便是他们的预言者。"③对鸳鸯蝴蝶派的批判不属于文学论争的范围,这些人只知推销他们的货色,并不愿辩论是非;所以郑振铎愤慨地说:"热烈的辩难和攻击,也许可以变更一个人的思想。至于视责难如无闻,观批评而不理,则根本上已肝肠冰结,无可救药了。"④但这种批判仍然是有重大意义的,它宣传了文学的社会意义和人们应有的严肃的生活态度;同时也教育了读者,削弱了这类刊物的影响。

"五四"新文学是在战斗中成长的,这种不调和的批判精神就为它的发

---

① 毛泽东:《新民主主义论》。
② 西谛:《"文娼"》及《中国文人对于文学的根本误解》。
③ 沈雁冰:《真有代表旧文化旧文艺的作品么?》。
④ 西谛:《新旧文学的调和》。

展壮大开辟了前进的道路。

五

鲁迅在谈到"五四"文学革命的原因时指出："一方面是由于社会的要求的,一方面则是受了西洋文学的影响。"[①]由鲁迅自己的创作实践也可以说明,提倡学习外国进步文学、反对国粹主义,是"五四"文学革命的一项重要精神。当时许多人批判旧文学的一个论据,就是拿它与外国进步文学相比较,指斥旧文学不合世界潮流。这是与民主革命的历史任务相联系的,由于痛感到自己思想文化的落后,要提倡民主和科学的现代思潮,当然也要求文学具有现代化的特点;所以早自陈独秀《文学革命论》就说,欧洲今日之进步,"受赐于文学者亦不少"。因为首先着重于思想内容和文学对于社会改革所起的作用,所以当时介绍和翻译什么样的外国作品,主要是从中国的现实需要考虑的。鲁迅说他翻译外国作品"不过要传播被虐待者的苦痛的呼声和激发国人对于强权者的憎恶和愤怒而已,并不是从什么'艺术之宫'里伸出手来,拔了海外的奇花瑶草,来移植在华国的艺苑"[②]。他的话是可以代表"五四"提倡学习外国进步文学的主要倾向和原因的。就是说首先要学习这些作品的能够激发改革热情的进步内容,其次则是学习这种富有"激发"力量的艺术表现和方法。这既是对于介绍什么样的外国文学的选择标准,也是对新文学向外国作品学习什么的注意目标;因此在不同的国别和时代的多元的作品中,必然更多地倾向于欧洲近代的现实主义文学。举例说,1918 年《新青年》最早介绍了易卜生,娜拉的形象对"五四"青年的觉醒产生了广泛的影响,易卜生的剧作对中国的话剧创作也起了很大的促进作用。为什么要首先介绍易卜生呢?鲁迅说:"因为要建设西洋式的新剧,要高扬戏剧到真的文学底地位,要以白话来兴散文剧,还有,因为事已亟矣,便只好先以实例来刺戟天下读书人的直感:这自然都确当的。但我想,也还因为 Ibsen(易卜生)敢于攻击社会,敢于独战多数,那时的绍介者,恐怕是颇有

---

① 鲁迅:《〈草鞋脚〉小引》。
② 鲁迅:《杂忆》。

以孤军而被包围于旧垒中之感的罢，现在细看墓碣，还可以觉到悲凉，然而意气是壮盛的。"①这段话是 1928 年鲁迅在编《奔流》"伊孛生号"时写的，他从促进话剧发展和冲破旧垒的思想意义两方面来回顾了《新青年》介绍易卜生的原因，这是可以说明"五四"文学革命提倡学习外国进步文学的精神的。因此尽管有胡适的借"易卜生主义"来宣扬个人主义的文章，而且恩格斯关于易卜生的经典性论述当时尚未介绍至中国，但就易卜生的剧作在"五四"时期所起的鼓舞人们向黑暗势力进行斗争的社会作用和对于话剧这一新的艺术形式提供样品的意义说，这种提倡介绍的功绩是完全应该肯定的。它同时也说明，"五四"新文学在它的发展过程中虽然也发生过文学教条主义的缺点，但总的来看，外国进步文学无论在民主思想的传播或艺术表现方式的借鉴方面，是对现代文学的发展起了积极的促进作用的。

鲁迅的创作实践就充分说明了这一点。他说他开始写小说时"所仰仗的全在先前看过的百来篇外国作品和一点医学上的知识"，并且把"看外国的短篇小说"作为他的一条创作经验。② 鲁迅的《狂人日记》《药》这些早期的作品当然是深深植根于中国现实生活的土壤的，其意义和成就远非果戈理、安特莱夫等人的作品所可比拟，但如他自己所说，在创作的当时他确曾受到这些外国作家的启发和影响。鲁迅又说他后来写的作品如《肥皂》《离婚》等就"脱离了外国作家的影响"③，从学习、借鉴到脱离，其实就是一个使外国文学的有用成分取得民族特色，并使之能为反映中国人民生活服务的消化过程，并不是说学习外国进步文学这一条经验已是多余的。"五四"以来有些作品的过于"欧化"和文学教条主义倾向的产生，主要在于作者对外国文学没有经过很好地消化，没有注意自己的民族特色，并不能简单地归咎于它是学习外国文学的后果。所以当时积极提倡学习外国进步文学的精神，是有它的革命意义的。

这种精神当然要受到那些主张闭关锁国的国粹主义者的敌视和反对。他们顽固不化，笃守旧习，视封建文化为瑰宝，拒绝一切新鲜事物，因

①　鲁迅：《〈奔流〉编校后记三》。
②　鲁迅：《我怎么做起小说来》，《答〈北斗〉杂志社问》。
③　鲁迅：《〈中国新文学大系〉小说二集序》。

此反对国粹主义就成为"五四"文学革命的一项重要任务。鲁迅当时曾辛辣地讽刺这些人说:"只要从来如此,便是宝贝。即使无名肿毒,倘若生在中国人身上,也便'红肿之处,艳若桃花;溃烂之时,美如乳酪'。国粹所在,妙不可言。"①这些人并不尊重我们的优秀民族传统和带有民主性精华的文学遗产,他们所要保存的完全是封建糟粕以及一切传统的陈规陋习。鲁迅的《看镜有感》一文就从中国历史上不同时期对待外来文化的态度和国力强弱的关系,总结了以我为主、"将彼俘来"的宝贵的历史经验,尖锐地批判了国粹主义的反动实质。他主张要"放开度量,大胆地,无畏地,将新文化尽量地吸收","倘若各种顾忌,各种小心,各种唠叨,这么做即违了祖宗,那么做又像了狄夷,终生惴惴如在薄冰上,发抖尚且来不及,怎么会做出好东西来"。鲁迅的文章以革命家的气魄,申述了为创造新事物而自主地吸收外国新文化的必要性,有力地批判了国粹派主张闭关锁国的"孱奴"性质。可以说是"五四"提倡学习外国进步文学和反对国粹主义这一精神的最为精辟的论述。

这种精神与对文学创作应该继承中国文学的优良传统和发扬民族特色的要求并不矛盾。正是通过"五四"文学革命才对中国文学遗产作出了新的评价,把一向不受重视的小说、戏曲和民间文学提高到了文学正宗的地位。《新青年》最早提出了对《红楼梦》等古典小说的讨论和推介,鲁迅是开始研究中国小说史的第一人,而且深深致慨于"在中国,小说是向来不算文学的"②。沈雁冰提出"把词典、歌谣、白话小说升作文学正宗,请'经史子'另寻靠山,自立门户"③。"五四"以后北京大学开设"中国小说史""中国戏曲史"课程,成立民间文学研究会,展开搜集民间歌谣的活动,都是文学革命所引起的直接结果。可见即使按照当时的理解,也不是把提倡学习外国文学同继承和发扬民族优秀传统对立起来的。只是由于中国古典文学产生于封建社会,它的精华和艺术经验必须取得现代化的特色,才能符合新文学反映现代生活的要求。这也就是为什么当时特别重视那些离我们时代较近、语

---

① 鲁迅:《随感录三十九》。
② 鲁迅:《〈草鞋脚〉小引》。
③ 雁冰:《进一步退两步》。

言易懂和反映的社会面比较广阔的小说戏曲和民间文学的原因。这与国粹派所鼓吹的那一套完全是两码事,而与提倡学习外国进步文学的精神倒是一致的,都是为了建设新时代的新文学。

以上我们把"五四"文学革命的精神概括为五点:(一)提倡白话文,反对文言文;(二)提倡正视现实,反对瞒与骗;(三)提倡创新,反对模拟;(四)提倡批判精神,反对折中调和;(五)提倡学习外国进步文学,反对国粹主义。其实这些提倡者自己的说法就很扼要,《〈新青年〉罪案之答辩书》中说:因为"要拥护德先生(民主)又要拥护赛先生(科学),便不得不反对国粹和旧文学"。毛主席指出:"五四运动的成为文化革新运动,不过是中国反帝反封建的资产阶级民主革命的一种表现形式。"[①]所以在谈到"五四"文学革命提倡什么和反对什么的时候,最集中的提法应该是提倡民主和科学,反对帝国主义和封建主义,这样的提法可以概括整个"五四"精神,特别是文化革新运动;因此我们所说的五点,不过是"五四"精神在文学领域的表现,是标志着中国新民主主义革命开始的"五四"运动的精神的一个组成部分。这种新的时代特点和历史性质不但决定了"五四"文学革命提倡什么和反对什么的鲜明性和彻底性,而且也决定了它作为整个革命机器的"齿轮和螺丝钉"的位置和向着社会主义文学发展的方向。当然,如同任何伟大的革命运动不免有它的弱点一样,"五四"文学革命发生于中国旧民主主义革命开始向新民主主义革命的转变时期,它的历史局限和弱点更是不可避免的,这特别表现在许多人的形式主义地看问题的方法上。现在看来,当时的许多文献在分析具体问题时常常带有某种片面性,他们所作出的一些论断的科学性往往不足,这对后来的发展也是有影响的。但就其主要精神来说,由于它是一个生动活泼的革命运动,这些精神不仅在当时产生了揭开历史新页的伟大作用,而且从新文学六十年历史的主流来看,它也是起了积极的推动作用的。

这就给我们以启示,这些精神为什么这么富有生命力呢?根本的原因就在于它符合文学发展的规律。如果我们不拘泥于当时那些有其针对

---

① 毛泽东:《五四运动》。

性的具体的说法,这些精神的根本点其实就是主张文学要用人民群众所喜闻乐见的语言形式,正视现实,忠于生活,使文学能够启发人民的觉悟和对社会改革起促进作用;文学是一种创造性的劳动,要有新意,要起到批判旧事物的职能;要广泛学习外国进步文学的艺术经验而使之民族化,继承中国文学的优良传统而使之现代化,创造不同于过去的富有时代精神的新文学。尽管我们今天的情况与"五四"时期大大不同了,但在面临着发展社会主义文学来为中国人民的新的长征服务的伟大历史使命面前,回顾一下"五四"文学革命及其六十年来的发展轨迹,它的主要精神不是仍然可以给我们以珍贵的启示吗?

1979 年 4 月 20 日,为"五四"六十周年作

原题《"五四"文学革命精神的启示》,载 1979 年 5 月《红旗》第 5 期,署名王瑶。收入《王瑶全集》第 5 卷《中国现代文学史论集》(河北教育出版社,2000 年版),改题为《"五四"文学革命的启示》。

关于文艺大众化

——纪念"左联"成立五十周年

一

　　"中国左翼作家联盟"的成立距今已经半个世纪了。在它进行活动的 30 年代，始终是把"大众化"作为文艺运动的中心的。"左联"成立后讨论研究的第一个问题就是文艺大众化问题，并且成立了大众文艺委员会。在 1931 年"左联"执委会决议《中国无产阶级革命文学的新任务》中明确指出："为完成当前迫切的任务，中国无产阶级革命文学必须确定新的路线。首先第一个重大的问题，就是文学的大众化。""今后的文学必须以'属于大众，为大众所理解，所爱好'（列宁）为原则，同时也须达到现在这些非无产阶级出身的文学者生活的大众化与无产阶级化。"①可见"左联"对这一问题的高度重视。因此在 30 年代，除了在创作实践上进行过各种探索和努力以外，在理论上也进行过三次规模颇大的关于"大众化"问题的公开讨论，参加的人很多，影响也很大；讨论的中心是逐渐深入的。各次讨论中虽然每个人的理解和着重点有所不同，但几乎所有进步作家对于文艺大众化的重要意义是并无异议的。一直到"左联"停止活动以后，鲁迅还认为"'左翼作家联盟'五六年来领导和战斗过来的，是无产阶级革命文学的运动。这文学和运动，一直发展着；到现在更具体底地，更实际斗争底地发展到民族革命战争的大众文学"②。照鲁迅的意思，就是说尽管文学的时代任务有了变化，但文艺必须坚持大众化则是不容置疑的。这个问题既然如此重要，因此当我们考察左翼文艺运动的历史功

---

　　① 见《文学导报》第 1 卷第 8 期。

　　② 鲁迅：《论现在我们的文学运动》。

绩的时候,首先就必须注意在文学和人民群众的关系上"左联"所作出的贡献,它是如何推动了现代文学的前进和发展。但这个问题却长期没有引起人们应有的重视,主要是由于有些人片面地理解了毛泽东同志的下面一段话:"许多同志爱说'大众化',但是什么叫做大众化呢?就是我们的文艺工作者的思想感情和工农兵大众的思想感情打成一片。"因而忽视了文学的发展过程和不同时期的历史条件,脱离了具体环境来苛责 30 年代文艺大众化运动的缺点或不足。在"四人帮"猖獗时期,他们更简单地以"化大众"来诬蔑左翼文艺运动,意思是说所谓大众化实质上不过是用资产阶级思想来腐蚀和毒害劳动人民罢了。这种颠倒黑白的谬论至今仍有影响,必须根据史实予以澄清。因此具体考察一下 30 年代文艺大众化运动的经过和主张,回顾一下现代文学在和人民群众关系问题上的前进的步伐,就不是毫无意义的事了。

"五四"文学革命提倡白话文,本来就是为了适应民主革命的要求,建设平民文学,使文学作品能够获得更多的读者,普及到群众中去;也就是说是有意识地在寻求使文学能够更有效地为人民服务的方法和途径。但由于新文学本身的弱点和群众文化水平的限制,事实上读者的范围仍然很狭窄,这个问题在倡导无产阶级革命文学之初就尖锐地提到历史日程上了。1928年成仿吾在他的著名文章《从文学革命到革命文学》中就说:"我们要努力获得阶级意识,我们要使我们的媒质接近农工大众的用语,我们要以农工大众为我们的对象。"后来瞿秋白在分析"大众文艺的问题在哪里"时,更直截了当地指出:"平民群众不能够了解所谓新文艺的作品,和以前的平民不能了解诗、古文、词一样。""'五四'的新文学运动,因此差不多对于民众没有影响。"[1]这样怎么可能使文学为人民大众服务呢?鲁迅认为"左联"之所以"更加坚实而有力",就因为它是在已经输入了马列主义文艺理论的条件下成立的,使大家可以"互相切磋"。[2] 因此在 1930 年关于大众化问题的讨论中,列宁的《党的组织和党的出版物》以及与蔡特金的谈话(《回忆列宁》)就成为运动的指导思想,就是说它要解决的是在中国如何使文学"为千千万万

---

① 瞿秋白:《瞿秋白文集(三)·大众文艺的问题》。
② 鲁迅:《上海文艺之一瞥》。

劳动人民服务"和"招集一批又一批新的力量到它的行列"的问题,这是左翼文艺运动所面临的最重要的任务。在讨论中,夏衍引用了列宁的话来说明无产阶级的文学和艺术"本质上就是非为大众而存在不可的东西"。他说:"伟大的革命指导者所指示的纲领,接触着许多原则的观念。不能使大众理解,不能使大众爱好的,决不是大众的文学,决不是普罗列塔利亚自身的文学。"①阳翰笙也引用了列宁的话来说明大众化"是目前必须解决的迫切的任务",他要求"专门去研讨民间最流行的最大众化的一切作品"来解决"大众化的作品问题"。② 当时参加讨论的郭沫若、冯乃超、郑伯奇、鲁迅、蒋光慈、洪灵菲、冯雪峰、钱杏邨、田汉等人,都发表过文章或意见。③ 他们除了明确和强调这一问题的重要意义以外,讨论集中在产生为大众所欢迎的作品和组织培养工农群众作者两个问题上,因此把发展工农通讯员运动提到很重要的位置,目的是使工农群众成为文学作品的主要读者并从中产生新的作家。《大众文艺》还开辟了"通信栏",发表过《工厂通信》《纱厂通信》《电力工厂斗争底经过》等作品。这次讨论是在"左联"开始活动时进行的,发表意见的人都是左翼作家,目的在于统一认识和进行具体活动。由于当时还缺少实践经验,问题讨论得并不很深入,讲到文艺大众化的重要意义时也多半是从工农群众是革命的主力军着眼,很少接触到文艺本身的特点。因此虽然表现了为大众服务的热情和愿望,但并未达到应有的理论高度,对文艺界的情况和工农大众的实际文化生活也缺乏必要的分析。这些弱点在当时是很难避免的,但它毕竟把为大众所理解和爱好作为文艺运动和创作的主要目标,这在现代文学的发展上是迈出了新的步伐的。就这次讨论的收获而言,则鲁迅的《文艺的大众化》一文是最符合当时的实际情况的。他从文艺本身的特点来肯定了文艺应该面向人民的方向,肯定了普及工作的重要性;认为"应该多有为大众设想的作家,竭力来作浅显易解的作品,使大家能懂,爱看,以挤掉一些陈腐的劳什子"。但他也不赞成当时出现的一些"左"倾空谈的论点,认为在人民教育文化程度不一的情况下就要求作品"全部大

---

① 沈端先:《所谓大众化问题》,《大众文艺》第2卷第3期。
② 华汉:《普罗文艺大众化问题》,《拓荒者》第1卷第4、5期合刊。
③ 见《大众文艺》第2卷第3、4期。

众化",只能是"聊以自慰",实际上是行不通的。他主张"仍当有种种难易不同的文艺,以应各种程度的读者之需"。因为如果读者的程度过低,则事实上"和文艺即不能发生关系";如果强使文艺流于"迎合"和"媚悦"大众,"是不会于大众有益的"。他认为要使文艺真正属于大众并开展"大规模的设施","必须政治之力的帮助",而当时还属于这种新时代的准备阶段,"一条腿是走不成路的"。[①] 这里他实事求是地估计了工农群众的接受能力和进步作家应该采取的措施;适当地肯定了"五四"以来文艺作品的社会作用;认为在人民群众还处于被压迫地位的情况下,是不可能要求全部彻底地解决文艺大众化问题的。实际上他是要求左翼作家在大众化问题上必须准备作踏实的持久的努力。应该说,鲁迅的这些意见不仅是清醒的和正确的,而且对"左联"的文艺大众化运动也是起了实际的指导作用的。

二

1932 年进行的关于文艺大众化的第二次讨论,比前一次要深入和具体。这次讨论的中心已经不是一般地讲大众化的重要意义,而是着重在具体的措施和途径,因此涉及最多的是文艺作品的语言、形式、体裁以及内容和描写技术等问题。就是说问题已经集中到"怎么做"才能取得为大众所欢迎的效果。这是左翼文艺运动在实践中提出来的问题,同时它也反映了"九一八"以后人民群众抗日情绪高涨,向文艺作品提出了新的要求。1932年 3 月"左联"通过的《关于"左联"目前具体工作的决议》中就说:"首先,'左联'应当'向着群众'! 应当努力的实行转变——实行'文艺大众化'这目前最紧要的任务。具体的说,就是要加紧研究大众文艺,创作革命的大众文艺,以及批评一切反动的大众文艺。"除此以外,它也指出"目前一般以知识分子和青年学生为主要读者对象的非大众化的文艺作品,也应当在文字、体裁及描写等各方面实行大众化,使其不仅为知识分子的读物,在一方面也能为工农大众读者所接受"。[②] 这说明"左联"除积极地多方面地加强普及工

---

① 鲁迅:《集外集拾遗》。
② 见《秘书处消息》第 1 期,"左联"秘书处出版。

作以外,对作家的创作也是同样提出了大众化的要求的。由于"左联"的重视,不仅许多作家都参加了大众文艺的创作实践,写出了一批普及性的作品,著名的如鲁迅的民歌体诗《好东西》《公民科歌》《南京民谣》和《"言词争执"歌》,瞿秋白的"乱来腔"《东洋人出兵》等,而且理论探讨的规模也很大,《北斗》《文艺新闻》都发起了征文,各种文艺刊物上发表了许多文章,参加讨论的人也比较广泛,如陈望道、郑振铎等人都写了文章。① 这次讨论涉及许多重要问题,对当时和以后的创作产生了深远的影响。

由于文艺大众化首先要求作品能使大众看得懂,唱本和连环图画等在大众中流行的形式自然引起了人们的重视,因此关于大众文艺的形式体裁问题就成了讨论中涉及最多的一个方面。这里有通俗形式与艺术质量的关系问题,有旧形式的采用与改造的问题,也有新形式的创造与输入的问题。有些人虽然承认唱本和连环图画等可以产生宣传鼓动的作用,但不承认它有艺术价值;"第三种人"苏汶就用嘲讽的口吻问道:"这样低级的形式还生产得出好的作品吗?"② 鲁迅的《"连环图画"辩护》一文就引用了中外美术史的许多事实,说明只要有"好的内容和技术",通俗形式的作品"不但可以成为艺术,并且已经坐在'艺术之宫'的里面了"。他指出提倡连环图画并不"蔑弃大幅的油画和水彩画"那种高级形式的作品,但应该同样看重连环图画这类形式,因为"大众是要看的,大众是感激的!"这里不仅说明了重视为群众所喜闻乐见的文艺形式的重要性,而且说明普及性的作品同样需要作者追求"好的内容和技术",努力提高艺术质量。在利用旧形式的问题上,瞿秋白在主张运用旧式体裁的同时,也提出了预防盲目模仿旧式体裁的投降主义。他认为"应当做到两点:第一,是依照旧式体裁而加以改革;第二,运用旧式体裁的各种成分,而创造出新的形式"③。这一思想在鲁迅后来写的《论"旧形式的采用"》一文中得到了阐发,他从接受文艺遗产的高度来考察了中国的艺术史,论述了新文艺对历史遗产的继承和革新的关系。他说:"旧形式是采取,必有所删除,既有删除,必有所增益,这结果是新形式的出现,也就是变革。"这些意见对于促进文艺创作努力取得鲜明

---

① 见《北斗》第 2 卷第 3、4 期合刊。
② 苏汶:《关于"文新"与胡秋原的文艺论辩》,《现代》第 1 卷第 3 号。
③ 瞿秋白:《论大众文艺》。

的民族特色,是有很大贡献的。除了利用旧形式之外,周扬主张也"要尽量地采用国际普罗文学的新的大众形式",如报告文学、群众朗读剧等①。其中报告文学这种体裁就是由于"左联"的倡导而在中国得到繁荣和发展的。不仅 30 年代就产生过像夏衍的《包身工》那样的优秀作品,而且直到今天它仍然是深受群众欢迎的一种文学体裁。

　　文学是语言的艺术,为了使大众看得懂,语言问题自然成了讨论的重点。"五四"以来的文学创作由于受到翻译的外国作品的影响,语言的"欧化"倾向相当普遍,这就妨碍了文学的普及程度,因为它不符合群众的习惯和爱好。这当中自然还有题材内容和表现方式等复杂的原因,但语言无疑是一个重要的问题。所以瞿秋白认为用什么话写"虽然不是最重要的问题,却是一切问题的先决问题"②。关于大众语的更为广泛和深入的讨论是 1934 年那次大规模的论争的中心,但许多重要论点在这一次讨论中就已经涉及了。瞿秋白强调大众文艺所用的语言"应当是更浅近的普通俗语,标准是:当读给工人听的时候,他们可以懂得"③。周扬认为"只有从大众生活的锻冶场里才能锻冶出大众所理解的文字,只有从斗争生活里才能使文字无限地丰富起来"④。由于当时在对"五四"文学革命和白话文运动的估价上有分歧,以及在都市工人中是否已经形成了一种大众的普通话有不同的看法,因而有些意见是并不一致的。但许多人都强调了从人民群众的口语中提炼文学语言的重要性,因而对文学创作产生了有益的影响。

　　讨论也注意到作品的题材内容和艺术表现方面。瞿秋白主张"普洛作家要写工人民众和一切题材,都要从无产阶级观点去反映现实的人生,社会关系,社会斗争。"他号召文学青年"到群众中间去学习","观察,了解,体验那工人和贫民的生活和斗争,真正能够同着他们一块儿感觉到另外一个天地"⑤。周扬认为"最要紧的是内容",主要任务应该是描写大众的斗争生活,而且认为革命作家应该是"实际斗争的积极参加者"⑥。在艺术表现方面,茅盾强调大众文艺除了读得出听得懂之外,还"必须使听者或读者感

①④⑥　起应:《关于文学大众化》,《北斗》第 2 卷第 3、4 期合刊。
②　　瞿秋白:《瞿秋白文集(三)·大众文艺的问题》。
③⑤　瞿秋白:《论大众文艺》。

动"。他认为作品必须从行动上来描写人物的性格，多用"合于大众口味的艺术的动的描写"，才能产生感人的力量。[①] 上述这些论点都接触到了文艺大众化的重要方面，显示了讨论的深入和进展。

<h2 style="text-align:center">三</h2>

1934 年的讨论是以大众语为中心展开的，它与文艺大众化有联系，有些文章也谈到了大众语和文学创作的关系，但讨论的中心是语言文字问题。这是有客观原因的，就左翼文化运动来说，既然把为工农大众服务当作工作的首要任务，在群众被剥夺了文化教育权利的反动统治下，自然要为打破统治者的文化垄断和争取群众的文化教育权利而斗争，因此对于文化界的反对复古主义和提倡语文改革的活动当然是要引导和支持的。同时这也是当时反文化"围剿"的一个组成部分。1934 年是国民党反动文化统治最猖獗的时期，他们提倡以封建道德为中心的"新生活运动"，残酷迫害进步文化，许多左翼刊物都被迫停刊了。正是在这种白色恐怖的情况下，国民党一些御用文人公然在报刊上提出了"复兴文言"的主张，同"五四"时期国粹派反对白话文完全唱的是一个调子；另外还有人提倡什么"语录式"（白话的文言）的文体。这一股开倒车的逆流引起了文化教育界的强烈反响，因而引起了关于语文问题的一场广泛的论争。复古派用指摘白话文的缺点来提倡文言文，进步文化界则为纠正白话文的脱离群众而提倡大众语。陈子展在《文言——白话——大众语》一文中说："从前为了要补救文言的许多缺陷，不能不提倡白话，现在为了要纠正白话文学的许多缺点，不能不提倡大众语。"[②] 由于这是一场为文化教育界所普遍关心的前进与倒退的斗争，参加的人很多，发表了许多文章，而且讨论是在发行量很大的《申报》《中华日报》《大晚报》等报刊上展开的，与以前只在左翼刊物上的讨论不同，因此社会影响也很大。因为参加的人很广泛，所以文章的论点也相当驳杂。而且除批判复古主义以外，左翼作家对于大众语和大众文艺，很难像以前那样鲜

---

① 　止敬：《问题中的大众文艺》，《文学月报》第 1 卷第 2 期。
② 　1934 年 6 月 18 日《申报·自由谈》。

明地和充分地展开自己的论点。因此这次论争虽然规模很大,但主要收获是在进行文化斗争和扩大思想影响方面。在讨论中,由于反对复兴文言,进而讨论到大众语与白话文的关系问题,纠正了上一次对"五四"新文学和白话文否定过多的偏向。而且既然要提倡大众语,就必然要讨论到普通话的性质和方言土语问题,在文字上则由于汉字的难学难写进而提倡汉语的拼音化(当时称作"拉丁化新文字")和汉字的简化(当时叫"手头字")。叶籁士的一篇文章的题目就叫《大众语——土话——拉丁化》①,后来的文字改革运动就是由此发轫的。就当时的社会影响说,它实际上表现为一场群众要求文化权利和反对文化专制主义的斗争。

在论争中也讨论到大众文艺的问题,谈得比较多的是关于作家必须实际接近大众,向大众学习语言的重要性,以及作品中采用方言土语的得失,并由此谈到方言文学的问题。虽然讨论得不够深入,但由于语言文字是形式的中心,而且提倡大众语的出发点是为了使作品为大众所理解和爱好,因而对文艺大众化运动仍然是有促进作用的。

最近看到一本香港出版的《文坛五十年》的书,作者是这次论争的积极参加者,他想以回忆录和随感的形式来写出中国现代文学的发展历程;但个人的经历毕竟有限,如果据之作出某种判断,反而会为见闻所囿。在这本书的《大众语运动》一节里,作者谈到了针对当时的"文言复兴"逆流,他和陈望道、叶圣陶、陈子展等人商量,决定提出大众语口号的经过。提供这种史料本来是好事,但他由此断言别人认为"鲁迅奠定了基本观点"以及"有人还牵到宋阳即瞿秋白身上去,好似这是他倡导的,那更牛头不对马嘴了"。意思很清楚,就是说这次论争与瞿秋白、鲁迅,以及左翼运动是毫无关系的。瞿秋白确实没有参加这次论争,"大众语"这一个词也是在这次论争中提出来的,但这都不能说明它与瞿秋白没有关系。这次讨论中主张大众语的许多基本论点都是1932年瞿氏关于文艺大众化的论点的阐述和发挥;关于汉语拉丁化的主张也是瞿氏于1932年首倡的,现在的《瞿秋白文集》中就收有他写的《新中国文草案》。这一事实当时许多参加讨论的人都是清楚的,例如魏猛克在《普通话与"大众语"》一文中就慨叹1932年宋阳的文章发表以

---

① 1934年7月10日《中华日报·动向》。

后，由于《文学月报》停刊而未能深入讨论，认为必须重新"成为一个新的运动"①。这种情况反动派也是知道的，国民党反动文人李焰生就说："所谓大众语文，意义是模糊的，提倡不是始自现在，那时文艺的政治宣传员如宋阳之流，数年前已经很热闹的讨论过，——这是继普罗文艺而来的。"②他这样说的目的当然是在用政治迫害来恐吓参加讨论的人，但从大众化运动的脉络来说，这次论争并不是与瞿氏的论点没有关系。至于鲁迅，他写了不少的文章来参加讨论；如果说"基本观点"是指论争的成果和收获的话，那么鲁迅的《门外文谈》正是接触到论争中所有的重要问题，而以历史唯物主义的观点予以正确的分析和解答的。当时左翼作家虽然正遭到残酷的迫害，但积极参加讨论的人也不是个别的；更为重要的是作为一次文化思想战线上的重要论争，它本来就是在左翼大众化运动的影响和支持下展开的。

鲁迅的《门外文谈》从文字和文学的产生和发展的角度，考察了文化发展的规律以及它和人民群众的关系；综合地阐述了大众语、拉丁化和文艺大众化的重要意义和必然性。不仅论点鲜明，文字显豁，而且有针对性地批评和纠正了论争中所出现的一些错误或偏颇的看法。鲁迅认为历史上的人民口头创作"虽然不及文人的细腻，但他却刚健，清新"。方言土语里常有意味深长的"炼话"，"这于文学，是很有益处的"。他强调"大众，是有文学，要文学的，但决不该为文学做牺牲"。因此"倘要中国的文化一同向上，就必须提倡大众语，大众文，而且书法更必须拉丁化"。"一句话，将文字交给一切人。"这就从人民群众是历史和文化的创造者的高度，阐明了大众化的重要意义。对于大众语和大众文艺的关系，他在《花边文学·做文章》一文中借高尔基的话作了说明："大众语是毛胚，加了工的是文学。"这里所解释的文学创作和群众语言的关系，同样可以说明关于大众语的讨论对于文艺大众化运动的奠基的作用。

四

30年代的文艺大众化运动不仅在扩大马克思主义文艺思想的阵地、形

---

① 1934年6月18日《申报·自由谈》。
② 李焰生：《由大众语文文学到国民语文文学》，《社会月报》第1卷第3期。

成一支努力为人民群众服务的文艺队伍方面有了很大的成就,而且总的看来,它还促使创作的内容和风貌较之"五四"时期与群众有了更加密切的联系。但这并不是说它就没有缺点和错误。由于它是在国民党反动派的白色恐怖之下进行的,文艺工作者被剥夺了深入群众和发表言论的自由,同时无产阶级革命文艺运动尚处于缺乏经验的开始阶段,理论上又受到了一些"左"的干扰,因而发生一些错误是很难避免的。例如要求"脱弃'五四'的衣衫"以及把"五四"新文学称为非驴非马的"骡子文学"等论点,就显然是不正确的①。但如果我们历史地从当时的具体环境和社会影响来考察,则如前所述,那成就和贡献显然是不容低估的。事物总有一个发展的过程,左翼文艺大众化运动也只有在文艺和人民群众相结合的进展道路上来考察,才符合历史的实际。它上承"五四"文学革命和白话文运动,以后又发展为抗战时期的通俗文艺的创作和关于民族形式的讨论,都是沿着努力追求使文艺更好地为人民群众服务这一线索向前进展的,这是一个宝贵的传统,它深刻地显示了现代文学与人民群众的联系。毛泽东同志的《在延安文艺座谈会上的讲话》是在人民已经建立了自己的革命根据地和民主政权的情况下发表的,如《讲话》所说,那里已经不存在"把工农兵和革命文艺互相隔绝"的状况,已经和30年代的国民党统治区属于"两个历史时代",因而革命文艺运动所面临的问题和所要解决的途径都与以前大不相同了。这说明我们的文艺又向前发展了一步,怎么可以由此来否定过去艰苦地战斗过来的历程和贡献呢!事实上毛泽东同志已经说明"'五四'以来的革命文艺运动——这个运动在二十三年中对于革命的伟大贡献以及它的许多缺点"是《讲话》时考虑问题所依据的一个"事实的基础",而且明确指出了"革命的文学艺术问题,在十年内战时期有了大的发展"。并没有否定过去的意思。从现代文学的历史发展来看,《讲话》所要解决的仍然是在新的条件下文艺如何更好地为群众服务这个根本问题;因此决不能用《讲话》来贬低30年代文艺大众化运动的功绩。就说"化大众"这个提法罢,也并不像有些人所讲的那样"罪孽深重";如果我们承认文艺对群众有宣传教育和认识生活的作用,那么文艺工作者努力追求用革命的思想内容来为人民群众服务的方法和途径,又有

---

① 瞿秋白:《学阀万岁》。

什么不对呢！至于谈到作家自己思想感情的改造，那也只能要求在革命实践（包括创作实践）中去解决，而不能要求先彻底改造好了再开始工作。鲁迅在 1934 年讨论大众化问题时就指出："由历史所指示，凡有改革，最初，总是觉悟的智识者的任务。但这些智识者，却必须有研究，能思索，有决断，而且有毅力。……他不看轻自己，以为是大家的戏子，也不看轻别人，当作自己的喽罗。他只是大众中的一个人，我想，这才可以做大众的事业。"[①]当时从事左翼文艺运动的许多人，包括鲁迅，正是按照这种精神来积极活动的。

文艺是属于人民的。文艺如何更有效地为人民群众服务，不仅是个理论问题，更重要的是个实践问题。虽然文艺反映人民生活并为人民群众服务的原则是应该坚持不渝的，但人民的生活和思想情绪是和时代的脉搏息息相关的，是根据历史条件和社会环境的变化而有所不同的。随着现实生活的发展，人民群众会不断提出新的关心的问题和新的精神生活的需要，这就必然要对文艺不断地提出新的要求，也必然会有许多新的问题要求从理论上加以分析或总结。而历史的经验之所以值得重视，就因为它可以为今天的实践提供借鉴。邓小平同志在第四次文代会的《祝词》中说："人民是文艺工作者的母亲。一切进步文艺工作者的艺术生命，就在于他们同人民之间的血肉联系。"这是概括了我国革命文艺运动的历史经验的。当我们想到在 30 年代那样艰险的历史条件下，以鲁迅为首的左翼文艺工作者是那样为文艺与人民群众的结合而全力奋斗的时候，当然是会激发起我们为人民的文艺事业奋勇献身的高度热情的。

1980 年 2 月 13 日

原题《三十年代的文艺大众化运动》，载 1980 年《文艺报》第 3 期，署名王瑶。收入《王瑶全集》第 5 卷《中国现代文学史论集》（河北教育出版社，2000 年版），改题为《关于文艺大众化——纪念"左联"成立五十周年》。

---

① 鲁迅：《门外文谈》。

《在延安文艺座谈会上的讲话》在现代文学史上的历史意义

　　毛泽东同志的《在延安文艺座谈会上的讲话》已经发表四十年了,这一具有重要历史意义的马克思主义文献对现代文学发展的巨大影响是尽人皆知的,但我们不应只看到它从抗日战争后期以来指导了以描写"新的人物、新的世界"为主要特征的文学发展的"新阶段",而更重要的是它的产生和其中的许多重要论点都是总结和概括了"五四"以来现代文学发展的基本经验的。正如毛泽东思想是马克思列宁主义在中国的运用和发展,是中国共产党集体智慧的结晶那样,作为毛泽东思想的重要组成部分的毛泽东文艺思想,也是集体智慧的产物。从"五四"开始,以鲁迅为代表的党内外马克思主义的文艺家、作家都对它的形成和发展作出了一定的贡献。毛泽东同志在《讲话》中强调了马克思主义"实事求是"的原则,他指出作为《讲话》出发点的一个基本事实就是"'五四'以来的革命文艺运动——这个运动在二十三年中对于革命的伟大贡献以及它的许多缺点";这就清楚地说明:《讲话》是"五四"以来革命文艺运动实践经验的科学总结与集中概括。因此,我们只有把《讲话》放到"五四"以来革命文艺的历史发展中,联系整个革命文艺运动、文艺思潮的发展来加以考察,才能科学地理解《讲话》的伟大历史意义;而它在理论上的某些局限与不足,也只有从它所产生和形成的历史条件,才有可能得到科学的认识与说明。

　　下面,根据《讲话》的基本精神,我想从五个方面来谈一点自己的理解和体会。

一 关于文艺与人民的关系

由"五四"开始的中国现代文学，人们一向习惯称之为"新文学"，所谓"新"的一个基本特点就是它要求文学与人民群众取得联系。"五四"文学革命是由倡导白话文开始的，但它的意义并不只限于文学形式和表达工具的革新，而是体现了文学如何才能为最广大的群众所接受、文学与人民取得联系这一历史要求。文学革命的主要精神是什么呢？用一句话来概括，就是要求建设一种用现代人的语言表现现代人的思想的文学。现代人的语言就是白话文，而现代人的思想就是民主与科学。这种要求的出现当然有深刻的社会原因，它是与中国民主革命历史的伟大转折相联系的，同时它也是中国人民对现代化的要求在文学上的反映。因此新文学同主要产生于封建社会的"旧文学"的一个基本不同点，就是它从开始起就要求文学和人民群众取得联系。以提倡白话文来说，就"五四"当时的先驱者们的主张看来，他们之所以坚决主张"白话当为文学之正宗"（陈独秀语），主要是两方面的理由：第一，当作一种完善地表现进步思想的文学语言，白话是最能胜任、最富有表现力的；第二，白话更能为一般人所读懂，能够普及。这第二点其实是更为重要的，因此"国民文学"或"平民文学"就成为震动一时的口号。虽然所谓"平民"或"国民""实际上还只能限于城市小资产阶级和资产阶级的知识分子"，但因为"当时还没有可能普及到工农群众中去"[①]，这样的口号至少已经显示了文学革命对于"普及"的要求，显示了民主革命的启蒙运动的迫切需要。当时所展开的思想斗争也是尖锐地接触到这一点的，林琴南反对白话文就因为它是"引车卖浆之徒所操之语"，也有人说"白话鄙俚浅陋，不值识者一哂"。而鲁迅在《新青年》随感录中就答复道："中国不识字的人，单会讲话，'鄙俚浅陋'不必说了。……四万万中国人嘴里发出来的声音，竟至总共'不值一哂'，真是可怜煞人。"[②]这些事实说明"五四"时期把提倡白话文来当作文学革命的重要内容，并不完全是只着重在形式方面，而正是为了

---

① 毛泽东：《新民主主义论》。

② 鲁迅：《现在的屠杀者》。

使进步的文学作品能够获得更多的读者，能够发挥教育人民的效用；是为了"普及"和推动人民革命的发展的。这在实质上就是一个如何使文学更有效地为人民服务的问题。在当时，问题当然还没有这样明确地提出来，但实际上是接触到了的。

这本来是由新民主主义革命的性质和任务所决定的。毛泽东同志把"大众的"和"民族的、科学的"一同规定为新民主主义文化的主要特征，正是科学地概括了由"五四"文学革命发端的新时代的文学区别于过去一切历史阶段文学的新的性质。因此他才充分肯定了"五四"运动时期"反对文言文，提倡白话文，反对旧教条，提倡科学和民主"的历史功绩，认为"在那时，这个运动是生动活泼的，前进的，革命的"[①]。我们可以说，追求和探索如何使文学更好地和更有效地为人民服务的问题，是由"五四"开始的中国现代文学史的一条重要的发展线索。

在我国旧民主主义革命时代，为了适应资产阶级领导的民主革命的需要，晚清也有过不少"启迪民智"的普及文化的活动。梁启超的著名论文《论小说与群治之关系》，正是由"群治"的角度来提倡"新小说"的；而白话谴责小说的盛行，"诗界革命"的提倡，"新民体"散文的流行，话剧形式的输入，也正反映了民主革命的这一启蒙要求。资产阶级在它还领导革命的时代，它总是企图以全民代表的身份来领导群众向封建统治者进行斗争；但不仅这些文学改良运动总的说来奏效甚微，不久就都偃旗息鼓了，而且即使在当时，它们的那种居高临下的考察问题的角度，那种和封建传统思想难以解脱的种种联系，都谈不上是要求文学为人民群众服务的问题。虽然那时也有些先进人物同情于人民群众的悲惨处境，痛感到群众觉悟程度对于革命事业的重要性，因而想通过文艺来提高人民的觉悟，从而探索改变他们处境的道路，但这些人在当时的历史条件下，是很难有所作为的。正如鲁迅在《呐喊·自序》中所追述的，当时"如置身毫无边际的荒原，无可措手"，结果感到的只是"寂寞"。只有到了"五四"时期，在新的历史条件下，文艺与人民的关系问题才真正地被提上了历史的日程。因此陈独秀在《文学革命论》中，"高张'文学革命军'大旗"，"旗上

---

① 毛泽东：《反对党八股》。

大书特书吾革命军三大主义"，第一条就是"推倒雕琢的阿谀的贵族文学，建设平易的抒情的'国民文学'"。鲁迅以后提出"文艺是国民精神所发的火光，同时也是引导国民精神的前途的灯火"[①]，强调文学要反映"国民精神"，写出"现代的我们国人的魂灵"[②]，同时又反过来影响国民的灵魂，促进人民和民族的觉醒，其着眼点依然是文学与国民的密切联系。随着运动的发展，"国民文学"具有了越来越明确的内容。"注意社会问题，同情于'被损害者与被侮辱者'"主张的提出[③]，"到民间去"的口号在作家中的反应，"民众文化"的提倡，都反映了要求文学与广大的被压迫的人民群众的结合。在创作上，农民第一次成为文学作品的主人公，"表现下层人民的不幸"成为新文学的重要主题，这些都显示出了新民主主义革命时期的新的历史特点。所以说，"五四"新文化运动从一开始就把寻求正确解决文学和人民群众的关系问题，作为新文学的一个根本问题提了出来，并且形成了一个光荣的传统。

但是文艺与人民的关系问题，在"五四"时期，无论在理论认识还是在创作实践上，都还不可能得到明确的解决，而且像这样重大的问题也不是轻易可以解决的。当时有的人提出的所谓绝不能将文学"低就民众""只能由少数领着多数跑"等等，都说明距离文艺与人民关系问题的真正解决还相当远。到了无产阶级充分显示出领导作用的"五卅"运动以后，文艺理论上就开始提出了创造"表同情于无产阶级的社会主义的写实主义的文学"的口号[④]，20 年代末期，无产阶级革命文学运动的倡导者太阳社与创造社的理论家们更明确提出要以"农工大众"为文学的主要服务对象与表现对象[⑤]。"左联"成立以后，更明确提出以大众化作为无产阶级文学运动的中心，这正是看到这个问题没有解决并企图努力加以解决的措施。瞿秋白在《大众文艺的问题》中说：

　　平民群众不能够了解所谓新文艺的作品，和以前的平民不能够了

---

① 鲁迅:《论睁了眼看》。
② 鲁迅:《俄文译本〈阿 Q 正传〉序及著者自叙传略》。
③ 茅盾:《自然主义与中国现代小说》。
④ 郭沫若:《革命与文学》。
⑤ 成仿吾:《从文学革命到革命文学》。

解诗、古文、词一样。新式的绅士和平民之间,还是没有"共同的言语"。既然这样,那么,无论革命文学的内容是多么好,只要这种作品是用绅士的言语写的,那就和平民群众没有关系。

要使新文艺和人民群众发生关系,语言和形式的问题当然重要,并且一定是会在实践中接触到的,但更重要的却是作家与群众结合,解决自己与描写对象和服务对象之间的距离问题。当时"左联"对大众化是做了许多工作的,如提倡大众语,推行手头字,组织工农通讯员和提倡报告文学等,都取得了一些成就。现在看来,尽管左翼文艺运动关于文艺大众化问题的理论或具体措施有过一些不尽恰当的地方,例如:对于"五四"以来的文学成就估价过低,以及有过一些关于语言有阶级性的理论,等等,但把大众化当作左翼革命文学运动的中心则是完全正确的。当时明确指出大众化问题的解决"实为完成一切新任务所必要的道路",这实质上就是明确了现代文学发展中的一个带有方向性质的关键问题。因为就革命文艺的特点和它的社会作用说来,就革命文艺同它的描写对象和服务对象之间的关系说来,文艺和群众结合的问题都是一个根本问题。应该说,"左联"时期对这个问题的探索,或者说文学与人民结合的程度,比之"五四"时期是有了很大进展的。鲁迅在《对于左翼作家联盟的意见》里指出,文艺的"联合战线"必须以为"工农大众"的"共同目的为必要条件",而绝不能"只为了小团体",或者"只为了个人"。这里明确地提出了文艺"为什么人"的问题,是对"五四"以来所追求的文学与人民的关系问题在理论上的重大发展。鲁迅的这一观点后来直接为毛泽东同志所引述,并被概括于《讲话》的"文艺为以工农兵为主体的人民大众服务"的思想之中。

抗战爆发后,在"文章下乡""文章入伍"的号召下,在动员全国人民坚持抗战的要求下,这个问题显得更加突出和尖锐了,许多作家也有了一些通俗文艺创作活动的实践,当时展开的关于"旧瓶装新酒"和民族形式的创造等问题的讨论,正是"左联"时期大众化问题在新的历史条件下的发展。它们所要解决的问题是一个,即如何使文艺更好地和更有效地为人民服务的问题。在讨论中,除了强调民族形式的继承与发展、语言的大众化等问题外,还强调了作家应当"投入大众的当中,亲历大众的生活,学习大众的言语,体验大众的要求,表扬大众的使命"①。这里将文艺与人民的关系问题同作家与人民的关系问题联系起来加以考察,说明对这一问题的认识正处于进一步的深化过程之中。

值得注意的是鲁迅在《文艺的大众化》一文中所提出的意见,他虽然积极支持并参与了关于大众文艺的理论探讨和创作实践,但他清醒地认识到"文艺大众化"的"全部"实现,即作家与人民大众、文艺与人民大众的彻底结合,"必须政治之力的帮助"。这就是说,在无产阶级还没有掌握政权的条件下,作家处于与人民隔绝的状态,不可能深入"革命的旋涡中心"②,作家在思想上和生活上与人民的结合就不能不受到极大的限制。因为深入群众生活不仅是革命作家的义务,也是他们所应享的权利,而在反动统治下,处于被迫害状态下的作家是不可能享有这种自由和权利的。另一方面,处于被压迫地位的人民群众,在政治上和经济上获得解放之前,也没有条件改变自己文化落后的状态,他们对文艺的接受与鉴赏也必然要受到很大的限制。总之,文艺与人民的关系问题在理论与实践上的根本解决,必须有人民自己的"政治之力的帮助",而在鲁迅的时代,历史条件显然还不成熟,它的解决必须有待于"人民大众当权的时代"③。

毛泽东同志《在延安文艺座谈会上的讲话》的历史功绩,正是在人民大众已经有了自己的根据地和解放区,开始在政治、经济以及文化上翻身的新的历史条件下,鲜明地提出了文艺为以工农兵为主体的人民大众服务的根本方向,提出了作家"必须和新的群众的时代相结合""必须彻底解决个人和群众的关系问题",做"群众的忠实的代言人"。这就从根本上解决了文艺与人民的关系这一现代文学发展中的中心问题,使广大革命文艺工作者不仅在认识上明确了文艺与群众关系问题的重要性,而且也找到了具体实践的途径,从而在现代文学史上开辟了一个新的历史阶段。毛泽东同志正是在总结"五四"以来现代文学发展的基础上,既看到了它的贡献,也看到了它的缺点,而给以马克思主义的精辟分析的。对于"大众化"问题,他就作出了这

---

① 郭沫若:《"民族形式"商兑》。
② 鲁迅:《答国际文学社问》。
③ 毛泽东:《在延安文艺座谈会上的讲话》。

样明确扼要的说明："许多同志爱说'大众化'，但是什么叫做大众化呢？就是我们的文艺工作者的思想感情和工农兵大众的思想感情打成一片。"在《反对党八股》一文中讲得更其生动和具体：

> 例如那些口讲大众化而实是小众化的人，就很要当心，如果有一天大众中间有一个什么人在路上碰到他，对他说："先生，请你化一下给我看。"就会将起军的。如果是不但口头上提倡提倡而且自己真想实行大众化的人，那就要实地跟老百姓去学，否则仍然"化"不了的。

文艺作品如何才能受到人民群众的欢迎呢？（这是文艺能够发挥它应有的社会作用的前提）首先是作品内容所表现的思想感情能够引起群众的爱和憎，感动、理解或共鸣，其次是它的语言形式能为群众所喜闻乐见，而前者当然是更根本的。毛泽东同志对于"大众化"的解释不仅在理论上是"五四"以来关于文艺与人民关系问题的总结和发展，而且也阐明了革命文艺创作的客观规律。因为对于一个作家来说，重要的不只是他的理性认识，更重要的是他对现实生活的感情和态度。正如鲁迅所说，同路人作家与无产阶级革命作家的根本不同，就在于"前者虽写革命或建设，时时总显出旁观的神情，而后者一落笔，就无一不自己就在里边，都是自己们的事"①。作家解决了和人民群众"思想感情打成一片"这个中心环节，就从根本上解决了文艺与人民的关系，就使文艺为人民服务有了必要的条件和保证。《讲话》发表以后的许多优秀的创作，就证明了这一点。

从"五四"提倡白话文开始，对于文艺大众化问题的努力和探索都着重在文学的语言和形式方面，而多少忽略了文艺工作者的自身与群众结合的问题。当然，语言和形式对于大众化也并不是不重要的，毛泽东同志就对民族形式和语言问题作过重要的论述；但是即使仅就语言和形式的问题说，要解决得好也是有赖于深入人民群众的生活的。毛泽东同志在《反对党八股》一文中就说："人民的语汇是很丰富的，生动活泼的，表现实际生活的。"而对于人民群众的丰富生动的语言缺乏充分的知识正是造成文艺工作者"英雄无用武之地"的一个原因。总之，这些问题也只有在文艺工作者深入生活的

---

① 鲁迅：《〈一天的工作〉前记》。

过程中才能够逐渐得到完满的解决。

对于"五四"以来革命文艺运动所艰辛地探求并努力企图解决的文艺与人民关系的问题,毛泽东同志在《讲话》中作出了明确的理论上的阐发,这是我们今天仍然必须坚持的科学原则;它不仅有重大的历史意义,而且也有长远的指导作用。因此邓小平同志在第四次文代会上的《祝词》中说:"人民是文艺工作者的母亲。一切进步文艺工作者的艺术生命,就在于他们同人民之间的血肉联系。"

二 关于新文学的革命现实主义传统

从"五四"开始的中国现代文学,从文艺观和创作方法的主流来说,就是由鲁迅所奠定并向着社会主义方向发展的革命现实主义传统。这个宝贵的传统为十年浩劫所破坏,"四人帮"批判的所谓"黑八论",其中心就是批判现实主义,为制造阴谋文艺服务。因此我们在拨乱反正的工作中,首先提出的就是恢复革命现实主义传统。这个传统的基本精神就是文艺必须反映现实生活,重视艺术的真实性。"五四"文学革命反对模仿,提倡创新,正是由这里出发的。陈独秀在《文学革命论》中明确地把"推倒陈腐的铺张的古典文学,建设新鲜的立诚的写实文学"作为"文学革命军""三大主义"之一。在"五四"当时的先驱者们看来,"古典文学"即传统的封建社会的文学在创作方法上的根本弊病,首先是"刻意模古""无病而呻",完全脱离现实生活。"五四"文学革命一开始就把"桐城谬种"和"选学妖孽"当作革命的对象,着眼点并不是针对唐宋八家或《文选》这部书,而是指当时那些脱离现实生活、专以模拟古人为能事的旧式文人;认为他们"铺张堆砌,失抒情写实之旨"。这正是毛泽东同志后来在《讲话》中批判的"最没有出息的最害人的文学教条主义和艺术教条主义"。从创作方法说来,就是掩盖矛盾、粉饰生活的反现实主义倾向,所以鲁迅把旧文学概括为"瞒和骗的文艺",要求新文艺必须"对于人生,——至少是对于社会现象",必须采取"正视"的态度。这实际上就揭示出了革命现实主义的主要特征。他认为作家必须"取下假面,真诚地,深入地,大胆地看取人生并且写出他的血和肉来"①。这种把主观真诚和客观真实结合起来的主张是可以说明新文学从开始起就是以反映社会现实、推动社会进步作为它的创作方向的,这就是我们所珍视的"五四"革命现实主义传统。这种精神是体现在创作实践上的,鲁迅自己小说的取材就是"多采自病态社会的不幸的人们中,意思是在揭示病苦,引起疗救的注意"。他写小说是为了"利用他的力量,来改良社会"。② 沈雁冰在《什么是文学》一文中谈"五四"时期的创作时也说:"这几年来的新文学运动都是向这个'假'上攻击而努力于求真的方面,现在差不多已成了一个普遍的记号";"新文学的写实主义于材料上最注意精密严肃,描写一定要忠实"。当时的许多作者大体上都是向着忠于现实生活这一目标努力的。由于他们处于人民革命的新时代,本身有改革社会的强烈愿望,因而就要求将自己熟悉的或体验过的生活按照它的实际面貌描绘出来,以期引起读者的同感,推动社会的改革和进步。要做到这一点,就必须要求作者站在时代的前列,解放思想,正视现实,勇于揭露社会矛盾和表现自己的爱憎倾向。这就是由"五四"文学革命开始的,以鲁迅为杰出代表的革命现实主义传统的主要精神。

到了 20 年代末期开始倡导无产阶级革命文学的时候,就进一步提出了"我们现在所需要的文艺是站在第四阶级说话的文艺,这种文艺在形式上是现实主义的,在内容上是社会主义的"③主张。随着革命文艺运动的发展,许多人都感觉到在创作上有两个问题必须认真予以解决:第一是如何把无产阶级的思想要求即倾向性,与作品的艺术真实性的要求统一起来;第二是如何认识和解决革命文学必须表现工农大众的历史要求与作家对工农生活不熟悉之间的矛盾。30 年代许多有关左翼文艺运动的历史文献在讲到创作问题时实际上都是围绕着这两个问题立论的,这正是现实主义文学在发展中所遇到的实际问题,而且是必须认真对待的。我国革命文学运动对这两个问题的认识与解决,曾经有过一段曲折的过程。早期无产阶级革命文学的倡导者曾经有人把作家的世界观和创作方法、把认识现实的一般

① 鲁迅:《论睁了眼看》。
② 鲁迅:《我怎么做起小说来》。
③ 郭沫若:《文艺家的觉悟》。

法则和形象地反映现实的艺术法则混淆起来,要求作家在作品中赤裸裸地表现自己的政治倾向性。他们还认为创作不需要实际的"生活体验",可以用"体察"和"想象"来代替,因此就不顾作家的生活基础而片面地要求作家表现自己所不熟悉的"重大题材",这实际上也就是取消了作家必须熟悉人民大众的生活的任务。这种理论上的偏颇曾导致了创作上的一度背离现实主义的公式化概念化倾向。1932年以后,我们批判了所谓辩证唯物论的创作方法,强调了世界观与创作方法的统一,政治倾向性与客观真实性的统一,指出了"越能真实地全面地反映了现实,越能把握住客观真理,则它越是伟大的斗争的武器"[①]。这对文艺与生活的关系的认识,是一个很大的进展。随着马克思主义文艺理论和列宁斯大林时代苏联作品的介绍,现代文学的革命现实主义也获得了新的发展。恩格斯的对于现实主义的经典的说明和列宁关于文学的党性原则的思想对进步作家起了巨大的指导作用。当然,理论只能起指导和帮助的作用,并不能代替作家去观察和认识生活,但30年代的创作之所以取得较大的成就,是同左翼文艺运动的开展和社会主义现实主义创作方法的指导分不开的。1934年在高尔基主持的第一次全苏作家代表大会上,社会主义现实主义的创作方法被写进了苏联作家协会章程。章程规定:社会主义现实主义"要求艺术家从现实的革命发展中真实地、历史具体地去描写现实。同时艺术描写的真实性和历史具体性必须与用社会主义精神从思想上改造和教育劳动人民的任务结合起来"。由于在30年代的中国,"无产阶级的革命的文艺运动,其实就是惟一的文艺运动"[②]。因此全苏作家代表大会的酝酿、准备和召开的情况,都及时地被介绍到中国,并且还联系创作进行了理论上的探讨。中国进步作家努力提倡"手触生活""写最熟悉的事情",因而在创作上也取得了比较丰硕的收获。鲁迅指出:"现在有许多人,以为应该表现国民的艰苦,国民的战斗,这自然并不错的,但如自己并不在这样的旋涡中,实在无法表现,假使以意为之,那就决不能真切、深刻,也就不成为艺术。所以我的意见,以为一个艺术家,只要表现他所经验的就好了,当然,书斋外面是应该走出去的,倘不在什么旋

---

① 冯雪峰:《关于"第三种文学"的倾向与理论》。
② 鲁迅:《黑暗中国的文艺界的现状》。

涡中,那么,只表现些所见的平常的社会状态也好。日本的浮世绘,何尝有什么大题目,但它的艺术价值却在的。如果社会状态不同了,那自然也就不固定在一点上。"[1]鲁迅的意见既坚持了作家必须写自己熟悉的生活的现实主义创作原则,同时又是从当时无产阶级革命文学运动所处的实际环境和条件(反动的政治统治与压迫使作家不可能深入到人民群众斗争的旋涡中)出发的。鲁迅清醒地看到,作家要真正熟悉并真实地表现工农群众的生活及其斗争,也就是要解决作家不熟悉劳动人民生活的根本问题,必须要有一个完全不同的"社会状态";而在鲁迅的时代,这样的历史条件显然是不具备的。

毛泽东同志正是在"中国历史几千年来空前未有的人民大众当权"[2]的新的时代条件下,坚持了唯物主义反映论的原则,首先明确地指出了社会生活"是一切文学艺术的取之不尽、用之不竭的唯一的源泉"。作家的立场和世界观诚然是重要的,但如果对人民群众的生活处于"不熟,不懂"的状态,那就势将陷入"英雄无用武之地"的窘境。作家诚然必须写自己最熟悉的事情,才能真实地反映生活;但如果作家所熟悉的只限于自己狭小的生活圈子中的身边琐事,那是无法表现波澜壮阔的群众生活及其斗争的,当然也就不能适应新的时代的要求;因此革命现实主义要求作家不应只停留在写自己最熟悉的事情上面,而应该适应历史的发展,把自己原来不熟悉的东西变成熟悉的东西。毛泽东同志强调指出革命作家"必须长期地无条件地全心全意地到工农兵群众中去,到火热的斗争中去,到唯一的最广大最丰富的源泉中去,观察、体验、研究、分析一切人,一切阶级,一切群众,一切生动的生活形式和斗争形式,一切文学和艺术的原始材料,然后才有可能进入创作过程"。这里强调了作家深入群众生活对于改造思想与熟悉自己描写对象的重要性,从而明确地揭示了如何解决文艺必须表现工农群众生活的历史要求与作家对它并不熟悉之间这个长期存在的矛盾。这是革命现实主义传统的新发展,不仅有重要的理论意义,而且也给作家指明了具体实践的途径。毛泽东同志在谈到文艺工作者的学习问题时,指出了"学习马克思列宁

---

① 鲁迅:《致李桦》1935年2月4日。
② 毛泽东:《在延安文艺座谈会上的讲话》。

主义和学习社会"两方面的任务,正是从树立正确的世界观和熟悉社会生活两方面并提的,因为只有这样,作家才能"根据实际生活创造出各种各样的人物来,帮助群众推动历史的前进"。毛泽东同志的这一思想科学地揭示了现实主义文艺创作的规律,而"人民掌握政权"的客观条件又给作家提供了"到群众中去的完全自由",使实现这一思想有了现实的可能性,因此它就迅速转化为物质力量。许多作家在深入群众生活的过程中创造出了为人民所欢迎的,有着鲜明个性的真实可信的工农兵形象,把现代文学推进到了一个历史的新阶段。解放区的许多具有浓厚生活气息的新作品,体现了鲜明的思想倾向性和艺术真实性的统一,标志着我国现代文学的革命现实主义创作达到了一个新的水平。

毛泽东同志在《讲话》中特别强调了改造思想的重要性,目的是要解决作家的主观与客观的关系。就作为创作方法或创作原则的革命现实主义来说,除了世界观的重要指导作用以外,要真实地按照生活的本来面貌反映生活,还有许多艺术规律的问题需要研究和探索。即就世界观对创作的指导作用来说,当然它是十分重要的,但如果像十年浩劫时期那样把世界观的作用强调到绝对化和起决定作用的程度,那就不能不最终否定从生活出发、真实地再现生活的根本原则,而陷入唯心主义和反现实主义的泥坑。因为要写成一部好的作品,需要很多条件,即使作家长期深入生活并同劳动人民在思想感情上没有隔阂,也只是具备了作为革命作家的一个重要条件,并不能保证他就一定能写出优秀的成功的作品;这里还有作家认识生活和感受生活的能力,作家积累素材和提炼概括的本领,作家的艺术修养和表现手段等等重要因素。毛泽东同志在《讲话》中开头就说,他的目的是要"研究文艺工作和一般革命工作的关系",他是根据革命工作的要求和整风运动的目的讲的,并不是专门讲现实主义创作的艺术规律,这是需要文艺理论工作者去深入研究的,因此我们不能认为他没有讲到或没有强调的东西就是无足轻重的。重要的是,从现代文学史的角度看,《讲话》确实丰富和发展了由"五四"开始的革命现实主义传统,并产生了推进历史前进的重大作用。

三　关于"文艺问题上的两条战线斗争"

毛泽东同志在《讲话》中指出:"我们既反对政治观点错误的艺术品,也反对只有正确的政治观点而没有艺术力量的所谓'标语口号式'的倾向。我们应该进行文艺问题上的两条战线斗争。"从现代文学的发展过程来考察,应该说,从"五四"时期开始,我们就是进行了两条战线斗争的,毛泽东同志正是总结了"五四"以来的经验而明确地提出了上述要求的。当然,什么时候主要反对什么倾向,这要视当时的具体情况而定,而且在反对一种错误倾向时,也不应该忽略另一种错误倾向的存在,这在现代文学的发展过程中也是有值得重视的经验和教训的。关于反对错误的思想倾向的斗争,由于从"五四"开始的现代文学是同中国新民主主义革命同呼吸、共脉搏的,而思想斗争又是无产阶级发挥领导作用的重要方式,因而是始终贯串于现代文学史的,它的线索非常清楚,鲁迅的杂文就充分地反映了思想斗争的过程。这种斗争的主要锋芒当然首先是针对封建文学、买办文学和反动派的法西斯文学的;其次则是同资产阶级文艺思想的斗争,例如艺术至上主义以及各种引导人消沉、享乐甚至颓废堕落等思想倾向。就斗争的主要论题看,也是带有鲜明的时代特点和体现了现代文学的发展轨迹的,如关于文言、白话的论争,关于文艺阶级性的论争,关于文艺与现实政治关系的论争以及关于文艺的工农兵方向等。这种论争不仅限于理论方面,也涉及创作的内容和倾向。就对文艺作品的评论说,我们向来也是着重于思想内容的分析和评价,这是引导许多作家的思想向前发展的重要方式之一,而且是收到了效果的。因此就对错误思想进行斗争的这条战线来说,我们不仅是长期坚持了的,而且是有成绩、有贡献的。《讲话》对当时存在的"各种糊涂观念"的批评,就是明证。当然,从总结历史经验的角度看,有的时候这种批评或斗争也有把问题提得不准确或者过火的地方,这里有理论水平问题、方式方法问题,以及打击面与团结面的关系等问题,这是需要根据当时的具体历史情况进行分析的,但总的说来,这种斗争对扩大无产阶级的思想阵地,推动作家的进步和文艺创作的发展,无疑是起了很大作用的。

文学史上某一历史阶段文学发展的水平,文艺工作的成就,归根到底是要由作品的艺术质量和社会影响来体现的,因此鲁迅指出《狂人日记》等作品"显示了'文学革命'的实绩"时,既指出了它针对旧礼教的思想意义,又指出了它以"表现的深切和格式的特别"而收到了激动人心的社会效果。① 对于 30 年代的左翼革命文学运动,鲁迅既明确地指出"无产文学,是无产阶级解放斗争底一翼"的思想②,要求作家把自己的文学工作与整个无产阶级革命事业自觉地联系起来,具有鲜明的思想倾向,但他又提出"我们需要的,不是作品后面添上去的口号和矫作的尾巴,而是那全部作品中的真实的生活,生龙活虎的战斗,跳动着的脉搏,思想和热情,等等"③。他要求作家必须把政治倾向性和艺术真实性统一起来。在我国无产阶级革命文学运动初期,曾经出现过把艺术技巧斥之为"资产阶级的东西"而予以根本否定的错误倾向,鲁迅与这种"左"倾幼稚病进行了坚决的斗争,他明确指出:"革命之所以于口号,标语,布告,电报,教科书……之外,要用文艺者,就因为它是文艺"④,因此必须"先求内容的充实和技巧的上达"⑤,把二者统一起来。鲁迅认为"忠实于他本阶级"的无产阶级作家,必须"忠实于他自己的艺术"⑥,对作品艺术质量的追求正是无产阶级文学的一项根本的任务。现代文学史上许多有成就的作家,都是向着这个方向努力的。

"五四"以来,我们在坚持思想斗争的同时,对于忽视艺术的倾向也同样进行了斗争,就是说对于另一条战线的斗争也是有它的发展线索和传统的。茅盾在主持《小说月报》时所写的许多篇"创作述评"性质的文章,就对当时创作中的不真实、不注意社会背景等缺点进行过批评,他认为当时的小说"缺少活气和个性",指出创作"必须经过若干时的人生经历","如果关在一间小屋子里,日夜读小说,模仿着做,便真有创造天才的人也做不出好东西"。⑦ 鲁迅批评杨振声的小说《玉君》企图"用人工来制造理想的人物",他尖锐地指出:依据"说假话的才是小说家"这定律写出的《玉君》,"不过一个

---

① 鲁迅:《中国新文学大系·小说二集导言》。
② 鲁迅:《对于左翼作家联盟的意见》。
③ 鲁迅:《论现在我们的文学运动》。
④⑤ 鲁迅:《文艺与革命》。
⑥ 鲁迅:《又论"第三种人"》。
⑦ 茅盾:《新文学研究者的责任与努力》。

傀儡,她的降生也就是死亡"。1930年,鲁迅在《"硬译"与"文学的阶级性"》一文中曾这样批评20年代末文学创作中的"标语口号式"的倾向:"前年以来,中国确曾有许多诗歌小说,填进口号和标语去,自以为就是无产文学。但那是因为内容和形式,都没有无产气,不用口号和标语,便无从表示其'新兴'的缘故,实际上也并非无产文学。"并指出当时一些革命文学的倡导者认为无产阶级是"新兴阶级,于文学的本领当然幼稚而单纯",以此为作品质量的低劣辩护,不注重"文学本领"的提高,是有害于无产阶级革命文学的发展的。他明确地说:"单是题材好,是没有用的,还是要技术。"①我国现代文学本来是在同"为艺术而艺术"倾向的斗争中发展过来的,但它又不懈地对忽视文学的艺术特征、否定艺术规律的公式化概念化倾向进行了长期的斗争。"左联"初期对于创作中"革命加恋爱"的批评,抗战时期关于"抗战八股"的讨论,都是明显的例证。因此对于忽视艺术质量这条战线的斗争,我们也是有长期的经验的。

　　毛泽东同志正是在总结"五四"以来经验的基础上,在《讲话》中提出了在文艺问题上进行两条战线斗争的要求的。他的这一提法既概括了现代文学发展的历史特点,也反映了文艺创作的客观规律,因而具有长远的指导意义。在召开延安文艺座谈会的时代,政治问题具有特别重要和尖锐的意义,当时首要的历史任务就是动员一切力量为实现民族解放的政治目标服务,文艺当然必须包括在内,毛泽东同志的《讲话》是作为整风运动的指导文献发表的,而当时解放区的文艺界又确实存在"三风"不正的情况,因此他把反对错误思想的倾向作为当时"两条战线斗争"的重点是很自然的。毛泽东同志是以无产阶级政治家的身份来对文艺提出要求的,他所着重的是"文艺工作与一般革命工作的关系",因此在《讲话》中他特别强调了"无产阶级的文学艺术是无产阶级整个革命事业的一部分,如同列宁所说,是整个革命机器中的'齿轮和螺丝钉'",而没有同时强调列宁关于"无产阶级的党的事业的文学部分,不能同无产阶级的党的事业的其他部分刻板地等同起来","在这个事业中,绝对必须保证有个人创造性和个人爱好的广阔天地"的思

----

　　①　鲁迅:《致陈烟桥》。

想①,特别强调了"文艺是从属于政治的,但又反转来给予伟大的影响于政治",而没有对艺术本身的特点和规律作更多的强调与发挥。这些都是需要从当时的历史条件和背景来加以理解和分析的,决不能认为毛泽东同志就不重视艺术特点的重要性。事实上即使在《讲话》发表的当时,他也没有忽视文艺工作中存在的另一种倾向,没有不注意另一条战线的斗争。在《讲话》中,他不仅指出了"政治并不等于艺术,一般的宇宙观也并不等于艺术创作和艺术批评的方法",不只提出了"缺乏艺术性的艺术品,无论政治上怎样进步,也是没有力量的","应该容许各种各色艺术品的自由竞争",而且还明白地指出了当时的文艺工作者也"有忽视艺术的倾向,因此应该注意艺术的提高"。我们要很好地领会毛泽东同志关于进行"两条战线斗争"的思想,总结现代文学发展的历史经验和教训,努力提高艺术质量,才能更有效地为社会主义服务。

"标语口号式"的公式化概念化倾向之所以不断出现,主要是两方面的原因:第一当然是作家的生活积累不足,这只能由深入生活、熟悉自己的描写对象来解决;第二则不能不与作家的艺术表现能力有关,而这只有不断努力提高自己的艺术修养,并在创作实践的过程中求得解决。要提高作品的艺术质量,就不仅要有为人民服务的思想和愿望,还要有很好的为人民服务的本领。当我们考察"五四"以来现代文学的创作成就时,虽然《讲话》以后的作品表现了新的人物和新的世界,在文学与人民的关系上取得了突出的进展,改变了"五四"以来文学作品的一些根本性的弱点,但就著名作家所获得的成就来看,我们还没有达到老一辈的作家如鲁迅、茅盾那样的高度,这恐怕就不能不看到在文化知识和艺术修养方面所存在的差距了。举一件事情说,我们老一辈的作家都曾经翻译过一些世界文学名著,像鲁迅、郭沫若、茅盾、巴金、曹禺、夏衍等作家都是如此,并不是说这是一件必须仿效的事情,我们的意思只在由此说明他们精通某一种外语和外国文学也是他们的那种深厚的文艺修养的一部分。同样地,像鲁迅、郭沫若、茅盾、闻一多、朱自清、郑振铎、叶圣陶等作家,又都写过关于中国古典文学的研究著作。他们有的还是著名的学者或理论家。这种多方面的修养使他们的眼界开

---

① 列宁:《党的组织和党的文学》。

阔,能够博采众长,为我所用,这对他们创作的成就无疑是有很大帮助的。正如鲁迅所说,文艺创作"必须如蜜蜂一样,采过许多花,这才能酿出蜜来,倘若叮在一处,所得就非常有限,枯燥了"①。当时解放区的许多作家都是在革命形势迅速发展中投身到火热的斗争中的,在艰苦的环境里工作了好多年,他们在学习方面受到一定的限制是完全可以理解的。今天的情况完全不同了,我国已经进入一个新的历史时期,为了繁荣社会主义文艺创作,为了攀登新的文学艺术高峰,我们必须汲取过去的经验和教训,坚持毛泽东同志提出的关于"两条战线斗争"的思想。

四　关于继承和发扬民族传统

现代文学史是几千年的中国文学史的新的发展部分,它与古典文学的关系应该是继承与革新的关系,它们之间有着不可分割的历史联系。每一个民族的文学历史都有它自己独特的面貌和风格,这种民族特点是与人民的生活方式和美学爱好密切联系的,有着长期形成的民族传统。当然,一切民族特点都是历史性的范畴,民族传统也是在不断发展的,不能把它理解为凝固的东西,这种发展就意味着革新。现代文学长期以来被称为"新文学",就是指它从"五四"开始,为了适应民主革命的要求而自觉地学习外国进步文学的充满革新精神的特点。鲁迅在谈到文学革命时指出:"一方面是由于社会的要求的,一方面则是受了西洋文学的影响。"②由于痛感到自己思想文化的落后,要提倡民主与科学的现代思潮,当然也要求文学具有现代化的特点,因此现代文学在发展中学习和借鉴外国进步文学是一种自觉的行动。这成为提倡革新的重要内容,而且从主要方面说来它对新文学的建设也是起了积极的促进作用的。但这并不说明现代文学与民族传统之间就没有联系,不仅文艺创作所反映的社会生活和它所要适应的人民的欣赏习惯具有鲜明的民族特点,而且许多作家所受的教育和具有的文艺修养都和民族文化传统有着很深的联系,这是现代文学具有民族特色的重要原因。

---

① 鲁迅:《致颜黎明》。
② 鲁迅:《〈草鞋脚〉小引》。

只是为了和国粹主义者划清界限,为了进行反封建的战斗,便很少有人从理论上来作全面的论述罢了。我们可以这样来概括:现代文学中的外来影响是自觉追求的,而民族传统则是自然形成的,它的发展方向就是使外来的因素取得民族化的特点,并使民族传统与现代化的要求相适应。用鲁迅的话说就是:"都和世界的时代思潮合流,而又并未桔亡中国的民族性。"即要求文学发展既合乎民主的社会主义的方向,但"其中仍有中国向来的魂灵"。[①] 现代文学较之过去的文学确实有了巨大的革新,但它又是继承和发扬了民族传统的。

一个民族或一个作家的文学创作带有鲜明的民族特点,是它趋于成熟的一个标志。没有民族特色的作品,就谈不上有什么世界意义。中国文学的历史不但悠久,而且从未间断地形成了一条长流,成为我们民族文化传统的重要组成部分。在长期的发展过程中我们也接受过外来的影响,譬如由印度来的佛教文学,就对中国的小说戏曲发生过积极的影响,但那也是在经过了一定的过程与阶段,在中国文学的发展基础上作为营养而逐渐成为它的有机部分的。我们的民族是一个发展着的向上的民族,在它的发展过程中原是勇于和善于接受一切外来的有用事物的,鲁迅在《看镜有感》一文中所称道的汉唐时代主动地摄取外来文化的事例,就是明证。只是到了封建社会的后期,国粹主义思想逐渐占据统治地位,他们顽固守旧,敌视一切新鲜事物,从而导致了国力的衰弱和文化的停滞,因此"五四"新文化运动把反对国粹主义当作一项重要任务是完全正确的。国粹主义者并不尊重我们的民族文化传统和优秀的文学遗产,他们所要保存的完全是封建糟粕和一切陈规陋习;摧毁这种顽固的保守势力,介绍和学习外来的进步文化无疑是十分必要的。即使那种内容带有某些消极性的东西,在"五四"当时也是起了解放思想和对封建文化的冲击作用的。

就现代文学的主流说,这种介绍和学习外国文学的思潮同继承和发扬民族传统的要求并不矛盾。正是通过"五四"文学革命才对中国文学遗产提出了新的评价,把一向不受重视的小说、戏曲和民间文学提高到了文学正宗的地位。鲁迅是最早研究中国小说史的人,他深慨于"在中国,小说是向来

---

① 鲁迅:《当陶元庆君的绘画展览时》。

不算文学的"①。而鲁迅开始创作时又是"所仰仗的全在先前看过的百来篇外国作品"②。他的小说既是深深植根于中国现实生活的,但又确实受到了外国文学的启发和影响。他自己说他后来写的作品如《肥皂》《离婚》等"脱离了外国作家的影响"③,"脱离"并不等于没有受影响,从学习、借鉴到脱离,就体现了对外国文学的一个吸收和融化的过程,也就是使它的有用成分成为具有中国民族特色的现代文学的组成部分,这实际上就体现了在继承和发扬民族文化传统基础上的革新。尽管当时许多作家的爱好、趣味和认识都不尽相同,但无论学习和借鉴外国文学或者中国古典文学,目的都是为了创造能够受到读者欢迎的中国新文学这一点,大家一般还是比较明确的,因此就现代文学的主流和发展方向说,作为奠基人的鲁迅的经历、意见和创作特色,仍然是有很大代表性的。

"五四"文学革命当然也有它的历史局限和弱点,这特别表现在许多人的形式主义地看问题的方法上。在对待社会生活和文化遗产对文艺创作的关系、在对待民族传统和外国文学的主次位置的态度,以及在对新文学的源流的认识等问题上,都有过各种各样的带有片面性的看法。这种态度和看法也影响了后来的发展。例如周作人把新文学解释为明朝"公安派"和"竟陵派"的继承④,胡风则把它解释为欧洲文艺复兴以来的"一个新拓的支流"⑤,就都是既忽略了它所产生的特定历史条件和现实生活的基础,又片面地夸大了某一方面影响的结果。就现代文学的发展情况说,由于文学革命是在痛感到祖国落后而向外国追求进步事物的情况下发生的,因此缺乏分析地接受外国影响的情况是相当普遍地存在的,甚至有的人还主张"全盘西化",对民族文化采取了虚无主义的态度。这表现在创作上就使得一些作品的语言和艺术手法都过于欧化,与民族传统的联系比较薄弱,与人民的欣赏习惯有较大的差距,因而就使读者和影响的范围都相对地缩小了。"左联"时期的提倡大众文艺,抗战初期进行的利用旧形式的创作尝试和关于民

---

① 鲁迅:《〈草鞋脚〉小引》。
② 鲁迅:《我怎么做起小说来》。
③ 鲁迅:《中国新文学大系·小说二集导言》。
④ 周作人:《中国新文学的源流》。
⑤ 胡风:《论民族形式问题》。

族形式的讨论，都是为了增强现代文学的民族特色，使它能够适应人民群众的欣赏习惯所作的努力。可见民族化实质上也是一个群众化的问题，为了现代文学的健康发展，是必须予以正视的。

毛泽东同志在肯定"五四"以来"文学和艺术是一个重要的有成绩的部门"的同时，也看到了它所存在的缺点，缺点之一就是民族化的程度还很不够。在《新民主主义论》中他把"民族的"规定为新民主主义文化的首要特征，而且详细说明新文化必须"带有我们民族的特性"。早在1938年毛泽东同志在《中国共产党在民族战争中的地位》中就说："洋八股必须废止，空洞抽象的调头必须少唱，教条主义必须休息，而代之以新鲜活泼的、为中国老百姓所喜闻乐见的中国作风和中国气派。"在《讲话》中，他阐明了生活是文艺的唯一源泉，如果不是把生活而是把文学遗产错误地作为源泉来进行创作的话，就不能不陷入硬搬和模仿，就是"最没有出息的最害人的文学教条主义和艺术教条主义"。我们知道教条主义是当时文艺界整风的主要目标之一，所以这种提法是十分尖锐的；它所针对的主要是对外国文学的"硬搬和模仿"的现象，如同《新民主主义论》所指出，对于"一切外国的东西"，"决不能生吞活剥地毫无批判地吸收"。《讲话》也明确指出："对于中国和外国过去时代所遗留下来的丰富的文学艺术遗产和优良的文学艺术传统，我们是要继承的，但是目的仍然是为了人民大众。"为了发展新文学，当然必须继承人类所有的一切优秀的文化遗产，但按照毛泽东同志的一贯看法，首先是继承和发扬我们自己的民族传统。外国文学的优秀遗产当然也是要广泛地学习和借鉴的，但既然目的是为了建设有民族特点的新文学，这种学习就一定属于汲取营养的性质，因而是有一个使之民族化的要求的。这里主次之分十分清楚，目的都是为了革新和创造。毛泽东同志的这一对待中外文化遗产的思想，后来他自己简明地概括为"古为今用，洋为中用"两句话，这就确切地说明了我们既要学习过去的一切优秀文化遗产，又必须使之具有现代化和民族化的特点。应该说，这一思想是深刻地总结了现代文学发展过程中的经验和教训的，对于社会主义文化建设有着长远的指导意义。

对于继承和发扬民族传统以及它与学习外国文学的关系，因为不是《讲话》所要解决的主要问题，所以没有充分地展开论述。在《讲话》中，毛泽东同志只是强调了中外文学遗产作为借鉴对于创作的重要性。其实不仅是过去的艺术经验和技巧对今天的创作有借鉴的作用,而是如列宁所说:"只有确切地了解人类全部发展过程所创造的文化,只有对这种文化加以改造,才能建设无产阶级的文化。"①可见除了艺术经验之外,过去的文化遗产也是启发作家的智慧与思想的丰富的养料。"推陈"可以"出新",要想创造和发展,就必须有继承和革新。我们应该开阔视野,广泛地学习外国的一切优秀的文学作品,同时认真汲取"五四"以来的经验教训,明确学习的目的性,决不能硬搬和模仿。现在我们面临着一个各国之间广泛进行文化交流的新时代,外国的文艺思潮和各种流派、手法纷至沓来,其情况与"五四"时期颇有类似之处,这就要求我们发挥主动精神,对它进行正确的分析和批判,而不能像"五四"时期的某些人那样,对西方文化一味崇拜。我们是要坚持向外国学习的,但必须把继承和发扬我们自己的民族传统摆在首要的地位。我们不但有几千年的丰富的民族文化传统,而且已经有了由"五四"开始的带有现代化特点的新传统,这就是以鲁迅为代表的充满革新精神的现代文学的传统。对于建设社会主义新文化,这个新传统是十分重要的。

五　关于文艺队伍问题

毛泽东同志在《讲话》中肯定了"五四"以来的革命文艺运动的伟大贡献,这是与我们在文艺战线上拥有一支爱国的追求进步与革新的作家和知识分子队伍密切相关的。尽管在"五四"时期绝大部分作者都还是民主主义者,就作品所写的内容说,则有的反映了知识分子的烦恼、进步和追求,有的描写了小市民群的苦闷、挣扎和分化,也有的暴露了不少统治者或上层人物的残暴、堕落和腐化,展示了处在社会底层的人民的麻木、苦难和抗争。这些作品从总的倾向看是表现了人民的生活和愿望并符合新民主主义革命反帝反封建的总路线的,因此能够受到人民的欢迎并对社会进步作出应有的贡献。但它还属于民主主义文学的范畴,思想上还有弱点。如何评价民主主义文学的作用和贡献,是同如何评价小资产阶级作家的地位和弱点密切联系的。在我国无产阶级革命文学运动的初期,曾经出现过反对"失掉地位

---

①　列宁:《青年团的任务》。

的"小资产阶级作家和对民主主义文学的全盘否定,与此相联系的,是根本否定无产阶级思想对"五四"文学革命的领导作用及其对小资产阶级作家和民主主义文学的影响,把"五四"文学革命完全看作是资产阶级的运动。正是鲁迅,在与"左"倾观点的斗争中,充分肯定了"五四"文学革命"无疑地是一个革命的运动",包括自己作品在内的"五四"时期的民主主义文学"确可以算作那时的'革命文学'"①。在如何对待小资产阶级作家及其文学的问题上,鲁迅认真考察了国际无产阶级革命文学运动关于小资产阶级同路人的争论及其历史经验,得出了如下的结论:"左翼作家并不是从天上掉下来的神兵,或国外杀进来的仇敌,他不但要那同几步的'同路人',还要招致那站在路旁看看的看客也一同前进。"②但同时他也指出:"联合战线是以有共同目的为必要条件的。"③无产阶级作家在统一战线中必须根据不同情况,坚持原则,扩大思想影响。他说:"在这混杂的一群中,有的能和革命前进,共鸣;有的也能乘机将革命中伤,软化,曲解。左翼理论家是有着加以分析的任务的。"④这里既肯定了民主主义文学的进步作用和贡献,又指出了无产阶级作家对其同盟者的分析和帮助、团结和批评的不容忽视的领导作用。"五四"时期,无产阶级文学还处于萌芽状态,毛泽东同志所指出的"社会主义因素"主要是指方向道路说的;就作品内容看,马克思主义思想在创作中的体现还很少,无产阶级的领导作用主要表现在反帝反封建的彻底性和不妥协性方面。民主主义文学客观上是无产阶级领导的文化战线的一个组成部分,而且许多作者正是在无产阶级的思想影响下逐渐改变了自己的世界观的。以后无产阶级文学虽然逐渐成长壮大了起来,但民主主义文学的进步作用并未消失,直到社会主义历史时期,民主主义作家仍然是作为同盟者而与无产阶级作家共同构成我们的文艺队伍。因为在中国的历史条件下,民主主义文学不仅拥有众多的作者与广泛的影响,而且这些作者能够接受无产阶级的领导,有为人民服务的愿望,因而就能够与无产阶级文学一起,构成中国现代文学的主流。我国的无产阶级革命文学运动的兴起,首

---

① 鲁迅:《〈自选集〉自序》。
② 鲁迅:《论"第三种人"》。
③ 鲁迅:《对于左翼作家联盟的意见》。
④ 鲁迅:《又论"第三种人"》。

先是"经过革命的小资产阶级作家的转变,而开始形成起来,然后逐渐的动员劳动民众和工人之中的新的力量"①。因此如何评价和对待小资产阶级作家及民主主义文学,对于文学事业的健康发展,具有十分重要的意义。

毛泽东同志在《新民主主义论》中首先肯定了"五四"作为新民主主义革命起点的伟大意义,肯定了这个运动的统一战线性质及无产阶级文化思想的领导作用,并且充分肯定了鲁迅作为"五四""文化新军的最伟大和最英勇的旗手"所代表的方向。众所周知,"五四"时期的鲁迅还是一个民主主义者,而毛泽东同志于 1940 年总结这支"文化新军"二十年来的战绩时,就充分肯定了鲁迅的"主将"的作用,这当然也就是肯定了"五四"以来民主主义文学的进步作用和历史贡献。因为从这支文艺队伍的实际情况看,许多人尽管经历不同,时间有别,但都在实践过程中逐步向革命主流靠拢,经历了大体上如鲁迅那样的思想发展道路,因此"鲁迅的方向"是具有普遍意义的,许多人的贡献虽然不能与鲁迅并论,但正如战士与主将的关系那样,也是向着同一方向前进的。这种现象是为人民革命的性质和知识分子的历史道路所决定的,正如鲁迅所说:"愈到后来,这队伍也就愈成为纯粹,精锐的队伍了。"②小资产阶级作家当然是有思想弱点的,这种弱点也会给创作带来消极性的影响,但我们不能脱离作家的社会实践(包括创作实践)和政治态度而只抽象地从世界观上看问题,这是会得出简单化的结论的。即使仅就作品来说,决定它成功与否的因素也很复杂,世界观虽然对创作具有重大的指导意义,但决不能认为是唯一的起决定作用的因素。我国无产阶级革命运动初期,正是在这个问题上犯了"左"的宗派主义和关门主义的错误,这个教训必须记取。

毛泽东同志在《讲话》中关于文艺界统一战线问题的一段话是很精辟的,他提出了无产阶级作家在不同范围、不同层次上同广大作家进行团结和展开斗争的思想。根据"五四"以来革命文艺运动的经验和抗日战争时期的历史任务,他提出了抗日、民主、艺术方法和艺术作风等不同层次的团结基础,"在一个问题上有团结,在另一个问题上就有斗争,有批评。各个问题是

① 瞿秋白:《〈鲁迅杂感选集〉序言》。
② 鲁迅:《非革命的急进革命论者》。

彼此分开而又联系着的,因而就在产生团结的问题比如抗日的问题上也同时有斗争,有批评"。毛泽东同志从政治上和艺术倾向上明确了文艺队伍中不同层次的团结的基础,也指出了进行斗争或批评的必要性,因为从团结的愿望出发的同志之间的批评不但是正常的,而且是无产阶级思想发挥领导作用的重要方法。在广大的文艺队伍中,毛泽东同志特别指出"小资产阶级文艺家在中国是一个重要的力量"。他肯定了小资产阶级作家有两个优点:一是比较接近革命;二是比较接近劳动人民。这同他对过去作家的评价标准是一致的,即要看一个作家对人民的态度及在历史上是否有进步意义,而中国小资产阶级作家是有反帝反封建的要求和同劳动人民结合的愿望的。他们的思想和作品当然也有很多缺点,这是需要在实践过程中逐步克服的,因此对于无产阶级文艺家说来,"帮助他们克服缺点,争取他们到为劳动人民服务的战线上来,是一个特别重要的任务"。应该说,毛泽东同志的这种分析既是具有战略意义的,也是符合文艺队伍的实际情况的,这一思想今天仍然有它的现实的指导意义。

但毛泽东同志出于对文艺工作者的严格要求,对解放区文艺队伍的估计似乎偏低了一些,好像当时还没有无产阶级的文艺家,所有的人都有某种程度的轻视工农兵,而且都想顽强地表现自己,而依了小资产阶级,"实际上就是依了大地主大资产阶级,就有亡党亡国的危险"。这样的估计和提法是不确切的,而且对文艺创作的影响也不好。解放区有不少文艺工作者已经从事革命工作多年,另外还有许多是因为反对国民党统治而投奔到解放区的人,他们尽管还有各种缺点,但把他们同大地主大资产阶级(即国民党)相提并论,显然是不适当的,从中国革命文学的发展过程看,应该说 30 年代初我国就已经有了无产阶级的作家。鲁迅称赞殷夫的诗是"爱的大纛"和"憎的丰碑",是"属于别一世界"的诗人,显然肯定他是无产阶级的作家,更不用说鲁迅自己了。就解放区的文艺工作队伍说,最近发表的陈云同志 1943 年《关于党的文艺工作者的两个倾向问题》的讲话,是讲文艺工作者在作风上的缺点的,但他也同时指出这些同志的头一条优点就是"他们拥护光明,反对黑暗;拥护工农兵,反对侵略者,这是任何不革命或反革命的人所不能比拟的"。应该说,这种估计是符合当时解放区文艺队伍的实际的。《讲话》的提法实际上是把小资产阶级同大地主大资产阶级等同起来,又批评了小资产阶级作家总是把作品当作"自我表现"来创作的,而这就会引起"亡党亡国的危险",必须"向他们大喝一声"。这种理论上的偏颇当然会在文艺工作者中产生影响。当时许多作家尽管在思想上或作品中还有很多缺点,但他们是衷心拥护革命的,为了不给革命事业带来损害,他们宁愿在作品中不表现自己的主观感受,不写小资产阶级的人物或知识分子。结果是在 1942 年以后解放区的作品里,几乎没有抒情诗,没有抒情散文,也很少有用第一人称写的小说;有的只是着重客观描绘的叙事诗、报告文学和故事性较强的小说。在这些作品里很少有反映小资产阶级和知识分子题材的作品,即使有也一定是被嘲笑和批判的对象。总之,作家为了避免"自我表现",作品中几乎都不敢写到"我",这就使通过作家独特的艺术感受所表现出来的艺术个性不鲜明了。解放区的作品确实展示了新的面貌,把现代文学推进到了一个新阶段,但风格不够多样,没有形成多种艺术流派,这恐怕都与作家的艺术个性不够鲜明有关。人是认识世界的主体,作家可以通过自己的感受来反映现实生活,也可以对客观现实采取直接抒发感情的形式,问题在于这种感情与人民是否相通,而不在采用了直接抒情的方式。我们通常所反对的自我表现是指作品所表现的不健康的个人主义的东西,而不是反对作品要有艺术个性,要有激情。过去在批判"自我表现"的时候,往往把它的含义扩大了,有时甚至否定了一些正确的东西,肯定或美化了一些小生产者的甚至是封建性的落后意识,这就使作家在创作时有所踌躇了。苏联诗人马雅可夫斯基有一首《反诘》的诗,是讽刺无产阶级文化派的,诗中说:

> 无产阶级文化派
> 既不说"我",
> 也不说个人。
> "我"
> 在无产阶级文化派看来
> 反正是不体面的。

我们并不赞成作家抒发那种颓废消极或缠绵悱恻式的情绪,但和人民相通的富有时代感的激情为什么不可以通过作家的感受来抒发呢?《夜歌》的作者何其芳同志,诗和散文都写得很漂亮,抒情性很强,但他自称"在 1942 年春天以后，我就没有再写诗了"。他认为"学习理论，检讨与改造自己"是"比写诗更重要的事情"。[①] 作家出于革命责任感决定这样做是可以理解的，但从文学发展的角度看，这不能认为是一种正常的现象。这种情况在全国解放后仍不时出现，50年代康生批评丁玲同志的《粮秣主任》的文章，就说她用第一人称的写法是个人主义的自我表现。在文学评论和研究工作方面，长期以来我们对民主主义文学的进步意义估计不足，更不承认在社会主义社会里马克思主义仍然需要与民主主义者结成反封建与反迷信落后的思想联盟，不承认民主主义文学仍然是无产阶级文学的同盟军，对巴金作品的多次批判，即其一例。这些现象并不完全是由《讲话》的提法引起的，有的甚至是对《讲话》的歪曲，但它们都是对知识分子不信任的社会思潮的产物，而这种不信任情绪在《讲话》中已露端倪。正如胡乔木同志所分析的："应该承认，毛泽东同志对当代的作家、艺术家以及一般知识分子缺少充分的理解和应有的信任。"[②]这种对知识分子不信任的思潮在我们这样小生产占优势的国家里，是有着深厚的社会基础的，为了社会主义文学的繁荣发展，决不应再蹈覆辙。我们当然要发展无产阶级自己的文学，但不仅在新民主主义革命时期，即在社会主义时期，我们也应该把民主主义文学作为整个文学事业的组成部分，我们的文艺队伍应该是很广大的。

毛泽东同志的《讲话》是一个马克思列宁主义的历史文献，我们必须坚持它的基本原则，指导我们的实践。它在现代文学史上开辟了一个新的阶段，使我们的文学面貌发生了根本性的变化。国外有人认为《讲话》以后的中国现代文学已进入"凋零期"的那种观点[③]，是完全违背历史事实的，是一种偏见。但我们对《讲话》也不能采取"够用一辈子"的教条主义态度。毛泽东同志讲得好："运动在发展中，又有新的东西在前头，新东西是层出不穷的。研究这个运动的全面及其发展，是我们要时刻注意的大课题。如果有人拒绝对于这些作认真的过细的研究，那他就不是一个马克思主义者。"[④]我们必须坚持那些应该坚持的基本原则，但也应该总结历史的经验

---

① 何其芳：《〈夜歌〉初版后记》。
② 胡乔木：《当前思想战线的若干问题》。
③ 司马长风：《中国现代文学史》。
④ 毛泽东：《中国共产党在民族战争中的地位》。

和教训,研究文学发展过程中的新问题,不断丰富和发展毛泽东文艺思想。对于现代文学研究工作者来说,《讲话》既是我们的指导思想,又是我们的研究对象,因此必须采取严格的科学的分析态度,以便在今后的工作中取得较大的进展。

1982 年 8 月 3 日整理于大连

原题《从现代文学的发展看〈在延安文艺座谈会上的讲话〉的历史意义》,载 1982 年《社会科学战线》第 4 期,署名王瑶。收入《毛泽东文艺思想讨论会文集》(人民文学出版社,1985 年版),又收入《王瑶全集》第 5 卷《中国现代文学史论集》(河北教育出版社,2000 年版),改题为《〈在延安文艺座谈会上的讲话〉在现代文学史上的历史意义》。

关于现代文学史的起讫时间问题

一

中国现代文学史是一门年轻的学科。中华人民共和国建立之后，由于民主革命的胜利，我们不仅有必要而且也有可能对新民主主义革命时期这一完整的历史阶段的文学现象作出全面系统的考察，阐明它的发展过程和规律性，为社会主义的文学建设提供经验。建国之初，教育部就规定了"中国现代文学史"是大学中文系的必修课程之一。三十多年来，我们已经有了许多部关于现代文学史的著作。这些著作尽管各有特点，但它们所阐述的都是由1919年的"五四"运动到中华人民共和国成立这一新民主主义革命时期三十年间的文学历史；也就是说，这门学科的起讫时间是明确的，并未引起人们的争论和怀疑。50年代还有些学校在讲完规定的课程内容之后，附带地讲述一些建国以来的文学情况，当时有一些现代文学史著作也是这样处理的；但由于建国以来的时间愈长，作品愈多，后来就把这一部分内容独立成为"当代文学"了。直到现在，我们一般都是将由鸦片战争至"五四"运动时期的文学视为近代文学，下与现代文学相接，而将建国以后的文学视为当代文学。这种"近代—现代—当代"的分期方式相沿已久，迄今未变，但它是否合理，近年来却引起了不同的意见。有人主张应将"近代"和"现代"合并为一个时期，也有人认为应将"现代"与"当代"合并为一个时期；这就是说，现在通行的中国现代文学史的起讫时间都有了问题。究竟应该如何对待这一争议呢？

历史分期是一个科学性的问题。因为历史进程虽然是连绵不断的，但又有它的阶段性，这是由该阶段史实的鲜明的重要特征所决定的。中国通史中关于奴隶社会与封建社会的分界线一直争论了许多年，就因为它是一个重要的学术问题。因此有必要对现代文学史的时间起讫问题，进行深入的讨论。

先说起点。

史学界长期以来就有许多人主张中国近代史的起讫时间应为从鸦片战争到中华人民共和国成立（1840—1949），范文澜同志的《中国近代史》虽然写于建国之前，只讲到"五四"为止，但他于书名下标明"上"字，显然表示新民主主义革命时期的内容应属于中国近代史的范围。1954年胡绳同志在《历史研究》第1期上发表《中国近代历史的分期问题》，明确提出中国近代史的下限应是1949年中华人民共和国成立。同年创刊的《近代史资料》也收入"五四"以后的文献。最近几年，这个问题又重新引起了争论。李侃同志发表了《中国近代史"终"于何时？》[①]，李新同志发表了《中国近现代历史分期问题》[②]，皆重申此说。他们认为历史分期应根据生产方式、社会制度来划分，"五四"运动并没有改变中国的社会性质，如果以"五四"作为现代史的起点，就是割裂了社会历史的完整性和民主革命的连续性；中国近代史的研究对象是半封建半殖民地社会的历史，因此应以中华人民共和国的成立作为近代史的下限和现代史的起点。但史学界另外也有一些人不同意这种意见，1980年成立的中国现代史学会，就是认为"五四"是现代史的起点的。他们和北京市历史学会曾于1983年9月召开"中国现代史科学体系讨论会"，会上绝大部分人都"主张1919年的'五四'运动应是中国现代史的起点"[③]。他们强调了十月革命的世界意义和"五四"以后领导阶级的变化，认为中国新民主主义革命属于世界社会主义革命的范畴，"五四"运动对中国历史进程的影响十分巨大，因此它应成为现代史的起点。这一论争目前还没有一致的结论，许多学校的现代史课程仍然沿用由"五四"开始的体系；所以新出的《中国近代史词典》中说："暂按习惯上的划分，以1919年的'五四'运动作为近代史的下限。"

史学界的论争也引起了关于文学史分期的不同看法。在1982年10月召开的"全国近代文学讨论会"上，就有许多人提出近代文学史的范围应该是由鸦片战争至中华人民共和国成立（1840—1949），和中国近代史采取一致步调[④]。他们除了由社会性质方面提出与史学界相同的理由以外，更

---

① 见1982年11月17日《光明日报》。
② 见《历史研究》1983年第4期。
③ 见《北京社联通讯》1983年第7期。
④ 《全国首次近代文学学术讨论会综述》，见《中国近代文学研究》第1辑。

从文学史的角度申述了这种观点。他们认为"五四"文学革命和新文学的主要特点，皆非"五四"以后才有，而是在前八十年中孕育和诞生的；诸如文学作品的反帝反封建性质，提倡白话文，主张学习外国，注重小说以及重视文学反映现实的社会作用等，在晚清皆有所表现和萌发。并且针对以"五四"为现代文学史开端的主张发出了如下的质问："《新青年》创刊于1915年，胡适的《文学改良刍议》和陈独秀的《文学革命论》发表于1917年，鲁迅的《狂人日记》发表于1918年。""这些现象又该如何解释？"此外也还有一些人发表过不同意以"五四"为现代文学史起点的看法，如姚雪垠同志在致茅盾的信中主张现代文学史应包括旧体诗词和包天笑、张恨水的小说，苏曼殊与南社诗人的作品。① 苏曼殊逝世于"五四"前一年，南社作为文学社团"五四"后已停止活动，这实质上是将现代文学史的起点向上推了。邢铁华同志主张现代文学史应从1894年的甲午战争开端②。等等。总之，同史学界的情况相似，目前仍然是一个有争议的问题。

再说"讫"点。

史学界主张中国现代史应从"五四"开端的一派，认为"中华人民共和国成立前后的三十年历史，应该归于一个大过程，不能拦腰截断"。"新民主主义和社会主义是中国共产党人领导中国革命总体系的两个紧密联系的组成部分，也是人民革命实践的不可分割的两部分。"③这种意见在文学界也同样存在。例如冯牧同志就认为："目前我们对现代文学和当代文学的研究采取了二者分家的办法，这显然是不大科学的。……从'五四'以来的新文学，都应当属于现代文学的范围之内，但是可以分为两个时期：一个是现代文学的新民主主义时期，一个是现代文学的社会主义时期。""现代文学的'现代'二字，主要还不是时间概念……除了时间概念，主要应当根据文学的思想性质来决定。"④冯牧同志的看法是可以代表文艺界许多人的意见的；粉碎"四人帮"之后文艺界进行拨乱反正的工作，提出来的第一个口号就是"恢复'五四'革命现实主义传统"，这一事实就说明了现代文学与当代文学

---

① 见《社会科学战线》1980年第2期。
② 《中国现代文学之背影——论发端》，载《苏州大学学报》1984年第4期。
③ 《中国现代史科学体系讨论综述》，见《北京社联通讯》1983年第7期。
④ 冯牧：《我们的现代文学研究工作并不后人》，《文艺报》1983年第8期。

的紧密联系。50 年代,各大学的现代文学史课程本来是包括当代部分的,后来由于新民主主义革命时期只有三十年,而建国以后已经超过了三十年,遂将现代文学与当代文学分为两门课程;但国务院学位委员会规定的专业内容就将现、当代文学合而为一,称"中国现代文学"。由此可知,如果现代文学史的研究对象仍为新民主主义革命时期的文学,则当然以中华人民共和国成立为讫止点;如果它还包括建国以后的文学则仍然有一个讫止点的问题。现在已经出版的几种当代文学史的书籍,由于写作时间有前后,因此讫止点是有所不同的。这就是说,对于现代文学史这门学科说来,它的起讫时间目前都是有争议的。

现在无论从高等院校的课程设置或学术论著的编纂体例看,大体上仍然沿用习惯的"近代—现代—当代"三分法,但学术争议并未解决。由于近年来国际间的文化学术交流日益广泛,英语中的 modern 和 contemporary 二字与我们的分期概念不相对应,也是引起人们争议的一个原因。但国外和中国台湾学者对于中国现代史起点的意见也并不一致,有主张始于 1911 年辛亥革命的;有主张始于 1905 年同盟会成立的;有主张始于 1894 年甲午之战的;有主张始于 1915 年新文化运动开始的;当然也有主张始于"五四"运动的。就现代文学史的起讫时间说,我同意冯牧同志的下述观点:"这是一个必须认真考虑的大问题。""应该提到我们的议事日程上来,并且科学地加以解决,现在已经是时候了。"①

现在我想就这个问题谈一点个人的意见。

二

我是主张中国现代文学史仍然应以"五四"作为它的起点的。正如中国史的分期虽然不能不考虑世界历史进程和国际历史条件,但主要应从中国历史本身的特点出发,不能与世界史强求一致。专史和通史的关系也是这样。通史当然应按生产方式和社会制度来分期,因为它要全面考虑经济基础和上层建筑,包括经济、政治、军事、文化等许多方面。专史虽然也要受到

---

① 冯牧:《我们的现代文学研究工作并不后人》,《文艺报》1983 年第 8 期。

如通史内容所讲的整个历史环境的制约，但主要应该考虑专史本身的对象所具有的特点。毛泽东同志在研究《中国革命战争的战略问题》时，就是虽然也考虑和尊重"战争的规律"和"革命战争的规律"，但研究的主要问题是"中国革命战争的特点"。本文不拟讨论作为通史性质的近代史或现代史的起讫时间问题，但应该承认，有些专史虽然从总体看也受通史的时代特征的制约，但就它所研究的对象的特点看，是并不都与通史的分期特点完全一致的。史学界在讨论近代史的分期时，主张近代史应以中华人民共和国成立为讫止点的同志常常引用毛泽东同志在《改造我们的学习》和《为什么要讨论白皮书》等文中关于"鸦片战争以来的近百年史"的提法，作为重要的论据；而主张近代史应只讲到"五四"为止的同志则往往引用毛泽东同志在《新民主主义论》和《在延安文艺座谈会上的讲话》中关于"五四"运动的划时代意义的说明，作为重要的论据。毛泽东同志确实是有这两种不同的提法的，我以为其区别正在于通史与专史的性质的不同。前者所论述的是鸦片战争以来包括经济、政治、社会各方面的近百年史，而后者则主要是论述文化和文学的特点的。就文学史而言，"五四"以后的新文学的历史特点是如此显著，许多治现代文学的人认为以"五四"为开端是无须讨论的问题，因而对学术界的这种争议兴趣不大，参加者也不多。同时史学界有的同志对文学史的这种特点，也表示理解和尊重；如李新同志是不赞成把"五四"运动作为现代史的开端的，但他又说："作为专史，例如现代文学史，从'五四'新文化运动开始是可以的。"①同现代文学史有类似情况的还有思想史、文化史等，而戏剧界对于"现代"的概念比文学史的含义还要广泛，他们提倡传统戏、现代戏和新编历史剧三者并举的方针，而所谓"现代戏"与传统戏和历史剧的区别，似乎更着重于服装与表演艺术。例如天津市新编京剧《火烧望海楼》，时间在辛亥革命之前，他们也称之为现代戏；因为它不用古代服装，其中还有洋人上场，表演上也对传统程式有了革新和发展。这就说明，作为专史，应该充分考虑它的研究对象的历史特点。

从理论上说，作为意识形态的文学，当然要为社会存在所影响所决定，每一时代的文学，都不能脱离当时的经济和政治。因此，文学史的分期

---

① 李新：《中国近现代历史分期问题》，《历史研究》1983 年第 4 期。

是不能不考虑与之相应的历史分期的。但文学也有它自己的特点,经济和政治对文学的影响究竟何时以及如何在文学上反映出来,还要受到文学内部以及其他意识形态诸因素的制约,因此,它的发展进程并不永远是与历史环境同步的。苏联一般把高尔基的《母亲》视为社会主义文学的肇始,而《母亲》问世的1906年距十月革命还有十来年;就因为文学往往能在重大历史事件发生之前,就预感到社会的动荡和人民情绪的变化,因而敏锐地在作品中有所反映。"五四"文学革命也是这样,它的主要精神如果用一句话来概括,就是要求用现代人的语言来表现现代人的思想感情;现代人的语言就是白话文,现代人思想感情的内容就是民主、科学以及稍后的社会主义。它实质上是中国人民要求现代化的历史性愿望和情绪在文学上的反映。无疑,它是先于历史本身的进程的。同样,在重大历史事件结束以后,它所留给人们的震动和感受也往往会引起深沉的反思;"四人帮"垮台以后出现的人们习惯称之为"伤痕文学"和"反思文学"的涌现,就是例证。因为经济虽然是社会生活的决定因素,但影响文学发展的因素很多,必须根据实际情况来具体分析。1843年马克思说:"正像古代各族在幻想中、神话中经历自己的史前时期一样,我们德意志人是在思想中、哲学中经历自己未来的历史的。我们是本世纪的哲学同时代人,而不是本世纪的历史同时代人。德国的哲学是德国历史在观念上的继续。"[1]马克思这里是讲德国哲学的发生情况的。直到19世纪中叶,德国仍然是一个分裂的落后国家,但它产生的从莱布尼兹到黑格尔的古典哲学,在当时处于欧洲的最高水平,成为马克思主义的三大来源之一;其主要原因是当时欧洲正处于民主革命的高潮,德国先进的知识分子受到外来的思想影响,因此当德国经济有所发展时,他们为进行民主革命作思想准备,遂产生了很高水平的德国古典哲学。卢卡契在《德国文学史概要》中根据马克思的论述,认为以莱辛、歌德、席勒和海涅为代表的德国文学,是德国古典哲学的孪生兄弟;因为在创作上同样表现了伟大的气魄,具体地反映了资产阶级人道主义最核心的问题。这就说明,经济基础之外的其他因素,也可以影响到文学的历史进程,使之与历史环境发生或前或后的非同步关系。总之,文学史分期应当充分重视文学本身的历史特点

---

① 马克思:《〈黑格尔法哲学批判〉导言》。

和实际情况，而不能生硬地套用通史的框架。毛泽东同志在《新民主主义论》和《在延安文艺座谈会上的讲话》中关于"五四"以后的文化特点和文学变革的历史分析，正是这样做的。

讲到文学本身的特点，最根本的一条就是文学是语言的艺术。"五四"文学革命以反对文言文、提倡白话文开始，白话不仅是为了启蒙和普及所采用的一种手段，而且是上升为正宗的文学语言和新文学的鲜明标志；这不仅是表达工具的革新，而且也是创作的思维方式的重大变革，并由此打开了向外国进步文学借鉴和学习的途径，开始了文学现代化的步伐。诚然，不仅晚清就有人提倡过白话文，而且宋元话本就是用白话写的，胡适的《白话文学史》甚至将白话的历史远溯到古代，但真正在一切文学领域都承认只有白话才是最好的文学语言，则是从"五四"开始的。胡适认为"'建设新文学论'的惟一宗旨只有十个大字：'国语的文学，文学的国语'"①。鲁迅认为"以文字论，就不必更在旧书里讨生活，却将活人的唇舌作为源泉，使文章更加接近语言，更加有生气"②。他写小说"一定要它读得顺口"，十分注意文学语言的锤炼，并以别人称他为文体家（Stylist）为中肯③。"五四"以前的近代文学，除去谴责小说之外，无论是黄遵宪的新派诗或梁启超的新民体散文，在文学语言上都仍然袭用了传统的文言，更不用说桐城派古文和宋诗派的诗等盛行一时的作品了。仅就这一点说，"五四"就应该理所当然地成为现代文学的开端，更不必详述在思想内容和艺术形式等许多方面的历史性变革了。

至于如果把现代文学史的开端定为1919年的"五四"运动，将何以解释前此的《新青年》创刊、《文学改良刍议》和《文学革命论》的发表、作为文学革命"实绩"的《狂人日记》的问世等，我以为这也并不是什么困难的问题。历史分期总是要以划时代的重大历史事件为标志，但历史本身又是连绵不绝的，无论定在哪一年，一些复杂的历史现象只能用追溯或补叙的方式来解决，不可能是非常整齐的一刀切。举例说，中华人民共和国的成立标志着民主革命的胜利和社会主义革命的开始，土地改革明显地属于民主革命的范

---

① 胡适：《建设的文学革命论》。
② 鲁迅：《写在〈坟〉后面》。
③ 鲁迅：《我怎么做起小说来》。

畴,但全国三分之二以上的土改工作是在建国以后进行的;而在建国之前,解放区早已有了全民所有制的工业的雏形;这些都并不妨碍我们以新政权的建立作为历史分期的重要标志。文学史也是如此。近代文学以 1840 年的鸦片战争为起点,许多论著都从龚自珍讲起,这是恰当的;正如梁启超在《清代学术概论》中所说:"晚清思想之解放,自珍确与有功焉;光绪间所谓新学家者,大率人人皆经过崇拜龚氏之一时期。"龚自珍卒于 1841 年,他生活的五十年都在鸦片战争之前,但这并不妨碍以 1840 年作为近代文学的开端。事实上无论以哪一年划期,都会有类似的问题;因为历史发展本来不会由于人的分期而截然一刀切的。

三

鲁迅阐述清末谴责小说产生之背景时说:"戊戌变政既不成,越二年即庚子岁而有义和团之变,群乃知政府不足与图治,顿有掊击之意矣。"[①]其实不只谴责小说,晚清的文学改革运动都是在同一背景下产生的。虽然在鸦片战争后的作品中已经出现了一些表现反帝爱国和要求维新自强的呼声,但作为"新学"组成部分的文学改革运动,无论"诗界革命"或新民体散文、谴责小说或新剧介绍、提倡白话或翻译外国文学作品,都是甲午之战以后才出现的。邢铁华同志正是据此才主张现代文学史应以 1894 年为起点。从表面看,这次文学改革运动的内容不仅具有民主主义的性质,而且与"五四"文学革命所提的主张和任务确有相似之处。但重要之点是二者之间不仅有彻底性与妥协性的差别,而且从历史发展的观点看,"五四"文学革命并不是与晚清文学改革运动一脉相承的,它们之间并不是一个由数量的积累到逐渐深化的演进过程。"五四"文学革命是在晚清文学改革运动萎缩、退化和偃旗息鼓之后,才在新的历史条件下,以更为激进和彻底的姿态,要求文学从思想内容到语言形式都进行现代化的一次文学运动。清末的先进人物,对文学改革作过贡献的人物,在"五四"时期仍然健在的并不少,但他们扮演了什么角色呢? 严复和林

---

① 鲁迅:《中国小说史略·清末之谴责小说》。

纾,是人所周知的文学革命的坚决反对者;梁启超、陈去病、高旭等人的诗文,也锋芒顿敛,只能作为文学革命的对立面。历史这样无情,原来提倡革新的人对"五四"开始的文学现代化竟充满了惶惑与恐惧,这还不足以说明现代文学是在新的历史条件下揭开了新的一页吗?

从创作的情况看也是这样。清末强调小说的社会作用,而且出现了几部比较好的谴责小说,但以后的作品呢? 鲁迅评述说:"徒作谯呵之文,转无感人之力,旋生旋灭,亦多不完。其下者乃至丑诋私敌,等于谤书;又或有嫚骂之志而无抒写之才,则遂堕落而为'黑幕小说'。"①到"五四"提倡新文学的时候,社会上流行的作品就是"黑幕小说"和鸳鸯蝴蝶派的"言情小说"。清末介绍话剧的新剧运动本来是有进步意义的,但后来演变成了庸俗不堪的文明戏,成为"五四"戏剧革新的主要对象。"五四"时期提倡业余演出的"爱美剧",正是为了避免重蹈文明戏的覆辙。就诗文说,像黄遵宪的新派诗和梁启超的"笔锋常带情感"的新民体散文,皆于辛亥革命之后成为绝响了,主要流行的是同光体的宋诗和桐城派的古文。南社诗人辛亥革命后即趋分裂,1923 年宣告停止活动。本来就文学的观念和主张说,清末革命派比改良派更保守,他们在文学改革方面并无建树;南社的诗比黄遵宪的诗更古奥,章太炎的文学观较梁启超的更庞杂。许多作者都如鲁迅评章太炎的那样:"既离民众,渐入颓唐。"②此外如裴廷梁、王照等人的提倡白话,不仅内容没有超越"开发民智"的水平,而且也不曾对文学发生普遍影响。总之,不能认为"五四"文学革命是从晚清的文学改革运动孕育和诞生的,因为它缺乏一个由萌始到成长的正常过程;只有从历史的曲折性来解释,才能说明晚清文学改革运动对"五四"新文学所提供的历史借鉴和先行的作用。

从"五四"开始的现代文学是在中国社会内部发生了新的变化,国际形势点燃了民族解放的新希望,因而产生了彻底进行民主革命的巨大热情和对国家现代化的强烈愿望的时代氛围下诞生的。它广泛地接受了外国文学的影响,对传统文学运用新的观点作出了新的评价,不仅在语言和

---

① 鲁迅:《中国小说史略·清末之谴责小说》。
② 鲁迅:《关于太炎先生二三事》。

民主、科学的思想内容上带有鲜明的现代特点，而且在艺术形式和表现手法上都对传统文学进行了革新，建立了话剧、新诗、现代小说、散文诗、杂文等新的文学体裁，在叙述角度、抒情方式、描写手段和结构等方面，都有新的创造，具有现代化的特点；从而与世界文学潮流取得一致，成为真正现代意义上的文学。从开始起，作为新文化运动的突破口，它就以坚定和彻底的态度，反对封建蒙昧主义与封建专制主义的旧教条，提倡民主、科学和社会主义；反对文言文，提倡白话文；并对保守派展开了猛烈的进攻，取得了丰硕的成果，由此开始了文学现代化的历史进程。这与晚清文学改革运动中那种囿于"中学为体、西学为用"的樊篱，不敢把新事物与旧事物尖锐地对立起来，而是努力寻求它们之间的一致点和妥协点，是根本不同的。他们或者在狄更斯小说中求太史公笔法、或者捃摭新名词嵌入古体诗，这样就自然不免前进中有踟蹰，改革中多忌避，而终于偃旗息鼓了。"五四"新文学的历史特点，主要表现为它自觉地加强了文学与人民群众的结合，它的主流是人民的文学；同时它也加强了文学与现实生活的联系，形成了以革命现实主义为主体并包有多种创作方法和流派的新的文学风貌。这一切都是在广泛吸收外国文学营养并使之民族化、继承民族传统并使之现代化的过程中发展的。六十余年的历史证明，由于它具有文学现代化的基本特点，因而它同今天文学创作的根本精神仍然是一致的和一脉相承的，而与清末的文学改革运动的特点则有鲜明的区别。

主张近代文学史应以中华人民共和国成立为讫止点的人，实际上是受了西方近代文学概念的影响。他们认为："从世界各国文学史看，大都以各国资产阶级革命起始作为本国近代文学史的开端，而以第二次世界大战结束作为终结。我们把鸦片战争和中华人民共和国成立分别作为我国近代文学史的开端和终结，可与世界各国近代文学史取得基本一致。"[①]其实各国的社会发展进程和文学面貌千差万别，各不相同；既然是国别的文学史，就应该首先尊重所述国家文学发展的实际情况，不能勉强把它嵌入欧洲或日本的已有模式。他们之所以采用那样的框架，是因为他们认为近代文学史是资产阶级新文学发展的历史。中国根本没有经过资本主义社会，也没有

---

① 《全国首次近代文学学术讨论会综述》，见《中国近代文学研究》第 1 辑。

一个相应的文学时代；从鸦片战争起始，我们所发扬的都是反帝反封建的民主主义文学。世界上也不仅中国如此，许多第三世界国家都有类似的情况。就文学史说，反帝反封建的民主主义性质诚然是重要的，但它仅只说明了文学的思想内容的一部分，即政治内容；并没有包括例如伦理、友谊等其他思想内容，更不能包括文学本身的艺术特征；它只能说明意识形态的共同属性，而不能说明文学本身的特点，因此它不能作为文学史分期的依据和界限。现代文学史的起点应该从"现代"一词的含义来理解，即无论思想内容或语言形式，包括文学观念和思维方式，都带有现代化的特点。它当然可以包括反帝反封建的民主主义的性质和内容，但"现代化"的含义要比这广阔得多。如前所述，同今天的文学仍然一脉相承的许多特点，都只有从"五四"文学革命讲起，才能阐明它的发展脉络和历史规律性。

四

既然建国以来的文学和从"五四"开始的现代文学有其一脉相承的发展线索，那么就应该考虑现代文学史的讫止点是否应以中华人民共和国的成立为界限。当然，新中国的成立是一个划时代的伟大历史事件，它划分了新民主主义革命时期和社会主义时期的不同历史阶段，但这两个阶段的文学既有不同阶段的差异性，又有共同的历史特征，存在着内在的连续性。民主主义文学不仅在新民主主义革命时期是文学的主流，而且直到今天，在为人民服务、为社会主义服务的目标下，它仍然是社会主义时期文学的不可或缺的重要的同盟军；社会主义因素在"五四"时期就已经有少量的存在，后来当然逐渐发展壮大了，如我们在当前创作中所看到的。这就是说，尽管二者的比重和作用在两个阶段有所变化和差别，但如果从"现代化"的角度来考察，即不仅只从政治内容的范畴，而且从思想到艺术全面地考察的话，两个历史阶段的连续性是十分重要的，其差异性完全可以在文字阐述中表达出来，犹如在新民主主义革命阶段阐述"五四"时期与"左联"时期的差别那样。新民主主义革命阶段只有三十年，许多当时的作家建国以后仍然进行重要活动，这与"五四"前后的情况是迥然不同的。因此我赞同冯牧同志的意见，现代文学史应包括建国以来的文学历史，不能只讲到1949年。

但这并没有解决现代文学史的讫止点的问题。文学史既是文艺科学,也是历史科学;它除了重视文学本身的风貌和特点以外,还必须作为历史进程考察文学的发展脉络和规律性,因此它不能对正在进行过程中的文学现象作出历史性的评价,例如评述某一新发表的作品的历史地位。社会现象或事件如果作为历史来叙述和评价,就必须有一个沉淀和凝结的过程,我们不能要求抗日战争尚未结束就有抗日战争史、红军长征尚在途中即写出长征的全过程。历史与现实当然有联系,但同时又是有区别的。历史是过去的经过一定时间后稳定和凝结了的现实,现实是正在流动变化的属于将来的历史,历史科学只能研究已经相当稳定了的现实,不能在事物尚在变动状态、它的性质尚未充分显露、它与其他事物的联系或反响尚未发生或尚未引人注意时,就匆忙地作出历史性的阐述和评价。文学史也是如此,对文学现象或作品的考察必须从它的历史地位和贡献着眼,必须照顾到历史进程和上下左右的关系,因此就必须有一定时间的沉淀和凝结,使文学现象的意义显露得更充分,文学作品有时间得到读者的反应和考验,这样才有可能作出符合实际的准确的描述和论断。就现代文学史说,我以为可以把1976 年“十年浩劫”的结束作为它的讫止点,即以 1919 年到 1976 年间的文学历史作为它考察和研究的对象,不包括这以后十年间的新时期的文学。当然,讫止点与开端不同,随着时间的推移和历史稳定沉淀的情况,以后还有可能向前延伸;但就目前而论,经过拨乱反正和否定“文化大革命”的讨论,我们现在有可能从历史的角度来研究 1976 年以前的文学了,而且它的许多重要现象都是要从“五四”以来的历史进程来加以阐述的,因此它可以而且应该纳入现代文学史的范围。

这丝毫没有轻视近十年来新时期文学的繁茂和成就的意思,更不是引导读者不关心现实和当前的文学创作。反之,无论在评论、研究或教学安排上,我们都应该十分重视和加强这方面的工作;但在学科性质上,它应该属于文学批评的范围,而不是属于文学史的范围。尽管文学理论、文学史、文学批评都属于文艺科学的范畴,都是以文学作为研究的对象,而且彼此之间有密切的关系,但就学科的性质看,文学批评和文学史是有区别的。鲁迅认为“批评家的职务不但是剪除恶草,还得灌溉佳花,——佳花的苗"①。他也写过不少属于文学批评的文章,有些正是从青年作家的尚不成熟的"苗"似的作品中看出它的优点而加以灌溉培育的;但他写《〈中国新文学大系〉小说二集序》时的着眼点,却与此不同,他是从文学史的角度来考察 1917—1927 年间十年中某些文学流派的成就、贡献和地位的,因此他可以客观地不自谦抑地指出首先在《新青年》上"发表了创作的短篇小说的,是鲁迅"。近年来介绍的有关文学批评的学术流派很多,他们的观点和方法尽管不同,但都是以评论或分析作品的思想艺术质量为目标的,这与以考察文学的发展过程及其规律的文学史的性质是不同的。我以为评论当前创作的成就或不足是文学批评的任务,它的繁荣发达不仅可以帮助读者提高欣赏水平、帮助作者取得更大成就,而且犹如历代"实录"之有助于后来正史的修纂一样,对将来写这一时期文学史的人也积累了有价值的重要文献。

去年(1985)唐弢同志曾在《文汇报》上发表过一篇《当代文学不宜写史》的文章,引起了许多不同意见的讨论;我以为问题首先应该明确"当代"一词的起点是何时。如果从 1949 年算起,则距今已三十七年,远超过新民主主义革命时期的三十年;我们不仅需要对建国以来的文学进程进行历史性的考察和总结,而且 1976 年以前这段历史也已经相当稳定化了,具备了对它进行历史性考察和研究的基本条件。如果"当代"仅指新时期的文学,则它目前仍在变动不定的发展过程中,把它写成"史"确实是"不宜"的。这种讨论本身就说明现代文学史的起讫时间问题是一个应该予以澄清的问题。

强调文学史的历史科学属性,并不说明治现代文学史的人就可以脱离或不关心现实,包括社会生活和当前文艺创作。这其实是一个历史和现实的关系问题,可以分两方面来说明。一方面,研究文学史当然要尊重历史的本来面目,但只有从今天的认识高度和已达到的水平出发,才有可能获得新的成果,并从中反映出当前的时代精神和历史观点;只有这样才可以使人们从历史经验中得到启示,对现实发生借鉴作用。例如鲁迅的《中国小说史略》可以说就是站在了"五四"以后的历史高度、体现了新的时代精神的文学史著作。另一方面,历史研究也并不是要被动地等待现实的凝结,更重要的是要把研究对象置于历史进程中来考察,追溯它的渊源和发展脉络。实际上研究者在

①　鲁迅:《华盖集·并非闲话(三)》。

确定选题或研究角度时,往往就是由现实需要或触发所引起的,他的意图就是为了加深对现实的认识深度,从而对社会实践发生影响。马克思的《路易·波拿巴的雾月十八日》和蒲鲁东的《政变》都是从历史角度来写同一事件的,由于马克思"深知法国历史",如恩格斯在序中所说:他"叙述了二月事变以来法国历史的全部进程的内在联系,揭示了12月2日的奇迹就是这种联系的自然和必然的结果"。而蒲鲁东的书则如马克思所说:"他想把政变描述成以往历史发展的结果。但是,他对这次政变所作的历史的说明,却不知不觉地变成了对政变主人公所作的历史的辩护。"①这就说明,历史研究的正确与否不仅对现实会产生不同的影响,而且研究者的态度和方法就是受现实制约的。有时人们也可以由现实出发,选择历史上与现实有类似之处的史实来阐发其经过与意义,以便引起人们对现实的联想和思考。鲁迅1927年在广州"四一五"政变后所作的演讲《魏晋风度及文章与药及酒之关系》,是一个关于文学史的学术专题,内容也没有联系现实,但它却给人以强烈的启示,引起了人们对现实的联想和思考。这同实用主义的影射或类比完全不同,它首先是从尊重历史事实出发的,但它又可以对现实产生启示或借鉴的作用。

历史是连续不断的,文学现象同样有其来龙去脉的连续性。文学史分期问题的讨论只是为了准确地把握一定历史阶段的主要特征,以便更明确地阐明它的发展过程和规律性。无论起讫时间定为何时,治现代文学史的人仍然必须注意这一段文学史的历史渊源和它对当前可能发生的现实意义,而不能"前不见古人、后不见来者",把眼光只囿于现代文学史的起讫范围之内;这是讨论这一问题时必须予以注意的。

1986年5月18日脱稿

原题《中国现代文学史的起讫时间问题》,载1986年9月《中国社会科学》第5期,署名王瑶。收入《中国现代文学及〈野草〉〈故事新编〉的争鸣》(知识出版社,1990年版),又收入《王瑶全集》第5卷《中国现代文学史论集》(河北教育出版社,2000年版),均改题为《关于现代文学史的起讫时间问题》。

---

① 马克思:《路易·波拿巴的雾月十八日》第二版序言。

现代文学所受外国文学的影响

一

鲁迅在论述中国现代小说产生的原因时,曾把它归结为两点:"一方面是由于社会的要求的,一方面则是受了西洋文学的影响。"①这个论断同样适用于现代文学。因为"五四"以来的中国现代文学本来是在中国社会内部发生历史性变化的条件下,广泛接受外国文学的影响而形成的,因此它和外国文学的关系,是一个非常重要的问题。

从一般的普遍的意义上说,一个民族的文学要发展,总是需要与其他民族开展文化的交流;在发展民族风格的同时,也要学习别人的艺术经验,以开阔眼界,取人之长,补己之短。鲁迅在一篇题为《由聋而哑》的文章里,就讲过这个道理;他用了一个很形象的比喻:人如果听不到外界的声音,变成聋子,最后还会成为哑巴。许多哑巴并非没有发音能力,而是聋的结果。如果拒绝学习、借鉴多种多样的外来文学作品,我们自己的声音也会变"哑"。事实上,中国的古典文学,在它的发展过程中也受过外国文学的影响,而且正如鲁迅所说,在汉唐两代还表现出勇于接受外来影响的气魄:"遥想汉人多少闳放,新来的动植物,即毫不拘忌,来充装饰的花纹。唐人也还不算弱,例如汉人的墓前石兽,多是羊、虎、天禄、辟邪,而长安的昭陵上,却刻着带箭的骏马,还有一匹驼鸟,则办法简直前无古人。"②这种弘廓的魄力,说明中华民族在其兴旺发达的时期,本来就"具有不至于为异族奴隶的自信

---

① 鲁迅:《且介亭杂文·〈草鞋脚〉小引》。
② 鲁迅:《坟·看镜有感》。

心";因此,"凡取用外来事物的时候,就如将彼俘来一样,自由驱使,绝不介怀"。① 但由于社会、历史、地理的种种复杂原因,中国文学又逐渐形成为一个"自我中心"的体系,延缓了文学应有的繁荣和发展。鲁迅在本世纪初所写的《文化偏至论》中对此有过深刻的论述:"昔者帝轩辕氏之戡蚩尤而定居于华土也,典章文物,于以权舆,有苗裔之繁衍于兹,则更改张皇,益臻美大。其蠢蠢于四方者,胥蕞尔小蛮夷耳,厥种之所创成,无一足为中国法,是故化成发达,咸出于己而无取乎人。降及周、秦,西方有希腊、罗马起,艺文思理,灿然可观,顾以道路之艰,波涛之恶,交通梗塞,未能择其善者以为师资。洎元明时,虽有一二景教父师,以教理暨历算质学干中国,而其道非盛。"由于"屹然出中央而无校雠",以致形成了"宴安日久,苓落以胎"的局面。到上一世纪中叶以后,"有新国林起于西,以其殊异之方术来向,一施吹拂,块然踣僵";文学也同样面临着新的局势,于是产生了新的觉醒,如鲁迅所说,"人心始自危"。这就是说,人们是在感觉到民族危机的同时,才意识到文学也必须变革的。正是鲁迅,在本世纪初就对这一历史要求作出了如下的概括:"明哲之士,必洞达世界之大势,权衡校量,去其偏颇,得其神明,施之国中,翕合无间。外之既不后于世界之思潮,内之仍弗失固有之血脉。"② 后来,在 20 年代,鲁迅对此又作了更为明确的表述:"世界的时代思潮早已六面袭来,而自己还拘禁在三千年陈的桎梏里。于是觉醒,挣扎,反叛,要出而参与世界的事业";"内外两面,都和世界的时代思潮合流,而又并未梏亡中国的民族性"。③ 这里,有两点值得注意:第一,在中国文学发展史上,也曾受过外来文学的影响,如佛教翻译文学对唐代及以后文学的影响。但这种影响还只限于某一种文体的范围,并未带来全局性的变革。而由"五四"文学革命开端的文学变革,以及由此产生的中国现代文学,则是借助于外国文学的影响所实现的全局性的变革,它实际上是中国人民要求现代化的思想情绪在文学上的反映。正如朱自清所说:"现代化是新路,比旧路短得多,要'迎头赶上'人家,非走这条新路不可。"④ 另一方面,我们从鲁迅

---

① 鲁迅:《坟·看镜有感》。
② 鲁迅:《坟·文化偏至论》。
③ 鲁迅:《而已集·当陶元庆君的绘画展览时》。
④ 朱自清:《新诗杂话·真诗》。

的历史概括中可以看到,在本世纪初,创立"中国现代文学"的历史要求提出伊始,就把文学的"现代化"与"民族化"作为密不可分的统一整体同时提了出来。这就是说,"中国现代文学"的一个基本特点,就是既"和世界的时代思潮合流"的现代的文学,又是"弗失固有之血脉"的中华民族的文学;那种认为"五四"文学革命以及由它产生的中国现代文学"隔断"了民族文学的传统,用外国文学对现代文学的重大影响来否认现代文学和民族传统文学的血缘关系,是不符合历史事实的。其实,随着近代历史和文化的发展,世界范围的互相接近和文化交流,是一种必然的趋势。马克思、恩格斯早在《共产党宣言》中就指出:由于资本主义生产的发展,世界市场的开拓,"过去那种地方的和民族的自给自足和闭关自守状态,被各民族的各方面的互相往来和各方面的互相依赖所代替了。物质的生产是如此,精神的生产也是如此。各民族的精神产品成了公共的财产。民族的片面性和局限性日益成为不可能,于是,由许多种民族的和地方的文学形成了一种世界的文学"。这里的"文学"一词,当然是指哲学、科学等理论著作,并没有否定文学作品的民族特点的意义;但随着世界性的文化往来和交流,许多国家的文学也大体上在 19 世纪与 20 世纪之交的前后,发生了文学革新和民族新文学创造的历史进程,这都是同要求"和世界时代思潮合流"的历史总趋势相一致的。也就是说,各国文学之间的互相影响和交流,既促进了民族文学的变革和发展,同时也推动了可以互相理解和欣赏的多样化的全世界文学的创造和繁荣。中国现代文学正是在这一历史总趋势中进行了现代化和民族化的纵向和横向的变革进程的;所以中国现代文学和外国文学的关系,是一个有关现代文学基本特点的重要问题。

二

中国的介绍外国近代文学,是与晚清的"向西方找真理"的民主革命要求同时开始的;正是痛切地感到了祖国的落后,才向外国追求进步事物的。开始由"师夷之长技以制夷"出发,目光多集中在船坚炮利、天文历算等方面,接着是政治、法律、经济等社会科学学说,然后才介绍文学艺术,其中影响最大的是林琴南所译的大量的西洋小说。这些翻译小说尽管在选择上或译文上可以訾议之处极多,但引入的外国作品中的思想和表现方式,对于当时占统治地位的产生于封建社会的流行书籍来说,的确是新的事物,而且是激动了青年人的心的。据周启明回忆,鲁迅在东京时对林译小说非常热心,"只要他印出一部,来到东京,便一定跑到神田的中国书店,去把它买来,看过之后鲁迅还拿到订书店去,改装硬纸板书面,背脊用的是青灰洋布"①。郭沫若在《我的幼年》中也说:"林译小说对于我后来的文学倾向上有决定性影响的……我受 Scott 的影响很深,这差不多是我的一个秘密。"可以说,林译西方小说影响和培育了中国现代文学第一代作家。但是,在上世纪末及本世纪初,那些包括林纾在内的介绍外国文学的知识分子还不敢把西方近代文学所代表的新质文化与中国传统文学所代表的旧文化对立起来,反而努力企图在两者之间寻求联系和共同点,寻求调和与妥协的办法,例如在外国小说作品中寻找太史公笔法之类,因而还不可能催生出中国现代新文学。

中国现代文学只能是"五四"新文化运动的产物。"五四"新文化运动的历史意义,正如毛泽东同志所指出的,它是"彻底地反对封建文化的运动,自有中国历史以来,还没有过这样伟大而彻底的文化革命。当时以反对旧道德提倡新道德、反对旧文学提倡新文学为文化革命的两大旗帜,立下了伟大的功劳"②。这就是说,正是"五四"新文化运动和文学革命,才对旧文化、旧文学采取了彻底的不妥协的革命批判态度;另一方面,为了建设新文学,以创作的"实绩"来表示"对旧文学的示威",对包含有近代民主主义思想内容的外国文学则采取了热烈欢迎的态度。可以认为,"五四"时期所提倡的新文学,在"新"字的含义中就包含有向外国文学学习与借鉴的意思。可见外国文学的影响,对于中国传统文学的革新,现代文学的产生,起了关键性的作用。

外国文学对诞生中的中国现代文学的启迪和影响是全面的。首先是在西方民主主义思想与文学影响下,文学主题、题材和文学表现对象的变化。早在上一世纪末,林纾在翻译介绍英国作家狄更斯的作品时,就注意到了其

---

① 周启明:《鲁迅的青年时代·鲁迅与清末文坛》。
② 毛泽东:《新民主主义论》。

"扫荡美人名士之局,专为下等社会写照"①的特点,强调狄更斯作品最可贵之处就"在叙家常之事"②。鲁迅在《英译本〈短篇小说选集〉自序》里,把他的小说的内容概括为"上流社会的堕落和下层社会的不幸",而且说这是受了外国文学的启发。他回顾了他和许多农民相亲近的经历,"知道他们是毕生受着压迫,很多苦痛",很想让大家知道这些景况。他说:"后来我看到一些外国的小说,尤其是俄国,波兰和巴尔干诸小国的,才明白了世界上也有这许多和我们的劳苦大众同一运命的人,而有些作家正在为此而呼号,而战斗",这才启发他把眼中"分明地再现"的生活体验,"陆续用短篇小说的形式发表出来了"。③"上流社会的堕落和下层社会的不幸",这是可以用来概括整个"五四"文学的基本内容,并且显示了现代文学的"新"质的;鲁迅就曾指出:"古之小说,主角是勇将策士,侠盗赃官,妖怪神仙,佳人才子,后来则有妓女嫖客,无赖奴才之流。'五四'以后的短篇里却大抵是新的智识者登了场,因为他们是首先觉到在'欧风美雨'中的飘摇的,然而总还不脱古之英雄和才子气。"④现代文学表现内容的这一特点当然是由中国现代社会的历史条件以及现代文学的基本性质所决定的;但外国文学的影响,也是不可忽视的重要因素。

鲁迅在《〈中国新文学大系〉小说二集序》里,以文学史家的笔调指出:"从一九一八年五月起,《狂人日记》、《孔乙己》、《药》等,陆续的出现了,算是显示了'文学革命'的实绩。又因那时的认为'表现的深切和格式的特别',颇激动了一部分青年读者的心。然而这激动,却是向来怠慢了绍介欧洲大陆文学的缘故。"这就说明,作为"'文学革命'的实绩"的"五四"现代文学作品,不仅其"深切"的"表现"内容——科学、民主的思想倾向,受到西方文学的启迪,而且其"特别"的"格式"——与传统文学的形式不同的新的文学体裁、形式、表现方法,都接受了西方文学的巨大影响。

比如现代短篇小说的产生和发展,就直接借鉴于外国短篇小说。鲁迅说他开始创作《狂人日记》等中国最早的现代短篇小说时,"大约所仰仗的全

---

① 林纾:《孝女耐儿传·序》。
② 林纾:《块肉余生记·小识》。
③ 鲁迅:《集外集拾遗·英译本〈短篇小说选集〉自序》。
④ 鲁迅:《南腔北调集·〈总退却〉序》。

在先前看过的百来篇外国作品和一点医学上的知识"①。中国过去也有短篇小说，如唐人传奇、宋元话本、"三言""二拍"、《今古奇观》《聊斋志异》等，但"格式"和《狂人日记》等有很大的不同。它们一般都很注意情节的奇巧，这从其名称叫"传奇"，书名叫《聊斋志异》《拍案惊奇》《今古奇观》等就可以看出来，它的着重点是情节的巧合和奇特，对环境与人物的描写是很不够的。在表现方法上则是以压缩的形式，简洁地表现长篇的内容。鲁迅曾把长篇小说比喻成一座伟大的宫殿，短篇小说不是宫殿的模型，而是宫殿的"一雕阑一画础"。它"虽然细小，所得却更为分明，再以此推及全体，感受遂愈加切实"；这就是说短篇小说应该是"借一斑略知全豹，以一目尽传精神"的东西②，而不是具体而微的长篇的模型。中国过去短篇小说的表现方式是压缩式或盆景式的，同以写生活的片段为主的横切面式的现代短篇小说很不相同。当然，现代小说也有正面写一个人的一生的，如鲁迅的《祝福》，契诃夫的《宝贝儿》，但其写法也和《聊斋志异》等不一样，仍然是从人物塑造出发，从整个过程中选取其中一小部分。鲁迅特别注意短篇小说这种文学样式，他翻译的几百篇外国作品，一半以上是短篇小说；他后期翻译《死魂灵》是苦于找不到可译的短篇。他译《域外小说集》是在辛亥革命以前，当时这种短篇的样式很不为中国读者所接受，卖了很长时间只卖了二十本。他讲到此事时说，他介绍的目的是要使读者"不为常俗所囿"，而注意别人的"神思之所在"③，就是说要人们开阔眼界，重视别人艺术构思的方式。当时人们对外国短篇小说的反映，是刚看到开头，就煞了尾，不像《水浒》《红楼梦》那样的章回体长篇小说，因而感到不过瘾。但鲁迅坚持探索不同的艺术表现方式。1923 年茅盾写了一篇《读〈呐喊〉》，评论鲁迅的小说，说"《呐喊》里的十多篇小说几乎一篇有一篇新形式，而这些新形式又莫不给青年作者以极大的影响，必然有多数人跟上去试验"。这些"格式"都与中国过去的不同：《狂人日记》用的是日记体，表现狂人对旧社会的控诉，"日记"可用第一人称，便于直接诉说感情。《孔乙己》写封建没落时代的小知识分子，它通

---

① 鲁迅：《南腔北调集·我怎么做起小说来》。
② 鲁迅：《〈近代世界短篇小说集〉小引》。
③ 鲁迅：《域外小说集·序言》。

过小伙计的眼睛,写柜台内外,写"穿长衫的"和"短衣帮",在鲜明的对照中,写出了孔乙己的悲剧。《药》则用了客观描写的方法,写两个年轻人的两条人命,把本不相关的故事,用人血馒头连接起来,通过两个青年的不幸命运,由不同的场景展示了广阔的社会画面。鲁迅认为要塑造人物,表现主题,就"不能不时时取法于外国"[①]。之所以"不能不",是因为中国传统的表现方法不够,要达到目的,就得学习外国。这些作品发表后果然得到群众的欢迎,激动了青年的心。到鲁迅写《彷徨》的时候,就摆脱了外国作家的影响,他已经把外国文学的营养融化在自己的风格里,作为自己艺术修养的有机部分了。

"五四"时期一些新的文学体裁,例如散文诗,就是完全从外国引入的。1936年,鲁迅应读者之请,介绍他所译的书目,他只在《死魂灵》和《小约翰》两书上加注了一个"好"字[②];他开始看《小约翰》是1906年,翻译是在1926年。《小约翰》是童话,虽是用散文形式写的,但富有诗意,鲁迅在中译本"引言"中称它为"无韵的诗",这同他把《野草》叫散文诗的情形是相同的。中国过去没有散文诗这种形式,宋诗好议论,提倡"以文为诗",但仍然是有一定格律的诗。也有用诗的形式写的散文,像"赋",但没有诗意,只有铺张。散文诗则要求所表现的感情是诗。"五四"以后中国曾介绍起屠格涅夫散文诗,波特莱尔散文诗,鲁迅喜欢《小约翰》的一个重要原因,就是这部书给我们提供了"散文诗"这样一种新的艺术形式。鲁迅1919年创作、发表的《自言自语》就是借用外国艺术形式,创作中国现代散文诗的最初尝试。

至于新诗所受到的外国诗歌的影响,更为明显。胡适在他的《尝试集》开始作白话新诗的"尝试"时,不论其理论或创作实践,都受到了美国意象派的影响。郭沫若的《女神》是开辟了新诗道路的划时代的作品,他自己在《我的作诗的经过》一文中就说:"尤其是惠特曼的那种把一切的旧套摆脱干净了的诗风和五四时代的暴飙突进的精神十分合拍,我是彻底地为他那雄浑的豪放的宏朗的调子所动荡了。""五四"时期风行一时的"小诗"这种诗体就是直接借鉴于日本的俳句和印度诗人泰戈尔的诗歌的,新月派与英国浪漫

---

① 鲁迅:《南腔北调集·关于翻译》。
② 鲁迅:1936年2月19日致夏传经信。

主义诗人济慈、勃朗宁等，早期象征派与法国象征派诗人马拉美、魏尔伦等的深刻联系，更是人们所熟知的。

　　散文的形式同中国古典文学传统有着密切的联系，但也同样受到了外国文学的影响。鲁迅在谈到"五四"散文小品时说："散文小品的成功，几乎在小说戏曲和诗歌之上。这之中，自然含着挣扎和战斗。但因为常常取法于英国的随笔（Essay），所以也带一点幽默和雍容；写法也有漂亮和缜密的，这是为了对于旧文学的示威，在表示旧文学之自以为特长者，白话文学也并非做不到。"①鲁迅翻译的厨川白村《出了象牙之塔》中关于英国随笔的理论，据郁达夫说，是几乎影响了"五四"时期所有的"弄弄文墨"的散文家的；郁达夫甚至断言："英国散文的影响，在我们的知识阶级中间，是再过十年二十年也决不会消灭的一种根深蒂固的潜势力。"②

　　话剧形式本来就是从外国输入的。1918 年 6 月《新青年》就出了"易卜生专号"，易卜生的剧作在"五四"时期曾起过很大影响。为什么要介绍易卜生呢？鲁迅解释说："因为要建设西洋式的新剧，要高扬戏剧到真的文学底地位，要以白话来兴散文剧，还有，因为事已亟矣，便只好先以实例来刺戟天下读书人的直感：这自然都确当的。但我想，也还因为 Ibsen 敢于攻击社会，敢于独战多数，那时的绍介者恐怕颇有以孤军被包围于旧垒中之感的罢，现在细看墓碣，还可以觉到悲凉，然而意气是壮盛的。"③因此，尽管曾经有过像胡适的借易卜生来宣扬个人主义的事实，尽管当时对易卜生的作品还缺少恰当的分析和批判，但在当时来说，介绍易卜生仍然是有革命作用的；"娜拉"的形象在"五四"时期青年人身上所发生的广泛影响，也可以说明这一点。

　　以上，我们对于中国现代文学的几种主要文体逐一进行了讨论，从中可以看到，外国文学对现代文学的各种文体都产生了广泛的影响。文学是语言的艺术，语言当然是民族的语言，但在现代文学语言的构成上外国文学也有很大的影响。现代文学语言当然首先是以现代白话口语为基础的；但为

①　鲁迅：《南腔北调集·小品文的危机》。
②　郁达夫：《中国新文学大系·散文二集导言》。
③　鲁迅：《集外集·〈奔流〉编校后记三》。

了丰富它的表现力，使它精密完善，能够更好地反映现代生活，表达现代人的思想感情，对外国文学语言的汲取与借鉴，仍是不可或缺的。鲁迅称刘半农对于"'她'字和'他'字的创造"是"五四"时期打的一次"大仗"①，表面看来有点夸张，其实他是有深刻体会的。拿女性的第三人称的"她"字来说，鲁迅起初用的也是"他"字，如《明天》中单四嫂子的代词；后来觉得意义含混，有加以区别的必要，便用"伊"字来代替，《风波》等篇就是如此；大概总感到"伊"字读音与口语不同，并不妥善，因此到刘半农发明"她"字以后，从《祝福》起，鲁迅便欣然应用了。在翻译外国文学作品上，鲁迅一向主张直译，原因就是要"保存""原作的丰姿"，不但介绍外国作品新的内容、新的思想，而且也要介绍外国作品新的表现方法、新的句法和用语。② 鲁迅认为，随着现代社会的发展，现代生活方式、现代思想以及现代思维方式的发展，要求语言日益精密化与丰富化，"固有的白话不够用，便只得采些外国的句法，比较的难懂，不像茶淘饭似的可以一口吞下去是真的，但补这缺点的是精密"③。因此，鲁迅主张"要支持欧化式的文章，但要区别这种文章，是故意胡闹，还是为了立论的精密，不得不如此"④。鲁迅及"五四"以来许多在语言艺术上取得卓越成就的作家，在注意向人民口头语言学习、向中国古典文学语言汲取营养的同时，总是十分注意从外国文学作品中吸取有用成分的，这是形成他们的文体风格的一个重要因素。

以上我们是从文学革新的角度来讨论外国文学的影响的。另一方面，当我们同外国文学发生联系和交流以后，就有了一种参照和比较，因而对本国文学的价值也会产生新的认识和发现。

随着西方文学观念和现代科学方法的引入，使我们对自己的文学遗产的清理与研究，也出现了新的面貌，产生了新的认识。"五四"以后把古典小说、古典戏剧和民间文学提高到文学正宗的地位，重新估定了它的价值，也是受到外国文学影响的一个显著的方面。"五四"新文学运动固然对封建文化进行了彻底的批判，但对传统文化说来只是一种"再评价"的性质，并不是

---

① 鲁迅：《且介亭杂文·忆刘半农君》。
② 鲁迅：《二心集·"硬译"与"文学的阶级性"》。
③ 鲁迅：《花边文学·玩笑只当它玩笑（上）》。
④ 鲁迅：1934 年 7 月 29 日致曹聚仁信。

主张打倒一切。仅以文学来说，就把古典文学中带有人民性的一部分提高到了很高的地位。北京大学"五四"后不但开设了"中国小说史""中国戏剧史"的课程，而且成立了"民间文学研究会"，对古代和当时的民间文学进行了搜集、整理和研究的工作。有一个事实是发人深省的："五四"以来整理和研究中国古代文化遗产的许多有卓越成就的学者，往往同时又是外国文学的积极的翻译者或介绍者，对封建文化采取激烈的批判态度的革新者；鲁迅、郑振铎、闻一多、朱自清、郭沫若、茅盾、胡适等都是如此。这恰好说明把外国文学对中国现代文学的影响同现代文学和民族传统的继承关系对立起来的观点，不仅不符合历史事实，在理论上也是偏颇的。

三

"五四"时期和"五四"以后对外国文学的翻译介绍，所涉及的国家、时代和文学体裁、文学流派，都是非常广泛的，因而新文学所受到的影响也是复杂的和多元的。文学研究会成立以后，《小说月报》改革宣言中就说："译西洋名家著作，不限于一国，不限于一派，说部、剧本、诗，三者并包。"他们曾"翻译俄国、法国及北欧的名著，他们介绍托尔斯泰、屠格涅夫、高尔基、安特列夫、易卜生以及莫泊桑等人的作品"①。《小说月报》曾出过"俄国文学专号"和"被压迫民族文学专号"。此外如未名社的介绍俄国文学和苏联文学，沉钟社的介绍德国文学，新月派的介绍英美文学，都是发生过一定影响的。我们只要略翻一下《中国新文学大系·史料索引》一编中的《翻译总目》，就可知道当时介绍外国文学所涉及范围的广泛了。这样多方面地介绍各个国家和各种流派的著名文学作品可以扩大我们的眼界，使我们能够借鉴一切对自己有用的东西，也可以防止和避免生搬硬套的"文学教条主义"的滋长，因而对现代文学的成长是有好处的。但这是否说我们在介绍外国文学时就无所抉择，接受影响也只是处于被动状态呢？事实并不如此。如果我们就外国文学所发生的社会影响来考察，则在中国现代文学成长的过程中，在它所受的外国文学的多元的和复杂的影响中，最为深广和显著的无

---

① 见《中国新文学大系·文学论争集·导言》。

疑是近代现实主义文学，特别是俄罗斯文学以及后来的早期苏联文学。这一历史现象对于我们考察外国文学对中国文学的影响，是有非常重要的意义的。

首先，这说明"五四"以来那些从事介绍工作的人对于他要介绍什么实际上是有所抉择的，而且无论是否完全自觉，其眼光与标准是受着中国现实需要的一定制约的。前面我们说过，包括鲁迅在内的先驱者们翻译、介绍外国文学，是"向西方寻找真理"、寻求民族振兴道路的一个侧面，因此他们对外国文学的选择就有一个基本标准，即有助于中国读者对本国现实的认识，"在小说里可以发见社会，也可以发见我们自己"①，有助于启发人民觉悟，激发人们要求进步和改革的热情，对中国民族振兴和新文学的建设有所裨益。鲁迅就曾自述他从事翻译的目的"不过要传播被虐待者的苦痛的呼声和激发国人对于强权者的憎恶和愤怒而已，并不是从什么'艺术之宫'里伸出手来，拔了海外的奇花瑶草，来移植在华国的艺苑"②。另一位外国文学重要介绍者茅盾也说："介绍西洋文学的目的，一半果是欲介绍他们的文学艺术来，一半也为的是欲介绍世界的现代思想——而且这应是更注意些的目的。"③这样，就如鲁迅自己所说："因为所求的作品是叫喊和反抗"，注重的是思想上的教育与启示，在翻译、介绍外国作品时，就"势必至于倾向了东欧，因此所看的俄国、波兰、以及巴尔干小国作家的东西就特别多"④。毛泽东同志在《论人民民主专政》一文中曾说："中国有许多事情和十月革命以前的俄国相同，或者近似。封建主义的压迫，这是相同的。经济和文化落后，这是近似的。两个国家都落后，中国则更落后。先进的人们，为了使国家复兴，不惜艰苦奋斗，寻找革命真理，这是相同的。"这种在社会生活和经济文化方面的相同或近似，不只使读者容易感受和理解作品中所反映的生活内容，而且也可以从那里面对十月革命所开辟的道路有所领悟，它启发人们思索一个国家由落后走向进步所应循的途径。因此鲁迅的这种爱好倾向在中国现代作家中是有普遍意义的；郭沫若在屠格涅夫小说《新时代》译序

---

① 鲁迅：《集外集·文艺与政治的歧途》。
② 鲁迅：《坟·杂忆》。
③ 茅盾：《新文学研究者的责任与努力》。
④ 鲁迅：《南腔北调集·我怎么做起小说来》。

中说:"这部书的自身我很喜欢,我因为这书里的主人翁涅暑大诺夫,和我自己有点相象。还有是这书里面所流动着的社会革命的思潮……这书里面的青年,都是我们周围的朋友……你们不要以为屠格涅夫这部书写的是俄罗斯的事情,你们尽可以说他是把我们中国的事情去改头换面地做过一遍的呢!"郁达夫也说过:"在许许多多古今大小的外国作家里面,我觉得最可爱、最熟悉,同他的作品交往得最久而不会生厌的,便是屠格涅夫。这在我也许是和人不同的一种特别的偏嗜,因为我的开始读小说,开始想写小说,受的完全是这一位相貌柔和,眼睛有点忧郁,绕腮胡长得满满的北国巨人的影响。"①巴金在谈到他 18 岁开始读俄国小说的感受时说:"我对这些小说很感兴趣,因为俄国人生活的环境很接近那时中国人生活的环境,他们的嗜好和性格也与我们中国人相似。"②可知无论介绍者或作家,他们对外国文学都是有自己主动的选择性的,他们不能脱离社会现实和新文学建设需要的制约,这是近代现实主义文学,特别是俄罗斯文学对中国的影响之所以特别深广的重要原因。

其次,文学作品的作用和影响是要通过群众考验的。如果缺乏必要的社会基础,即使介绍过来也很难得到读者的爱好和存在的条件。这种情况在作为"剧场艺术"、直接受观众制约的戏剧领域,表现得特别明显。"五四"时期,戏剧领域与其他文学部门一样,西方各种潮流和流派的戏剧都同时涌入中国,既有易卜生为代表的近代现实主义戏剧,也有大量的现代派戏剧,据有人研究,当时西方已经出现的现代派戏剧的各种流派,例如象征派、未来派、表现派、唯美派、新浪漫派等都一股脑儿地引了进来。③ 但以后现代话剧发展的历史却表明:易卜生对我国现代话剧一直保持着巨大和持续的影响力,现实主义戏剧成为强大的主流,而西方现代派戏剧则影响甚微,并没有形成中国的现代派戏剧流派,只是有一些现代派戏剧手法有机地融入了现实主义戏剧中。这里一个重要原因就是现实主义戏剧较易引起中国观众的共鸣,而西方现代派戏剧的神秘、颓废、虚幻以及怪诞的表现手法

① 郁达夫:《屠格涅夫的〈罗亭〉问世以前》。
② 见《巴金的生平和创作》一书。
③ 参看田本相《试论西方现代派戏剧对中国现代话剧发展之影响》。

则难为中国普通观众所接受。再举一个现象。中国懂英语、日语的人比较多,但英美文学和日本文学的影响并不突出,介绍过来的数量也不算很多,倒是通过英、日文重译的其他国家的作品很不少,这就说明了介绍者在选择时的取舍倾向。高尔基的《我的童年》解放前共有四种译本,全是根据英文重译的;《夜店》有九种译本,除两种是由俄文直译者外,其余七种都是由英、日文转译的。① 这就说明无论译者或读者,首先注意的是作品的思想内容和它对于中国人民的需要;也就是说不论自觉与否,事实上我们接受外国文学的影响是有所抉择和批判的。它充分说明在主要倾向方面,我们对待外国文学的态度是保持了"五四"的革命的批判精神的。至于苏联文学,许多中国作家从优秀的早期苏联作品中学习了社会主义现实主义的创作方法,写出了许多有社会主义精神的杰出作品。毛泽东同志曾称赞法捷耶夫的《毁灭》在中国产生了很大的影响② ,鲁迅以极大的热情翻译了这部作品,并且说他自己"就像亲生的儿子一般爱他,并且由他想到儿子的儿子"③ 。中国人民要走社会主义道路,因此对早期苏联作品倾注了关心和热情,是完全可以理解的。这种首先由作品内容出发的抉择倾向,无论就介绍者或读者来说,基本上是一致的。但作为文艺创作,这些介绍进来的外国文学对中国现代文学所发生的影响,就不只是思想内容的方面,而是包括创作方法和风格、手法等多方面的艺术因素的。

我国现代文学史上的许多著名作家都非常重视介绍外国文学的工作,鲁迅是中国最早致力于介绍的工作者之一。1907 年他就写过《摩罗诗力说》,他不但自己翻译过像《死魂灵》《毁灭》这些著名作品,而且可以说他是世界进步文学介绍事业之提倡者和组织者。他曾把介绍工作喻为有如普洛美修士窃火给人类,有如私运军火给造反的奴隶,他在这方面的贡献是非常巨大的。瞿秋白在 1923 年就写过《赤俄新文艺时代的第一燕》的介绍文章,他译过高尔基的短篇选集,以为"翻译世界无产阶级革命文学的名著,并且有系统地介绍给中国的读者……这是中国普罗文学者的重要任务之

---

① 据戈宝权《高尔基作品中译本编目》一文。
② 毛泽东:《在延安文艺座谈会上的讲话》。
③ 《二心集·关于翻译的通信(来信)》。

一"①。茅盾早在主编《小说月报》时就特别重视介绍各国文学的情况,并翻译过许多著名作品。最初翻译马雅可夫斯基的诗为中文的是郭沫若,那是1929 年;另外他还翻译过《浮士德》《战争与和平》等著名作品。巴金、曹禺、夏衍、周立波等作家,同时也都是外国优秀作品的翻译者和介绍者。可以想见,在这些现代文学史上杰出作家自己的创作中,当然是受到了外国文学的积极影响的。其实不只他们,"五四"以后的现代作家很少完全没有受过外国文学影响的,虽然情况和程度各不相同。这是促使中国现代文学茁壮成长的一个重要因素。

肯定外国文学对中国现代文学发生过很大的积极影响,并不等于说在这些影响中就不伴随着消极性的因素。事实上不只是引入了一些不健康的西方作品对我们毫无好处,就是起过一定积极作用并在世界文学史中有地位的作品,也常常是会同时带来一些消极影响的,易卜生的戏剧,罗曼·罗兰的小说,都曾在不同时期在中国发生过很大影响,但由于这些作品本身的弱点和历史条件的不同,也给读者带来了某些消极性的东西。这样的例子还多得很,它提醒我们在学习和借鉴时必须要有严格的批判的精神,才能取其精华,弃其糟粕。另一方面,在现代文学的发展过程中,既有过排斥学习外国文学的保守倾向,也出现过对外国文学盲目崇拜的倾向;有些人不是把外国文学当作借鉴的对象,而是错误地把它当成创作的源泉或模仿的范本,结果就出现了硬搬和模仿的文学教条主义的现象。在现代文学史上也并不是没有这样的例证,洋腔洋调的文体引起了读者的厌恶,增加了文学和它的服务对象之间的距离。但这仍然是学习的态度和方法的问题,并不是应该不应该学习和借鉴的问题。本来吸收其他民族文化中有价值的部分,经过很好地消化,使之成为我们自己文化的有机部分,原是一件创造性的非常艰苦的事情,是需要付出一定的时间和代价的。就历史发展的过程看来,在这当中发生一些硬搬和模仿的现象,是很难完全避免的,我们正视这种消极现象,是为了从错误中吸取教训,端正学习的态度与方法;但不应该把这种消极作用过于夸大,认为是"五四"以来外国文学所产生的影响的主要方面。抗战前期在关于民族形式的论争中,曾有人认为"五四"以来的

---

① 《二心集·关于翻译的通信(来信)》。

新文学是"舶来品"，过多地接受了外来的影响，因而说它是"畸形发展的都市的产物"，是"大学教授、银行经理、舞女、政客以及其他小'布尔'的适切的形式"。① 这个估计是错误的，它是一种形式主义看问题的方法，完全不符合文学史的客观事实。作为现代文学伟大开端的"五四"新文化运动是一个生动活泼的革命运动，从开始起就贯穿着要求民族解放和爱国主义的精神，因此它也是非常重视我国民族文化遗产中的有价值的事物的；当时的先驱者们并没有把向外国学习和发扬自己民族优秀传统对立起来。鲁迅在这方面就是一个榜样，在他身上就体现了一个广泛地吸收外国文学的有益营养，并在民族传统的基础上形成自己创作特色的创造性的过程。因此法捷耶夫称他为"真正的中国作家"，说"他的讽刺和幽默虽然具有人类共同的性格，但也带有不可模仿的民族特点"。② 当然，像鲁迅这样伟大的作家毕竟很少，但他代表着一个正确的方向，另外许多作家虽然成就没有鲁迅那么高，但也是同样向着这样的方向努力的。这样，就形成了一个传统，这就是鲁迅自己所概括的"拿来主义"的传统：无论对于中国和外国的文化成果，都要"运用脑髓，放出眼光，自己来拿"；"拿来"之后，要自己"挑选"："或使用，或存放，或毁灭"③，"既有删除，必有所增益，这结果是新形式的出现，也就是变革"④，"没有拿来的，人不能自成为新人，没有拿来的，文艺不能自成为新文艺"⑤——这就是中国现代文学发展的基本道路，也是"现代文学与外国文学关系"的历史经验的基本总结。

原题《中国现代文学与外国文学的关系》，载 1986 年 9 月《河北师范学院学报》(哲学社会科学版)第 3 期，署名王瑶。收入《中国现代文学及〈野草〉〈故事新编〉的争鸣》(知识出版社，1990 年版)，又收入《中国文学纵横论》(台湾长安出版社，1993 年版)，《王瑶全集》第 5 卷《中国现代文学史论集》(河北教育出版社，2000 年版)，均改题为《现代文学所受外国文学的影响》。

---

① 向林冰：《论"民族形式"的中心源泉》。
② 见 1949 年 10 月 19 日《人民日报》。
③⑤ 鲁迅：《且介亭杂文·拿来主义》。
④ 鲁迅：《且介亭杂文·论"旧形式的采用"》。

关于现代文学研究工作的回顾和现状

一

中国现代文学研究是一门年轻的学科。解放前，有关现代文学的论著大多是从当代文学批评的角度进行的作家作品评论，或者是作为中国文学史附庸的最后概述章节，这说明现代文学研究还没有形成一门独立的学科。尽管如此，解放前的有关论著仍然是为现代文学这门学科的形成与发展奠定了基础的。

1922年，胡适在《五十年来中国之文学》的最末一节，曾经"略述文学革命的历史和新文学的大概"，这可能是对中国现代文学的产生和形成进行历史考察的最初尝试。从20年代末到30年代，少数高等院校陆续开设了新文学研究的课程或讲座。陈子展、朱自清、周作人、王哲甫、李何林等都讲过这样的内容，他们的讲义大多作为文学史著作出版，即陈子展《中国近代文学之变迁》(中华书局1928年出版，有关现代文学的"十年以来的文学革命运动"仅为其中一节；后又修订更名为《最近三十年中国文学史》，由太平洋书店1929年出版)，周作人《中国新文学之源流》(1932年作，同年北京人文书局出版)，王哲甫《中国新文学运动史》(1933年作，同年北京杰成印书局出版)，李何林《近二十年文艺思潮论》(生活书店1940年出版)。其中朱自清1929年至1933年在清华大学、师范大学和燕京大学的讲义《中国新文学研究纲要》，当时并未正式出版，遗稿后来发表在1981年的上海《文艺论丛》第14期；它是首先以作家成果作为主要研究对象的，着眼在从丰富的文学现象来探讨各类作品产生和发展的社会原因和历史经验，重视艺术成就及社会影响，并采用了先有总论然后按文体分类评述的文学史体例，这对以后的现代文学史研究是有启示意义的。

1935 年,《中国新文学大系》编辑出版,蔡元培、胡适、郑振铎、茅盾、鲁迅、郑伯奇、周作人、郁达夫、朱自清、洪深等,分别为全书和各卷写了长篇导言,对"五四"和第一个十年间的新文学分门别类地作了系统分析和历史评价。"导言"的执笔者不仅亲自参加了第一个十年的文学运动和创作实践,而且代表了不同的倾向与流派,在导言中显示出了他们不同的文学史观,如胡适用文学进化观解释新文学的诞生,周作人以为新文学运动是"历史的言志派文艺运动之复兴",而鲁迅、茅盾的导言则运用历史唯物主义观点科学地辩证地评价现代作家、作品和流派,在方法上对以后的现代文学史的研究产生了深远的影响。

在我国,现代文学的诞生和马克思主义的传播,几乎是同时发生的。从 20 年代末起,马克思主义的世界观和方法论广泛地同我国社会科学实践开始结合起来,在历史学、经济学等学科中出现了马克思主义的学派;萌发于这一时期的中国现代文学研究,也有相当一部分人运用了马克思主义的立场观点和方法,如瞿秋白《〈鲁迅杂感选集〉序言》,鲁迅、茅盾的作家论、序跋,即是这方面的尝试。40 年代初,毛泽东在《新民主主义论》中关于"五四"运动、新文化、新文学的一系列论述,更为现代文学研究奠定了马克思主义的理论基础。

1949 年中华人民共和国的成立,不仅标志着中国历史的转折,而且标志着文学的转折;从"五四"开端的新文学到中华人民共和国的成立,构成了完整的历史阶段,对之作历史的研究与总结,不仅有了必要,而且有了可能。在 50 年代初,出现了一批以高等院校教材形式出现的现代文学史著作,其中有:王瑶《中国新文学史稿》(上册 1951 年开明书店出版,下册 1953 年上海新文艺出版社出版)、丁易《中国现代文学史略》(写于 50 年代初,1957 年由作家出版社编辑出版)、刘绶松《中国新文学史初稿》(1956 年人民文学出版社初版)、蔡仪《中国现代文学史讲话》(上海新文艺出版社 1952 年出版)、张毕来《新文学史纲》(作家出版社 1955 年出版)等,同时随着高校现代文学课程的开设,逐步形成了现代文学研究与教学的专业队伍,这些都标志着现代文学开始成为独立的学科。

中国现代文学本身与现实政治及当代文学的关系都十分密切;现实政治斗争及对现实文学工作的要求,都会影响现代文学的研究工作。1953 年中国开始大规模社会主义建设,在这一年召开的第二次文代会上提出了建设社会主义文学的任务,同时,强调"'五四'以来中国革命的文学运动,就是在工人阶级思想指导下沿着社会主义现实主义方向发展过来的"(茅盾《新的现实和新的任务》)。这里所提出的论点实质上是关于现代文学基本性质的重大问题;在这种理论指导下,一些研究工作者以"社会主义现实主义在新文学中的萌芽、成长和发展"作为现代文学的基本发展线索,并以此作为划分现代文学不同发展阶段的主要依据和评论现代作家作品的基本尺度。这意味着是以社会主义文学的标准来衡量中国现代文学,从而在实际上否定了它的反帝反封建的新民主主义性质,现代文学研究工作中"左"的倾向即由此发端。

1957—1958年的"文艺战线的一场大辩论""再批判",又把上述关于现代文学基本性质的理论错误推向新的极端;以所谓"文艺上的无产阶级路线和资产阶级路线斗争"作为现代文学发展的基本线索(参见邵荃麟:《扫清道路,奋勇前进——〈文艺战线上的一场大辩论〉读后》)。继之而来的一次又一次的政治运动,批判掉了一批又一批的现代文学作家和作品,到"文化大革命"的十年动乱中,在"否定一切,打倒一切"的思潮影响下,三十年的现代文学史只能研究鲁迅一人。政治斗争的需要代替了科学研究,滋长了与马克思主义根本不相容的实用主义学风,讲假话、隐瞒历史真相,以致造成了现代文学史这门历史学科的极大危机。

粉碎"四人帮",特别是1978年党的十一届三中全会以后,现代文学研究工作开始全面复苏。最初几年,主要是进行"拨乱反正"的工作,在理论上澄清了现代文学的根本性质问题,同时大力恢复实事求是的科学学风,对一大批作家作品进行了"再评价"。这些工作实际上具有某种"平反"性质,因此,其中掺杂着某些强烈的感情因素是可以理解的。直到近年,才开始转入日常的学术建设,对现代文学进行冷静客观、具体细致、实事求是的分析与考察,显示了扎实深入、稳步前进的趋势。

二

回顾近几年中国现代文学研究工作的变化和发展,最重要、最具有决定意义的可以说有两个方面：第一，对"现代文学"性质的认识逐渐深化，并由之带来研究格局的突破与研究方法的变革；第二，对"现代文学史"这门学科的性质的认识和变化，并由之带来研究视野与方法的变革。

近年来，对"现代文学"的性质的认识有一个发展过程。在最初的"拨乱反正"阶段，针对着长期以来存在的"以社会主义文学的标准衡量现代文学"的"左"的倾向，强调了现代文学的新民主主义性质，提出要以是否具有"反帝反封建"的倾向，以及这种倾向表现得是否深刻、鲜明，作为衡量和评价现代文学作家作品的基本标准。应该说，这是现代文学研究在指导思想上的一次重要突破，它带来了研究格局的变革。长期以来得不到正确评价的一些具有反帝反封建倾向的爱国主义、民主主义的作家作品，如郁达夫、巴金、老舍、曹禺等人的作品恢复了现代文学史上应有的主流地位；另一些人则一方面与无产阶级文学存在矛盾，一方面仍然具有或一定程度上具有反帝反封建倾向的资产阶级自由主义作家，如前期周作人、徐志摩、沈从文的作品，也引起了人们的重视和兴趣，进入了现代文学的研究领域；而过去一些被肯定的左翼作家，由于有了"反帝反封建"这一更切合实际的评价标准，去掉了一些被任意拔高的虚词浮语，他们在思想、艺术上的实际成就，就得到了更为科学的说明，重新恢复了历史的本来面目。这样，在现代文学研究中长期设置的"禁区"终于打破，研究的范围逐渐扩大，研究工作的实际内容与"现代文学"学科名称之间"名不副实"的状况开始改变。

随着研究工作的深入，人们逐渐发现"反帝反封建"的标准本身仍然存在着一定的局限性；它不仅仅是一个思想标准，而且在对作家作品进行思想评价时，也只是强调了政治思想的一个侧面。这就是说，"反帝反封建"是从现代文学的政治思想倾向这一方面去说明现代文学的性质的，这固然是一个重要的、不可忽视的方面，但如果我们对现代文学的研究和评价仅仅局限在这一个方面，我们的研究视野就仍然不免是狭窄的，而且会出现一些新的偏颇。例如在一段时间曾出现过一些研究工作者在评价一些反帝反封建的思想倾向并不鲜明，但在其他方面颇具特色的作家作品时，由于囿于"反帝反封建"这一批评标准，就对这些作家作品中的反帝反封建的微弱因素加以夸大，以此来肯定其现代文学史上的历史地位；这种"肯定"评价与过去的"否定"仅仅是结论的不同；基本的评价与思维方式并没有实质的区别，因而不可能是科学的、实事求是的。这样，随着研究工作的深入发展，就要求对现代文学的认识和观念要有新的突破。正是在这样的情况下，有人提出了"文学现代化"的概念。它包含了文学观念的现代化，作品思想内容的现代化，作家艺术思维、艺术感受方式的现代化，作品表现形式、手段的现代化，以及文学语言的现代化等多方面的意义，并且把作家作品的思想内容、倾向与艺术表现、形式统一为一个有机的整体；应该说，它是把现代文学"反帝反封建"的思想特质包括在内，具有更大的包容性，揭示中国现代文学本质的一个概念。当然，由于它的含义广泛、包容性大，就字面意义看，也有一定的不够鲜明和确定的缺点；但"现代"既然是一种历史性的时代概念，它最主要的内涵就是时代精神，这就自然包孕了产生它的社会历史背景和马克思主义哲学和美学的观察角度，也不致与现代主义的理论发生混淆。这个概念的提出，是现代文学研究工作的又一次思想解放，它使我们研究工作的着重点由注重现代文学与新民主主义革命时期其他意识形态的共性转向了现代文学自身的个性。研究工作者不仅从政治思想的层次，而且从更为广泛的层次去揭示现代文学作品的丰富的思想内容，促使研究者更注意于文学特征的探索，例如艺术表现的现代化，文学体裁的革新，作品的叙述方式、结构方式和文学语言的变革，以及在历史发展中所形成的各种艺术流派和风格的不同成就。这样，就促进了现代文学研究领域的进一步开拓，它不仅只表现在研究面的扩张，而且也是研究视角的多样化。

随着对"文学的现代化"问题研究的深入，必然要提出现代文学与外国文学以及它与中国古典文学的关系问题。本来，"文学的现代化"本身就如鲁迅所说，包含着"都和世界的时代思潮合流，而又并未梏亡中国的民族性"[1]这样的内容，离开了对现代文学与外国文学和中国古典文学联系的考察，就不可能弄清现代文学的"现代化"特点。当然，促成近年来对现代文学与外国文学关系的研究的重视，还有更为深广的社会历史原因。粉碎"四人帮"以后，我们结束了在学术研究和文化艺术上长期封闭的状态，国际的文化学术交流日益增多，因而我们了解到一些国外对中国现代文学的研究情况；随着我国国际地位的提高，现代文学以及我们的学术研究成果正越来越

---

① 鲁迅：《当陶元庆君的绘画展览时》。

多地引起外国学者的注意。这样的国际文化学术交流的气氛,对"中国现代文学与外国文学关系"的研究,自然是一个有力的推动。与此同时,在我们实行对外开放政策以后,中国当代文学与外国文学的交流日益密切,随之而来便提出了许多现实问题:诸如何正确吸收外来文化并与本国文化传统结合起来,如何把文学的现代化与民族化有机地统一起来,等等。中国现代文学与当代文学的密切联系,决定了这些从现实中提出来的问题的解答必须追溯它的历史渊源,即认真总结"五四"以来现代文学与外国文学关系的历史经验。正因为如此,近年来关于中国现代文学与外国文学关系的研究,主要集中在两个问题上:一是探讨中国现代文学在发展过程中所受外国文学的影响,一是总结中国现代文学在处理吸收外来文化与民族传统的关系、解决文学现代化与民族化关系中所取得的经验和教训。目前上述研究主要还是一种面上的扩展,带有"开拓新领域"的性质,如研究某一作家与外国某作家的关系(鲁迅与安特莱夫、曹禺与契诃夫等等);某一社团、流派与外国文学的关系(如前期创造社、新月派与西方浪漫主义文学的关系,现代派诗歌与法国象征派诗歌的关系);某种文体与外国文学的渊源关系(如中国现代散文诗与屠格涅夫、波特莱尔散文诗的关系,中国现代话剧与易卜生、奥尼尔剧作的关系);某种外国哲学思潮、文学思潮对中国现代文学的影响(如尼采哲学、厨川白村文艺思想、弗洛伊德学说对中国现代作家的影响);以及某一作家(如鲁迅、茅盾、曹禺)或某一文体(如现代话剧)某一流派(如现代派诗歌)在处理文学现代化与民族化关系问题上的历史经验或教训;等等。大体上说,目前这类研究尚处于分体解剖的阶段,可以想见,今后将向综合分析的方面发展,以便从总体上把握现代文学交汇的历史特点,从文学现代化与民族化的统一来研究现代文学发展的规律。

另一方面,近年来现代文学研究除了由于对"现代文学"性质的认识深化而在研究领域和方法上产生了一系列的深刻变化之外,还有一个具有深远影响的突破,就是对"现代文学史"这门学科的性质的重新确认,并由此引起了一系列的重要变化。长期以来,我们的文学史研究始终停留在作家作品论汇编的水平上,其中一个原因,就在于对于文学史这门学科的性质缺乏明确的认识。近年来,经过总结历史的经验和教训,我们首先在理论上明确了现代文学史作为一门学科,它既属于文艺科学,又属于历史科学,它兼有文艺学和历史学两个方面的性质和特征。文学史作为一门文艺科学,它也不同于文艺理论和文学批评;它要求讲文学的历史发展过程,讲重要文学现象上下左右的历史联系。确认文学史具有"文艺学"的性质,首先是对长期存在的"以政治鉴定代替文学评价"的庸俗社会学倾向的一个否定;并由此明确了文学史应该以创作成果为主要研究对象。即衡量一个作家对文学史的贡献,确定其历史地位,主要看他的作品的质量和数量;而对作品质量的评价则应该坚持思想与艺术的统一,注意文学艺术本身的规律和特点。在这样的指导思想下,近年来对作家作品的研究出现了新的高度;如果说过去分析作家一般偏重其政治倾向和社会思想的话,那么今天还同时重视作家的美学观点和艺术特色;以前着眼于作品的主题、题材,主要在说明作品的社会内容和思想意义,现在则除此之外还要探讨它的艺术风格和美学成就。现在作家的艺术个性受到了普遍的重视,研究工作者在分析作家作品时都努力把握作家的"这一个"的特点:为作家独特的生活经验所决定的表现对象和读者对象,作家评价生活的独特角度,最适合作家创作才能发挥的艺术方法,以及由此形成的作家的艺术风格。这样,就使得作家作品的研究不但打破了"千篇一律"的局面,而且更切合文学艺术本身的特点,真正成为"文学"的研究,具有了"文学的眼光"。

确认"文学史"的历史科学性质,明确地将文学史研究与对同时代作家作品的评论区别开来,就促使了现代文学史研究从单纯的文学批评向综合性的历史研究转化。这首先促成了研究学风的转变,"尊重历史事实,从历史实际出发;以正视历史的勇气,恢复历史的本来面目",已经成为近年来现代文学史研究工作者的共同追求;因此资料的搜集、整理和鉴别工作被置于特别重要的地位,近年来取得了突出的成就。中国现代文学馆的建立,以及由中国社会科学院文学研究所主持的《中国现代文学史资料汇编》的编辑出版,是现代文学研究工作规模宏大的基础工程,具有重大的意义。现在,有的同志还倡议建立中国现代文学"史料学",强调史料工作都应具有史才、史学、史识、史德①,这些都显示了现代文学史这门学科的"历史科学"的性质。

---

① 参看马良春《关于建立中国现代文学"史料学"的建议》,载《中国现代文学研究丛刊》1985年第1期。

当然，更具有深远意义的是研究者眼光和方法的转变；孤立的、静止的和形而上学的思维、研究方法逐渐被摒弃，而代之以从文学的发展和运动中，从它的多样的具体的联系中去把握文学现象的思维方式。人们不但注意到对某一作家作品进行深入剖析的微观研究，而且力图从历史发展线索中对作家作品作出宏观的总体把握。"历史的比较"的方法被广泛地运用，对每一作家作品的研究都注意到同它的上下左右的同一类型作家作品的比较，以及作家自己的创作历程同他的某一作品在这一历程中的位置的分析；考察它给文学史增添了什么，作出了什么样的独特贡献，对后来的文学发展有什么影响，以确定其文学史上的地位。此外还出现了许多综合性的研究课题，具体考察构成文学的某些要素的发展和演变过程。例如：人物形象的系列研究（茅盾小说中"时代女性"形象系列研究、老舍作品中市民形象系列研究等）；作品主题发展研究（如新文学中的个性主义问题等）；题材发展演变研究（如农村题材的研究等）；创作流派、方法发展演变研究（如象征派诗歌研究）；艺术风格、表现方法历史发展的研究（如讽刺艺术的发展研究、现代抒情小说的发展研究）；某一文体、艺术形式的历史发展研究（如现代自由诗的发展研究、现代散文诗的发展研究）。上述这些研究课题都出现了一些有一定质量的研究成果；这些研究中所显示出来的历史感与辩证思维方法是具有普遍意义的。

三

近两年来，我们国家的社会生活与学术研究都发生了一些重大的变化。"改革"的浪潮席卷全国，社会生活的急剧变化，人们思维方式的变化，都给文学和文学研究提出了许多新的问题，要求着文学和文学研究的变革；而"创作自由"的强调更带来了文艺界与学术界思想的活跃，特别在文学研究领域，文艺理论和当代文学研究呈现出了颇为繁荣的景象；这对现代文学研究工作不仅是一种"信息"，而且也是一种压力。正是在这样的背景下，"如何开创中国现代文学研究的新局面"，成为研究工作者普遍关心的问题；《中国现代文学研究丛刊》以此为题进行了连续几期的讨论，1985 年 5 月在北京召开的以青年研究工作者为主的"现代文学研究创新座谈会"，也是以此为中心议题的。如前所述，现代文学研究的"创新"在党的十一届三中全会以后就已经开始了，并取得了影响深远的进展；现在又提出"开创新局面"，正显示了这门年轻的学科所具有的生命力，它要求取得更大的突破。当然，这种要求现在还在思考、讨论和探索的过程中，我们这里只能谈一些值得重视的趋向。

在讨论中，有的同志提出了现代文学研究的"当代性"问题。所谓"当代性"，"即要求以当代人的眼光重新审视判断当年的历史，作出我们自己的结论，使研究成果具有现实的特点和今天的水平"，要求研究工作者"把自己的研究工作同现实的社会实践、新的社会历史条件结合起来，即从不同于前人的新的历史高度上赋予自己的研究成果以新的时代精神"，并以自己的"研究之所得给现实以历史的启示，发挥历史和历史研究的积极作用"。① 这实际上就是要求加强现代文学史的研究与当代现实生活（包括当代文学发展）的联系。这本来是马克思主义历史研究的基本原则，恩格斯在《自然辩证法·序言》中就把那些"处在时代运动中，在实际斗争中生活着和活动着，站在这一方面或那一方面进行斗争"的学者，称为第一流的"巨人"型的人物，而把那些躲在书斋里"唯恐烧着自己手指的小心翼翼的"学者称为"庸人"和"第二流或第三流的人物"。我们"五四"以来的学术研究也有这样的传统，鲁迅、郭沫若、胡适等新文学的倡导者正是把"五四"文学革命的时代精神运用到古典文学的研究中，对几千年的中国文学史作出了同历代文人看法截然不同的新评价，从而开创了古典文学研究的新局面的。今天提出现代文学研究的"当代性"问题，显然是反映了今天这个前进的变革的时代精神的。这就是说，在"改革"的潮流中，即使是历史研究也必须倾听生活的召唤、时代的召唤；必须站在新的历史高度来体现新的时代精神。这种要求在一些青年研究工作者中间的反映尤为强烈，这是容易理解的，他们富于时代敏感，不甘心于自己的研究工作只能在少数同行中流传、对圈子以外的人不发生作用的无所作为的局面。提倡现代文学研究的当代性，其实就是强调学术研究的现实感，它对我们前面所说的现代文学研究的历史科学性质

---

① 樊骏：《关于开创中国现代文学研究新局面的几点想法》，载《中国现代文学研究丛刊》1985 年第 1 期。

和历史感，是一个必要的补充；在工作中如何把这两个方面结合和统一起来，以及在强调现代文学研究的现实感时如何避免陷入"实用主义"的泥坑，仍然是一个需要在探索中认真解决的问题。但可以断言，现代文学研究工作不断从现实生活中汲取养料，是使这门学科获得前进动力的必要条件。

近来关于文学观念与研究方法的革新的讨论，也对现代文学研究发生了很大的影响；特别是其中有些文章所谈的问题或所举的例证，好些都是有关现代文学研究的，这当然会引起人们的思考①。在当前的研究和探索中，我们已经可以看出有两种努力的趋向：一部分研究工作者注意汲取与文学相关的其他社会科学如历史学、社会学、民俗学、民族学、宗教学、心理学、语言学、伦理学等学科的成果，从文化层次来研究现代文学；另一部分研究工作者则更强调从外部向内部掘进，从审美的角度研究现代文学，探讨作家的创作心理，挖掘作品的审美价值，探索艺术审美观念的变化，艺术形式美的价值，以及文体演变的内部规律，等等。这两种趋向今后的发展情况如何，是否可能形成有不同特色的新的学派，现在还很难预料；但多样化的百家争鸣的繁荣景象，则已经略显端倪，在探索过程中是会有所收获的。当然，这里有许多新的问题需要解决，例如在汲取其他学科（自然科学与文学以外的其他社会科学）的成果和方法时如何由搬用和模仿发展为"消化"和"融会贯通"；如何正确地处理继承和革新的关系；如何解决研究工作者的现有的知识结构同多学科综合发展的要求之间的矛盾；以及如何以科学的态度对待西方形形色色的理论学说、方法体系问题。实际上，这些令人困惑的问题的出现本身就意味着我们的研究工作正在前进的过程中；在探索中当然也可能出现某些失败或错误，这是事物发展过程中所很难完全避免的，但它必将导致学术研究的深入开展和取得进步的前景。

在关于现代文学研究创新问题的思考中，大家关心的另一个问题是现代文学研究的范围问题。人们强烈地感到，对现代文学的历史考察，目光只囿于三十年的范围会有很大的局限性；需要把研究视野作时间上的延伸，这是关于中国现代文学史的时间起讫的问题，学术界对此是有不同意见的；但

---

① 如刘再复的《研究个性的追求和思维成果的吸收》，载《中国现代文学研究丛刊》1985年第 2 期。

无论如何,研究者必须开拓自己的视野,不把目光只限于三十年的范围。

中国现代文学研究这门学科在不长的历史中,曾经有过严重的挫折,并一度陷于绝境,但终于出现了粉碎"四人帮"以后的健康发展的局面,而且这一前进的趋势还在继续扩展,这是十分可喜的。回顾历史,凝视现状,就使我们有了一种信心:经过不断的努力,我们的工作一定可以取得更大的进展,为建设具有我们民族特色的社会主义新文化作出应有的贡献。

原题《中国现代文学研究的历史和现状》,载《华中师范大学学报》(哲学社会科学版)1986年第3期,署名王瑶。收入《中国现代文学研究:历史和现状》(中国社会科学出版社,1989年版),又收入《中国现代文学及〈野草〉〈故事新编〉的争鸣》(知识出版社,1990年版),改题为《中国现代文学研究工作的历史和现状》。又收入《王瑶全集》第5卷《中国现代文学史论集》(河北教育出版社,2000年版),改题为《关于现代文学研究工作的回顾和现状》。

中国现代作家笔下的东南亚

一

在本世纪初,列宁对世界形势作了如下的描述:"民主革命席卷了整个亚洲——土耳其、波斯、中国。在英属印度,骚动也正在增长。"列宁特地指出:"值得注意的是:革命民主运动现在又遍及荷属印度,爪哇以及其他将近4000万人口的荷属殖民地。"列宁根据"几万万被压迫的、沉睡在中世纪停滞状态的人民觉醒起来"这一事实,得出了一个重要结论:"亚洲的觉醒和欧洲先进无产阶级夺取政权的斗争的展开,标志着20世纪初所揭开的全世界历史的一个新的阶段。"①历史的发展证实了列宁的论断:世界殖民主义的瓦解,被压迫民族国家(我们以后称之为"第三世界国家")的独立与兴起,无疑是20世纪最重大的历史事件,而且必然要在20世纪历史图景上打下自己的烙印。可以这样说,在20世纪,不仅东方被压迫民族与西方无产阶级有着共同利益,更重要的是东方被压迫民族国家之间(例如列宁在这里所说的中国、土耳其、波斯、印度,以及东南亚各国之间),有着共同的命运和利益,有着共同的敌人(外国殖民主义者与国内封建势力)和共同的奋斗目标,因而必然会结为一个互相声援,互相影响的整体。而文学,作为一定社会生活的反映,是不可能不反映这样的历史特点的。这就是说,在20世纪,一方面是被压迫民族的独立,现代民族国家以及相应的现代民族文学的形成过程;另一方面,又是各民族国家及其文学互相交流影响、渗透,并在保持各自民族特色的前提下形成某些共同特点的过程。它是独立的——将任何一个"模式"(政治、经济、文化,包括文学的)强加于任何一个国家的时代

---

① 列宁:《亚洲的觉醒》。

已经结束；同时又是开放的——那种封闭的，闭关自守地发展的时代已经结束。这就是 20 世纪被压迫民族和新兴国家的历史，同时也必然是 20 世纪各新兴国家民族文学的一个基本特点。把握了这个基本的历史特点，就不难理解，今天我们讨论"东南亚地区华文文学"，一方面，自然要通过这一特殊的文学实体的研究，来探讨中国现代文学与东南亚地区各国现代文学之间的互相交流、影响、渗透，以及作为本世纪被压迫民族文学，在历史发展过程中逐渐形成的某些共同特点；另一方面，却又不能不充分注意"东南亚地区华文文学"作为东南亚地区现代文学的一个组成部分，它必然显示出来的各个地区和国家的文学所独有的特色。为了充分认识中国现代文学与东南亚地区文学在本世纪的互相交流、影响与渗透，我们不妨把研究的视野扩大一些，考察一下反映东南亚地区生活的中国现代文学作品（这些中国作家都在不同程度上与东南亚地区的民族革命运动与文学运动发生过联系），以便引起我们对这种关系的深入思考。

早在本世纪初，当中国人民刚刚觉醒，中国现代文学还在酝酿时期，就已经受到了东南亚地区文学的影响。鲁迅在回顾这一段历史时曾指出："时当清的末年，在一部分中国青年的心中，革命思潮正盛，凡有叫喊复仇和反抗的，便容易惹起感应。那时我所记得的人，还有波兰的复仇诗人 Adam Mickiewicz；匈牙利的爱国诗人 Petöfi Sándor；飞猎滨的文人而为西班牙政府所杀的厘沙路，——他的祖父还是中国人，中国也曾译过他的绝命诗。"[1]这里所说的"厘沙路"（J. Rizal），通译黎萨，既是菲律宾民族独立运动领袖，又是菲律宾现代文学的先驱者之一；他的绝命诗（1896 年作）曾由梁启超译成中文，题作《墓中呼声》。鲁迅所说的事实，不仅有力地揭示了东方现代民族文学所产生的国际文学背景，而且点明了其共同的特征——"复仇和反抗"的文学精神；这对我们理解中国现代文学与东南亚地区现代文学的关系，无疑是有重要意义的。

大量的文学史事实表明：从"五四"中国现代文学诞生时开始，东南亚地区华人的生活、命运，以及他们所创造的文化，即已引起了现代作家的关注，并进入了中国现代文学的描写领域；以后，在中国革命与文学发展的每

---

① 鲁迅：《杂忆》。

一时期，特别是 1927 年大革命失败以后与抗日战争时期，都有许多中国革命者或作家流亡到东南亚地区，参加那里的革命斗争和文化建设活动，并且创作了一大批以东南亚地区人民，特别是华人的生活为背景的文学作品。这些作品不仅以自己独特的绚丽色彩，例如异域情调、热带风光、生活风习和活动场景等，为中国现代文学提供了许多新的东西，丰富了我们的文学宝库，而且在不同程度上对东南亚地区各国自身的文学，特别是以汉语为表达工具的华文文学，产生了重大影响。正是这些作品显示了中国与东南亚国家之间文学的互相渗透、影响的特征，也显示了作为文学语言的汉语所具有的表现不同生活内容的深厚潜力，因此它具有某种特殊的研究价值。但是，长期以来，我们对于这种边缘性、交叉性的文学现象，没有引起应有的重视。我想，今后是一定会引起大家注意的。

二

现在，我想就我所接触到的几部（篇）中国现代作品，作一点分析；就算是解剖"麻雀"吧。

首先要说的是许地山的作品。许地山本人生于台湾地区，只到过缅甸与印度，并未去过马来西亚、新加坡一带。但他早期作品（主要收在短篇小说集《缀网劳蛛》中），不仅以中国、缅甸、印度，而且以马来西亚、新加坡等地为背景，例如他的代表作《缀网劳蛛》中女主人公尚洁在被丈夫无理放逐后，就是借居在"马来半岛西岸"的"土华"，并在与当地的土人——采珠者的交往中获得心灵的慰藉的；另一篇小说《商人妇》的女主人公渡海寻夫来到新加坡，在新加坡被已成为当地富翁的丈夫所转卖；新加坡的生活成为她一生命运的转折点。值得注意的是，许地山在描写这些"异国"时，不论写地理环境，自然风物，还是写文化氛围，社会风俗，都不着重写"异"，而着重突出其"同"，甚至在小说中一再出现人物国籍的"混淆"，如《商人妇》中，"我"初次见到那位闽南妇时，竟把她当作了"印度妇人"，而《黄昏后》里的男主人公关怀的"外貌像一位五十岁左右的日本人"。这就是说，在许地山的笔下，无论是中国、缅甸、印度，还是马来亚、新加坡，都表现出一种整体性的文化特征。如果我们再注意到同一时期许地山对"近代艺术"的理解，他强调

"东亚底艺术"与"西欧底艺术"的对立与渗透(原文是这样的:"近代艺术正处在意见冲突底时代,因为东亚底艺术理想输入西欧,西欧底艺术方法输入东亚,两方完全不同的特点,彼此都看出来了"——《中国美术家底责任》,《晨报副刊》1927年1月8日),那么,我们就可以理解,在许地山的文化观中,"东亚"地区是有着共同的(或接近的)文化背景与传统的。他的以探讨中国传统文化的优劣得失为主要目的的小说,大都以东亚地区为背景,实际上也是从这种文化观出发的。阅读他的全部作品,我们就可以发现,许地山在"五四"时期所写的几乎每一篇作品,都是在宣扬、肯定一种人生哲学:"人类的命运是被限定的,但在这限定的范围里当有向上的意志。所谓向上是求全知全能的意向,能否得到且不管它,只是人应当努力去追求。"①在代表作《缀网劳蛛》里,作者把这种人生哲学形象化为"采珠人精神":小说主人公尚洁从马来半岛上当地人的采珠劳动中得到了这样的人生启示:"人生就同入海采珠一样;整天冒险入海里去,要得着多少,得着什么,采珠者一点把握也没有",但采珠者却不会因此而放弃"每天迷蒙蒙地搜求","每天总得入海一遭,因为她的本分就是如此"。许地山小说中每一个寄托了作者理想的主人公无不具有这样的精神与性格:无论是《商人妇》中被丈夫转卖的妇人,《缀网劳蛛》里屡遭不公平待遇的尚洁,还是《黄昏后》中年丧妻的关怀,都以极其平静的态度对待面临的苦难,既不违抗"命运",又不屈从"命运",在"顺应自然"中表现出内在的顽强与韧性。在这种人生哲学与性格里,显然融汇着印度文化中的佛教思想与中国文化中的儒家学说的影响;在许地山看来,中、印文化的交融,儒学与佛教思想的汇合,正是东亚文化的重要特征。饶有兴趣的是,许地山笔下的主人公不仅主要继承与发展了这种东亚文化的传统精神,而且受到了西欧文化的不同程度的影响。《缀网劳蛛》与《黄昏后》的主人公都同时是虔诚的基督教徒,而《商人妇》中那位在顺从命运中又顽强地坚持着"独立生活的主意"的妇人甚至自称为"女鲁滨逊"。在许地山小说主人公身上所体现出来的东亚文化与西欧文化的汇合,也即中国文化、印度文化与西方文化的汇合,既表现了20世纪20年代(中国的"五四"时期)的时代特点,也表现了作家的一种文化理想和见解。

---

① 许地山:《造成伟大民族的条件》。

如果说"五四"时期许地山作品中的东南亚地区华人生活的描写,主要是采取"文化"的角度,那么,"五四"以后的以东南亚地区华人生活为题材的作品,就逐渐转向"政治"的角度,这是同中国革命与文学的发展趋向相一致的。

　　这里,我们首先要提及的是老舍写于1929年至1930年间的《小坡的生日》。在有关老舍作品的研究中,很少有人提及这部作品,实际上《小坡的生日》的创作在老舍创作道路上是具有一种特殊意义的。这一点老舍自己在《我怎样写〈小坡的生日〉》里讲得很清楚,他说:"一到新加坡,我的思想猛的前进了好几丈,不能再写爱情的小说了。"正是新加坡华人,特别是青年学生的爱国主义热情及"激进"的政治思想使老舍"开始觉到新的思想是在东方,不是在西方","东方人无暇管文艺,他们要炸弹与狂呼"。如果说老舍早期创作具有单纯追求趣味性的倾向,那么,从《小坡的生日》开始,老舍就比较注意对作品思想性与教育意义的追求,这无疑是一个重要的变化。老舍说,《小坡的生日》是"幻想与写实"的"夹杂",作者"脚踩两只船:既舍不得小孩的天真,又舍不得我心中那点不属于儿童世界的思想"。这就点明了《小坡的生日》创作的一个基本特点:作者是通过对儿童"天真"的言谈动作来表现自己"心中那点不属于儿童世界的思想",即作家对东南亚地区生活的独特观察与理解,对东方民族命运的独特的思考。小说第二章的题目是"种族问题",所写的却是小坡和她的妹妹的游戏:小坡有一个"宝贝","一条四尺来长,五寸见宽的破边,多孔,褪色,抽抽疤疤的红绸子";"这件宝贝的用处可大多多了:往头上一裹,裹成上尖下圆,脑后还搭拉着一块儿,他便是印度(人)了";"把这件宝贝从头上撤下来,往腰中一围,当作裙子,小坡便是马来人啦";再用妹妹"几个最宝贵的破针"把"宝贝"缝成"小红圆盔,戴在头上。然后搬来两张小凳,小坡盘腿坐上一张,那一张摆上些零七八碎的",小坡就变成了"阿拉伯的买卖人了"。这"变来变去"诚然是一种游戏,却表现了一个天真的儿童所特有的"种族观":"他以为这些人都是一家子的,不过是有的爱黄颜色便长成一张黄脸,有的喜欢黑色便来一张黑脸玩一玩。"这种种族的"平等观""一致观"也是作者的:在老舍看来,所有被压迫的东方民族——无论中国人、印度人、马来人、阿拉伯人,尽管肤色不同,生活习俗不同,"都是一家子的",有着共同的利益、命运与追求。这样,小说里几个小孩,小坡、小坡妹妹小仙,两个马来小姑娘,三个印度小孩,两个福建小孩,一个广东胖小孩,他们之间真诚的友谊,特别是在小坡的梦中他们共同与"老虎"的搏斗,都具有了一种象征意义,寄寓着作家对生活的认识与理想:"联合世界上弱小民族共同奋斗。"①小说在小孩们的游戏中也"随手儿讽刺"了"广东与福建人中间的冲突与不合作,马来与印度人间的愚昧与散漫"②。这正、反两个方面的"意思"是表达了老舍对东南亚地区颇为复杂的民族问题的独特观察与认识的:他站在现代民主主义与民族主义的立场上,既强调各民族自身弱点的克服与改造,又突出了被压迫民族团结、联合的思想。这种对东方各民族团结一致的强调,同许地山作品中对东亚文化共同性的强调,存在着内在的一致,又具有了更为鲜明的政治倾向性。

稍早于老舍的《小坡的生日》,洪灵菲根据他自己的亲身经历写了《流亡》;小说从十七节到二十五节描写了主人公、革命者沈之菲流亡在新加坡与暹罗(泰国)的生活。《流亡》是一部自传体小说,具有很强的主观抒情性;因此,小说中描写的新加坡与暹罗的自然风物都只是一个背景,起着衬托小说主人公心理、情绪的作用。在作者笔下(实际是小说主人公的眼睛里),新加坡与暹罗的本地人都是"态度极倨傲,极自得"的样子,全然缺乏同情心,这固然是社会现实的一种反映,更是小说主人公主观情愫——革命低潮时期所感受到的孤独感与寂寞感——的折射。今天的读者最感兴趣的,也许是小说主人公,作为一个中国的革命者,对于新加坡当地人民及其文化的观察、感受与评价——

> 他们过的差不多是一种原始人生活,倦了便在柔茸的草原上睡,热了便在茂密的树荫下纳凉,渴了便饮着河水,饥了便有各种土产供他们食饱。他们乐天安命,绝少苦恼,本来真是值得羡慕的。但,狠心的帝国主义者,用强力占据这片乐土,用海陆军的力量,极力镇压着他们背叛的心理。把他们的草原,建筑洋楼;把他们的树荫,开办工厂;把他们的生产品收买;把他们的一切生死的权限操纵。
>
> 他们的善良的灵魂怎抵挡得帝国主义的大炮巨舰!他们的和平的

---

① ② 老舍:《我怎样写〈小坡的生日〉》。

> 乐园怎抵挡得虎狼纵横占据！唉！可怜的新加坡土人，他们的好梦未醒，而昔日神仙似的生活，现在已变成镣枷满身的奴隶人了！

这里有对新加坡土人所保留的原始文化"乐天安命"的自由生活的欣赏和羡慕，这自然是由现实生活中的压抑感所产生的；同时更充满了一种对破坏了当地人民自由和平生活的殖民主义侵略者的憎恨，对于被压迫民族不幸命运的同情，以及由于他们的"羔羊"般的软弱、不觉悟而引起的焦虑和怜悯。人们不难发现，《流亡》里的这位中国革命者对于新加坡土人文化的评价与感情，同中国革命者及现代作家对待本国传统文化的评价与感情，有着惊人的类似或相通之处；原因很简单，"虎狼"般"占据"着新加坡"和平的乐园"的帝国主义者，也同时"占据"着中国"和平的乐园"！这样，在洪灵菲的《流亡》里，"中国与新加坡等被压迫民族有着共同命运"的主题就得到了鲜明的发挥。

老舍在《我怎样写〈小坡的生日〉》里曾经不无遗憾地谈到，由于自己不可能深入到新加坡"内地"作更深入的观察，因此，只能通过对儿童生活的描写来写出"我所知道的南洋"。洪灵菲的《流亡》也由于作者在新加坡与泰国逗留时间太短，对于当地生活的描写更带有浮光掠影的性质。多少改变了这种状况的，是许杰的有关创作。由于许杰在吉隆坡担任当地华侨报纸《益群日报》的主笔，直接参加了当地的文化工作，这样，他对于当地人民及华侨的生活及马来本土文化就有了更深切的了解和明确的认识，他的作品也就把同类题材的创作提高到一个新的水平。我们在许杰的集子《椰子与榴梿》里读到了对南洋土著吉龄人（印度民族的一个支派）的拜神仪式更为详尽、真切的描写，同时读到了对当地华侨"观音佛祖出游"及新式"提灯会"的生动描绘，作者把这两者联系起来，得出了"东方的民族，或者是殖民地的民族，恐怕都是吃了鸦片烟的——无论这鸦片是宗教的，还是什么的"的结论，并且明确地把落后民族"宗教的放纵"归之为"帝国主义者的……怀柔手段"。[①] 在许杰的笔下，还出现了反抗殖民主义者的革命青年形象。在一篇题为《两个青年》的小说里，他描写了两个华侨青年在马路上张贴传单，被殖

---

① 许杰：《椰子与榴梿·吉龄鬼出游》。

民当局当场抓去的故事,作者一面热情赞颂了革命青年的"勇敢",同时又委婉地批评了他们不注意斗争策略的幼稚,态度鲜明又冷静,这与作者已经有了国内斗争的经验教训显然是有关的。许杰的创作具有比较鲜明的阶级倾向性,这同他接受了左翼文学运动的影响有直接联系。他不仅用自己的创作来实践了革命文学的理论,而且在吉隆坡以《益群日报》的文艺副刊《枯岛》为阵地,积极倡导"新兴文艺"运动,明确宣布要以《枯岛》为"马来半岛革命的文艺青年的大本营"。许杰在这一时期所写的大量文艺短论里,系统地介绍与宣传了"文艺是社会的反映,是改造社会的先驱","普罗文学"对于"被压迫的贫苦人民"具有"超于同情之上的同情,他是除了同情以外,还指示他方向,鼓励他勇气,觉醒他自我的地位、责任,及其意识,敦促他找出路,走上必然的光明的大道"等中国左翼文艺运动的理论主张,并结合当地实际,鼓励创造具有"地方色彩"的马来地区自己的革命文学。许杰的上述理论与创作活动,在马来一带产生了积极深远的影响。据许杰的回忆录《坎坷道路上的足迹》介绍,近年来,新加坡文艺研究会会长杨松年先生曾撰文对许杰主编的《枯岛》副刊的历史作用给予很高的评价,指出编者"把中国新文学的革命文学的理论带来新马",《枯岛》在许杰的策划与编辑下,不但发掘不少爱好文艺的青年,而且也成为早期积极响应建设南洋文艺色彩与推动新兴文学的副刊。它是战前(按,指第二次世界大战)中马文坛的重镇,也是新马文学史上不可不提的一个文艺园地"。事实上,起着这种将中国新文学与马来新文学联系在一起的纽带作用的,远不止许杰一人。由几代作家艰苦卓越的努力建立起来的中国与东南亚地区文学上的密切联系,是20世纪东方被压迫民族、第三世界国家大团结、大联合的一个重要方面,是我们应当十分珍视的光荣传统。

三

抗日战争时期,特别是从抗战开始到太平洋战争爆发期间,大批爱国文艺工作者流亡到东南亚地区(当时叫"南洋"),进行抗日宣传活动,而以英国、荷兰为主的殖民当局,也由于与日本侵略者的矛盾,一定程度上在思想、文化统治上有所松动,这样就造成了东南亚地区文化(包括文学艺术)的空前活跃的局面；中国现代文学与东南亚地区本地文学，特别是华文文学的互相影响、渗透、支持，也达到了前所未有的密切程度。在这一时期，大批涌入东南亚地区的中国现代作家中，贡献最为卓著、影响最大的，无疑是郁达夫。这不仅因为郁达夫是拥有众多读者的现代文学史上的大作家——在此之前，与东南亚地区发生密切关系的作家，除老舍之外，影响都远不及郁达夫，而老舍活动的时间又很短；更重要的是，郁达夫以他特有的爱国热情、创作活动和文学才能，在不长的时间内，进行了多方面的文学组织工作和创作活动。据有关资料统计，从1938年12月底郁达夫抵达新加坡，到1942年2月初，郁达夫与胡愈之、王任叔等避难荷属印尼，三年多的时间，先后主编《星洲日报早版·晨星》《星洲日报晚报·繁星》《星洲日刊星期刊·文艺》《星洲日刊星期刊·教育》、槟城《星槟日报星期刊·文艺》等五个副刊，还主编过《星洲日报半月刊·星洲文艺栏》《华侨周报》，担任《星洲日报》出版的《星洲十年》的主编，并两度负责《星洲日报》代主笔。有人回忆郁达夫还曾担任过《繁华日报》《星期画报·文艺栏》《大华周报》的编务。在此期间，他还担任了新加坡抗敌动员委员会委员，新加坡文化界抗日联合会主席。在繁忙的组织工作之余，郁达夫写了大量的散文、诗词、文论、政论，在印尼避难期间，仍写了不少的诗词；他的这一期间的作品尽管多有散失，现在已收集到的即颇为可观。据王慷鼎、姚梦桐在《郁达夫南游作品总目初编》的搜集，即有479篇。① 这些著作，不仅显示了郁达夫多方面的创作才华，更闪烁着郁达夫人格的光辉，是"人"与"文"的高度统一。这些作品在作家研究的专题方面，当然有不可忽略的价值，同时由于郁达夫在中国现代文学史上的地位，以及他的上述作品在东南亚地区，特别是在新加坡一带所产生的广泛影响，对于研究抗战时期东南亚地区的华文文学更是不可忽视的。现在这种研究尚处于材料的搜集、整理阶段，我也谈不出深入的意见。这里，我想就这一时期郁达夫的"文化观"——他对中国传统文化以及中国文化与南洋地区文化的关系问题的看法，作一点初步的分析。

郁达夫这一时期大量的政论与文论都涉及文化问题；他认为"文化是民族性与民族魂的结晶，民族不亡，文化也决不亡，文化不亡，民族也必然可以

---

① 见《新文学史料》1985年3期。

复兴的"①。但当时所面临的严峻现实是"侵略者的剿灭文化"的阴谋,因此,在郁达夫看来,保存与继承、发扬中国文化(包括传统文化与"五四"以来的新文化)是文化战线上的首要任务,关系着中华民族的生死存亡。抗战时期大量流入的"文化人"更带来了中国的新文化,这样,暂时可以避开日本战火的东南亚地区,在保存、继承、发扬中国文化这方面,就可以发挥特殊的作用。他不断地援引历史,强调:"礼失,则求诸野;道长,必随人而南"②,"古人有抱祭器而入海,到海外来培养文化基础,做复国兴师的根底的","我们在海外的侨胞,不得不乘这一个大时代,来更加努力于保持,与发扬光大我们祖国的文化这一件事情"③,应该说,在南洋地区"保存与培养中国文化基础",正是郁达夫这一时期"文化观"的基本内核。同时,他又认为南洋文艺当然应该具有地方色彩,不过不能把它强调到不适当的地位(回答当地记者问的《几个问题》)。郁达夫这些具体意见当时未能得到当地知识界的理解,以至于引起了一场论战。这次论战确实反映了当时南洋当地知识界对于中国知识分子大批流亡南洋抱有某种疑惧心理。这种情况反映了中国文化在同东南亚(南洋)地区本土文化的互相交流、渗透过程中必然会产生种种复杂的心理矛盾和冲突,这是我们在研究这一历史现象时必须予以充分注意的。

实际上,郁达夫在考察南洋文化时,除了强调中国文化的影响外,也是注意到南洋文化自身的"特点"的。他认为南洋文化完全可以避免中国"旧文化的痼疾,没有像祖国同胞一样缺少冒险和勇敢的保守病",而反过来给中国文化以积极的影响。同时,他又强调,南洋文化除同中国文化的交流外,还应"和世界文化互应交响"(他曾向南洋读者介绍了左拉、契诃夫、海明威等作者),他甚至提出了这样的希望:"南洋这一块工商业的新天地里",终会有一天,以它的"灿烂""文化""照耀全球"。④ 这都说明,郁达夫绝不是狭隘的民族主义者;他的爱国主义与国际主义精神是紧密联系在一起的。

如果说郁达夫希望在东南亚地区保存与发扬中国文化,那么他自己在

---

① 郁达夫:《抗战以来中国文艺的动态》。

②④ 郁达夫:《南洋文化的前途》。

③ 郁达夫:《在吉隆坡公演〈原野〉揭幕式上的致词》。

流亡这一地区时所创作的作品,例如他的著名的给日本作家新居格的信《敌我之间》,以及他的大量诗词,都是对中国优秀文化传统发扬的成果(像《乱离杂诗》这样的作品)。"千里驰驱自觉痴,苦无灵药慰相思。归来海角求凰日,却似隆中抱膝时。一死何难仇未复,百身可赎我奚辞?会当立马扶桑顶,扫穴犁庭再誓师。"①在苍凉豪迈的诗句里,充溢着一种民族的浩然正气,显示了鲁迅式的"没有丝毫的奴颜和媚骨"的"硬骨头"精神。这就是说,鲁迅、郁达夫的"硬骨头"精神,不仅是中国优秀的传统文化性格,也是所有"殖民地半殖民地"国家、民族的传统文化性格的光辉体现。这就又一次证明,同是过去殖民地半殖民地的被压迫民族,同是在 20 世纪开始民族觉醒与振兴的新兴国家,中国同东南亚地区的文化及民族性格,是存在着根本的一致性的。在此基础上形成的国家、地区间的文化交流,互相渗透和影响,构成了本世纪世界文学发展中的一股重要的文学潮流。今天我们开展对这种历史联系的科学研究,正是为了使这样的传统在新的历史条件下得到进一步的继承和发扬。

原载《厦门大学学报》(哲学社会科学版)1987 年第 3 期,署名王瑶。收入《王瑶全集》第 5 卷《中国现代文学史论集》(河北教育出版社,2000 年版)。

---

① 郁达夫:《乱离杂诗·之十》。

抗日战争时期及解放战争时期的
文艺理论批评概况

——《中国新文学大系(1937—1949)·文艺理论卷》序

1936 年,当中国历史与文学面临着新的转折的时候,鲁迅先生曾经指出,由于反对日本侵略者"是民族生存的问题",是"中国的唯一的出路",文学也将在 30 年代的基础上"发展"到"民族革命战争的大众文学"而进入一个新的阶段。[①] 鲁迅的这一论断,对于我们研究 40 年代的文学、文艺思潮及文艺理论,具有方法论的启示意义。即是说,一方面我们必须充分注意与把握 40 年代文学的历史特殊性:它是以农民为主体的民族解放与革命战争条件下的文学,特殊的历史环境,要求文学肩负起特殊的使命,形成不同于前两个十年的另一种文学风貌,这应作为我们研究与讨论的出发点。另一方面,我们又必须把 40 年代文学置于"五四"以来新文学发展的历史过程与联系中来加以考察。《中华全国文艺界抗敌协会宣言》[②]里,首先肯定了二十年来新文艺反帝反封建的成绩,并说明了它在抗战中所面临的艰巨任务以及"联合起来"的必要性,这说明抗战文艺正是以反帝反封建为主要精神的"五四"以来新文学的发展;《抗战文艺》的发刊词里说"我们要把整个的文艺运动作为文艺的大众化运动,使文艺的影响突破过去的狭窄的知识分子的圈子,深入于广大的抗战大众中去!"这说明抗战时期的文艺运动正是"左联"时期文艺大众化运动的更深入的发展。于是,我们可以发现,这一时期的文学思潮与理论和"五四"文学思潮,特别是 30 年代文学思潮的密切联系:几乎所有的文艺论争都是第二个十年论争的继续和发展;而这一时期的

---

① 鲁迅:《且介亭杂文末编·论现在我们的文学运动》。
② 刊于《文艺月刊》战时特刊第 9 期。

理论成果及其历史局限，又直接连接并影响着新中国成立以后当代文学思潮的发展。我们的研究与讨论必须充分注意到这一"历史过渡性"的特点。

影响 40 年代文学及其理论面貌的另一个重要因素，是这一时期全国划分为国民党统治区（简称国统区），共产党领导的解放区（抗战时期称敌后抗日根据地）和日本侵略者统治下的沦陷区三个部分；不同的社会制度和政治背景，形成了不同特点的文学运动。我们的研究与讨论自然应该重视这些"不同特点"，但也应将其放在适当的地位；因为 40 年代的中国文艺运动毕竟是在同一时代、同一历史条件下发生的统一的文艺运动，不同地区的"不同特点"是服从于时代的"共同点"并受其制约的。例如这一时期文艺理论的主要收获《在延安文艺座谈会上的讲话》，虽然产生于解放区，也包含着对解放区文学的一些特殊要求；但其意义与影响显然不限于解放区，而是具有全国性指导意义的文艺论著，它在当时产生的影响及历史的深远意义都是不可否认的历史事实，因此自然也应成为我们研究与讨论的出发点。

一

40 年代文学不同于其他历史时代文学的最显著也最基本的特点是：它是在"全民族战争"的特殊条件下的文学。在抗日战争的新形势下面，文学必须为抗战服务，成为教育和动员人民群众的武器。1938 年 3 月 27 日，中华全国文艺界抗敌协会在汉口成立。在文协的《发起旨趣》里就号召作家："团结起来，像前线战士用他们的枪一样，用我们的笔，来发动民众，捍卫祖国，粉碎敌寇，争取胜利。"同时，随着大城市的沦陷，许多作家都改变了过去的生活方式，走向部队或内地，参加了实际工作。战争，成为决定一切，支配一切，制约一切的时代的中心；中国的每一位作家，从卢沟桥炮声一响，即已明确意识到，这场战争的胜负将决定国家、民族的命运，决定中国文化（包括文学）的命运，也决定着自身的命运。为了夺取这场战争的胜利，就必须实行"全民族的总动员"，不仅是军事、政治、经济的总动员，而且是文化的总动员。正像《中华全国文艺界抗敌协会发起旨趣》里所指出的那样，"一个弱国抵抗强国的侵略，要彻底打击武器兵力优势的敌人，唯有广大的激励人民的敌忾，发动大众的潜力"，而"文艺正是激励人民发动大众最有力的武器"。

这就是说,文学艺术也应毫无例外地纳入"民族战争"的总体制、总轨道中去。到了持久战时期,当战争的艰苦卓绝磨炼着人民的意志,当分裂和倒退的暗影沉重地压在人民心里的时候,人民群众对于文艺创作又提出了更高的思想感情上的要求与更高的美学趣味,于是引起文艺理论工作者从不同方面对于新的问题进行探讨,但是对于在战争中文艺地位、作用的认同,则仍与抗战初期是一致的,即文学艺术"军事化"("军事"正是这一时期"政治"的集中表现)的特征是十分显著的。这首先就是作家队伍、文艺运动组织形式的"军事化",即所谓"作家入伍"。抗战时期团结了国统区相当多的文人的著名的"第三厅",即隶属于军事委员会政治部;活跃在广大战区、城乡的国统区的抗敌宣传队(后改组为演剧艺术宣传队),根据地的战地剧团(以后解放战争时期的文工团)也都成为部队政治工作的一部分。当然,更重要的是文学观念的变化。正像夏衍在抗战初期(1938年)的一个座谈会上所说,"抗战以来,'文艺'的定义和观感都改变了,文艺不再是少数人和文化人自赏的东西,而变成了组织和教育大众的工具,同意这新的定义的人正在有效地发扬这工具的功能,不同意这一定义的'艺术至上主义者'在大众眼中也判定了是汉奸的一种了"①。这话里自然含有偏激的情绪化的成分,但其中所提供的信息却是十分重要的:抗日战争把中国知识分子与中国作家的忧患意识与社会、民族责任感发挥到了极致(这本也是"五四"新文学的一个传统)。文艺为"抗战"这一时代的最大"政治"服务,强调文学的"工具"性,重视文学宣传、教育、鼓动以至组织功能,这构成了40年代文艺思潮的主流,一直持续于整个抗战时期文艺之中。即使有些作家不重视、不承认文学的宣传、鼓动功能,但在文学艺术要服务于"抗日战争"这一点上也似乎并无异议。毛泽东的《在延安文艺座谈会上的讲话》正是在这种"时代共识"的基础上,更加明确地提出:"在我们为中国人民解放的斗争中,有各种的战线,就中也可以说有文武两个战线,这就是文化战线和军事战线。我们要战胜敌人,首先要依靠手里拿枪的军队,但是仅仅有这种军队是不够的,我们还要有文化的军队,这是团结自己、战胜敌人必不可少的一支军队",他由此而将文学艺术的性质、作用规定为"作为团结人民、教育人民、打击敌人、消

---

① 见《抗战以来文艺的展望》,载1938年5月《自由中国》第2号。

灭敌人的有力的武器，帮助人民同心同德地和敌人作斗争"。应该说，毛泽东在这里对文学艺术在民族解放战争中的地位与作用，以及由此而决定的"战争文学"的历史特征（例如特别强烈的时代性、政治性，以及宣传鼓动性）的概括，是反映了时代的要求与认识的。它得到了多数中国作家（不仅是解放区作家）的共鸣与认同，并不是偶然的。

我们说文艺与政治的关系是40年代文艺理论的中心命题，并且是一系列文艺论争的焦点，大概不会有错。当时许多理论家在强调文学艺术的"工具"性质时，也强调不可忽视文学艺术这一特殊"工具"的特点，以及提高作品艺术性的必要。就连国民政府军事委员会政治部第三厅制订的《艺术工作者信条》里也规定："吾辈当知技术之良窳，直接影响宣传效果。故当从工作中竭力磨练本身技术，使艺术水平因抗战之持久而愈益提高。"用毛泽东的话来说，"兵"要"精兵"，"武器"要是"好武器"。[1] 这里的思维逻辑与用语也都是军事化的。这实际上也是30年代鲁迅观点的延伸：一方面承认"一切文艺，是宣传，只要你一给人看"，一方面又强调"一切宣传却并非全是文艺……革命之所以于口号，标语，布告，电报，教科书……之外，要用文艺者，就因为它是文艺"。[2] 这表示了30年代左翼作家与40年代大多数作家的一种"共识"：充分发挥文艺的特性（即所谓艺术性），来达到最大限度的政治宣传效果。从这样的认识出发，毛泽东在《在延安文艺座谈会上的讲话》中，提出了"政治和艺术的统一，内容和形式的统一，革命的政治内容和尽可能完美的艺术形式的统一"的要求，并提出了"应该进行文艺问题上的两条战线斗争"的任务："既反对政治观点错误的艺术品，也反对只有正确的政治观点而没有艺术力量的所谓'标语口号式'的倾向"。应该说，40年代围绕"文艺与政治关系"的论争大体上也是从这两个方面展开的，而这"两条战线斗争"是一直持续到五六十年代的。毛泽东《在延安文艺座谈会上的讲话》提出的"政治标准第一，艺术标准第二"的原则也同样是影响深远的。但就在40年代也存在不同意见，冯雪峰在《题外的话》里就反对将作品的"政治性"与"艺术性"割裂开来，强调"对于作品不仅不要将它的艺术价值和它的

---

① 毛泽东：《整顿党的作风》。
② 鲁迅：《三闲集·文艺与革命》。

社会的政治的意义分开,并且更不能从艺术的体现之外去求社会的政治的价值"。冯雪峰的意见本来也是可以讨论的,但一个时期却用"反毛泽东思想"之类的政治判决,代替了实事求是的学术探讨,其影响也很深远,教训自然也是深刻的。

今天的研究者也许对 40 年代理论家们对于文艺"特性"的认识所达到的历史水平更感到兴趣。比较流行的观点是强调文学的形象性与真实性。这一时期最有影响的理论家周扬与胡风都多次论及文艺形象思维的特点。周扬在与王实味的论战中,这样论述了他所认识的文艺:"特殊的一套:特殊的手段,特殊的方法,特殊的过程。这就是:形象的手段,一定的观察和描写生活的方法,组织经验的一定过程。而形象是最基本的东西,艺术家观察和描写生活,组织自己的经验,都依靠形象。"① 这一时期最有影响的诗人艾青在《我对于目前文艺上几个问题的意见》里,则指出:"文艺和政治的高度的结合,表现在文艺作品的高度的真实性上。"这与毛泽东《在延安文艺座谈会上的讲话》强调"文艺的政治性和真实性"的"完全一致",是表达了同样的意思与要求的。这一时期大多数理论家对于文艺"真实性"的认识是建立在唯物论的反映论基础上的;其中一个重要理论来源即是俄国民主主义美学家车尔尼雪夫斯基、别林斯基、杜勃罗留波夫(即以后简称的"别、车、杜")的美学理论。周扬在写作这一时期,影响很大的美学论文《唯物主义的美学——介绍车尔尼雪夫斯基的美学》里,对车尔尼雪夫斯基"美是生活"的美学命题进行了详尽的阐发;肯定"在现实之外没有真正的美","生活的美总是高于艺术的美,艺术不过是现实的一种苍白的、不完全的、甚至多少是片面的再现而已",并由此得出艺术是"现实的再现"的定义,但"再现现实"又不同于消极的"摹拟自然",而是包含着作家用形象的方法对生活的"说明"与"批判",从而充当起"生活教科书"的任务。应该说,经过周扬介绍与阐发的"美是生活"的美学观,是影响了从 40 年代到五六十年代几代中国作家及其创作的。周扬也同时批评了车尔尼雪夫斯基美学观中"带有费尔巴哈哲学的直观的特点","常常片面地强调生活而过分地贬低艺术的价值"。车氏美学观的这一片面性在毛泽东的《在延安文艺座谈会上的讲话》中得到了历史的

---

① 周扬:《王实味的文艺观与我们的文艺观》。

纠正；毛泽东从辩证唯物主义观点出发，在强调"人类的社会生活""是文学艺术的唯一源泉"的同时，又指出："文艺作品中反映出来的生活却可以而且应该比普通的实际生活更高，更强烈，更有集中性，更典型，更理想，因此就更带有普遍性。"毛泽东把马克思主义的实践的观点引入了唯物主义美学观，强调艺术性与政治性的统一，政治性与真实性的统一，生活美与艺术美的统一，都必须建筑在作家"生活实践与创作实践的统一"的基础上，这就是他所说的"中国的革命的文学家艺术家，有出息的文学家艺术家，必须到群众中去，必须长期地无条件地全心全意地到工农兵群众中去，到火热的斗争中去，到唯一的最广大最丰富的源泉中去，观察、体验、研究、分析一切人，一切阶级，一切群众，一切生动的生活形式和斗争形式，一切文学和艺术的原始材料，然后才可能进入创作过程"。这可以说是毛泽东文艺思想的一个核心命题，曾长期成为指导中国文艺运动与文艺创作的根本方针，其深远影响与重大意义是不可低估的。

在这一时期引起很大争议的，是胡风对于文学艺术"特性"与创作规律的探讨。作为一个在 30 年代左翼文艺运动中成长起来的左翼理论家、批评家，胡风从没有，也几乎不可能怀疑与否定"文艺为现实政治斗争服务"（在这一时期主要是为抗日战争服务）的原则，他曾经用十分明确的语言宣布："现实主义者底第一义的任务是参加战斗，用他的文艺活动，也用他底行动全部。"[①]在"艺术和政治结合必得通过艺术自身的特殊性，特殊法则"[②]这一基本点上，他与他的争论对手之间，似乎也不存在根本分歧。问题仅仅在于，胡风在文学艺术的"特殊法则"，以及由此决定的文学创作、文艺运动指导方针上，有着自己的独立探讨与独特认识。胡风的探讨、思考中心与出发点，是创作过程中的作家精神主体。在胡风看来，"客观对象没有进入人底意识以前，是'不受作家主观影响的客观存在'，但成了所谓'创作对象'的时候，就一定要受'作家主观影响'的，否则就不会有什么创作"[③]。因此，在创作过程中，作家的创作主体与描绘的客观对象之间，就不是一个简单的反映

---

① 胡风：《论战争期的一个战斗的文艺形式》。
② 周扬：《王实味的文艺观与我们的文艺观》。
③ 胡风：《论现实主义的路》。

与被反映的关系，而是主、客体的互相"拥抱""突进""肉搏"，作家精神主体对客观对象不断渗透、体验与感受，以至获得与客观对象浑然无间的融合；在同一过程中，客观"对象也要主动地用它的真实性来促成、修正甚至推翻作家底或迎合或选择或抵抗的作用，这就引起了深刻的自我斗争"①。这样，胡风强调突出了"感性"把握现实的审美方式在现实主义创作中的地位，从而纠正了将现实主义理解为单纯是对现实的理性把握的偏颇；同时又把"五四"文学传统中十分重视的人的主体因素、作家的个性因素（即所谓"主观战斗精神"）引入现实主义创作原则中，给予突出的地位，这对于现实主义对客观本体性的倚重，未尝不是一个必要的补充。胡风并没有否认"文学反映生活"的现实主义前提，他所提倡的是"主观精神与客观真理结合或融合"的"现实主义"②。胡风对于现实主义与文学艺术特性的理解、把握，以及由此产生的文学选择——以发扬作家"主观战斗精神"作为推进文艺运动的中心环节，与前述周扬们着重从文艺的表现客体对象方面去理解、把握文艺的特性与现实主义原则，自然是不同的，由此而引起论争是必然的。但在论争中，不但根本否认二者之间确实存在的"互补"关系，而且越来越将认识上的差异、矛盾，推向"你死我活"的不可调和的极端对立，为50年代混淆矛盾性质埋下了伏笔；这里的原因自然是复杂的，但与战争时期要求行动的高度统一，容易导致思想上的"独断论"，并由战争中矛盾的尖锐化、简明化而易产生"两军对垒"式的"非敌即友，非正确即错误"的"二元对立"的思维定式，也是有一定关系的。

如果把这一时期的文艺思潮作为一个历史过程来把握，那么，大体可以说，尽管"文艺为政治（战争）服务"的观念贯串于全过程，但具体理解与把握却有一个发展过程：如果说抗战初期，比较偏重于从文艺作为宣传工具、战斗武器的"共性"方面去把握；随着战争与文学发展的深入，就越来越注重对文艺的"个性"，文艺创作的特殊规律的探讨。前述胡风理论中对于创作过程中作家心理、情感机制的探索，就是表明了这种倾向的。理论家们越来越重视理论与创作实践的结合：一方面进行理论的导向，一方面又通过创作实

---

① 胡风：《置身在为民主的斗争里面》。
② 胡风：《现实主义在今天》。

践经验的总结,推动理论自身的发展。收入本集中的周扬《论赵树理的创作》、闻一多的《时代的鼓手——读田间的诗》等作家、作品研究,都对这一时期,甚至五六十年代的创作产生了很大影响。在此基础上又产生了一批探讨文体特点及创作规律的论著。最引人注目的是新诗理论建设的成就。李广田在一篇题为《论新诗的内容和形式》的文章里明确指出:"美的思想必须由美的形式才'表现'得好。只有在表现上,艺术家才存在,艺术家的力量才有用武之地。"由于有了这样的自觉意识,这一时期先后出现了艾青《诗论》、朱自清《新诗杂谈》、李广田《诗的艺术》、朱光潜《诗论》等专著,以及阿垅等七月派诗人、袁可嘉等九叶集派诗人探讨诗歌艺术的论文,中国现代新诗因此而建立起了自己的现代诗学的雏形。其他文体的研究也取得了可观的成绩。如茅盾《论萧红的〈呼兰河传〉》中对现代抒情小说创作特色的探讨,郭沫若《历史·史剧·现实》等文章中对中国现代浪漫主义历史剧理论的阐发,胡风等人对"报告文学"的倡导与研究,田仲济对杂文特质的讨论,周而复、贺敬之等对"新歌剧"的理论总结……虽然由于处于战争的环境下,难免有些粗疏,但却表现了中国理论家的一种自觉努力,即将为伟大的民族解放战争服务的爱国热情与对文学艺术创作规律的科学探讨二者结合起来,这对于推动这一时期文艺理论与创作的健康发展,无疑具有重要的意义。

二

中国的抗日战争不是一般的战争,而是一场由最广泛的人民群众各阶层参加的,以农民为主体的,以争取民族独立与解放为目的的战争。文学服务于这样一种特殊性质的战争,就必然地将文学与人民(在中国特别是农民)的关系,文学的民族性问题置于十分突出的位置;文学的大众化与民族化,也就自然成为这一时期文艺理论与文艺思潮的另一个中心课题。

周扬在1940年所写的一篇文章里谈道,"战争给予新文艺的重要影响之一,是使进步的文艺和落后的农村进一步地接触了,文艺人和广大民众,特别是农民进一步地接触了。抗战给新文艺换了一个环境,新文艺的老巢,随大都市的失去而失去了,广大农村与无数小市镇几乎成了新文艺的现在唯一的环境。……过去的文化中心既已暂时变成了黑暗地区,现在的问题就是把原来落后的区域变成文化中心,这是抗战现实情势所加于新文艺的一种责任"①。"文艺人和广大民众,特别是农民进一步地接触"的结果,使广大作者有了一则以忧,一则以喜的发现:一方面,他们亲身感受到了"五四"以来的新文艺与生活在中国土地上的普通人民,尤其是占人口绝大多数的农民之间的严重脱节与隔膜;这对于一直以"文学启蒙"为己任,现在又急切地要以文艺为武器,唤起民众,为战争服务的中国作家,无异当头棒喝,并因此而引起痛苦的反思。另一方面,作家们又实地感受到了中国农民的力量、智慧,特别是他们对新文艺、新思想、新文化的迫切要求,于是,中国农民真正地,而不是仅仅停留在口头上、书本上地,成为新文艺的表现与接受对象,以至服务对象。与此同时,作家们还发现了中国农民自己创造的民间艺术,及其内蕴着的中国传统文化的特殊魅力,而这正是许多新文艺的作者长期忽略与轻视的。唯其如此,对民间艺术的意外发现,就不能不引起新文艺作家们思想上的巨大震动。以上两个方面的发现,都激发起了对"五四"以来的新文艺进行新的调整与改造的自觉要求:这构成了贯串于这一时期的"民族形式"问题的讨论,以至延安文艺整风运动的深刻背景与内在动因。对"五四"新文艺的调整与改造,主要是在两个方面进行的:调整新文艺与传统文化,特别是民间文化的关系,以促进新文艺进一步的民族化;调整新文艺与农民的关系,以促进新文艺进一步的大众化:这两个方面同样构成了"民族形式"问题讨论与延安文艺整风运动的基本内容和主要目的与要求。

在 1940 年关于"民族形式"的讨论中,潘梓年、艾思奇等人曾提出:"历史的每一时期都有它的中心急迫的任务","五四"时期"文坛的主流在于介绍吸取外来的东西,主流在此而不在彼",而现在(新文学发展的第三个十年)着重提出吸取传统文化,特别是民间文化,强调文学的"民族化",正是"表现着目前想求进一步的发展"②。应该说,这是反映了新文学发展的客观事实与规律的:"五四"文学革命之所以不同于中国历史上的文学改革运

---

① 周扬:《对旧形式利用在文学上的一个看法》。
② 参看艾思奇《旧形式运用的基本准则》与潘梓年在"文艺民族形式问题座谈会"上的发言。

动,就是因为它不以传统文化内部结构的调整为满足,而是自觉地汲取与借助外来文化的冲击,对于传统文学进行了根本的改造与变革,以实现文学的现代化。正像周扬在"民族形式"问题讨论中所说,"五四"时期的"新文艺是接受了欧化的影响的。但欧化与民族化并不是两个绝不相容的概念。当时的所谓'欧化',在基本精神上就是接受西欧资产阶级民主主义革命时的思想,即'人的自觉',这个'人的自觉'是正符合于当时中国的'人民的自觉'与民族自觉的要求的",而"新的字汇与语法,新的技巧与体裁之输入,并不是'欧化主义'的多事,而正是中国实际生活中的需要"。[1] 周扬所强调的正是"五四"新文学及其发展的主流。与此同时,如毛泽东所指出的,又发生了"五四"文学革命"本来性质的反动",毛泽东称之为"形式主义向右的发展"与"向'左'的发展",即对西方文化与马克思主义的生吞活剥,教条化,偶像化,形成了新的"洋八股"与"党八股"。[2] 因此,作为"民族形式"问题讨论与延安文艺整风运动指导思想的毛泽东的号召:"洋八股必须废止,空洞抽象的调头必须少唱,教条主义必须休息,而代之以新鲜活泼的,为中国老百姓所喜闻乐见的中国作风和中国气派。把国际主义的内容和民族形式分离起来,是一点也不懂国际主义的人们的做法,我们则要把二者紧密地结合起来。"[3]这正是清楚地指明:这一时期对"文学民族化"问题的强调,不仅表现着文艺思潮主流、重点合乎规律的转移,它实质上是一次文学思想的解放,即使中国现代文学及其作家从以将西方文化和马克思主义偶像化为主要特征的文学教条主义与艺术教条主义的束缚下解放出来,进一步恢复与发展"五四"文学革命的科学与民主精神。在讨论中,有的人主张民族形式的创造应该以民间形式为中心源泉或主要契机,对"五四"以来的新文学采取了完全否定的态度。他们以为"喜闻乐见"应以"习见常闻"为基础,因而认为创造民族形式应以"旧瓶装新酒"为"具体径路",而"五四"以来的形式则认为是"畸形发展的都市的产物","在创造民族形式的起点上只应置于副次的地位"。这样,就完全否定了"五四"文艺传统,对旧形式采取无批判的

---

① 周扬:《对旧形式利用在文学上的一个看法》。

② 毛泽东:《反对党八股》。

③ 毛泽东:《中国共产党在民族战争中的地位》(1938年10月),在1942年延安整风运动中,毛泽东在《反对党八股》一文中又重申了这一号召。

投降态度。另一些人与此相反,对旧形式采取了全面否定的态度,无视民间文学中的宝贵的精华,而认为那只是"濒于没落文化的垂亡时的回光返照",一方面又看不到新文艺本身与群众缺乏紧密联系的弱点,把这只归因于人民大众的认识程度的低下,从而对"五四"以来的文学采取了全盘肯定的态度。其实这两种片面的错误看法在主要点上是相通的,他们都没认识到新文艺未能大众化的根本原因在于作家还没和人民群众打成一片,又都没看到"五四"新文学与民族优秀传统之间并不是没有血缘关系的,只是联系还不够紧密而已。因此,"文学民族化"问题的提出与强调,决不是对"五四"新文学传统与方向的否定,而是一次积极的调整,也包括对"五四"以后出现的教条主义倾向的纠正。

应该说,这一时期为促进新文学的民族化所作的努力,无论在理论上与创作实践上都取得了积极的成果。毛泽东《在延安文艺座谈会上的讲话》的有关论述,吸收了讨论中的各种有价值的意见,集中体现了这一时期关于"文学民族化"问题在理论上所达到的历史水平。毛泽东明确区分了"源"与"流"的问题,首先强调文学艺术的真正源泉是本民族人民的实际生活,这就纠正了将文学的民族化归结为"民族传统旧形式"的简单汲取的偏颇,正像周扬在讨论中所说,"民族新形式之建立,并不能单纯依靠于旧形式,而主要地还是依靠对于自己民族现实生活的各方面的绵密认真的研究,对于人民的语言、风习、信仰、趣味等等的深刻了解,而尤其是对目前民族抗日战争以实际生活的艰苦的实践"。只要正确运用民族的语言文字形式,"在活生生的真实性上写出中国人来,这自然就会是'中国作风与中国气派',就会是真正民族的形式",这就抓住了问题的关键。① 毛泽东同时又强调,现代民族文化不可能产生于自我封闭之中,而必须广泛地汲取文学的各种源"流","我们决不可拒绝继承和借鉴古人和外国人"。按照讨论中大多数理论家与作家的意见,"继承和借鉴"应该是极其广泛的,至少包括四个方面,即横向的向外来文化的借鉴,纵向的对古典文化传统、"五四"新文化传统,以及民间文化传统的继承。同时,"继承和借鉴"又必须是有分析,有批判的,并且决不可以"替代自己的创

---

① 周扬:《对旧形式利用在文学上的一个看法》。

造",这就是说,无论对哪一方面的文化传统,都必须进行创造性的改造与转化。正像人们在讨论中所指出的那样,"由于实际需要而从外国输入的东西,在中国特殊环境中具体地运用了以后,也就不复是外国的原样,而成为中国民族自己的血和肉之一个有机构成部分了",而民间旧形式由于"建立在个体的,半自足的经济之上",本身"包含有封建的毒素",因此不能"在那完全的意义上去表现中国现代人的生活",但经过改造与转化后,就"已经不是旧形式,而是新形式了"[①];这里显然已经包含有"外来文化民族化"与"传统文化(含民间文化)现代化"的思想因素。但这一时期还不可能作出这样明确的理论概括;而且,从总体来讲,"文学的现代化"问题在这一时期文艺思潮中还没有引起足够的重视。此外,在讨论中,曾经出现过"民族形式"不外是"'大众化'的同义语"的意见[②],尽管有个别理论家提出不同看法[③],但在相当一段时期内(甚至延续到五六十年代),这一显然偏颇的理论在理论界与创作界却一直颇有市场,再加上人们对外来文化理解的狭隘化,仅限于"外国进步文化"的汲取[④],这些理论上的偏差与局限,对本时期以至五六十年代文学创作所造成的消极影响自然是不可忽视的。但总体来说,这一时期"文学民族化"问题的提出与强调,确实促使了作家从文学教条主义的束缚下解放出来,刻苦钻研中国的民族文学和民间文学形式,创造出具有民族风格的,为中国老百姓喜闻乐见的艺术形式。所有这些努力与成就都显示出文学发展的趋向:把"根"深深地扎在民族文化土壤与人民生活中,这无疑是主要在外来文化影响下产生的中国现代文学的一个历史性的新发展。

调整"五四"新文学与农民的关系,这是本时期业已成熟的时代文学课题。以"启蒙"为己任的中国现代文学,从本质上说,是不可能长时间与占中国人口大多数的农民隔绝的。"五四"时期"人"的发现就包含了对以农民为主体的下层人民独立价值的发现;以鲁迅小说为代表的"五四"新文学开始

---

① 周扬:《对旧形式利用在文学上的一个看法》。
② 郭沫若:《"民族形式"商兑》。
③ 如潘梓年在《新文艺民族形式问题座谈会上的发言》即明确表示:"民族形式问题的提出,不能和通俗化,大众化问题混为一谈。"
④ 胡风:《论民族形式问题》。

以农民为文学的主要表现对象。"五四"时期也提出了"平民文学"的口号；但正如毛泽东所指出，当时的新文学"还没有可能普及到工农群众中去"，作为新文学主要接受对象的"平民"，"实际上还只能限于城市小资产阶级和资产阶级的知识分子，即所谓市民阶级的知识分子"。[①] 在新文学的第二个十年，尽管更加明确地提出"文艺大众化"的口号，强调"以农工大众为我们的对象"，新文学的读者仍然限于城市市民和小资产阶级知识分子的范围，广大农民事实上并没有成为新文学的接受对象。鲁迅当时就指出，文艺的真正"大众化""必须政治之力的帮助"，当时只能为迎接"大众能鉴赏文艺的时代"的到来作"准备"[②]，到了本时期——新文学发展的第三个十年，一方面由于农民已经成为抗日战争的主力，他们也必然如毛泽东所说，成为"现阶段中国文化运动的主要对象"[③]，另一面由于中国共产党领导的工农为主体的民主政权的建立，以及减租减息、土地改革的实行，农民在政治、经济翻身的同时，开始学习文化，摆脱文盲、半文盲的愚昧状态，这样，就具有了接受新文学的客观要求与可能；正是在这样的新的历史条件下，占中国人口大多数的农民才真正开始成为"五四"新文学的"接受对象"：对文学"接受对象"的这一"发现"，在中国现代文艺思想发展史上无疑具有重要的意义。对于长期以城市市民与小资产阶级知识分子为接受对象的新文学作家来说，这是一个崭新的对象，他们"不熟，不懂"，也就必然陷入"英雄无用武之地"的困境。正是为了摆脱这一困境，调整新文学与新的接受对象农民的关系，毛泽东及时地向新文艺的作者提出："了解人熟悉人"首先是了解与熟悉农民，"是第一位的工作"，号召他们与广大工农群众结合，"和新的群众的时代相结合"，这自然是十分适时的。正是在毛泽东的召唤下，在抗日根据地出现了一个自觉的文学潮流——努力地表现中国农民的思想、情感、心理、生活与命运，认真研究农民的审美趣味、习惯、心理，学习农民的语言，从农民自己创造的民间艺术中广泛吸取艺术养料，创造适应农民接受水平并为农民喜闻乐见的艺术形式。正是在这个文学潮流中，涌现出了赵树理这样

---

① 毛泽东：《新民主主义论》。

② 鲁迅：《文艺的大众化》。

③ 毛泽东：《论联合政府》。

的与广大农民血肉相连的新文艺作家,产生了《小二黑结婚》《王贵与李香香》《白毛女》这样真正为农民所接受的新文艺作品,从而结束了"五四"新文学与中国农民互相隔绝的历史,新文学自身也从中获取了新的活力,显示出新的特色;这都是应该充分肯定的历史积极方面。

但在这同时也潜伏着某种危机,即对新文学的创造主体——中国现代作家与知识分子有意无意的贬低,对新文学的表现与接受对象——中国农民有意无意的美化。理论家胡风正是敏锐地抓住了这一当时尚处于萌芽状态的倾向,从另一方面提出了"革命知识分子是人民底先进部分"的命题,并且重申"五四"时期"改造国民性"的思想,强调了用现代民主主义思想引导农民,帮助农民摆脱"精神奴役创伤"的极端重要性。[①] 胡风的这些"提醒",本是对前述毛泽东观点的适时补充,但却被断然拒绝;新文学作家(知识分子)与农民关系问题上的偏颇在五六十年代又有了进一步的发展,终于造成了严重的后果。这都是人们所熟知的。

但所有这一切——无论是理论上已经达到的或尚未认识到的,对于后来者都是宝贵的财富。前者将成为新的探讨的起点,后者则提供有益的鉴戒。事实上,新文学第二个十年所提出的理论课题,无论是文艺与政治的关系,还是新文学与外来文化、传统文化的纵横关系,文学民族化、现代化、大众化的关系,以及新文学的创造主体与它的表现对象、接受对象的关系……都继续为中国当代的理论家们所关注。对当年艰难探索中的得失做历史的回顾,也就具有了某种现实的意义。这大概就是编辑与出版本书的目的所在吧。

原题《新文学第三个十年提出的理论课题——〈中国新文学大系(1937—1949)·文艺理论卷·序〉》,载《小说界》1990年第4期,署名王瑶。收入《中国新文学大系(1937—1949)·文艺理论卷一》(上海文艺出版社,1990年版),改题为《序》。又收入《王瑶全集》第5卷《中国现代文学史论集》(河北教育出版社,2000年版),改题为《抗日战争时期及解放战争时期的文艺理论批评概况——〈中国新文学大系(1937—1949)·文艺理论卷〉序》。

---

① 胡风:《论现实主义的路》。

鲁迅和北京

鲁迅先生在北京一共住过十四年,从 1912 年 5 月到 1926 年 8 月,也就是他 32 岁到 46 岁的时候;这期间他写了很多小说,差不多整个的小说部分都是在这里写的。同时他也开始写杂文,介绍外国的小说戏剧和论文,完成了《中国小说史略》等学术著作,而且领导了《语丝》、《莽原》、未名社等文学社团的活动,运用全部的力量,打击了封建势力和军阀统治;这一段时间,正是他的思想光辉开始闪耀,并以战斗的业绩来丰富了"五四"新文化的历史内容的时期。

他在北京一共住过四个地方。初来的时候,住在宣武门外南半截胡同绍兴会馆内藤花馆。1916 年 5 月又移居会馆中补树书屋,就是《呐喊》自序中所说的"S 会馆里有三间屋,相传是往昔曾在院子里的槐树上缢死过一个女人的,现在槐树已经高不可攀了,而这屋还没有人住,许多年,我便寓在这屋里钞古碑"的那间屋子。《呐喊》和《热风》中的一部分作品就是在这里写的。1919 年 11 月搬到新买的公用库八道湾住宅,1923 年 8 月又搬到砖塔胡同六十一号,1924 年 5 月才移居到新买的阜成门内西三条胡同二十一号新宅。《野草》中《秋夜》一篇所记的"在我的后园,可以看见墙外有两株树,一株是枣树,还有一株也是枣树",就是说的那里的情形。许广平先生曾在《两地书》一三中,描写初到他寓所时的印象说:

> "尊府"居然探检过了! 归来后的印象,是觉得熄灭了通红的灯光,坐在那间一面镶玻璃的室中时,是时而听雨声的淅沥,时而窥月光的清幽,当枣树发叶结实的时候,则领略它微风振枝,熟果坠地,还有鸡声喔喔,四时不绝……

在他留住北京的十四年当中除了曾回原籍三次,赴西安演讲一次,"三一八"

惨案后避难入医院一次以外，都是在以上几个地方居住的。现在阜成门内住宅已由文化部派人修筑管理，供人参观。在这些鲁迅先生居住过的地方，我们是可以想象到他当年在北京辛勤工作的情形的。

他初来北京时，任教育部社会教育司第一科科长，旋改任教育部佥事。除1917年因张勋复辟之乱，愤而离职约一月，1925年因同情女师大学生运动被段祺瑞政府违法免职数月外，余皆在教育部任职。那时各机关常常欠薪，有时发一二成，还要大家去"索"；《呐喊》中的《端午节》，就是以"索薪"为题材的。《华盖集续编》中的《记"发薪"》一文中说："我今年已经收了四回俸钱了：第一次三元；第二次六元；第三次八十二元五角，即二成五，端午节的夜里收到的，第四次三成，九十九元，就是这一次。再算欠我的薪水，是大约还有九千二百四十元，七月份还不算。"因此他的实际收入并不多，生活很清苦。但好在可以有许多时间归自己支配。在《而已集》的《谈所谓大内档案》一文内，可约略看到那时的教育部办公的情形。在《反"漫谈"》一文中，他说他"目睹的一打以上的总长"，并不是来办教育，"大抵是来做'当局'"的。这些人知道"中国的一切事万不可'办'"，因此部内的事并不多。这就使鲁迅先生有空暇做很多文化战线上的工作。"五四"运动以后，自1920年起，他就在北京大学等校兼课，于是跟青年学生有了更多的接触机会；他是一向爱护青年的，这以后和青年联系更紧了，于是办杂志，领导文学社团活动，特别是在女师大学生反对校长的运动当中，他都是和当时的进步青年学生在一起活动的。他家里常常有学生们来拜访，他也不惜花很多精力和时间来帮助他们。

从"五四"开始的中国新文学的历史是中国新民主主义革命在文学上的反映，鲁迅是始终参加了这一运动，并首先由他的努力来显示了文学革命的实绩的。他在《〈自选集〉自序》中说："我做小说，是开手于一九一八年，《新青年》上提倡'文学革命'的时候。这一种运动，现在固然已经成为文学史上的陈迹了，但在那时，却无疑地是一个革命的运动。我的作品在《新青年》上，步调是和大家大概一致的，所以我想，这些确可以算作那时的'革命文学'。"他当时并不只写写小说和杂文，也参加了领导"五四"思想革命的《新青年》杂志的编辑计划。从文学革命的开始起，他就是积极参加了这一战斗的，并且是那样彻底地、不妥协地反对封建文化与买办文化。在这以前的几年间,他在绍兴会馆里抄古碑,校《嵇康集》,纂辑《会稽郡故书杂集》等,做的都是些沉默的工作。因为他还没有看到新生的力量;所谓"见过辛亥革命,见过二次革命,见过袁世凯称帝,张勋复辟,看来看去,就看得怀疑起来,于是失望,颓唐得很了";但他"却又怀疑于自己的失望,因为我所见过的人们,事件,是有限得很的"(《〈自选集〉自序》);因此他对于"五四"时期的热情改革者们抱有同感,认为"希望,是不能抹杀的"(《呐喊》序)。于是便积极地呐喊起来了。到了 1921 年以后,所谓"五四"落潮期,资产阶级的知识分子开始与敌人妥协,站在反动方面了;作为"五四"运动策源地的北京,"倒显着寂寞荒凉的古战场的情景"(《〈中国新文学大系〉小说二集序》)。他说:"后来《新青年》的团体散掉了,有的高升,有的隐退,有的前进",而他则"落得一个'作家'的头衔,依然在沙漠中走来走去","成了游勇,布不成阵了"(《〈自选集〉自序》)。但他仍坚持了文化战线上的战斗任务。1924 年在北京刊行了由他积极支持的《语丝》周刊,内容"大抵以简短的感想和批评为主"(发刊词)。鲁迅在《我和〈语丝〉的始终》一文中说它的特色是"任意而谈,无所顾忌,要催促新的产生,对于有害于新的旧物,则竭力加以排击。——但应该产生怎样的'新',却并无明白的表示,而一到觉得有些危急之际,也还是故意隐约其词"。鲁迅的《野草》《华盖集》《彷徨》中的大部文字,都是先在《语丝》上发表的。当时《语丝》在和替北洋军阀服务的《现代评论》派战斗,抗议"三一八"惨案,反对解散女师大等各方面,都曾发生过积极的作用,论点是和当时南方的革命主流遥遥相应的。1925 年,他看到"居然也有几个不问成败而要战斗的人"(《两地书》八),这主要是指韦素园诸人,遂创办《莽原》周刊,目的是要提倡"'文明批评'和'社会批评'"(《两地书》一七);原附北京《京报》发行,1926 年由周刊改为半月刊,由未名社印行。鲁迅离京后由韦素园接编,1927 年停刊。未名社也是 1925 年和韦素园等组成的,专致力于翻译工作。这和莽原社都是由鲁迅实际领导的。未名社是中国最早致力介绍苏联文学的一个社团。后来鲁迅先生回忆说:"未名社现在是几乎消灭了,那存在期,也并不长久。然而自素园经营以来,绍介了果戈理(N. Gogol)、陀思妥也夫斯基(F. Dostoevsky)、安特列夫(L. Andreev),绍介了望·蔼覃(F. van Eeden),绍介了爱伦堡(I. Ehrenburg)的《烟袋》和拉夫列涅夫（B. Lavrenev）的《四十一》。还印行了《未名新集》，其中有丛芜的《君山》，静农的《地之子》和《建塔者》，我的《朝华夕拾》，在那时候，也都还算是相当可看的作品。事实不为轻薄阴险小儿留情，曾几何年，他们就都已烟消火灭，然而未名社的译作，在文苑里却至今没有枯死的"（《且介亭杂文·忆韦素园君》）。在鲁迅的领导下，未名社是特别重视俄国文学及当时苏联文学的情况的。在经营《莽原》和未名社的工作期间，他寓所里经常有青年人来往；他每天要上课，办公，写文章，编杂志，校稿，会客，是非常忙碌的；我们在《两地书》中就可以约略看到一些他这时的情形。由于他的坚韧的工作，这些刊物和书籍在当时的文化战线上，特别是在北京的学生当中，曾发生过很大的影响。

鲁迅是以他的小说创作来"显示了'文学革命'的实绩"的，《呐喊》与《彷徨》中的作品全部是在北京所写，正是他抱着"毁坏这铁屋的希望"，力图唤起那些昏睡的人们的工作。关于他这些作品的意义和价值，我们这里不拟多谈。只从这些小说的取材背景说，主要有两个地方：一个是取材于他的故乡江南农村的，例如《孔乙己》《阿Q正传》等名作；另一个就是取材于北京的，从这里我们可以看出他对于当时北京的观感来。在《示众》中，他称北京叫"首善之区"；在《端午节》中，那个北京学校的名字叫"首善学校"；这自然都是反语。《示众》是讽刺小市民的麻木无聊的一篇速写，那些人就在寻看热闹中打发了一天的时光，无热闹可看时，"就在槐阴下看那很快地一起一落的狗肚皮"，这种灰色生活自然是应该嘲讽的。《端午节》是写知识分子的不满现实而又不愿改革的灰色面貌的，主人公方玄绰在那个"首善学校"的讲堂上，大讲其"差不多"说：古今人不相远，各色人等性相近，学生和官僚差不多等等的"易地则皆然"的议论。这些"首善之区"的人物活动是当时反动政权统治下的必然现象，鲁迅极端地憎恶他们，也辛辣地嘲笑了他们。但他对北京的劳动人民还是充满了尊敬、同情的，就在《示众》中，那个"工人似的粗人"在好些人正兴致勃勃地围观一个罪犯时，他过来只问了一句"他，犯了什么事啦？"得不到回答就溜走了；那生活态度与其他的人显然是不同的。这种精神表现得最明显的是《呐喊》中的《一件小事》，这里写了一个洋车夫不顾自己拉的车，去救一个在大风中跌倒在马路上的花白头发的老女人的故事，深切地表现出了劳动人民之间的伟大友爱，这在小市民知识分子间是找不到的。作者在篇中说："我这时突然感到一种异样的感觉，觉得他满身灰尘的后影，刹时高大了，而且愈走愈大，须仰视才见。而且他对于我，渐渐的又几乎变成一种威压，甚而至于要榨出皮袍下面藏着的'小'来。"

　　在他所接触的北京劳动人民当中，他是体会到了他们的"高大"的；而这才是使北京变成像今天一样的真正名副其实的"首善之区"的重要力量。鲁迅先生是极富于自我批评精神的，他说："我的确时时解剖别人，然而更多的是更无情面地解剖我自己。"（《写在〈坟〉后面》）他从《一件小事》中感到了"惭愧"与"自新"，这在别的几篇以北京为背景的小说中也可得到说明。这些小说大都是写知识分子的，例如《幸福的家庭》和《伤逝》，就都写出了现实生活是如何残酷地嘲弄了知识分子的"理想"。鲁迅对于青年知识分子的爱护和对于他们的缺点的批评，都是由深刻的体验中得到的，因此也是非常符合历史实际的。冯雪峰先生在回忆鲁迅《关于知识分子的谈话》中说："鲁迅先生自己就从不曾以知识分子自居，虽然更不曾以'非知识分子'自居。我想，他对于革命的知识分子和青年们，并不以狭隘的尺度和过高的标准去评论他们，然而却注意他们的工作和工作效果的所归，就由于他自己并不曾以什么特别的身分自居，却将自己看成为属于民族的社会的革命之一名战卒吧。"（《文艺复兴》2卷3期）他对于青年们和对于他自己一样，只希望能够克服缺点，好好地工作；这种精神是从很早就可以看到的。他希望全中国进步，自然也希望北京能成为真正的"首善之区"，因此他在写作时就不能不"揭出病苦，引起疗救的注意"（《南腔北调集·我怎么做起小说来》）。

　　被称作散文诗的《野草》全部写于北京，这是诗的结晶，在悲凉之感中仍透露着坚韧的战斗性。文字用了象征，用了重叠，来凝结和强调着悲愤的声音。《朝花夕拾》十篇中有五篇是在北京写的，这是儿时回忆的记事，根据过去的生活经验，严格地加以再组织的优美散文；根据这些文字，我们对鲁迅先生的幼年生活可以有更深切的了解。如果说他杂文的特色是一种文艺和议论结合的"社会论文"，那么《野草》的特色是抒情，《朝花夕拾》的特色是叙事；单就文体讲，"五四"新文学初期一般号称收获最丰富的散文一体的各方面的特色，在他的创作里就已经都具备了。当然，为了战斗需要的急迫和言论的不自由，他是更多地运用了杂文这一武器的。《新青年》时代所写的杂文大都收在《坟》与《热风》里，以后的《华盖集》正续编也是在北京写的。"这里反映着'五四'以来中国思想斗争的通史"（瞿秋白语），也正是鲁迅的思想与战斗精神向上发展的记录，他自己说他一贯是"论时事不留面子，砭锢弊常取类型"（《伪自由书·前记》），这说明了用讽刺的笔调来暴露和议论现实的丑恶，是他杂文的特点，瞿秋白先生称之为"神圣的憎恶和讽刺的锋芒"。在对《现代评论》派的所谓"正人君子"们的战斗中，那些文字虽然是通过"个人"来攻击的，但那是当时文化战线中非常原则性的战斗，那些个人是可以当作社会上的某种典型来看的。瞿秋白先生说："新文化运动的领袖，大家都不免要想做青年的新的导师；而诚实的愿意做一个'革命军马前卒'的，却是鲁迅。他自己'背着因袭的重担，肩住了黑暗的闸门，放他们到宽阔光明的地方去'……他没有自己造一座宝塔，把自己高高供在里面，他却砌了一座'坟'，埋葬他的过去，热烈的希望着这可诅咒的时代——这过渡的时代也快些过去。他这种为着将来和大众而牺牲的精神，贯穿着他的各个时期。"（《鲁迅杂感选集·序言》）我们以 1926 年在北京发生的"三一八"惨案为例，事后那些御用文人们都忙着歪曲事实，推卸责任，说学生们是"自蹈死地"，说"群众领袖应负道义上的责任"等等混淆是非的昏话；而鲁迅却是以那样的激昂严正的战斗声音，深刻地震撼了读者的心灵的！当时的全部战斗文字都收在《华盖集续编》里，例如在"三一八"那天写的《无花的蔷薇之二》后，就注明是"民国以来最黑暗的一天写"，其中说：

> 如果中国还不至于灭亡，则已往的史实示教过我们，将来的事便要大出于屠杀者的意料之外——
>
> 这不是一件事的结束，是一件事的开头。
>
> 墨写的谎说，决掩不住血写的事实。
>
> 血债必须用同物偿还。拖欠得愈久，就要付更大的利息！

鲁迅曾说："真的猛士，敢于直面惨淡的人生，敢于正视淋漓的鲜血。"（《记念刘和珍君》）鲁迅自己正是这样的"真的猛士"！事后统治者说请愿者是共产党，并发令通缉李大钊等五人。4 月奉系军阀勾结日本帝国主义者进驻北京,市上又有通缉名单的传言(见《而已集·大衍发微》),北京入于恐怖世界,革命力量遭受打击,李大钊先生就是在被通缉后,于次年4月被反动统治者绞杀的。鲁迅离寓避难,在外流离共约一月,5月中旬才回到寓所。但他终于在北京住不下去了,一方面也向往于激荡起来的南方革命力量,遂于这年(1926)8月,离开北京到厦门去了。此后除于1929年夏和1932年冬因省母又来过两次北京外,就没有再来北京住了。但这一段宝贵的革命经验对于后来他在上海领导左翼作家联盟的更坚韧的战斗,是有极重要的意义的。在《二心集》序言中他说:"只是原先是憎恶这熟识的本阶级,毫不可惜它的溃灭,后来又由于事实的教训,以为惟新兴的无产者才有将来,却是的确的。"鲁迅就是在长期革命实践的过程中,得到了"事实的教训",才逐渐锻炼成为最卓越最坚强的共产主义者的思想家和文学家的;这种战斗的精神永远值得我们学习。

现在北京已经成为人民的首都了,已经成为名副其实的真正的"首善之区"了,这是值得我们骄傲的,也是可以欣幸地告慰于鲁迅先生的。

载1951年10月1日《北京文艺》第3卷第1期,署名王瑶。收入《鲁迅与中国文学》(平明出版社,1952年版;陕西人民出版社,1982年重版),又收入《王瑶全集》第6卷《鲁迅与中国文学》(河北教育出版社,2000年版)。

从鲁迅所开的一张书单说起

一

许寿裳在《亡友鲁迅印象记》一书中抄录了鲁迅给他的长子许世瑛所开的一张书单（并见新版《鲁迅全集》第 8 卷《集外集拾遗补编》），其中每部书下并注有版本及简要说明，这张书单对于学习中国古典文学和研究中国文学史的人，可以得到很多启发。许寿裳和鲁迅是有三十五年交谊的好友，"彼此关怀，无异昆弟"（许先生语），鲁迅又是许世瑛开始识字时的"开蒙先生"，关系异常密切。许世瑛是 1930 年考入清华大学中国文学系的，当时这个系的主要教学内容是中国古典文学和中国文学史，当他入学后请教鲁迅应该读些什么书的时候，鲁迅就给他开了一张包括十二部书籍的书单；因此这张书单虽然只是为一个人开的，但它可以了解为鲁迅对于有志学习中国古典文学和中国文学史的人所开的一个初步阅读书目。而且由书目的选择和所加的简要说明看来，其中是包含了鲁迅自己多年的治学体验的；从这里我们可以体会到他的一些治学的精神和见解，这对我们今天学习中国古典文学也还是有启发意义的。

关于给青年人开书目，过去许多所谓"名流"都做过，胡适在他提倡整理国故的时候，就曾开过《一个最低限度的国学书目》：其中包罗万象，大略估计，仅文学史之部的总数就在一千册之上，很像一个小图书馆的藏书目录；后来印在《胡适文存二集》中竟排了二十余面之多。当时清华的学生就给他写信说："先生现在所拟的书目，我们是无论如何读不完的，因为书目太多，时间太少。"连梁启超也批评他说"这里头的书十有七八可以不读"，虽然梁启超自己所开的《国学入门书要目及其读法》也并不少，而且还加入了"二十四史""三通"等卷帙浩繁的大部头书籍，很难说是"入门书"。胡适开书目和提倡整理国故的目的本来是企图把青年人的视线从社会现实引开来抵制马克思列宁主义在中国的传播的；用他自己在《读书杂志》缘起中所说的话，就是"引起国人一点读书的兴趣，——大家少说点空话，多读点好书！"因此他所开的书目自然会罗列一大堆，使人目眩脑胀了。其余有些人或则自炫博学，哗众取宠；或则拘于管见，不辨妍媸；而且登诸报端，广为宣传，就社会影响说来是非常不好的。因此1925年鲁迅答《京报副刊》关于"青年必读书"的时候，就认为"我以为要少——或者竟不——看中国书，多看外国书。少看中国书，其结果不过不能作文而已。但现在的青年最要紧的是'行'不是'言'。只要是活人，不能作文算什么大不了的事"①。这在当时是有很大战斗意义的，就当时所引起的反对者之多也可以看出来；鲁迅先生对这些人就说："我对于你们一流人物，退让得够了。……我并无指导一切青年之意。我自问还不至于如此之昏，会不知道青年有各式各样。"②开书目是要适应对象的需要的，就一般青年（并非文学青年，更非拟专攻中国文学史的青年）而论，当时最重要的任务就是坚持"五四"以来的革命精神，韧战下去，也就是"行"；而并不是什么读古书。后来鲁迅在和施蛰存关于"《庄子》和《文选》"的论争中曾解释这件事说："这是施先生忽略了时候和环境。"③可见这是他在当时特定条件下的一种战斗行为，不能概括为他对读古书的一般意见。除过政治影响以外，即仅就那些书目本身而论，也是没有什么实际用处的。鲁迅就说："先前也曾有几位先生给青年开过一大篇书目。但从我看来，这是没有什么用处的，因为我觉得那都是开书目的先生自己想要看或者未必想要看的书目。"④又说他曾"留心过学者所开的参考书目。结果都不满意。有些书目开得太多，要十来年才能看完，我还疑心他自己就没有看；只开几部的较好，可是这须看这位开书目的先生了，如果他是一位胡涂虫，那么，开出来的几部一定也是极顶胡涂书，不看还好，一看就胡涂"⑤。胡适等人所开的长篇书目属于连他自己也未必看过的那一类，但只

① 鲁迅：《华盖集·青年必读书》。

② 鲁迅：《集外集拾遗·聊答"……"》。

③ 鲁迅：《准风月谈·答"兼示"》。

④ 鲁迅：《而已集·读书杂谈》。

⑤ 鲁迅：《且介亭杂文·随便翻翻》。

开几部的也未必一定就好;1933年施蛰存在上海《大晚报》上介绍给青年读的就只有《庄子》和《文选》,以及《论语》《孟子》《颜氏家训》几部书,但既针对一般青年,又要他们在这些书中学"修养"和找"词汇",则显然是开倒车的行动,因此鲁迅在《重三感旧》《"感旧"以后》《扑空》《答"兼示"》诸文中给以严厉批判(俱见《准风月谈》),指出在这类自居雅人的"遗少"的躯壳里,其实是"埋伏下'桐城谬种'或'选学妖孽'的喽啰"的;并说:"假如真有这样的一个青年后学,奉命惟谨,下过一番苦功之后,用了《庄子》的文法,《文选》的语汇,来写发挥《论语》《孟子》和《颜氏家训》的道德的文章,'这岂不是太滑稽吗?'"[①]由上可知,尽管有许多青年对文学古籍都有得到切合实际的指导书目的需要,也有很多人开过书目,但鲁迅先生都不满意,这是否表示他根本就反对给人指导或开书目呢? 事实并不如此。他曾说:"我并不是说,天下没有指导后学看书的先生,有是有的,不过很难得。"[②]又说:"我以为倘要弄旧的呢,倒不如姑且靠着张之洞的《书目答问》去摸门径去。"[③]《书目答问》也是前人所开的一个书目,鲁迅以为如果找不到好的指导后学看书的人,则由这个书目去摸门径也是一法。后来施蛰存曾举此例反诘,鲁迅答以他"明明指定着研究旧文学的青年,和施先生的主张,涉及一般的大异"[④]。由上述材料可以说明:第一,鲁迅留心并分析过以前的各种书目,但他根本反对不分对象具体情况,而对一般青年提倡大读古书;第二,若对于打算致力研究古典文学的青年来说,则他主张应该有一个书目来摸得门径,不过这种能够指导后学看书的人很难得而已;第三,书目不宜开得过多,不能使人看了糊涂。——对于有志学习古典文学和中国文学史的人来说,不只觉得鲁迅的这些意见很中肯,而且非常希望能有一个胜任的人开出这样一张简明扼要的书单来,以便摸得门径,对以后的工作和学习有所帮助;而鲁迅给许世瑛所开的这张书单,我认为就符合了上述的要求。它是经过鲁迅的仔细斟酌,为了指导后学看书而开的,因此应该引起我们的注意。就许世瑛入大学的年代看来,这张书单当开于1930年略后,而在《三闲集·序言》中,鲁迅曾

---

①④　鲁迅:《准风月谈·答"兼示"》。

②　鲁迅:《且介亭杂文·随便翻翻》。

③　鲁迅:《而已集·读书杂谈》。

说:"我有一件事要感谢创造社的,是他们'挤'我看了几种科学底文艺论,明白了先前的文学史家们说了一大堆,还是纠缠不清的疑问。"那就是说这张书单是在他对于文学史有了新的观点以后开出来的,这就更其值得我们重视。

二

学习中国古典文学,必须有最必要的工具书,必须对作者和书籍内容能有大略的了解;因此向来认为目录学是治学入门的途径,年谱传记等是必备的书籍。鲁迅在书目中介绍了吴荣光的《历代名人年谱》,以及《四库全书简明目录》两书,并在前者下加以注说云:"可知名人一生中之社会大事,因其书为表格之式也。可惜的是作者所认为历史上的大事者,未必真是'大事',最好是参考日本三省堂出版之《模范最新世界年表》。"他要求对于历史人物的了解应该和当时的社会大事联系起来,而且的确真是"大事",即把古人置于当时的历史条件下来了解,才不致产生谬误。在《且介亭杂文》的《随便翻翻》一文中他曾说:"所以我想,无论是学文学的,学科学的,他应该先看一部关于历史的简明而可靠的书。"正是强调了这一点。这一篇文章是讲读书应该博览的,因为"一多翻,就有比较,比较是医治受骗的好方子"。特别是找不到内容精审的好书的时候,"随便翻翻"不只可以使人扩大眼界,而且也可以从比较中使自己的思路得到启发。但属于基础知识的书籍却不能用随便翻翻的办法,因此在同一文中他又说:"还有一种很容易到手的秘本,是《四库书目提要》,倘还怕繁,那么,《简明目录》也可以,这可要细看,它能做成你好像看过许多书。"这就是说,《四库全书简明目录》是最基本的关于古籍知识的书,必须"细看";因此他在这张书单中于此书下注说其内容云:"其实是现有的较好的书籍之批评,但须注意其批评是'钦定'的。"他一方面非常重视基础知识的训练,介绍了最必要的入门书,一方面又要学习的人独立思考,保持清醒的批判态度;对同类的书籍能互相比较,对"钦定"的内容能有所批判。另外他还开了宋计有功的《唐诗纪事》和元辛文房的《唐才子传》二书,作为了解作家生平和作品创作背景的读物。《唐诗纪事》中所录诗人达一千一百五十家,其中有选录的诗篇和作品本事,也有诗人的传记资料,是学习唐诗的重要参考书。《唐才子传》则是一部唐代诗人的专门传记,其中叙写了二百七十八人的传略,连附带叙及者共达三百九十八人,这些人见于新、旧唐书的只有一百人,其余都是作者根据他从各种书籍中搜罗来的材料写成的,可以说是一部比较完备的唐代诗人小传汇集。这两本书对于"知人论世",对于了解作家的生平和艺术成就,以及唐诗的风格流变,都有重要的参考价值。以上这些关于目录、年谱和作家传记资料的书籍,都是关于学习中国古典文学的必要参考书,鲁迅是十分重视基础知识的训练和掌握的。

关于作品,书单中开列了严可均辑的《全上古三代秦汉三国六朝文》和丁福保辑的《全汉三国晋南北朝诗》;除《诗经》《楚辞》外,这两部书已经包括了唐以前几乎全部的作品。只是于《全文》下注云:"其中零碎不全之文甚多,可不看。"以节省阅读时间。他曾称赞过这两部书的辑集,说是"对于我们的研究有很大的帮助";又说"研究那时的文学,现在较为容易了,因为已经有人做过工作"。① 书单中没有为了嫌繁而开列总集或选本,反而开了《全文》和《全诗》,是包含有鲁迅的一个重要见解的。他劝"认真的读者不要专凭选本和标点本为法宝来研究文学",认为"倘要论文最好是顾及全篇,并且顾及作者的全人,以及他所处的社会状态,这才较为确凿"。② 从一个作者的全部作品来研究,详细占有材料,并顾及他所处的社会状态,是启发者独立思考和避免片面性的重要方法。总集或选本固然也有它的便利读者的地方,但以往的选集好的极少,很容易使读者为选家的眼光所囿,看不到作家的全貌和真相。他说:"如果随便玩玩,那是什么选本都可以的,《文选》好,《古文观止》也可以。不过倘要研究文学或某一作家,所谓'知人论世',那么,足以应用的选本就很难得。选本所显示的,往往并非作者的特色,倒是选者的眼光。眼光愈锐利,见识愈深广,选本固然愈准确,但可惜的是大抵眼光如豆,抹杀了作者真相的居多,这才是一个'文人浩劫'。"③ 因之,他以为评价一个作家,应该从他的全部作品着眼,"倘有取舍,即非全

① 鲁迅:《而已集·魏晋风度及文章与药及酒之关系》。
② 鲁迅:《且介亭杂文二集·"题未定"草(七)》。
③ 鲁迅:《且介亭杂文二集·"题未定"草(六)》。

人,再加抑扬,更离真实"①。他还写过《选本》一文来专申此意(见《集外集》),说明选本所以流行的原因固然在于"册数不多,而包罗诸作",但更重要的"还在近则由选者的名位,远则凭古人之威灵,读者想从一个有名的选家,窥见许多有名作家的作品"。而结果则读者"自以为是由此得了古人文笔的精华的,殊不知却被选者缩小了眼界"。可见他之所以不在书单中开列选本是为了使读者摆脱选文家的偏见,并锻炼从作家的全部作品来进行思考分析的能力的。

书单中还开列了明胡应麟的《少室山房笔丛》一书,这是一部以考据史实见长的笔记,由于涉及的方面广阔,引用的资料丰富,而且常常有他自己独到的见解,因此对于研究古籍的人不只可以提供资料线索,而且在启发人发现问题和如何对待史料等方面也有一定的价值。如《艺林学山》一部分是针对杨慎的意见而发的,其中不只有许多文学史料的考订和诗人掌故等,而且也有他对诗文的品评和见解;《庄岳委谈》一部分泛论社会杂事,涉及当时一般文人所不注意的民间风习和戏曲故事等,保留了许多关于古典小说传奇的有用资料,鲁迅在《中国小说史略》中就屡有征引。这可以说是为了启发人如何读古书以及如何从古籍中发现问题和进行研究的一部带有提示方法门径性质的书籍。而且著者读书甚多,其见解也颇为鲁迅所赏识,如《中国小说史略》中《唐之传奇文(上)》一章申述至唐代"始有意为小说"时即引胡氏《笔丛》三十六之说。胡氏云:"变异之谈,盛于六朝,然多是传录舛讹,未必尽设幻语,至唐人乃作意好奇,假小说以寄笔端。"下边鲁迅即接着说:"其云'作意',云'幻设'者,则即意识之创造矣。"由此也可推知鲁迅介绍这部书的用意了。

除了《全文》《全诗》两书以外,书单中没有开列其他诗文专集和小说戏曲作品,这可能是因为许世瑛初入大学,刚由古代开始学起,因此唐以下的作品就暂时从略了。关于小说部分,也可能是鲁迅先生知道他会从《中国小说史略》中摸得门径;但这些都只能是悬想了。

---

① 鲁迅:《且介亭杂文二集·"题未定"草(六)》。

三

除上述者外，书单中还有下面五部书，今并鲁迅所加注说，抄录如下：

《世说新语》　　　刘义庆（晋人清谈之状）

《唐摭言》　　　　五代王定保（唐文人取科名之状态）

《抱朴子外篇》　　葛洪（内论及晋末社会状态）有单行本

《论衡》　王充（内可见汉末之风俗迷信等）

《今世说》　王晫（明末清初之名士习气）

由鲁迅所加的注说可以看出，他开列这些书的目的在于使人理解文学和它所产生的时代社会的关系，以及文人的生活习尚和他们的作品风貌的联系。以《世说新语》为例，鲁迅并非意在介绍这部书的隽永含蓄的文笔或"可补史传之阙"的考据资料，而是着重在从中了解"晋人清谈之状"的。像他在《魏晋风度及文章与药及酒之关系》（《而已集》）一文中所阐明的那样，不了解当时的时代背景和社会状态，不了解当时一般文人的生活方式和对他们精神世界有极大影响的时代风习，就很难具体深入地理解他们在作品中所表现的思想情绪。他在《病后杂谈》（《且介亭杂文》）一文中记他病中看《世说新语》时说："躺着来看，轻飘飘的毫不费力了，魏晋人的豪放潇洒的风姿，也仿佛在眼前浮动。"所谓"魏晋人的豪放潇洒的风姿"，就是所谓"魏晋风度"，而这是与文学有密切关系的，是与形成当时作品风格的清峻通脱的时代特色相联系的。文人的服药与饮酒，也与当时的社会环境有关，而且是影响到他们的生活和作品的。后来时代不同了，这一切当然也就要发生变化；鲁迅以为明袁宏道的"在野时要做官，做了官又大叫苦"，就是中了《世说新语》的毒，"误明为晋的缘故"。又说："有些清朝人却较为聪明，虽然辫发胡服，厚禄高官，他也一声不响，只在倩人写照的时候，在纸上改作斜领方巾，或芒鞋竹笠，聊过《世说》式瘾罢了。"[1]这就是说，脱离了当时的具体条件，那种生活方式就只能在画像中存在了。尽管如此，但《世说》一书的影响仍然很大；

---

[1]　鲁迅：《集外集·选本》。

鲁迅就指出了"自唐迄今,拟作者不绝"的事实,书单中所列的清初王晫的《今世说》即其一例。这部书的分类体例皆仿《世说》,只是所述的是明末清初的事情,因此它所提供给人们的也就只能是明末清初名士间的标榜声气的习气,而与魏晋很不相同了。这些都说明一个道理,就是研究文学史的人一定要把作家作品和它所产生的时代社会条件联系起来考察,以前人所谓"文变染乎世情,兴废系于时序"(《文心雕龙·时序》篇),也正是想说明这种关系。鲁迅在《魏晋风度及文章与药及酒之关系》一文中曾精辟地阐述过这一点,他说:"据我的意思,即使是从前的人,那诗文完全超于政治的所谓'田园诗人','山林诗人',是没有的。完全超出于人间世的,也是没有的。既然是超出于世,则当然连诗文也没有。诗文也是人事,既有诗,就可以知道于世事未能忘情。"这就充分说明鲁迅先生开列这类书籍的用意所在了。

又如王定保的《唐摭言》,《四库全书总目提要》称"是书述有唐一代贡举之制特详,多史志所未及,其一切杂事,亦足以觇名场之风气,验士习之淳浇"。唐代的科举制度,特别是其中的进士一科,为当时文人所争趋,"缙绅虽位极人臣,不由进士者,终不为美"(《唐摭言》);这是深刻地影响到文人们命运和精神状态的一种制度。从这本书中所记有关诗人文士取科名的史料中,就可以看到当时的社会习尚和文人生活风貌的许多方面,而这对了解文学现象是有很大帮助的。今试引一则为例:"贞观初放榜日,上私幸端门,见进士于榜下缀行而出,喜谓侍臣曰:'天下英雄,入吾彀中矣。'"这不是很清楚地写出了科举制度的实质和它的社会作用吗?鲁迅在《两地书·四一》中曾说,"我还想认真一点,编成一本较好的文学史"。据许寿裳《亡友鲁迅印象记》所记,他计划中的中国文学史中讲唐代的在第六章,题目叫作"廊庙与山林",正是着重从当时文人生活道路的仕与隐的时代特点来阐述文学现象的。在《帮忙文学与帮闲文学》(见《集外集拾遗》)一文中他曾对此略有叙述,文中云:"中国文学从我看起来,可以分为两大类:(一)廊庙文学,这就是已经走进主人家中,非帮主人的忙,就得帮主人的闲;与这相对的是(二)山林文学。唐诗即有此二种。如果用现代话讲起来,是'在朝'和'下野'。后面这一种虽然暂时无忙可帮,无闲可帮,但身在山林,而'心存魏阙'。如果既不能帮忙,又不能帮闲,那么,心里就甚是悲哀了。"可知鲁迅的观察文学史现象,是顾及当时历史条件,首先从文人的社会地位、生活道路和思想状态着眼的;这样就不至于孤立地对待某一作品,如他批评过的陶渊明之"被选文家和摘句家所缩小,凌迟了"的那样了。①

其余书籍如王充《论衡》,他着重在书中有关汉末的风俗迷信部分。王充是我国的唯物主义思想家,《论衡》中不只有《问孔》《刺孟》等反诘儒家学说的部分,也有如《艺增》等与文学关系比较密切的篇章,但他却更着重在对当时风俗迷信等与社会生活有密切联系的记载,目的即在提示研究文学现象时所应该特别注意的地方。在葛洪《抱朴子·外篇》下的"内论及晋末社会状态"的注语,是与上述精神完全一致的。

我们并不是说鲁迅所开的这十二部书已经很完全了;他这张书单只是为许世瑛个人开的,并未公开发表,因此当作一个完整的书目来看,当然是还有可以修正补充的余地的。但我们若从这张书单中体会鲁迅治文学史的精神和方法,他对有志研究古典文学和中国文学史的人所提示的途径和应该注意的地方,我觉得这在今天也还是应该引起我们的重视的。

1961 年 9 月

原题《从鲁迅先生所开的一张书单说起》,载 1961 年 9 月 20 日《光明日报》,署名王瑶。收入《鲁迅作品论集》(人民文学出版社,1984 年版),又收入《王瑶全集》第 6 卷《鲁迅作品论集》(河北教育出版社,2000 年版),均改题为《从鲁迅所开的一张书单说起》。

---

① 鲁迅:《且介亭杂文二集·"题未定"草(七)》。

曹禺的话剧创作

一

　　话剧是一种外来的文艺形式,"五四"时期才随着新文学运动而出现了许多作品。但就艺术水平和质量来说,初期的话剧创作仍属于尝试和倡导的阶段,30年代曹禺作品的出现,才给中国现代话剧的发展带来了新的突破,标志着话剧创作的成熟。1934年他发表了四幕剧《雷雨》,1936年又写出了《日出》。这两部作品的出现显示了作者出色的艺术才能和"五四"以来话剧创作的新收获;它们都反映了中国半封建半殖民地都市上层社会生活的腐烂与罪恶,表现了旧制度的必然崩溃和人民终将胜利的思想,并对走向没落和死亡的力量给予有力的揭露和抨击,同时也表现了他对未来光明的渴望和自己的美学理想。在艺术上,他把描写人物的独特性格、各种不同人物之间的性格冲突放在最重要的位置,并善于在把握人物性格的基点上提炼具有时代特点的戏剧冲突,表现具有深刻社会意义的主题;因此他的作品写出了各种类型的具有鲜明个性的人物形象,这是他对中国现代话剧创作的重要贡献。从文学史的发展角度看.可以说他的作品标志着中国话剧文学由"席勒化"向"莎士比亚化"的转变,显示了这一文体的创作在中国的成熟和成功。

　　四幕剧《雷雨》在一天的时间(上午到午夜两点钟)、两个舞台背景(周家的客厅,鲁家的住房)内集中地表现出两个家庭和他们的成员之间前后三十年的错综复杂的纠葛,写出了那种不合理的关系所造成的罪恶和悲剧。剧情主要是写属于社会上层的周家的成员,但无论从经济上或人格上,直接受到掠夺和侮辱的,却正是在社会地位上属于下层的鲁家的成员,这里不只深刻地暴露了上层社会的罪恶和他们的庸俗卑劣的精神面貌,而且也说明这一切不幸的承担者最终是压在劳动人民头上的。《雷雨》中主要人物的结局有的死有的逃,剩下的也变成了疯子,这种残酷的结局和深沉的悲剧性质不能不引起人们的强烈憎恨,并追溯形成这种悲剧的社会原因,这就表现出了《雷雨》这一名剧的深刻的思想意义。剧中的人物不多,但作者对主要人物形象都通过尖锐的戏剧冲突和富有性格特征的对话,作了深刻的心理描绘,他们都有鲜明的个性。剧中没有与剧情发展缺乏联系的穿插式的人物,每一形象都在矛盾冲突中显示了他的作为社会人的丰富内容,因此他们的遭遇和命运就能够激动人们的心弦。

在半封建半殖民地的中国都市里,作为带有浓厚封建气息的资产阶级,周朴园这个人物是有典型意义的。他既是尊崇旧道德的资本家,又是在外国留学过的知识分子;在他身上,半封建半殖民地都市上层人物的特点,十分显著和集中。在"仁厚""正直"、有"教养"等等的外衣下,这个人物的伪善和专横,他的庸俗卑劣的精神面貌和由此产生的罪恶,通过富有表现力的戏剧情节,例如他强迫繁漪服药以及处理罢工的手段等,作者是给予了有力的揭露和批判的。作品也描写了他对侍萍的怀念,他长期保存着侍萍的遗物,保持着侍萍的某些生活习惯,其中也不乏真诚的成分。作为善于揭开人物内心奥秘的艺术家,作者对周朴园的这种"怀念",作了深入的开掘,充分地写出了隐藏的十分复杂的心理状态:这里有对于失去了的"美"的东西的留恋,有传统道德观念下产生的内疚、赎罪心理,更有一种难以言传的自我欣赏,自我满足的微妙心理。而一旦侍萍真的出现在他面前,意识到侍萍的到来可能危及他这个家庭的秩序时,他立即本能地作出了严厉的反应,冷酷地决定将侍萍全家赶走,充分揭露了对这个人物的思想、性格、行为起支配作用的本质。作者对周朴园的刻画是真正现实主义的,他既没有抹杀周朴园思想感情的复杂性,将人物简单化;也没有因为这种复杂性而抹杀了在周朴园身上起决定作用的阶级性,将人物美化。正是这种性格的丰富性和明确性的统一,使周朴园的性格刻画达到了很高的真实性。鲁贵只是一个趋炎附势的使人厌恶的奴才,在他和周朴园这两个人物身上,作者的憎恶感情是极为鲜明的。性格更为复杂和矛盾的一个人物是繁漪,在这里特别显示出了作者在塑造人物形象上的才能。这是一个"五四"以后的资产阶级女性,聪明、美丽,也有一些追求自由和爱情的单纯的要求,但任性而脆弱,热情而孤独,她在周家陷入了正像作者所说的"一口残酷的井",精神饱受折磨和痛苦,渴望摆脱而又只能屈从,终于走上了变态的爱情和灭亡的道路。作者曾说:"在《雷雨》里的八个人物,我最早想出的,并且也较觉真切的是周繁漪。"①作者是用力刻画这个人物的内心世界的。她对周家的庸俗单调的生活,那种束缚和阴沉的气氛,感到很难忍受;在一定意义上她也是一个被侮辱与被损害者,因此能引起人们的某种惋惜和同情。而剧本又使她在难以抗拒的环境中走向变形的发展,爱变成恨,倔强变成疯狂,于是就使悲剧的意义更加深刻和突出了。作者曾说过"繁漪自然是值得赞美的",又说:"这类的女人许多有着美丽的心灵,然为着不正常的发展和环境的窒息,她们变为乖戾,成为人所不能了解的。受着人的嫉恶,社会的压制,这样抑郁终身,呼吸不着一口自由空气的女人,在我们这个现社会里不知有多少。"②强调形成这种悲剧的社会原因,同情像繁漪这样人物的内心苦闷,当然都是应该的;但如果说她的遭遇也有一部分应该由她自己负责的话,无论是最初的结合或者是以后的可能发展,那么就很难说她的一切都是"值得赞美的",或者说她的心灵是非常美丽的。在这里,作者着重在控诉资产阶级的生活方式对于人的摧残和损害,因而对这些人自身的弱点就缺乏批判,并且给予了过多的同情;对繁漪是如此,对周萍和周冲也是如此,特别是周萍。像周萍这样苍白空虚的懦弱性格,一切都打着他那个家庭出身的烙印的人,尽管他也有对新的更充实的生活的追求和愿望,但他没有勇气也不愿意背叛周朴园所代表的社会力量,是名副其实的"父亲的儿子"(繁漪语);作者在周萍结局的处理上,却显然是表现了同情;而且还表示希望"演他的人要设法替他找同情",那同情显然是过多了。周冲的年纪尚小,还没有深切地感受到社会关系的约束,在优裕的环境中仍然生活在飘渺和憧憬的梦幻中,让他在现实生活中经受打击和考验,对他的天真多渲染一点,让他的遐想像肥皂泡一样破灭,对于揭露和批判资产阶级家庭的罪恶是有好处的。这个年轻人的最后惨死,深刻地表现出了当时的社会制度和封建性的资产阶级家庭是要毁灭一切能够引起人们同情的事物的,它容不得和它本身的腐朽庸俗有所抵触的东西。

---

①② 曹禺:《雷雨》序。

除过在精神和物质上都依附于周家的鲁贵以外,鲁家其余的三个人物都是属于社会下层的被侮辱与被损害者。鲁妈和四凤的几乎相同的经历就深刻地说明了在那个社会里这些平凡善良的人物的遭遇和命运。鲁妈温柔,忍让,在相信命运的安排中也包含着内在的自尊自重,她从经验中对有钱人怀着仇恨和警惕,但仍然不能不使女儿走上了她所恐惧的道路;四凤对社会现实是无知的,她们母女是那样纯朴,她们的悲剧与繁漪、周萍的不同,她们自己是不能有什么责任的,因而就更强烈地引起了人们的同情,并深深地憎恶造成这种悲剧的社会原因。鲁大海的出现给作品的阴暗气氛带来了明朗与希望,这个人物虽然写得不够丰满,但无疑地作者赋予了很大的热情,这是体现作者社会理想的形象。他粗犷、有力,最后《雷雨》中的那些人都毁灭了,但鲁大海却走自己的路去了;他是未来理想的寄托,他不属于那些毁灭中的人们。这个人物的性格在《雷雨》中没有得到充分的发展,但他的出现在作品中仍然是有重要意义的。

由于作者对产生这些悲剧的社会历史根源当时还缺乏科学的理解,他把悲剧的原因理解为"自然的法则",认为"宇宙正像一口残酷的井,落在里面,怎样呼号也难逃脱这黑暗的坑"。[①] 这种思想认识影响了作品反映现实的深广程度,并且带来一些思想上和艺术上的弱点。在《雷雨》的"序幕"和"尾声"未删之前,这种影响更为明显。例如作者以性爱和血缘的伦常纠葛来展开戏剧情节的处理,不只在艺术上使人感到有点"斧凿痕",甚至如作者所说,"有些太像戏了"[②],而且也反映了作家对支配人类悲剧力量的认识上的模糊。但由于作者对他所写的生活非常熟悉,爱憎分明,因而剧中人物的性格鲜明,读者或观众仍然可以从中感受到这一悲剧的深刻的社会根源。

二

四幕剧《日出》所写的是旧中国都市社会的横剖面。作者用愤激的感情揭露了那个"损不足以奉有余"的黑暗社会,宣布了它的末日。如果说《雷

---

① 曹禺:《雷雨》序。
② 曹禺:《日出》跋。

雨》在有限的演出时间内，成功地概括了一个资产阶级家庭前后三十年的腐朽堕落的历史，《日出》则在有限的演出空间内，出色地表现了包括上层和下层的复杂社会的都市画面。从《雷雨》的暗示所谓"自然的法则"到《日出》的描写实际操纵社会生活的一种黑暗势力，说明作者对现实的理解有了显著的进展。在《日出》的"跋"中，他说："但愿一生里能看到平地轰起一声巨雷，把这群盘踞在地面上的魑魅魍魉击个糜烂，那怕因而大陆便沉为海。"可见他对那个糜烂社会是抱有一种"时日曷丧，予及汝偕亡"的极端憎恶感情的。《日出》所写的是30年代初期受资本主义世界经济恐慌影响下的中国都市，它表现了日出之前那种腐朽势力在黑暗中的活动。《日出》中四幕戏的时间分配是：黎明、黄昏、午夜、日出；这正说明了作者在黑暗中迫切希望黎明到来的心情。他说："果若读了《日出》，有人肯愤然地疑问一下，为什么有许多人要过这种'鬼'似的生活呢？难道这世界必须这样维持下去么？什么原因造成这不公平的禽兽世界？是不是这局面应该改造或根本推翻呢？如果真地有人肯这样问两次，那已经是超过了一个作者的奢望了。"①这说明作者是努力用他的作品，来摇撼那个他所憎恶的制度的。

《日出》中的气氛是紧张而烦躁的，这是当时都市的生活气氛，也是那个日出之前的时代气氛。随着剧情的开展，紧张的矛盾冲突一下就把人抓住了。剧本包括了都市中各式各样的人物，住在旅馆的"单身女人"、银行经理、博士、流氓、妓女、茶房、富孀、面首等等，他们的社会地位、生活、性格、文化教养，都各不相同，生活面远比《雷雨》广阔复杂，但作者通过性格化的语言，这些人物都能以各自的鲜明形象吸引着人们；无论是顾八奶奶或张乔治，李石清或黄省三，翠喜或小东西，更不用说像陈白露或潘月亭这样的主要人物了。剧情展开的地点是陈白露和翠喜的房间，这两个妇女虽然所联系的社会阶层不同，但她们都是被侮辱的女性，是那个罪恶都市的产物；在这样的地点中来展示那个"损不足以奉有余"的社会画面，也是十分巧妙的艺术构思。剧情是围绕主要人物陈白露展开的，她一面联系着潘月亭，由此

---

① 曹禺：《日出》跋中的最后一个注释。

揭露了上层社会的罪恶与腐烂,它与下层社会的矛盾和上层内部彼此之间的矛盾;一面又联系着方达生,由此展开了下层社会的最黑暗的角落,并联系到日出之前的光景。陈白露这个"交际花",年轻美丽,高傲任性,有风度,有热情,厌恶和鄙视周围的一切,但又追求舒适和有刺激性的生活,清醒而又糊涂,热情而又冷漠。她在脸上常常带着嘲讽的笑,玩世不恭而又孤独空虚地生活在悲观和矛盾中。这是个悲剧性的人物;正因为在她身上还有一些为一般交际花所没有的东西,因此她才除了与潘月亭等人厮混以外,还会为了"小东西"而作出对付黑三那样的举动,同时也才可以与方达生仍然在感情上有联系;但她"游戏人间"的生活态度是不可能长久维持的,结果只能在日出之前结束了自己的生命。从潘月亭的活动中,我们看到了当时都市经济恐慌的面貌,工厂停工,银行倒闭,地皮跌价,公债投机盛行;在这一个自以为是大人物的奸诈虚伪的行动中,充分写出了当时上层社会的罪恶与腐烂。在李石清和潘月亭的针锋相对的紧张搏斗中,他们的丑恶灵魂和面临的没落命运是完全揭露出来了。与此相对照的是小人物黄省三的全家服毒的惨剧,在李石清和黄省三的对话中,非常有力地表现出了那个社会中人与人之间冷酷无情的关系。而在剧情的紧张进行中,这些人物的性格特点也就清晰地刻画出来了。方达生出现在旅馆里那些人中间显然是不协调的,但他的拘谨的书生气,和富有正义感的性格并不使人感到他与陈白露的感情联系是不可理解的;而由于他的出现,就由"小东西"的遭遇一直延长到都市中最为黑暗的"人间地狱"的角落,完成了作者所描绘的那个"损不足以奉有余"的社会的完整画幅。方达生是一个缺乏社会经验而又有善良愿望的知识分子,他要感化陈白露,又要援救"小东西",到碰壁后还立志要"做点事,跟金八拼一拼"。在剧中作者是把砸夯工人的集体呼声来当作日出后光明的象征的,他说:"真使我油然生起希望的还是那浩浩荡荡,向前推进的呼声,象征伟大的将来蓬蓬勃勃的生命。"[1]这说明他是把改造社会的希望寄托在劳动者身上的,虽然剧中并未创造出工人阶级的形象,那种砸夯的呼

----

① 曹禺:《日出》跋。

声主要是起一种烘托气氛的作用;而方达生,尽管他是那样"书生气"和不识世务,但他的正义感和要"做点事",必然暗示着通向日出以后的新生活,他最后是迎着上升的太阳和向着工人歌声的方向走去的。这个人物身上虽然有许多缺点,但作者是把他当作正面人物来写的;而且正因为他是那样"天真"和书生气,他与陈白露的关系以及他的闯入妓院等情节才是有生活根据的。他在剧中的出现不只能够联系到下层角落的描绘,而且也给人以日出之后的联想,给人以希望和鼓舞。

《日出》中的次要人物也都写得性格鲜明,很能吸引人。作者主要采取了突出主要特征来进行漫画式勾勒的手法。用笔简练,但很传神。顾八奶奶的庸俗愚蠢和自作多情,李石清的狡黠毒辣和洞悉人情,张乔治高等华人式的"西崽相",胡四庸俗可憎的市侩气,都给读者和观众留下了深刻的印象。从黑三的凶狠残忍中衬托出了金八的势力,从翠喜的悲惨境遇和真挚的感情中写出了下层人民的善良的心。通过许多成功的人物形象的描绘,作者把"不足者"与"有余者"之间的矛盾完全揭示出来了,这个矛盾社会的操纵者就是没有出场的人物金八;正像代表光明而同样没有出场的工人一样,这个人物面貌也未获得形象力量。但就全剧所显示的剖面看来,他当然只能是一个拥有实际势力的封建、官僚、买办阶级的代理人,是民主革命的对象;而《日出》这部作品就是直接指向这种势力的。剧中显示阳光的出现已经不远,矛盾就要转化了;而这时正是矛盾尖锐化的时刻,因此属于上层势力内部的冲突例如潘月亭之与金八或李石清,实质上也是显示了"有余者"之濒临末日的。

1937年4月,曹禺发表了另一剧作《原野》,写的是农民向土豪恶霸复仇的悲剧。这是有关农村生活的题材,它一方面写出了农民反抗的必然性,同时也反映了农民复仇的盲目性。作者取材于农村的基本矛盾,也显示了他视野的扩大。但由于作者对所描写的生活不熟悉,这个剧本在农民形象的塑造上却不成功。作者企图把主角农民仇虎写成一个向恶霸复仇的英雄,但这个人物被作者所加的复仇、爱与恨、心理谴责等因素神秘化了,他只是一种与命运抗争的力量的象征,失去了丰富复杂的社会性格,而且在最后一幕中布置了过多的象征性的环境气氛,黑的原野,莽莽苍苍的林子,增强了神秘感与恐惧感,却削弱了剧作的现实性。终于在黑林子里,构成了复仇与死的悲剧的结局。在这幕戏中还出现了国王、牛头马面、鬼魂一类幻象,虽然这里也表现了一些统治者和他们的法律的残酷性以及在阶级压迫下农民的某种精神状态,但作者的意图是要写仇虎复仇以后的恐惧和心理谴责,这就把许多神经质的、知识分子的东西加在仇虎身上,从而损害了这一形象的真实性。《原野》中前两幕写得比较成功,剧情紧张绵密,语言含蓄机智,焦母的形于辞色的暴戾,花氏的埋在心底的倔强,都很细致动人。但就整体说来,这一作品的现实性是薄弱的。作者意在运用表现主义的手法,着重揭示人物的内心世界,因此除了渲染环境气氛外,较多地运用了直觉、象征等方法,但由于题材的现实性很强,就难免产生与内容不尽和谐的地方。

三

抗战初期,由于作家对民族解放前途的瞩望和爱国主义的激情,他写了歌颂抗战后社会进步的剧作《蜕变》(1940年)。这是写一个伤兵医院由腐败而蜕变为良好的过程的。《蜕变》是曹禺剧作中色彩最明朗的一个戏。作者说:"在抗战的大变动中,我们眼见多少动摇分子,腐朽人物,日渐走向没落的阶段,我们更欢喜地望出新的力量,新的生命已由艰苦的斗争里酝酿着,育化着,欣欣然发出来美丽的嫩芽。"[①]剧本正是由两类对立的人物和性格构成的。作家以很大的热情塑造了丁大夫这一光辉的形象。正是由于有一个热诚负责的丁大夫和一个来视察的握有行政权力的梁专员,遂使这个医院在短期内完全改观,成为一个很好的为伤兵服务的机构。丁大夫富有正义感,对国家民族蕴有真挚的爱,在抗战后社会现实的变化下,她的思想和工作态度也起了很大变化,她热诚地愿为伤兵贡献出一切力量。她既是

---

① 曹禺:《关于"蜕变"二字》。

受过科学训练的有理想的知识分子,同时又是一个慈祥的寡母和一切为了伤员的正直的医生,她把个人命运与祖国命运紧紧联结在一起,仁爱而有感情。这个形象十分鲜明,它不仅在曹禺剧作中,在现代文学史上女性知识分子形象的塑造中也是一个新的创造,剧中对那些对立面的旧的渣滓(马登科和"伪组织"等)也揭露得非常深刻,写出了旧社会根深蒂固的官僚机构对人的腐蚀力量。因此这个剧本前两幕真实动人,富有艺术感染力。《蜕变》的主要缺点在于梁专员这一人物脱离了典型环境和社会现实根据,作者把他理想化了,因而使后面的情节发展失去了真实性。据作者后来自述,梁专员这一人物是根据他在抗战初期所见到的一位老共产党员塑造的[1],这样的光辉性格在现实中当然是有的,但在国民党统治区,这样的人物可以作为掌握行政权力的人而且无所阻碍地改造一切,那就使剧情显得架空。《蜕变》的故事由严冬的时节展开,到 4 月的春季结束,充分地表现了作者对抗战中社会变革所寄托的希望。但历史的进展证明"蜕旧变新"并非轻易,作者当时对社会变革过程显然理解得过于简单了一点。

曹禺所期待的蜕变并未实现,他看到的并非真正的阳光,它只不过是雷雨之后映照在天上的残虹;现实生活的痼疾引发了作家对历史的回顾与反思,他对崩溃中的封建士大夫家庭及其文化作了深入的解剖,写出了《北京人》的力作。这是以抗战前北京一个没落封建世家中的纠纷关系为题材的,剧中人物都有他们自己的生活习惯和心理苦闷,又都与时代脱节,在家人亲戚之间的矛盾与相互倾轧中,使人从沉闷的气氛中深深感到这些人已经完全不能适应时代了;在这里袁氏父女的生活起了一种对比和象征的作用,使这些人的昏聩自私和不合时宜更加明显了,从而反映了封建社会腐烂死亡的必然性。作者着力刻画的一个人物曾文清就是被封建大家庭及其文化腐蚀了的灵魂,他身上只有沉滞和懒散,甚至"懒于宣泄心中的苦痛,懒到他不想感觉自己还有感觉",这个"生命空壳"正如他父亲所说,"连守成都做不到的";其实不只他,几乎所有曾氏家族的成员都或隐或显地带有"生命空

---

[1]　见《文艺报》1957 年第 2 号《曹禺同志谈剧作》。

壳"的特征。剧本正是从生命毫无意义、人的个人与社会价值的彻底丧失来揭示封建制度必然灭亡的历史命运的。剧本特地设置了"北京人"这个象征性的形象,用人类祖先的健康、勇敢来反衬"不肖子孙"的怯弱和平庸,同时作者又强调了袁氏父女之间的平等关系和民主作风,袁园的率直爽朗的个性,都是为了突出作者的理想和信念。但这种对原始力量的憧憬对作品社会意义的表现并无很大帮助,袁氏父女在剧中也只能起一种对比和象征的作用,并不是富有社会内容的形象。作品着重写出的主要还是曾家那一群人物。

对于这个没落家庭中的一些具有善良灵魂的青年人,作者最后把他们送出了大门,让他们走上了新生的道路。瑞贞是这个黑暗王国里最早的觉醒者,愫方在沉默忍耐中也不乏追求的执着,虽然她的自我牺牲的品德也包含着被封建牢笼压得变了形的屈辱的成分,但终于把爱转向了"大一点的事情"(瑞贞语),使读者吐了一口气。但作家对走向新生的瑞贞和愫方的描写不够有力,剧本所体现的只是她们无法不出走,实在待不下去了,愫方爱了一个实际上是害了她的人,瑞贞嫁了一个根本不能理解她的人,她们只有离开这个家庭才能摆脱这种难堪的关系;而对于她们所追求和向往的属于新的生活的内容和自身的觉醒的因素,却是渺茫的。但作者这里确实肯定了在现实社会中有一个可以去的地方,那里的生活与这些追求自由与幸福的青年人的理想是协调的,而与曾家那种气氛是对立的;虽然可能由于实际限制,作者没有具体写出她们所走的地方,但这里已经表现了作者的理想寄托,也能够给读者或观众以鼓舞。

《北京人》所写的是时代的悲剧,新与旧的矛盾;但由于新的一面写得比较朦胧,结果着重写出的只是旧的自身的腐烂过程,吸引人注意的好像倒是曾皓同思懿在家庭经济和家事安排上的矛盾,这就多少削弱了作品的思想意义。暴发户杜家虽然是促使曾家解体的直接原因,但在剧作中只体现为一笔债务的关系,并未着重写他们之间矛盾的复杂性质。而且封建家庭的崩溃是与中国人民革命的浪潮密切联系的,在半殖民地的中国社会,资本主义的力量不可能促使封建制度根本解体,而封建家庭的内部腐烂也不能不同社会阶级关系的变化相关联。这个剧本虽然在社会意义上逊于《日出》,但在曹禺的剧作中仍然是一部优秀的作品。特别是在艺术上显示了曹禺独有的创作特色:完整的戏剧结构,绵密的穿插,浮雕式的人物性格,启发人们对生活作深刻思索的对话,葱茏的诗意,以及浓郁的地方色彩,都能给人以强烈的感受和鲜明的印象。

　　1942年曹禺将巴金的同名小说改编为剧本《家》。比之原作,这个剧本是有新的创造的。巴金的小说着重在青年人对封建家庭和旧的秩序的反抗和奋斗,书中最激动人的形象是觉慧;曹禺的剧本则着重在大家庭的腐化和在旧的婚姻制度下的青年人的悲剧。觉慧的出场只是为了完成鸣凤的悲剧,而瑞珏这一牺牲者的形象可以说完全是新的创造。她在原作中的地位并不突出,但在剧本中却始终是性格鲜明的主角,她与觉新的关系和心理变化写得十分细腻;剧本由她不幸的结婚开始,到她的凄凉的死亡结束,她的遭遇就是这一悲剧的具体体现。作者创造这一人物很用力,婚夜的朗诵诗式的独白,她和梅小姐的情致哀伤的长谈,以及辗转病榻的凄凉的场面等,都增加了悲剧的气氛。剧本把觉新、梅、瑞珏之间的复杂关系和恋爱悲剧作为情节发展的主线,着重表现了互相爱恋、分明应该得到幸福的好人处在封建婚姻制度下所遭受的不幸。剧中表现梅小姐的场面不多,但含蓄而深隽地刻画了梅小姐对爱情的深沉和她的善良的同情心。另外一个反面人物冯乐山也比原作大为突出。巴金后来说过:"我们两个人心目中的冯乐山并不完全一样。曹禺写的是他见过的'冯乐山',我写的是我见过的'冯乐山'。"[1]在剧本中,这个人物是作为旧势力的代表正面出场了,这就给青年人的婚姻悲剧,找到了社会势力的根源。剧本的情调比小说原作低沉,因为它强调了婚姻的不幸而略去了青年人的活动和出走。但它不是一般的改编,在艺术上有新的创造,而且在控诉旧家庭的不合理方面也仍然能够取得动人的效果。

　　从曹禺在民主革命时期的全部剧作看来,他最熟悉的是半封建半殖民

---

　　[1]　巴金:《谈〈家〉》。

地社会里资产阶级、知识分子和封建的家庭生活。对于这方面的题材他都能处理得得心应手。从《雷雨》《日出》《北京人》等作品的强烈悲剧气氛中，可以看出他对被侮辱与被损害者的同情和对旧社会制度的愤懑。但曹禺并不停止于对旧社会制度的暴露和批判，《雷雨》中他写了工人鲁大海，《日出》中出现了打夯的劳动歌声（作家说"我硬将我们的主角推在背后"），说明作家对人民终将胜利抱有强烈的希望和期待，而这又正是促使他无情地抨击那些社会渣滓的力量的来源。曹禺当时还没有完全投身于革命运动的时代主潮中，正是这种观察角度的限制，在一定程度上也影响了他的作品的成就。作者后来曾说："太阳会出来，我知道，但是怎样出来，我却不知道。"①由于作者苦于不知道"太阳""怎样出来"，因此作品中就往往借助想象来代替生活的真实，用瞩望和理想来代替已有的光明，虽然这种愿望值得肯定，但有时不免夹杂着一些不完全真实的艺术构思和艺术形象。《雷雨》中的一些宿命论观点，《原野》中的幻象神秘气氛，《蜕变》中缺乏现实根据的梁专员，《北京人》中的"北京人"——这些构思或形象所存在的程度不同的缺点，都与他当时的思想局限有关。

曹禺的作品反映现实十分深刻，艺术上达到了很高的成就，这除了他对旧社会的憎恨和熟悉理解外，又取决于他的文艺修养和创作态度，据作者自述②，他在创作《雷雨》前就广泛接触了欧洲的古典戏剧，他喜欢古希腊悲剧，用心地读过莎士比亚的作品，也读了契诃夫、高尔基、萧伯纳和奥尼尔等人的剧作；后来他还翻译过莎士比亚的悲剧《罗密欧与朱丽叶》。这些世界名著加深了他的艺术修养。他在少年时代就受过中国古典文学的熏陶，还相当熟悉北方民间文艺，这从他 1940 年写的独幕剧《正在想》可以得到证明。曹禺接触中国的戏曲则更早，特别是京剧和"文明新戏"。所有这些既培养了他的艺术欣赏能力，也对他的创作的民族色彩产生了一定的影响。曹禺又是一个自己有舞台经验的剧作家，因而他的作品经得起舞台实践的

①　见《文艺报》1957 年第 2 号《曹禺同志谈剧作》。
②　颜振奋：《曹禺创作生活片断》一文所记，见《剧本》1957 年 7 月号。

考验。他说"我们要像一个有经验的演员一样,知道每一句台词的作用。没有敏锐的舞台感觉是很难写得出好剧本的"①;同时他又认为他自己的戏应该做到为普通的观众所了解,"只有他们才是'剧场的生命'"。所以他的作品能够牢牢地抓住人心,在社会上产生了广泛的影响。

曹禺作品的出现,标志着"五四"以来话剧创作的新成就,不只在当时引起了广泛的注意,推动了话剧创作水平的提高和发展,而且在长期的舞台考验中得到了人们普遍的爱好,一直保持着巨大的魅力。他的《雷雨》《日出》《北京人》等优秀作品为现代文学剧本创作开创了一个崭新的局面。

> 原题《曹禺和他的〈雷雨〉〈日出〉》,1964 年定稿,为唐弢主编《中国现代文学史》(人民文学出版社,1979 年 11 月初版)第九章第三节,未署名。作者于 1989 年 8 月在原稿基础上,改写成《曹禺的话剧创作》,收入《王瑶全集》第 5 卷《中国现代文学史论集》(河北教育出版社,2000 年版)。

---

① 颜振奋:《曹禺创作生活片断》一文所记,见《剧本》1957 年 7 月号。

鲁迅思想的一个重要特点

——清醒的现实主义

一

瞿秋白在《〈鲁迅杂感选集〉序言》里论及鲁迅精神时,概括了几个特点,第一个就是"最清醒的现实主义"。许寿裳在《我所认识的鲁迅》里也指出:"鲁迅的思想,虽跟着时代的迁移,大有进展……但有为其一贯的线索者在,这就是战斗的现实主义。其思想方法,不是从抽象的理论出发,而是从具体的事实出发的,在现实生活中得其结论。"①鲁迅自己也说:"即如我自己,何尝懂什么经济学或看了什么宣传文字,《资本论》不但未尝寓目,连手碰也没有过。然而启示我的是事实,而且并非外国的事实,倒是中国的事实。"②在谈到自己的思想转变时,鲁迅也强调是"由于事实的教训"才"以为惟新兴的无产者才有将来"。③从上述资料中我们可以看到,无论是鲁迅自己,还是他的战友,都一致地认为,清醒的现实主义是鲁迅思想的一个重要的基本特点。

瞿秋白对这一特点作了进一步的分析。他指出,鲁迅的清醒的现实主义"是和中国的农村,中国的受尽了欺骗压榨束缚愚弄的农民群众联系着","可以说是老实的农民的实事求是的精神"。瞿秋白这一马克思主义的分析十分重要。鲁迅是从革命民主主义走向共产主义的,而按照列宁的观点,革命民主主义的阶级基础就是农民。列宁在评述车尔尼雪夫斯基是

---

① 　许寿裳:《我所认识的鲁迅·鲁迅的人格和思想》。

② 　鲁迅:1933 年 11 月 15 日致姚克信。

③ 　鲁迅:《二心集·序言》。

"一个革命的民主主义者"时,就指出"他善于用革命的精神去影响他那个时代的全部政治事件,通过书报检查机关的重重障碍宣传农民革命的思想,宣传推翻一切旧权力的群众斗争的思想"①。毛泽东同志也指出,"农民是最大的革命民主派"②。鲁迅在他的文学活动中用很大努力去反映农民的愿望、意志与要求,正是反映了他的思想和农民紧密联系的这一特点。他的小说创作主要取材于农村,他对受压迫的农民采取的是"哀其不幸、怒其不争"的态度;在艺术风格上也十分重视农民的欣赏习惯和艺术趣味,他自己说他所追求的是如同中国旧戏和年画那样的以人物为主的一种单纯朴素的风格③,其实质就是反映了农民的美学观点。他不仅在考察中国社会问题时处处从人民群众的利益出发,而且总是把农民的生活、地位是否有所改变作为革命成败的重要标志。农民思想的重要特点就是不尚空谈,牢固地立足于现实,一切从事实出发。鲁迅的实事求是的现实主义精神正是反映了他与农民之间的深刻的精神联系。到了后期,他的这种"老实的农民的实事求是的精神"又在马克思主义基础上予以改造,取得了理论与实际密切结合的科学的特征,形成了具有中国民族特点的现实主义战斗传统。

鲁迅的这种"实事求是"的现实主义精神是贯彻始终的。即从本世纪初他在日本开始独立考虑中国的前途和命运的时候开始,直至逝世;在这期间他的思想尽管有变化,有发展,但仍然有其一贯性。长期以来,我们对鲁迅思想的研究都侧重于思想分期的探讨,这是必要的;但是由于强调了思想的转变和前后期的区别,就较多地重视了其前后期对立的一面(就世界观的范畴而言,这种对立当然是存在的),而忽视了其一贯的精神。"四人帮"曾经用被他们歪曲了的鲁迅后期思想来否定鲁迅的前期,认为它只是资产阶级民主派的思想,已毫无积极作用,这是为其反动政治纲领服务的;现在在一些人中间又出现了另一种倾向,即只承认鲁迅前期思想的价值,而不愿肯定鲁迅后期共产主义思想的正确性、深刻性与丰富性。这显然是一种偏见。鲁迅的思想诚然是有变化,有前期到后期的发展过程,但从前期到后期是

---

① 列宁:《"农民改革"和无产阶级农民革命》。
② 毛泽东:《论联合政府》。
③ 鲁迅:《南腔北调集·我怎么做起小说来》。

一个既有否定又有继承,从低级向高级发展的运动过程,而不是对前期的彻底否定;我们反而可以说正是由于他坚持了前期的革命实践和追求,才导致了他接受马克思主义的必然性。我们当然应该研究和考察他的思想发展过程,但不应当把前后期思想截然地对立起来,因为这是和鲁迅的思想实际不符合的。他的实事求是的清醒的现实主义精神就不但是一贯的,而且正是这种精神推动了他从革命民主主义到共产主义的思想发展。他曾说:"革命无止境,倘使世上真有什么'止于至善',这人间世便同时变了凝固的东西了。"①现实是不断变化和发展的,一个清醒的现实主义者必然要努力使自己的思想符合于革命发展的客观需要,因此他必须不断地正视现实和考察它的发展趋向,总结实践经验,纠正自己认识上的偏颇,这就到达了新的思想高度。鲁迅正是这样,所以他的思想转变是一种自觉的行动,其动力正是来自清醒的现实主义。

清醒的现实主义的主要特征首先是从实际出发,面向现实,绝不回避矛盾。鲁迅认为当时的中国正"陷入瞒和骗的大泽中,甚而至于已经自己不觉得"。"于是无问题,无缺陷,无不平,也就无解决,无改革,无反抗。"因此他要求"取下假面,真诚地,深入地,大胆地看取人生"。② 正视现实,是进行改革的基础和前提,只有承认矛盾才有可能解决矛盾。鲁迅对于阿Q精神的深刻批判,正是由此出发的;因此他强调说:"一到不再自欺欺人的时候,也就是到了看见希望的萌芽的时候。"③其次是要努力用行动来改变现实。正视现实虽然十分重要,但还属于认识世界的范畴,而鲁迅是特别重视改革的行动和实践的。他指出"现在的青年最要紧的是'行',不是'言'"④。他强调路是人走出来的,"遇见深林,可以辟成平地的,遇见旷野,可以栽种树木的,遇见沙漠,可以开掘井泉的"⑤。他着重的是改造世界的实践,是用韧性战斗来保持改革行动的持久性和连续性。既然如此重视变革现实的实践,他就必然要围绕实践的社会效果来总结经验,吸取教训,纠正和发展自

---

① 鲁迅:《而已集·黄花节的杂感》。
② 鲁迅:《坟·论睁了眼看》。
③ 鲁迅:《华盖集·补白(一)》。
④ 鲁迅:《华盖集·青年必读书》。
⑤ 鲁迅:《华盖集·导师》。

己的思想，使之作为新的行动的指针，以符合变革现实的需要。鲁迅在许多作品里深刻地总结了辛亥革命的教训：从"三一八惨案"中得出了"'请愿'的事，从此可以停止了"，"继续战斗者"应该用"别种方法的战斗"的意见[1]；从革命者流血的经验中写成了《论"费厄泼赖"应该缓行》的名文[2]；更重要的，由于目睹了大革命失败的"事实的教训"，才得出了"惟新兴的无产者才有将来"的科学论断，从而达到了思想上的新的飞跃。凡此种种，都贯串着一种正视现实生活和注重革命实践的实事求是的精神。列宁指出："生活、实践的观点，应该是认识论的首先的和基本的观点。这种观点必然会导致唯物主义，而把教授的经院哲学的无数臆说一脚踢开。"[3]可见清醒的现实主义不仅是鲁迅思想的一贯的特点，而且正是导致他的思想向前发展的重要原因。我们这里并不否认鲁迅思想有前期、后期的区别，而且认为研究这种发展过程是有意义的，但不能因此而忽略了他的思想上的一个一贯的重要特点——清醒的现实主义。

二

鲁迅的清醒的现实主义精神形成于本世纪初他在日本留学的时期。这是有它的时代和社会的原因的。经历了家境破落和接受了如《朝花夕拾·琐记》中所写的那种晚清学堂教育的青年鲁迅，怀着爱国主义的深厚感情，来到了东方最发达的资本主义国家日本，热忱地探索救国救民的道路。他在那里大大地开阔了自己的眼界，吸收了丰富的近代思想文化的养料。他接触了19世纪自然科学的最新成就，最早向中国介绍了镭的发现、进化论和生命发展学说，同时也接触和考察了西方资本主义的各种社会政治学说，又从广泛的外国文学作品中感受到了被压迫人民的苦难和斗争、情绪和愿望；更重要的是当时日本是中国各种政治力量活动的中心，鲁迅十分关心地注视和思考了正在热烈展开的资产阶级革命派与改良派关于中国前途与

---

① 鲁迅：《华盖集续编·"死地"》《华盖集续编·空谈》。
② 鲁迅：《坟》。
③ 列宁：《唯物主义和经验批判主义》。

命运的斗争。正是在这样的环境中,鲁迅确立了他的"我以我血荐轩辕"、献身于社会变革与民族解放事业的志向。但与此同时也就面临着一个严峻的问题:如何从各种各样的思想体系中,寻找出对改造中国社会最有实效的思想武器。鲁迅在《文化偏至论》中明确提出,一方面,必须"洞达世界之大势","不后于世界之思潮",广泛吸收各种有用的外来思想,努力促进思想的现代化,反对故步自封的国粹主义和民族保守主义;另一方面,又必须深求中国之国情,"弗失固有之血脉",从中国社会实际出发,对外来思想加以选择与改造,实现外来思想的民族化,反对生吞活剥的教条主义。正是在这个"如何对待外来思潮"的严峻问题上,鲁迅开始形成了他的注重中国国情、从中国实际出发来考察问题的现实主义的精神。这样,如同一切向西方找真理的先进的中国人一样,他也接受了外国思想文化的广泛影响;但不同的是在接受马克思主义之前,他从未全面地无条件地肯定任何一种外来思想是中国应该遵循的真理,他对各种外来思想都采取了一种有所取舍的批判态度,而这种取舍的标准只有一个,就是看其是否适合中国社会的需要。刘半农在"五四"时期曾赠过鲁迅一副联语,是"托尼学说,魏晋文章"。"当时的朋友都认为这副联语很恰当,鲁迅先生自己也不加反对。"①确实,鲁迅在日本时期接触了尼采哲学与托尔斯泰的学说,而且从那里汲取了"重新估定价值""偶像破坏"的思想②,因为这是中国人民挣脱封建主义罗网的伟大斗争所需要的。但是,鲁迅早在《摩罗诗力说》中就将拜伦与尼采作了对比,批判尼采"欲自强而并颂强者"的思想;在《随感录六十一》里他又强调"人道是要各人竭力挣来,培植,保养的",反对托尔斯泰式的"布施"、恩赐的"人道主义";因为这些有害于中国人民的觉醒和斗争。鲁迅对待许多外来思想都是这样,他总是立足于中国的社会现实,将多元的庞杂的外来思想有选择地巧妙地服务于现实斗争,使之在现实斗争中经过改造和扬弃,成为适合于中国国情的、具有民族特色的新的思想。我们很难用外来的某一思想体系来概括这种新的思想,只能如实地把它叫作"鲁迅思想"。正因为鲁迅思想是从客观实际出发的,所以尽管鲁迅前期还没有掌握马克思主义,但这并没有妨

---

①　孙伏园:《鲁迅先生二三事》。

②　鲁迅:《热风·随感录四十六》等文章。

碍他在对社会观察和实践的基础上得出基本正确的结论。毛泽东同志在评价孙中山时曾经指出，孙中山与中国共产党人的宇宙观不同，但是，1924年孙中山重新解释的三民主义与中国共产党人"在民主革命阶段中的政纲，即其最低纲领，基本上相同"①。列宁在《中国的民主主义与民粹主义》中也对孙中山"战斗的、真诚的民主主义思想"给予了很高的评价。这就给我们一个启示：一个进步的严肃的思想家尽管从世界观、从对宇宙整体的认识上并没有达到马克思主义的水平，但只要尊重客观现实，从实际出发加以分析，在局部问题上，完全可以达到基本正确的结论。鲁迅正是这样，由于他严肃地考察了中国的历史与现实，使他对一些问题的观察异常深刻与正确，在局部范围内可以说已达到了马克思主义的高度；如他对妇女解放的认识，对"费厄泼赖"的批判，等等。因此鲁迅前期的著作同样是中国人民的精神财富，他的思想较之同时期的民主主义者深刻得多，而比一些初步共产主义思想的知识分子则更为成熟。

对于中国人民来说，马克思主义也是一种外来思想。鲁迅很早就接触到了马克思主义，十月革命无疑对鲁迅思想有着重大的影响。但鲁迅并没有立刻接受马克思主义。正像他自己后来所说的那样："我希望着新的社会的起来，但不知道这'新的'该是什么，而且也不知道'新的'起来以后，是否一定就好。待到十月革命后，我才知道这'新的'社会的创造者是无产阶级，但因为资本主义各国的反宣传，对于十月革命还有些冷淡，并且怀疑。"②鲁迅这里所讲的"怀疑"，表明他还没有把握来确认马克思主义和十月革命的经验是否适合中国社会的实际需要。在未经过他自己确信的事实的检验和得出明确的结论之前，鲁迅宁愿采取谨慎的态度。但是鲁迅又清醒地认识到世界绝不是"凝固的东西"③，因而他也绝不愿把自己的思想（包括自己的"怀疑"）凝固化。他总是不断地用实践来检验自己的思想，纠正那些不符合革命发展需要、已被事实证明是偏颇或错误的东西。鲁迅正是积极投身于变革现实的活动，深入剖析中国社会，用中国社会实际对包括

---

① 毛泽东：《新民主主义论》。
② 鲁迅：《且介亭杂文·答国际文学社问》。
③ 鲁迅：《而已集·黄花节的杂感》。

马克思主义在内的外来思想加以认真地检验,并无情地解剖自己的思想。经过长期的思考和探求,他终于在 20 年代后期作出了历史性的抉择,宣布马克思主义为最切合中国社会与革命需要的真理,指出马克思主义的历史唯物论"是极直捷爽快的,有许多昧暧难解的问题,都可说明"[①]。鲁迅的这一结论既不是赶时髦,也不是从书本上的抽象概念推演的结果,而是他从现实出发自觉努力的积累,是他总结近百年来人民革命斗争的历史经验所得出的科学论断,也是他前期思想在新形势下必然导致的逻辑发展。如果没有他一贯坚持的以事实为根据的清醒的现实主义精神,就不会有他后来的思想发展;所以他所接受的马克思主义从一开始就是与中国社会实际,特别是与他自己在文化战线上的战斗实践紧密结合的。正如毛泽东同志所说的那样,是"在群众生活群众斗争里实际发生作用的活的马克思主义,不是口头上的马克思主义"[②]。因此尽管鲁迅接受马克思主义的时间比较晚,但是当他一旦接受了以后就十分坚决,从不动摇,并且表现出极大的成熟性。他理解马克思主义的精神实质,能够准确地运用它来指导中国思想文化战线上的革命实践;他的全部活动说明他是中国化的马克思主义文化思想的伟大奠基者。

鲁迅接受了马克思主义以后,仍然坚持清醒的现实主义精神,能够使理论与实际相结合,而没有将马克思主义凝固化。他反对头脑像"阴沉木做的"思想僵化,认定"八股无论新旧,都在扫荡之列"[③];他既反对国粹主义的老八股和崇洋媚外的"西崽相"式的洋教条,也反对把马克思主义公式化、八股化的教条主义。例如他提出过著名的"拿来主义",主张用马克思主义的观点汲取西方资本主义国家一切有用的东西。在 1934 年抗日高潮中,他甚至提出了要向自己的敌人日本学习[④];关键在于自己必须"运用脑髓,放出眼光"[⑤]。对于真正的崇洋媚外的洋教条,鲁迅的打击也是不遗余力的。在关于革命文学的论争中,鲁迅一针见血地指出了当时某些倡导者的教条

---

① 鲁迅:1928 年 7 月 22 日致韦素园信。
② 毛泽东:《在延安文艺座谈会上的讲话》。
③ 鲁迅:《伪自由书·透底》。
④ 鲁迅:《且介亭杂文·从孩子的照相说起》。
⑤ 鲁迅:《且介亭杂文·拿来主义》。

主义的错误："他们对于中国社会,未曾加以细密的分析,便将在苏维埃政权之下才能运用的方法,来机械地运用了。"①1933 年又对左翼文艺运动的教条主义倾向进行了批评,他说："例如只会'辱骂'、'恐吓',甚至于'判决',而不肯具体地切实地运用科学所求得的公式,去解释每天的新的事实,新的现象,而只抄一通公式,往一切事实上乱凑,这也是一种八股。"②这种"新八股"的基本特征就是理论与实际分离,使马克思主义教条化。鲁迅后期针对教条主义的批评的实质,就是要促进马克思主义与中国文化革命实践的结合,探求创造具有中国特点的无产阶级文化思想的新道路。在探求的过程中,中国的马克思主义者逐渐形成了自己的实事求是的现实主义的战斗传统——鲁迅就是这一传统的一个伟大开创者。

三

鲁迅一贯正视现实,但现实是由过去的历史积累和演变而来的,为了更准确地理解和执着现实,就必须考察它的来龙去脉,因此他也十分重视历史所提供的经验和教训。他早期所写的几篇文言文的论文的一个共同特点,就是从历史发展的角度来考察问题,他很早就把人类历史的发展看作是一个从过去到未来的运动过程。人类改造现实的活动具有持久不断的连续性,历史是过去的现实,未来是将要到来的现实。现实,或者说现在,只是历史发展长河里的一个环节。执着现实,总结历史,追求理想;或者说掌握现在,回顾过去,为了将来;这是鲁迅清醒的现实主义精神的重要内容。他重视现实,但绝不是那种短视的只看到目前利害的庸俗的现实主义者;他是既要总结历史,也要追求理想的。

这里,首要的当然是执着现实。他曾说过:"仰慕往古的,回往古去罢!想出世的,快出世罢!想上天的,快上天罢!灵魂要离开肉体的,赶快离开罢!现在的地上,应该是执着现在,执着地上的人们居住的。"③他反对一切

① 鲁迅:《二心集·上海文艺之一瞥》。
② 鲁迅:《伪自由书·透底》。
③ 鲁迅:《华盖集·杂感》。

用缅怀过去或幻想未来的理由来逃避现实的思想，而强调执着现实的斗争实践，这正是坚持了唯物主义。鲁迅的前期思想诚然没有达到历史唯物主义的高度（在马克思主义之前，任何一种思想都不可能达到这一高度），但这种认识上的局限只能认为是唯物主义的不足，而不是用唯心主义的观点来观察世界的结果。鲁迅的十分重视历史，主张读经不如读史，"而且尤须是野史；或者看杂说"①，正是由他执着现实的态度出发的。他说："历史上都写着中国的灵魂，指示着将来的命运。"②他用了一个形象化的比喻："倘有谁要预知令夫人后日的丰姿，也只要看丈母。"③但如果进行改革，情况就不同了，"丈母老太太出过天花，脸上有些缺点的，令夫人却种的是牛痘，所以细皮白肉：这也就大差其远了"④。鉴古是为了知今，对于中国历史的研究和考察，正是为了认识中国国情、探索改革现状的途径和方法，所以他说："总之：读史，就愈可以觉悟中国改革之不可缓了。虽是国民性，要改革也得改革。"⑤

　　这里提到国民性是有原因的，作为一个思想家，鲁迅对于中国国情的历史考察，主要集中于对民族文化及民族精神、心理的研究，他着重剖析中国封建社会制度和封建主义传统思想对于人民精神的毒害，以及由此形成的民族性格上的弱点。鲁迅对国民性弱点的批判包括着极其广泛的内容，诸如：瞒与骗，人与人之间的隔膜，健忘，盲目自大，欺弱怕强的奴性，中庸调和，苟活，等等；而且这种批判是一贯的。一直到1936年，鲁迅还这样说："中国人是并非'没有自知'之明的，缺点只在有些人安于'自欺'，由此并想'欺人'。譬如病人，患着浮肿，而讳疾忌医，但愿别人胡涂，误认他为肥胖。妄想既久，时而自己也觉得好像肥胖，并非浮肿；即使还是浮肿，也是一种特别的好浮肿，与众不同。"⑥这里对于"自欺欺人"的阿Q精神的批判，并非前期思想的遗迹，而是"改造国民性"的一贯思想在新的基础上的发挥。所以1933年在谈到"为什么做小说"时，还说他"仍抱着十多年前的'启蒙主

---

① ③ ④ ⑤　鲁迅：《华盖集·这个与那个（一）》。
②　鲁迅：《华盖集·忽然想到（四）》。
⑥　鲁迅：《且介亭杂文末编·立此存照（三）》。

义'"①，而且仍然认为《阿Q正传》"是想暴露国民的弱点的"②。诚然，这方面的内容在前期作品中更为突出，而且后期还写过如《中国人失掉自信力了吗》那样表扬优良传统"中国的脊梁"的文章，但前期也并不是没有类似的内容，他说过抱有《韩非子》所说的"不耻最后"的"韧性"精神的人，"乃正是中国将来的脊梁"③。因为它"即使慢，驰而不息，纵令落后，纵令失败，但一定可以达到他所向的目标"④。可见虽然前后期的侧重点和分析的角度有所不同，但他重视从历史的演变来考察民族性格和心理以及要求改造其消极面的启蒙主义思想，仍然是一贯的，这正是他的清醒的现实主义精神的表现。

鲁迅并不满足于对国民性弱点的一般的描述，他总是努力把解剖刀深入到这些弱点所产生的社会根源和历史根源，从而揭示了它与吃人的封建等级制度之间的深刻联系。在"人有十等"的封建等级制度下，"一级一级的制驭着，不能动弹，也不想动弹了。因为倘一动弹，虽或有利，然而也有弊"，这就极易形成苟活的心理，"自己被人凌虐，但也可以凌虐别人"⑤。于是，人们"所蕴蓄的怨愤"不"向强者反抗，而反在弱者身上发泄"，欺弱怕强的奴性由此产生，"所蕴蓄的怨愤都已消除，天下也就成为太平的盛世"⑥。沉重的封建传统思想又像梦魇一样压在中国人民的身上，阻碍着人民的觉醒。中国封建传统思想有着漫长的历史，发展得极为完备，它与封建专制主义的政治力量结合在一起，弥漫于全社会；不但对人民的毒害极深，而且对革新的思想有着很大的同化力。鲁迅说："中国大约太老了……像一只黑色的染缸，无论加进什么新东西去，都变成漆黑。"⑦鲁迅正是从历史和现实的考察中，得出了两个重要的结论：第一，对中国封建传统思想（包括习惯以至风俗）的力量绝不能低估。这方面的改革是极为艰巨的，并且将是长期的。

①　鲁迅：《南腔北调集·我怎么做起小说来》。
②　鲁迅：《伪自由书·再谈保留》。
③　鲁迅：《华盖集·这个与那个》。
④　鲁迅：《华盖集·补白（三）》。
⑤　鲁迅：《坟·灯下漫笔》。
⑥　鲁迅：《坟·杂忆》。
⑦　鲁迅：《两地书·四》。

鲁迅甚至说："中国太难改变了，即使搬动一张桌子，改装一个火炉，几乎也要血；而且即使有了血，也未必一定能搬动，能改装。"①第二，必须充分认识启发人民觉悟的极端重要性。这方面的工作同样是极为艰巨的，并且也是长期的。鲁迅认为，彻底清除封建传统思想习惯的影响和启发人民群众的觉悟，是两项互相联系的极其重要的工作。忽视了这样的工作，"则无论怎样的改革，都将为习惯的岩石所压碎，或者只在表面上浮游一些时"。"这革命即等于无成，如沙上建塔，顷刻倒坏。"②鲁迅基于对历史和现实的深入考察所得出的这些观点，反映了中国的基本国情，同时也反映了他对中国思想文化革命的规律性的认识；它集中地表现了鲁迅的清醒的现实主义的战斗精神。

四

鲁迅之所以执着于现实，正是为了进行变革，创造美好的将来，用他的话说，就是所以"不满于现在"，是要"创造这中国历史上未曾有过的第三样时代"③，即彻底摆脱奴隶地位、获得真正自由与解放的时代。早在"五四"时期，他就抨击封建复古派为"现在的屠杀者"，而且说"杀了'现在'，也便杀了'将来'——将来是子孙的时代"④。到了后期，他依然强调："为现在抗争，却也正是为现在和未来的战斗的作者，因为失掉了现在，也就没有了未来。"⑤他反对的只是那种用未来的幻影来麻痹自己从而逃避现实斗争的思想。1933年元旦他看了《东方杂志》新年特大号"新年的梦想"特辑以后曾说："虽然梦'大家有饭吃'者有人，梦'无阶级社会'者有人，梦'大同世界'者有人，而很少有人梦见建设这样社会以前的阶级斗争，白色恐怖，轰炸，虐杀，鼻子里灌辣椒水，电刑……倘不梦见这些，好社会是不会来的，无论怎么写得光明，终究是一个梦，空头的梦，说了出来，也无非教人都进这空头的梦

---

① 鲁迅：《坟·娜拉走后怎样》。
② 鲁迅：《二心集·习惯与改革》。
③ 鲁迅：《坟·灯下漫笔》。
④ 鲁迅：《热风·随感录五十七》。
⑤ 鲁迅：《且介亭杂文·序言》。

境里面去。然而要实现这'梦'境的人们是有的,他们不是说,而是做,梦着将来,而致力于达到这一种将来的现在。"①这里最清楚地表明鲁迅是如何看待现在与未来、现实与理想的关系的。他绝不是那种无理想的爬行的现实主义者,他"梦着将来",但立足于现在;他追求理想,而致力于当前的现实的斗争。这就是鲁迅的清醒的现实主义精神。鲁迅一向是重视理想和主义对于改革者的重要意义的,在《再论雷峰塔的倒掉》里谈到"破坏"与"建设"的关系时,他把"破坏"分为"革新的破坏"与"寇盗式的破坏""奴才式的破坏"两类,其区别就在于前者的内心有"理想的光"。在《随感录五十九·"圣武"》里,他热烈赞扬俄国"有主义的人民",号召中国人民抬起头来,看那"新世纪的曙光"。因为如果根本没有对于未来和理想的向往和追求,是不可能坚定持久地致力于现实战斗的;只是鲁迅前期对于理想或主义还没有经过他的现实主义的思想方法的检验,还没有成为自己的明确的科学的思想信念,这就是他之所以迫切地上下求索的原因。这当然是一种局限,但它并没有从根本上妨碍他的变革现实的斗争和对理想的追求。《过客》里的那个过客,就形象地说明了这种情况。这个人物不停地在路上探索前进,尽管十分困顿,却依旧奋然前行,因为前面有一种"声音"——未来的希望在催促着他,这就是鼓励他继续前进的力量。如果失去了这种希望与理想,那就会变成如作品中的那个忘却战斗、渴望休息的"老翁"。鲁迅经过长期的对革命理想的追求,在他终于找到共产主义理想以后,就更加满腔热忱地为"将来"而工作。在那封闭得比罐头还要严密的黑暗统治下,他再三表示"尚存希望于将来耳",并且始终相信:"将来总是我们的。"他在晚年曾这样总结自己的一生:"自问数十年来,于自己保存之外,也时时想到中国,想到将来,愿为大家出一点微力,却可以自白的。"②鲁迅正是这样的战士,他既始终追求着革命的理想,同时又坚韧地致力于为达到伟大理想而必须做的艰苦甚至琐屑的工作。鲁迅的清醒的现实主义是包孕着革命的理想主义精神的。

鲁迅对于未来和理想的追求,突出地表现在他对于青年的重视上。鲁

---

① 鲁迅:《南腔北调集·听说梦》。
② 鲁迅:1934年5月22日致杨霁云信。

迅把"创造这中国历史上未曾有过的第三样时代",认为是"现在的青年的使命"。① 在他看来,青年正代表了中国的未来。鲁迅的"青年必胜于老人"的观点是和"将来必胜于过去"的观点紧密联系的②,都表现了他对于未来光明的追求和确信。过去,我们笼统地把鲁迅重视青年的思想看作是他前期思想的局限,这并不符合实际。鲁迅重视青年的作用,是他从现实出发,对历史与现实阶级斗争经验进行了认真的考察与总结的结果。他所重视的青年,并不简单地只表示一种年龄特征,而是专指在现实斗争中进步的革命的青年知识分子。在关于"青年必读书"的论争中,鲁迅就说"我并无指导一切青年之意。我自问还不至于如此之昏,会不知道青年有各式各样。那时的聊说几句话,乃是但以寄几个曾见和未见的或一种改革者,愿他们知道自己并不孤独而已"③。他所指的既然是青年改革者,而这些人在"五四"运动、"五卅"运动、女师大风潮、"三一八"惨案等重大政治事件中的英勇表现又是他所目睹的,他确实从这里看到了中国的希望。他说:"中国只任虎狼侵食,谁也不管。管的只有几个年青的学生。"④这些青年"干练坚决,百折不回的气概",从容赴难"虽殒身不恤"的大无畏精神⑤,都说明中国青年在反帝反封建的革命斗争中是一支极其重要和宝贵的力量。鲁迅也并没有把青年和民众对立起来,他对青年所能起的作用是有明确的认识的;"五卅"运动后,鲁迅这样总结了中国青年在革命中的作用:"他们所能做的,也无非是演讲、游行、宣传之类,正如火花一样,在民众的心头点火,引起他们的光焰来,使国势有一点转机。"⑥很显然,鲁迅是把"国势""转机"的希望寄托于"民众"的觉醒的,他说:"惟有民魂是值得宝贵的,惟有他发扬起来,中国才有真进步。"⑦而正是在发动民众这一点上,青年有着不可忽视的作用。这不仅说明鲁迅对青年作用的估计是符合实际的,而且他对青年的重视正是

---

① 鲁迅:《坟·灯下漫笔》。
② 鲁迅:《三闲集·序言》。
③ 鲁迅:《集外集拾遗·聊答"……"》。
④ 鲁迅:《华盖集续编·无花的蔷薇之二》。
⑤ 鲁迅:《华盖集续编·记念刘和珍君》。
⑥ 鲁迅:《华盖集·补白(三)》。
⑦ 鲁迅:《华盖集续编·学界的三魂》。

他重视人民大众力量的表现。斯大林在1926年中国大革命的高潮中,曾这样充分肯定了中国青年的作用:"青年问题现在在中国有头等重要的意义。""必须注意,谁也不像中国青年那样深刻而敏锐地体验到帝国主义的压迫,谁也不像中国青年那样尖锐而痛楚地感觉到必须和这种压迫作斗争。"①应该说,鲁迅对中国青年革命作用的认识,是达到了与斯大林大体一致的结论的。在鲁迅成为马克思主义者以后,他仍然十分重视青年问题。在《对于左翼作家联盟的意见》里,鲁迅总结了自己培养青年战士的经验,他说:"在我倒是一向就注意新的青年战士底养成的,曾经弄过好几个文学团体,不过效果也很小。但我们今后却必须注意这点。""我们急于要造出大群的新战士。"可见重视青年的思想在鲁迅是一贯的,只是前期的重视是同他对中国前途和命运的考察联系在一起的,而后期则更着重于培养造就无产阶级的新战士。

鲁迅当然也看到了青年的弱点,因此他十分注意对青年的引导,以便更好地发挥青年的作用。他的许多杂文实际上都是以青年为主要对象的,希望唤醒和引导他们走上革命的道路。例如针对青年害怕困难和斗争的弱点,鲁迅教导青年在革命的大潮面前不要"有所顾惜,过于矜持",而要跟上时代齿轮的转动,作时代的"弄潮儿"②。针对青年喜好空谈、轻视实践的弱点,他指出:"革命尤其是现实的事,需要各种卑贱的、麻烦的工作,决不如诗人所想象的那般浪漫。"③因此他提倡"要做就做,与其说明年喝酒,不如立刻喝水"④的埋头苦干的"傻子"精神。他深知青年常有缺乏持久性的弱点,因此谆谆提倡发扬韧性的战斗精神。他再三提醒"对于旧社会和旧势力的斗争,必须坚决,持久不断,而且注重实力"。不能"没有坚决的广大的目的,要求很小,容易满足"。⑤鲁迅对青年的引导集中到一点,就是希望清醒的现实主义精神能够在青年一代中得到继承与发扬。鲁迅从他几十年的经验中深信,这对中国人民解放事业的胜利是至关重要的。

历史没有辜负鲁迅的期望。中国新民主主义革命的胜利,中国社会主

---

① 斯大林:《论中国革命的前途》。
② 鲁迅:《三闲集·柔石作〈二月〉小引》。
③⑤ 鲁迅:《二心集·对于左翼作家联盟的意见》。
④ 鲁迅:《华盖集续编·有趣的消息》。

义革命和建设的成就，都是马克思主义的普遍真理与中国社会实际相结合的伟大胜利，都是实事求是的现实主义精神的伟大胜利。今天，中国人民在党的领导下，正在寻找一条适合中国国情的、中国式的现代化道路，因而发扬实事求是的清醒的现实主义精神，仍然具有十分重要的现实意义。作为中国人民精神财富的鲁迅著作，必将在今后的日子里日益显示其强大的生命力。

1981 年 6 月 12 日，为鲁迅诞辰百年纪念作

原载 1981 年《北京大学学报》(人文科学版)第 4 期，署名王瑶。收入《北京大学纪念鲁迅百年诞辰论文集》(北京大学出版社，1982 年版)，又收入《鲁迅作品论集》(人民文学出版社，1984 年版)，又收入《王瑶全集》第 6 卷《鲁迅作品论集》(河北教育出版社，2000 年版)。

谈鲁迅的改造国民性思想

——在一次学术讨论会上的发言

　　鲁迅关于改造国民性的思想,是鲁迅思想的一个重要组成部分。从他开始从事文学活动起,这一思想就占着极重要的位置;以后不仅在许多杂文中多次谈论过这一问题,而且也是包括《阿 Q 正传》在内的一些小说名篇的中心思想。这一思想的形成当然是由他的"我以我血荐轩辕"的爱国主义精神出发的,他想通过唤醒人民的觉悟、改变民族的精神面貌,来达到"国人之自觉至,个性张,沙聚之邦,由是转为人国。人国既建,乃始雄厉无前,屹然独见于天下"①的政治理想,因而是同中国当时民主革命的历史要求相适应的。但这是否意味着它是鲁迅当时提出的救国救民的唯一道路或前提条件呢? 也就是说鲁迅是如何看待思想革命同政治革命和社会革命的关系,他是否把改造国民性的重要性强调到了不适当的高度,从而否定了社会革命的必要性或迫切性? 我以为不能这样理解。不错,他是十分重视改变国民精神的重要性的,在《呐喊·自序》中他说:

　　　　我便觉得医学并非一件紧要事,凡是愚弱的国民,即使体格如何健全,如何茁壮,也只能做毫无意义的示众的材料和看客,病死多少是不必以为不幸的。所以我们的第一要著,是在改变他们的精神,而善于改变精神的是,我那时以为当然要推文艺,于是想提倡文艺运动了。

鲁迅把改变人民群众的精神,作为"第一要著"。应该怎样理解这"第一要著"呢? 如果认为这是指必须先改造好国民的弱点,才能使国家变成富强之邦,把改造国民性看作是救国救民的唯一道路或前提条件,这是曲解了鲁迅

---

①　鲁迅:《坟·文化偏至论》。

的原意的。第一，这里是就疗救"愚弱的国民"的体格上的弱点和精神上的弱点的重要程度立论的，他以为改变精神远比健全体格更重要，因而文艺也比之医学更亟须。所谓"第一要著"既是就文艺与医学对救国救民作用的比较而言，也是就他个人选择事业的出发点而言。第二，就思想革命同社会革命和政治革命的关系来说，鲁迅虽然没有作过详细的论述，但他并没有将二者对立起来，他从未否定过资产阶级革命派所进行的革命活动。他在东京时经常"赴会馆，跑书店，往集会，听讲演"，还加入了光复会；他写文章主张不必经过君主立宪就可以达到立宪共和，所谓"然专制方严，一血刃而骤列于共和者，宁不能得之历史间哉！"①就是针对主张君主立宪的改良派的。他对孙中山、章太炎、邹容等先驱者的革命业绩都给予崇高的评价，鲁迅并不反对或否定这些革命先驱者所从事的革命活动，他只是从思想革命的角度来看问题罢了。他写小说是为了"揭出病苦，引起疗救的注意"②。正如"病苦"既包括如"阿 Q 精神"那样的国民性弱点，也包括闰土所受的"多子，饥荒，苛税，兵，匪，官，绅"一样，所谓"疗救的注意"也是既包括思想革命，也包括社会革命和政治革命的。就思想革命来说，鲁迅所说的"第一要著"，其实就是指它的极端重要性。鲁迅认为，政治革命虽然很重要，但如果没有思想革命作为辅助，招牌虽换，也仍然不行。鲁迅承认自己不是一个振臂一呼应者云集的英雄，他只把用文艺来改造国民性当作自己工作的目标；他并没有把思想革命和政治革命对立起来，认为只有改造国民性这一条路、这一副药才有效用；他只是强调了思想革命的重要性。我认为应该这样去理解鲁迅所说的"第一要著"，才比较符合他的思想实际。

我们都承认思想文化战线工作的重要性。拿文学艺术来说，它究竟能起到什么作用呢？无非是改变和提高人民的精神面貌。过去有人把文艺的社会效果夸大到了不恰当的地步，好像看了小说就可以立刻产生物质力量，这是不妥当的。文艺是社会生活的反映，文艺的任务，它的重要性，在于它可以影响社会，可以改造人的精神。正如鲁迅所说："文学与社会之关系，先是它敏感的描写社会，倘有力，便又一转而影响社会，使有变革。这正

---

① 鲁迅：《中国地质略论》。
② 鲁迅：《南腔北调集·我怎么做起小说来》。

如芝麻油原从芝麻打出，取以浸芝麻，就使它更油一样。"①因此，我们重视思想文化战线的工作，认为没有这一条战线是不行的，否则即使推翻了旧政权，建立了新政权，这个政权也是不巩固的。从这种意义上，鲁迅说的"第一要著"的精神实质是符合实际的。

鲁迅的改造国民性思想是一贯的，包括前期和后期。所谓改造国民性包括两方面的内容，一方面是揭露和批判国民性的弱点，一方面是肯定和发扬国民性的某些优点，其目的都在促进一种新的向上的和符合时代要求的民族精神的诞生。虽然他对国民性问题认识的深度和侧重点前后期有所不同，但这两方面的内容无论前期或后期，都是存在的。为了正视现实和推动改革，他前期着重在批判国民性的弱点，而且问题提得很尖锐，使人不能不惊醒，这是大家都知道的；但他是严肃地考察过历史和现状的，就在前期，他也不是对中国的国民性采取全面否定的态度，而是努力发掘一些值得肯定的和宝贵的东西。早在《摩罗诗力说》里，他就赞美了屈原的爱国主义精神，虽然也对屈原的缺乏"反抗挑战"感到不满足，但对其"放言无惮"是热情肯定的。文中说："惟灵均将逝，脑海波起，通于汨罗，返顾高丘，哀其无女，则抽写哀怨，郁为奇文。茫洋在前，顾忌皆去，怼世俗之浑浊，颂己身之修能，怀疑自遂古之初，直至百物之琐末，放言无惮，为前人所不敢言。"在《华盖集》的《补白（三）》《这个与那个》里，鲁迅还称赞过韩非子的"不耻最后"的精神，说"韩非子曾经教人以竞马的要妙，其一是'不耻最后'。即使慢，驰而不息，纵令落后，纵令失败，但一定可以达到他所向的目标"；"多有'不耻最后'的人的民族，无论什么事，怕总不会一下子就'土崩瓦解'的"。鲁迅在给许广平的信中也说过，"要治这麻木状态的国度，只有一法，就是'韧'，也就是'锲而不舍'。逐渐的做一点，总不肯休，不至于比'踔厉风发'无效的。"②可见鲁迅推崇韩非子"不耻最后"的精神，正是看到了改造国民性弱点的长期性和艰巨性。鲁迅分析中国的国魂有三种：官魂、匪魂、民魂。他积极主张发扬民魂，说"惟有民魂是值得宝贵的，惟有他发扬起来，中国才

---

① 鲁迅：1933 年 12 月 12 日致徐懋庸信。
② 鲁迅：《两地书·一二》。

有真进步"①。可见鲁迅是承认国民性中也有值得肯定和发扬的内容的。这在小说创作中就更明显,他固然尖锐地批判了阿Q精神之类的国民性的弱点,但也在《一件小事》中赞扬了人力车夫关心别人的高尚的品德,其他如闰土的勤劳、爱姑的反抗,都不能说不是值得发扬的民魂的内容。可见把鲁迅的改造国民性思想认为只限于批判国民性的弱点,是他前期思想局限性的一种表现,是不符合事实的。鲁迅后期确实着重写了赞扬老百姓"能从大概上看,明黑白,辨是非"的文字,并且强调"石在,火种是不会绝的","谁说中国的老百姓是庸愚的呢,被愚弄诓骗压迫到现在,还明白如此"。② 他侧重于发扬民族精神的积极的方面,写了如《中国人失掉自信力了吗》等名篇,但这并不是说他已经不主张揭露和批判国民性的弱点了。1936年3月4日鲁迅致尤炳圻信中说:"日本国民性,的确很好,但最大的天惠,是未受蒙古之侵入;我们生于大陆,早营农业,遂历受游牧民族之害,历史上满是血痕,却竟支撑以至今日,其实是伟大的。但我们还要揭发自己的缺点,这是意在复兴,在改善。"③ 杂文中也仍然有这方面的内容。如在1936年写的《"立此存照"(三)》(《且介亭杂文末编》)一文里,仍然在批评中国人的自欺欺人的毛病,他说:"其实,中国人是并非'没有自知'之明的,缺点只在有些人安于'自欺',由此并想'欺人'。譬如病人,患着浮肿,而讳疾忌医,但愿别人胡涂,误认他为肥胖。妄想既久,时而自己也觉得好像肥胖,并非浮肿;即使还是浮肿,也是一种特别的好浮肿,与众不同。"接着鲁迅还重申了他十年前在《马上支日记》(《华盖集续编》)里说过的话,建议大家去读美国传教士斯密斯所著的《中国人气质》一书,"看了这些,而自省,分析,明白那几点说的对,变革,挣扎,自做工夫,却不求别人的原谅和称赞,来证明究竟怎样的是中国人"。可见无论前期或后期,鲁迅对于国民性的积极面和消极面,是分得很清楚的,他的改造国民性的思想是一贯的;只是认识的深度和侧重点前后期有所不同而已。

无论国民性的积极面或消极面,鲁迅所注视的对象都是劳动人民。

---

① 鲁迅:《华盖集续编·学界的三魂》。
② 鲁迅:《且介亭杂文二集·"题未定"草(九)》。
③ 《鲁迅全集》第十三卷《附录》。

积极面固不必说,他明白地说是"民魂",是"老百姓",当然是指劳动人民。即使是国民性的弱点,如阿Q精神,鲁迅所注视而且认为必须加以改变的对象,也是如阿Q那样的劳动人民。鲁迅说他的《阿Q正传》是"想暴露国民的弱点的"①,是"要画出这样沉默的国民的魂灵来",但他在上文就明白地说这"国民"是与"圣人之徒"相区别的"像压在大石底下的草一样"的"百姓"。② 可见他所要改造和着重批判的是劳动人民身上的落后消极的东西。这并不是说统治者身上就没有这些东西,他们甚至更其严重,但在鲁迅的思想上对于"圣人之徒"和老百姓还是区别得很清楚的。关于这点,我们可以由鲁迅的作品和鲁迅所批判的产生国民性弱点的原因中得到说明。

对于国民性弱点产生的原因,鲁迅着重讲了三点:首先是封建等级制度,"天有十日,人有十等","有贵贱,有大小,有上下。……一级一级的制驭着,不能动弹,也不想动弹了。因为倘一动弹,虽或有利,然而也有弊"。③ 于是人们在被压迫地位下"所蕴蓄的怨愤"不是"向强者反抗,而反在弱者身上发泄",到怨愤已消,"天下也就成为太平的盛世"。④ 欺弱怕强之类的奴性思想和苟活心理就是由此产生的。其次是封建传统思想的毒害。中国的封建思想历史长久,发展得极为完备,它与封建专制主义的政治力量结合在一起,形成了一种强大的思想统治力量。鲁迅说:"现在的阔人都是聪明人","而这聪明,就是从读经和古文得来的"。⑤ 又说我国的"古书实在太多,倘不是笨牛,读一点就可以知道,怎样敷衍,偷生,献媚,弄权,自私,然而能够假借大义,窃取美名。再进一步,并可以悟出中国人是健忘的,无论怎样言行不符,名实不副,前后矛盾,撒谎造谣,蝇营狗苟,都不要紧,经过若干时候,自然被忘得干干净净;只要留下一点卫道模样的文字,将来仍不失为'正人君子'"⑥ 最后,鲁迅把我们民族屡受外来侵略看作是形成国民性弱点的重要原因,前面所引他指出的中国历史上"历受游牧民

① 鲁迅:《伪自由书·再谈保留》。
② 鲁迅:《集外集·俄文译本〈阿Q正传〉序》。
③ 鲁迅:《坟·灯下漫笔》。
④ 鲁迅:《坟·杂忆》。
⑤⑥ 鲁迅:《华盖集·十四年的"读经"》。

族之害"所形成的"满是血痕"的民族心理,是中国和日本国民性差别的原因;他并且担心我们这"奉迎过蒙古人满洲人大驾了的国度"①,在帝国主义的新的侵略面前,国民性的弱点很可能蹈过去的覆辙,"那结果,是反为敌人先驱,而敌人就做了这一国的所谓强者的胜利者,同时也就做了弱者的恩人"②。这就说明,鲁迅对国民性弱点的分析既是从中国半殖民地半封建的社会现实出发,同时又是考察了它所形成的历史根源的。所以他"遥想汉人多少闳放"③,汉朝人们的精神还是焕发的。"汉朝以后,言论的机关,都被'业儒'的垄断了。宋元以来,尤其利害"④。以后经过元、清两代的游牧民族的统治,近代帝国主义的侵略,国民才逐渐变成"愚弱的国民",失败主义、自欺欺人、自轻自贱、麻木健忘一类的国民的弱点才得以滋生和蔓延,才形成了他所说的"现代的我们国人的魂灵"⑤。他并不是从抽象的概念出发,而是具体考察了这些弱点的实际存在并分析了它所形成的历史原因的。

鲁迅前期思想虽然还没有到达马克思主义,还不能用明确的阶级分析的语言来分析问题,但他从现实出发,已经分明地看到"上流社会的堕落和下层社会的不幸"⑥,看到阔人与"窄人"、"圣人之徒"与百姓的对立,而且自己是鲜明地站在被压迫的下层社会一边的。他说:"古人说,不读书便成愚人,那自然也不错。然而世界却正由愚人造成!聪明人决不能支持世界。"⑦因此他的改造国民性思想也不能笼统地认为是超阶级的。他所着重的当然是劳动人民身上的弱点,因为这是妨碍他们觉悟起来的精神桎梏,如同阿Q精神之于阿Q那样,是必须严加批判的。但这种国民性弱点在很大程度上又是封建思想蔓延毒害的结果,因此在鲁迅作品中就呈现出了复杂的情况。在杂文中,由于论述是采取了说理和剖析的形式,而且同在思想战

---

①　鲁迅:《华盖集·十四年的"读经"》。
②　鲁迅:《坟·杂忆》。
③　鲁迅:《坟·看镜有感》。
④　鲁迅:《坟·我之节烈观》。
⑤　鲁迅:《集外集·俄文译本〈阿Q正传〉序》。
⑥　鲁迅:《集外集拾遗·英译本〈短篇小说选集〉自序》。
⑦　鲁迅:《坟·写在〈坟〉后面》。

线上反封建的任务结合起来，着重在揭露封建主义意识形态和文化思想的腐朽本质以及它对人民的毒害，因此这种国民性弱点在上等人与下等人之间的不同表现和不同意义的区别，是不明显的。但在小说中，由于和具体人物的性格特征和生活细节扣得很紧，对劳动人民身上落后的精神状态的描写非常鲜明；例如阿Q精神，我们就可以很明显地看出这种国民性弱点在统治者和劳动人民身上的表现方式和社会意义是有所不同的。阿Q头上长了癞疮疤，因此忌讳说"光""亮"，后来连"灯""烛"也都讳了；避讳是封建统治者长期普遍实行的一种制度，流行很广，但他们绝不会采用如同阿Q那样的表现方式，而且由于表现方式不同，社会意义也就不一样了。如果说自欺欺人是它的特点的话，那么统治者为了显示自己的尊严，其意义主要在于欺人；而阿Q则显然只能自欺，即以自我麻醉来平抚自己的创伤，以求安于奴隶生活的处境，他是不可能产生欺骗别人的效果的。从作品中可以看出，阿Q精神的某些表现明显地是封建思想毒害的结果，如阿Q相信"不孝有三，无后为大"，对于"男女之大防"历来遵守很严，以及反对造反，以为造反便是与他为难，一向是"深恶而痛绝之"等，便是中了封建统治阶级"神奇的毒针"。但是也有一些表现具有小生产者农民自己的特征，是愚弱的国民处于长期停滞的落后生产方式下的产物。如阿Q很鄙薄城里人，认为未庄称凳子叫"长凳"，城里人叫"条凳"，他想，这是错的，可笑！油煎大头鱼，未庄都加上半寸长的葱叶，城里却加上切细的葱丝，他想，这也是错的，可笑！这些也是精神胜利法的组成部分，而且带有农民自己的特点，说明在一定的历史条件下劳动人民当中也是可以孕育精神胜利法这类弱点的。这与宗教的产生颇有类似的情况，马克思说"宗教是人民的鸦片"，没有任何可以肯定的地方，但它的起源又是同劳动人民多次的反抗与失败有着密切的联系。"宗教里的苦难既是现实的苦难的表现，又是对这种现实的苦难的抗议。"[①]"一切宗教都不过是支配着人们日常生活的外部力量在人们头脑中的幻想的反映，在这种反映中，人间的力量采取了超人间的力量的形式。"[②]劳动人民由于不能掌握自己的命运，于是就在幻想中去寻找精神上

---

① 马克思：《黑格尔法哲学批判·导言》。
② 恩格斯：《反杜林论》。

的支持,精神胜利法之类的国民性弱点也属于同样的情况。鲁迅在小说中如实地描写了国民性弱点在劳动人民身上的具体表现,我们可以感到作家是如何期待人民在精神上得到解放,从而结束自己奴隶的地位和命运的。可见鲁迅的改造国民性思想并不是抽掉它的时代特点和社会内容来观察问题的。因此那种不加分析地认为鲁迅这一思想属于资产阶级人性论的范畴是并不准确的,倒是他自己首先陷入了抽象地看问题的泥坑。

我以为用"立人"来概括鲁迅关于国民性的思想,可以更清楚地看到它的一贯性和认识的深化过程。据许寿裳回忆,早在日本弘文学院时期,鲁迅最关心的是下面三个相关的问题:一、怎样才是最理想的人性? 二、中国国民性中最缺乏的是什么? 三、它的病根何在?① 鲁迅十分重视人的价值和人的社会作用,他认为国家的富强"根柢在人",因此救国之道也是"首在立人,人立而后凡事举"。② 在早期的几篇文言论文里,他考察了人的发展历史,考察了西方科学文化的渊源,也比较了中国的现状,认为必须"致人性于全"③,即要求人的全面发展,而不能如西方文化那样"偏于一极",这就是他所追求的"最理想的人性"。应该承认,这种思想不但带有理想主义的色彩,而且还带有抽象的空想的性质,这种理想的人性还从未出现过。但鲁迅是从现实出发的,他感觉到人性受到压制,并要求能够得到充分的健康的发展。这种要求既是从现实产生的,也是引导人去改变现实的;因此鲁迅的现实感就不能不使他着重于揭露国民性的弱点及其根源,从而和反封建的战斗任务汇合起来。他说:"说到中国的改革,第一著自然是扫荡废物,以造成一个使新生命得能诞生的机运。……历史是过去的陈迹,国民性可改造于将来,在改革者的眼里,已往和目前的东西是全等于无物的。"④一个真正的改革者首先必须积极从事"扫荡废物"的战斗,包括改造国民性的弱点,但他必须着眼于将来,使将来诞生的"新生命"是不存在弱点的新的性格,至于如何达到这样的目标,前期鲁迅确实还很朦胧,如他自己所说,"我连自己也没

① 许寿裳:《亡友鲁迅印象记》。
② 鲁迅:《坟·文化偏至论》。
③ 鲁迅:《坟·科学史教篇》。
④ 鲁迅:《译文序跋集·〈出了象牙之塔〉后记》。

有指南针"①；到鲁迅成为一个马克思主义者以后，他的"立人"思想就建立在科学的历史唯物主义的基础上，这就是消灭了阶级以后在生产力高度发展的社会里人性的全面发展和人与人之间的新型关系。鲁迅后期之所以更重视于发扬国民性的优良传统的一面，是同他的思想发展密切联系的。鲁迅前期的"立人"思想还带有空想的性质，这同革命民主主义者对社会发展规律还不能达到科学的认识有关。列宁说车尔尼雪夫斯基"具有空想的社会主义的思想"，但他"不仅是空想社会主义者，他同时还是一个革命的民主主义者"②；鲁迅也是这样，他有理想，但并没有如恩格斯批评的一些空想社会主义者"陷入纯粹的幻想"③，而是立足于现实，致力于批判国民性弱点的实际战斗，并在实践中探索到了通向"彼岸"的桥梁，找到了获得理想的人性的途径，从而使他一贯的"立人"思想取得了科学的基础。茅盾曾以《最理想的人性》为题，论述了鲁迅的这一思想特点：

> 古往今来伟大的文化战士，一定也是伟大的 Humanist，换言之，即是"最理想的人性"的追求者，陶冶者，颂扬者。……正因为他们所追求而阐扬者，是"最理想的人性"，所以他们不得不抨击一切摧残，毒害，蔽塞"最理想的人性"之发展的人为的枷锁，——一切不合理的传统的典章文物。……

> 一切伟大的 Humanist 的事业，一句话可以概括，拔出"人性"中的萧艾，培养"人性"的芝兰。然而不是每个从事于这样事业的人都明白认出那些"萧艾"是在什么条件之下被扶植而滋长，又在什么条件之下，那些"芝兰"方能含葩挺秀。……

> 鲁迅先生三十年功夫的努力，在我看来，除了其他重大的意义外，尚有一同样或许更重大的贡献，就是给三个相联的问题开创了光辉的道路。④

---

① 鲁迅：《两地书·二》。
② 列宁：《俄国工人报刊的历史》及《"农民改革"和无产阶级农民革命》。
③ 恩格斯：《社会主义从空想到科学的发展》。
④ 茅盾：《最理想的人性》，刊于《中苏文化》第 9 卷第 2—3 期合刊，转引自许寿裳《亡友鲁迅印象记（六）》。

鲁迅在他的实践中，不仅善于准确地识别"萧艾"与"芝兰"，而且能够联系社会现实，勇敢而持久地进行拔除或培育的工作。终于在他的后期，对他早年提出的三个相关的问题"开创了光辉的道路"。即在一个没有压迫和剥削、人人平等的共产主义社会里，"人终于成为自己的社会结合的主人，从而也就成为自然界的主人，成为自己本身的主人——自由的人"①。恩格斯所揭示的共产主义社会"人"的这一本质，应该说就是鲁迅后期"立人"思想的根据，也是鲁迅终其一生为之奋斗的伟大的理想。

如同鲁迅的思想经历了由革命民主主义到共产主义的发展过程一样，他的"立人"思想也经历了一个从空想到科学的发展过程。他曾回顾说："我们在日本留学时候，有一种茫漠的希望：以为文艺是可以转移性情，改造社会的。"②所谓"茫漠的希望"就说明它带有某种空想的性质，这并不奇怪，而是有深刻的时代和社会根源的。列宁指出当时"先进的中国人"的"战斗的民主主义思想体系，首先是同社会主义空想，同使中国避免走资本主义道路，即防止资本主义的愿望结合在一起的"③。鲁迅在回顾文学革命的历程时也说："最初，文学革命者的要求是人性的解放，他们以为只要扫荡了旧的成法，剩下来的便是原来的人，好的社会了，于是就遇到保守家们的迫压和陷害。大约十年之后，阶级意识觉醒了起来，前进的作家，就都成了革命文学者。"④鲁迅早期的"立人"思想确实存在类似恩格斯所说的那种"并不是想首先解放某一个阶级，而是想立即解放全人类"⑤的空想性质，但可贵的是鲁迅不是沉溺于未来幻想的空想家，他是执着地进行现实战斗的，因此他能在实践中不断深化自己的认识，终于使这一思想在马克思主义的基础上获得了科学的性质。

在我们深入探讨鲁迅的改造国民性思想的时候，鲁迅的"立人"思想，他所期待的"理想的人性"，无论在今天或未来，都有着重要的现实意义和深刻的理论意义。我们应该很好地学习和研究鲁迅这一光辉的思想，根本改变我们民族近百年来在意识形态方面存在的种种弱点，彻底根除阿Q精

---

① ⑤　恩格斯：《社会主义从空想到科学的发展》。
②　鲁迅：《译文序跋集·〈域外小说集〉序》。
③　列宁：《论中国的民主主义和民粹主义》。
④　鲁迅：《且介亭杂文·〈草鞋脚〉小引》。

神,极大地提高我们全民族的科学文化水平,建立高度的精神文明,这是我们在思想文化战线上面临的一项光荣任务。

原载 1981 年《文学评论》第 5 期,署名王瑶。收入《鲁迅"国民性·思想"讨论集》(天津人民出版社,1982 年版),又收入《鲁迅作品论集》(人民文学出版社,1984 年版),又收入《王瑶全集》第 6 卷《鲁迅作品论集》(河北教育出版社,2000 年版)。

郭沫若的历史剧创作理论

一

郭沫若是著名的历史剧作家,创作了许多历史剧;他又是杰出的马克思主义史学家,对历史有精湛的研究。但如果我们严格地根据史料和文献来考察他的剧作的话,便发现他的剧作中有许多情节又确是与历史记载不尽相同的,这是历来对他的历史剧的评价有所轩轾的重要原因。其实郭沫若不仅有丰富的历史剧创作经验,而且从 40 年代初开始,在历史唯物主义的指导下,在创作实践的基础上,他根据历史科学与艺术规律的不同特点,已经形成了一套比较完整的历史剧创作理论。对于他的这些观点和理论,我们必须从创作方法的角度,从它的渊源和特点来探索,才能理解它的精神和贡献,从而也才能对他的历史剧创作作出公允和正确的评价。综观他有关的文章和论点,可以说他的历史剧创作理论是浪漫主义创作方法在历史剧领域的运用和发展,而这正是他的创作获得震撼人心的力量的重要原因。

历来关于历史题材的文艺作品的讨论,无论历史剧或历史小说,都集中到关于历史真实和艺术真实的关系问题上,因为如果完全按照历史文献的记载,那是很难写成生动的文艺作品的。用鲁迅在《中国小说史略·元明传来之讲史》中的话来说,就是"据旧史即难于抒写,杂虚辞复易滋混淆"。因此无论作家运用何种创作方法,现实主义或浪漫主义,一定范围的虚构总是不可避免的,只是注意不要与文献记载发生"混淆"罢了。60 年代初我国曾进行过一次关于历史剧的讨论,茅盾写了《关于历史和历史剧》的专论,提出了"历史真实与艺术虚构的结合"的历史剧创作原则,可以说是那次讨论在理论上的总结。他考察了文学史上的许多作品,认为只有《桃花扇》可以算是"谨守史范,不妄添一角,不乱拉陪客"的历史剧,从而得出结论说:"历史剧无论怎样忠实于历史,都不能不有虚构的部分,如果没有虚构就不成其为历史剧。"这是关系到历史(科学)与艺术的性质区别的问题,在这个问题上,运用不同创作方法和不同流派的作家的意见是一致的。鲁迅就说:"艺术的真实非即历史上的真实,我们是听到过的,因为后者须有其事,而创作则可以缀合,抒写,只要逼真,不必实有其事也。"①郭沫若也说:"绝对的写实,不仅是不可能,而且也不合理,假使以绝对的写实为理想,则艺术部门中的绘画雕塑早就该毁灭,因为已经有照相术发明了。"②可见所谓虚构的必要性实际上是一个艺术存在的必要性的问题,在这样的问题上不同流派的艺术家是不会有分歧的。但问题不能停留在这里。还必须进入更深一层的探讨,即如何进行艺术虚构的问题。究竟是按照历史"可能怎样"进行虚构,还是按照历史"应该怎样"进行虚构,这就关系到作家所运用的创作方法的不同了。黑格尔在谈到"怎样处理题材"时,就探讨了处理历史题材的两种不同的方法:"艺术家应该忘去他自己的时代,眼里只看到过去时代及其实在情况,使他的作品成为过去时代的一幅忠实的图画呢? 还是他不仅有权利而且有义务要只注意到他自己的民族和时代,按照符合他自己的时代特点的观点去创作他的作品呢?"③应该说,这是两种具有不同特点的创作方法。作家处理生活素材(历史事实)和进行艺术虚构的不同方式,实质上就体现了不同的创作方法和艺术流派。如果只承认一种创作原则和虚构方式而排斥或摈弃另一种创作原则和虚构方式,是不能说明历史剧创作的历史现象和现实的复杂情况的。从文学发展的角度来考察,我们应该承认创作上历来就存在着这两种不同的创作方法,而且每一种都有它的基本特征和存在的合理性。我们如果从创作方法的角度来考察历史剧创作的理论和实践,是更容易理解作家的艺术个性和作品的艺术特点的。郭沫若的历史剧创作理论就为浪漫主义的创作方法作出了比较完整的理论概括。

郭沫若是在"五四"那一年译完歌德的《浮士德》第一部之后产生了创作历史剧的欲望的④,他说:"原因是作品的内容很像我国的'五四'时代,摧毁

①　鲁迅:《鲁迅书信集·致徐懋庸》。
②　郭沫若:《我怎样写〈棠棣之花〉》。
③　黑格尔:《美学(第一卷)·理想的艺术作品的外在方面对听众的关系》。
④　郭沫若:《我的作诗的经过》。

旧的,建立新的,少年歌德的情感和我那时候的情感很合拍。"[1]正因为如此,表现时代精神和重视现实意义就成为他创作构思的出发点。用他自己的话说,就是"要借古人的骸骨来,另行吹嘘些生命进去"[2]。但他 20 年代的历史剧由于过分着重表现自我和驰骋主观想象力,还没有对如何处理历史事实和艺术虚构之间的关系找到一种最适当的方式,从而使历史精神和现实效果完满和谐地统一起来;也就是说,他还没有形成一套比较完整的历史剧创作理论。到了 40 年代初,在经过了对历史和古代社会的深入研究之后,在长期创作经验积累的基础上,他才在马克思主义的指导下,形成了他的浪漫主义的历史剧创作理论,并开始了他的新的历史剧创作高峰。用周恩来同志的话说,就是他"用科学的方法,发现了古代的许多真实","正确地走了他应该走的唯物主义的研究的道路"。[3] 这时他仍然坚持了他一贯的重视时代精神和现实意义的创作意图,仍然保持了他原有的浪漫主义的艺术特色,但从强调表现自我到强调"人民本位",从"借些历史上的影子来驰骋我创作的手腕"到"优秀的史剧家必须得是优秀的史学家",[4]他的创作理论的成熟是经历了一个发展过程的。我们如果以诗剧《湘累》和《屈原》相比较,或以诗剧《棠棣之花》或史剧《聂嫈》和后来的五幕史剧《棠棣之花》相比较,就很容易理解作者在创作思想上的变化与发展。到了后期,他对于历史资料的解释,对于历史精神的理解,都有了坚实的科学的支柱,因而他所强调的历史剧要灌溉现实的蟠桃这种意图也就有了可靠的基础。我们现在所探讨的,就是以他在 40 年代创作的战国史剧为主要代表所体现的他的浪漫主义历史剧创作理论的基本特点。

二

1946 年,郭沫若在一次关于历史剧的讲演中,借用《诗经》的赋、比、兴的概念,将历史剧分为三种不同类型:"写历史剧可用《诗经》的赋、比、兴来

---

① 郭沫若:《谈文学翻译工作》。
② 郭沫若:《孤竹君之二子·幕前序话》。
③ 周恩来:《我要说的话》。
④ 引文分别见于郭沫若:《历史人物·序》《棠棣之花·附白》《历史·史剧·现实》。

代表。准确的历史剧是赋的体裁,用古代的历史来反映今天的事实是比的体裁,并不完全根据事实,而是我们在对某一段历史的事迹或某一个历史人物,感到可爱而加以同情,便随兴之所至而写成的戏剧,就是兴。"①《诗经》的赋、比、兴本来就是指表现诗歌内容的方法的,就戏剧说,这三类历史剧其实只是两类,即赋的一类与比兴的一类,他正是由创作方法的不同来分类的。用"赋"的方法来写历史剧的作者,主要的意图在于直接地、如实地"敷陈"史实,以求再现历史人物和事件的本来面貌,所以他解释说这一类的剧作家是"在过去的人类发展的现实里,寻求历史的资料,加以整理后,再用形象化的手法,表现出那有价值的史实,使我们更能认识古代真正过去的道路",以"求推广历史的真实"。而"比兴"的历史剧则旨在托事起兴以引起对现实的联想,主观抒情性很强;剧作家的创作意图并不在再现历史的本来面貌,而是由历史事件或人物来引发出作家的认识和感兴,所谓借历史的酒杯来浇现实的块垒,使观众或读者在情绪的感染中引起对比或联想,从而激发他们对事物的强烈的爱憎感情。简言之,赋的历史剧着重在客观事件的再现,比兴的历史剧则强调主观感兴的表现,而这正是现实主义与浪漫主义在历史剧的创作方法上的根本区别。郭沫若在阐述了不同类型的历史剧以后,就明确地指出:"我的《孔雀胆》与《屈原》二剧,就是在这个兴的条件下写成的。"其实不仅从剧作中可以看出,他在许多文章中都申述了他的着重主观表现的历史剧创作理论。如说"写剧本不是在考古或研究历史,我只是借一段史影来表示一个时代或主题而已"②。他把他的历史剧称为"古事剧"③,历史小说名为"史题空托"④,都是意在说明那些"古事"史实,只是他的感兴所托,只是"借古抒怀以鉴今"⑤,而不应该如历史学家那样拘泥于史实的本身。因此我们首先应该注意的是他所强调的主观表现的具体内容,这才是他的历史剧创作理论的中心。

别林斯基曾说:"戏剧中通常被称为抒情部分的东西,不过是非常激动

① 郭沫若:《谈历史剧》,载 1946 年 6 月 26、28 日《文汇报》。
② 郭沫若:《〈孔雀胆〉二三事》。
③ 郭沫若:《创造十年》。
④ 郭沫若:《从典型说起》。
⑤ 郭沫若:《题画记》。

的性格的力量,是它的激情不由自主地引起丰富多彩的言词;或者是登场人物内心深藏的秘密思想,这种思想是我们需要知道的,是诗人使登场人物出声地思考的。"①戏剧不同于抒情诗,剧作者只能通过人物的言词和行动来表现自己的感受,而不能由作者直抒胸臆;因此所谓着重主观表现主要有两方面的内容。第一是现实的时代精神。既然是历史剧,当然它是属于过去时代的事件和人物,但剧作家所要着重表现的是他从生活中所感受到的现实的时代感,因此他所选取的历史时期也是他认为可以引起人们联想的相似的时代精神。从社会形态或生活方式等方面来看,古今的不同当然是很明显的;但在社会矛盾尖锐化的时代,历史有时确实也可以和现实相似到令人惊异的程度;特别是两个互相对立的斗争集团的轮廓,两种代表者的性格,以及这种矛盾对于人的精神和行为的影响,等等,都是极易引起人们的联想和激情的。郭沫若说他在《屈原》中把对现实的"时代的愤怒复活在屈原的时代里去","换句话说,我是借了屈原的时代来象征我们当前的时代"。② 郭沫若把这种表现时代精神的方法概括为"先欲制今而后借鉴于古"与"据今推古"的原则③,这就是他在抗战后期所写的历史剧为什么集中在战国时代以及元末和明末这些社会矛盾非常尖锐化的时代的原因。在这样的时代,人民和代表历史发展方向的进步人物,为了实现国家的独立和统一,曾经进行过可歌可泣的斗争,有的终于作出了悲壮的献身,这是值得后人继承的传统美德,也是现实所需要的精神力量。但正因为他的着眼点是现实,他所写的历史并不重在"言必有据",而是重在"从我们的观点中所见到的历史真实"④,重在表现剧作家自己对历史的认识和感兴。他自己就承认,"不用说是参合了一些主观的见解进去的"⑤,这就是说剧作家把他对现实的时代感受注入了历史题材,有时甚至对史事有所改动,这对于现实主义剧作家来说显然是应该避忌的,但在浪漫主义剧作家看来,如黑格尔所说:"如果找到了这样一种内容并且按照理想原则把它揭示了出来,所产生的艺

---

① 别林斯基:《诗的分类》,见《古典文艺理论译丛》1962 年第 3 册。
② 郭沫若:《序俄文译本史剧〈屈原〉》。
③ 郭沫若:《从典型说起》《我怎样写〈棠棣之花〉》。
④ 郭沫若:《为曹操翻案》。
⑤ 郭沫若:《我怎样写〈棠棣之花〉》。

术作品就会是绝对客观的,不管它是否符合外在的历史细节。"他并且强调:
"这样破坏所谓妙肖自然的原则正是艺术所必有的反历史主义。"①因此对
于历史上的时代精神,借用自然科学家的语言,必须由"宏观"上来掌握,而
不能由"微观"上来苛求,它毕竟是作家表现自己的认识和理想的艺术。剧
作家着重主观表现的另一方面的内容是作家的思想感情和艺术个性。浪漫
主义剧作家总是以塑造浸注了作家高度热情的正面形象为戏剧的主人公
的,而在这些形象的精神气质和思想情绪上我们就可以感受到作家自己的
强烈的抒情诗成分。郭沫若是公认的浪漫主义诗人,他认为"诗是文学的本
质,小说和戏剧是诗的分化"②;并且说"小说和戏剧中如果没有诗,等于是
啤酒和荷兰水走掉了气,等于是没有灵魂的木乃伊"③。他的历史剧都充溢
着浓郁的抒情诗的感情,他说他的《屈原》"是抒情的,然而是壮美而非优
美,但并不是怎么哲学的"④;他所虚构的婵娟和卫士甲"是两种诗的感情或
两种诗人性格的象征","婵娟是象征着幽婉的怀旧的感情,卫士是象征着激
越的奋斗的感情"⑤。《屈原》里的《雷电颂》是一首壮美的抒情诗,它抒发的
既是屈原的也是作家自己的强烈的感情。周恩来同志曾说:"屈原并没有写
过像《雷电颂》这样的诗词,而且也不可能写出这样的诗词,那是郭老把自己
胸中对国民党反动统治的忿恨,把国统区人民对蒋介石反动统治的忿恨,借
屈原之口说出来的。"⑥在后来写《蔡文姬》时,郭沫若甚至说"蔡文姬就是
我","它有一大半是真的,其中有不少我的感情的东西,也有不少关于我的
生活的东西"⑦。剧作家的自述与人们阅读他的历史剧的感受是完全一致
的,这种将主观感情融注于客观对象中的艺术表现,是典型的浪漫主义艺
术。至于剧中的诗与歌,如《屈原》中的《橘颂》、《高渐离》中的《易水歌》
等,都成为剧作的有机部分,增加了作品的悲壮气氛。甚至剧本中所表现的

---

① 黑格尔:《美学(第一卷)·艺术作品的真正客观性》。
② 郭沫若:《文学的本质》。
③ 郭沫若:《诗歌国防》。
④ 郭沫若:《〈屈原〉与〈厘雅王〉》。
⑤ 郭沫若:《序俄文译本史剧〈屈原〉》。
⑥ 许涤新:《疾风知劲草——悼郭沫若同志》,见《人民日报》1978 年 6 月 22 日。
⑦ 郭沫若:《蔡文姬·序》。

时令季节和环境气氛,也都具有抒情诗的特点,如《棠棣之花》等四部战国史剧分别渲染了春夏秋冬的四个不同季节,它既是时代气氛的象征,也是人物情绪的映照,使作品充满了诗的意境。总之,作家所着重表现的是自己的感受和理想,而不拘泥于历史的细节,所以在《棠棣之花》中他"让剧中人说出了和现代不甚出入的口语,让聂嫈唱出了五言诗,游女等唱出了白话诗。这些假使要从纯正历史家的立场来指摘,都是不合理的"①。我们必须从浪漫主义的历史剧创作方法出发,才能真正理解作品的价值与真谛。

<h1 style="text-align:center">三</h1>

郭沫若在《历史·史剧·现实》一文中将史学家与史剧家作了这样的区分:"史学家是发掘历史的精神,史剧家是发展历史的精神。"②这里所说的"史剧家"当然可以理解为包括各种不同的创作方法的历史剧作家,但就他强调的"发展"这一点来说,他主要是指浪漫主义的史剧家,因为现实主义的史剧家是注意以"发掘"和"再现"历史精神为己任的。在郭沫若曾一再引用的亚里士多德《诗学》里,曾这样谈到诗人"摹仿"现实的不同方式:或者"照事物的本来的样子去摹仿","或是照事物应当有的样子去摹仿",郭沫若所说的"发展历史精神"正是指后一种方式。他自己说得很清楚:"我主要的并不是想写在某些时代有些什么人,而是想写这样的人在这样的时代应该有怎样合理的发展。"③这种强调"应该如何"的含有理想主义精神的创作理论,正是浪漫主义创作方法的特点;如同雪莱所说,浪漫主义艺术应该"在我们的人生中替我们创造另一种人生"④。雨果在《〈克伦威尔〉序言》中说:"艺术历观各世纪和自然界,穷究历史,尽力再现事物的真实,特别是再现比事物更确凿,更少矛盾的风俗和性格的真实,它起用编年史家所节略的材料,调和他们剥除了的东西,发现他们所遗漏的并加以修理,用富有时代色彩的想象来充实他们的漏洞,把他们任其散乱的东西收集起来,把人类傀儡

---

① 郭沫若:《我怎样写〈棠棣之花〉》。
② 郭沫若:《历史·史剧·现实》。
③ 郭沫若:《献给现实的蟠桃》。
④ 雪莱:《为诗辩护》。

下面的神为的提线再接起来，给一切都穿上既有诗意而又自然的外装，并且赋予他们以产生幻想的、真实和活力的生命，也就是那种现实的魅力，它能激起观众的热情，而且首先是激起诗人自己的热情，因为诗人是具有良知的。"[①]可见重要的是作家对于历史精神的认识和理解，如果他对于历史精神的总的理解是进步的和正确的，那么他在作品中所着重表现的"发展"和"应该如何"不仅可以激动人心，而且是可以达到更为本质的真实的。所以郭沫若认为："剧作家的任务是在把握历史的精神而不必为历史的事实所束缚。剧作家有他创作上的自由，他可以推翻历史的成案，对于既成事实加以新的解释，新的阐发，而具体地把真实的古代精神翻译到现在。"[②]郭沫若的几部战国史剧对于战国时代历史精神的理解和发展，就是明显的例证。如他虽然也承认"秦始皇统一了中国是他对于历史有贡献的地方"[③]，但他认为在此之前，楚国如果实行了屈原的思想，也有可能统一中国，"中国由楚人来统一，由屈原思想来统一，我相信自由的空气一定更浓厚，艺术的风味也一定更浓厚。历史没有走向这一条路，使秦国来统一了中国，做出了焚书坑儒、摧残文化的事件，使战国时代蓬蓬勃勃百家争鸣的思潮不能继续发展，甚至不能保持，致演成昙花一现的状态，实在是件遗憾的事"[④]。他虽然认为战国时代的政治气氛是主张集合、反对分裂的[⑤]，这也是他进行创作的当时的气氛，但他并不认为在秦始皇统一之前的抗秦就是错误的，反而热情地歌颂了屈原的思想和精神。不仅如此，在《屈原》的结尾，他还让屈原遵从"卫士甲"的"意思"，"决心去和汉北人民一道，做一个耕田种地的农夫"；因为卫士甲是人民的代表，是"激起奋斗的感情"的"象征"。同样，在《高渐离》的最后，作者着意安排宋意"冒着大雪，奔往江东"，去与那里的人民结合，因为高渐离认定"将来天下大乱的时候，一定是从那儿开头"，暗示了这是一条正确的道路。对于这类构思和情节，我们不能从具体的文献记录中去找依据，而要认识到这是剧作家对"历史精神"的一种"发展"；是剧作家所认为的"在这样的时代"的人物"应该有"的"合理的发展"，带有鲜明的理想主义色

---

①　见《世界文学》1961 年第 3 期。

②⑤　郭沫若:《我怎样写〈棠棣之花〉》。

③　郭沫若:《由〈虎符〉说到悲剧精神》。

④　郭沫若:《论古代文学》。

彩。这在现实主义的剧作家看来,可能是"反历史主义"的,但对于浪漫主义的剧作家说来,它是更能反映历史的本质的真实的。郭沫若所经常引用的亚里士多德《诗学》(第二十五章)中就说:"如果以对事实不忠实为理由来批评诗人的描述,诗人就会这样回答:这是照事物应当有的样子描述的";他把这叫作"合情合理的不可能"。在亚里士多德看来,诗比历史更真实,更带普遍性;因为"历史学家描述已发生的事,而诗人却描述可能发生的事";"诗所说的多半带有普遍性,而历史所说的则是个别的事"(《诗学》第九章)。经过作家理想化了的史实是更能反映历史的真实的。可见问题并不在这种"发展"是否有足够的文献根据,而在于它是否符合历史的本质和规律。车尔尼雪夫斯基曾说:"任何事物,我们在那里面看得见依照我们的理解应当如此的生活,那就是美的。"[①]他正是由唯物主义来解释"应当如此"的,所以我们不能简单地把这种"发展"理解为完全是主观的产物。这就是说,尽管某些构思或情节在历史上没有记载甚至不可能发生,但由于它根本上符合人民的愿望,也符合历史发展的方向,它就可以在剧作中作为一个假定的事实而存在;这种事实经过剧作家的合情合理的艺术处理,就能够给读者或观众以逼真感和信服感。浪漫主义历史剧的真实性与这种艺术的"假定性"是分不开的。

40 年代初,史学界在重庆曾经有过一场关于屈原的身份和思想的论争;这并不完全是一场纯学术的讨论,当时肯定或贬抑屈原精神是同国统区民主运动的政治斗争联系在一起的,因此不可能得出大家都接受的科学的结论。结果郭沫若的《屈原》问世了,屈原精神得到了具体的形象的体现和歌颂,如茅盾所说,它"引起了热烈的回响,在当时起了显著的政治作用"[②]。就史学界那场论争来说,那些企图否定或贬抑屈原的人悄然敛迹了,如一位史学家所说,"结果是文学和艺术战胜了史学和哲学。今天,已经抹不去中国人心目中郭沫若所加工的屈原形象。史学和哲学严肃的面孔,显然不及艺术的魅力容易让人们接受"[③]。这种显著的艺术效果就充分说明了正确

---

① 车尔尼雪夫斯基:《生活与美学》。
② 茅盾:《在反动派压迫下斗争和发展的革命文艺》。
③ 侯外庐:《坎坷的历程》,《中国哲学》1982 年第 6、7 辑。

地发展历史精神的浪漫主义剧作是如何有力地反映了历史的本质的真实。

四

郭沫若在他的历史剧理论中,同样强调要尊重历史,"不能完全违背历史的事实","优秀的史剧家必须得是优秀的史学家"①;他甚至说"取材于史事,是应该有历史的限制的",不能"弄到时代错误的程度"②。并且声明"我在写作中是尽可能着重于历史的真实性"③。但是,作为浪漫主义的历史剧创作理论,他所说的"历史的限制""历史的真实性""时代的错误"等,都有他的理解和含义,与现实主义历史剧的要求是有着不同的内容的。在他看来,重要的不是外在的琐碎的历史事实的真实,而是内在的历史精神的真实。他说得十分明确:"剧作家的任务是在把握历史的精神,而不必为历史的事实所束缚。"④因而他提出了"失事求似"的历史剧创作原则。⑤所谓"求似"就是力求对历史精神的尽可能真实、准确的把握和表现,包括历史的"人物心理和时代的心理"⑥,以及对历史与现实的相似点的寻求与表现;他认为"以史事来讽喻今事,根据是在从气质与人的典型于古今之间无大差异"⑦,因而只要历史精神有相似处,历史剧就可以产生直接的社会效果。所谓"失事"就是在不违背历史精神的真实的条件下,"和史事是尽可以出入的"⑧。因为事实上并不是所有重要的或应该记载的事实都是有史可征的,这里正是需要艺术家根据历史精神加以创造的地方;所以他说:"史有佚文,史学家只能够找,找不到也就只好存疑。史有佚文,史剧家却须要造,造不好那就等于多事。"⑨即使历史上有明确记载的大关节目的史实,但由于史书作者的偏见或时代限制,也多有违背事实真相的地方,经过后来的研究、诠释和评价,常常可以推翻重要的史案,而翻案"却是一个史剧创作的主

①⑤⑨　郭沫若:《历史・史剧・现实》。
②⑦　郭沫若:《从典型说起》。
③　郭沫若:《蔡文姬・序》。
④　郭沫若:《我怎样写〈棠棣之花〉》。
⑥　郭沫若:《我怎样写〈武则天〉》。
⑧　郭沫若:《〈孔雀胆〉二三事》。

要动机"①,因为他所要努力表现的是历史的精神,"是注重在构成而务求其完整"②。他绝非不尊重历史,他不但主张"创作之前必须有研究,史剧家对于所处理的题材范围内,必须是研究的权威"③,而且还提醒"作家们下笔的时候,还须留意,不要因为对于古人的同情,而歪曲了史实"④,但他强调的是"首先动机要纯正,他的作品必须是时代的指针"⑤。这也就是说作家首先要在总体上掌握一定历史时代的精神,然后才可能对文献资料有敏锐的鉴别和判断;不为史料所囿,而着力于艺术的表现和创造。这就是他所概括的"失事求似"的历史剧创作原则。

他创作的几部战国史剧就是建立在他对战国历史的长期的深刻独到的研究基础上的。根据他对战国时代的历史悲剧精神的掌握,他在剧作中发挥了充分的艺术想象力,情节的安排十分灵活,绝不为某些文献记载的不足所拘牵。他认为"战国时代,整个是一个悲剧时代,我们的先人努力打破奴隶制的束缚,想从那铁的桎梏中解放出来","战国时代是人的牛马时代的结束。大家要求着人的生存权,故尔有这仁和义的新思想出现。我在《虎符》里面是比较的把这一段时代精神把握着了。但这根本也就是一种悲剧精神。要得真正把人当成人,历史还须得再向前进展,还须得有更多的志士仁人的血流洒出来灌溉这株现实的蟠桃"。⑥ 可以看出,郭沫若所有的战国史剧都是力求真实地反映这一历史的悲剧精神,并且在这种精神的表现里,注入了作家在现实中所感受到的时代的悲剧精神。因为悲剧精神产生的社会根源在于"促进社会发展的方生力量尚未足够壮大,而拖延社会发展的将死力量也尚未十分衰弱,在这时候便有悲剧的诞生。悲剧的戏剧价值不是在单纯的使人悲,而是在具体地激发起人们把悲愤情绪化而为力量,以拥护方生的成分而抗斗将死的成分"⑦。因此他的这些剧作在真实地展现历史与现实的悲剧精神的前提下,为了使悲剧气氛更为庄严肃穆,为了使悲剧色彩更加浓重,剧作家充分地驰骋了他的想象力,对具体史实的运用是极为灵活

---

① ② ③　郭沫若:《历史·史剧·现实》。

④ ⑤　郭沫若:《抗战八年的历史剧》。

⑥　郭沫若:《献给现实的蟠桃》。

⑦　郭沫若:《由〈虎符〉说到悲剧精神》。

的。除了"在大关节目上"不"违背历史的事实"①外，他虚构的范围是非常广阔的。其中包括"无中生有地造出了"新的历史人物②，如《棠棣之花》中的春姑、《屈原》中的婵娟、《虎符》中的魏太妃等；虚构重要的历史情节，如《虎符》中围绕如姬的一系列情节；改动历史文化背景，如《棠棣之花》中"让聂嫈唱出了五言诗，游女等唱出了白话诗"③。甚至不惜有意更改历史人物的基本面貌，如《屈原》中的张仪，作者自己就说："为了裡衼屈原，自不得不把他来做牺牲品。假使是站在史学家的立场来说话的时候，张仪对于中国的统一倒是有功劳的人。"④根据郭沫若的历史剧创作原则，以上这些都是属于"失事"的范围，而重要的却在于"求似"；因此他对历史精神的真实性的要求，又是十分严格的。50年代初，有一位青年作者写了一部《全部聂政》的历史剧，其中虚构了"聂政未死，且纠合军民，大破秦兵"的情节，郭沫若对此提出了严肃的批评，他认为"这是旧时代爱用的大团圆的手法"，因为"把悲剧改为喜剧"是根本违背战国时代的历史精神，因而违背历史真实性的；是真正应该反对的"反历史主义"的"时代错误"⑤，通过以上这些例证，是可以说明"失事求似"的历史剧创作原则的精神实质的。

郭沫若的这种对于历史精神的真实性的理解，与黑格尔《美学》中的观点颇有相似之处。黑格尔在《美学》第一卷第三章《艺术美，或理想》中明确提出创作历史和异域题材作品的艺术家应该努力体验和表现的是"过去时代和外国人民的精神"，"因为这种有实体性的东西如果是真实的，就会对于一切时代都是容易了解的；但是如果想把古代灰烬中的纯然外在现象的个别定性都很详尽而精确地摹仿过来，那就只能算是一种稚气的学究勾当"；"从这方面来看，我们固然应该要求大体上的正确，但是不应剥夺艺术家徘徊于虚构与真实之间的权利"。黑格尔认为，只有艺术家"把宗教道德意识的较晚的发展阶段中的观点和观念强加于另一个时代或另一个民族，而这个时代或民族的全部世界观是与这种新观念相矛盾的"，"他才算犯了一种较严重的反历史主义"；如果仅仅对具体历史事实、服装、民族地域特色……

① 郭沫若：《历史·史剧·现实》。
②③ 郭沫若：《我怎样写〈棠棣之花〉》。
④ 郭沫若：《我怎样写五幕史剧〈屈原〉》。
⑤ 郭沫若：《致刘钟武书》，见1979年《文艺报》第5期。

的真实性有所违背,就不能简单地斥之为"反历史主义",或者说,"这样破坏所谓妙肖自然的原则正是艺术所必有的反历史主义"。当然,黑格尔的全部哲学都是"倒立"的,他所说的内在"精神"是一个客观唯心主义的绝对理念;但正如恩格斯所指出:黑格尔在《美学》中"到处都像一条红线一样贯穿着这个宏大广博的历史观","黑格尔的思维方法之胜过其他一切哲学家的思维方法,就在于它的巨大的历史嗅觉。虽然形式是极端抽象的和唯心主义的,可是他的思想发展总是与世界史的发展平行的,而世界史的发展本来应当是他的思想发展的唯一的检验"。"他的基本观点的宏大广博,甚至在目前也还是令人惊奇的。"①郭沫若所强调的"历史精神",正是把这种"宏大广博的历史观"加以改造,而把它建立在对历史科学的历史唯物主义的研究与把握的基础上的。

五

郭沫若在阐述他的历史剧"只是借一段史影来表示一个时代或主题而已,和史事是尽可以出入的"理论时,曾特意说明:"这种办法,在我们元代以来的剧曲家固早已采用,在外国如莎士比亚,如席勒,如歌德,也都在采用着的。"②郭沫若的这段话,为我们探索他的浪漫主义历史剧创作理论的形式和渊源,提供了基本的线索。创作方法的形成和丰富本来是历史上艺术实践经验的不断积累和发展,剧作家喜爱和习惯于运用何种创作方法当然与他的气质、修养和艺术个性有关,但若成为一套比较完整的创作理论,则它是不可能不汲取和总结他所重视的前人的艺术经验并予以理论的概括的。尽管这些文学史上的剧作家无论在思想基础或艺术表现上都与郭沫若的创作理论并不完全契合,但作为一种历史渊源,他们的某些倾向和特点是给他以很大启发的。就郭沫若所举出的这些剧作家来说,他们在作品中都不重视历史的如实的、客观的"再现",而着力于在历史题材中表现自己的时代和自己的思想感情,为此他们都在不同程度上对史事作了有所出入的艺术处

---

① 恩格斯:《论卡尔·马克思著〈政治经济学批判〉一书》。
② 郭沫若:《〈孔雀胆〉二三事》。

理。关于元代以来的剧曲家,茅盾在《关于历史和历史剧》一文中曾对元明清三代历史题材的代表性戏曲作了具体分析,发现大多数作品都较大范围地改变了史事:"'借古喻今'或'借古讽今',任意修改历史,成为当时用历史题材写杂剧的几乎公认的准则。"而符合现实主义创作的基本要求,即"凡属历史上重大事件基本上能保持其原来的真相,凡属历史上真有的人物,大都能在不改变其本来面目的条件下进行艺术加工"的,几乎仅有《桃花扇》。外国剧作家也有类似的情况。莎士比亚采用罗马历史的戏剧往往打上英国民族性格的印记,以致有人把他的这些历史剧"看作是具有英国人物的英国事件",认为在"这类戏剧里古代世界只是作为外表的服装而已"。① 评论家特地为此提醒读者:阅读莎士比亚的历史剧绝不能着眼于"服装、物件等等意义上的历史的真实性",在这些方面莎士比亚是常常有"史实上的错误的",而必须注意这些剧作中所充分展现的"巨大的历史转换时期出现的社会道德的特点",这才是一种更本质地反映了历史与现实时代精神的"历史真实性"。② 歌德曾经批评同时代的一位历史剧作家曼佐尼"太重视历史,因此他爱在所写的剧本中加上许多注解,来证明他多么忠实细节";歌德认为,对历史剧作者来说,"不管他的事实是不是历史的,他的人物却不是历史的",而必然要打上现实时代的和作家个性的烙印。在谈到自己的历史剧《哀格蒙特》时,歌德说:"如果我设法根据历史记载来写哀格蒙特,他是一打儿女的父亲,他的轻浮行为就会显得很荒谬。我所需要的哀格蒙特是另样的,须符合他的动作情节,和我的诗的观点。"③因此在歌德的笔下,"七十高龄的哀格蒙特,这个子孙满堂的家长,变成热烈爱上一个普通少女的血气方刚的青年"。别林斯基对此评论说:"这是最合理的自由不拘。"④在席勒的历史剧《堂·卡洛斯》中的主要人物费利蒲也"被描写成与历史记载完全不同的人物",别林斯基认为,这种"违背历史"是历史剧作家的"权利",因为"悲剧家想在某个历史局势中表现自己的主人公,历史就给他提供这个局势,如果这种局势的历史英雄不符合悲剧家的理想,他有充分的权利按照自

---

①② 卢卡契:《戏剧和戏剧创作艺术中有关历史主义发展的概观》,见《莎士比亚评论汇编》(下)。

③ 《歌德谈话录》。

④ 别林斯基:《戏剧诗》,见《莎士比亚评论汇编》(上)。

己的心愿改变他"①。1936年郭沫若在译完席勒的历史剧《华伦斯太》后也曾指出:"作者对于史料的处理是很自由的",人物的内心刻画"完全是出于诗人的幻想",而这"正是诗人的苦心之所在,诗人是想用烘托法、陪衬法,把主人公的性格更立体地渲染出来,而使剧情不至陷于单调,陷于枯索"。② 以上这些也许是过于烦琐的引文即说明了中外文学史上这种重视表现历史精神和剧作家自己思想感情而并不拘牵于具体史事的例证,是非常之多的;同时也说明了郭沫若的历史剧创作原则并不是为了替自己的作品辩护而偶然产生的论点,他确实是考察了过去的丰富的艺术经验才予以理论的概括的。当然,这种类型的历史剧虽然源远流长,但对于历史精神的认识和把握是有它的历史局限性的,而郭沫若所理解的历史精神则是在历史唯物主义的指导下建立在对历史的充分研究的基础之上的。所以他认为"优秀的史剧家必得是优秀的史学家"③;只是他充分理解历史科学和文学艺术有着不同的性质和规律,因此才提出了"史剧的创作是注重在构成而务求其完整"④的观点,要求剧作家从总体和主导的方面来掌握历史的精神。当然,作家对某一历史时代精神的认识和理解不可能不受到他所处的时代的历史科学水平的限制,正如人们对现实生活的认识的深度也必然要有一定的局限一样;而历史作为一门科学,它是可以不断进展和深化的,我们只能要求剧作家对历史精神的认识,符合当时的进步观点和人民的愿望,就很够了,而不能拿后来历史研究的新成果来要求过去的作家和剧作。历史剧是文艺创作,它一经发表即成定局,是不能像历史著作那样由后人加以修订的。对于文学史上的许多历史题材的作品我们应该如此看待,对于郭沫若的历史剧当然也应该如此看待。根据这种浪漫主义的历史剧创作理论,某些次要的或枝节的史事的失真不仅是无足轻重的,甚至是非常必要的,因为它要服从于总的历史精神的充分的表现。某些拘于现实主义历史剧创作原则的人不加分析地把这类历史剧中对历史事实的较大变动一律视之为"反历史主义",甚至不承认其历史剧的地位,是不符合中外文学史发展的实际的。

----

① 别林斯基:《戏剧诗》,见《莎士比亚评论汇编》(上)。
② 郭沫若:《译完了〈华伦斯太〉之后》。
③④ 郭沫若:《历史·史剧·现实》。

六

对于郭沫若的浪漫主义历史剧创作理论,我们不能简单地不加分析就直接地把它作为评价历史剧创作成就的标准。因为就他所阐述的基本要点,无论是表现作家的主观感兴,或者是强调"应该如何"的理想追求,以及不为史事束缚的"失事求似"来展示历史精神,都不能无条件地视为历史剧创作获得成功的保证。我们诚然不能用现实主义历史剧的创作原则或评价尺度来"规范"浪漫主义历史剧,但对于浪漫主义历史剧本身来说,也不能简单地认为只要真诚地表现了自我,写出了作家自以为是的历史精神和理想,就是很好的作品了。根据这种创作理论可以写出成功的历史剧,也可以写得很不好,因为他所阐述的基本要点都有它的客观的限度和前提;也就是说,对于浪漫主义历史剧的评价,仍然是有它的客观标准的。由于郭沫若的史剧观大都是联系他自己的创作来谈的,因此我们必须根据他的理论和实践,对他所提出的创作原则的必要前提,作更进一步的探索。

第一,要在历史剧中表现作家自己的主观感兴,作家的感情就必须与人民息息相通。这样作家的激情和艺术感受才有生命力,作品所表现的艺术个性和风格才能对读者或观众有感染力,因为它真实地反映了人民的感情和愿望。戏剧和抒情诗不同,它是直接和观众进行情感交流的艺术,剧场效果就是现实的考验,剧作家决不能忽视观众对历史人物的情感问题。黑格尔曾经论述过这一点,他说:历史的"艺术作品的直接欣赏并不是为专家学者们,而是为广大的听众","题材在外表上虽是取自久已过去的时代",但"客观性正是我们自己内心生活的内容和实现"。① 这就是说,剧作家通过历史故事表现自己好恶的感情时,必须认真地考虑大多数观众在心理和情感上是否认可和接受,违背人民的感情是很难成功的。郭沫若谈他对历史人物的态度时说:"我的好恶的标准是什么呢?一句话归宗:人民本位!"②正是这种由人民本位出发的主观感兴,才使他的历史剧充满了诗的

---

① 黑格尔:《美学(第一卷)·艺术作品的真正客观性》。
② 郭沫若:《历史人物·序》。

意境和激情,产生了强烈的艺术效果。第二,郭沫若曾说:"古人的心理,史书多缺而不传,在这史学家搁笔的地方,便须得史剧家来发展。"①剧作家在构思历史人物"应该如何"的情节来抒发他对历史发展方向的理解时,这些情节不仅大多是虚构的,而且带有作家自己的理想和感情的色彩。剧作家虽然是根据自己的丰富想象力进行虚构的,但他必须取得观众的信服,才算成功;这就不仅要求剧作家的感情和人民相通,而且他的历史观也必须是进步的,他的理想必须是符合时代的要求和人民的愿望的。郭沫若曾说:"历史并非绝对真实,实多舞文弄墨,颠倒是非,在这史学家只能纠正的地方,史剧家还须得还它一个真面目。"②剧作家相信他所写的"应该如何"才是历史的真面目,如果没有进步的历史观,这种"发展"就很难表现出历史的本质和方向。第三,剧作家对于历史精神的把握必须建立在对历史的科学研究的基础上。尽管他可以不受某些具体史事的拘牵,但对历史精神的总体的掌握也仍然须有历史的根据,而不能有主观随意性;否则他在作品中所表现的历史精神就是不真实的,就是只有"失事"而谈不上"求似"。当然,历史精神既然是人们对于历史现象的科学抽象,对它的把握就不能不受到一定时代对历史的认识水平的限制;随着历史科学的发展,人们对历史精神的认识和把握也必然会有发展和变化。而且历史和历史精神本来就是非常丰富和复杂的,剧作家所选取的只能是历史精神的某一侧面;但他注意和强调那一个侧面,又显然是同他创作当时的时代思潮有关的。因此当我们考察历史剧所表现的历史精神时,就必须把它放在剧作家创作当时的时代范围内,看它所表现的历史精神是否符合那个时代对某一历史时期精神的科学认识水平,是否反映了那个时代的进步的时代思潮,而不能用后来已经发展和深化了的认识去苛求。但就在创作当时的时代范围说,要把握某一时代的历史精神也必须对历史有深入的研究,这是创作获得成功的重要条件。

郭沫若的浪漫主义历史剧创作理论,既是他自己艺术实践经验的总结,又是对一般进步作家来讲的,因此他没有特别强调这些必备的重要条件是可以理解的。但我们在考察对历史剧作品的评价标准时,这些条件又是不容忽视的。由于郭沫若毋庸置疑地具备了上述这些条件,他的艺术修养

---

①② 郭沫若:《历史·史剧·现实》。

和才能得到了充分的发挥,因此他的以战国史剧为代表的历史剧作品,就是运用这种浪漫主义历史剧创作理论的成功的范例。周恩来同志认为郭沫若具有三个特点:第一是丰富的革命热情,第二是深邃的研究精神,第三是勇敢的战斗生活。① 这三点可以说既是他的历史剧创作理论的出发点,也是他的历史剧作品获得成功的重要条件。他既是才华横溢的浪漫主义剧作家,又是无产阶级的思想文化战士和有突出贡献的马克思主义史学家,这三者的统一就保证了他的剧作能够达到人民性、科学性和艺术性的比较完美的结合。他的以《屈原》为代表的历史剧之所以能在观众中引起强烈的反响,就说明它是得到了人民的欢迎和历史的认可的。一切艺术,包括各种流派的历史剧,最终都要通过人民的检验,郭沫若的浪漫主义历史剧的艺术生命力,即在于此;而他的浪漫主义历史剧的创作理论,正是他的艺术经验的总结和概括,它同样已经成为经得起时间考验的理论体系。

1982 年 12 月 24 日为郭沫若同志诞生九十周年作

原题《郭沫若的浪漫主义历史剧创作理论》,载 1983 年《文学评论》第 3 期,署名王瑶。收入《王瑶全集》第 5 卷《中国现代文学史论集》(河北教育出版社,2000 年版),改题为《郭沫若的历史剧创作理论》。

---

① 周恩来:《我要说的话》。

茅盾对中国现代文学的历史贡献

茅盾研究现在已经出版了好些专著;我们看看近三十年来关于现代作家的研究文章和著作,除了鲁迅之外,最多的就是茅盾。当然茅盾研究也仅仅是开始,许多著作还处于一般叙述和介绍的阶段,我们希望通过这次会议能够推动这一课题的深入开展,使它达到更高的水平。但在中国现代文学史上,除了鲁迅,研究比较深入的作家就是茅盾。一个作家,对他有兴趣的人多,研究他的文章或著作数量大,这本身就说明了他的历史地位。从文学史的发展情况看,历来就是如此。这同当代的作家作品有所不同,当代某一作品由于各种原因而在一定时期引起人们的讨论和兴趣,也可以发表许多不同观点的文章,但这并不一定说明这一作品的历史地位;但如果当作历史现象来考察,一般地说,对于一个作家的研究著作的多寡总是和这一作家的历史地位相适应的。为什么宋朝有那么多人对杜甫感兴趣,甚至称为"千家注杜",这本身就说明了杜甫在唐诗发展中的贡献和地位。同样,在现代作家中研究茅盾的文章和专著比较多,也说明他的作品为人们所喜爱,是一位经得起时间考验,为人民大众所欢迎的作家。

怎样研究茅盾?我觉得,鲁迅很早就提出了这个题目。据许广平回忆:"有时遇到国外友人,询及中国知识界的前驱,先生(鲁迅)必举××(指茅盾)先生以告。"[1]1936 年 1 月鲁迅曾请胡风给史沫特莱准备关于茅盾的材料,要求从这几个方面来谈:"一、其地位,二、其作风,作风(Style)和形式(Form)与别的作家之区别。三、影响——对于青年作家之影响,布尔乔亚作家对于他的态度。"[2]我觉得鲁迅提出的这些要求对于我们今天仍然有很

---

① 许广平:《欣慰的纪念·鲁迅和青年们》。
② 鲁迅:致胡风书(1936 年 1 月)。

大的指导意义,它告诉我们研究茅盾这样一个重要作家应该注意的地方。我们知道,鲁迅不仅是文学家,而且也是文学史家,他评论作家常常是用历史的观点来评论的。他写《中国新文学大系·小说二集导言》,指出最早发表了创作的短篇小说的是鲁迅,并不回避自己。他指出他的小说由于"'表现的深切和格式的特别',颇激动了一部分青年读者的心","显示了'文学革命'的实绩"。讲文学史当然要讲作品,没有作品就没有实际成绩,就不能显示文学发展的历史意义。鲁迅对茅盾的估价,也是用文学史家的眼光来看的,所以要求考察其地位、风格和影响。我们必须把茅盾的作品放在历史过程中加以考察,从他和同时代作家的比较以及他对于后代作家的影响,不同阶级、不同流派的作家对他的态度和评价,来研究他的历史地位和历史贡献。

其实茅盾自己也是常常用文学史的眼光来考察问题的。刚才周扬同志讲到,作为批评家的茅盾,贡献是卓著的。比如,在《读〈倪焕之〉》一文中,茅盾注意到鲁迅作品反映农村生活的深刻性,但同时又指出,《呐喊》中所反映的是"老中国的暗陬的乡村,以及生活在这些暗陬的老中国的儿女们,但是没有都市,没有都市中青年们的心的跳动"。"在《彷徨》中,有两篇都市人生的描写:《幸福的家庭》和《伤逝》……弹奏着'五四'的基调的都市的青年知识分子生活的描写,至少是找到了两个例了。然而也正像《呐喊》中的乡村描写只能代表了现代中国人生的一角,《彷徨》中这两篇也只能表现了'五四'时代青年生活的一角;因而也不能不使人犹感到不满足。"此文写于1929年,茅盾正是历史地考察了新文学运动以来十年间的创作成果而指出它的不足的。鲁迅写的是短篇小说,它的目的就在"借一斑略知全豹,以一目尽传精神"[①],因此无论写农村或都市,它反映的只能是生活的"一角";但茅盾从文学作品应该反映动荡的社会生活的全貌和带有"史诗性"的要求出发,他感到不满足。这时正是茅盾开始创作的时候,我们可以由此体会到他的创作思想或意图,他从开始起就把注意力集中于现代都市生活以及都市中富于敏感的青年知识分子的"心的跳动"。在由帝国主义入侵和资本主

---

① 鲁迅:《〈近代世界短篇小说集〉小引》。

义生产发展所引起的社会变动中,包括阶级关系和意识形态的变动,都市生活不仅首当其冲,而且有着全国性的巨大影响,并必然由此导致农村生活的变化。特别是经历了大革命的洗礼之后,这种特征尤其显著。茅盾着眼于表现动荡的社会全局和它的发展趋向,因此必然会重视在大工业和新思潮冲击下的、急骤变动着的半殖民地半封建的现代都市生活。这里社会矛盾最为集中和尖锐,现代思潮和革命活动也特别活跃,因而相应地也引起了不同阶层的人们的生活方式和精神面貌的变化。可以说,在作品中深入地反映都市生活是现实本身向文学提出来的历史任务。从现代文学的发展看,不仅茅盾一个人,差不多同时期,老舍、巴金都注意到都市生活。但同样写都市生活,每个作家又有各自不同的特点。老舍关心在半殖民化过程中市民阶层的命运;巴金主要刻画不同类型的青年知识分子形象;而茅盾,在"五四"以来现代文学的形象的画廊中,主要提供了新民主主义革命时期三十年来民族资本家和城市的"时代女性"的形象。茅盾所塑造的这两大系列的形象,在文学史上有十分突出的历史地位。冯雪峰曾指出:"要寻找从1927年到抗日战争以前这一时期的民族资产阶级和买办资产阶级的形象,除了《子夜》,依然不能在别的作品中找到。"茅盾的作品,如果不是以他写作的前后,而是以他反映社会生活的前后来看,从《霜叶红似二月花》中的轮船公司经理王伯申这样同封建传统势力有尖锐矛盾冲突的早期民族资产阶级,到《子夜》中的吴荪甫,《多角关系》中的唐子嘉(30年代初与帝国主义及买办资产阶级存在矛盾、政治上坚决反共的资本家),到《第一阶段的故事》中的何耀先,《锻炼》中的严仲平(抗战初期有爱国心而易于动摇的资本家),再到《清明前后》中的林永清(抗战后期与国民党矛盾日益尖锐,最后投身于党所领导的民主运动的资本家);这一系列形象相互联系而又带有不同的时代特征,随着社会矛盾的变化,作家表现的角度和侧面也有所不同,但这个形象系列构成了中国民族资产阶级思想和性格的发展史,这是茅盾在艺术领域独有的贡献。

关于写"五四"以后的时代青年,这并不是茅盾一人独有的领域。在茅盾开始创作以前,就出现了许多描写时代青年的作品。和茅盾差不多同时出现的如大家熟悉的丁玲的《莎菲女士的日记》里的莎菲,蒋光慈《冲出云围的月亮》里的曼英,都是写时代女性的。茅盾在《读〈倪焕之〉》里举了五篇

"五四"时期"用现代青年生活作为描写的主题"的作品:郁达夫的《沉沦》,许钦文的《赵先生的烦恼》,王统照的《春雨之夜》,周全平的《梦里的微笑》,张资平的《苔莉》。茅盾指出,这些"五四"时期描写青年生活的有影响的作品,"只描写了一些表面的苦闷","没表现出'彷徨'的广阔深入背景","缺乏浓郁的社会性"。茅盾的创作思想,开始便是从广阔的社会背景和时代精神来表现时代女性的苦闷的,因而在艺术成就上有了新的突破。他把"五四"以后的时代女性,放在中国革命的巨大历史冲突中,而不是单纯从个人爱情的冲突来表现她们的心的历程,她们的不同命运。从《虹》中的梅行素在"五卅"运动中的走向集体主义;《蚀》中静女士、孙舞阳、章秋柳在大革命中的幻灭、动摇和追求;《子夜》中的林佩瑶、张素素在国民党统治下的都市生活中陷于苦闷不能自拔;《锻炼》里的严洁修、苏辛佳在抗战初期爱国热潮中的迅速左倾;以至《腐蚀》里的赵惠明、《清明前后》里的黄梦英在抗战后期的政治低气压下走向堕落而又痛苦地挣扎;茅盾笔下的一系列年轻的知识女性形象都有鲜明的时代特点,具有巨大的思想深度和历史内容,显示了他的艺术成就的一个重要方面。为什么《蚀》三部曲发表时引起了那么大的反响呢? 一个重要的原因,就是这些反映时代女性生活的作品具有强烈的时代性和社会性,使我们读了以后有一种历史感。这是其他作家的同类题材作品所难以企及的。

另一类形象是《春蚕》等作品中所写的农民。"五四"以来的新文学创作,从鲁迅开始,很多作家都写了农民形象,茅盾在《王鲁彦论》中曾将王鲁彦笔下的农民形象同鲁迅小说里面的农民作了比较,用茅盾的话说,鲁迅小说里的农民,是"老中国的儿女",而王鲁彦笔下的农民"却多少已经感受着外来工业文明的波动","正是工业文明打碎了乡村经济时应有的人们的心理状况"。由于都市的影响波及了农村,所以人物的心理状态都有些焦躁不安的情绪。这说明,茅盾注意人物,不只注意他们的思想感情,而且注意这些感情与时代、社会的联系。《春蚕》等"农村三部曲"主要就反映了资本主义的工业文明,怎样把中国农村的自然经济破坏了,农村破产,不同年龄的两代农民的不同心理感受和命运。残酷的现实使年轻一代的农民对传统的生活信条提出了怀疑:"规规矩矩做人,就能活命吗?"应该说,虽然农民形象不是茅盾创作中的最重要部分,但他还是写出了时代特点和生活中的新的因素的。当我们考察现代文学史三十年来创作上的主要成就的时候,在丰富多彩的形象的画廊里面,就突出地显示了茅盾塑造的几组光彩耀目的形象系列,这是他对中国现代文学的重大历史贡献。——这是我要讲的第一点意思。

第二点,在丰富和发展以鲁迅为代表的新文学现实主义传统的过程中,茅盾作出了杰出的贡献。

茅盾的作品,对于鲁迅所开创的中国现代小说的表现形式作出了新的开拓,大大提高了中国现代小说反映复杂生活的可能性,也就是发挥了文学作品的功能和潜在力量。"五四"以后的现代小说,以鲁迅的作品为代表,首先是在短篇小说领域取得了突出的成就。为什么短篇小说首先得到发展呢? 这是有社会原因的。鲁迅在《〈近代世界短篇小说集〉小引》中曾谈到,首先是因为短篇小说在反映现实生活上有它的优越性,它反映得比较快,从一个片段就可以让人们感受到巨大的问题;而且由于读者忙于生活,因此它的兴起是有其社会基础的。"五四"时期新文学还处于开创时期,鲁迅就说,当时"中国于世界所有的大部杰作很少译本,翻译短篇小说的却特别的多";所以初期作品多是短篇小说是可以理解的。长篇小说的创作需要更多的生活和艺术的积累,一时还没有成功的作品出现。新文学第一个十年,我们所看到的长篇小说很少,只有王统照的《一叶》、张闻天的《旅途》、张资平的《冲击期化石》等很少的几部,而且应该讲艺术上是不成熟的。直到 20 年代末和 30 年代初,才出现了突破,接连产生了像茅盾的《蚀》三部曲,老舍的《老张的哲学》、叶圣陶的《倪焕之》、巴金的《灭亡》,以至后来茅盾的《虹》《子夜》;而《子夜》就是现代长篇小说发展趋于成熟的一个标志,是带有划时代意义的标志。瞿秋白同志当时就指出:"一九三三年在将来的文学史上,没有疑问地要记录《子夜》的出版……这是中国第一部写实主义的成功的长篇小说。"①瞿秋白同志的话,到现在已经过了半个世纪,但事实证明它经得起历史的考验,因为它准确地说明了茅盾在现代文学史上的地位。

每个作家都有自己喜欢的文学体裁,鲁迅喜欢短篇小说,甚至翻译也着

---

① 瞿秋白:《〈子夜〉和国货年》。

重译短篇，后来译《死魂灵》是因为找不到合适的短篇才译长篇的。有的人喜欢诗，有的人喜欢戏剧，当然也有擅长多种体裁的作家，但一般地讲，十八般武艺样样精通是很难的；一个作家总有一种自己最感兴趣、最擅长的文学形式，茅盾最喜欢的形式就是长篇小说。为什么他对长篇小说那么有兴趣呢？这和作家的创作意图和创作构思有关；他从来就注意要反映时代精神，反映社会的全局及其发展，反映社会的尖锐矛盾和重大题材。因此，他所构思的小说的容量就很难用一个短篇容纳进去。他在《我的回顾》一文中谈到他创作长篇小说的缘起时说："那时候，我觉得所有自己熟悉的题材都是恰配做长篇，无从剪短似的"，"总嫌几千字的短篇里容纳不下复杂的题材"；"一九二八年以前那几年里震动全世界、全中国的几次大事件，我都是熟悉的，而这些'历史的事件'都还没有鲜明力强的文艺上的表现……我以为那些历史事件须得装在十万字以上的长篇里这才够抒写个淋漓透彻"。这些话不仅说明长篇小说的大量出现是适应时代的需要产生的，而且也揭示了茅盾长篇小说的一个基本特点，即无论在题材的选择或主题的开掘上，他都注意它的时代性和重大性。他自觉追求作品要具有广阔的历史内容和鲜明的时代特点，追求能反映时代脉搏及其发展方向的重大题材；如果用一句话来概括，就是史诗性。我们如果把他的作品按所反映的时代顺序排列起来，从"五四"前后到全国解放，中国新民主主义革命时期三十年间的历史风貌、动荡的社会现实，在他的作品里都得到了鲜明的反映。在《外文版〈茅盾选集〉序》中他曾说："《蚀》与《子夜》在发表时，曾引起了轰动，其原因，评论家有种种说头，但我总以为我敢涉足他人所不敢写而又是人们所关注的重大题材，是原因之一。例如直接反映一九二七年大革命的作品，除了《蚀》，似乎尚无其他的；在三十年代，以民族资产阶级及买办资产阶级作为描写对象的，也只有《子夜》。这并非三十年代的作家中没有才华如我者，而是因为作家们的生活经验各不相同。"《蚀》和《子夜》这样的作品所以引起了社会上强烈的反应，不仅因为它的题材的重大性为人所周知，而且它写的是人们所普遍关心并希望得到答案的现实问题；但因为事情太大，距离又近，所以很难写，这就要求作家具有正视社会现实的勇气和责任感。就像前几年人们希望看到写"文化大革命"的作品那样，希望有作家敢于写出生活的真实来。而茅盾一开始就有那么一种精神，一种作家的责任感，所以《蚀》

三部曲一出现就引起那么大的轰动,不能完全从艺术成就上来解释。我并不是低估它艺术上的成就,但更重要的是大革命刚刚过去了,中国革命从城市到了农村,在新的社会动荡面前,人们强烈要求对所经历的重大历史性事件得到真实的反映和说明,而《蚀》就适应了这一要求。就现代文学史来考察,全面反映那场大革命的,确实只有茅盾的作品。这除了生活经历这个条件以外,作家有勇气表现社会所需要的和人们所关心的重大题材,不能不说是这部作品的一个特点。《子夜》也是如此,茅盾在谈到他的创作意图时说:"我是打算通过农村与城市两者对比,反映出那个时候的中国革命的整个面貌"①,"大规模地描写中国社会现象"②。他的作品总是在题材和主题上注意它的史诗性,这样的例子很多。比如《霜叶红似二月花》,茅盾在新版《后记》中说:"本来打算写从'五四'到二七年这一时期的政治、社会和思想的大变动。"而《锻炼》则原计划写整个抗战八年,要写五部连贯性的长篇,他"企图把从抗战开始至'惨胜'前后八年中的重大政治、经济,民主与反民主,特务活动与反特斗争等等,作个全面的描写"③。虽然这两部作品都没有照原计划完成,但就他的全部创作看来,他的这种"史诗"式的创作意图是得到了实现的。他眼界开阔,看得深远,对创作的要求一向很严格。他要求"在横的方面",要洞察"社会生活的各环节";"在纵的方面",要透视"社会发展的方向"。④ 应该说,这正是革命现实主义创作所应具有的基本条件。恩格斯称赞巴尔扎克的《人间喜剧》"给予了我们一部法国'社会'的卓越的现实主义的历史",认为他从中"所学到的东西也比从当时所有专门历史家、经济学家和统计学家的全部著作合拢起来所学到的还要多"⑤。这里深刻地指出了现实主义作品的巨大艺术力量,而茅盾正是把它作为自己意识的追求目标的。他的整个作品为我们提供了一部从"五四"前夕直到解放战争胜利前夕的中国社会革命的通史,简直是一部"编年史"。现代中国的社会风貌及其变化,各阶级的生活动向及彼此间的冲突,在茅盾的作品里都得到了比较

---

① 茅盾:《茅盾选集·自序》。
② 茅盾:《〈子夜〉后记》。
③ 茅盾:《〈锻炼〉小序》。
④ 茅盾:《〈茅盾自选集〉序》。
⑤ 恩格斯:《给哈克纳斯的信》。

充分的艺术反映。王若飞同志的一篇文章,题目叫作《中国文化界的光荣,中国知识分子的光荣》,在文中他代表党中央对茅盾的文学业绩作出了很高的评价,其中说:"他的创作年代正好是中国民族和中国人民解放事业大变动的时期,中国这个大时代的潮汐都反映在茅盾先生的创作中。"①茅盾这种自觉追求主题和题材的重大性、史诗性的创作特色,对于现代乃至当代长篇小说的创作是有重大影响的,而且可以说开创了一个好的传统,这就是注意作品的社会性,努力把握时代的脉搏和精神,展开广阔的历史画面,写出历史发展的趋向。可以说自《子夜》以后,这已经成为许多革命作家共同的艺术追求、长篇小说的一个传统;这个传统应该说是茅盾开创的。后来出现的一些著名作品,如写土改的《太阳照在桑干河上》《暴风骤雨》,直到当代的长篇《创业史》《红旗谱》《青春之歌》《保卫延安》《上海的早晨》,等等,都可以说是具有"史诗性"的作品。它们的题材都具有巨大的历史内容,作家都希望能够勾画出一定时期的历史的轮廓,能够从一个侧面写出那个时代的某些主要特点。茅盾所开创的这一长篇小说的创作特色,大大丰富和发展了现代文学的革命现实主义传统。

茅盾既然企图反映巨大复杂的生活内容,必然也要求文学的表现方式有所发展。所以,无论在结构形式或者人物性格塑造上,他和鲁迅的风格是不同的。鲁迅写短篇,多用白描手法。茅盾的作品则着重表现人的社会关系和人物性格的多面性与复杂性。茅盾有部小说题名《多角关系》,其实他的每部作品都是描写人与社会、人与人之间的多角关系的;他从不同的角度来展现人物性格的复杂性,因此他笔下的人物形象有一种立体感,是油画型的。因为他首先要表现的是时代生活的复杂性,所以写人物性格,也从不同角度来多方面予以表现。他的许多谈创作体会的文章,都讲不能够只站在一个角度观察人,要跟着他一直深入到他最隐秘的生活。他注意写大事件,但并不忽略小事件;不仅写人物性格的主要特征,而且也注意写人物所独有的细微的小特点。"细节的真实"是现实主义创作的必要条件,茅盾就说:"你写一个优柔寡断的人物……你固然要从一些大事件上烘托出这'人

---

① 见 1945 年 7 月 9 日延安《解放日报》。

物'的性格,然而也极需要从许多小事件上烘托出来。"①他十分重视生活的真实,善于从多方面的错综复杂的社会关系及其变化中写出人物的性格和发展;这些特点和经验都是丰富了"五四"以来的现实主义传统的。除了人物性格的塑造以外,在布局结构等表现方式上茅盾的作品也有许多新的创造。在《〈子夜〉是怎样写成的》一文中,他不但谈了他对全书的构思和布局,而且提出了"在结构技巧上要竭力避免平淡",把好几个线索的头同时提出来然后交错地发展下去。这就使他的作品与鲁迅小说的结构布局有所不同。鲁迅写的是短篇,多采用单纯严整的结构,布局很紧凑;而茅盾则追求比较宏大复杂的结构,人物众多,情节线索纷繁,但又是严密完整的。当然,茅盾的创作也有个发展过程,他的《幻灭》还是以静女士经历为主线的单线结构,到了《动摇》,就是两条线索了。《子夜》虽然没有把农村生活组织进去,但多种线索交织纷繁,充分显示了作者在结构布局上的新的成就;后来一直到《锻炼》的写作计划,他的作品都是规模很大,人物关系复杂,人物在彼此交错中互相影响并向前发展。这种把多种线索交织在一起,从不同的角度来写出人物性格,有利于表现社会生活的复杂性,也便于揭示各种矛盾之间的联系和影响,从而使读者对整个时代风貌有所感受,并可以体会到它的发展趋向。这就是说,即在艺术表现力的探索和创造上,他对丰富和发展"五四"以来的现实主义传统也是有重大贡献的。

由"五四"开始的现代文学,提倡忠于生活、正视现实,反对"瞒与骗的文艺",追求用文学来推动社会的改革与进步,这就必然要求作者站在时代的前列,解放思想,重视艺术,勇于揭示社会矛盾和表现自己的爱憎倾向。与这种要求相适应,无论在思想内容或艺术表现上,当然都要求文学具有时代精神、具有现代化的特点。这就是以鲁迅为杰出代表的革命现实主义传统的主要精神。随着时代的前进和发展,不仅人们认识和变革现实的能力在不断深化和进步,反映现实和艺术实践的经验也在不断积累和丰富,所以革命现实主义本身就是一个不停滞的发展着的历史性范畴;而在这个发展中的长河中,就凝聚着许多杰出作家的艺术经验的积累。就现代文学史说,茅盾,就是以他的创作成果对这个宝贵传统作出了重大贡献的作家。

---

① 茅盾:《创作的准备》。

最后讲一点，就是，茅盾在文艺批评上的贡献。大家都知道，批评家的茅盾是先于小说家的茅盾的，即使在他开始小说创作之后，也仍然是不断地进行文艺批评、考察文学状态的。他是我们"五四"以来卓有成就的文艺批评家。

我不想更多地从理论上阐述。我觉得，作为一个批评家，能够敏锐地看出一个作家的特点，看出他的贡献，这就是一个很了不起的事情，就像大家熟知的俄国的别林斯基对果戈理那样。我们现代文学最伟大的作家是鲁迅，但认识一个人是需要一个过程的，现在研究鲁迅的文章和书籍很多，但如果历史地考察一下，可以说最早认识和肯定鲁迅的伟大成就的批评家，就是茅盾。1921年鲁迅的《故乡》刚发表，茅盾即在同年8月《评四五六月的创作》一文中指出《故乡》的中心思想是悲哀那人与人中间的不了解，隔膜。造成这不了解的原因是历史遗传的阶级观念"，并且说他"最佩服的是鲁迅的《故乡》"。1922年《阿Q正传》刚发表前四章，茅盾就断定它是"杰作"[①]。鲁迅《呐喊》出版后，当人们还存在着不同看法的时候，1923年10月，茅盾发表了《读〈呐喊〉》，把鲁迅小说和"五四"新文学运动联系起来考察，指出《呐喊》在内容上充分体现了"五四"文学革命"无情地猛攻中国的传统思想"的时代精神，在形式上也具有革命的创新精神，"是创造'新形式'的前锋"。20年代末，当有人从"左"的方面否定鲁迅时，茅盾在《鲁迅论》《读〈倪焕之〉》两文中有力地批驳了那种"以为《呐喊》的主要情调是依恋感伤于封建思想的没落"的错误观点。在鲁迅研究的历史上，有些文章是有划时代的意义，具有很高的文献价值的。其中，首先就是茅盾的文章，以后还有冯雪峰的《革命与知识阶级》，瞿秋白的《〈鲁迅杂感选集〉序言》，一直到毛泽东同志的《新民主主义论》。这反映了我们对一个伟大作家的不断认识的过程，而第一个把鲁迅的创作当作"五四"新文学的主流的就是茅盾。一个民族没有产生伟大的作家是可悲的，有了伟大作家而不认识他的价值和意义，也是令人惋惜的。因此首先对鲁迅作出比较符合实际的肯定的评价，是茅盾作为文学批评家的第一个贡献。

---

① 茅盾:《通信·答谭国棠》。

茅盾对文学批评的第二个贡献,可以说他是现代小说批评或文艺批评的开拓者之一。过去的小说批评,历史上只有评点式,很少有系统的理论和分析。清末文学改良运动提倡"小说革命",开始认识到小说有改革社会的作用,出现了一些例如梁启超的《小说丛话》之类的评论,但没有摆脱评点派的影响,并且只注意小说内容,不注意小说的特点,仍像一般评点诗文那样评论小说。在"五四"新文学运动中,开始出现了现代文艺批评,包括小说批评。所谓"现代"文艺批评包括两方面的含义,第一是在内容上紧密配合"五四"时期思想文化战线上的反帝反封建的革命任务,有它的倾向性和立场,猛烈攻击旧文学,热情倡导新文学。第二是它运用西方现代的文学观念进行批评,注重作品的艺术特点和表现方式。茅盾就是这种现代文学批评的主要组织者和实践者之一。1921年《小说月报》改革以后,他不仅是编辑,而且写了许多文学批评的文章。1921年4月发表的《春季创作漫评》是最早的综述一个时期小说创作的文艺批评文章,它通过多篇作品的考察,鸟瞰式地指出了当时创作的倾向。接着《小说月报》还开辟了"创作讨论"栏,组织作家发表"创作谈";专设了"创作批评"栏(后改为"读后感"栏),声明特别"收容读者对于创作的批评"。如果我们把现代文艺批评作为一门科学来考察,茅盾的历史贡献是不容置疑的。正是在茅盾的组织和倡导下,《小说月报》通过评论、杂谈、通信、读后感等各种形式,发表了大量的文艺批评文章;影响所及,许多刊物上的文学评论文章也多起来了。而茅盾自己当时所写的一些文章就显示了"五四"时期现代文艺批评的水平,并且产生了很大的影响。

　　更重要的,作为一个批评家,茅盾一方面对一些有重大影响的作家作了全面系统的考察,对他们的创作思想、艺术特色进行了细致的分析和评价。另一方面,就是发现崭露头角的"新秀",对他们热情地加以扶植。我们现在看30年代茅盾写的许多篇作家论,基本上是用马克思主义的历史唯物主义观点对作家进行研究和批评的;马克思主义理论修养的深厚,是茅盾的突出特点,这既对他的创作有影响,也影响到他的文学批评。20年代末30年代初茅盾写的作家论,如《鲁迅论》《王鲁彦论》《徐志摩论》《庐隐论》《冰心论》《落花生论》,基本上是运用马克思主义观点来考察作家作品与社会生活、时代思潮的关系;对作品的社会意义和艺术特点作出了科学的评价,有许多论点是十分精辟的。如对鲁迅和王鲁彦农村题材作品的不同社会内容和意义的比较；对庐隐"是'五四'的产儿"的论断和联系社会思潮对她前后期作品的不同评价；对徐志摩"诗情枯窘"的原因的分析；对冰心思想发展过程的分析和对落花生作品中"市民哲学"的分析等，都是严密细致而有说服力的。当然，由于当时的历史条件，这些文章一般都着重于创作思想的分析，但他对艺术特点也并非不重视，在《王鲁彦论》中就强调指出："小说就是小说，不是一篇'宣传大纲'，所以太浓重的教训主义色彩，常常会无例外的成了一篇小说的 menace 或累坠。"这是符合马克思主义的文艺观点的。茅盾的这些作家论，在当时不仅帮助了读者认识作家和作品，而且因为他评论的多数作家还正在进行文学活动，所以也起了帮助作家向前发展的作用。另外一些作家，开始还是初登文坛的青年，茅盾及时地给予扶持，热情地评介他们的作品，对培养新的文学力量作出了重大贡献。如对沙汀（《法律外的航线》）、臧克家（《一个青年诗人的〈烙印〉》）、田间（《叙事诗的前途》）、葛琴（《〈窑场〉及其他》）、碧野（《北方的原野》）、郁茹（《关于〈遥远的爱〉》）、于逢、易巩（《读〈乡下姑娘〉》）等等，我们可以开列出一大批名单。这些作家在尚未引起人们注意的时候，茅盾敏锐地看出了他们某一方面的特点和倾向，及时地予以鼓励。历史证明，多数作家是照着他所指出的趋向发展的。

我不想从理论上更多地论述茅盾对文学批评的贡献，我想，作为一个批评家，他能够认识我们时代最有成就的作家，认识他的主要成就是什么；对有重大影响的作家能够勾画出他的发展轮廓，对他的作品进行认真的分析；对新出现的优秀作家和作品能够及时地予以肯定，这个批评家就够伟大的了。如果你再指摘他过去文章的某些论点还不符合今天的观点，这就近于苛求了。我以为仅从上述三点看，作为批评家的茅盾也是有不可磨灭的历史贡献的。

原载 1984 年 6 月《茅盾研究》第 1 辑，署名王瑶。收入《王瑶全集》第 5 卷《中国现代文学史论集》（河北教育出版社，2000 年版）。

《怀旧》略说

　　《怀旧》是鲁迅的第一篇创作小说,也是鲁迅用文言文写成的唯一的一篇小说。它写成于《狂人日记》发表前七年,辛亥革命刚刚发生不久的1911年冬天。由于时代条件和"五四"时期不同,也由于它是用文言文写的,在1913年4月《小说月报》发表的当时,并没有引起热烈的反响;以后研究现代文学史和鲁迅作品的人,也多从《狂人日记》讲起,因此它的重要性往往被忽略了。其实无论从现代文学的时代特色或构成鲁迅小说创作的风格特点说,它都具有开端性质的历史意义;而且更重要的,作为一篇短篇小说,它本身的思想艺术价值就是值得重视的,我们今天读起来仍然会感到它的艺术力量。它之所以在当时或以后没有引起应有的重视,完全是时代的原因;当时社会上还没有如"五四"新文化运动掀起的那种震撼人心的革命浪潮;作为小说创作,《怀旧》的思想艺术特色毋宁说是一种孤立的现象。他不仅不同于晚清的谴责小说以及民国初年流行的黑幕小说、"鸳鸯蝴蝶"之类,而且也不同于受到外国文学很大影响的如苏曼殊的《断鸿零雁记》等小说;即使有人对它加以赞赏,也是隔靴搔痒,不得要领。如当时《小说月报》编者恽铁樵曾在发表时批注推荐说:"曾见青年才解握管,便讲词章,卒致满纸饾饤,无有是处,极宜此等文字药之。"他虽然也看到了这篇小说的白描手法的一些特点,但完全是从传统词章的观点讲评的。如果我们要在小说创作中找寻同它有类似特色的作品,那就只有从"五四"以后的现代小说中才能找到。这就是说,除过它是用文言写的以外,在精神上或风格上它都是"现代的",我们可以把它看作是现代作品的发轫。

　　鲁迅曾说过《狂人日记》《孔乙己》《药》等作品的出现"显示了'文学革命'的实绩",因为它们的"'表现的深切和格式的特别',颇激动了一部分青年读者的心",并说这是由于受了欧洲文学影响的缘故。^① 这些作为文学革命实绩的作品的特点,当然也是鲁迅"五四"时期小说创作的特点,除过激动人心这种巨大的社会影响是当时所特有的时代条件以外,其余如接受外国文学影响使作品达到表现的深切和格式的特别等因素,在《怀旧》中都是十分明显的。鲁迅说他"五四"时期开始写小说时只看过百来篇外国小说,其余什么准备也没有^②;又说他从外国作品中明白了世界上有两种人,压迫者和被压迫者,^③因此他的小说就多写"上流社会的堕落和下层社会的不幸"^④。我们知道鲁迅大量阅读外国作品是在决定弃医从文以后的1906 年到 1909 年,也就是说在《怀旧》创作之前这些条件就已经具备了。他已经决定要以文学作为自己的事业,已经翻译介绍了安特列夫和迦尔洵的短篇小说,希望"异域文术新宗,自此始入华土,使有士卓特,不为常俗所囿"^⑤,这就是说要学习外国小说的某些表现方式,突破传统的写法;而《怀旧》如同他以后的小说那样,就是以外国近代现实主义的方法来写上层和下层人物在同一背景中的不同反应的,从而真实地写出了他们"辛苦恣睢而生活"和"辛苦麻木而生活"的精神面貌。尽管在此之前,鲁迅已经根据希腊历史故事改写过小说《斯巴达之魂》,翻译过雨果的《哀尘》,但这都在他弃医从文之前,它只说明鲁迅是一个充满激情的爱国主义者和他对文学的爱好和兴趣是从浪漫主义开始的;而在写《怀旧》的时候,他已经抱着"揭出病苦,引起疗救的注意"^⑥的心愿,转为对现实的凝视,并致力于小说创作了。因此除过它本身的成就值得重视以外,《怀旧》对于我们理解鲁迅后来小说的创作思想和艺术特色,也是有帮助的。

《怀旧》的情节与人物取材于江南农村小镇,鲁迅对这样的小镇生活和所描写的人物十分熟悉。小说的主要情节是写小乡镇上因传有不明身份的革命军要来而引起的波动。这一波动涉及了各个阶层,恰如"风乍起,吹皱

---

① ⑥　鲁迅:《且介亭杂文二集·〈中国新文学大系〉小说二集序》。
② 　鲁迅:《南腔北调集·我怎么做起小说来》。
③ 　鲁迅:《南腔北调集·祝中俄文字之交》。
④ 　鲁迅:《集外集拾遗·英译本〈短篇小说选集〉自序》。
⑤ 　鲁迅:《译文序跋集·〈域外小说集〉序言》。

一池春水",但又并未给任何人造成悲欢离合的遭遇。仅仅一天的时间,这场虚惊就已过去,波动趋于平息,旧的生活秩序又重新恢复了。我们知道写辛亥革命的痛心的失败是鲁迅小说的一个重要内容,《阿Q正传》《药》等名篇都是以这一重大历史事件为背景的。但鲁迅对这场革命的感受并不是后来才有的,在散文《范爱农》里,我们已经看到光复后绍兴的"招牌虽换、货色依旧"的实际情况,就在1912年,鲁迅已经发出"狐狸方去穴,桃偶已登场"①的沉痛感慨,而《怀旧》就是鲁迅刚刚目睹了盼望已久的推翻清王朝的革命在小城镇怎样走了过场,目睹了当时上流社会怎样应付革命的投机表演,并痛心地观察到下层群众的生活毫无变化及其对于革命的麻木无知之后写出来的。尽管总结这一场革命还需要时间,还需要更多的探索和思考,但鲁迅从广大人民是否觉醒并是否参加了革命的角度来考虑问题,看到封建统治者的地位丝毫没有动摇的现实,他及时地把自己的生活感受用小说的形式反映出来了,这就使得《怀旧》在"表现的深切"上达到了远远超过当时作品的新的高度。

小说中描写的两个乡镇上层人物塾师"秃先生"与富户金耀宗对待革命的既惶恐又密谋应变的态度,在当时的环境下具有很高的概括性。从"府尊"到类似《阿Q正传》中举人老爷的"何墟三大人",再到当地的金耀宗和为他出谋划策的秃先生,是一个严密的统治网;他们本能地敌视对现有秩序的任何冲击,千方百计地维护既得的地位和利益。他们对革命是恐惧的,并不像一般群众那样漠不关心,革命军要来的消息就是从"三大人"那里传来的。小说着重描绘了秃先生的形象。秃先生一边为学童滥解《论语》曰"孔夫子说,我到六十便耳顺,耳是耳朵。到七十便从心所欲,不逾这个矩了",一边"战其膝,又大点其头,似自有深趣",一副昏庸腐朽的"冬烘"姿态;他平时以"仰圣"自居,但一到时世有变,立即露出"仰三大人也,甚于圣"的本来面目,是一个典型的为封建统治者帮闲的人物。金耀宗的"拥巨资,而敝衣破履,日日食菜,面黄肿如秋茄"的形象,颇与《儒林外史》中的守财奴严监生相似,但鲁迅没有着重谴责他们的个人品质,而是在读者对他们的身份有所了解后,就置之于社会生活的骚动之中。在革命军将要到来的风声

---

① 鲁迅:《集外集拾遗·哀范君三章》。

里,地主金耀宗"如见眚而呼救",尽管他不辨"粳糯""鲂鲤","识语殊聊聊",对于"箪食壶浆以迎王师"的投机权术却素有"家训",急于找秃先生商量对策。秃先生也的确不辜负他的厚望,深知他们共同的利害所在。他不仅诬蔑革命军为"山贼""乱人","运必弗长",而且对于金耀宗投机应变的企图心领神会。这个"能处任何时世,而使己身无几微之痛"的善于帮闲的"智者"建议对革命军既"不可撄","亦不可太与亲近",要保持小心谨慎、若即若离的态度,观察形势,以便官军回来时有回旋余地。革命军最后并没有到"芜市",但这一次密谋却生动地表现出这两个人物对于革命的符合他们身份和性格的反应。

属于下层人物的阍人王翁和李媪对革命则处于严重的麻木状态,引起金耀宗等人慌乱的革命军即来的消息,对于他们的影响不过是"弗改常度";到了晚上仍是"出而纳凉""谈故事",只不过这一天谈的都是有关"长毛"的怀旧的传说罢了。虽然他们平日也对耀宗"特傲",但一点也不理解革命为何物。普通群众也只是"悉函惧意","惘然而行"地逃难;何墟人奔芜市,芜市居民争走何墟,仓皇失措。正如鲁迅后来所慨叹的那样:"中国的百姓是中立的,战时连自己也不知道属于那一面,但又属于无论那一面。强盗来了,就属于官,当然该被杀掠;官兵既到,该是自家人了罢,但仍然要被杀掠,仿佛又属于强盗似的。这时候,百姓就希望有一个一定的主子,拿他们去做百姓,——不敢,是拿他们去做牛马,情愿自己寻草吃,只求他决定他们怎么跑。"[①]革命军要到来的消息所引起的混乱就充分地表现了当时人民所处的这种奴隶地位。到证明消息是误传时,"秃先生大笑","众亦笑,则见秃先生笑,故助笑耳"。作品以平淡笔调描绘的人民群众对于革命的不了解不关心、隔膜冷淡的态度,深刻地反映出辛亥革命缺乏人民支持的致命弱点。鲁迅正是出于对国家前途与民族命运的强烈关注,才把这些凡人小事作为自己创作的题材,真实地写出了当时环境下他们的精神面貌。就像《风波》中"皇帝坐龙庭"在临河土场上引起的那一场风波,我们从《怀旧》里几个平凡人物的行动中嗅到了时代的气息,看到了辛亥革命这一历史事件的折光。

鲁迅在《怀旧》中是用一个儿童的口吻以第一人称写的,他将几个生活

---

① 鲁迅:《坟·灯下漫笔》。

片段串联在一起，构成一幅完整的时代风云中的世态图，就像成功的绘画那样，它抓住整个动态过程中最有特色的一瞬间，使人们从表面的静止中感到那动荡的深度与广度。为了艺术上的完整，也为了更好地揭露出秃先生的面目，小说用了不少笔墨描写了童子在封建教育制度下不得不整天枯坐，学一些根本不懂的东西，天真活泼的性格受到压抑，以致晚上做梦都在受秃先生的叱责。这些与儿童日常生活密切相关的细节不仅使读者对童子的性格与心情有了细致的了解，而且使读者真切地感受到辛亥革命发生时的时代特征与社会特征，也使秃先生的形象更加生动和真实。更重要的，这样可以使作者所选取的上层和下层的生活画面能够有机地结合起来，写出社会生活的全貌。很清楚，金耀宗、秃先生同王翁李媪是分属于两个不同的生活圈子的人物，但他们与学童的生活又都有着或远或近、或亲或疏的联系。一方面学童被迫受教于秃先生，整天在那里枯坐读书；另一方面，他的生活又受着女佣李媪的照料，他的未被泯灭的童心使他更愿意与勤劳朴实的王翁李媪在一起，这就使这个儿童既能看到书房内秃先生与金氏的不自觉的表演，又能自然地记下了青桐树下不为大人物所关心的乡村野老们的闲言碎语。就在这样的结构中，作者使思想内容与艺术形式取得了比较完美的结合。

由于儿童还没有受到社会上的利益和偏见的拘牵，他的天真纯朴和好奇的眼光往往能够透视生活的真相。和《孔乙己》相似，《怀旧》也是通过儿童的眼光去观察生活的。这是一个还没有学会虚伪，没有学会"为尊者讳"的九岁的孩子，所以才会有例如先生讲书时"余都不之解，字为鼻影所遮，余亦不之见，但见《论语》之上，载先生秃头，烂然有光，可照我面目；特颇模糊臃肿，远不如后圃古池之明晰耳"的类乎讽刺的观察与感觉；才会在风潮将至时，有"先生往日，惟遇令节或年暮一归，归必持《八铭塾钞》数卷；今则全帙俨然在案，但携破箧中衣履去耳"的如实描绘；也才会对秃先生与金氏的交谊有"耀宗曾以二十一岁无子，急蓄妾三人；而秃先生亦云以不孝有三，无后为大，故尝投三十一金，购如夫人一，则优礼之故，自因耀宗纯孝"的儿童式的简单推理；这些都使我们阅读时不时为作品中天真地表露出来的幽默与讽刺发出会心的微笑。同样，当儿童的眼光转向他所爱戴的人物时，便照出了这些人的可悲的麻木与无知。我们看到他直觉地判断着："长毛来而秃先生去，长毛盖好人，王翁善我，必长毛耳。"然而这判断却被王翁轻易地否定了。我们还可以从孩子"思倘长毛来，能以秃先生头掷李媪怀中"的遐想，孩子对长毛事满怀好奇与疑问时"李媪则力握余手禁余，一若余之怀疑，能贻大祸于媪者"这段话所流露的不以为然的情绪等细节中，看到睁了求知的双眼观察周围世界的儿童对这些麻木的不觉悟者的不满与失望。正是通过儿童对各阶层人物的观察以及这种观察在作品中的穿插交织和自然结合，作者的爱憎倾向才得以明确而又毫不牵强地表现出来。小说的最后以学童与李媪的内容截然不同的噩梦作结，它只用了夜半时分的几句对话，就寓意深远地写出了没有觉悟的李媪不能不接受统治者对于"长毛"等革命者的诬蔑，情愿平平安安以便脱离"长毛"的噩梦，以及满怀童心的儿童仍然不能不重新回到日夜都想摆脱的噩梦一般的现实，使读者在掩卷之后仍不能不深思这噩梦一般的社会与生活究竟还要延续到何时！

通观《怀旧》全篇，我们可以看到，它不仅在"表现的深切"上有别于传统的和当时的小说，而且在"格式的特别"上也取得了突出的成就。中国的短篇小说虽然历史悠久，但无论是从唐人传奇到《聊斋》的文言小说，或者从宋元话本到"三言二拍"的白话小说，都是以叙述有头有尾的故事发展过程为主要特色，因此着重在情节的奇异和巧合；"传奇""志异""奇观""怪现状"等名称就说明了它的特点。实际上它是一种以故事为主的压缩了的长篇，而不是如鲁迅所强调的"借一斑略知全豹，以一目尽传精神"的截取生活片段的写法，这种情况直到"五四"文学革命以后才有了改变。我们知道无论创作或翻译，鲁迅一向都是提倡短篇小说这种体裁的；他所说的《狂人日记》《孔乙己》《药》等作品的"格式的特别"，就是指它们是借鉴了外国短篇小说的表现方式而言的。鲁迅把长篇譬作宏丽的"大伽兰"，而短篇则只是这宏伟建筑的"一雕阑一画础"，它只是整体的局部而非具体而微的模型；它"虽然细小，所得却更为分明，再以此推及全体，感受遂愈加切实"。① 值得注意的是这些特点在《怀旧》中已经基本具备了。它所着重的是真实而不是巧合，是人物和环境而不是故事和情节；它只写了几个生活片段，就概括地把时代环境和不同人物的精神面貌写出来了。捷克著名学者普实克认为《怀

---

① 鲁迅：《三闲集·〈近代世界短篇小说集〉小引》。

旧》是"中国现代文学的先声","完全是一部新的现代文学的作品,而绝不属于旧时代的文学"。正是从它的表现方式来看的。所以他说:"断断续续的谈话无需直接描写,就把人物展现在我们面前,表露出用别的写法无法描述的各种关系,揭示出直截了当的描写绝对写不出的人物的心灵以及他的犹疑和细致入微的思想感情。"①这种成就的取得当然与外国文学的影响有关,如鲁迅所说,这是产生"格式的特别"的主要原因;但由于它是为反映中国的现实生活服务的,而且还吸取了传统的笔记野史的一些特点,因此除过丰富了作品的艺术表现力之外,读者感到的是清新而不是生疏和隔膜。"五四"以后具有现代特点的短篇小说大量产生了,这种新的"格式"已经为人们所熟悉,但从历史发展的观点来看,《怀旧》确实是现代文学的先声。

从鲁迅自己的创作说,《怀旧》与《呐喊》《彷徨》中的许多作品有着明显的"血缘"关系。首先,《怀旧》所反映的社会问题,是鲁迅以后许多年一直深入考虑的问题。从《怀旧》可以看出,鲁迅从辛亥年冬天开始就已经在严肃地思考着中国革命与农民的关系问题了。《药》《阿Q正传》等作品事实上早就孕育在《怀旧》的写作时期了。其次,在艺术上,鲁迅始终保持了他从《怀旧》开始的现实主义的创作方法,通过社会下层和上层人物的生活的如实描绘,反映深刻重大的社会主题。当然,随着时代的前进和创作经验的丰富,他的眼光也更为敏锐,作品的艺术成就和典型性也更高了。这是因为到了创作《呐喊》《彷徨》时,鲁迅已经"见过辛亥革命,见过二次革命,见过袁世凯称帝,张勋复辟",认识到半封建半殖民地的旧中国是一间"绝无窗户而万难破毁的""铁屋子",要使"革命的前驱者"破毁这"铁屋子"的希望成为现实,是需要用文学发出更响亮的"呐喊"之声的。②但追本溯源,这种精神在《怀旧》中已经筝始。在表现方法上我们也可以感到这种"血缘关系":《风波》和《示众》的场景和布局,《阿Q正传》的讽刺笔调,《孔乙己》中通过小伙计的眼光来写人物的手法,赵七爷、赵太爷,以至举人老爷、七大人之流的行为的揭露,都可以从《怀旧》中体味到作家艺术构思的发展脉络。因此在鲁迅小说艺术的研究课题中,《怀旧》也占有重要的地位。

---

① 见《国外鲁迅研究论集》一书。
② 鲁迅:《南腔北调集·〈自选集〉自序》及《呐喊·自序》。

在鲁迅文学遗产的宝库中,《怀旧》虽然不能说是最重要的或代表性的作品,却无疑地是他走向高峰的一个重要的里程碑。由于鲁迅是中国现代文学的奠基人,《怀旧》同样也是中国现代现实主义小说创作的先声。这是一个响亮的声音,因为即使今天读来,作品仍然显示着它的思想艺术的光辉。

1983 年 11 月 15 日

原题《鲁迅〈怀旧〉略说》,载 1984 年《名作欣赏》第 1 期,署名王瑶。收入《鲁迅作品论集》(人民文学出版社,1984 年版),又收入《王瑶全集》第 6 卷《鲁迅作品论集》(河北教育出版社,2000 年版),均改题为《〈怀旧〉略说》。

《老舍选集》序言

　　老舍先生在中国现代文学史上的重要地位是人所周知的,但他对这门学科的建设也贡献过力量的事,知道的人就不是很多了。建国之初,"中国新文学史"开始进入了大学的讲坛,中央教育部规定它为大学中文系的必修课,并且组织了"文法学院各系课程改革小组"。其中"中国语文系小组"决定依照部定在 1951 年 6 月以前,各门必修课都要草拟一个教学大纲,印发全国有关各校施行。其中"中国新文学史"课程教学大纲的草拟工作,就是由教育部聘请老舍先生召集的;参加的还有李何林同志、蔡仪同志和我(原定有陈涌同志,他因事未能参加)。我记得商讨会是于 1951 年春天在老舍先生家里举行的,共有两次。那个"大纲"大家推我起草,后来李何林同志将起草经过和"大纲"条目以及选录的几篇重要文章,编为《中国新文学史研究》一书,于 1951 年 7 月由新建设杂志社出版。老舍先生当时讲的许多话现在我已记不清楚了,但有一点意见给我的印象很深,那就是文学史必须以作家作品为中心,不能光讲文艺运动和文艺论争。这在今天也许并无太多的新意,但在当时确实有其针对性,因此那个"大纲"也是努力这样作的。老舍先生很关心新文学作品在读者中的流行情况,但并不具体议论某一作家或作品。他认为作家应该以自己的作品来赢得读者,这是我在同他多次接触中所得到的总的印象。我以为这是值得效法的一种品德,从现代文学史的角度看,老舍先生作品的出现,就是促使新文学的读者面大为开拓的一个鲜明的标志。

　　中国现代文学从开始起就担负了思想启蒙的任务,因此就作品内容说,最初进入作家写作视野的,是作为启蒙者的知识分子和作为主要启蒙对象的农民。作家要求写出他们的生活、命运和追求,这是完全合乎规律的。但由此也带来一种后果,就是在"五四"以后的一段时间里,对中国城市中占很大比重的市民阶层没有得到应有的反映。他们对新文学仍然十分隔膜，市民文化阵地主要是被鸳鸯蝴蝶派所占据的。直到老舍先生的作品出现，才改变了这种状况。这不仅因为他的作品全面地反映了中国市民阶层的生活、思想与情绪，更重要的是老舍先生使这种反映成为真正的艺术。他的作品以其特殊的艺术魅力，征服了市民阶层以及其他阶层的广大读者，使现代文学的"根"更深地扎在中国普通人民（包括市民）的精神文化的土壤之中。熟悉现代文学史的人都知道，同消闲式的鸳鸯蝴蝶派作品争取读者的较量，是关系到现代文学生存发展的一场硬仗，应该说，老舍先生是以他的创作实绩取得了很大成功的。近来关于通俗文学和严肃文学的讨论很热烈，其实虽然由于不同的文化素养，读者可以分为不同的层次，但"严肃"与"通俗"绝不是对立的。目前为人们所谴责的那些东西，是既不严肃，也不能视为通俗文学的。谁都知道老舍先生文笔幽默，得到了各阶层读者的喜爱，难道从任何意义讲他的作品可以说是不严肃的吗？老舍所创造的艺术，从内容到形式（特别是作为形式基本要素的语言），都是现代的，同时又是民族的，可以说真正做到了"雅俗共赏"。他的一些艺术精品成为现代文学的典范，作者本人也成为现代文学史上有数的语言大师之一。其实，这些话对现代文学研究者来说，现在已经成为普通的常识；但这恰恰说明：经过半个多世纪的筛选和检验，老舍先生的地位和贡献已经得到了历史的确认。

那么，我们对于老舍先生及其创作的认识，是否已经到头了呢？当然不是。以前人说"好书不厌千回读"，老舍先生的作品就是属于"常读常新"的那类艺术；每读一遍人们都会有一些新的发现和启示，都能给人以新鲜的艺术滋养。我这次重读了经过舒济女士精心编选的这本选集，就再一次地感受到了这种新的"发现"的惊异和喜悦。按说像我这样多年从事现代文学研究工作的上了年纪的人，已经不大容易产生这种新鲜感了。我想，这不仅是因为这本书辑录了不少过去鲜为人知的老舍先生的作品（包括刚刚发现的《小人物自述》），更重要的是，这些作品本身的生活和艺术底蕴的深厚，作者本人个性的鲜明，它很自然地把读者带入了"不断创造"的新天地。

请读读《小人物自述》里的这段文字吧。在叙述了自己出生的艰难后，作者这样写道：

每逢看见一条癞狗，骨头全要支到皮外，皮上很吝啬的附着几根毛，像写意山水上的草儿那么稀疏，我就要问：你干吗活着？你怎样活着？这点关切一定不出于轻蔑，而是出于同病相怜。在这条可怜的活东西身上我看见自己的影子。我当初干吗活着？怎样活着过来的？和这条狗一样，得不到任何回答，只是默默的感到一些迷惘，一些恐怖，一些无可形容的忧郁。是的，我的过去——记得的，听说的，似记得又似忘掉的——是那么黑的一片，我不知是怎样摸索着走出来的。走出来，并无可欣喜；想起来，却在悲苦之中稍微有一点爱恋；把这点爱恋设若也减除了去，那简直的连现在的生活也是多余，没有一点意义了。

你能不为老舍先生的真诚坦露而深深地感动么？在这里，老舍先生向我们——每个读者打开了他心灵的窗户。这关于"你干吗活着？你怎样活着？"的思索，这"一些迷惘，一些恐怖"，这"无可形容的忧郁"，这"悲苦之中稍微有一点爱恋"——所有这些情感以及表达情感的方式，都是"老舍式"的。它向我们提供了理解老舍作品的一条线索，一条从作者的内在的、深沉的心灵世界去理解他的作品的线索。

"你干吗活着？你怎样活着？"这是老舍先生从自身艰难生活中提出的关于人生哲理的反思，饱含着内心的酸辛；但它同时又构成了贯串几乎老舍所有作品的内在的主旋律。在他的作品中所描绘的各种生存方式的背后，都响彻着这样的老舍式的"天问"，牵动着他的缕缕情思。

在收入本书的《月牙儿》里，被压迫的下层妇女曾经做过"自食其力，用我的劳力自己挣饭吃"的梦，却被无情的现实一次次地击碎，最后终于明白："钱比人更厉害一些，人若是兽，钱就是兽的胆子"；她选择了母亲的生存方式："卖一辈子肉，剩下的只是一些白头发与抽皱的黑皮"，同时又痛心疾首地呼喊："我爱活着，而不应当这样活着！"

——在老舍先生的代表作《骆驼祥子》里，另一位下层人的典型洋车夫祥子因理想破灭而沉沦时，他也看到了一条委琐的、瘦稜稜的癞狗，那正是祥子命运的象征："他明白了自己就跟这条狗一样……将就着活下去就是一切，什么也无须想了。"作者沉痛地作了这样的概括："人把自己从野兽中提拔出，可是到现在人还把自己的同类驱逐到野兽里去。祥子还在那文化之城,可是变成了走兽。"这里几乎是重复了《小人物自述》里上述作者自己的生活体验。这就表明:老舍先生在描绘下层人民的命运时,是浸注了他的全部感情的;从某种意义讲,也就是在写他自己。用作者的话说,就是"同病相怜"。因此,他不能不在客观描绘中注入自己的主观感受。面对着"人无论怎样挣扎,只能如动物般活着,人变成兽"这人世间最大的残酷,他和他的人物一起感到了"一些恐怖"与"一些迷惘"。"我招谁惹谁啦?""仗着力气与本事挣饭吃,豪横了一辈子,到死我还不能输这口气。"老舍先生和他的祥子(《骆驼祥子》)、裱糊匠(《我这一辈子》),为着不能掌握自己的命运,发出了同样的充满惶惑、愤激的声音。

老舍先生的作品中,还描绘了城市风光和那里人们的生活方式,那是与悠久而精致的文化传统联系在一起的。收入本书中的几篇散文《想北平》《济南的秋天》《济南的冬天》,以及《小人物自述》中,作者怀着不可言说的温情,绘下了一幅幅精巧的剪影:在北京,"几乎是什么地方既不挤得慌,又不太僻静;最小的胡同里的房子也有院子与树,最空旷的地方也离买卖街与住宅区不远",都市"紧连着园林、菜圃与农村,采菊东篱下,在这里,确是可以悠然见南山的"——这环境是"人为之中显出自然"的;"面向着积水潭,背后是城墙,坐在石上看水中的小蝌蚪或苇叶上的嫩蜻蜓,我可以快乐的坐一天,心中完全安适,无所求也无可怕,像小儿安睡在睡篮里"——这生活是"动中有静的"。① 这里的人呢,是那样的有模有样有气派!你瞧那身打扮:"青洋绉裤子,新漂白细市布的小褂,和一双鱼鳞洒鞋";你瞧那身技艺:"腿快,手飘洒,一个飞脚起去,小辫儿飘在空中,像从天上落下来一个风筝!"②还有那古道热肠的侠义性格,即使"自己的儿女受着饥寒",仍然到处救济别人,"人情往往能战胜理智"。③ 老舍先生一再强调,他自己和由这样的环境、人物、生存方式构成的北京传统文化之间的精神联系:"我的一切都由此发生,我的性格是在这里铸成的"④,"它是在我的血里"⑤。但是,随着中国社会迅速地半殖民地化,"东方的大梦没法子不醒了",人们还来不及思

---

① ⑤　老舍:《想北平》。
② ⑥　老舍:《断魂枪》。
③　老舍:《宗月大师》。
④　老舍:《小人物自述》。

索，这一切"都梦似变成昨夜的"了；"今天是火车，快枪，通商与恐怖！"⑥当"神枪沙子龙"意识到"他的世界已被狂风吹了走"，宣布"那条枪和那套枪法都跟我入棺材"，忍气吞声地躲在已经改成客栈的后院里①时，那老舍式的疑问"你干吗活着？你怎样活着？"的问题再一次提了出来，而它所唤起的情感，只能是"无可形容的忧郁"，悲苦中又含有挣脱不掉的"爱恋"。在这里，人物与作家的情感已经水乳般地交融在一起；这是老舍先生从心灵深处发出的一曲挽歌。

收入本书中的《何容何许人也？》与《新韩穆烈德》，一为人物速写，一为小说，但都写出了某些市民知识分子的内心矛盾及其特有的生活方式。老舍先生说："他们的生年月日就不对，都生在前清末年，现在都在三十五与四十岁之间（按：此文作于1935年）。礼义廉耻与孝悌忠信，在他们心中还有很大的分量。同时，他们对于新的事情与道理都明白个几成。……他们对于一切负着责任：前五百年，后五百年，全属他们管，可是一切都不管他们，他们是旧时代的弃儿，新时代的伴郎。"②老舍先生相当准确地写出了这群生活在古老中国向现代中国过渡的大时代里的知识分子，他们在新、旧冲突的夹缝中求生存的尴尬地位，以及他们"徘徊，迟疑，苦闷"的思想性格特征。作者在古老的中国大地上发现了"哈姆雷特"（译为"韩穆烈德"）的幽魂，"理智上的清醒认识与行动上的无所作为"构成了他们生存方式上的尖锐矛盾，"结果呢，还是努力维持旧局面而已"。"你干吗活着？你怎样活着？"这个问题又被尖锐地提了出来，知识分子的自省使他们陷入了更深的矛盾和痛苦。这些人，都是老舍先生的朋友，作者说"这群朋友几乎没有一位快活的"，"差不多都是悲剧里的角色"。③显然，这些朋友的影子中也有作者自己。哈姆雷特式的矛盾是作者虽然加以嘲讽但又确实曾经有过的，作者在剖析他的知识分子人物时，他也在或一程度上剖析着自己。因此，在他的笔下，既充满了嘲讽（一种自嘲），又含着脉脉的温情（一种自我宽解）。

从根底上说，老舍先生的内心感情是忧郁的，但他选择的表达方式却是

---

① 老舍：《断魂枪》。
②③ 老舍：《何容何许人也？》。

笑。收入本书的一篇散文里说："您看我挺爱笑不是？因为我悲观。"①我们正应该这样去理解和欣赏他的"幽默文"。请读读《多鼠斋杂说》："戒酒""戒烟""戒茶"，单这几个"戒"字，就道尽了抗战时期文人生活的窘迫，在自我解嘲中充满了辛酸。还有"衣"这段文章里那件吴组缃先生"名之曰斯文扫地的衣服"，在作者的笔下，却写成了它"给我许多方便——简直可以称之为享受！我可以穿着裤子睡觉，而不必担心裤缝直与不直；它反正永远不会直立。我可以不必先看看座位，再去坐下；我的宝裤不怕泥土污秽，它原是自来旧。雨天走路，我不怕汽车。晴天有空袭，我的衣服的老鼠皮色便是伪装"，在这种老舍式的幽默里，显示着在困苦中挣扎的中国文人传统的达观和倔强。不用细说，这字里行间，都闪现着老舍先生的身影：戴着那顶"经雨淋，汗沤，风吹，日晒""铁筋洋灰的泥帽"，穿着"自来旧"的布制成的"困难衣"，在尘土飞扬的公路上走着，走着……他从小在困苦中长大，任凭什么样的物质的、心灵的磨难都压不倒他！

　　就这样，我们在老舍先生几乎所有的作品中都看见了作者本人。在他描绘的社会生活与人物形象里，都熔铸了他自己的遭遇、理想、追求与个性。在外部世界的客观描写之下，奔涌着或是迷惘、忧郁，或是愤激、爱恋的作者情感的潜流。他的艺术世界是一个主客观交融的世界。正因为如此，在他的作品里，总是蕴涵着一种醇厚的诗意；如他自己所说，像《月牙儿》这样的作品，他是有着"以散文诗写小说"的自觉追求的②。老舍先生无疑是具有诗人气质的；本书就收了一篇题名为《诗人》的文章，他把诗人称之为"最快活，最苦痛，最天真，最崇高，最可爱，最伟大的疯子"，"要掉了头，牺牲了命，而必求真理至善之阐明，与美丽幸福之揭示，才是诗人"。这可以说正是老舍先生的自我写照：他不是为了真理，为了艺术，"舍身全节"，写下了最悲壮的生命之诗么？前面我说过，老舍先生在现代文学史上的最大贡献，在于他艺术地将市民阶层的命运和追求引入了现代文学领域；现在，我还要补充说：他是现代中国杰出的"市民诗人"。

　　老舍先生的作品不仅数量众多，而且他的脍炙人口的精品大都是长

---

①　老舍：《又是一年芳草绿》。

②　老舍：《老舍选集·自序》。

篇,要在一本篇幅不多的选集中选出可以代表他多方面成就的作品是很困难的。但正如鲁迅先生所说"借一斑略知全豹";本书编者舒济女士不仅与老舍先生父女情深,真正领受过作者品德的感召,而且参与了《老舍文集》的编纂工作,对作者的全部作品进行过深入的探讨和研究;经过她的精心编选,应该说,读者是可以从这本书中得到对老舍先生的人格精神和艺术成就的比较准确的了解的,因此我愿意把它推荐给爱好文学的广大读者。

1986 年 2 月 22 日于北京大学寓所

载香港 1986 年《读者良友》4 月号,署名王瑶。又载 1987 年《社会科学辑刊》第 1 期,改题为《老舍对现代文学的贡献——〈老舍选集〉序》,署名王瑶。收入《老舍》(香港三联书店、人民文学出版社,1988 年联合出版),又收入《王瑶全集》第 5 卷《中国现代文学史论集》(河北教育出版社,2000 年版)。

赵树理在现代文学史上的历史地位

一

赵树理出现在 40 年代解放区文坛上，是一个具有典型意义的文学现象，绝不是偶然的。

中国现代文学的性质与历史特点都决定了，它是为人民的文学；文学与人民的关系始终是现代文学历史发展的基本课题。"五四"时期提倡白话文，提出"平民文学"的口号，30 年代明确以"文艺的大众化"为无产阶级文学运动的中心，都反映了文学与人民的日益密切结合的历史要求。但要真正解决文学与人民的关系，使新文学为人民大众所接受，必须解决两个方面的问题：一方面是作家与他的描写对象、服务对象工农大众之间的关系，要真正熟悉他们的生活，了解他们的思想、感情以至美学趣味，才能创造出从内容到形式都"为老百姓所喜闻乐见"的作品；另一方面，作为服务对象的人民大众自身也"应该有相当的程度，首先是识字，其次是有普通的大体的知识，而思想和情感也须大抵达到相当的水平线"[1]，才有接受具有现代化特点的新文学的可能。而这两个方面的条件在 30 年代都是不具备的。正如毛泽东同志在《在延安文艺座谈会上的讲话》中所指出的，反动统治者"压迫革命文艺家，不让他们有到工农兵群众中的自由"，因此，即使是鲁迅这样的伟大作家也为自己"不在革命的旋涡中心"而深感苦恼[2]；同时，反动统治者剥夺了人民享受文化的权利，使人民与现代文学处于隔绝状态。对于还处在三座大山压迫下的人民大众，首要的是政治、经济上的解放，对于文化的

---

① 鲁迅：《集外集拾遗·文艺的大众化》。
② 鲁迅：《且介亭杂文·答国际文学社问》。

需求还不是最迫切的。这样,30年代关于文艺大众化的讨论,虽然具有重大的历史意义,但不可能变成现实的实践运动;当时,在中国文坛上出现像赵树理这样作家的历史条件显然是不成熟的。情况正如鲁迅所说的那样:"现在是使大众能鉴赏文艺的时代的准备","若是大规模的设施,就必须政治之力的帮助"。① 这是很能反映中国革命文学运动发展的历史规律的,它必须以人民大众的政治革命的胜利为前提条件。

伟大的抗日战争根本改变了中国的政治形势,具有决定意义的是共产党直接领导的抗日革命根据地的建立和巩固,以及其在全国影响的日益扩大,中国土地上终于出现了"中国历史几千年来空前未有的人民大众当权的时代"②。以农民为主体的解放区人民在政治和经济上的翻身,成为真正掌握自己命运的时代的主人,接着必然也要提出精神文化上翻身的要求。毛泽东同志在《讲话》中作了如下的概括:"他们迫切要求一个普遍的启蒙运动,迫切要求得到他们所急需的和容易接受的文化知识和文艺作品,去提高他们的斗争热情和胜利信心,加强他们的团结,便于他们同心同德地去和敌人作斗争。"这就表明,在解放区,实现文学艺术内容与形式的群众化,使文艺与人民大众彻底结合,成为已经成熟了的历史任务。历史不仅提出了这样的要求,而且实现这一要求的条件已经具备,人民的政权给革命文学家以"到群众中去的完全自由"③,文化教育的初步普及也使人民群众有了接受新文艺的现实可能性。而能否实现这一业已成熟的历史任务,变客观可能性为现实性,关键在于作家自身的主观条件,即他们的思想感情是否与工农大众一致。毛泽东同志敏锐地抓住了这一中心环节,在《讲话》中明确地提出作家必须与新的时代、新的群众相结合。时代在呼唤从生活到思想感情都与工农大众结合为一体的新型作家的出现,而赵树理正是这样应运而生的新型作家。恩格斯说得好:每个时代都需要并会造就出自己的历史人物,"如果我们把这个人除掉,那时就会需要有另外一个人来代替他,并且这个代替者是会出现的"④。历史发展的客观逻辑必然是:在40年代的中国

---

① 鲁迅:《集外集拾遗·文艺的大众化》。
②③ 毛泽东:《在延安文艺座谈会上的讲话》。
④ 恩格斯:《致符·博尔吉乌斯》。

解放区,即使不是赵树理,也会出现其他的作家,来实现作家与群众的结合,文艺与群众的结合。事实上,当时所涌现出来的绝不是赵树理一个人,而是整整一代在不同程度上与群众相结合的作家,赵树理正是其中的杰出的代表。

马克思主义在强调历史人物出现的客观历史必然性的同时,并不否认个人条件、个人因素,以及个人主观能动性的作用。在同样的历史机遇面前,能够在多大程度上发挥历史作用,取决于人们对于业已成熟的历史任务的认识的自觉程度和所达到的深度,以及人们的实践活动能够在多大程度上满足历史的要求。正是在这一点上,赵树理显示了他的特殊贡献,使得现代文学史可以用他的名字来代表时代所呼唤的一代的新型作家。有关传记材料告诉我们,赵树理不仅由于出身农村,十分了解农民的思想、感情、风俗、习惯,十分熟悉农民所喜爱的民间艺术,而且比较早地觉察到新文学脱离人民的根本弱点:"文坛太高了,群众攀不上去"[1];群众所阅读的还是满含封建毒素的唱本读物、通俗小说。因此他宣布:"我不想上文坛,不想做文坛文学家,我只想上'文摊',写些小本子夹在卖小唱本的摊子里去赶庙会……这样一步一步去夺取那些封建小唱本的阵地,做这样一个文摊文学家,就是我的志愿。"[2]赵树理的"志愿",无论其历史的合理性(这是主要的),还是某些局限性,都是与"迫切要求一个普遍的启蒙运动"的时代和社会的要求完全一致的。他冲破种种阻力,以《小二黑结婚》等创作实践自觉地进行着文艺大众化的努力。如果说毛泽东同志的《讲话》开辟了文艺表现新的时代、新的人民的新阶段,那么,赵树理就是这个新阶段的人民文艺当之无愧的代表。

二

赵树理作为出现于 40 年代解放区的现代文学史上的新型作家,他的基本特点和优点,就在于他与人民群众,特别是劳动农民保持着最密切、最深

---

① 陈荒煤:《向赵树理方向迈进》。
② 李普:《赵树理印象记》。

刻的联系;或者如有些同志所说,他是"深深植根于农村,从思想气质到生活习惯都彻底农民化了的"①。在赵树理这里,作家对他的描写对象、服务对象的了解达到了烂熟于心的地步,正如赵树理自己所说:"他们每个人的环境、思想和那思想所支配的生活方式,前途打算,我无所不晓。当他们一个人刚要开口说话,我大体上能推测出他要说什么——有时候和他开玩笑,能预先替他说出后半句话。"②作家同他的描写对象、服务对象的生活命运、思想感情、美学趣味都达到了融为一体的程度,以至赵树理可以这样说:小说中人物流血的场面,"连我自己也差一点染到里边去"③。这样,无产阶级文学运动长期不能解决的一个基本矛盾:表现工农大众、为工农大众服务的历史要求,同作家不熟悉工农生活,在思想感情上与工农存在距离的矛盾,在赵树理这里从实践上得到了基本的解决。同时,这也就提供了一个条件,使赵树理能够在自己的创作中把无产阶级文学的思想倾向性与艺术真实性统一起来,把主观的真诚与客观生活的真实紧密地结合起来。

在中国,农民占人口的绝大多数。农民不仅在过去的革命中起过重大作用,而且在今后建设现代化的社会主义国家中,也是十分重要的力量。他们在全国人口中所占比例可能逐渐下降,但在相当长时期中,仍然会占着多数。赵树理的创作反映了20年代到60年代的农民生活和斗争(《李家庄的变迁》开头写的就是20年代的事)。他的所有作品都是描写农民的,特别是40年代、50年代的农民。我们今天仍然需要许许多多像赵树理这样的作家,努力反映今天和今后的农村生活。赵树理笔下的农民形象,不再像"五四"时期及30年代作家作品中的那些被侮辱、被损害者,为作家同情和怜悯的对象,而是作为历史的主人,作家热情歌颂的对象;他们不再像30年代某些作家笔下的苍白无力、公式化概念化的人物,而是有血有肉、有着鲜明个性的真实可信的人物。这是大家都看到并且承认的。赵树理对于农民形象描绘所达到的前所未有的真实程度,标志着革命现实主义达到了一个新的水平,出现了新的突破。

---

① 陈继会:《新文学史上农村题材的两位开拓者》,收《赵树理学术讨论会纪念文集》。
② 赵树理:《决心到群众中去》,收《赵树理文集》4卷。
③ 赵树理:《也算经验》,收《赵树理文集》4卷。

这种突破,不仅表现为现实主义的真实程度,更表现为现实主义描写的历史深度,这首先得力于赵树理对于中国农民命运、思想、心理的深刻理解。赵树理曾这样谈到他对中国农村社会的观察:"我们的农村,在土改之前,地主阶级占着统治地位,一切文化、制度、风俗、习惯,或是由地主阶级安排的,或是受地主阶级思想支配的,一般农民,对地主阶级的压迫、剥削尽管有极其浓厚的反抗思想,可是对久已形成的文化、制度、风俗、习惯,又多是习以为常的,有的甚而是拥护的。"①这是赵树理对中国农村社会独特的思想发现:农民的不幸与痛苦,不仅在于政治、经济上受着"地主阶级的压迫剥削",而且在思想上受地主阶级的支配;农民自身对地主阶级的精神毒害缺乏自觉,就造成了摆脱旧文化、旧制度、旧风俗、旧习惯束缚的极端艰巨性。这样,赵树理对中国农村社会的认识,得出了与鲁迅大体相似的结论,在观察与表现农村生活和农民命运时,也就有了与鲁迅大体相同的角度,即从农民精神面貌、心理状态以及人与人的关系来观察和表现的角度。但赵树理的时代已不同于鲁迅的时代,这是一个农民在共产党领导下起来摧毁农村封建势力,走上彻底翻身的新时代。在鲁迅那里还是伟大问号的地方,赵树理这里已经由生活本身提供了一个初步的答案。因此,如果说鲁迅主要是揭露农民精神上的麻木和痛苦以唤起农民的觉醒;赵树理则主要表现农民在政治经济翻身的过程中,精神和心理状态所起的变化、人的地位、家庭内部关系(长幼关系、婚姻关系、婆媳关系)的变化,通过这些变化来展示农村变革的内在深刻性;同时以鲁迅式的直面人生的清醒现实主义态度,揭示农民思想上的翻身、农民改造自己的长期性与艰巨性,这构成了赵树理作品的独特的主题和价值。因为这种观察、认识与艺术表现挖掘到了农村社会的历史深处,因此,赵树理笔下的人物——无论是肩负着沉重的封建主义历史传统包袱的老式农民(例如,为封建迷信扭曲了的三仙姑、二诸葛,深受封建等级思想毒害的老秦,为小生产方式与生活方式束缚的金桂婆婆等),还是开始摆脱旧传统的羁绊、大踏步走向新生活的农村新人(小二黑、小芹、小经理、孟祥英、金桂等等),都具有长远的思想与艺术的生命力;而他在《李有才板话》《邪不压正》等作品中所尖锐提出的封建思想对掌握了政权的共产党

---

① 赵树理:《随〈下乡集〉寄给农村读者》,收《赵树理文集》4 卷。

及其干部的影响和腐蚀作用的问题，更是充分表现了作家现实主义的思想与艺术的胆识。可以毫不夸张地说，在中国现代文学史上，赵树理是继鲁迅之后对中国农民有着深刻的理解和观察的作家，他对农民生活描写的现实主义深度直接继承和发展了鲁迅的传统。

三

作为一个立志要用自己的作品去夺取农村文化阵地的"文摊"作家，赵树理在探索作品的艺术形式、表现方法时，首先考虑的是他的描写和服务对象——农民的艺术欣赏习惯和要求；可以说，赵树理是十分自觉地把"群众化"的要求贯彻到一切方面，不仅是作品所反映的生活内容，而且是作品的表现方式。赵树理这样表白他的艺术信念与追求："写文章应该明确对象，写给农民的就让农民懂"[①]，"写文艺作品应该要求语言艺术化……我只是想在能达到这个共同要求的条件下又不违背中国劳动人民特有的习惯"[②]。这个朴素的追求实际上是反映了艺术创作的客观规律的：艺术欣赏不可能有任何强制性，要夺取农村文化阵地，就必须吸引农民的兴趣，有艺术上的竞争力。因为作家的创作必然要受到读者对象的欣赏水平、习惯和要求的制约。列夫·托尔斯泰说得好："任何一个作家写作品时注意到的是特有的一种理想的读者。必须弄清楚这些理想的读者的要求。"[③]新文学之所以"新"，其中一个重要方面就是它的读者对象的深刻变化；因此，如何使新文学能够为全新的读者对象——人民大众所喜闻乐见，一直是新文学所努力追求的目标。"五四"时期提倡白话文，用"四万万中国人嘴里发出来的声音"说话作文[④]，正是为了使新文艺能够为普通老百姓所接受；也正是从这一点出发，鲁迅曾认真研究过农民的欣赏习惯和艺术趣味，并为之作文辩护。[⑤]鲁迅强调：要使新文艺为农民接受，"'懂'是最要紧的，而且能懂的图

---

① 赵树理：《反对八股腔，文风要解放》，收《赵树理文集》4 卷。
② 赵树理：《〈三里湾〉写作前后》，收《赵树理文集》4 卷。
③ 《列夫·托尔斯泰日记选》，收《古典文艺理论译丛》第 1 册。
④ 鲁迅：《热风·随感录五十三·现在的屠杀者》。
⑤ 鲁迅：《且介亭杂文·连环图画琐谈》。

画,也可以仍然是艺术"①。他预言:"我相信,从唱本说书里是可以产生托尔斯泰、弗罗培尔的。"②应该说,赵树理在艺术形式、艺术表现上对农民欣赏习惯、要求的重视,以及由此产生的群众化的努力,与鲁迅是一脉相承的。当然,文艺作品的读者由于文化水平和素养的不同,应该是多层次的;既需要"下里巴人",也需要"阳春白雪",更需要将二者统一起来的文艺作品,就是人们通常所说的"雅俗共赏"。并不能强求所有的作家都把"雅俗共赏"作为追求的目标,但作为对文化不高的群众的启蒙要求来说,"雅俗共赏"应该是一个有高度为人民服务的责任感的作家所追求的崇高的目标。赵树理正是这样的作家,一方面他主张通俗化,要求把作品写得平易、浅显一些;一方面他又反对把通俗化理解为简单化,把浅显变为浅陋,降低作品的艺术质量。应该承认,他的创作实践证明"雅俗共赏"不仅是可以做到的,而且可以达到很高的艺术水平。赵树理这种对作品群众化的努力,同时也是使现代小说取得民族特点的过程,这对新文学的发展是有重大意义的。为促进现代小说的民族化,鲁迅曾着重于借鉴中国传统戏剧与传统绘画③,赵树理的创作则开辟了中国现代小说形式民族化的另一条途径:学习中国传统小说和说唱文学的结构方式和表现方法。鲁迅和赵树理通过不同的艺术途径所进行的探讨同样启示我们:中国现代小说形式民族化的道路是非常宽广的;将某一种形式、某一种探讨绝对化,都会使我们的艺术天地变得狭小,而且会限制作家的创造性。

大家都说赵树理的创作较多地继承和发展了中国民间文艺的传统,赵树理自己也多次谈到这方面的体会,这当然是事实;但赵树理同时也说过:"我在文艺方面所学习和继承的也还有非中国民间传统而属于世界进步文学影响的一面,而且使我能够成为职业写作者的条件主要还得自这一面——中国民间传统文艺的缺陷是要靠这一面来补充的。"④每个作家艺术修养的来源都是多方面的,当然所受影响的深浅程度各不相同,我们不能把

① 鲁迅:《且介亭杂文·连环图画琐谈》。
② 鲁迅:《南腔北调集·论第三种人》。
③ 鲁迅:《南腔北调集·我怎么做起小说来》。
④ 赵树理:《〈三里湾〉写作前后》,收《赵树理文集》4 卷。

这种影响的来源单一化和绝对化。鲁迅也称赞过民间文学的刚健、清新①,但他并没有把它同"拿来主义"对立起来。赵树理所受外国文学作品的影响相对说来可能少一些,但他对"五四"以来的现代文学作品并不是陌生的,而这些正是受了外国文学影响以后的产物。所以把他对小说创作的民族化的追求单纯说成是民间文艺的影响,是很片面的。

赵树理在谈他的创作经验时曾说,他"在做群众工作的过程中,遇到了非解决不可而又不是轻易解决了的问题,往往就变成所要写的主题"②。因此关于所谓"问题小说"和"讲故事"也就成为近年来有所争议的问题。其实每个作家的生活积累和文艺修养都各不相同,读者的爱好和水平也是分层次的,我们并不赞成把赵树理的经验绝对化,认为所有作家都应该照他的经验从事实践,这是直接违反文艺内容的丰富性和题材、形式、风格的多样化的。但就赵树理个人来说,作为一个从事农村实际工作的干部,他的经验仍然是很可宝贵的。所谓问题就是矛盾,既然是"非解决不可而又不是轻易解决了的问题",就是牵动到当事者的生活和心灵的重大矛盾,而人们只有在面临这样有关切身利益的矛盾时,他的性格特征才会集中地表现出来。文学作品当然应该写出活生生的人物形象,这一点赵树理非常清楚,所以他说:"小说的主要任务不是写事而是写人,要通过人去教育人。"③他完全理解写小说一定要塑造性格鲜明的人物形象,不能简单地把"事"和"人"对立起来。所谓故事就是情节,实际上就是人物性格发展的历史。除过追求艺术表现上的民族特色以外,讲故事也是为了写人的。赵树理这里只是讲他个人触发创作冲动的起点,这是同他的生活和经历分不开的一种实践过程,不能把它孤立出来作为与写人物相对立的一种理论,更不能把它同"赶任务""写中心"等简单化的错误做法等同起来,这是由赵树理作品中所提供的众多人物形象可资证明的。总之,我们应该肯定的是他从事创作的根本精神,而不应该把他的经验绝对化,要求一切作家都亦步亦趋地照着他的办法如法炮制,那是必然会走进死胡同的。

---

① 鲁迅:《且介亭杂文·门外文谈》。
② 赵树理:《也算经验》,收《赵树理文集》4 卷。
③ 赵树理:《与青年谈文学——在旅大市文学爱好者会上的讲话》。

历史和文学艺术都是不断发展的,文学的民族特点和人民的欣赏爱好都是一种历史性的范畴,并不是凝固的东西。今天我们自然没有必要重复和模仿赵树理作品的艺术内容和形式,提倡写"某某村有个某某人,今年多少岁了",然后给人物取个外号之类。但他的根本精神和追求目标仍然是值得继承和发扬的。在历史的发展中总要积累下一些宝贵的东西,作为一种传统,在文学艺术的新发展、新创造中继续发挥作用。就赵树理的贡献来说,这就是指导他创作实践的根本精神,作家与他的描写对象、服务对象——人民大众的自觉的密切联系。作家努力熟悉人民的生活,在思想感情上和人民融为一体,研究他们的艺术欣赏习惯与要求,这些都是经过历史的检验,构成我国现代文学的传统和基本经验的一个重要方面,它是应该而且必然会在新时期的新文学中得到继承和发展的。

本文最初以《在赵树理学术讨论会上的发言》为题,载《赵树理学术讨论会纪念文集》(中国作家协会山西分会编,1982 年 12 月内部发行),署名王瑶(文题为编者所加)。1989 年 8 月,改写为《赵树理在现代文学史上的历史地位》,收入《王瑶全集》第 5 卷《中国现代文学史论集》(河北教育出版社,2000 年版)。

对《鲁迅同斯诺谈话整理稿》的几点看法

——1988 年 3 月 10 日在法国巴黎
第三大学东方语言文化学院的讲演

一

　　1987 年第 3 期《新文学史料》发表的安危整理和翻译的《鲁迅同斯诺谈话整理稿》，引起了学术界的高度重视。这是安危根据从海伦·福斯特·斯诺那里得来的手稿原件整理的，发表时还同时发表了《埃德加·斯诺采访鲁迅的问题单》和安危的《鲁迅和斯诺谈话的前前后后》；人们的注意点自然是鲁迅谈话的内容，但安危的文章考订了提出"问题单"的人不是斯诺本人，而是海伦·斯诺；鲁迅和斯诺谈话的时间为 1936 年 5 月，当时海伦正在北京为斯诺编选的现代中国短篇小说选《活的中国》一书撰写一篇题为《现代中国文学运动》的论文，她所提的"问题单"正是为写这篇论文作准备的，于是趁斯诺去上海之际，让他向鲁迅请教。鲁迅的谈话次序是根据海伦的"问题单"回答的，因此谈话内容是受"问题单"的制约的，与自己经过全盘考虑所写的文章不同；而且这个"谈话记录"并未请鲁迅过目，也不是准备公开发表的，因此不能同鲁迅公开发表的著作相提并论。但它毕竟是鲁迅逝世前几个月所谈的意见，其中许多点都可以从鲁迅著作中得到佐证，而且有些地方还发挥得更充分，因此它又是一份值得重视的珍贵的史料。当然，其中也有一些不科学或有明显错误的地方，如唐弢《读"鲁迅和斯诺谈话记录"析疑》①一文中所指出的那些；这除了记录和翻译的原因之外，都与海伦所提的"问题单"有关。现在中文译本《活的中国》已经出版，其中附有以妮姆·威尔斯为笔名的海伦·斯诺写的《现代中国文学运动》的长篇论文，我以为

---

　　① 见 1987 年 10 月 15—16 日《人民日报》。

如果我们把鲁迅的谈话内容和海伦的文章对照起来研究，是可以对这份史料有更清晰的认识的。

斯诺在《活的中国》"编者序言"中介绍《现代中国文学运动》一文时说："作者是研究现代中国文学艺术的权威。此文是在对原著作了广泛而深入的调查研究的基础上写的，执笔之前又曾同中国几位最出色的文学评论家商榷过。我相信这是第一次用英文写成的全面分析的探讨。"看来鲁迅的谈话内容就是这里所说的"广泛而深入的调查研究"和"同中国几位最出色的文学评论家商榷过"的依据，而且此文也确实是"第一次用英文写成的"对中国现代文学"全面分析的探讨"的文章；但说作者是"研究现代中国文学艺术的权威"，则显然是夸张了一点。当然，一个外国人要掌握另一个国家的未经时间考验的当代文学情况，本来就很难，因此她在所提问题中有一些舛误也是可以理解的。还是萧乾在《活的中国》中文版代序中的说法比较符合实际，他说："她（海伦）对中国新文艺运动是关心的，也有一定的了解。然而她不是像斯诺在序言中所说的'研究中国文学艺术的权威'。"当我们把鲁迅谈话内容和她的文章作对照时，发现她在运用所得到的原始资料时，态度还是谨慎和严肃的。在文章中，她把鲁迅的谈话记录作了三种不同方式的处理，而这种不同就体现了谈话内容的准确程度。

第一，用直接援引的方式作为鲁迅的意见正式发表。《现代中国文学运动》中说："既然他（鲁迅）是中国最受尊敬的评论家，在这里值得援引一下最近他在一次与埃德加·斯诺的谈话中所发表的意见。"下面她引用长达一千余字的鲁迅的话，内容皆见于"谈话记录稿"，而且都是很重要的段落。显然，在她看来，这些"引文"不仅是非常重要的，而且也是确信无讹的，她不是依据"问题单"的次序或鲁迅谈话的前后排列，而是摘录"问题单"的第1、第5、第13、第23等不同的谈话段落拼合引用的；为了表示忠实于鲁迅的原话，无论是谈小说家或杂文作家，都没有提及鲁迅自己的名字，而在"谈话记录稿"中则用括号加入了鲁迅的名字，可见"谈话稿"中的"（鲁迅）"是斯诺加上去的。有些地方"引文"和"谈话稿"略有差别，则显然"引文"更为准确；如"引文"中有"重要的散文家有周作人、林语堂、陈独秀和梁启超"，"谈话记录稿"在讲到这四个人时，则冠以"最优秀的杂文作家"，显然它不如"重要的散文家"更其准确。可见这一部分"引文"是经她认真核对斟酌过的。这次"谈话整理稿"公开发表后也没有人对这些部分提出异议,因此这些部分的内容是可以作为鲁迅谈话的正式记录稿看待的,而其余的部分则只能作为"原始记录稿"来供研究者参考。

第二,不是直接援引,而是或者用"鲁迅说"这样的间接引语,或者是经过整理加工、作为作者自己的意见提出来的。前者共有两处,一处是讲1927年以来上海逮捕作家的情况的,前面用了"鲁迅在一次会见中说"的字样,内容见于"谈话记录稿"第10条;另外一处是讲鲁迅所受外国作家作品影响的,与"谈话记录稿"第23条基本相同,不过文章中讲到"他不能爱但丁,认为他是个'很残酷的人'"。而"谈话记录稿"第23条说但丁是"一个很可恶的人"。我没有见到英文原件,不知道是否翻译用词的不同;就汉语来说,"可恶的"和"残酷的"二词的含义是很不相同的,应该说用"残酷的"是对的。鲁迅在《写于深夜里》一文中曾说:"我先前读但丁的《神曲》,到《地狱》篇,就惊异于这作者设想的残酷,但到现在,阅历加多,才知道他还是仁慈的了。"可见海伦对鲁迅谈话的引用还是十分慎重的。另外一些现在可以肯定是根据鲁迅"谈话记录稿"写的原意,但经过她的整理和加工,是作为她自己意见写出来的,如关于"五四"时期作家在30年代的归趋的分析,对于30年代作家创作倾向的分析等。应该说,经过整理,其中的一些概括性的提法也比"谈话记录稿"更准确了,如"谈话记录稿"第15条把穆时英、黑婴、张资平、郁达夫四人列为"言情派",《现代中国文学运动》则将穆时英、黑婴和刘呐鸥三人称为"颓废—肉感派,中国称之为'城市派'"。把郁达夫和张资平归于"搁笔不写的作家"之列。其实所谓"言情派"是原来海伦在"问题单"中的分类标题,鲁迅并未对此种分类法发表意见,只是当问及某一作家时谈了一点自己的看法,但文章中的提法显然较"谈话记录稿"更妥当一些。可见海伦是把"谈话记录稿"当作原始资料来参考的,它与可以直接援引的那部分情况不同。

第三,有一部分"谈话记录稿"中的材料和观点在《现代中国文学运动》中没有采用。如有些作家知名度不高、鲁迅也没有提出明确的看法,只是根据"问题单"提了一下,海伦在文章中就没有提及。又如鲁迅认为"在小说作家中,具有明显的法西斯思想的人是没有的","没有法西斯主义诗人"("问题单"第7条)。由于这与海伦的观点相距过远,也未被采用。从"问题单"

可知,海伦是把作家分为左翼、第三种人和法西斯主义者三类的,鲁迅则认为"如果在作家队伍中存在真法西斯分子的话,也是极少数。一般来说,他们自己不写东西,只是极力收买具有左翼倾向的作家或温和派作家"("谈话记录稿"第7条)。鲁迅不赞成"问题单"的那种分类方法,而这种观点是贯串在《现代中国文学运动》一文中的。

总之,这份"谈话稿"既然是根据"问题单"来谈的,而"问题单"本身就有一些不科学的地方,谈话时经过语言的翻译和斯诺的记录和整理,其中既有鲁迅的观点,也有斯诺的理解,因此杂有一些明显的错误和前后矛盾的地方是可以理解的。但海伦在运用这份材料时还是经过严肃认真的处理的,因此我们把它和海伦的文章对照起来考察,分别不同的情况,这对于理解这份珍贵的史料是有帮助的。

二

这份史料中最值得我们注意的是鲁迅对中国现代文学的总体特点的一些概括和分析。这些意见有的和他在已发表的文章中的观点是一致的,有的虽然不见于其他的文章,但正是鲁迅文章中所表达的意见的深化或延伸,而且属于海伦在她的文章中直接援引的部分,因此无疑是鲁迅谈话的重要内容。这里有许多值得我们深入研究的精辟见解,而且在今天也仍然有其现实意义。

在"谈话记录稿"第5条中,鲁迅谈到"在当今中国,唯有左翼作家才对知识界具有重要影响"。而且不仅30年代是这样,"五四"新文化运动"就是具有左翼倾向的运动"。"资产阶级文学在中国从来就没发展起来,在今日中国,也没有资产阶级作家。"因为斯诺是美国人,鲁迅举了刘易斯等五个英美著名作家,说明中国社会根本不可能出现像欧美那样的典型的资产阶级作家,连林语堂也不是。但对于左翼作家,鲁迅有自己的解释;在"谈话稿"第13条中,鲁迅认为中国"没有农民或工人出身的'真正的无产阶级作家'"。在海伦直接援引的谈话中就说得更清楚:"倘若说来自农民工人中的真正的'无产阶级'作家还没有在中国出现,这一点也不假。左翼文学仍然只局限在革命知识分子和小资产阶级的圈子里。"上述这些观点在鲁迅已发表的文章中都有类似的提法,可以说是他一贯的看法。如他在《二心集·黑暗中国的文艺界的现状》中说:"现在,在中国,无产阶级的革命的文艺运动,其实就是惟一的文艺运动。因为这乃是荒野中的萌芽,除此以外,中国已经毫无其它文艺。"同篇中又说"左翼作家之中,还没有农工出身的作家"。在《二心集·上海文艺之一瞥》中也说:"在现在中国这样的社会中,最容易希望出现的,是反叛的小资产阶级的反抗的或暴露的作品。"这些意见和"谈话记录稿"中的提法,大体上是一致的。这是关系到如何评价中国现代文学性质的重大问题,在鲁迅看来,从"五四"新文化运动开始,现代文学就是以革命知识分子和小资产阶级作家为主的左翼文学;它不同于欧美那样的资产阶级文学,也不是真正的无产阶级文学,在中国还没有出现这两类作家,因此他说"中国文学的发展,在这一方面也许是绝无仅有的"("谈话稿"第5条)。根据这些描述,他所指的"左翼文学"实际上是与无产阶级的利益一致的民主主义的文学。

重要的是在这份"谈话稿"中鲁迅不仅重申了这些意见,而且联系中国社会和中国革命,作了进一步的发挥和解释,这才是更值得我们重视的。在斯诺的另一本书《我在旧中国十三年》中,也记录了鲁迅和他的一次谈话,内容主要是谈中国革命的,鲁迅认为中国只能有一种中国式的革命,这和"谈话记录稿"中关于现代文学特点的看法是一致的。由于社会性质的原因,现代文学的发展同中国革命和文化观念的变革一样,都只能是一种带有中国特点的变革,即不同于世界历史上已经发生过的种种类型或方式。鲁迅在"谈话稿"中用了这样的话来概括:"恰恰因为由封建主义观念到无产阶级文化观念的大飞跃",因而它是"绝无仅有的"。鲁迅深知中国封建主义的根深蒂固以及变革之艰巨,因此他强调一切变革都必须从中国的实际出发。中国没有经过资本主义社会的发展阶段,所以中国没有像欧美那样的典型的资产阶级作家,但也正因为如此,"现代中国文学的基础,才到了如此之差的地步"。这里,鲁迅对中国现代文学成就的估计,既是从世界范围同其他发达国家的比较而言的,又是从由内容到形式的总的艺术质量来立论的;而追溯其所以"如此之差"的原因,则在于社会基础,我们的变革起点不能不是反对封建主义,一切文化观念都带有民主的启蒙主义的烙印。为什么中国"最优秀的作家,几乎毫无例外地都是左翼作家"呢?照鲁迅看来,这是同他们反封建的坚决和彻底密切相关的。

中国是否可以像别的国家所走过的道路那样,建立资本主义社会和发展资本主义文化呢?鲁迅认为不可以,因为"没有时间,也没有别的抉择了"。为了早日实现现代化,赶上世界前进的步伐,为了防止和避免帝国主义侵略,"我们必须迅速向前发展"。在《现代中国文学运动》的引文里,鲁迅的这一意见是用下面的话表述的:"我们得向前飞跃,奔向当前世界上最有价值、最有意义的事物。"因此他认为"中国可以经过资产阶级的政治发展阶段,却再也不能经过一个资产阶级的文学发展阶段"。这就是说由于中国社会的落后,中国式的革命还须经过建立民主政治和健全法制,以及发展商品经济等属于在资本主义社会就应该形成的政治发展阶段,但在意识形态及文学领域,就不能再照社会发展常规那样经过资产阶级的发展阶段了。鲁迅认为:"对今日中国来说,惟一有可能发展的文化是左翼文化。"也就是一种以反封建为主要内容、与无产阶级利益相一致的和以革命知识分子为主体的新文化;现代文学当然是其中的重要组成部分。

那么,如何才能迅速有效地提高作品的艺术质量、摆脱"如此之差"的情况呢?鲁迅在"谈话稿"中认为重要的是必须"把当今世界上具有最大价值的东西统统拿过来"。这和他在著名的《拿来主义》一文中的主张是完全一致的,即"没有拿来的,人不能自成为新人,没有拿来的,文艺不能自成为新文艺",而且他以为"单就文艺而言,我们实在还知道得太少,吸收得太少"①。这说明他是把面向世界作为现代文学发展的重要内容的。

以上这些观点有的可以同鲁迅的著作相印证,有的则是他的看法的延伸或深化,但无疑都是鲁迅关于中国现代文学的总体特点的看法,很值得我们深入研究。

三

在谈到现代文学的成就和代表作家时,鲁迅特别分析了各种不同文体——诗歌、小说、戏剧、散文——的发展特点,指出了它们之间的不平衡情

---

① 鲁迅:《〈奔流〉编校后记(二)》。

况,这部分内容也有很高的理论价值。其中关于戏剧和散文谈得较少,谈得比较具体的是短篇小说和诗歌;这也是海伦在《现代中国文学运动》中首先直接引用的部分,应该引起我们的重视。话剧是随着"五四"新文化运动才兴起的一种新的文体,在曹禺的作品出现以前,还没有产生大型的剧作;就总的创作情况来说,它还处于初期的尝试阶段,是在抗日战争爆发以后才得到很大发展的。初期的作品确如鲁迅所说,有"大量地借鉴过去"的现象。鲁迅谈话时,曹禺不久前才发表了他的《雷雨》和《日出》,所以鲁迅称之为"近来最受欢迎"的"左翼戏剧家"。至于散文,应该说收获是丰富的,在海伦引用的鲁迅谈话里,鲁迅也说"散文方面更有成就一些"。在鲁迅著作中也有类似的论断,如《由聋而哑》一文中所说:"散文,在文苑中算是成功的。"但鲁迅不赞成许多散文作家"特别提倡那和旧文章相合之点"[①],他强调的是创新,而这在散文作品中是不明显的。因此他特别推崇短篇小说的成就和特点,对戏剧和散文就谈得不多了。

"谈话记录稿"第 23 条说:"鲁迅认为,短篇小说比现代中国文学发展的任何一个种类,都具有更重大的意义。短篇小说在形式、技巧、素材、风格等方面,实际上在各个方面,对中国的文学传统,完全是崭新的。"这当然是因为现代文学中短篇小说的产量最多,成就最高;鲁迅就说过"'文学革命'以后,所产生的小说,几乎以短篇为限"[②]。在"谈话记录稿"第 1 条中又说:"诸如沈从文、郁达夫、老舍以及其他一些人的小说,实则是中篇小说或长(的)短篇。这些作家之所以出名,是因为他们的短篇小说。"照鲁迅的理解,成功的长篇小说应该是"时代精神所居的""巨大的纪念碑底的文学"。[③] 他在"谈话稿"中说"现代中国还没产生出有名的小说家",就是说还不能用这样的要求来衡量;但如果仅从创新的角度来看,也即从形式、技巧、素材、风格等方面来和中国古典文学比较的话,则在短篇小说中创新的特点最为显著。即使作家所写的是长篇,但他们的成功之处仍然在于各方面的创新,即与短篇的文体特点是相同的。中国古典文学中当然也有短篇小

---

① 鲁迅:《小品文的危机》。
② 鲁迅:《〈总退却〉序》。
③ 鲁迅:《〈近代世界短篇小说集〉小引》。

说,但无论是唐宋传奇以及后来的"拟传奇",或宋元话本以及后来的"拟话本",都和现代短篇小说所具有的特点不同。用鲁迅的话说,现代短篇小说的特点是"借一斑略知全豹,以一目尽传精神"①,而不是像过去那种以情节过程为主的、盆景式的具体而微的故事。鲁迅从本世纪介绍外国短篇小说起,就着重在使中国读者"不为常俗所囿",而注意别人"神思之所在"②,中国现代文学正是从"格式的特别"的短篇小说开始而取得了巨大成就的。鲁迅重视文学的创新,所以他认为短篇小说的这一特点具有重大的意义。

至于新诗,由于鲁迅对它的评价较低,这部分材料引起中国文艺界很大的反应。但我以为它是符合鲁迅的观点的。在"谈话稿"第 1 条中,鲁迅在举出了几个优秀诗人的名字之后就接着说:"不过,他们的诗作,没有什么可以称道的,都属于创新试验之作。鲁迅认为,到目前为止,中国现代诗歌并不成功。"鲁迅并非根本反对新诗,他不仅自己写过新诗来支持开创阶段的提倡,而且也高度评价了冯至、白莽等人的诗歌创作;只是从总体上看,新诗还处于"创新试验"阶段,"并不成功"。他曾说:"新诗直到现在,还是在交倒霉运。"因为在鲁迅看来,"新诗先要有节奏,押大致相近的韵,给大家容易记,又顺口,唱得出来"。他认为"诗歌虽有眼看的和嘴唱的两种,也究以后一种为好;可惜中国的新诗大概是前一种"。鲁迅是从新诗可以在读者中完全代替旧诗来衡量它的成功程度的,要求它"能在人们的脑子里将旧诗挤出,占了它的地位"。③ 现代新诗显然还没有达到这样的标准,因此鲁迅认为总的看来还处于"创新试验"阶段,即使是优秀的诗人也是如此。

在"谈话记录稿"第 7 条中还有"鲁迅认为,研究中国现代诗人,纯系浪费时间。不管怎么说,他们实在是无关紧要"等一段话,我以为这是斯诺听了鲁迅谈话之后受到启发、写给海伦的建议,而不是鲁迅直接对诗歌研究工作所发表的意见。因为第一,无论海伦所提的"问题单"或鲁迅的谈话,都没有关于研究工作的内容;这段话是写在回答中国"没有法西斯主义诗人"之后的,与所提的问题不相干。第二,研究工作之意义同研究对象之价值并无

---

① 鲁迅:《〈近代世界短篇小说集〉小引》。

② 鲁迅:《〈域外小说集〉序言》。

③ 鲁迅:1934 年 11 月 1 日致窦隐夫信。

直接联系,鲁迅还提倡过研究赌博史、娼妓史、文祸史。① 第三,据安危《鲁迅和斯诺谈话的前前后后》一文介绍:"海伦一向喜爱诗歌,也喜欢写诗。她的诗作,曾被收入美国诗歌年鉴。因此,她也很想对中国的诗人和新诗进行一番研究。"斯诺是完全了解海伦的爱好和工作的。第四,这份"谈话记录稿"是斯诺记给海伦看的,其中有的地方明显的是斯诺的口气。如"谈话记录稿"第15条有"佩格当作'新现实主义'开列出的那些作家,绝大部分是左翼或具有左翼倾向的作家"。这条最后又说:"你问题单子上开列的其他作家,鲁迅不认识,或无足轻重,他们的文学倾向鲜为人知。""佩格"是海伦的别名,这些话显然是斯诺写给海伦看的;关于研究中国新诗的一段话也属此类,即建议海伦不必再去研究中国现代诗歌。综合以上各点看来,这段话并不符合鲁迅的观点。

文学创作的各种文体都有自己的特点,它们之间在历史发展中存在不平衡现象是很自然的,鲁迅正是据此来申述自己意见的。

四

这份资料中占篇幅最多的是对一些具体作家的评论。其中除了各种文体的优秀作家是由鲁迅主动提出的以外,大部分是根据海伦的"问题单"作答的。由"问题单"的分类和排列可以看出,海伦评价中国现代作家的主要标准有三:一是从政治上区分,谁是左翼作家、或第三种人、或法西斯主义作家;二是"现实主义作家"还是"浪漫主义作家";三是艺术成就的高下。应该说,这些评价标准都有一定的根据和理由,但开列成一大串名单要求鲁迅回答谁是这一类或那一类,就没有充分考虑到问题的复杂性,就会造成某种程度的混乱。鲁迅显然不赞成这种简单的提法,这个名单的次序和分类也不代表鲁迅的观点。因为第一,鲁迅并没有对名单上所有作家都全部作答;第二,鲁迅也没有建议增加某些人的名字,如果照鲁迅在其他文章中对一些现代作家的赞扬,那么鲁迅似乎应该建议增加冯沅君、台静农、葛琴等人;如果鲁迅是全面考虑现代重要作家,他也没有提出增加朱自清、闻一多、冯至等

---

① 鲁迅:1933年6月18日致曹聚仁信。

人。又如对于"问题单"中的分类,"谈话稿"于"归隐派"这一名称后面所加的括号中说:"鲁迅称作结束派。"其实这就是表示鲁迅不赞成"归隐派"的提法,但也并不是他建议改为"结束派",只是说这些人已经好久不从事文学创作了。这同在张凤举和丁玲二人后面所说的"完了"是一样的意思,都是指创作生活说的。当然,这类作家有的人后来还写了很多作品,如冰心和丁玲,但这不是鲁迅当时所能料到的。除了受"问题单"的制约以外,谈话记录稿由于记得过于简略或理解上的讹误,其中也有一些不准确或前后矛盾的地方。如关于巴金的评语只有一句话,"巴金是个无政府主义者",而鲁迅于同年写的《答徐懋庸并关于抗日统一战线问题》一文中虽然同样也指出巴金"有安那其主义者之称",但又说"巴金是一个有热情的有进步思想的作家,在屈指可数的好作家之列的作家";其实鲁迅的这种评价斯诺是知道的,《活的中国》中就选了巴金的作品,斯诺在前面写了介绍文字,其中说:"巴金和鲁迅、茅盾、丁玲、沈从文、郁达夫同为现代中国文学的六个重要作家之一",这种提法同鲁迅的意见是一致的,只是由于记录过简,就易生误解了。又如"谈话稿"第4条说:"据鲁迅所知,在中国作家中,没有'新现实主义派'。他没看到有关这一派别的理论讨论,也没发现这个学派在中国有它的追随者。"但第18条却说:"如果你指的是左翼文学,'新现实主义'是现代文学史上最重要的运动。"这里前后的矛盾是很明显的。"谈话稿"第11条说:"郁达夫有一段时间想加入左翼",而第12条又把郁达夫列为"左联创始盟员中的要人",也属此类。此外还有其他一些有明显错误的地方。总之,由于"问题单"中所列人数很多,鲁迅不可能一一详细答复,加以语言的隔阂,听错记错的可能性很大。这份资料发表以后,引起了中国文艺界的强烈反应,意见也都集中在这一部分。因此我们对这部分应该采取特别慎重的态度,不能笼统地都看作是鲁迅的意见。

在鲁迅举出的为数不多的优秀作家中,沈从文、胡适、周作人、林语堂四人,在30年代都受过鲁迅的尖锐批评,无论在政治上或文艺思想上,都同鲁迅有严重的分歧,但鲁迅仍然给了他们很高的评价;后面说的"徐志摩、林语堂可以被称作独立派"(第11条),也属同类性质。这是引人注目的,但它确实是鲁迅的意见。因为在评价某一作家对于中国现代文学的成就和贡献时,鲁迅一向是从作家全部作品的艺术质量着眼、采取公正的历史主义态度的。这同就某一问题进行不同意见的论争是两回事,因此他力避主观好恶的渗入,坚持科学的实事求是的评论。最明显的例证就是收在《且介亭杂文二集》的《〈中国新文学大系〉小说二集序》一文,这篇文章也是全面评论除"文学研究会""创造社"作家以外的现代小说创作的,是一篇带有历史评价性质的文章;其中谈到了高长虹、尚钺、向培良、凌叔华的作品,都采取了有分析的科学的态度。这些人都曾受到过鲁迅的尖锐批评,但这并没有影响鲁迅对他们的作品在文学史上的地位的公正评价。现在这份资料又提供了新的例证,它对指导我们研究中国现代文学,是有方法论的启示意义的。

总的看来,这是一份珍贵的资料。它虽然不能与鲁迅佚文等量齐观,但经过认真分析,对于我们进行中国现代文学和鲁迅研究的工作,还是有重要的参考价值的。

原载 1988 年《烟台大学学报》(哲学社会科学版)第 3 期,署名王瑶。收入《王瑶全集》第 5 卷《中国现代文学史论集》(河北教育出版社,2000 年版)。

说　喻

　　语言用喻,其始极古。盖人类为求表达情意,始有语言,其有不易为对方所了解之处,乃利用彼所熟悉之同类事物以明之,即为喻矣。文字始于象形,而象形字不足以表达人类情意,乃更以指事会意等字应之;全部指事会意文字之创造,皆取喻也。自有文字以后,所有记载,无不有喻;后世辞章,更不待言。唯随时代之变迁,语言文字应用之增繁,喻之用法,亦多变焉。

　　考之我国古籍,三百篇之比兴,皆喻也。《文心雕龙·比兴》篇言"比显而兴隐",又言"炎汉虽盛,而辞人夸毗,诗刺道丧,故兴义销亡"。是兴亡于汉后,后世即鲜效者。窃以兴亦比也,而为一较原始直朴之用法;或以二事联想可通,或以二语韵脚相谐,故比兴实无根本之差别。后世社会进化,取喻唯恐不明,故于以象征而启联想之兴法,即鲜运用。除《诗经》外,《尚书》《论语》诸古籍中,用喻以明理者,亦颇不少。如《盘庚》告民以"若乘舟,汝弗济,臭厥载"。《大诰》周公告民以"王曰……若考作室,既底法,厥子乃弗肯堂,矧肯构。厥父菑,厥子乃弗肯播,矧肯穫,厥考翼,其肯曰予有后,弗弃基"。《论语》中今亦引数例如下:"子曰:为政以德,譬如北辰,居其所而众星共之。""子曰:人而无信,不知其可也。大车无輗,小车无軏,其何以行之哉?""宰予昼寝,子曰:朽木不可雕也,粪土之墙,不可杇也,于予与何诛。""子曰:譬如为山,未成一篑,止,吾止也;譬如平地,虽覆一篑,进,吾往也。"观上可知譬喻乃语言文字中自然之用法,即惠子所谓"以其所知,谕其所不知"。《文心》所谓"切类以指事"者也。

　　唯随社会之变迁,语言文辞之重要逐渐增加,故言者不仅求其所言之畅明,且欲听者之取信;如欲对方于其持论加以信仰,则于语言文字中加强切类指事之成分,自属重要。战国之时,纵横之士流行,百家之学竞起,其表现于语言文字上用喻之程度与重要,亦因之显著焉。《战国策·楚策一》张仪说楚王曰:"夫从人者,饰辩虚辞,高主之节行,言其利而不言其害。"《韩非子·说难》篇云:"凡说之难,非吾知之有以说之之难也,又非吾辩之能明吾意之难也,又非吾敢横佚而能尽之难也。凡说之难,在知所说之心,可以吾说当之。"从人饰辩虚辞,以取所说者之心,一朝听从,即可驾车纳爵,猎取富贵;则于言辞之方法,自不能不考究之。故《荀子·非相篇》言"夫谈说之术,齐庄以立之,端诚以处之,坚强以持之,分别以喻之,譬称以明之"。《墨经·小取篇》以譬侔援推为四种辩法。《淮南子·要略》云:"言天地四时而不引譬援类,则不知精微。"《说苑·善说》篇云:"客谓梁王曰,惠子之言事也善譬,王使无譬,则不能言矣。王曰,诺。明日见,谓惠子曰,愿先生言事则直言耳,无譬也。"可知譬喻实为当时从人普通运用之方法。今略举一二实例于下:

> 《战国策·魏策二》:"田需贵于魏王,惠子曰,子必善左右。今夫杨,横树之则生,倒树之则生,折而树之又生;然使十人树杨。一人拔之,则无生杨矣。故以十人之众,树易生之物,然而不胜一人者,何也?树之难而去之易也。今子虽自树于王,而欲去之者众,则子必危矣。"

> 《齐策一》:"靖郭君将城薛,客多以谏,靖郭君谓谒者无为客通。齐人有请者曰,臣请三言而已矣;益一言,臣请烹。靖郭君因见之。客趋而进曰,海大鱼。因反走。君曰,君有于此。客曰,鄙人不敢以死为戏。君曰,亡,更言之。对曰,君不闻大鱼乎?网不能止,钩不能牵,荡而失水,则蝼蚁得意焉。今夫齐,亦君之水也。君长有齐,阴奚以薛为?夫齐,虽隆薛之城到于天,犹之无益也。君曰,善。乃辍城薛。"

此种事例,俯拾皆是。观其取绝对相似之事类以取喻,其意义已不尽为"以其所知,谕其所不知",而为取为例证以明其言之必真。此理在听者并非不知,而为不尽相信;故言者取喻,并非为解释此理,而为举例证明以使其必信此理。此较用喻之最初意义,已显有不同;而其影响亦不仅只为从人仕者之言辞。今试录战国诸子学说中之用喻者各一二条,此考察之。

《墨子·兼爱下》:"设以为二士,使其一士者执别,使其一士者执兼。……然即敢问今有平原广野于此,被甲婴胄将往战,死生之权,未可识也;又有君大夫之远使于巴越齐荆,往来及否未及否,未可识也。然即敢问不识将恶从也,家室奉承亲戚,提挈妻子,而寄托之,不识于兼之友是乎?于别之友是乎?我以为当其如此也,天下无愚夫愚妇,虽非兼之人,必寄托之于兼之友是也。此言而非兼,择即取兼,即此言行费也。"《公孟》篇:"子墨子曰,执无鬼而学祭祀,是犹无客而学客礼也,是犹无鱼而为鱼罟也。"

《孟子·梁惠王上》:"……孟子对曰,王好战,请以战喻。填然鼓之,兵刃既接,弃甲曳兵而走,或百步而后止,或五十步而后止,以五十步笑百步,则何如?曰,不可。直不百步耳,是亦走也。曰:王如知此,则无望民之多于邻国也。"《滕文公下》:"孟子曰,士之仕也,犹农夫之耕也。农夫岂为出疆,舍其耒耜哉?"

此种用喻之处,书中极多。唯于《墨子》及《孟子》书中,其设喻仍以"以其所知,谕其所不知"之用意较多。故于言喻之后,辄皆由喻以引起大段议论发择,使其所言之理,平切易晓;而于引喻为其理论证据之用意尚浅。当然此两种功用,亦只有程度之差别。用作解释之喻如确当不移,亦可为其理论之一例证;唯在用喻者之心理上,则只被用以解释事理而已。此观其文辞之排列,语气之轻重,及所取之喻在文中之地位,自可明了。今再引一二例以明之。

《荀子·非相篇》:"今夫狌狌形笑,亦二足而毛也,然而君子啜其羹,食其胾。故人之所以为人者,非特以其二足而无毛也,以其有辨也。夫禽兽有父子而无父子之亲,有牝牡而无男女之别,故人道莫不有辨。辨莫大于分,分莫大于礼,礼莫大于圣王。"《儒效篇》云:"故圣人也者,人之所积也。人积斫耕而为农夫,积斫削而为工匠,积反(贩)货而为商贾,积礼义而为君子。"

《管子·七法》篇:"不明于则,而欲出号令,犹立朝夕于运均之上,檐竿而欲定其末。不明于象,而欲论才审用,犹绝长以为短,续短以为长。不明于法,而欲治民一众,犹左书而右息之。不明于化,而欲变俗易教,犹朝揉轮而夕欲乘车。不明于决塞,而欲欧众移民,犹使水逆流。不明于心术,而欲行令于人,犹倍招而必拘之。不明于计数,而欲举大事,犹无舟楫而欲经于水险也。"《心术上》:"故曰,上离其道,下失其事。毋代马走,使尽其力;毋代鸟飞,使弊其羽翼;毋先物动,以观其则。动则失位,静乃自得,道不远而难极也。"

观以上诸例，可知喻在文中之地位与对所喻之关系，已更为深切。其所言之理与所取之喻，为一因果皆似之事类；其所言之为真实，有赖于所喻之为真实之证明；其关系颇似近代逻辑中所言之类比法。故喻在文中之地位，已不仅为喻其所不知，不仅为解释畅明，而为举喻以明其所言者有据，所举者必真。在前种情形，设喻乃为对方易解着想，故能解即为已足；在此种情形，举喻乃为人置信着想，其有怀疑者则必须并其所举之喻疑之。但喻多半为普通之常识，故用此可示其言之"殆无可疑"。此在战国前之典籍中，较为稀少；孟墨书中之设喻，尚不至过于加重意义。其运用乃一为时代之关系，一为各家学术本身之关系；至其普通一般之注重，则固为受当时社会及纵横之士之影响也。今试取庄子书阅之，其情形更为显著。即以首篇《逍遥游》为例，首以"北冥有鱼，其名为鲲。鲲之大，不知其几千里也，化而为鹏……"为喻，于喻叙毕后，只结以"故曰，至人无己，神人无功，圣人无名"。然后大段述"尧让天下于许由"之喻，以喻圣人无名；"藐姑射之山，有神人居焉"之喻，以喻神人无功；末以大匏之瓠落以喻至人无己。庄子于《寓言》篇中自言其表意之态度为"寓言十九，重言十七，卮言日出"。实则重言卮言亦喻言也。史迁已云"周著书十余万言，大抵属寓言也"。唯其用喻之方法，大抵皆开始叙述极长之故事，以为起喻；后始导出简短之一二语，以表本旨；后更取其他之喻以分别明此一二表意语。其方法颇似逻辑之推理，或几何学之证题；喻在此整个叙述程序中，有似结论之前提，或结论之证明。其所欲表之真意虽或不为人所置信，唯其所取之喻则固为常识所可接受者，引此以证彼，固无须喋喋正面叙述其理由也。喻之此种性质，表示为最明显者，莫若《韩非子》一书。其内、外储说诸篇，皆用喻以证其理之真者也。今引《内储说上》一条如下：

经一，"众端"参观。——观听不参，则诚不闻，听有门户，则臣壅塞。

其说在侏儒之梦见灶，哀公之称"莫众而迷"。故齐人见河伯，与惠子之言"亡其半"也。

其患在竖牛之饿叔孙，而江乙之说荆俗也。嗣公欲治不知，故使有敌。

是以明主推积铁之类,而察一市之患。

其言"经"者,以后有"传"详释所取诸喻之原委也。其余诸条皆用此同样组织,举一可明其余。观其立论方法,先以其所欲表之意,简书之为结论、命题,或定理之方式,不多加正面之释义,只用"其说在……""其患在……"两层以证明之;而两层下所举者,皆取喻之事类也。"其说"为本证,且名为"其说",其意实似由此诸所喻之事类以归纳得之者;故如依照之,其结果亦必良好。"其患"者,如认"其说"所在之诸事实尚不尽可导出"其说",如近世归纳法中所得命题之真,有赖于所依据事实之"完全",但搜罗事实"完全"乃一不可能之事,故又另设反例以证之;故"其患"者,即其结论之反证也。喻之性质,与仅作解释者已异,其用纯在证明其立论之至当。

关于喻之此两种用法之不同,可用韩非书中《解老》《喻老》两篇中所取之喻以明之。《解老》篇中虽多用说理之辞以阐其义,但亦有引喻者。今录二例于下:

先物行,先理动,之谓前识。前识者,无缘而妄意度也。何以论之?詹何坐,弟子侍,有牛鸣于门外。弟子曰:"是黑牛也,而白在其题。"詹何曰:"然;是黑牛也,而白在其角。"使人视之,果黑牛,而以布裹其角。以詹子之术,婴众人之心,华焉殆矣。故曰:"道之华也。"尝试释詹子之察,而使五尺之愚童子视之,亦知其黑牛,而以布裹其角也。故以詹子之察,苦心伤神,而后与五尺之愚童子同功;是以曰:"愚之首也。"故曰:"前识者,道之华也,而愚之首也。"

工人数变业,则失其功;作者数摇徙,则亡其功。一人之作,日亡半日,十日则亡五人之功矣。万人之作,日亡半日,十日则亡五万人之功矣。然则数变业者,其人弥众,其方弥大矣。凡法令更则利害易,利害易则民务变,民务变之谓变业。故以理观之,事大众而数摇之,则少成功,藏大器而数徙之,则多败伤;烹小鲜而数挠之,则贼其泽;治大国而数变法,则民苦之。是以有道之君,贵虚静而重变法。故曰:"治大国者,若烹小鲜。"

观以上二段,可知其"解"注重于发挥其义,故引喻仅为使所解更易明了,所谓切类指事是也。故于引喻之后,仍以说理之辞以示其同类,而后始可得结论焉。《喻老》篇中用喻则与此异,今引一段于下,以资比较。

> 越王入宦于吴,而观之伐齐以弊吴。吴兵既胜齐人于艾陵,张之于江济,强之于黄池,故可制于五湖。故曰:"将欲翕之,必固张之;将欲弱之,必固强之。"晋献公将欲袭虞,遗之以璧马;知伯将袭仇由,遗之以广车。故曰:"将欲取之,必固与之。"

《喻老》篇中各段组织,皆大致与此相似,故无须多举。观此已知二篇中用喻之不同矣。《喻老》篇中多半仅举事项,下即以"故曰"直引老子原文,不另加解释发挥之辞,是此喻足以明老子之理也。老子五千言,言简意赅,今仅以喻明之,是老子之言,即《储说》篇之所谓"经"也;所举之喻,即《储说》篇之所谓"其说"也。故在《喻老》篇中,实不需另外之解释语句,有此"喻"已足为其立说之证据,与《解老》篇之发扬其义者异也。《解老》之意在使人明,《喻老》之意在使人信;故《解老》虽取喻而必解释比较之,《喻老》则明其遵此道者必成功,即为已足。此为喻之两种用法之不同也。

此两种用法虽并行不悖,但于战国前则多用前者。自从人大盛,百家之学纷起之时,立言者期得对方之信仰,故后者之用法因之而起。《文史通义·诗教上》云:"战国者,纵横之世也。纵横之学,本于古者行人之官。观春秋之辞命,列国大夫,聘问诸侯,出使专对,盖欲文其言以达旨而已。至战国而抵掌揣摩,腾说以取富贵,其辞敷张而扬厉,变其本而加恢奇焉,不可谓非行人辞命之极也。孔子曰:诵诗三百,授之以政不达;使于四方,不能专对,虽多奚为。是则比兴之旨,讽喻之义,固行人之所肆也。纵横者流,推而衍之,是以能委折而入情,微婉而善讽也。"此段颇可说明言辞变化与时代之关系。喻之切类指事用法,只为文其言以达旨而已。喻之用作证据前提之法,则为敷张扬厉之辞焉。

汉代以后,百家罢黜,独尊儒术,故纵横之辞,影响甚微。所谓"子史衰而文集之体盛,著作衰而辞章之学兴"(《诗教上》),故喻之用作证据之法,即鲜用者。后代散文之发展,似受《孟子》一书之影响最大,此与学术思想有连带关系,但用喻则多偏于文言达旨之用。唯立言之著作虽衰,抒情之诗文则日渐发展,故喻之为用,关系仍甚重大。《文心·比兴》篇云:"且何谓之比，盖写物以附意，飏言以切事者也。"此即指汉后文辞中喻之性质。飏言以切事者，即承文言达旨之一用法，重在喻之使明也。写物以附意者，乃指一般抒情诗文中之用法，重在喻之使感也。此二者犹有微别。喻之使明，贵在切至；喻之使感，则不妨"纤综比义，以敷其华"。盖后世之诗赋，其所受最大之影响，实为楚辞。王逸《离骚·序》所谓"依诗取兴，引类譬喻。故善鸟香草，以配忠贞；恶禽臭物，以比谗佞；灵修美人，以媲于君；宓妃佚女，以譬贤世；虬龙鸾凤，以托君子；飘风云霓，以为小人；其词温而雅，其义皎而朗"者，实为后世辞章中用喻之祖。此种用法，并非说理使人明，而为抒情使人感也。乐府原于民间，内容多为抒情之作，故取喻亦以感人为主。达旨之喻，重在切事，故与所喻之事必须性质绝相类似；感人之喻，重在附意，故不妨"取类不常"。左思《三都赋·序》云："相如赋《上林》而引卢橘夏熟，扬雄赋《甘泉》而陈玉树青葱，班固赋《西都》而叹以出比目，张衡赋《西京》而述以游海若，假称珍怪，以为润色。"《文心·比兴》篇言"或喻于声，或方于貌，或拟于心，或譬于事"，而"莫不纤综比兴，以敷其华，惊听回视，资此效绩"。凡此皆言诗文中喻之用作感人者也。《昭明文选》为后世辞章之祖，所选以"事出于沉思，义归乎翰藻"为准则，而此二语据朱佩弦先生研究，实即"善于用事，善于用比"之意（详朱先生所著《文选序事出于沉思义归乎翰藻说》，北大文科研究所油印论文之九）。而"用事""用比"皆喻也，可知文辞中用喻之重要矣。魏晋以下，诗文之作日多，清谈之风转炽，故用喻尤为一般所重视。今摘引数例于下：

> 诸葛亮《前出师表》："不宜妄自菲薄，引喻失义，以塞忠谏之路也。"

> 《文心·书记》篇："刘廙谢恩，喻切以至。"

> 《吴志卷三注》引干宝《晋纪》："（纪）陟（弘）璆奉使如魏……晋文王飨之，百寮毕会。……又问吴之戍备几何？对曰，自西陵以至江都，五千七百里。又问曰，道里甚远，难为坚固。对曰，疆界虽远，而其险要必争之地，不过数四；犹人虽有八尺之躯，靡不受寒，其护风寒，亦数处耳。文王善之，厚为之礼。"裴注附云："臣松之以为人有八尺之躯，靡不受患，防护风寒，岂为数处？取譬若此，未足称能。若曰，譬如金城万雉，所急防者四门而已。方陟此对，不犹愈乎？"

263

《世说新语·文学》篇："殷中军（浩）为庾公长史，下都。王丞相（导）为之集。……既共清言，遂达三更。……既彼我相尽，丞相乃叹曰，向来语乃竟未知理源所归；至于辞喻不相负，正始之音，正当尔耳。"

《晋书》艺术传《王嘉传》："王嘉字子祥……潜隐于终南山……问其当世事者，皆随问而对。好为譬喻，状如戏调。"

凡此皆为言谈说理之用，故皆用喻以达旨，飏言以切事者也。《抱朴子》有《博喻》篇，亦此用法。其取喻务须切合相类，盖重在"以其所知，喻其所不知"，仍为使人明之用法也。至于辞章中之用喻，则与此不同。挚虞《流别》言赋"所以假象尽辞，敷陈其志"。陆机《文赋》言"若夫丰约之裁，俯仰之形，因宜适变，曲有微情，或言拙而喻巧，或理朴而辞轻"。萧统《文选序》言"盖踵其事而增华，变其本而加厉，物既有之，文亦宜然"。此皆可证辞章中之用喻，以附作者之意为主。诗文既主抒情，则喻之作用自为缘情以感人，非说理以达旨也。故《诗品》论颜延年诗为"情喻渊深"，谢灵运诗为"故尚巧似"，皆指作品中之用喻而言。《文心·物色》篇云："自近代以来，文贵形似。"形似即指用喻；言"近代以来"，即明辞章中之用喻，与昔日切类指事者有以异也。明理者以切至为贵，抒情者以形似为宗；二者虽不相悖，但亦不尽同。盖一重在切事，而一重在附意也。可知即由用喻之变化中，亦可窥语言文学进展之一面。后世诗文中之用喻，虽"比体云构，纷纭杂遝"。要皆不外此二义耳。

原载 1942 年 11 月《国文月刊》第 28、29、30 期合刊，署名王瑶。收《王瑶全集》第 2 卷《中国文学论丛》（河北教育出版社，2000 年版）。

文学的新和变

·

历史上有许多名词和说法,就字面的意义看起来,似乎和我们现在所指的差不多,但若就这样率直地了解古代的时候,便难免不发生若干误解。这里所谈的"新变"便是一个例子。

《南齐书·文学传论》云:"在乎文章,弥患凡旧。若无新变,不能代雄。"又说"属文之道,事出神思,感召无象,变化不穷"。在这里,我们可以如同我们现在对于文学所理解的,说"清新"和"变化"是作品的必要条件,这所说的正是一种文学原理。所以《文心雕龙·时序》篇云:"文变染乎世情,兴废系于时序。"可知新变同时也是一部文学史发展的法则。正如纪昀《爱鼎堂遗集序》所说:"三古以来,文章日变,其间有气运焉,有风尚焉。史莫善于班马,而班马不能为尚书春秋;诗莫尚于李杜,而李杜不能为三百篇。此关乎气运者也。至风尚所趋,则人心为之矣!此间异同得失,缕数难穷。大抵趋风尚者三途:其一厌故喜新,其一巧投时好,其一循声附和,随波而浮沉。变风尚者二途:其一乘将变之势,斗巧争长,其一则于积坏之余,挽狂澜而反之正。若夫不沿颓敝之习,亦不欲党同伐异,启门户之争,孑然独立,自为一家。以待后人之论定,则又于风尚之外,自为一途焉。"气运风尚究竟是什么,那是"史观"或历史发展的规律的问题,但就文学史的发展说,则总脱不了新和变。这就是一部文学史的总说明,同时也是一篇好作品的必要条件。陆机《文赋》云:"收百世之阙文,采千载之遗韵,谢朝华于已披,启夕秀于未振。"这是就创作时求新变的态度说的,所以黄侃《文心雕龙札记》里引这四句话说,"此言通变也"。后来做诗文的种种技术修辞上的考究,所谓"化臭腐为神奇",其实都是求新变的意思。杨升庵《丹铅总录》说:"古之诗人,用前人语,有翻案法,有伐财法,有夺胎法,有换骨法。翻案者,反其意而用之,东坡特妙此法。伐财者,因其语而新之矣,益加莹泽。夺胎、换骨,则宋人诗话详之矣。如梁元帝诗'郎今欲渡畏风波',太白衍为两句云:'郎今欲渡缘何事,如此风波不可行。'鲍照诗'春风复多情',而太白反之曰:'春风复无情'是也。又如曹孟德诗云'对酒当歌',而杜子美云'玉佩仍当歌'。非杜子美一阐明之,读者皆云当歌为当该之当矣……江总诗'不悟倡园花,遥同葱岭雪',而张说云:'欲持梅岭花,远竞榆关雪。'……古乐府云:'新人工织缣,旧人工织素,持缣来比素,新人不如故。'而无名氏效之云:'野鸡毛羽好,不如家鸡能报晓;新人虽如花,不如旧人能绩麻。'此皆所谓披朝华而启夕秀,有双美而无两伤者乎!"不过这里所说的,似乎意义很狭厌,近于后人所谓"推敲",似多着重在语言文字的形式。我们现在对于文学作品所要求的清新与变化,那意义就广泛得多,包括了内容、主题,和表现技术的各方面。

但齐梁人所谓新变,其意义较我们所说的实际上还要窄狭,也就是它更"专有所指",不像我们现在谈的这样普遍和广泛。《文心雕龙·通变》篇云:"夫设文之体有常,变文之数无方。何以明其然耶?凡诗赋书记,名理相因,此有常之体也,文辞气力,通变则久,此无方之数也,名理有常,体必资于故实;通变无方,数必酌于新声,故能骋无穷之路,饮不竭之源,然绠短者衔渴,足疲者辍途,非文理之数尽,乃通变之术疏耳。"纪昀评此云:"齐梁间风气绮靡,转相神圣,文士所作,如出一手,故彦和以通变立论。然求新于俗尚之中,则小智师心,转成纤仄,明之竟陵公安,是其明征,故挽其返而求之古。盖当代之新声,既无非滥调,则古人之旧式,转属新声。复古而名以通变,盖以此尔。"刘氏是不是以复古为通变,我们这里不想申论,但齐梁间因了风气绮靡,遂致有作品"如出一手"的现象,却是事实。所以大家都有了新变的要求,这要求并不是想改变绮靡的作风,而只是想使作品免于"如出一手"而已。其结果当然也难免流于所谓"小智师心,转成纤仄",但当时的风气却似正在力追绮靡,所以刘勰也说文体是固定的,而"通变无方,数必酌于新声"这句话非常重要,实在说起来,"变"就是为了"新",而"新"就是所谓"新声"。

文献中最早讲到新变的是《汉书·李延年传》,说"延年善歌为新变声",可知这词原是从音乐来的,那很显明地是指一种轻艳的乐歌,至于讲到文章的新变,则大都属于这个时代。《南史》六十二《徐摛传》云:"属文好为新变,不拘旧体……摛文体既别,春坊尽学之,宫体之号,自斯而始。"又《徐陵传》云:"其文颇变旧体,缉裁巧密,多有新意。"《梁书·庾肩吾传》云:"齐永明中，文士王融谢朓沈约，文章始用四声以为新变。至是转拘声韵，弥尚丽靡，复逾于往时。"《周书·庾信传》云："时（父）肩吾为梁太子中庶子，掌管记，东海徐摛为左卫率，摛子陵及信，并为抄撰学士。父子在东宫，出入禁闼、恩礼莫与比隆。既有盛才，文并绮艳，故世号为徐庾体焉。"可知所谓新变实在指的就是轻艳的宫体诗，如史称徐君蒨特有轻艳之才，新声巧变，人多讽习；新声巧变就是"新变"，也就是轻艳。《南史》梁简文帝本纪说"帝文伤于轻靡，时号宫体"。唐杜确《岑嘉州集序》说："梁简文帝及庾肩吾之属，始为轻浮绮靡之辞，名曰宫体，自后沿袭，务为妖艳。"但宫体之名，虽成于梁代，而向这个方向发展的轻艳趋向，却齐时已极显著，刘申叔《中古文学史》云："宫体之名，虽始于梁，然例艳之词，起源自昔，晋宋乐府如《桃叶歌》、《碧雨歌》、《白纻词》、《白铜鞮歌》，均以淫艳哀音，被于江左，迄于萧齐，流风益盛。"齐享祚只有二十四年，梁武帝即齐竟陵王邸八友之一，在文学史上齐梁是属于一个时代特征的，所以《文心雕龙》的成书虽在齐代（清刘毓崧《通谊堂集·书〈文心雕龙〉后》一文，于《文心》成书年代，考之甚确），但刘勰和萧子显所说的"新变"，都和当时一般的意义一样，是指"新声巧变"的轻艳文体的。《南史》四十二《萧子显传》言"简文素重其为人，在东宫时，每引与促宴，子显尝起更衣，简文谓坐客曰：'常闻异人间出，今日始见，知是萧尚书。'其见重如此。"可知萧子显与梁简文帝原是气味相接的人物，那么《南齐书》所谓排除凡旧的"新变"自然也即指此。刘勰年代虽略早，但齐梁陈艳丽之风的发展，本来是一脉相承，愈来愈盛的；所以《文心》一书中所指的新变的意义虽然比较广泛一点，但还是指当时一般的文体趋向说的。他只是欲使于新变之中免于"如出一手"而已，并不是想根本变更轻艳的作风；《文心》一书本身所采用的文体，就是最好的说明。

可知"新变"原来只是专指一种文体或文学思潮的特征，但语言本来是多义的，自然它内涵的意义也会慢慢丰富起来。因为侧艳之词本来是导源于晋宋乐府，而自齐永明以来，文人为文又皆用宫商音韵，所以《庾肩吾传》说"王融谢朓沈约，文章始用四声以为新变"，于是新的意义便多指新声，同时自宋齐以来，文章侈言用事。《诗品》说颜延之"喜用古事，弥见拘束"，又说任昉"昉既博物，动辄用事"，慢慢便成了《南齐书·文学传论》所谓"缉事比类，非对不发"；《文心》也讨论到"事类""丽辞"的长篇，所以"新"又包有

"俪典新声"的意义。而"变"也包括"文辞气力",要"斟酌乎质文之间,而檃括乎雅俗之际"(《文心·通变》篇),是兼指创作方法的。后来人讲到新变的则多半不考究原来的意义,只是就一般的字面意思说,连清代力崇六朝的阮元,在他《与友人论古文书》中说:"夫势穷者必变,情弊者务新,文家矫厉,每求相胜",所说的"新"和"变"也还是指"清新"和"变化"的意思,和我们现在所说的差不多。

就字面讲起来,文章要求新变本来是很好的意思;而且无论就创作态度说,或就文学史发展的一般规律说,"清新"和"变化"本来也是不可动摇的真理。创作要求新变就是不要"陈腐"和"差不多",无论内容或形式;文学史上的新变,更是历史演进发展的必然现象,这都是古今同一的道理,不可动摇的。但若读历史时忽略过了,以为"新变"在齐梁时和我们现在所说的意思完全一样,便难免不发生一些误会。

1946 年 11 月 13 日

原载 1946 年 11 月 18 日北平《新生报》"语言与文学"周刊第 5 期,署名王瑶。收入《中国文学纵横论》(台湾大安出版社,1993 年版),又收入《王瑶全集》第 2 卷《中国文学论丛》(河北教育出版社,2000 年版)。

谈古文辞的研读

　　中国文学史的主流是诗和文，但今日研读过去作品的人都感到对于"文"最无兴趣。大学里中国文学系的课程属于集部的大半是诗，而"历代文选"一课常常是教者最不容易讨好而学生也最感索然的课程。有的大学采取分期教授的办法，情形还比较好点，不然，便和高中或大一的国文教本没有什么分别了。各期中先秦文的一段因为多属于经、子典籍的范围，情形还好，汉、魏、六朝文和唐、宋文两段因都是属于过去所谓词章的范围，这种情形最普遍严重。

　　普通研读古书的人，分析起来，大概有三种兴趣做他的心理支持，促使他向着这个方向努力。（一）研究了解的兴趣。（二）模仿习作的兴趣。（三）作品欣赏的兴趣。这三种动机有时是单独的，有时是错综的；但学习的主要目的大概都不外乎此。以前人是这样，现在人也是如此，虽然在态度上有了变化。

　　以这三种动机来分析，大概研读经、子、史三部，或旧日所谓义理、考据的部分，主要都是第一种兴趣。虽然时代有了变化，譬如说以前人读《史》《汉》是存有模仿习作兴趣的，现在这方面却很淡漠了；又如现代人念《诗经》比以前增多了一些欣赏的兴趣，但大致还是如此的。以前的大学中国文学系过分注重考据，就因为在研究方法等许多方面都还是承继着清朝学者的传统。姑且粗浅地照旧日的说法，义理的部分现在归了哲学史的范围，词章的部分归了新文学，研读古书自然偏重了考据。譬如说，看见一个大学生拿着一本《庄子》，如果是郭象注本，大概是哲学系的学生；如果是《庄子集解》或《集释》《义证》之类的本子，那么这学生大概是中国文学系的。因为当模仿习作的兴趣落了空，欣赏的兴趣又打了折扣，所剩下来主要支持学习的，只有研究了解的兴趣，而这自然便沾染上了考据。无论校勘、笺注、训诂、考订，或对于某一问题的探索和研究，都可说是考据。平心而论，考据并不是要不得的事情，要建立新的史学以及对于过去有正确的批判，都必须借重于精确的考据；不过以为天下学问唯有考据，鼓励人人去考据，才是要不得的事情。以研究了解的态度去读古书，是学者的态度，以前人也是有的；不过现在因为第二、三种的兴趣减少了，所以这种兴趣特别多。经、子、史三部分的书籍因为时代比较古，理论和历史的价值比较高，不尽属于文学的范围，所以研读者的动机也多半是由于研究了解的兴趣。

诗和文的情形便不大同了，虽然现代也有完全用研究考证的态度去处理的人，但传统的研读诗文的动机却大半都是欣赏和模仿习作的兴趣。就诗来说，诗集中注本最多的是陶渊明和杜甫，就因为是历来喜欢和学习他们的人数很多的缘故。仇兆鳌以平生之力注杜诗，他自己便是学杜的。杜甫"熟精文选理"，是因为要"读书破万卷，下笔如有神"。我们说"熟读唐诗三百首，不会作诗亦会吟"，就是说明开始研读时即具有模仿的兴趣。所谓江西派的诗，梦窗派的词，都说明虽在近代，还有一部分人是以模仿和欣赏的两种兴趣来研读诗词的。新文学发展以后，模仿的兴趣大大减少，以至消灭了；于是研读旧诗便只剩下了欣赏的兴趣（虽然也有的逐渐加入了研究了解的兴趣）。但诗本来是抒情咏怀的作品居多，中国诗一般的时代背景又比较淡漠，而主要的诗里所表现的传统士大夫们的心境，也还能为读懂古书的知识分子底胃口所接受；所以仅凭欣赏的兴趣支持，也还赢得了不少学习的人底爱好。

但"文"便不同了。中国传统的文的意义，和现在新文学所说的散文不同。这只要看看旧日文体的分类法，便可以知道。无论章表、书记或论辩、序跋，他开始属文时的目的都是实用的，是为了办一件事而作的。文体的辨析和溯源向来是中国文学批评文献中的一个主要部分，但各体的源或流都主要是属于应用性质的。因此学习属文的人，也多半是出于模仿习作的动机，单纯欣赏的兴趣比较少。无论宗骈宗散，桐城派或"文选"派，他们学习的主要动机都是模仿习作。我们不妨举两个例来说明，李兆洛《骈体文钞》序云："少读《文选》，颇知步趋齐、梁。后蒙恩入庶常，台阁之制，例用骈体，而不能致工；因益搜辑古人遗篇，用资时习。"姚鼐《古文辞类纂》序言其编次乃为"少年或从问古文法"，谢应芝与胡念勤书中称美《古文辞类纂》亦云："《类纂》自《战国策》《离骚》以暨于方灵皋、刘才甫，其间可增损者，盖鲜矣。……所以为学之矩矱者，其意微矣。"以前人学"文"的主要动机既是为了模仿习作，所以必须熟读朗诵；现在人没有了这种兴趣，所以学校里每早都有许多大声念外国文的人，但绝没有念古文的；正因为学外国文的动机也是模仿习作。又古人属文时的动机既然大半是实用的，里边自必含有许多历史的因素；抒情描写的成分比较少，而叙事说理的成分比较多；而这些事和理却又都是现代人所不能接受的。内容如此，而形式上的美如裁对、隶事、文气、义法等，也都和现代的要求脱了节；所以仅凭作品欣赏的兴趣，是很难维系学习者底爱好的。先秦文多半采自经、子典籍，需要研究了解的兴趣，所以情形不大相同。汉、魏、六朝文和唐、宋文两段，这种情形最普遍；因为支持学习者的三种兴趣都落空了，所以学的人自然会感觉到索然无味。

我们并不在这里提倡古文，因此也并不要求学习的人恢复模仿习作兴趣。历代所流传下来的文篇，非常之多，一个课程所能讲授的，最多不过几十篇，因此学习的人所能看到的，也只是一个大致的轮廓；但我们不希望连这一点儿效果也落了空。以前人认为学习属文是每个读书人都必须的，因为有它的实用价值，《古文观止》和《六朝文絜》之类书的流行，就可说明这现象。现在人并不需要工于古文辞，所以愿意学习的人自然应该改换态度。我的意思是说如果学习的话，应该要培养一种历史的兴趣；这样才可以使他有研读的心理支持，不至于索然无味。所谓历史的兴趣其实就是研究了解的兴趣和欣赏作品的兴趣底综合。

我们可以举闻一多先生的研究讲授唐诗为例。他反对旧诗，自己也从不作旧诗，自然谈不到模拟习作的兴趣。他有一个唐诗选本，但讲授时也并不过分注重技巧以及意境的欣赏；更重要的，他把选本中的诗当作文学史的例证来阐明文学史的发展；考订作者所遭遇的史实，和在历史中的关系及地位。这些都清楚了，再念作者的两首诗，便会令人感觉到非常亲切，对作品的了解也因之加深了。我想，用这样的办法来研读"文"，也许更加适合。因为一般地说，文和历史的关系更牵连得多，有些著名文篇本身便是最重要的史料。如果我们先把作者和作品在历史中的关系和地位弄清楚，再把当时文章的一般风格和倾向注意到，然后将所读的文篇作为例证来了解，那么不但可以增加欣赏的能力和兴味，而且可以对历史发展提高了认识和研究了解的诱惑。因为在今日而研究过去的文献,不论经、史、子、集,或注重在哪一方面,其基本点必须注重在时代历史的发展。所以一个人在研读古代作品时,一定要培养一种历史的兴趣,对古人有合乎历史真实的了解。这样,自然可以欣赏他们的作品,而且并不只是字句辞藻的形式的欣赏,于是也自然便不会感到索然无味了。其实这仍不过是上面所谓研究了解和作品欣赏的两种兴趣底综合,但这样就可恢复学习者底心理支持了。

这些话都只是为专门研读古书的大学生说的,对一般人这并不是急需的事情。

1947 年秋,笔者在清华大学授"汉、魏、六朝文"一课;讲课之初,首述此意,爰记之成篇

原载 1948 年 3 月 2 日北平《新生报》"语言与文学"周刊第 72 期,又载《国文月刊》第 68 期,署名王瑶。收入《中国文学纵横论》(台湾大安出版社,1993 年版),又收入《王瑶全集》第 2 卷《中国文学论丛》(河北教育出版社,2000 年版)。

中国文学批评与总集

 文学批评的作用和价值,在于它能够给予读者和作者以理论或方向的指导与影响;因此从历史发展看来,文学批评史和文学史是密切相连的。中国的文学史主要是一部封建社会的文学史,因此我们考察中国文学批评的发展时,也不能机械地照着近代西洋文艺思潮的理论去比附它,而应该从它自身的发展和当时的一般情况去说明。中国文学批评史的研究是"五四"以后受了资本主义文化的影响才兴起的;在过去的目录学里,经史子集的分类次序同时也表示了这些书彼此间价值的高下,而"诗文评"不过是集部的一个尾巴,是很没有地位的。现在的研究者的主要办法,就是从过去"诗文评"以至文集一类书里,以人或"派"为单位的,找出相当于"文学批评"这一概念的材料,然后加以归纳演绎,替它组织成文学观念的体系,这样按时代排列起来,就成为坊间的各种中国文学批评史了。写一部历史性质的书自然首先要解决立场观点的问题,写一部文学批评史还必须解决文艺思想的问题,这都是带有根本性质的;但即使仅就研究材料的取舍上看,也还存在着很大的问题。首先我们必须要解决的是过去的"诗文评"是否即等于现在所说的文学批评,我们研究文学批评是否应该以"诗话"之类当作仅有的对象。

 诗文评的专书里固然包含着一些对作品和作家的品评,文体修辞的说明,但不只片段的多于成形的,散漫的多于系统的,而且掺杂着轶闻异事,佳话故实,带有很浓重的说部性质。从那里爬梳剔抉,加上现代人的逻辑归纳和推论,自然也能组织成一套文学理论的系统,因此也可以说它就是中国过去文学批评的一部分。但若就文学批评存在的作用和价值说,从它对当时读者和作者所发生的影响说,这些书并没有发生过如现代人所整理出的那么多的理论作用,一般人只是把它当作说部闲书来看待的。这也并不就表明过去的读者和作者不重视或不接受批评的指导，就影响上来考察，对读者和作者发生"文学批评"的实际效果的，倒是"总集"；那作用和影响是远超过诗话之类的书籍的。

中国总集的成立和文学批评的出现是在同一时代里，而且有时简直就是一个人担任着上面的两种任务，例如晋代的挚虞；因此总集的选辑不只也是一种批评，而且简直就是他的批评理论的实践。正如中国传统的各种哲学派别都要联系到实际政治一样，文学批评也是和作品密切相连的。"批评是第二流货色"的观念由来已久，曹子建就讥笑过刘季绪"才不能逮于作者，而好诋诃文章，掎摭利病"①，但他自己并不否定批评的需要，而且也在同样批评别人。因此如果说批评可以对于作家发生指导和帮助的话，总集就是一种具体的标本示范；这在过去的确也给了作者和读者许多方便，他们可以揣摩，模仿，而且节省时间和精力。对于批评者也是一样，选取已有文章中之适合于自己观点的，辑为一书，流传和效果都要比一篇文章或几条笔记大得多。举例说，《文心雕龙》和《诗品》都是文学批评的专著，但不只在当时没有发生广大的影响，唐宋人征引的也并不多；特别是《诗品》，到明清才有人注意。但作为总集的《昭明文选》就不同了，从萧统、曹宪到唐朝的李善、许淹、公孙罗诸人，成立了所谓"选学"，以后不只每代都有研究的人，而且作者和读者所受的影响也是极其巨大的。杜甫"熟精《文选》理"，近代李审言且有《杜诗证选》一书来专门考察；宋祁小名选哥，自言尝手抄《文选》三过。宋初且有"《文选》烂，秀才半"的谚语，一直到"五四"新文化运动，主要的敌人之一还是"选学妖孽"呢！当然，从《文心雕龙》或《诗品》来看作者的文学观念是要比从萧统的《文选序》容易找出系统来的，但文学批评的重要和意义既在它曾于一定时期对作者和读者发生过作用与影响，那么《文选》不是更其重要得多么？而且在《隋书·经籍志》里，《文心雕龙》和《诗品》这些书还都归在"总集"里，和《文选》是一类，这说明当时人对总集的观念和作用是和批评一样看待的；后来诗话之类的书多了，才另分立了一类。我们现在研究中国文学批评史，不但不能把它和文学史的发展脱离来看，而且文学批评史正是一种类

---

① 曹植：《与杨德祖书》。

别的文学史,像小说史、戏曲史一样;因此不能只从形式上找相当于文学批评的概念的材料,而须考察在历史发展中它所起的作用和文学所受的相当于"批评"的实际影响。因此总集以及评点本的别集,都应该注意;而那里边也的确显示了选辑者和评点者的文学观点。

还有一点使我们不易从"诗文评"的书籍中把握到作者的文学中心思想的,是历代的评论家都喜欢用一些意义不太确定的形容字样;例如"风骨""神韵"这些词,而且各家或各时代运用时的意义也不完全相同。这些通常的用词和概念必须经过详细的辨析,才能明了它的确切的含义。这种工作,过去朱自清先生曾作了一些;譬如说"言志"的意义,在某一时期和"载道"相同,另一时期却又和"载道"相反,而和"缘情"相同。又如"不失风调"一句话,朱先生研究的结果,凡是用这句话所批评的诗,都是著名的七言绝句,这是一首好的七绝的评语;再从各种例证来分析,知道"风"是指抒情的成分,"调"是指音节的铿锵,由此知道七绝这一体是传统以为不适于叙述和描写的,而且不能有拗体。这虽然是很琐细的工作,但弄清这些批评概念的含义是大大有助于我们整理过去的文学批评史的。而对于总集的考察与研究也同样可以使我们更明确某一家或某一派的文学思想;譬如说桐城派所标榜的"义法"罢,他们自己就从来没有说清楚过,而且受他影响的人也并不是受了"义法"的理论的影响,但我们只要考察《古文辞类纂》和《归方史记》这些书,就清楚了他们注意的和提倡的是什么了。鲁迅先生曾说:"凡是对于文术自有主张的作家,他所赖以发表和流布自己的主张的手段,倒并不在作文心,文则,诗品,诗话,而在出选本。"[①]譬如宋朝道学家对文学的看法,没有比真西山的《文章正宗》再表示得明白的了。因此我们要弄清楚王渔洋的《神韵说》,看《带经堂诗话》是不够的,但一看《唐贤三昧集》和《唐人万首绝句选》的体例取舍,就全清楚了。沈归愚的温柔敦厚说也是如此,《说诗晬语》中远不如三朝诗《别裁集》表现得清楚。而且更重要的,读者和作者所受的影响主要是从总集来的,研究文学批评史总不能忽略某一种主张所发生的影响和效果罢。一直到全国解放之前,在社会流行最广的关于古代文学的书籍还是《唐诗

① 鲁迅:《集外集·选本》。

三百首》《千家诗》《古文观止》《六朝文絜》这几种书，可知总集这一形式的影响之巨大了。

总集的选辑当然给人以不少的方便，知途径，省时间。《四库提要》说它的好处有二，一是"网罗放佚"，一是"删汰繁芜"；如果选辑得很精的话，是可以有这些好处的。但现在看起来，过去的一些总集的书籍却实在很少好的，鲁迅先生屡次主张评论文学史上的作家一定要就他的全部作品着眼，就是怕上了选家的当。因为无论总集或评点的别集，它既可以代表评选者对作品的意见，那自然就跟选家的文学思想和观点是一致的，而有资格评选文章的人又多半是生活上很得意的高级士大夫阶层，于是入选的诗文就都是他所认为很"醇正"的了。因此过去的总集，只能把它看作是代表选辑者自己的批评观点，是研究文学批评史的人应该注意的；而不能把它当作是历代诗文的代表作，作为接受文学遗产的借鉴。鲁迅先生说："选本所显示的，往往并非作者的特色，倒是选者的眼光。眼光愈锐利，见识愈深广，选本固然愈准确，但可惜的是大抵眼光如豆，抹杀了作者真相的居多，这才是一个文人浩劫。"①从中国的传统情形说，总集的选家就是文学批评家，选辑就是他批评的实践，因此他是不可能有超然的客观和所谓"公平"的。例如明末的张岱，以为选文造史须"虚心平气"，"心如止水秦铜，并不自立意见"；鲁迅先生批评说："然而心究非镜，也不能虚，所以立虚心平气为选诗的极境，并不自立意见为作史的极境，也像立静穆为诗的极境一样，在事实上不可得。"②这是驳斥超阶级观点的。所以无论选辑或批评，事实上都代表着编著者个人的思想和看法，这也就是很少好的总集的原因。

过去的好的总集虽然不多，但以总集来当作文学批评的实践的这一传统，却仍然是值得我们承继发扬的。我们现在说要有指导有批判地接受文学遗产，那方式之一就是以新的立场观点来选辑新的总集，一面夺取《唐诗三百首》和《古文观止》等书的读者群，一面也以新的"导言"来指导爱好文学的青年重视和学习我们的文学遗产。既是选辑，必有批判，这

---

① 鲁迅：《且介亭杂文二集·"题未定"草（六）》。
② 鲁迅：《且介亭杂文二集·"题未定"草（九）》。

是指导接受文学遗产的很具体的一种方法。凡是比较好的总集总可以做到"网罗放佚"和"删汰繁芜"这两点,以"五四"以来的新文学为例,一部《中国新文学大系》保存了许多现在不大看得见的作品;固然那也不是理想的总集,但的确是有许多优点的;如前有"导言",按时代排列,而且有些选得也很精。抗战期间离现在很近,但有许多作品已经很不容易找到了,尤其因为那时是用土纸印刷的。"左联"时期的作品因为统治者查禁迫害得太凶,流传下来的也很少。因此不只传统的文学遗产,"五四"以来的作品也同样需要选辑新的总集。所以我们不只要求研究文学批评史的人注意总集曾发生过巨大影响的这一历史事实,而且也要求现在的文学批评家把选辑作品当作他的批评工作的一部分。这对"网罗放佚"和"删汰繁芜"两个目的是可以达到的,因为我们这个时代是可以充分地要求选辑者掌握正确的立场观点和方法的了。这种工作对于读者和作者都会有良好的影响,从历史发展的情形可以说明是如此,从现实的要求也可以说明是如此。

1950 年 5 月 1 日

原载 1950 年 5 月 10 日《光明日报》"学术"专刊第 6 期,署名王瑶。收入《中国文学论丛》(平明出版社,1953 年版),《关于中国古典文学问题》(上海古典文学出版社,1956 年版),《中国文学纵横论》(台湾大安出版社,1993 年版),又收入《王瑶全集》第 2 卷《中国文学论丛》(河北教育出版社,2000 年版)。

《陶渊明集》前言

一

陶渊明是中国文学史上的伟大诗人之一，曾对后来发生过广泛的影响。他生在东晋后期（365—427），从少年起就经历了很多政治上的纷扰，所谓"弱冠逢世阻"；后来由出仕到归隐，更遇到了晋宋易代的变迁；他对当时的政治是很不满的。那时正是一个门阀势力强固统治的社会，士庶的界限非常严格，历史上关于当时区别身份门第的故事，以及高门大族出身的文人们的玄谈风气和豪奢习尚的记载，都是非常之多的。渊明虽然也出身于士族，他的祖父父亲都做过太守之类的官，思想上也有许多与当时士族文人相同的地方，但他同当时掌握实际统治权力的高门巨族间的距离还是很远的。他固然也可以出仕，而且实际上也出仕过四五年，但最多也只能得到参军、县令这样的职位，而且还得叹息"求之靡途"；这正如和他常常周旋的一些人也是主簿、参军之类的掾属佐吏一样，那虽然也是一些官吏，但和当时高门巨族出身的人物究竟是很不相同的。他是否陶侃的后裔现在尚未论定，但陶侃也是出身寒微，以武功致贵的；对渊明的地位并无影响。因之在那个门阀统治的社会里，他的处境是很难在仕途上求发展的。加以中年屡经丧事，又遭火灾，"夏日长抱饥，寒夜无被眠"，生活的确很困苦。他看不惯当时政治的卑劣和腐败，"代耕本非望，所业在田桑"，他宁愿归隐和种田。他也鄙视那些士族们的腐烂豪奢的生活。"岂期过满腹，但愿饱梗粮，御冬足大布，绨粗以应阳"，可见他对生活的要求并不高。"人生归有道，衣食固其端，孰是都不营，而以求自安"，他也反对那种不劳动而坐享其成的生活。这种种情形就使得他与当时一般士族文人的生活间有了距离，而和农民之间倒有了"共话桑麻"的可能性。在他开始躬耕的时候，他还可以"虽未量岁功,即事多所欣",那主要的用意似乎还在"庶无异患干";到后来便"不言春作苦,常恐负所怀"了。到晚年"旧谷既没,新谷未登"的时候,更感到饥馁之患了。这就是说由于他经历了穷困和劳动,不只使他和劳动人民之间的距离相当缩小,他自己的思想感受也在农村生活的体验中有所改变。这是陶诗的人民性的一个重要来源。他除歌颂过"平畴交远风,良苗亦怀新"的田园自然景色外,也歌颂过劳动和劳动人民。"山中饶霜露,风气亦先寒,田家岂不苦,弗获辞此艰";"衣食终须纪,力耕不吾欺";不能不说是在一定程度上表达出了农民从事劳动的真实感情。"农务各自归,闲暇辄相思,相思则披衣,言笑无厌时";"相见无杂言,但道桑麻长";在他和农民的交往中也有一种真诚的情感。就因为"晨兴理荒秽,带月荷锄归",在一定时间、程度上他自己也是参加劳动的。这种生活内容就使得他的诗无论在内容上或风格上都与当时一般作风有了不同的表现,使他的作品有了独特的光辉。

鲁迅先生说:"但陶集里有《述酒》一篇,是说当时政治的,这样看来,可见他于世事也并没有遗忘和冷淡"(《而已集·魏晋风度及文章与药及酒之关系》)。陶渊明虽然归隐了,但他对政治是极关心的。萧统《陶渊明集序》说陶诗的特点就在"语时事则指而可想,论怀抱则旷而且真";集中除《述酒》一篇外,说到当时政治时事的地方还有好多,也可以很明显地看出他的怀抱和态度。不过也有很多注家过分滞执于他对晋室衰亡的忠愤,例如明黄文焕的《陶诗析义》;好像每首诗都有托讽,那也是不对的。渊明固然不满意刘裕的行为,对晋室也有相当的依恋,但他归田隐居之时距晋亡尚有十五年,是不可能简单地用忠于晋室来解释的。由作品中就可知道,他是有所反抗和批判的,但那对象主要是当时实际掌握政权的市朝显达,刘裕当然也可以包括在内。他不愿与这些人为伍,他对现实感到不满,但又无力反抗,因之就逃避归隐了。这在他思想上当然不能没有矛盾,而且事实上少年的豪壮使他回忆,家境的穷困使他烦恼,衰病的来临使他苦闷,政治的变化使他慨叹;他虽然也想"无复独多虑","聊乘化以归尽",但事实上却只是"履运增慨然";这正反映了他对世事是不能冷淡和忘怀的,而消极归隐也并不能真正地解决他思想中的矛盾。渊明的饮酒就正是因为这个矛盾无法解决而勉强采取的一种消极逃避的手段。"流泪抱中叹,倾耳听司晨",他是很关怀现实的,也是很痛苦的;但"理也可奈何,且为陶一觞",无可奈何就只有用酒来逃避和麻醉了。萧统《陶渊明集序》说："有疑陶渊明诗篇篇有酒，吾观其意不在酒，亦寄酒为迹者也。"饮酒是陶诗中的一个重要题材，对后来的影响很大；这原因都可以用"意不在酒、寄酒为迹"来说明；从集中歌咏饮酒的诗句来分析，就更清楚。"但恨多谬误，君当恕醉人"；"一士常独醉，一夫终年醒，醒醉还相笑，发言各不领"：这说明了他饮酒是为了逃避，借酒来韬晦免祸的。即使别人对自己有劝仕或迫害的意思，但自己既然常独醉，自然彼此无法畅谈，只有"发言各不领"了。这正和钟会问阮籍以时事，"欲因其可否而致之罪，皆以酣醉获免"一样。如果对方发觉有什么错误的话，"君当恕醉人"，也可请求别人的谅解。从这方面讲，他的饮酒是为了退隐和逃避。如果逢着什么"念之心中焦"的事，他就"浊酒且自陶"一下。另一方面，"悠悠迷所留，酒中有深味"；"一觞虽独进，杯尽壶自倾，日入群动息，归鸟趋林鸣，啸傲东轩下，聊复得此生"：这是写饮酒之乐的，是一种小有产者满足于现实生活的情趣，也就是一种安于现状的麻醉。正因为对现实不满，而又无力变革，而且也看不出可以变革的希望，遂采取了消极的"独善其身"的逃避办法，那么由此而甘寂寞和安于现状，正是由洁身自好的退隐发展下来的必然结果。钟嵘《诗品》说陶渊明是"古今隐逸诗人之宗"，隐居虽然只是一种由个人出发的逃避，但也带有一定的对统治者的反抗意义，这也就是历代人民对一些隐士的气节还能发生敬佩的原因。历史上虽然也有过一些例如"终南捷径"式或"山中宰相"式的隐士，但陶渊明的隐居显然不是"身在江湖，心存魏阙"的那一类，这是可以由他的事迹和作品来证明的。因此，他的隐居虽然和他的饮酒一样，也是一种逃避，但那的确是含有不满当时统治阶层的意义在内的，是中国传统的重正义尚气节的行为的好的一面的继承。因此不只他的"文体省净"的诗可以当得起"古今隐逸诗人之宗"的评价，"每观其文，想其人德"，在对他所不满意的统治者毅然不合作的实际行为上也是如此的。

他早年本来并不是像后来那样消极的，"少时壮且厉，抚剑独行游"；"忆我少壮时，无乐自欣豫，猛志逸四海，骞翮思远翥"；他少年时曾有过豪放的生活，志向远大，是很希望能够建立功业的。"少年罕人事，游好在六经"，他同时也接受了传统的儒家教育。但在出仕过一个短的时期以后，现实终于使他感到了"违己交病"，于是便选择了退隐归耕的道路；他所歌颂的理想人物也就成了长沮桀溺了。这在他本来是条不得已的道路，"时乖运见疏"，"自余为人，逢运之贫"，感慨是很多的。但他对当时的仕途非常鄙视，如说"语默自殊势，亦知当乖分"；"纤辔诚可学，违己讵非迷"；又说"市朝驱易进之心"，他把自己同这些人的界限是划得很清的。"遥遥沮溺心，千载乃相关"，他自己的生活遭遇和当时流行的老庄思想，都使他选择了一条洁身自好的退隐的道路。

他对政治是有理想的，《桃花源诗(并记)》的材料虽然有当时实际传闻的根据，但他的确是把它当作社会理想来描写的。那是一个与现实社会远隔了的，没有现实中种种扰乱与贫困的所在；"春蚕收长丝，秋熟靡王税"，正是《老子》中所写的那种小国寡民的生活。"仰想东户时，余粮宿中田，鼓腹无所思，朝起暮归眠"，诗中也有同样的表现。"羲农去我久，举世少复真"；"重华去我久，贫士世相寻"；就因为他不满意当时一般仕宦者的虚伪和人民的贫困，他才希望能有一个如同上古原始时代的大家都"怡然有余乐"的社会。他把这个理想形象地表现在《桃花源记》中，在那里，绝没有那种他所讨厌的人物，所有的都是农民；但又不像一般农民，他们都有一种悠闲高旷的情趣，每个人都有点像陶渊明自己，这就是他的社会理想；这种理想和他的社会地位、生活情况，都是合拍的。而且也多少反映了农民的要求和理想；"春蚕收长丝，秋熟靡王税"，不也正是农民在当时所可能有的现实要求吗？当然，这种思想的形成和当时在上层士大夫中流行的老庄哲学是很有关系的，从作品中看来，他自己的思想所受老庄哲学的影响就很大；但他关心时事，自营衣食，反对当时流行的佛教思想"神不灭论"，认为"有生必有死，早终非命促"；他的思想也有一大部分是从实际生活的体验中得来的，而这也正是使他的作品发生光彩的重要原因。

二

正因为他有了以往文人所不曾经历过的田园生活，并且参加了"躬耕"的实际劳动，遂使得他的诗也有了与当时一般文人不同的新鲜真实的内容。田园生活本身是朴素的，自然的，他在这样的生活中自然会不断地得到新的启示和触发，在亲身参加劳动以及与劳动人民生活的接近中，渊明自己的思想感受也受到了一定的陶熔和洗练，因此就使得他虽然处在一个崇尚骈俪的文学作风占统治地位的时代里，而仍能形成一种单纯自然的新颖的风格；这种风格正是田园生活的本色的表现。像"结庐在人境，而无车马喧"，"今日天气佳，清吹与鸣弹"这类近于口语的句子，像"桑麻日已长，我土日已广"这类近于歌谣的句子，在那个时代都是非常突出和特殊的，而这种艺术上的单纯自然的特色却正是他长期体验生活的结果。这种情形我们也可以拿他在文学史上的地位和影响来说明；"虽留身后名，一生亦枯槁"，的确是他的写照。他的诗在后来虽然发生的影响很大，但在当时却简直没有人注意。晋末的诗人，大家举殷仲文、谢混；同时代由晋入宋的诗人，江左并称颜、谢，都不论及渊明。钟嵘《诗品》仅列之为中品，而文学批评的专著《文心雕龙》，历评以往各代著名文人，竟无只句涉及渊明。此外如沈约《宋书》，只把他列在《隐逸传》，而于《谢灵运传》后作长论以阐一代文风，其中也没有说到渊明。《南齐书·文学传论》以及晋宋各史传，都没有论到陶诗。如果说他在当时还有一点为人重视，也只是为了他的行为，而不是为了他的诗。《文选》江文通《杂体诗》三十首中，有拟他的一首，《诗品》列之为中品，才算开始有人注意到他的诗；但一则题为"田园"，一则评为"隐逸诗人之宗"，评价都不算高，最多也只承认他一方面有成就。直到梁昭明太子编集作序，采他的诗入《文选》，渊明才在文学史上有了一个较高的地位，但离东晋已经过三个朝代了。为什么陶诗在当时这样不受人重视呢？原因之一就是他人微言轻。在那个重视门阀地位的社会里，诗文只是市朝显达的专有品，像他这样一个日渐沦落的小有产者，是不会被人重视的。沈约《宋书》成于齐永明五年（487），距渊明卒年（宋元嘉四年，427）仅六十载，但传中对他的名字已有了"或说"的疑问，就可证明他在当代地位身份之寒微了。更重要的，因为文化是掌握在高门大族的手里，他们的生活和对于诗的要求都和陶诗的单纯自然的风格不合拍，因此像谢灵运的富艳难踪的诗体，当时可以蔚为风气；"俪采百字之偶，争价一句之奇"的雕琢，也可以为当世所竞；而陶诗则认为是不登大雅之堂。根本田园生活在当时就认为俚俗，不可以入诗；那是和高人隐士们所玩赏、所栖隐的"山水"有区别的。谢灵运说"樵隐俱在山,由来事不同",这不同就是雅俗的分界。譬如谢灵运的山水诗,就是在"凿山浚湖,穿池植援,出入群从,结队惊众"的情形下写成的;而且屈柄笠、谢公屐,豪华远达京都,邻郡疑为山贼,这都不是渊明所可比拟的。渊明归田后虽然也因遇火等事屡经移居,但无论上京或南村,栗里或庐山,总之是足迹没有出过百里,他只是固定地生活在那种朴素平淡的农村里,而这也就决定了陶诗的单纯自然的独特风格。像会稽永嘉的名山水是可以用富艳雕琢的笔调来绘声绘色的,而像"暧暧远人村,依依墟里烟"的那种农村生活却只能用单纯朴素的笔调去写,这就形成了他与当时一般文人们的风格的不同。但"俪采百字之偶,争价一句之奇"是当时一般的风气,因为这也同样是为高门士大夫阶层的生活所决定的,因此谢灵运可以开一代文风,在当时享极高的盛名,而渊明的诗却和他在当时的生活以及社会地位一样,是"枯槁"的。这说明了他和当时一般士族文人间存在着长远的距离,而这也同时就是他比较接近人民生活的伟大的地方。

但陶诗对于后来的影响却是非常大的,这可以拿历代为陶诗作注释的人之多来作证明;中国诗人中除杜甫外,几乎再没有像他这样为历代人们所注意的了。因为时间久了,蕴藏着的光辉是总会为人所发见的;陶诗之长久被人欣赏,就充分地证明了他的作品的伟大。因此对于后来的影响也特别大,差不多哪一家的集子里都有歌颂渊明的诗句。杜甫《可惜》诗说:"宽心应是酒,遣兴莫过诗,此意陶潜解,吾生后汝期";白居易《题浔阳楼》诗说:"常爱陶彭泽,文思何高玄";至于李白的歌咏饮酒,苏轼的逐篇和陶,那更是显而易见的。一直到晚清的黄遵宪还把他的诗集叫作《人境庐诗草》呢!清沈德潜《说诗晬语》说:"陶诗胸次浩然,其中有一段渊深朴茂不可到处。唐人祖述者,王维有其清腴,孟浩然有其闲远,储光羲有其朴实,韦应物有其冲和,柳宗元有其峻洁;皆学陶焉而得其性之所近。"我们仅举这一段话也就足以说明陶诗在文学史上所发生的广泛而深远的影响了。一个诗人的作品为历代诗人所推崇,为历代人民所欣赏,那就已经证明他是经过长时期的考验,为读者所批准了的;而他的作品也就必然含有一定的符合人民要求的内容和优美的艺术上的特色。

当然,那些欣赏或祖述陶诗的人也并不一定就都能欣赏陶诗的独特的优点,其中也有好些人倒是只就他们所喜欢的某些消极方面来加以突出和夸大的。这一方面是因为陶诗中本来也有它消极的一面,他把对现实的不满情绪表现得比较平和冲淡,像《述酒》诗就用廋词写得那么隐晦,而对一种安于现状的生活情趣却有时倒写得真是"不乐复何如";而且对隐士的赞美,对晋室的依恋,安贫乐道,及时行乐,这一切都说明在他的思想和作品中是有一些消极成分的。而另一面,更因为那些后世的封建士大夫文人们本来也只能欣赏这些消极的地方,结果就专门夸张了这一部分,并以这种夸张来作为陶诗的全部精神,加以提倡和鼓吹;这种影响就很不好,其实这无异是有些曲解了陶诗。鲁迅先生就慨叹过"被论客赞赏着'采菊东篱下,悠然见南山'的陶潜先生,在后人心目中,实在飘逸得太久了";同时他又指出了陶诗中"除论客所佩服的'悠然见南山'之外,也还有'精卫衔微木,将以填沧海,刑天舞干戚,猛志固常在'之类的'金刚怒目'式,在证明着他并非整天整夜的飘飘然。这'猛志固常在'和'悠然见南山'的是一个人,倘有取舍,即非全人,再加抑扬,更离真实。……我每见近人的称引陶渊明,往往不禁为古人惋惜。这也是关于取用文学遗产的问题,潦倒而至于昏聩的人,凡是好的,他总归得不到"[《且介亭杂文二集·"题未定"草(六)》]。这种脱离原作真实而片面夸张地加以抑扬的人,就多半只能得到他作品中的消极部分,而且就连这一部分他也是要歪曲了的。例如"采菊东篱下,悠然见(望)南山"的诗,本来也不过是说采菊服食、希求长寿的意思,并没有什么超然静穆的境界如一些论客们所赞赏的那样,但经后人一再地引申和夸张,于是便把陶渊明歌颂成一位完全脱离现实的飘逸静穆的理想典型了;其实这正是曲解了陶诗的。鲁迅先生说:"陶潜正因为并非浑身是静穆,所以他伟大"[《"题未定"草(七)》]。这不只说明了以前有些昏聩的人对渊明的赞赏是错误的,而且也说明了如果我们全面细致地联系当时史实来读他的作品时,那他仍然是很伟大的。

三

鲁迅先生又说:"倘要论文,最好是顾及全篇,并且顾及作者的全人,以及他所处的社会状态,这才较为确凿"[《"题未定"草(七)》]。这话今天仍然是我们学习古典文学遗产时的重要指针。为了在阅读和认识中不犯主观片面的毛病,根据历史状态来研究作者的全人,自然是较为确凿的;而对陶渊明这样一位历来对他有过许多模糊认识的诗人,这样的研究方法就显得更其重要。陶诗的数量本来也不多,这本书虽然是为了普及来介绍给一般读者看的,但我们仍然没有加以删选,而且除诗外还把辞赋杂文也附在后面,以供读诗者的参考;也就是觉得这样能够顾及作者的全人,使读者可以扫除一些以前所得到的不太正确的印象,而对这样一位卓越的诗人能够有全面确凿的了解。因此也依照旧本,仍将萧统所作的《陶渊明传》附在前面,并略加注释,以供读者查阅渊明生平事迹的参考。

《陶集》自宋元以来,刊布甚多,加以评注屡出,因此版本也有很多种。大致说来,梁以前是《陶集》的传写时期,宋以前是补辑时期,两宋为校订付刻时期,南宋及元为注释时期,明朝为评选时期,清朝为汇集和考订时期。不过这只是就一般风尚而说,并非没有例外。就现在流传各本的编排情形说,因为大致直接间接都是出自北宋的宋庠本,以后辗转刻印的,因之编排次第也并无多大差别。集中四五言诗共占四卷,其中第三、四两卷略有编年痕迹,其次第当有略近于原本处。第一卷收四言诗九首,只是按形式分类的;第二卷首列《形影神三首》,大概因为是谈理之作,其余的就是混杂排列了。这就给研究陶诗的人以很多困难,既无法窥察作者一生中思想变化的痕迹,也很难联系当时历史背景作深入的了解,自然不如将作品按时代前后编年排列,会给读者以更多的方便。清陶澍曾考证《陶集》原来"必有自定之本","窃意自定之本,其目以编年为序",又说今本之"其非旧次,亦可见矣",所论甚确(《陶靖节集注》卷三)。《隋书·经籍志》记有"宋征士《陶潜集》九卷",又云:"梁五卷,录一卷。"《唐书·经籍志》记"《陶渊明集》五卷"，即梁本而亡其录。可知原来本有目录一卷，至唐才亡，以后遂致凌乱失序，无从勘定了。现在我们要想完全恢复《陶集》原本的编排次序，那当然是很困难的，甚至是不可能的。但编年既对读者阅读和研究有方便，而陶诗中也的确有一部分是标明年代的，那么尽其可能，参照作品内容与当时史实，把作品另按时间编排起来，也就不是毫无意义的事了。当然，既要按时代次序系年，那就无论哪一篇都必须给它一个适当的地位，而其中有一部分又的确是很难确定年代的；因此我们虽然也多方探索，给每一篇都系在一个一定的年代上，但对于某些篇说来，也只能说是大致如此，并不敢确定说每篇都是果然如此的。也就是说这样编排只是为了给读者阅读时以比较明确的线索，而并不敢说这就可以"顿复旧观"。不过既然其中已经有一大部分的写作年代是可以完全考定的，那么即使其余的部分在时间上前后略有参差，也还不失为参考之助。因此我们就打乱了原来的次序，另以时间前后来排列了。又因为陶渊明的主要作品虽然是诗，但旧本《陶集》中除四五言诗外，尚有文集六卷。其中除《五孝传》及《集圣贤群辅录》已公认为伪托，应予删削；《桃花源记》已附入《桃花源诗》中以外，其余尚有辞赋杂文十余篇，对读者读诗时也有很重要的参考价值。因此我们把这些文字也按时间前后排列，编在诗的后面，作为第二部分。

　　本书第三部分是对作品所加的注释，这也需要略加说明几句。第一，《陶集》的异文向来很多；胡仔《苕溪渔隐丛话》引《蔡宽夫诗话》云："渊明集世既多本，校之不胜其异，有一字而数十字不同者，不可概举。"可见自宋元以来，《陶集》的字就已经有很多讹异了。各本也往往于正文之下，注有"某本作某"等字样，以供读者参考。但本书是为了普及的，与专门研究或校勘之作不同；多列异文，徒增烦扰，并无益处。因此除一二处有必要者注明"一作某"外，其余就只在注释之前，参照各本异文，择其文义妥善者从之，概不多注异文和再解释理由了。第二，陶诗旧注甚多，而且传统作注的人多半很重视文词用事的原始出处，所谓"释事忘义"之类；本书注释的目的在于帮助读者理解原诗含义和消除语言文字间的隔阂，因此除必要者外，概不注释文词的出处。而且虽然作注时也参考了一些旧注，采用的也相当多，但因为这并非专门学术著作，为避免繁芜，注文中也概不援引旧注者的姓氏和书目。第三，原来的打算是用日常的口语来简洁明了地注释原作品中的一些难解的地方，以便使陶诗能更普及地为多数人所阅读；但用语体文作古典文学注释的工作还正在尝试中，目前还很少成规可循；自己驾驭文字的能力又很拙劣，因此工作中常常感到有简则不明、明则不简之苦，又不愿使注文过于啰唆繁杂，结果就成了现在这样子，读来简直有点不大像语体文了。虽然那语句意思也还并不算太难懂，但不能不说是已经很不通俗化了，这是连我自己也非常不满意的。

本书中的次第编排、内容注释，以及本文中的一些论述，都可能有错误或不妥当的地方，特别是在作品的系年方面，希望读者和专家们多加指正，这对我自己和我们整理古典文学遗产的工作，都是会有帮助的。

王瑶　1955 年 10 月于北京大学

收入《陶渊明集》（作家出版社，1956 年初版；人民文学出版社，1983 年重印），又收入《王瑶全集》第 1 卷《陶渊明集》（编注，河北教育出版社，2000 年版）。

谈传统批评习语的含义辨析

在我国的文学遗产和一般古代典籍中,属于理论批评的资料非常丰富,这是和我国历代文学艺术创作的成就相联系的。除诗文评的专书如《文心雕龙》《诗品》等以外,经史子集各类书籍中都有很多;最常见的如选集、别集中的序跋和评语,别集中的书牍、传志以至评点本作品中的批语,小说笔记中的片断,都往往有很精到的艺术见解,更不用说种类繁多的诗话等著作了。对于这一部分遗产,我们整理和批判利用的工作还做得很不够;而认真研究这一类资料,对于我们继承和发扬祖国文学艺术的优良传统,对于促使我国的马克思主义文艺理论批评取得鲜明的民族特色,都是会有很大帮助的。近几年来,大家都已逐渐重视了这一工作,并取得了一些成就。

从表面看来,这类论著的内容的确有许多种是比较芜杂的,其中有对具体作家和作品的批评,有文体的辨析和流变,也有一些只是讲用典遣词的技巧,甚至还夹杂着许多轶事异闻;理论不够系统化,批评又和文体特点联系得过密(如对仗、险韵之类),难于直接有助于读者的理论修养。这些现象确实是存在的,但它绝不能掩盖闪烁在这些材料中的光彩和精华。尽管总的看来这类材料大半是断片的多,系统成形的少;但其中仍然蕴藏着许多珍贵的创作经验和卓越的艺术见解,而且有许多对我们今天仍然是很有启发作用的。披沙沥金,往往见宝;这正说明我们要批判地利用这份遗产,就必须先做一些整理研究的工作。不只要搜罗诠释,而且要爬梳剔抉;那我们就会发现关于文学方面的理论批评资料的确是十分丰富的。解放以前在朱自清先生主持下,清华大学中文系曾拟编一部《历代诗话人系》,就是将各种诗话中凡论述到某一作家的内容都集中到一处,然后按作家的时代排列,重编一书。这样可以看出各时代和各种人对某一作家的不同品评,从而使人们能够更好地利用过去的资料,为研究文学史和文学理论服务。这部书后来因朱先生逝世中辍,未能完成问世,但从这里也可以说明是有许多工作需要我们从不同方面去着手的。

在这些理论批评资料中,常常有许多古人习用的意念或术语,如沉思翰藻、风骨神韵之类,由于原来用它的人多半出于艺术的感受,缺乏准确的说明,也由于时代背景已与今天完全不同,因此我们读来有时似懂非懂,好像内容很神秘或者不大科学,而这是会妨碍我们正确地理解它的原意的。这就需要我们认真地做一些研究辨析的工作,使每一用词的含义明确化,像毛主席解释古代成语"实事求是"那样,然后我们就可以比较准确地理解它所论述的内容了。这工作似乎很琐碎,也很不容易做,但如果我们从某一批评用语产生的时代、作者的论述对象和他的全部著作联系起来考察的话,是有可能弄清楚它的明确含义的。有时候同一习语,各家或各时代运用时的意义也不完全相同,如果望文生义,是很容易弄错的。举例说,朱子以为"陶诗平淡出于自然",这里所谓"平淡"是指文词形式,"自然"是指生活内容;钟嵘《诗品》说"自然英旨,罕得其人",他所说的"自然"是指不用典,像陶诗就只能算质直,并非自然。今天如果我们不加说明地引用这些文句,又很容易使人把"自然"和自然主义混淆起来;这就说明弄清楚过去一些批评用语的明确含义是一件很重要的工作。又如大家所常谈的"诗言志"一语,在各时代的意义也是很不相同的。照闻一多先生在《歌与诗》一文和朱自清先生在《诗言志辨》一书中的分析,"志与诗原来是一个字"①,它的本意原为记忆,因此在先秦时期,"言志"的含义其实和"载道"差不多;魏晋以后,才逐渐扩大了"言志"的内涵,陆机《文赋》所谓"诗缘情而绮靡",就是那个时代对诗的理解,于是"言志"一词的含义便逐渐与"缘情"合流,便成"抒情"的了。朱先生说:"六朝人论诗,少直用'言志'这词组的。他们一面要表明诗的'缘情'作用,一面又不敢无视'诗言志'的传统;他们没有胆量完全摞开'志'的概念,径自采用陆机的'缘情'说,只得将'诗言志'这句话改头换面,来影射'诗缘情'那句话。"②到了言志的含义被一般理解为抒情以后,才又起来了文以载道的说法。当然,这只是就这一用语在某一历史时期的含义而言;从

---

①　闻一多:《歌与诗》。

②　朱自清:《诗言志辨》。

理论上讲，无论抒情言志，诗文既有一定的内容，就必然有一种"道"在里边，因此像周作人那样把言志和载道完全对立起来，企图以二者的互为起伏来说明文学史发展规律的想法，是错误的。[①]鲁迅先生讲得很明白："从前反对卫道文学，原是说那样吃人的'道'不应该卫，而有人要透彻，就说什么道也不卫；这'什么道也不卫'难道不也是一种'道'么？"[②]我们辨析批评用语含义的目的在于使我们能够比较准确地理解这些理论材料的内容，然后才有可能从中摄取我们今天所需要的东西，而不致对它的论点产生误解。

这种工作不只是应该做的，而且也有可能把它做好，尽管并不容易。以前朱自清先生曾在这方面做过一些工作，我觉得他对有些传统批评习语的解释是相当精确的。譬如以前人批评一首诗常常说"不失风调"，"风调"这一批评习语究竟是指什么呢？朱先生研究的结果，知道凡用这句话批评过的诗，都是七言绝句，这是对一首好的七绝的评语。再从各种例证来分析，知道"风"是指抒情的因素，"调"是指音节的铿锵，由此知道七绝这一体是不适于叙述和描写的，而且不能有拗体。试把唐人七绝作一仔细分析，皆不脱此例。然后再进一步研究"风"的标准大部是由七绝的形式所决定的；"调"的标准是因为七绝可以入乐的缘故，有名的王昌龄等旗亭会饮和李白的《清平调》，就是例证。从这一点来阐发，七绝的最后一句在入乐时是要复沓的，如《阳关三叠》；因此要把全诗的重点凝聚在第四句，才会特别有表现力。再就唐人七绝作一分析，知道有四分之三以上的诗，第四句都包有限制性的否定用词，就是为了加强诗的表现力的。像"只今惟有鹧鸪飞"或"不及汪伦送我情"这些，都是例子。此外像"逼真""如画"，"好"与"妙"等批评用语，他都曾做过仔细的分析。这些例子当然大都是着重在艺术表现方面的，没有讲诗的内容问题，但我们觉得这种仔细分析的做法仍然是需要的，它不只可以使我们明白一些理论批评习语的明确意义，同时也可以帮助我们更深入地理解古典作品本身的特点。

文学理论批评，如同文学创作一样，也有它的传统和继承关系。即以一个词的含义而论，它常常是由于有好些背景材料才在习用中包含有许多

---

① 周作人：《中国新文学的源流》。
② 鲁迅：《伪自由书·透底》。

能够引起人们联想的更为丰富的内容的。像诗歌中的松、菊、牡丹等花木名词,杜鹃、鹧鸪等鸟类名词,都各有其不同的而又为大家所习知的比兴寄托的含义,这是和前人的优秀创作分不开的。理论批评的用语也是这样,当我们遇到像风骨、气象、神韵、意境等类批评用语的时候,也常常会联想到前人运用它们时所表达的那种艺术感受的内容,因而它的含义就远比字面所表示出来的要丰富得多。由于我们在这方面研究得很不够,因此常常使一些文论中的用语和重要内容轻轻滑过,似懂非懂,这就很难从过去的文献中汲取到对我们今天有用的东西。譬如说,现在大家正在讨论历史剧与历史事实的关系问题,我们的文学史中有许多历史剧,也有许多历史题材的小说,而且讲史是宋朝说话人的家数之一,我国的文学在这方面可以说有丰富的创作经验,而有关这类作品的批评材料也并不少,其中是否也有值得我们今天借鉴的东西呢?我想肯定是有的。因为凡是以历史题材从事创作的人,无论古今,总会碰到历史根据和艺术表现之间的关系问题;鲁迅先生的《中国小说史略》在论到"元明传来之讲史"时,就概括之为"据旧史即难于抒写,杂虚辞复易滋混淆"二语,这是每一写历史题材的作家都难以回避的问题,正如我们今天关于历史剧的讨论也是由创作实践所引起的一样。我国的历史小说由平话的讲史宋周密《武林旧事》记为"演史"发展下来,到有了专书以后,就习用"演义"一语。许多论述到"演义"小说的批评资料也常常涉及内容的虚实问题。我对此未曾研究,但觉得"演义"一语就包含有古人对于如何处理历史题材的文艺作品的理解;那就是:既不失史实之"义",又容许作家去推"演"。虽然这一类作品的成就不一,但"演义"这一用语确实是很惬当的。鲁迅先生曾把他的《故事新编》解释为"神话、传说,及史实的演义"①,就沿用了"演义"一语,而且认为那种"博考文献,言必有据"的"教授小说"是"很难组织之作",他的做法则是既在传统记载中取一点"因由",而又加以"点染",更注意于不要"将古人写得更死",使作品能对当前发生作用。② 我想这里不只表现了鲁迅先生自己处理历史题材的原则,也表现了他对"演义"这一传统的正确理解。总起来说,"演义"这一习语就表示

---

① 鲁迅:《南腔北调集·〈自选集〉自序》。
② 鲁迅:《故事新编·序言》。

了作者既以历史事实为根据,但在塑造人物和安排情节上又保有艺术加工的灵活性;在环境与时代精神的描写中不违背当时的历史条件,而又以当前的读者为服务对象。当然,并不是所有的"演义"体小说都符合上述这些条件,它们的成就是很不一致的;也并不是所有的批评资料都对"演义"的含义解释得非常明确,但他们的确是感到了这一问题并说出了自己的理解的。尽管时代进展了,我们今天在关于历史剧的讨论中更涉及如何贯彻历史唯物主义原则和古为今用等问题,这是过去时代的人所不可能自觉地感受到的;但他们的一些创作经验和由此而产生的批评资料,对我们今天仍然是有很大的启发作用的。

我们要对一些历史材料作整理和分析的工作,都可能牵涉到考据的问题。因为对于任何材料,我们都必须首先确定它们的真伪、时代性和阶级背景,可靠程度与内容价值,然后才可能进行分析和融会贯通的探索,才可能得出明确的论断。我们过去反对过材料主义,反对过于烦琐的考据;因为的确有人是为考据而考据,或者利用考证材料来宣传资产阶级思想,因此那种批判是完全必要的。但不能由此就轻视作为研究基础的材料的鉴别工作,不能认为只要援引一点古籍材料来说明问题就一定是烦琐的考据;这是会使观点与材料脱离,会使论点落空的。郭沫若先生在《古代研究的自我批判》中说:"无论作任何研究,材料的鉴别是最必要的基础阶段。材料不够固然大成问题,而材料的真伪或时代性如未规定清楚,那比缺乏材料还要更加危险。因为材料缺乏,顶多得不出结论而已,而材料不正确便会得出错误的结论。这样的结论比没有更要有害。"[①]这些话可以说确实是他多少年来做古代研究工作的深刻体会。我们常常说研究问题要大量掌握材料,所谓"掌握"就不只是"知道",而且包括对于材料的审查鉴定在内,否则盲然地搜集了许多材料堆在一处,是什么用处也没有的。恩格斯说:"即令只要在一个单独的历史实例上发挥唯物主义观点,也是一种需要多年静心研究的科学工作,因为很明显,在这里讲空话是无济于事的,这样的任务只有依靠大量的、经过批判审查了的、完全领会了的历史材料才可解决。"[②]这段话确实值

---

① 郭沫若:《十批判书》。
② 恩格斯:《论卡尔·马克思著〈政治经济学批判〉一书》。

得我们深思。我们之所以重视材料,重视对材料的批判审查和准确领会的工作,正是为了要更好的发挥唯物主义观点,而不是为材料而材料,这是必须明确的。

就我们的文学理论批评历史的研究来说,过去已经有过好几部中国文学批评史的专著,也出版过一些"文论选"等性质的书籍,这些工作都是有益的,今后也还须继续研究和提高;但研究工作本来是可以从不同的方面和不同的角度着手的,我觉得比较准确地弄清楚过去一些理论批评用语的含义,也应该是一个重要方面;而且似乎对于我们如何利用过去那些比较零碎的记载艺术感受和艺术体验的材料,对于我们在文艺理论建设方面的推陈出新工作,都是非常需要的。

原载 1961 年 3 月《文艺报》第 5 期,署名王瑶。收入《中国文学纵横论》(台湾大安出版社,1993 年版),又收入《王瑶全集》第 2 卷《中国文学论丛》(河北教育出版社,2000 年版)。

评林庚著《中国文学史》

一

这一部《中国文学史》不仅是著作,同时也可以说是创作;这不仅因为作者的文辞写得华美动人,和那一些充满了文艺气味的各章的题目。① 这些固然也是原因,但更重要的是贯彻在这本书的整个的精神和观点,都可以说是"诗的",而不是"史的"。

写史要有所见,绝对的超然的客观,事实上是不可能的。写一部历史性的著作,史识也许更重于史料。这本书是有它的"见"的,而且这像一条线似的贯穿了全书,并不芜杂,前后也无矛盾;这是本书的特点,但相对地也就因此而现出了若干的缺点。

这我们不能不从作者对文学和文学史的看法说起。

这本书划分中国文学史为四个大的时代,先秦、两汉是启蒙时代,从建安到盛唐是黄金时代,中晚唐、宋为白银时代,以下为黑暗时代。最后一节是文艺曙光,隐约中把一个新的黄金时代的来临,寄托在瞩望中的新文学上。这是作者对于全部文学史的"生机的"看法,而主持着的"时代的特征",是所谓"思想的形式与人生的情绪"。这样,以《诗经》为"女性的歌唱",以《金瓶梅》《红楼梦》的内容为"女性的演出",作者说:"本土文化本以返于童年为最高的憧憬,宝玉的悲哀正是本土文化的悲哀,宝玉的出家,正是本土文化的告一段落。女性的歌唱本来是本土文化的先河,女性的演出乃因此又恰好形成一个结束。"②依作者的排列,《金瓶梅》《红楼梦》是出现

---

① 例如讲五言诗的一章题为《不平衡的节奏》,讲山水诗的一章题为《原野的认识》。

② 林庚:《中国文学史》,1947 年国立厦门大学出版,390 页。

于黑暗时代的末期,而"在黑暗里摸索着光明的,正是文艺"①,于是我们有了新的"文艺曙光"。作者说:"《诗经》之后,我们先有一个纷纭的散文时代;于是产生出从《楚辞》到唐宋这一段文艺的主潮。先秦的散文从正面说,正是莫衷一是,从反面说,却无疑的是一种思想上的解放,于是现在我们又面临着一个需要散文的时代了。"②作者所看到的"文艺曙光",正是"五四"以后的思想解放,这虽然并不限于本土文化,但各种学术思想的并兴却有似于战国时的诸子争鸣;现在是一个散文的时代,接着而来的自然也是一个类似于《楚辞》的少年精神到唐诗的男性歌唱的诗的黄金时代,这时代还没有来,因为现在"还在寻觅主潮的过程中,我们要知道这将来的主潮如何,自然要参照过去主潮的消长兴亡"③。但由过去,作者对前途的希冀是可以描述的。这种"生机的"历史观贯彻着全书,在我们看来,与其说是用这种观点来解释了历史,毋宁说是用历史来说明了作者的主观观点。

朱佩弦先生的序以为这种生机观"反映着五四那时代",这书正是贯彻了这一点的;所以我们说这本书的精神和观点都是"诗的",而不是"史的"。

由作者所欣赏的诗和诗人,可以反映出作者的"诗的"观点和诗的黄金时代的轮廓,这也同样地反映了"五四"那时代。作者所歌颂的诗人屈原,是生在一个"可惊异的时代","认识与生活显然的对立了,我们才自觉于自我的存在,才把生活放在一个客观的地位,而有了更深刻的认识,这便是一切思想与艺术的表现"。"这是人与人生的歧路,是艺术与生活的分化,是悲哀的开始。""它一方面由于人生的幻暂,而惊觉于永恒的美的追求;一方面它已开始离开了童年,而走上了每个青年必经过的苦闷的路径。"④这是《楚辞》精神,这精神直贯着"唐人解放的情操,崇高的呼唤,与人生旅程的憧憬"⑤。在唐诗中,作者最推崇王维,认为"他情致的美满丰富,在有唐一代正是首屈一指"⑥。又说"我们对于这一位诗人,欣赏他天才的完善,正可以说明我们为什么爱好唐诗甚于其他的诗。他的情调或近或远,他的表现或

---

① 　林庚:《中国文学史》,1947 年国立厦门大学出版,自序。

② 　同上书,401 页。

③⑤ 　同上书,自序。

④ 　同上书,47、48 页。

⑥ 　同上书,171 页。

显或隐,空灵得令人不可尽说,饱满得令人不可捉摸。""那异乡的情调,浪漫的气质,都是少年心情的表现。"①而作者所引以证明唐人生活是"最有意味的"和"最解放的"两条故事——王维取解头和王之涣等三人旗亭会饮,也都是一种少年的浪漫情调。在《文艺派别》一章里,作者区分杜甫为古典的,韩愈为写实的,李商隐为象征的与颓废的,李贺为唯美的。很自然地,王维便应该是浪漫的了。所以作者说"王维所代表的,是诗坛的完善与普遍,李白所代表的,直是创造本身的解放"②。在诗体中,作者最欣赏的是绝句,因为这是"最空灵出色"的。这种种对诗的看法,在中国过去的文学批评中,我们自然会联想到王士祯。《唐贤三昧集》不录李、杜,以王右丞为首,自序言以隽永超诣为主,标举神韵论诗,而唐人《万首绝句选》正也表示着他对绝句的爱好。《香祖笔记》云:"唐人五言绝句,往往入禅,有得意忘言之妙。观王裴《辋川集》,及祖咏《终南残雪》诗,虽钝根初机,亦能领悟。"但王渔洋生在那个时代,还没有敢贬杜甫,也没有和西洋文学比较的可能。其实从这种观点出发,不会给杜甫过高的评价,是逻辑的当然结论。所以作者认为杜诗中像"三吏""三别"及《茅屋为秋风所破歌》等,"并不是一种值得留恋的美妙的哀怨,像 Wordsworth 所说的'伴着好感的悲伤',而是一种实际的苦痛。这些苦痛得不到事实上的解放,便要求感情上的发泄。这时如果能借着字句的美化与精巧,使得因为人生美丽与活泼的一面,不至于沉入更深的绝望;使得因为客观的表现,而减少了主观的压迫;这便是一点轻松之感"③。又说"杜甫的作风,是古典的",而古典作风的特征是"重形式"的,"臻于完全而往往流于空洞"④。这自然很接近西洋 19 世纪以来,"五四"后曾在中国风行过一阵的浪漫主义的文学观。作者用他的观点处理了全部文学史,或者说用文学史来注释了他自己的文艺观,遂使这部著作的特点变成了"诗的"。作者说:"中国文字的统笼而不明白,喜欢结论而不爱分析,都是诗的;而不是逻辑的。"⑤讲庄子的文章时又说,"散文到了这个地步,它一方面完成了自

①　林庚:《中国文学史》,1947 年国立厦门大学出版,172 页。

②　同上书,174 页。

③　同上书,193—194 页。

④　同上书,204 页。

⑤　同上书,38 页。

己,一方面却更近于诗"①。这话其实可以说是这部文学史的恰当的评语。

作者未尝没有企图来解释一些文学史上的问题,因为这毕竟是"史";序言中说他注意了许多没有解决过的问题,"例如中国何以没有史诗? 中国的戏剧何以晚出? 中国历来何以缺少悲剧?《诗经》之后二百年文学上何以竟无诗篇产生?《天问》与《九歌》同为楚辞,何以前者与《诗经》反更为相似? 词的长短句如果像历来所认为的,是解放的形式,则何以词的范围比较诗更狭小? 李白有诗的复古,韩愈有文的复古,何以后者成功而前者无结果? 本同于《诗经》的四言诗在魏晋间何以又竟能复活? ……这些乃都必须有一个一贯的解释"。这些诚然都是史的问题,都和历史发展中各时代的社会思想和文化有密切的关系,有些甚至是属于比较文学史的范围,但作者所描述的所谓"主潮的起伏",似乎对这些问题都并不能给以圆满的解释,而且大半都并没有给予解释。例如作者认为中国之没有史诗,是因为起初的文字简略,与语言不能一致,遂使文艺只停留在语言上;文字进步到有充分的表现力时,已经过了一个漫长的时间,"别方面的情形,已早超过了最适于产生史诗的时期了"②。这解释是巧妙的;但为什么史诗不可先产生于语言而后才记录下来呢? 别的国土的文字创造,是否起始即能完全表现出语言的感情? 史诗究竟是根本没有产生过,还是没有流传下来呢? 这些探索,原本需要古史和其他专门知识各方面的帮助,是很难用几句话描述清楚的。考证本非这书所着重;在文学史的著作中,这也并非必要;但这书对"史的"关联的不重视,却是很显著的。这不只可由书中的完全没有作者事迹和生卒年月,以及时代社会背景的描述可以知道,即文人的交游派别也是很少叙述的。《苦闷的醒觉》一章中的举例,由汉乐府的《平陵东》《孤儿行》,平列地连举着张衡《四愁诗》,蔡邕情歌,以至曹植《洛神赋》和王粲《登楼赋》,这些时代和精神都有悬殊的作品平列地举在一起,在史的发展上是有很多的问题的。但作者却有他自己的理由,因为他认为建安是文艺主潮转变的枢纽,这新的主潮就是"楚辞精神(苦闷)的醒觉",这一些例子都是被认为属于这一性质的。因此在这部书中,历史和时代的影子都显得非常淡漠,我们像把许多时代和

---

① 林庚:《中国文学史》,1947 年国立厦门大学出版,42 页。
② 同上书,15 页。

生活情形都有参差的文人，以一个标准或精神来平列地加以欣赏和考察。这样，"诗的"特点自然会超过了"史的"。

所以我们与其说这是一部著作，还不如说这是一部创作。

二

我们不想对作者的观点和思想作批评，但用这种看法和精神来处理中国文学史，却有许多与史实不太符合的地方，这自然不免使这部书的"史的"价值减色一点；我们愿就所见，在这里略加讨论。

以《诗经》为女性的歌唱，对于雅颂的叙述自不能不简略，但至少《小雅》和《国风》的时代是差不多的；而《国风》中也不能全然指为出于女子之手，至少像《黍离》这样的诗既定为女子所作，是不能不附一点解释的。又如作者以为建安以后是《楚辞》精神的醒觉，《不平衡的节奏》①为黄金时代的起始，作者首先说："司马相如以赋得名，赋不过数篇；张衡以诗见称，诗不过数首；文人以创作为毕生的事业，则在五言诗盛行以后。"实际上五言诗盛行以后，也没有人如近代似的以创作为毕生的事业。建安七子都是曹氏的掾属，曹子建的不满于辞赋小道，都是例子。在数量上也并不比前人太多，七子冠冕的王粲，本传只说他著诗赋垂六十篇，这数目和蔡邕是差不多的；而比枚皋则简直少多了。《楚辞》的影响之于五言诗，最早以阮籍的《咏怀诗》最为显著，但也仅只是表现于辞句和思想，至于形式，五言诗的完成只能由汉乐府中去溯源，作者以为"五言诗的完成，由于《楚辞》的散文化"，由句子的重叠来打破了四言的平衡节奏，是颇可商榷的。而七言诗的起来，作者也同样认为是《楚辞》的惊异所直接产生了的形式，这都是过分看重《楚辞》的结果。

作者以"思想的形式"为时代的特征，序中自言"谈思想的篇幅占去太多"，而于"黄金时代"的魏晋玄学的思想，竟毫未述及。在黑暗时代以前，作者写了《理性的玄学》一章来讲宋儒之学，结束了白银时代。认为宋人理学"解释了人生，安顿了人生；使得一切传统到此都再无言说"，于是"负起了代

---

① 林庚：《中国文学史》，1947 年国立厦门大学出版，五言诗。

替文艺的任务"。这一章引的语录材料非常多,目的就在说明上述的一点。分析哲理也非本书所长,而这一章如果不是要借以说明作者的特殊观点,在文学史中是不必要的。但魏晋玄学,虽然是没有代替了文艺的任务,却深深地影响了,甚至浸润了六朝的诗文,这在注重"思想的形式"的著作里,是不应省略的。作者认为打破汉代思想形式的,是佛教的流行,而且说建安黄初间已盛行起来,这说法也颇有问题。佛教虽自汉明帝时已入中国,但汉魏人仅视为道术之一种,书中所引《襄楷疏》以黄老浮图并称,即其例证。而所言安世高至中国后,也是以知五行图谶,被俊异之声。至所引笮融事佛事,也很难断定当时佛法流行的普遍。既然"多设酒饭",又"复以他役以招致之",在饱经黄巾之战的荒年的江淮地区,所谓"民人来观及就食且万人","就食"二字的意义就显得特别重要。据我们所知,名僧与文士的来往,始于西晋支孝龙的预于八达,而盛于东晋;一般民众的普遍信佛,也在东晋以后,而大盛于齐梁。所以佛教对于文学的影响,在魏晋都很罕见。作者既认为中国本土缺少故事的因素,遂将《焦仲卿妻》一诗归之于佛教的影响,实则它的根源在汉乐府里是可以找到的,并不是奇迹。

对于文学批评部分的材料,作者的叙述都很简略。于《人物的追求》一章,只写了一句"钟嵘的《诗品》,刘勰的《文心雕龙》,以批评的总集也成为骈文的佳作"。对《典论·论文》中的"气",认为是"不可捉摸的创造表现"。于陆机《文赋》,只诠释了"谢朝华于已披,启夕秀于未振"和"虽杼轴于予怀,怵他人之我先"几句,这显然是着重于创作而不愿多述及批评的;但对于司空图的《二十四诗品》,却说明和征引了许多,誉为都是"批评上的妙语",这不能不说是完全由作者的主观左右着材料的去取。对于宋人诗话,虽别列一章,但既斥之为"繁琐的评头论脚",所征引的材料自然也都是笔记性质的。

这部书一般地对文的叙述都很简略,即如骈文,作者虽称之为"人为的心血",但对它的演变成立,却都未加探讨。像陆机这样对骈文演变有关的作家,作者叙述时却只引了他的拟古诗;而于叙述骈文时,只说"《楚辞》的惊异精神在这骈文中才又复活起来"[1],这对于史的说明是不够的。作者讲山

---

① 林庚:《中国文学史》,1947 年国立厦门大学出版,121 页。

水诗时，认为是大自然的诗篇，说骈文"如一道彩色的虹桥，虽曾被人视为浮艳华靡，然而诗在这美丽的桥上，却正创造相反的路径，那原野的辽阔的追求，单纯的创造的启示，乃成为文艺的又一阶段"①。实际上，作者也认为"这时第一个重要的作家便是谢灵运"，而谢诗即是以"浮艳华靡"特长的；山水诗中声色对偶的讲求，除题材外，似乎谈不到与文是"相反的路径"。而文不也是有写山水的赋与书札吗？《文心雕龙·明诗》篇所谓"俪采百字之偶，争价一句之奇，情必极貌以写物，辞必穷力而追新"，正是山水诗注重声色骈俪的说明。作者忽略了前面一百多年一段玄言诗的因缘，遂以山水诗为突起的，"从客观中获得了美的启示"②。

本书叙述齐梁诗时，疏忽了宫体的一段潮流。它的诗的价值虽不高，但在文学史的发展上是很重要的。作者叙及梁简文帝等的作品时，只说"它们一半受了南朝乐府的影响，一方面感于大自然中美的启示，一种活泼的情调，丰富的生命，都使人把悲哀作为一个短暂的过程而获得解脱"③。这种说明是不够的，因此像徐陵这样的文人，在文学史上是不能被省略的。其实如果可以把《金瓶梅》《红楼梦》的内容认为是"女性的演出"，宫体诗也未尝不可这样称呼；因为写作的人都是男性，而写作对象又都是女性，不同的只是宫体诗被划分于黄金时代而已。这样，不只疏忽了齐梁诗，而且也不能深刻地认识起初五十年的初唐诗。因而以为"陈子昂复古于前，李白复古于后，这似乎都只是个人的偏见，于整个文坛上多一些点缀而已"④。但这些"点缀"，却正是所谓"诗国高潮"的揭幕礼。

对于唐代韩柳的古文运动，作者说："魏晋以来乃是生活的自由时代，到此韩愈才首创师说。这正是走到正统思想的桥梁，而三代两汉的学术人物也多得很，所以又简单的只许以孔孟为准则，生活沉重的经验之下，人生渐渐走向衰老，便只能追随简单的概念，一切都付之他人。正如老太婆不得已时，只好口里念阿弥陀佛而已，这种空洞的信仰，所以所谓的儒家，已早没有

---

① 林庚：《中国文学史》，1947 年国立厦门大学出版，127 页。
② 同上书，131 页。
③ 同上书，138 页。
④ 同上书，168 页。

了真正儒家的精神，而只是抱住一个空洞的形式而已。"①又说"古文的盛行，正是古典的衰歇，人们除了简单六经的概念之外，没有了别的，这都是生命力消沉的表现"②。这样解释，未免太"简单"了。其实中国旧日的学术，从董仲舒到康有为，都逃不出《六经》的范围，不过方法精神和注重的地方，各有不同而已。即使作者认为"生活的自由时代"的魏晋到盛唐，孔子的地位也并没有被否定；即如产生在黄金时代的"批评总集而兼骈文佳作"的《文心雕龙·序志》篇述其撰作动机也云："自生民以来，未有如夫子者也。敷赞圣旨，莫若注经，而马郑诸儒，弘之已精，就有深解，未足立家。唯文章之用，实经典枝条……于是搦笔和墨，乃始论文。"因为在一个变革不易的环境里，传统潜伏在生活的深处，所以一切革新都只好以复古为号召；西洋 15世纪的文艺复兴，也是以返于希腊为号召的，而实际则启了近世史的序幕。韩愈所讲的自有他所要"摧陷廓清"的对象和所要"传道授业"的文教，这些在当时实际上是一种革新运动，是要从当时的史实关联上去了解的，并不只是一个简单的六经概念。

以西洋的文学观念和文艺派别来处理中国文学史，因了彼此历史发展的内容不同，自会有参差不合的地方。本书讲文艺派别，以杜甫为古典派，"他是要探索各家之所以成功，来完成他更普遍的格律，这一点精神，乃是纯粹古典的"③。讲宋诗时引陈简斋说，"诗至老杜极矣，苏黄复振之而正统不坠"，而认为诗"消歇于宗杜的古典中"。④ 本书是反对所谓"典型的安排"的，因此反对后人的"尊韩抱杜"，因而也就抑韩贬杜了。说"杜甫的七律，往往借一空洞的老调为收尾"，"所以杜甫名句极多，而成章却少"。⑤ 这话本很难讲，即如作者所引的《咏怀古迹》第三首的结语"千载琵琶作胡语，分明怨恨曲中论"，作者认为"尾二句老生常谈，直是搪塞而已"。但以前也有人评为"风流摇曳"的，这些欣赏问题我们不讲，但杜诗的作风是很写实的，至少并不比作者以为写实派的韩愈程度低微。宋诗虽可由杜诗中找到

①　林庚:《中国文学史》,1947 年国立厦门大学出版,222 页。
②　同上书,286 页。
③　同上书,185 页。
④　同上书,273 页。
⑤　同上书,186 页。

渊源，因为杜是大家，成就的方面多，但宋诗的取材广而命意新，也绝不是杜诗的简单模仿。这样，以李商隐为象征派，李贺为唯美派；但欧洲的象征颓废唯美诸派都是由写实主义来的，于是作者讲李商隐时，便只能说"如果非要说他有受谁的影响，则勿宁说是韩愈，这个我们从'韩碑'的文字上可以有这感觉"①。推翻了宋人所谓"唐人知学老杜而得其藩篱者，惟义山一人而已"的说法。但对于李贺，却只能说一句幼年为韩愈所赏识的一点关系了。西洋的文艺观念和文艺派别，有具体的西洋文学史作背景；以之比附于中国，总难免有貌合神离的地方。

作者以元明以后为黑暗时代，在这时期，"所谓诗也者，自律体以来早已不复有诗；而古体又流于空旧的议论，也早已变成文了。律体所写的是骈文，古体所写的是古文；诗既都变成了文，而文这时又莫不受一种文体的影响，那便是八股"②。这是一个故事的时代，是"漫漫长夜中，一点东方趣味的归宿"③。而明末公安派小品文，是"一点醒觉"和"一种解放"，来启发了沉闷中的文艺曙光的。这原是"五四"稍后的一般看法，但作者叙述戏曲时，由"梦想的开始"述到"梦的结束"，把六朝小说和唐代传奇都放在这里补叙，对于"莫不都以梦想的故事为典型"这句话，就很难讲得通。用"梦"来叙述所谓"黑暗时代"的文学，原是颇富诗意的；但戏曲中也并不全是梦想的故事，而这故事的大部原是根据产生在"黄金时代"的传奇；但到表现在戏剧里，除故事的情节与原来大略相同外，精神面貌已都不相侔，是很难以故事的情节作史的发展线索的。因为太偏重了"梦"，像《虬髯客传》《昆仑奴传》和《李娃传》这类作品，便只能在叙述中省略；同样地，关于戏曲小说的叙述也便不能不有所偏颇；因为梦的故事虽然很多，却并没有普遍的代表性，别的情节的故事也是不少的。

我们上边所举出的这些，作者有些是完全知道的，但为了全书的体例，或者说是为了阐明一种对文学和文学史的看法，便不能不在材料的取舍之间有所偏重了；所以我们说这部书是"诗的"特点超过了"史的"。

---

①　林庚：《中国文学史》，1947 年国立厦门大学出版，209 页。

②　同上书，394 页。

③　同上书，323 页。

三

写一部中国文学史本来是件很艰巨的工作,几乎每一位研究中国文学学者的最后志愿,都是写一部满意的中国文学史,而到现在还没有一部大家公认为比较满意的著作,就可说明这困难。但我们相信,文学史的努力方向,一定须与历史发展的实际过程相符合,须与各时代的社会生活和思想文化相联系,许多问题才可能获得客观满意的解决。朱佩弦先生在序中说"文学史的研究得有别的许多学科做根据,主要的是史学,广义的史学",正是从事研究的人所应注意的。在"五四"以后这三十年中,中国史学的研究是有了很大进展的,因此我们对于文学史,也就不能不寄予一些渴望的苛求。作者说他"计划写一部文学史,大约在十二年以前"[①],我想,如果那时这书就能照现在的情形与读者见面,是会比较现在受到重视的。

这部书除了我们所提到的文辞的华美和结构的完整以外,书中所举的诗篇等例子,都是经过一番心思来选择的,都有比较完满的代表性。而且词锋中常带有情感,读起来很能引人入胜。例如《女性的演出》一章,论述《金瓶梅》和《红楼梦》,对于明朝士大夫生活的堕落,和这两部小说的内容,都有深刻动人的写出。作者在自序中说希望这部文学史达到"沟通新旧文学的愿望",仅就语言形式的隔阂方面说,这也许并不是一个奢望。

原载 1947 年 10 月《清华学报》第 14 卷第 1 期,署名王瑶。收入《中国文学纵横论》(台湾大安出版社,1993 年版),又收入《王瑶全集》第 2 卷《中国文学论丛》(河北教育出版社,2000 年版)。

---

① 林庚:《中国文学史》,1947 年国立厦门大学出版,自序。

论考据学

一

在中国新史学的建设中,对于旧日的考据学(广义的,包括校勘、训诂、笺证、考辨等)的批判和重新估价,是一件非常急迫的工作。因为无可讳言的,一直到解放以前,除去少数的进步的学术工作者外,整个的文史之学的研究方向,在国家的研究机构和几个著名的大学中,在出版的各种学术性刊物中,所提倡的和所表现的,都是属于广义的考据。这种研究方法究竟能有多少贡献,客观上它发生了怎样的作用,新的史学研究者应当用如何的态度去处理它,这都是今日我们所不能不解决的课题。

从胡适等提倡整理国故开始(《努力周报》附刊的《读书杂志》创于1922年5月,《国学季刊》创刊于1923年1月),三十年来,在所谓学院派的文史之学的研究工作中,就其处理问题的方法说,基本上并没有超越过清朝的学者,仍然是乾嘉之学的无批判地承继。尽管在某些方面这种研究也有它一定程度的贡献,如古文字学和旧小说等的研究,但这种贡献只是基于研究对象的转换和新材料的获得,而并不是处理方法的提高。如果没有甲骨文字和敦煌等古书古物的发现,如果研究的对象和清朝人完全相同,那么其成绩的微小是可以想知的。三十年来很少有可以成为"定说"的关于"经学"的超越前人的著作或论文,就是具体的说明。

我们用"定说"两个字,是有原由的。这是学者们衡量别人著作时常用的字眼。一篇有价值的考据的文章,照他们的意思,是一定要合乎两个标准的:第一是"道前人所未道",第二就是要证据确凿,成为定说。前一个标准是考据的前提,说明此文之所以为"考据";后者则是指考据所成功的程度。至于问题的大小轻重,是不影响文章的价值的;胡适不就以为"考订一个古字的真伪,其价值不在天文学家发现一颗天王星以下"吗？而事实上,这样地力求像"三加二等于五"的治学方法,在处理较大的史实和问题时,由于它摒除了有关联系的别的事实,把问题静止地孤立起来考察,是必然地不容易得到所谓"定说"的。因之,能够确凿地成为定说者,就多半是一些无关宏旨的问题,如某人早生了或迟死了一年之类。这也就是用这种方法去治学必然会钻牛角尖的原因。这种情形,其实是他们自己也感觉到的。胡适以"一点一滴"为最高的真理,认为真理只是小的结论的量的堆积；这固然和他的"多谈问题,少谈主义"是出于同一观点的理论,而实际上也是这种治学方法的辩护。

事实上即使不谈问题的大小轻重,真正成为定说的成绩也还是不多的。我们说"定说"这一标准是指考据所成功的程度,那么差一点的,而其实倒是大多数的,便成了"聊备一说",或"自圆其说"了；实际是最多也只等于看出了问题,却并没有解决问题。这也不是作者不努力,一方面固然是治学方法的限制,一方面也是材料的限制,这我们后面还要细谈。还有一种考据的文章,我们就叫它作"并无大疵"罢,这种文章既没有提出他的"一说",自然也没有"定"与"不定"的问题；它有的只是关于某一已有问题的一些相关材料的罗列或堆积,既不提出问题,也没有解决问题,我们只能知道他也研究这问题罢了。其最下者,就不能不是"荒谬绝伦"了；譬如有人以为《古诗十九首》是一人所作的连章诗,而且举了好多证据,竟然讲得首尾呼应了。以前学者们所发表的许多皇皇大文,大概都不出上面这几类的。

胡适写过一篇文章叫《治学的方法与材料》,我们也就姑且分作方法和材料来谈谈罢！胡适说："科学的方法,说来其实很简单,只不过尊重事实,尊重证据。在应用上,科学的方法只不过大胆的假设,小心的求证。""这是一种实验主义的态度在各方面的应用。"我们可以揭发和批判胡适这种观点的来源和根据,但不必如此,因为所谓科学方法不过骗骗人罢了；事实上应用在考据上并没有什么"科学性"更超越过了清朝的学者,仍然是基于归纳和演绎的常识推理方法的单纯应用。尊重事实本来是好的,形式逻辑也有它一定程度的应用价值,这也就是考据学还能有一些成就的原因。但"大胆的假设"就不可能不牵涉一个人处理问题的目的、他的历史观点和思想方法的问题。因为即使再"大胆"些，假设也得根据历史发展规律的可能性的，不能够成为猜谜或瞎碰，这是再"小心"也不会弄到证据的。但从事考据的学者们却不承认这些，因为他们是以超然客观来自诩的，自然不承认立场观点的问题会发生作用。胡适喜欢用老吏断狱来譬喻考据，叫人"严格的审查证据，敬慎的运用证据"，他说"做考证的人，至少须明白他的任务有法官断狱同样的严重，他的方法也必须有法官断狱同样的谨严，同样的审慎"。这个譬喻很好，我们也可以来借用一下。一件案子共有多少证据是不能由法官制造的，那是既成事实，法官得重视这些证据；审辨真伪时要谨严审慎也是对的；这说明了实事求是的精神以及形式逻辑的推理作用。但更重要的，法官断狱时究竟是根据什么法律呢？是过去国民党的《六法全书》，还是人民政府的政策法令？这就不能不牵涉原则性的问题了：治学者的立场、观点和方法。如果这个譬喻仅只是指罗列证据后的简单推理作用，那么这样例子多得很，我们举打麻将也是可以的。当然，有些问题是常识能够判断的；正如现今法律的某些条文也可能和以前一样，所以考据学的成绩并不完全是没有贡献的；但这些贡献也正说明了这种治学方法的局限性。

考据学所用的方法完全是形式逻辑考察事物和现象的方法，是常识的思维方法；从乾嘉学者到胡适们，三百年来在方法上并没有什么进步，这是由他们的著作可供证明的。他们孤立地考察一个问题或历史现象，在静止不动的平面上去考察这个问题或历史现象，排除了历史发展过程中的矛盾和史实间的联系，因而他们的结论或判断的正确性，就不可能超越了常识的范围，去全面地和概括地了解历史发展的规律性和它的丰富内容。这在新史学的建设中，是首先需要认识的。恩格斯说："人的常识，在家庭四壁之内的生活范围中，虽是极可尊敬的伴侣，但是一踏上广大的研究世界时，它立刻就会经历最可惊的变故。形而上学的思维方法，虽然在某一多少宽广的领域中（宽广程序，要看研究对象的性质而定），是合用的甚至必要的，可是它迟早总要遇着一定的界限，在这界限之外，它就变成片面的、局限的、抽象的，而陷于不能解决的矛盾之中；因为它只看到个别的事物，而看不见它们互相的联系；只看到它们的存在，而看不到它们的产生与消灭；只看到它们的静止状态,而忘记了它们的运动;只见树木,而不见森林。"①这段话对于我们批判旧日考据学的治学方法的局限性和片面性,是完全的吻合的。

虽然如此,我们前面说过,因了考据学者们有使他的著作成为"定说"的强烈的主观意图,因而他所致力的对象就多半着重在恩格斯所说的"在家庭四壁之内的生活范围中",就是说用"人的常识"可以处理的范围中,也就是形式逻辑的思维方法可以运用的范围中;因而如果作者能充分地尊重史实的话,那据的结果依然是十分正确的。这就是说,在一定的时间内和一定的具体历史条件下,某一历史现象是可以被视为已经形成的相对地分离的、稳固的和确定的史实的;这就是恩格斯所说的"某一多少宽广的领域",形式逻辑的思维方法在这里是可以合用的。这也就是乾嘉以来的学者们所以能有一定的贡献的原因,而我们在新史学的建设中,对于史料和史实的具体考定,也还有接受和承继这种学问的必要和理由。

二

不只是治学方法,即材料的本身也大大限制了考据学所能处理的范围。胡适已经说过:"文字的材料是死的,故考证学只能跟着材料走,虽然不能不搜求材料,却不能捏造材料,从文字的校勘以至历史的考据,都只能尊重证据,却不能创造证据。"因此有一些问题,在理论上虽然是属于用考据的方法可以解决的问题,但事实上却并不能靠严格的考据来解决。譬如聚讼已久的老子的年代问题,就是不可能凭充足的记载材料来构成定说的,这就大大缩小了考据学所能应用的范围。古书材料的多寡是固定的,有些问题已经用考据的方法解决了,也有一些问题或者由于方法本身的局限性,或者由于材料的不足,是永也不可能靠考据来解决,除非有新的材料再出现。譬如说几部经书,里面所存在的一些基本的考据问题,清朝人已大部解决了,或尚未解决而现在仍不能解决,这就是多数人孜孜不倦而弄不出成绩来的原因。近三十年整理古书的人,刘文典作《淮南鸿烈集解》,胡适弄《水经注》,慢慢

---

① 恩格斯:《社会主义从空想到科学的发展》。

向下移了,就因为先秦古籍中的考据问题已弄得差不多了。皓首穷经,如果仍是同样的办法,是很难跳过《皇清经解》的圈子的。为了避免费力不讨好,为了要研究得有成绩,学者们不能不钻空隙,找前人没有用过全力的地方;而这也就更助长了考据学的钻牛角尖倾向。有时又有好些人同时弄一个问题而彼此并不知道,同样的方法和同样的材料自然也会有同样的结论,结果常常为了抢谁先说的而打笔墨官司,这又是多么可笑的人力的浪费! 还有一种连带发生的现象是材料的囤积,有许多人的学问是靠他保存着一些不易见到的古书古物的,他也以此自炫其学,准备吃一辈子;这是别人无法得到,而他又绝不让别人看到的东西。有许多的学阀都是这样做学问的,所以胡适尚未回国,已打电报到国内搜罗各种版本的《水经注》了;在这一项工作中,别人是绝没有这些财力和方便来同他竞争的。材料对于考据学的重要既有了决定性的意义,有如原料之于工业,在一个不合理的社会里,自然是会成为一些人的囤积对象的。在今日看来,不只名贵的古书文物等应该归公共所有,而且有些规模大的工作,也不是一个人所能弄好的;应当有计划地由学术机关(如科学院)领导,集体来完成。但以前哪能谈到这些呢?

考据之学严重地受到材料的限制,是凡弄弄的人都会感到的。刘师培在《近代学术变迁论》中说:"自征实之学既昌,疏证群经,阐发无余;继其后者,虽取精用弘,然精华既竭,好学之士,欲树汉学之帜,不得不出于丛缀之一途。……一曰据守……二曰校雠……三曰摭拾……四曰涉猎……甚至考订一字,辨证一言,不顾全文,信此屈彼……然所得至微!"为什么会"所得至微"呢? 就因为别人已经"阐发无余"了;后继者如果研究的方法和对象都没有提高或改变,自然是所得至微的。因此近年来有好多长篇的考据文章,其实只是清朝学者们的一条笔记的扩大。例如胡适的《孙吴的校事制》,清人著作中《何义门读书记》、俞正燮《癸巳存稿》、梁章钜《三国志旁证》,就都曾论列过。又如关于甲骨文字的研究,因为是清人所未致力的新的对象,总算是近几十年来在考据方面比较有成绩的领域;但我们记得,在抗战以前,有一个时期国内的学术刊物中几乎都充满了这一类题目——上面一个"释"字,下面一个怪样的古字;但这风气后来过去了,研究文字学的专家们也不再"释"了。为什么呢？就是甲骨文字的研究已超过了认字阶段；可以认识的字大概都认识了，剩下的谁也无法辨认，除非再出现有新的佐证。这种情形充分地说明了考据学之所以不能无限制地扩大的原因；它的研究方法既已有了严重的局限性，用这种方法所能处理的问题又受到材料的限制，有些问题是永也不可能用考据学来证明的，如果没有新的材料。譬如说关于《庄子》的校勘训诂，清朝人用过许多力，日本的学者也有贡献，近人马叙伦、刘文典两先生都有专书研究，这方面的问题实在已经解决得差不多了；到闻一多先生晚年整理《庄子》时，在这方面就很难有许多的贡献。以闻先生平日"眼光的犀利，考索的赅博"①，论理应该有极大的成就，像他在别的研究方面所表现的；但研究的对象和已有的材料却大大地束缚了他的才能，结果贡献虽然是有的，但并不太多。这就可以意味到考据学的本身的局限性了。

尊重材料，重视证据，是治学者的必要条件，这是实事求是的精神，是应该提倡的。但有些材料本来不够的地方（并不是搜求得不勤），研究的人也不可能不凭一些有限的材料和相关的史实来推论，不然这问题就永也不能解决了。在考据学者们看来，不能解决的地方自然只有"存疑"，但一个史学工作者要了解历史的发展和全貌，却只能解决问题，不能逃避问题。这虽然已经有些溢出了考据学的范围，但杰出的学者们有时也是如此处理的。陈寅恪先生有一篇文章叫《狐臭与胡臭》，考证中古医书中所谓腋气之病的狐臭，应为胡臭，与中古华夏民族杂有一部分西胡血统有关，结论云："范汉女大娘子虽本身实有腋气，而其血统则仅能作出于西胡之推测，李珣虽血统确是西胡，而本身则仅有腋气之嫌疑。证据之不充足如此，而欲依之以求结论，其不可能，自不待言。但我国中古旧籍明载某人体有腋气，而其先世男女血统又可考知者，恐不易多得。即以前述之二人而论，则不得谓腋气与西胡无关。疑此腋气本由西胡种人得名，迨西胡人种与华夏民族血统混淆既久之后，即在华人之中亦间有此臭者；倘仍以胡为名，自宜有人疑为不合，因其复似野狐之气，遂改胡为狐欤？若所推测者不谬，则胡臭一名较之狐臭实为原始而且正确欤？"这文自云"推测"，又云"疑"，前面又说"尚希读者勿因

①　郭沫若:《闻集序》中语。

此误会以为有所考定,幸甚幸甚!"态度是极谦虚的;就因为所有的材料并不能构成这个结论的充足证据,在考据的方法上不能成为定说。但这结论其实是"定说"的,虽然他加上了推想。这就充分地说明了仅存的材料给考据以多么大的限制,而有时却连治学最谨严的学者也不能不超越了它。

"详细占有材料"本来是好的,但因为没有正确的思想方法作基础,过度重视材料的结果也发生了许多的毛病。很多人面对着茫然的罗列的材料,既不审查它的真实的程度和一定的阶级背景,却只把它机械地堆积或排列起来,甚至凭空想象地利用一些材料来达到了错误的结论(大胆的假设呀)。也有很多人喜欢做翻案文章,专门找些适合于自己论点的材料来标新立异,"道前人所未道"。在这里我们必须把严格的考据与学院派的繁征博引的作风来分开;很多学者们所罗列的材料与所要达到的结论并无直接关系,只是一些和这问题相关的材料的堆积。"收罗无遗"的用意全在炫学,让别人知道自己也有学问,读的书很多,对所要解决的问题并无帮助和必要。这种作风和在讲坛上动辄引称希腊罗马是同一的动机,和尊重材料的实事求是的精神是相反的;但同时它却又是受了过于重视材料的考据之学的影响。

三

我们把方法和材料分开来谈,仅只是为了叙述的方便,其实这样分是很不妥当的。同样的方法固然会因了材料的不同而结果很悬殊,即同是那些材料也会在观点不同的学者中整理出不同的成绩来。考据学者们是以纯粹客观相标榜的,不承认思想意识可以在考据工作中发生作用;其实在他们大胆假设的时候,在他们选择材料的时候,主观是不可能不发生作用的。胡适说:"这三百年的古学,虽然也有整治史书的,虽然也有研究子书的,但大家的眼光与心力注射的焦点,究竟只在儒家的几部经书。……一切古学都只是经学的丫头。……三五部古书,无论怎样绞来挤去,只有那点精华与糟粕。打倒宋朝的道士易,固然是好事;但打倒了道士易,跳过魏晋人的道家易,却回到两汉的方士易,那就是很不幸的了。"胡适在这里是提倡扩大研究范围的,所以他也研究旧小说了,研究《水经注》了;但清人为什么会有"儒书一尊"的观念,胡适又为什么看上了小说,是否在选择对象和材料时受到了主观意识的作用?当然这意识也是一定社会环境的产物,但也可知超然客观说之无稽了。即以前举之《周易》而论,我们读一下闻一多先生的《周易义证类纂》,那也是谨严的考据,但成绩是远超越了清朝人的。他是"以钩稽古代社会史料之目的解《周易》,不主象数,不涉义理……即依社会史料性质,分类录出"的。这"目的"就是使他超越前人的主要原因。我们为什么研究古代呢?总不能为研究而研究,或为考据而考据罢?这"目的"就决定了一个人发现材料和问题的方向,也就决定了他的整个工作路线,而这目的当然是受他本人的思想意识支配的。为什么闻一多先生的"立说新颖而翔实"能够前无古人呢?郭沫若先生在《闻集序》中解释说:清儒"陶醉于训诂名物的糟粕而不能有所超越",而"要想知道时代背景和意识形态,须要超越了那个时代和那个意识才行"。"他(闻先生)虽然在古代文献里游泳,但他不是作为鱼而游泳,而是作为鱼雷而游泳的。他是为了要批判历史而研究历史,为了要扬弃古代而钻进古代里去剖他的肠肚的。他有目的地钻了进去,没有忘失目的地又钻了出来,这是那些古籍中的鱼们所根本不能想望的事。"历史科学的首要的任务,就是要研究和揭明社会经济发展的规律;这任务规定了研究的目的性,这就是闻一多先生所以能超越前人的原因,同时也就说明了三百年来(包括最近三十年)考据学的严重的缺陷。

清朝考据学的兴盛,本来是异族统治中国的结果;奖励考据来作为闭塞思想的工具,是清朝的有计划的文化政策。乾嘉时清朝的统治力量已很巩固,在这种政策下面,学者们也就自觉地在故纸堆里来逃避现实,使学术完全脱离生活,这就是清代朴学兴盛的基本原因。鲁迅先生说:"待到满洲人以异族侵入中国,讲历史的,尤其是讲宋末的事情的人被杀害了,讲时事的自然也被害了,所以到乾隆年间,人民大家便更不敢用文章来说话了。所谓读书人,便只好躲起来读经,校刊古书,做些古时的文章,和当时毫无关系的文章。"①又说:"说起清代的学术来,有几位学者总是眉飞色舞,说那发达是

---

① 鲁迅:《三闲集·无声的中国》。

为前代所未有的。证据也真够十足：解经的大作，层出不穷，小学也非常的进步，史论家虽然绝迹了，考史家却不少；尤其是考据之学，给我们明白了宋明人决没有看懂的古书……我每遇到学者谈起清代的学术时，总不免同时想，'扬州十日'、'嘉定三屠'这些小事情，不提也好罢，但失去全国的土地，大家十足做了二百五十年奴隶，却换得这几页光荣的学术史，这买卖，究竟是赚了利，还是折了本呢？"①所以考据学从它的全盛时期起，就是与实际脱离的士大夫们逃避现实的场所。"五四"以后不久，一部分知识分子如胡适等开始从进步战线上分化出来了，不敢正视和接触现实社会了，就又唱出了整理国故的口号，向故纸堆中去逃避。虽然还标榜着科学方法的口号，但这不过是一块西洋的招牌，实际上是并没有超越过清朝人多少的。当时如成仿吾先生就说："国学运动！这是怎么好听的一个名词！不但国粹派听了要油然心喜，即一般的人听了，少不了也要点头称是。然而他们这种运动的神髓可惜只不过是要在死灰中寻出火烬来满足他们那美好的昔日的情绪，他们是想利用盲目的爱国的心理实行他们倒行逆施的狂妄。"②但现在看来，这种提倡还是发生了它一定的社会影响。因为时代愈激荡，社会的斗争愈尖锐，一部分脆弱的知识分子逃避现实的情形也就来得愈浓厚。正像学技术科学的人以为他可以不受政治的影响一样，研究文史的人也把单纯的技术观点建立在他们的考据学上。自以为无论哪一党执政，我考定的某古人的生卒年月总是不会错的，有证据呀！主观上惧怕着社会的变革和斗争，于是就努力追求一种永远的"对的"东西来保卫自己，来逃避现实。这就是提倡整理国故的人们的动机和目的。在全国解放后的今天，一个严肃的学术工作者，首先必须在思想上清除这种单纯技术的观点，然后他的所谓"技术"也才可能得到解放，才可能有发展的前途。

四

"我们这个大民族数千年的历史，有它的发展法则，有它的民族特

---

① 鲁迅：《花边文学·算账》。
② 成仿吾：《国学运动的我见》。

点,有它的许多珍贵品。对于这个,我们还是小学生。今天的中国是历史的中国之一发展,我们是马克思主义的历史主义者,我们不应该割断历史。"毛主席这样号召我们学习历史遗产,要我们实事求是地用科学的态度去研究。"详细占有材料,从这些事实中材料中引出正确的结论。这种结论,不是甲乙丙丁的现象排列,也不是夸夸其谈的滥调文章,而是科学的结论。"①考据学,就其尊重证据的实事求是的态度说,在新史学的建设中是应该承继并加以发扬的。正如我们做别的实际工作时需要调查研究和了解情况一样,研究古代也需要了解古代的各个具体真实的情况,这是基本的工作。但做工作时光了解情况也是不够的,还需要正确地掌握政策;研究古代也如此,我们不能为考据而考据,更重要的是要掌握和运用历史唯物主义的观点和方法,然后才能根据历史发展的具体情况,正确地分析和正确地总结历史上的问题和事件。考据学所用的形式逻辑的思维方法虽然也有它一定程度的适用范围,但作为一个新的历史研究者,要了解历史的全貌和规律,就不可能不从发展、运动、联系和相互作用来考察历史上的现象,这虽然也同样须根据真实的材料,但在观点方法上却绝不相同,而是大大地超越了旧日的考据学。即以做实际工作时的调查研究为例罢,我们的调查也绝不同于资产阶级社会学者们的"调查",而且也反对将"调查"和"研究"截然分开的二段论;在这种意义上讲,我们虽不完全否定了旧日的考据学,但承继的也只是那种实事求是的尊重材料的精神。我们既反对用考据的方法把问题弄清楚了,再用马列主义的思想方法作综合的二段论;也不赞成让有一部分人专门搞考据的分工论(这只有在有计划的集体工作时才有必要)。建设新的历史科学的道路只有一条,它既不是以抽象的社会学的规式,代替了历史之有系统的讲述;也不是单纯现象排列的客观主义者的事实堆积;而且正是要从这两种不同的偏向的纠正中,得到它正确的应有发展的。从这种意义出发,对于旧日考据学的一些已有的成果,我们是接受的,而且要分别地给他们的研究成绩以批判的总结。但新的学术工作者,却首先必须掌握马列主义的观点和方法,即

① 毛泽东:《改造我们的学习》。

历史唯物主义对于研究中国过去的具体运用，这是最主要的。然后再结合了考据学的那种实事求是的尊重材料的精神，这样，如果把研究的结果用尽可能的通俗化的形式和语言表现出来，就是我们所希望的新的著作了。中国旧日桐城派的古文家讲究义理、考据、词章三者要合于一炉，如果我们可以利用这些名词而赋予它以完全不同的、新的意义，那么我们希望于学术工作者们的，也是这三者融合无间的新的著作。这种著作就它的尊重史实，不夸夸其谈说，也可以说是一种考据，或是考据学的发展；但它本质上却绝不相同，而是大大超越了旧日的考据学的。

1950 年 2 月 2 日于清华园

原题《考据学的再估价》，载 1950 年 3 月《观察》第 6 卷第 9 期，署名王瑶。收入《中国文学论丛》（平明出版社，1953 年版），又收入《王瑶全集》第 2 卷《中国文学论丛》（河北教育出版社，2000 年版），均改题为《论考据学》。

鲁迅对于中国文学遗产的态度和
他所受中国古典文学的影响

一　民族魂

　　诚如冯雪峰先生所说,鲁迅的文学思想并非中国传统文学所培养成的[①];但也如他死后上海群众用写着"民族魂"字样的旗子给他盖棺一样,他的思想和作品同时又无不浸润着中国民族的长久的优秀的战斗传统。自然,他绝不是传统的因袭者,他受的传统文化的影响,是受他民主革命的理性光辉所照耀的,所以他是像瞿秋白先生所称赞的"黎明期的清醒的现实主义"者,能够很勇敢而又坚韧地撕破旧中国的脸,所谓"从旧垒中来,情形看得分明,反戈一击,易致强敌的死命"的。但在另方面,在积极的方面,他对于中国历史和文学就有他所肯定的一面,而这正是那些带有一定的人民性的宝贵遗产。而且从他自己思想发展和所受的影响上,从他的作品的某些风格和表现方式上,都可以看出传统文学曾经起过很大的作用和影响。这些影响所给予鲁迅的,也并不是在他思想或作品中的不重要部分,或比较消极方面的部分;反之,几乎在他的全部作品中,和形成他创作的特色中,中国传统文学的影响都占着很大的因素,而且是和整个的鲁迅精神分不开的。

　　法捷耶夫在《论鲁迅》中说:"鲁迅是真正的中国作家,正因为如此,他才给全世界文学贡献了很多民族形式的,不可模仿的作品。他的语言是民间形式的。他的讽刺和幽默虽然具有人类共同的性格,但也带着不可模仿的民族特点。"这些民族特点的形成,除了现实的具体战斗生活外,就在于他的

---

　　①　冯雪峰:《鲁迅创作的独立特色和他受俄罗斯文学的影响》。

对过去民族文化之适当的承继与发扬。冯雪峰先生曾说:"在文学者的人格与人事关系一点上,鲁迅是和中国文学史上的壮烈不朽的屈原、陶潜、杜甫等,连成一个精神上的系统。这些大诗人,都是有着伟大的人格和深刻的社会热情的人,鲁迅在思想上当然是新的,不同的,但作为一个中国文学者,在对于社会的热情,及其不屈不挠的精神,显示了中国民族与文化的可尊敬的一方面,鲁迅是相承了他们的一脉的。"①我们同意这段话,而且愿意从鲁迅的作品中找出根据和明确的线索;这在我们今天要求中国文学在批评和创作上都应当注意到和过去的历史相联系的时候,在爱护和尊重我们民族的战斗传统的时候,是非常必要的。

鲁迅,从他的少年时期开始,就是充满了对于祖国的热爱的。而且就是这种爱国主义的热忱驱使着他追求新的知识,也热烈地向传统历史去探索。固然他曾无情地抨击过封建文化中的消极方面,但那出发点也同样是基于对祖国的热爱;而且也发扬了过去的好的积极因素。早在 1903 年,他用文言文写的那篇《斯巴达之魂》,就是宣扬民族战斗精神和充满了爱国主义热情的作品。在《摩罗诗力说》里,也同样是这种精神的洋溢:

> 况久席古宗祖之光荣,尝首出周围之下国,暮气之作,每不自知,自用而愚,汗如死海。……

> 今索诸中国,为精神界之战士者安在? 有作至诚之声,致吾人于善美刚健者乎? 有作温煦之声,援吾人出于荒寒者乎?

在这里,先驱者所致力的启蒙运动,是有它思想上的火把作用的。而这种要求,固然是一种民主革命的历史要求,但也正是为了继承和发扬"古宗祖之光荣"的。在清末,民主革命的要求是普遍地以民族革命的形式出现的,而表现得最显明的是生活在资本主义社会的留学生群中,这些浸润了近代思想的知识分子,对反帝反封建的双重要求特别锐敏,因而爱国主义的情绪和战斗的要求,就有时自然地和浪漫地表现为对传统的历史和文化的积极方面之虔诚的向往。鲁迅说:

> 前清光绪末年,我在日本东京留学,亲自看见的。那时的留学生

---

① 冯雪峰:《关于鲁迅在文学上的地位》。

中，很有一部分抱着革命的思想，而所谓革命者，其实是种族革命，要将土地从异族的手里取得，归还旧主人。除实行的之外，有些人是办报，有些人是钞旧书。所钞的大抵是中国所没有的禁书，所讲的大概是明末清初的情形，可以使青年猛省的。久之印成了一本书，因为是《湖北学生界》的特刊，所以名曰《汉声》。那封面上就题着四句古语：摅怀旧之蓄念，发思古之幽情，光祖宗之玄灵，振大汉之天声！①

鲁迅，正是在这种"光复旧物"的要求下，来向传统文化探索的。这种爱国主义的热力充满了鲁迅的一生，他辑《会稽郡故书杂集》，是因为"禹、勾践之遗迹故在。士女敖嬉，睥睨而过，殆将无所眷念"②。他到厦门，就"想到除了台湾，这厦门乃是满人入关以后我们中国最后亡的地方，委实觉得可悲可喜"③。正是这种对祖国热爱的感情，才使他终生不懈地为她的前途而战斗。

因之，鲁迅虽然也强烈地憎恶着传统的历史文化之黑暗的一面，但思想上的深度是超过了"五四"时代一般的对传统之全盘否定论者的。他说：

> 先前，听到《二十四史》不过是"相砍书"，是"独夫的家谱"一类的话，便以为诚然。后来自己看起来，明白了：何尝如此。历史上都写着中国的灵魂，指示着将来的命运，只因为涂饰太厚，废话太多，所以很不容易察出底细来。正如通过密叶投射在莓苔上面的月光，只看见点点的碎影。但如看野史和杂记，可更容易了然了，因为他们究竟不必太摆史官的架子。④

历史如此，传统的文学也是如此，我们正是要除掉遮掩月光的密叶，去受月光的洗浴的。

这里必须说明的是与上面所引同年——1925——发生的鲁迅答《京报》副刊关于"青年必读书"的问题，鲁迅主张"我以为要少——或者竟不——看中国书，多看外国书。少看中国书，其结果不过不能作文而已。但现在的青

---

① 鲁迅：《而已集·略谈香港》。
② 鲁迅：《会稽郡故书杂集序》。
③ 鲁迅：《华盖集续编的续编·厦门通信》。
④ 鲁迅：《华盖集·忽然想到》。

年最要紧的是'行',不是'言'。只要是活人,不能作文算什么大不了的事"①。这在当时是曾经引起过许多争论的,后来鲁迅在和施蛰存关于"《庄子》和《文选》"的论争中解释过:

> 这是施先生忽略了时候和环境。他说一条的那几句的时候,正是许多人大叫要作白话文,也非读古书不可之际,所以那几句是针对他们而发的,犹言即使恰如他们所说,也不过不能作文,而去读古书,却比不能作文之害还大。②

"时候和环境"是重要的,而对象又是一般青年(并非文学青年),对于他们,在当时,最重要的是坚持"五四"以来的斗争精神,韧战下去;为了指导战斗的实践,读古书自非当时的急需。而且就当时反对他的议论之众多说,鲁迅这种说法本身就有反封建的战斗意义。因之,"时候和环境"是不应被忽略的,而就其效果说,鲁迅那时的答复也是完全正确的。这不是无条件地把民族文化看成了漆黑一团的论调,因而也就不能概括为鲁迅对传统文学之见解的说明。后来在1933年发生的"《庄子》与《文选》"的论争,其中关于反对吸收古词汇的部分,我们后面还要详谈,而鲁迅之所以竭力抨击的原因,主要也是为了新的青年沾染了旧日文人的习气,妄充风雅,忘却战斗的责任,而向封建文化去投降。他说:

> 有些新青年,境遇正和"老新党"相反,八股毒是丝毫没有染过的,出身又是学校,也并非国学的专家,但是,学起篆字来了,填起词来了,劝人看《庄子》《文选》了,信封也有自刻的印板了,新诗也写成方块了,除掉做新诗的嗜好之外,简直就如光绪初年的雅人一样,所不同者,缺少辫子和有时穿穿洋服而已。③

因此,鲁迅这里的态度我们是可以和他对"青年必读书"的态度抱同一理解的。这是反封建的战斗,同时这也可说是他对中国文学的正确态度的一方面,但不能说是全面。

---

① 鲁迅:《华盖集·青年必读书》。
② 鲁迅:《准风月谈·答"兼示"》。
③ 鲁迅:《准风月谈·重三感旧》。

为了发扬民族历史的光荣传统，"叫我们想想汉族繁荣时代，和现状比较一下，看是如何"①，鲁迅对汉、唐的文化是极其神往的。当然那目的也还是为了目前的战斗，为了启发爱国自强的精神，对外来的进步文化勇于接受，勇于进步。他说：

> 遥想汉人多少闳放，新来的动植物，即毫不拘忌，来充装饰的花纹。唐人也还不算弱，例如汉人的墓前石兽，多是羊，虎，天禄，辟邪，而长安的昭陵上，却刻着带箭的骏马，还有一匹驼鸟，则办法简直前无古人。……宋的文艺，现在似的国粹气味就薰人。然而辽金元陆续进来了，这消息很耐寻味。②

现在《鲁迅全集》里尚未收入的鲁迅著述如汉画像、汉碑帖、六朝造像目录、六朝墓志目录等，就是在对汉代文化向往的情绪下做成的。他说："汉画像的图案，美妙无伦，为日本艺术家所采取。即使是一鳞一爪，已被西洋名家交口赞许，说日本的图案如何了不得，了不得，而不知其渊源固出于我国的汉画呢。"③他早年计划而未完成的长篇小说"杨贵妃"④是以盛唐作背景的。"他对于唐明皇和杨贵妃的性格，对于盛唐的时代背景、地理、人体、宫室、服饰、饮食、乐器，以及其他用具……统统考证研究得很详细，所以能够原原本本地指出坊间出版的《长恨歌画意》的内容的错误。"⑤他为什么找了这样一个题材呢？由他亲自为此到长安调查和考证研究史实看来，那计划中的写法显然是和《故事新编》的"随意点染"不同的。那动机自然是在唤起爱国精神，说明唐代文化状况的。孙伏园先生说：

> 他觉得唐代的文化观念，很可以做我们现代的参考，那时我们的祖先们，对于自己的文化抱着极坚强的把握，决不轻易动摇他们的自信力；同时对于别系的文化抱有恢廓的胸襟与极精严的抉择，决不轻易的

① 鲁迅：《而已集·略谈香港》。
② 鲁迅：《坟·看镜有感》。
③ 许寿裳：《亡友鲁迅印象记》第十一节。
④ 据许寿裳《亡友鲁迅印象记》第十五节及冯雪峰《鲁迅先生计划而未完成的著作》记载，"杨贵妃"为长篇小说；但孙伏园《鲁迅先生二三事》"杨贵妃"中一节，说是三幕剧本。未知孰是。
⑤ 许寿裳：《亡友鲁迅印象记》第十五节。

崇拜或轻易地唾弃。这正是我们目前急切需要的态度。拿这深切的认识与独到的见解作背景,衬托出一件可歌可泣的故事,以近代恋爱心理学的研究结果作线索;这便是鲁迅先生在民国十年左右计划着的剧本"杨贵妃"。①

这种热爱祖国的精神,在鲁迅著作中是随处可以遇到的。而和民主革命的进步要求一结合,那内容就不但和复古论者绝不相同,而且我们可以说他的反封建的战斗也同样是基于爱国主义的。

二　关于接受文学遗产

传统的文化本来是有其消极面与积极面的,因而反对黑暗与接受进步性就同样有其必要;也就是说反封建与接受遗产不但不是冲突的,而且是相成的。鲁迅先生是中国反封建革命中最勇敢的战斗者,因为有了这样的立场,因此对于传统文化之进步的一面,他也必然是理解得最深刻的。这在今天,对于我们特别有示范的教育意义。

古话里也有过:柳下惠看见糖水,说"可以养老",盗跖见了,却道可以粘门闩。他们是弟兄,所见的又是同一的东西,想到的用法却有这么天差地远。"月白风清,如此良夜何?"好的,风雅之至,举手赞成。但同是涉及风月的"月黑杀人夜,风高放火天"呢,这不明明是一联古诗么?②

古典的,反动的,观念形态已经很不相同的作品,大抵即不能打动新的青年的心(但自然也要有正确的指示),倒反可以从中学学描写的本领,作者的努力。③

这还不够说明对于遗产的取舍首先需要解决的便是立场问题吗?因而对于一般青年,反对他们无批判地去摸索,反对没有正确指示的读《庄子》与《文

---

① 孙伏园:《鲁迅先生二三事》。
② 鲁迅:《准风月谈·前记》。
③ 鲁迅:《准风月谈·关于翻译(上)》。

选》，不也是可以理解的吗？但这并不是说传统文学中没有好的因素，不值得去学习。

> 我也以为"新文学"和"旧文学"这中间不能有截然的分界，然而有蜕变，有比较的偏向。①

> 因为新的阶级及其文化，并非突然从天而降，大抵是发达于对于旧支配者及其文化的反抗中，亦即发达于和旧者的对立中，所以新文化仍然有所承传，于旧文化也仍然有所择取。②

这是何等明确的对于历史发展的理解！为了建设新的文艺，为了培养创作能力，是必须要正确地接受传统文学的遗产的。1934 年，他在《拿来主义》一文中更给这问题作了原则性的说明，他说譬如一个穷青年得了一所大宅子，首先应该"拿来"，然后再以今日的标准对其内容分别地加以取舍；他说：

> 如果反对这宅子的旧主人，怕给他的东西染污了，徘徊不敢走进门，是孱头；勃然大怒，放一把火烧光，算是保存自己的清白，则是昏蛋。不过因为原是羡慕这宅子的旧主人的，而这回接受一切，欣欣然的蹩进卧室，大吸剩下的鸦片，那当然更是废物。"拿来主义"者是全不这样的。

> 他占有，挑选。看见鱼翅，并不就抛在路上以显其"平民化"，只要有养料，也和朋友们像萝卜白菜一样的吃掉，只不用它来宴大宾；看见鸦片，也不当众摔在毛厕里，以见其彻底革命，只送到药房里去，以供治病之用，却不弄"出售存膏，售完即止"的玄虚。……

> 总之，我们要拿来。我们要或使用，或存放，或毁灭。那么，主人是新主人，宅子也就会成为新宅子。然而首先要这人沉着，勇猛，有辨别，不自私。没有拿来的，人不能自成为新人，没有拿来的，文艺不能自成为新文艺。

这里对正确地对待民族文化传统问题作了极其深刻的分析，既反对"民族虚无主义者"的一笔抹杀的态度，也反对国粹主义者的无批判地全盘接受的态

---

① 鲁迅：《准风月谈·"感旧"以后（上）》。
② 鲁迅：《集外集拾遗·"浮士德与城"后记》。

度。正确的态度是"占有，挑选"，也就是批判地接受，因为如果不如此，就"文艺不能自成为新文艺"。那么我们应该挑选哪些"有养料"的东西呢？关于艺术史方面，鲁迅有很具体的说明：

> 我们有艺术史，而且生在中国，即必须翻开中国的艺术史来。采取什么呢？我想，唐以前的真迹，我们无从目睹了，但还能知道大抵以故事为题材，这是可以取法的；在唐，可取佛画的灿烂，线画的空灵和明快，宋的院画，萎靡柔媚之处当舍，周密不苟之处是可取的，米点山水，则毫无用处。后来的写意画（文人画）有无用处，我此刻不敢确说，恐怕也许还有可用之点的罢。这些采取，并非断片的古董的杂陈，必须溶化于新作品中，那是不必赘说的事。恰如吃用牛羊，弃去蹄毛，留其精粹，以滋养及发达新的生体，决不因此就会"类乎"牛羊的。①

这不是建设社会主义文化的"民族的形式"的最好解释吗？在文学史上，同样也有值得我们接受的东西。《诗经》是经，也是伟大的文学作品；屈原、宋玉，在文学史上还是重要的作家。为什么呢？——就因为他究竟有文采。……司马相如在文学史上也还是很重要的作家，为什么呢？就因为他究竟有文采。"②而且不只形式和表现方法方面，内容也仍然有不少的进步的富有人民性的作品，这也是同样值得我们接受的。举例说：

> 唐末诗风衰落，而小品放了光辉。但罗隐的《谗书》，几乎全部是抗争和愤激之谈；皮日休和陆龟蒙自以为隐士，别人也称之为隐士，而看他们在《皮子文薮》和《笠泽丛书》中的小品文，并没有忘记天下，正是一塌胡涂的泥塘里的光彩和锋芒。明末的小品虽然比较的颓放，却并非全是吟风弄月，其中有不平，有讽刺，有攻击，有破坏。这种作风，也触着了满洲君臣的心病，费去许多助虐的武将的刀锋，帮闲的文臣的笔锋，直到乾隆年间，这才压制下去了。③

因此，接受文学遗产是无疑地应该加以肯定的，而"接受什么"的问题在接受

---

① 鲁迅：《且介亭杂文·论旧形式的采取》。
② 鲁迅：《且介亭杂文二集·从帮忙到扯淡》。
③ 鲁迅：《南腔北调集·小品文的危机》。

者取得正确的立场观点后，自然也会找到进步的内容和表现方法的。但正确的批判的工作并不是一件容易的事，特别是在鲁迅先生活着的当时。他说：

> 被论客赞赏着"采菊东篱下，悠然见南山"的陶潜先生，在后人的心目中，实在飘逸得太久了。……除论客所佩服的"悠然见南山"之外，也还有"精卫衔微木，将以填沧海，刑天舞干戚，猛志固常在"之类的"金刚怒目"式，在证明着他并非整天整夜的飘飘然。这"猛志固常在"和"悠然见南山"的是一个人，倘有取舍，即非全人，再加抑扬，更离真实。……这也是关于取用文学遗产的问题，潦倒而至于昏聩的人，凡是好的，他总归得不到。①

这些"昏聩的人"，其实正是文化战线上的阶级敌人，他们提倡传统文化最热心，而所赞美歌颂的恰好正是传统文化的消极部分；鲁迅先生所抨击的"选本""摘句"，主张"倘要论文，最好是顾及全篇，并且顾及作者的全人，以及他所处的社会状态，这才较为确凿。要不然，是很容易近乎说梦的"②。那对象就是那批反动的论客，因此鲁迅在《〈奔流〉编校后记》中引了卢那卡尔斯基的"古代一民族兴起时代的文艺，胜于近来十九世纪末的文艺"后，立即说明"但我想，这是并非中国复古的两派——遗老的神往唐虞，遗少的归心元代——所能引为口实的"③。因此所谓接受文学遗产，在一个没有获得正确立场的人，一个缺乏思想武装的人，是很容易为遗产所俘虏的。鲁迅给杨霁云的信中批评这些人说：

> 盖先前原着鬼迷，但因环境所迫，不得不新，一旦得志，即不免老病复发，渐玩古董，始见老庄，则惊其奥博，见《文选》，则惊其典赡，见佛经，则服其广大，见宋人语录，又服其平易超脱，惊服之下，率尔宣扬，这其实还是当初沽名的老手段。④

---

① 鲁迅：《且介亭杂文二集·"题未定"草（六）》。
② 鲁迅：《且介亭杂文二集·"题未定"草（七）》。
③ 鲁迅：《集外集·〈奔流〉编校后记（十）》。
④ 鲁迅：1934 年 5 月 6 日致杨霁云信。

这些人，其实是并没有真正懂得古书的；他们"从周朝人的文章，一直读到明朝人的文章，非常驳杂，脑子给古今各种马队践踏了一通之后，弄得乱七八糟，但蹄迹当然是有些存留的，这就是所谓'有所得'"①。这是标准的传统的俘虏，是谈不到接受遗产的。因此对于一切的文学遗产，在接受采取之时，就不能不有正确的批评工作。要发现哪些是这一作家的更重要的一面，进步的一面。即如提倡性灵的人捧出了明末与方巾气为敌的小品文，而且大讲其袁中郎，这"正如在中郎脸上，画上花脸，却指给大家看，啧啧赞叹道：'看哪，这多么"性灵"呀！'"②但袁中郎是有他更重要的一面的，他也很佩服同时的满纸方巾气，而疾恶如仇，对小人决不假借的无锡顾宪成；鲁迅先生说：

> 中郎还有更重要的一方面么？有的。万历三十七年，顾宪成辞官，时中郎"主陕西乡试，发策，有'过劣巢由'之语。监临者问'意云何？'袁曰：'今吴中大贤亦不出，将令世道何所倚赖，故发此感尔。'"（《顾端文公年谱》下）中郎正是一个关心世道，佩服"方巾气"人物的人，赞《金瓶梅》，作小品文，并不是他的全部。

> 推而广之，也就是倘要论袁中郎，当看他趋向之大体，趋向苟正，不妨恕其偶讲空话，作小品文，因为他还有更重要的一方面在。③

采取一个作家的重要的，进步的方面，就是批判地接受。因此不能依赖过去的选本、书目和不正确的评论，而是要以新的立场来重新抉择的，恰如排开密叶来露出月光一样。正确地说，一个人如有所抉择，一定有他的立场和观点，超然的客观是不可能的，鲁迅先生论明末的张岱说：

> 张岱自己，则以为选文造史，须无自己的意见，他在《与李砚翁》的信里说："弟《石匮》一书，泚笔四十余载，心如止水秦铜，并不自立意见，故下笔描绘，妍媸自见，敢言刻划，亦就物肖形而已。……"然而心

---

① 鲁迅：《且介亭杂文二集·人生识字糊涂始》。
② 鲁迅：《花边文学·骂杀与捧杀》。
③ 鲁迅：《且介亭杂文二集·招贴即扯》。

究非镜,也不能虚,所以立"虚心平气"为选诗的极境,"并不自立意见"为作史的极境者,也像立"静穆"为诗的极境一样,在事实上不可得。①

这是驳斥超阶级观点的:过去的一些选本总集,都只是代表了选者个人的立场和观点,"读者虽读古人书,却得了选者之意,意见也就逐渐和选者接近,终于'就范'了"②。因此所谓批判地接受文学遗产也是同样的道理,要能真正采取到有滋养的东西,是必须有正确的立场和观点的,然后才能于某一作家的全部作品中,找出其进步的重要的方面,思想内容或表现方式。

当然,对于一般读者,是不能这样苛求的;这还得有多量时间和阅读能力的条件。因此一些正确的指导,注释标点或新的选本,在今天也还是必要的。就以标点古书为例吧,这是鲁迅先生攻击过许多次的,但他也并非不赞成这事本身,而是反对一些轻率的错误百出的标点本子的。他称赞过汪原放的标点和校正旧小说,以为"虽然不免小谬误,但大体是有功于作者和读者的"③。但对糟蹋了书的标点却不同了,他很愤然地说:

> 清朝的考据家有人说过,"明人好刻古书而古书亡",因为他们妄行校改。我以为这之后,则清人纂修《四库全书》而古书亡,因为他们变乱旧式,删改原文;今人标点古书而古书亡,因为他们乱点一通,佛头着粪;这是古书的水火兵虫以外的三大厄。④

这可以看出他是极其爱护古图书的,因为很显然,这些财产是一定要回到人民手里,是不允许被糟蹋的。

三 读什么书,如何读法

鲁迅先生自己读古书的经历、范围和方法,也是值得我们去考察的;这不只可以帮助我们更深地了解他的思想和作品,而且也是我们学习文学遗产时的借镜。

---

① 鲁迅:《且介亭杂文二集·"题未定"草(九)》。
② 鲁迅:《集外集·选本》。
③ 鲁迅:《热风·望勿"纠正"》。
④ 鲁迅:《且介亭杂文·病后杂谈之余》。

"我最初去读书的地方是私塾，第一本读的是《鉴略》。"①从开始起，就培养下了他对于历史发展的探索的兴趣。以后他就广泛地阅读起各种的野史杂说、笔记小说了；从这里使他知道了一定的历史的真实，过去统治者的凶残，也培养了他后来的对文学的兴趣。

> 我常说明朝永乐皇帝的凶残，远在张献忠之上，是受了宋端仪的《立斋闲录》的影响的。那时我还是满洲治下的一个拖着辫子的十四五岁的少年，但已经看过记载张献忠怎样屠杀蜀人的《蜀碧》，痛恨着这"流贼"的凶残。后来又偶然在破书堆里发见了一本不全的《立斋闲录》，还是明抄本，我就在那书上看见了永乐的上谕，于是我的憎恨就移到永乐身上去了。②

在这里不但可以看出少年鲁迅的读书兴趣，也可以了解他从那里得到了些什么。他那锐利的现实主义的智慧是在最初就发出了光芒的。据周作人的《关于鲁迅》里的记载，鲁迅自己买得的第一部书是《唐代丛书》，这虽是一部书贾汇刻的相当芜杂的书，但内容包括了很多的唐人传奇笔记等，在当时他是非常喜欢的。《中国小说史略》第八篇里说："传奇者流，源盖出于志怪，然施之藻绘，扩其波澜，故所成就乃特异，其间虽亦或托讽喻以纾牢愁，谈祸福以寓惩劝，而大归则究在文采与意想。"这些书不只扩大了他对历史的理解，而且是他后来编校《唐宋传奇集》，写《小说史》，甚至创作小说的发轫。在中国的传统文学观念里，特别是在宋、元以前，野史杂传和笔记小说是同一性质的东西，都可以叫作"小说"；这些都是消闲的东西，普通不大让青年人阅读的，而鲁迅，他最初就对笔记小说和绘画等发生兴趣，实在是后日文艺活动的最早的奠基。

鲁迅先生阅读的范围很广，并不限于正经正史，但他是清醒的现实主义者，是有他的批判能力的。他说：

> 这里只说我消闲的看书——有些正经人是反对的，以为这么一来，就"杂"！"杂"，现在又算是很坏的形容词。但我以为也有好

---

① 鲁迅：《且介亭杂文·随便翻翻》。
② 鲁迅：《且介亭杂文·病后杂谈之余》。

处。……看见了宋人笔记里的"食菜事魔",明人笔记里的"十彪五虎",就知道"哦呵,原来'古已有之'。"但看完一部书……毫无益处的也有。这时可得自己有主意了,知道这是帮闲文士所做的书。①

这就是所谓批判的接受,能在传统文学中采取适合于目前战斗的养料。鲁迅先生以为读经不如读史,"而且尤其是野史,或者看杂说"。就因为那些书的作者不得志,帮闲味少的缘故。

> 野史和杂说自然也免不了有讹传,挟恩怨,但看往事却可以较分明,因为它究竟不像正史那样地装腔作势。……总之:读史,就愈可以觉悟中国改革之不可缓了。②

而且这里面是保存着我们民族的优良传统的:

> 我想,试看明朝遗老的著作,反抗清朝的主旨,是在异族的入主中夏的,改换朝代,倒还在其次。所以要顶礼明末的遗民,必须接受他的民族思想,这才可以心心相印。③

但一般的缺乏战斗精神的温情主义者,不只竭力企图逃避现实,而且也惧怕见着了历史的真实;他们愿麻醉于"性灵""小品"的氛围中,不敢扩大他们的视野:

> 真也无怪有些慈悲心肠人不愿意看野史,听故事;有些事情,真也不像人世,要令人毛骨悚然,心里受伤,永不全愈的。残酷的事实尽有,最好莫如不闻,这才可以保全性灵,也是"是以君子远庖厨也"的意思。比灭亡略早的晚明名家的潇洒小品在现在的盛行,实在也不能说是无缘无故。④

这是1934年写的,是鲁迅的晚年文字,从这里可以知道鲁迅的现实主义的战斗精神,是从早就蒙受着传统文学的影响的,而且是始终一贯的。他看到了历史的进步的一面,也看到了落后的一面。对文学遗产也是一样,有他所

① 鲁迅:《且介亭杂文·随便翻翻》。
② 鲁迅:《华盖集·这个与那个》。
③④ 鲁迅:《且介亭杂文·病后杂谈》。

肯定的,也有他所否定的。他能从他的广泛的阅读中,找出了为一般人所忽略的在当时有进步意义的作品。

　　近来偶尔看见一部石印的《平斋文集》,作者,宋人也,不可谓之不古,但其诗就不可为训。如咏《狐鼠》云:"狐鼠擅一窟,虎蛇行九逵,不论天有眼,但管地无皮……"又咏《荆公》云:"养就祸胎身始去,依然钟阜向人青。"那指斥当路的口气,就为今人所看不惯。"八大家"中的欧阳修,是不能算作偏激的文学家的罢,然而那《读李翱文》中却有云:"呜呼,在位而不肯自忧,又禁他人使皆不得忧,可叹也夫!"也就悻悻得很。①

文学遗产里原是保留着不少带有人民性的内容的,但经过统治者的扼杀,帮闲士大夫们的涂饰,掩却一些真相是有的;但如果善于抉择,善于批判,是可以使历史面貌一新的。这里面有文人的作品,如上所举;更有刚健清新的民间文学:

　　就是《诗经》的《国风》里的东西,好许多也是不识字的无名氏作品,因为比较的优秀,大家口口相传的。王官们检出它可作行政上参考的记录了下来,此外消灭的正不知有多少。……东晋到齐陈的《子夜歌》和《读曲歌》之类,唐朝的《竹枝词》和《柳枝词》之类,原都是无名氏的创作,经文人的采录和润色之后,留传下来的。这一润色,留传固然留传了,但可惜的是一定失去了许多本来面目。到现在,到处还有民谣,山歌,渔歌等,这就是不识字的诗人的作品;也传述着童话和故事,这就是不识字的小说家的作品;他们,就都是不识字的作家。

　　但是,因为没有记录作品的东西,又很容易消灭,流布的范围也不能很广大,知道的人们也就很少了。偶有一点为文人所见,往往倒吃惊,吸入自己的作品中,作为新的养料。旧文学衰颓时,因为摄取民间文学或外国文学而起一个新的转变,这例子是常见于文学史上的。不识字的作家虽然不及文人的细腻,但他却刚健,清新。②

---

① 鲁迅:《花边文学·古人并不纯厚》。
② 鲁迅:《且介亭杂文·门外文谈(七)》。

鲁迅先生不只在文学史上注意到刚健清新的民间文学,而且也很重视现存的民间作品;在《朝花夕拾》里,他介绍过的绍兴"目莲戏"里的"无常",在《且介亭杂文》里再次介绍:

> 说是因为同情一个鬼魂,暂放还阳半日,不料被阎罗责罚,从此不再宽纵了——
>
> "那怕你铜墙铁壁!
>
> 那怕你皇亲国戚! ⋯⋯"
>
> 何等有人情,又何等知过,何等守法,又何等果决,我们的文学家做得出来么?[1]

后来又介绍过也是"目莲戏"中的"一个带复仇性的,比别的一切鬼魂更美,更强的鬼魂。这就是'女吊'"[2]。是叙一个备受虐待后自杀的童养媳的鬼魂的。"目莲戏"是由农民和工人业余演出的,那戏文也是他们自己的创造;鲁迅先生这种注意民间创作的精神,在阅读文学遗产时也是贯串着的,而且由此来了解中国文学发展中的许多问题:

> 歌,诗,词,曲,我以为原是民间物,文人取为己有,越做越难懂,弄得变成僵尸,他们就又去取一样,又来慢慢地绞死它。譬如《楚辞》吧,《离骚》虽有方言,倒不难懂,到了扬雄,就特地"古奥",令人莫名其妙,这就离断气不远矣。词,曲之始,也都文从字顺,并不艰难,到后来,可就实在难读了。[3]

用这样的态度去处理文学遗产,自然能够发现出人民性的内容。即使是文人的作品吧,也可以看出它和人民生活的关系。毛泽东同志说:

> 人民生活中本来存在着文学艺术的矿藏,这是自然形态的东西,是粗糙的东西,但也是最生动、最丰富、最基本的东西,它们使一切加工形态的文学艺术相形见绌,它们是一切加工形态的文学艺术的取之不尽

---

① 鲁迅:《且介亭杂文·门外文谈(十)》。
② 鲁迅:《且介亭杂文附集·女吊》。
③ 鲁迅:1934 年 2 月 20 日致姚克信。

用之不竭的唯一的源泉。①

这还不可以说明鲁迅先生喜欢野史杂说、笔记小说等的原因吗？过去一向为大家所看不起的东西，他都在那里发现了较多的新的价值，这就是他所以要泛览众书的原因。

还有一些有进步内容的作品，是受到历代统治者的扼杀的；鲁迅先生喜欢读清朝的禁书，也正是找那为统治者所不满意的东西。

> 乾隆朝的纂修《四库全书》，是许多人颂为一代之盛业的，但他们却不但捣乱了古书的格式，还修改了古人的文章；不但藏之内廷，还颁之文风颇盛之处，使天下士子阅读，永不会觉得我们中国的作者里面也曾经有过很有些骨气的人。

毛泽东同志说："鲁迅的骨头是最硬的，他没有丝毫的奴颜与媚骨，这是殖民地半殖民地人民最可宝贵的性格。"这性格正是中国传统的民族战斗精神之正确的承继与高度的发扬。在今天，使一切过去的作品都尽可能地恢复它的本来面目，发扬作品中的积极的有进步意义的部分，已经是完全可能的了，就因为我们已经是属于人民自己的时代。

鲁迅先生读了很多的古书，但不只未为古书所俘虏，而且更明白了历史的真相，加强了他战斗的坚强的韧性。他分清了传统文化的积极面与消极面，而且能合理地给以正确的批评，因而接受遗产与反封建并不发生相反的作用，而是相成的。他懂得了"汉朝以后，言论的机关都被'业儒'的垄断了。宋、元以来，尤其厉害"②。因此他对封建社会的礼教秩序发生了强烈的憎恶，像瞿秋白先生所说的，他是封建宗法的逆子。而从古书里，不但增加了他反封建的战斗意志，也使他对敌人特别了解得清楚，增加了他战略和战术的敏锐性。例如在论章士钊为女师大的呈文中之"臻媟黩之极致"时说：

> 但其实，被侮辱的青年学生们是不懂的；即使仿佛懂得，也大概不及我读过一些古文者的深切地看透作者的居心。③

---

① 毛泽东：《在延安文艺座谈会上的讲话》。
② 鲁迅：《坟·我之节烈观》。
③ 鲁迅：《坟·寡妇主义》。

又如《热风》里的《以震其艰深》一文，攻击所谓国学家其实连普通文言文也写不通，都是用这种制敌死命的办法的。因此鲁迅先生的读古书，是反而增加了他反封建的战斗力量的。

四 "魏晋文章"

郭沫若有《庄子与鲁迅》一文，许寿裳有《屈原与鲁迅》[①]一文，都证明庄子、屈原对于鲁迅发生过很深的影响，所列举的词汇及语法等的例子也很多。鲁迅先生平常是主张"从活人的嘴上，采取有生命的词汇，搬到纸上来"[②]的；而且认为"警句或炼话，讽刺和滑稽，十之九是出于下等人之口的"[③]，部分的旧语的复活，他虽然也认为有必要，但他自己却谦为用旧词汇只是从旧垒中来的积习，或是"信手拈来，涉笔成趣"，所以一般地他是反对摘用旧词汇的。他说：

> 现在却有人以为"汉以后的词，秦以前的字，西方文化所带来的字和词，可以拼成功我们的光芒的新文学。"这光芒要是只在字和词，那大概像古墓里的贵妇人似的，满身都是珠光宝气了。人生却不在拼凑，而在创造，几千百万的活人在创造。[④]

虽然如此说，但能从他作品中举出那么多的古词汇的例子来，也更证明了他不可能不受到原作品之思想内容和表现方式的影响，特别是鲁迅这样不大愿意运用旧词汇的人。不过这种影响是比较无形的，融会无间的，不像词汇之具体可摘罢了。

而且这些词汇运用得最多的地方，是文言文和旧诗，鲁迅先生本来擅长古文，《域外小说集》的译文和《怀旧》的古文小说，作风的古朴简劲，和他的杂文是一致的。这是受了魏、晋文学的影响，我们后面还要详谈。关于旧诗，先生是极工的；唐弢先生在《全集补遗编后记》中说"先生好定庵诗"，龚定庵是

---

① 郭沫若：《今昔蒲剑》；许寿裳：《亡友鲁迅印象记》。

② 鲁迅：《且介亭杂文二集·人生识字糊涂始》。

③ 鲁迅：《且介亭杂文·答〈戏〉周刊编者信》。

④ 鲁迅：《准风月谈·难得糊涂》。

晚清的今文经学家，也是当时比较进步的思想家，他诗文皆别具风格，鲁迅先生的爱好也并非专指技巧的。总之，这些都只能说明他所受传统文学的影响很深，至于如何形成他的思想和创作上的特色，还有待于我们的探索。

先生为什么喜欢庄子和屈原呢？当然，首先是因为他们的作品有"文采"；但文学作品也多得很，为什么不偏爱《诗经》或后来的文集呢？这就不能不从作品的内容思想上去求解释。先说屈原，先生在 1907 年作的《摩罗诗力说》中说：

> 如中国之诗，舜云言志；而后贤立说，乃云持人性情，三百之旨，无邪所蔽。夫既言志矣，何持之云？强以无邪，即非人志。许自由于鞭策羁縻之下，殆此事乎？然厥后文章，乃果辗转不逾此界。……惟灵均将逝，脑海波起，通于汨罗，返顾高丘，哀其无女，则抽写哀怨，郁为奇文。茫洋在前，顾忌皆去，怼世俗之浑浊，颂己身之修能，怀疑自遂古之初，直至百物之琐末，放言无惮，为前人所不敢言。

他所推崇屈原的，正是那种愤世的解放要求和怀疑的个人精神。据许寿裳氏的记载，他在日本弘文书院时，书桌内的书就有拜伦的诗、尼采的传、希腊神话、罗马神话和一本《离骚》；[①] 而在《摩罗诗力说》内，对屈原的赞美也是和拜伦等一致的。他要介绍"举一切诗人中，凡立意在反抗，指归在动作，而为世所不甚愉悦"的，来作民族文化的新生的机运，而在中国，他自然就爱上了闻一多先生所称赞的"人民的诗人——屈原"。我们看一下《彷徨》开首所录的《骚》句的题词，这心境还不够了解吗？早期鲁迅的思想，反映了民主革命的历史要求，是表现在爱国主义的民族革命上的，而那启蒙的中心就是个性的解放，他的方案是"外之既不后于世界之思潮，内之仍弗失固有之血脉，取今复古，别立新宗，人生意义，致之深邃，则国人之自觉至，个性张，沙聚之邦，由是转为人国"[②]。这种个性解放的思想反映着当时的反封建反帝的革命要求，加以爱祖国的高度热忱，他自然会爱好着屈原了。

庄子的内容自然不如屈原的健康，但鲁迅喜欢它的原因是同一的，仍然

---

① 许寿裳：《亡友鲁迅印象记（二）》。

② 鲁迅：《坟·文化偏至论》。

是基于个性解放的思想。在反对儒家礼教上,在个人本位的思想上,在"以天下为沉浊不可与庄语"的愤世精神上,鲁迅是受到了影响的。《汉文学史纲要》云:

> 战国之世,言道术既有庄周之蔑诗礼,贵虚无,尤以文辞,陵轹诸
> 子。在韵言则有屈原起于楚,被谗放逐,乃作《离骚》。逸响伟辞,卓绝
> 一世。

这里对庄子的评价显然比屈原低,就因为庄子思想中的消极因素不能为革命者的鲁迅所接受,因此很快就被他批判了。1926 年的《写在"坟"后面》说:

> 就是思想上,也何尝不中些庄周,韩非的毒,时而很随便,时而很峻
> 急。孔孟的书我读得最早,最熟,然而倒似乎和我不相干。

这就是因为庄子在思想上曾引起过他的共鸣,而孔孟的书却是旧教育强迫念熟的缘故。关于韩非,主要的影响大概在他处理事情的敏锐上,所谓"峻急"的意义应该是积极的。即以词汇而论,《全集》中引韩非的也很少,看见的似乎只有《华盖集》中的两条。① 到了《故事新编》中的《出关》和《起死》两篇创作,对于"阴柔"的呆木头似的老子和"虚无"的怀疑论者的庄子的超现实思想,可以说已完全无情地予以批判了。

此外对鲁迅思想有深刻影响的文人,是孔融和嵇康,尤其是嵇康。

刘半农曾赠送过鲁迅先生一副联语,是"托尼学说,魏晋文章"。"当时的友朋都认为这副联语很恰当,鲁迅先生自己也不加反对。"②我们认为就鲁迅先生所接受到的影响说,托尔斯泰的人道主义和尼采的发展个性的超人思想,都是反映着启蒙时代的人的发现和人的保卫的,鲁迅先生凭借着他的民主革命的理性的火光和现实主义的批判精神,使这些都在中国的民主革命过程中发生了一定的积极作用。而所谓魏、晋文章,绝不只表示他"受了章太炎先生的影响古了起来"③的文言文的风格笔调,他固然佩服章太

---

① 鲁迅:《华盖集·这个与那个》。
② 孙伏园:《鲁迅先生二三事》。
③ 鲁迅:《集外集·序言》。

炎，但不是为了文章的"文笔古奥，索解为难"，而因为章太炎是"所向披靡，令人神旺"①的革命家。鲁迅先生并不全力追摹笔调，固然他的文言文可以说是"魏晋文章"，而小说杂文的简劲朴实，也可说和魏晋风格有一脉相通之处，但那只是多读了魏晋文集的自然结果，并不是有意去追摹。那么他为什么爱读魏晋的文集呢？这也并不是为了文笔的古朴，而是那作品里面的思想内容。因此，就鲁迅先生所接受到的影响说，"魏晋文章"一词基本上是和"托尼学说"同义的。这些时间空间都不相侔的内容会在一个人的思想中发生几乎相同的影响，那可能性就在接受者的理性主义和现实主义的批判上。所谓"魏晋文章"的代表人物就是孔融和嵇康，特别是嵇康。

《摩罗诗力说》介绍诸诗人的共同精神为"无不刚健不挠，抱诚守真，不取媚于群，以随顺旧俗；发为雄声，以起其国人之新生，而大其国于天下"。鲁迅所接受的孔融和嵇康的精神就是这样的，特别是刚健不挠的反抗旧俗精神。

"汉末魏初这个时代是很重要的时代，在文学方面起一个重大的变化。"②鲁迅指出这时文学的特点是清峻和通脱；鲁迅又说他思想上"时而很随便，时而很峻急"，其实就是清峻和通脱，这主要也是受了魏晋文章的影响；他自己所谓受了庄子和韩非的毒，不过是一种历史上的溯源。魏晋是文人由俳优进入士大夫地位的开始，由于老庄思想的兴起，文学的观念比较清晰，鲁迅称之为"文学的自觉时代，或如近代所说是为艺术而艺术（Art for Arts' sake）的一派"③。在中国文学史上是个人意识很浓厚的一个时期，后来鲁迅先生曾说：

> "为艺术的艺术"在发生时，是对于一种社会的成规的革命，但待到新兴的战斗的艺术出现之际，还拿着这老招牌来明明暗暗阻碍他的发展，那就成为反动。④

> 从前反对卫道文学，原是说那样吃人的"道"不应该卫，而有人要透底，就说什么道也不卫；这"什么道也不卫"难道不也是一种道么？⑤

---

① 鲁迅：《且介亭杂文末编·关于太炎先生二三事》。
②③ 鲁迅：《而已集·魏晋风度及文章与药及酒之关系》。
④ 鲁迅：《南腔北调集·又论"第三种人"》。
⑤ 鲁迅：《伪自由书·透底》。

我们可以说鲁迅是以这样的进步性来看魏晋文学的，而其中最使他喜欢的作者是孔融和嵇康。这不只为了他们作品的文采，而更为了他们的思想与行为。他说孔融和建安七子中的别人不同，"专喜和曹操捣乱"，"喜用讥嘲的笔调"，对孔融显然是很喜欢的。而且据冯雪峰先生说，鲁迅"曾以孔融的态度和遭遇自比"[①]，那更可以看出精神上的共鸣。至于嵇康，则只要看看他在校正《嵇康集》上所花的工力，就可以知道他的意向。他说"竹林七贤""差不多都是反抗旧礼教的"，而嵇康的脾气始终都极坏，又说：

> 嵇康的论文，比阮籍更好，思想新颖，往往与古时旧说反对。孔子说："学而时习之，不亦说乎？"嵇康做的《难自然好学论》，却道，人是并不好学的……还有管叔、蔡叔，是疑心周公，率殷民叛，因而被诛，一向公认为坏人的。而嵇康做的《管蔡论》，就也反对历代传下来的意思，说这两个人是忠臣，他们的怀疑周公，是因为地方相距太远，消息不灵通。

> 但最引起许多人的注意，而且于生命有危险的，是《与山巨源绝交书》中的"非汤武而薄周孔。"司马懿因这篇文章，就将嵇康杀了。非薄了汤武周孔，在现时代是不要紧的，但在当时却关系非小。汤武是以武定天下的；周公是辅成王的；孔子是祖述尧舜，而尧舜是禅让天下的。嵇康都说不好，那么教司马懿篡位的时候怎么办才好呢？没有办法。在这一点上，嵇康于司马氏的办事上有了直接的影响，因此就非死不可了。嵇康的见杀，是因为他的朋友吕安不孝，连及嵇康，罪案和曹操的杀孔融差不多。[②]

鲁迅又说"嵇康的害处是在发议论"，我们看他所称许的那些反礼教、反周孔、反统治者的事迹，和思想新颖好发议论的习惯，自然会了解到他为什么特别爱好嵇康的集子；而鲁迅的革命精神，正是承继和发扬了这一民族的优秀战斗传统的。

唐弢先生在《关于鲁迅的杂文》里说：

> 我想：鲁迅是由嵇康的愤世，尼采的超人，配合着进化论，进而至于

---

① 冯雪峰：《鲁迅论》。

② 鲁迅：《而已集·魏晋风度及文章与药及酒之关系》。

阶级的革命论的。[①]

我们认为嵇康、尼采等不应该是平列的因素。关于尼采的超人学说,鲁迅从来是批判的态度,《热风》的《随感录四十一》已有"太觉渺茫"的话,《〈中国新文学大系〉小说二集序》也说《狂人日记》"不如尼采的超人的渺茫";我们觉得使庸俗的尼采哲学不至在鲁迅身上发生消极因素的,倒正是中国历史上这些大胆的叛逆者的战斗传统;这些诗人们就其反抗的精神和行动说,虽然和鲁迅的思想也同样是两种不同的社会关系,但较尼采之反动的悲观主义的学说究竟健康一些;而且也是在鲁迅思想上生了根的;这样,"魏晋文章"较之"托尼学说"就发生了更进一步的良好影响,终于使鲁迅继承了和发展了这种民族的传统,从个性解放的思想进而为解放人民大众的思想。这样,鲁迅思想之与中国传统文学有着精神上的联系,也就使爱祖国爱人民的战斗传统更清晰了。

五　小说手法

　　鲁迅先生称赞陶元庆氏的绘画说:

　　　　他以新的形,尤其是新的色来写出他自己的世界,而其中仍有中国向来的魂灵——要字面免得流于玄虚,则就是:民族性。[②]

这话是可以移向鲁迅的全部创作的,"都和世界的时代思潮合流,而又并未梏亡中国的民族性"[③]的评语,不是最合于鲁迅的创作特色吗?鲁迅先生自己也说他小说的特点是:

　　　　我力避行文的唠叨,只要觉得够将意思传给别人了,就宁肯什么陪衬拖带也没有。中国旧戏上,没有背景,新年卖给孩子看的花纸上,只有主要的几个人(但现在的花纸却多有背景了),我深信对于我的目的,这方法是适宜的,所以我不去描写风月,对话也决不说到一大篇。

　　　　我做完之后,总要看两遍,自己觉得拗口的,就增删几个字,一定要

---

　　① 唐弢:《关于鲁迅的杂文》。
　　②③ 鲁迅:《而已集·当陶元庆君的绘画展览时》。

它读得顺口；没有相宜的白话；宁可引古语，希望总有人会懂，只有自己懂得或连自己也不懂的生造出来的字句，是不大用的。这一节，许多批评家之中，只有一个人看出来了，但他称我为 stylist。①

这方法鲁迅先生在别处称之为白描：

"白描"却并没有秘诀。如果要说有，也不过和障眼法反一调：有真意，去粉饰，少做作，勿卖弄而已。②

《狂人日记》《孔乙己》《药》，这些小说发表后，那时"认为'表现的深切和格式的特别'，颇激动了一部分青年读者的心"③，这表现力量的成功主要即在于新形式的创造；而这新形式本身并不单纯是西方文艺形式之简单的移植，它同时也是承继了民族传统的向上发展。这也不是指就如《狂人日记》和《阿Q正传》的"序言"之类的很显明的例子，而是贯串于整篇作品的表现方式。1920年茅盾先生作的《读〈呐喊〉》云：

在中国新文坛上，鲁迅君常常是创造新形式的先锋，《呐喊》里的十多篇小说几乎一篇有一篇新形式，而这些新形式又莫不给青年作者以极大的影响。

在中国新文学的成长上，这种奠基的创造功绩是伟大的，值得我们去学习的。但这种新形式的来源，除了他接受的外来影响外，同时也是承继了中国旧小说的表现方式的；不过他能推陈出新，使人觉得新鲜深切罢了。《呐喊》出版后，苏雪林曾有一篇《〈阿Q正传〉及鲁迅创作的艺术》，其中举了《风波》和《阿Q正传》中的许多节作例子，然后说：

鲁迅好用中国旧小说笔法……他不惟在事项进行紧张时，完全利用旧小说笔法，寻常叙事时，旧小说笔法也占十分之七八，但他在安排组织方面，运用一点神通，便能给读者以"新"的感觉了。

这段话基本上是对的，鲁迅创作中的民族性，就是说他既不是过去作品之简

---

① 鲁迅：《南腔北调集·我怎么做起小说来》。
② 鲁迅：《南腔北调集·作文秘诀》。
③ 鲁迅：《且介亭杂文二集〈中国新文学大系〉小说二集序》。

单的模仿,而又不是截然分开的西方形式之移植,它的特点就在推陈出新,基于民族传统的发展。巴人先生曾说:

> 在白话里,鲁迅先生所要求的是"读得顺口",但接受了古文的简劲等等的风格。我们试读鲁迅先生所选的唐宋传奇,和鲁迅先生的创作小说,终觉得其间的风格有一脉相通之处。[①]

其实不只唐宋传奇,更重要的影响还在旧的白话小说,这对于创作的关系更密切。鲁迅先生是曾经称赞过旧小说的一些优点的:

> 高尔基很惊服巴尔扎克小说里写对话的巧妙,以为并不描写人物的模样,却能使读者看了对话,便好像目睹了说话的那些人。中国还没有那样好手段的小说家,但《水浒》和《红楼梦》的有些地方,是能使读者由说话看出人来的。[②]

> 《水浒传》里的一句"那雪正下得紧",就是接近现代的大众语的说法,比"大雪纷飞"多两个字,但那"神韵"却好得远了。[③]

因此,对于这些"长处",鲁迅先生是采取的。他自述他用的语言是"采说书而去其油滑,听闲谈而去其散漫,博取民众的口语而存其比较的大家能懂的字句,成为四不像的白话"[④]。在这当中,所谓"采说书"就是指的采自旧日的章回小说。不只语言如此,表现手法上也一样有传统的影响,不过采取之间有所取舍,有所发展罢了。

在旧小说中,鲁迅先生最推崇的,也是最影响他的写作风格的一部书,是《儒林外史》。《中国小说史略》全书中,以对《儒林外史》的评价最高;题为"清之讽刺小说":

> 寓讥弹于稗史者,晋唐已有,而明为盛,尤在人情小说中。……然词意浅露,已同嫚骂,所谓"婉曲",实非所知。迨吴敬梓《儒林外史》出,乃秉持公心,指摘时弊,机锋所向,尤在士林;其文又感而能谐,婉而

---

① 巴人:《鲁迅的创作方法》。
② 鲁迅:《花边文学·看书琐记(一)》。
③ 鲁迅:《花边文学·"大雪纷飞"》。
④ 鲁迅:《二心集·关于翻译的通信》。

338

多讽：于是说部中乃始有足称讽刺之书。……

　　时距明亡未百年，士流盖尚有明季遗风，制艺而外，百不经意，但为矫饰，云希圣贤。敬梓之所描写者即是此曹，既多据自所闻见，而笔又足以达之，故能烛幽索隐，物无遁形，凡官师，儒者，名士，山人，间亦有市井细民，皆现身纸上，声态并作，使彼世相，如在目前。惟全书无主干，仅驱使各种人物，行列而来，事与其来俱起，亦与其去俱讫，虽云长篇，颇同短制；但如集诸碎锦，合为帖子，虽非巨幅，而时见珍异，因亦娱心，使人刮目矣。……

　　是后亦鲜有以公心讽世之书如《儒林外史》者。

鲁迅作品的一个重要特色是讽刺，他写过两篇讲讽刺的文章，说明"非实写决不能成为所谓讽刺"，而那所举的例子之一就是《儒林外史》中的写范举人守孝，鲁迅并且说"和这相似的情形是现在还可以遇见的"。《小说史略》述此云："至叙范进家本寒微，以乡试中式暴发，旋丁母忧，翼翼尽礼，则无一贬词，而情伪毕露，诚微辞之妙选，亦狙击之辣手矣。"清末如吴趼人等的小说，《中国小说史略》中别称之为谴责小说，即以别于如《儒林外史》之讽刺，而中国小说中之真正可称为讽刺，可与果戈理、斯惠夫特的讽刺并称者，也只有一部《儒林外史》。他说：

　　我想：一个作者，用了精炼的，或者简直有些夸张的笔墨——但自然也必须是艺术的地——写出或一群人的或一面的真实来，这被写的一群人，就称这作品为"讽刺"。

　　"讽刺"的生命是真实；不必是曾有的实事，但必须是会有的实情。所以它不是"捏造"，也不是"诬蔑"；既不是"揭发阴私"，又不是专记骇人听闻的所谓"奇闻"或"怪现状"。[1]

《瞎骗奇闻》和《二十年目睹之怪现状》都是吴趼人作的小说，鲁迅说这些小说："虽命意在于匡世，似与讽刺小说同伦，而辞气浮露，笔无藏锋，甚且过甚其辞，以合时人嗜好，则其度量技术之相去亦远矣，故别谓之谴责小说。"这是和《儒林外史》不同的。鲁迅对于讽刺的这些解释不只说明了《儒林外

---

[1]　鲁迅：《且介亭杂文二集·什么是"讽刺"？》（同集另有一篇《论讽刺》）。

史》，简直可以用来说明他自己的小说，像《呐喊》和《彷徨》中的很多篇。当然，这只是说那讽刺的手法和性质，并不是指作品的题材或主题。鲁迅说：

> 中国确也还盛行着《三国志演义》和《水浒传》，但这是为了社会还有三国气和水浒气的缘故。《儒林外史》作者的手段何尝在罗贯中下，然而留学生漫天塞地以来，这部书就好像不永久，也不伟大了，伟大也要有人懂。①

我们在文学遗产中学习一些现实主义的表现方法时，当然先要排除因那题材和历史背景的生疏所引起的困难，这才有批评原作品的能力。这不是"考证"或"索隐"式的工作，而是为了求得深刻的理解；而这也部分地说明了鲁迅先生研究小说史的动机。中国的传统文学原有它值得我们学习的一面的，并不是只配轻蔑得漆黑一团。就小说而言，唐传奇的文采与思想，《金瓶梅》的"凡所形容，或条畅，或曲折，或刻露而尽相，或幽伏而含讥，或一时并写两面，使之相形，变幻之情，随在显见"②；《红楼梦》的"正因为实，转成新鲜"③，都是鲁迅先生所推许过的，也并不只是《儒林外史》。而且他也是承继了那些优良的传统的。

至于以历史传说为题材的小说《故事新编》，则除了表现的方法外，题材也是由传统文献中摘取的；在中国新文学的历史上，鲁迅也是最早尝试的一人。序言云：

> 对于历史小说，则以为博考文献，言必有据者，纵使有人讥为"教授小说"，其实是很难组织之作；至于只取一点因由，随意点染，铺成一篇，倒无需怎样的手腕。……
>
> 现在才总算编成了一本书。……叙事有时也有一点旧书上的根据，有时却不过信口开河。……不过并没有将古人写得更死，却也许暂时还有存在的余地的罢。

这其实是自谦，他写作的目的是为了现在，古人只是借来的题材，而且经他的笔写活了。这不是历史故事，是文学作品。自然，摄取那一点历史的因由

---

① 鲁迅：《且介亭杂文二集·叶紫作〈丰收〉序》。
②③ 鲁迅：《中国小说史略·明之人情小说》。

也需要一番识力，但作者加上了自己的意想，和现实联系起来了。

《故事新编》中收小说八篇，鲁迅称之为"神话，传说，及史实的演义"；其中《补天》《奔月》和《铸剑》，是采取古神话作题材的，是传说人物的人情化；这三篇写成的时间早，《奔月》中有深刻的寄意，《铸剑》表现复仇主义的精神。《理水》和《非攻》中的正面人物是禹和墨子，禹治水是"查了山泽的情形，征了百姓的意见"；墨子阻楚伐宋，却对弟子管黔敖说："你们仍然准备着，不要只望口舌的成功。"中国的墨家是师承禹的，所以这两篇可视为同一的主题——对于禹和墨子精神的描绘与歌颂，他写出了为人民的战斗和劳动的精神，献身于组织治水和抵抗侵略的大众事业，正显示了鲁迅自己的战斗精神的伟大；而这是和历史上中华民族的优秀传统相联系的。《出关》和《起死》表现了对道家思想的完全否定，阴柔的老子不得不离开了现实，虚无的无是非观的庄子也不能超脱了人间。《采薇》是对隐士的逃避现实的嘲讽，虽然也寄予了一点同情；但对主张为艺术而艺术的隐士小丙君却就是无情的狙击了。

写这样的作品，在一个不熟悉历史题材，不懂得如何向传统文献中摄取题材的人，是比写现实的题材更其困难的。

六　杂文特色

鲁迅先生的杂文，在他创作中占量最多，是他在文艺上的独特成就，是他三十年来文化战斗的结晶。瞿秋白先生称之为"战斗的阜利通"（feuille-ton），而且从具体的社会背景上说明了产生这种文体的原因和它的价值。但就这一文体的渊源和它的表现方式讲，"杂文"正是承继了中国传统文学中"散文"的形式的发展，它本来即是作者表示自己意见的最普通最合适的文学形式。中国传统之所谓"散文"或"古文"，是和骈文相对待的名词，不是和诗相对待的名词；除了小说戏曲一向被认为小道外，诗与文向来是文学的主要表现形式，或者说是正宗。而"文"的含义也比"五四"以来所称"散文"的要宽广得多，包括一切有议论内容的文字。"五四"初期，大家就承认杂文也是文学的一种主要形式，便是受了传统文学的影响。如刘半农在《我之文学改良观》中说："故进一步言之，凡可视为文学上有永久存在之资格与价值者，只诗歌戏曲小说杂文二种也。"鲁迅先生也说过："骈文后起，唐虞三代是不骈的,称'平文'为'古文'便是这意思。由此推开去,如果古者言文真是不分,则称'白话文'为'古文',似乎也无所不可。"①《新青年》设"随感录"栏始于 4 卷 4 期(1918 年 4 月),鲁迅先生陆续发表了很多篇,这就是"杂感"。在最初,"杂感"和"杂文"是略有区别的;鲁迅先生在《写在"坟"后面》里说:"于是除小说杂感之外,逐渐又有了长长短短的杂文十多篇。"但那分别,也好像有些人分别"散文"和"小品"一样,是并不太严格的。杂感指"随感录"里的"当头一击"的简短文字,其实也还是杂文;鲁迅先生评许广平先生的诗时说:"那一首诗,意气也未尝不盛,但此种猛烈的攻击只宜用散文,如'杂感'之类。"②后来不只如瞿秋白先生皆称之为杂感,鲁迅自己也不分了,他曾说:

> 其实"杂文"也不是现在的新货色,是"古已有之"的,凡有文章,倘若分类,都有类可归,如果编年,那就只按作成的年月,不管文体,各种都加在一处,于是成了"杂"。③

这正是指传统的"文集"说的,有的分为论辩序跋各类;有的编年,其实都是文,即"杂文"。鲁迅先生的杂文正是承继着这一传统之高度的发展。

《新青年》时代写"随感录"最多的是鲁迅、陈独秀、钱玄同诸人,陈独秀的后来编入《独秀文存》,也还是传统文集的意思;鲁迅先生曾称赞钱氏的文章说:"例如玄同之文,即颇汪洋,而少含蓄,使读者览之了然,无所疑惑,故于表白意见,反为相宜,效力亦复很大。"④可知这种文体从"五四"起就是文化战斗的最有力的武器,而鲁迅,由于他坚持了战斗的工作与方向,也就特别善于运用这武器。《新青年》以后,1921 年北京《晨报》第七版改成副刊,是中国日报有副刊的开始,因为每日出版,篇幅不大,特别适宜于发表杂感短文,鲁迅就在那里写了很多战斗性的文字。后来《语丝》的"任意而谈,无所顾忌,要催促新的产生,对于有害于新的旧物,则竭力加以排击"⑤,《莽原》的注重"'文明批评'和'社会批评'"⑥,也都是以用这种文体为

---

① 鲁迅:《花边文学·做文章》。
② 鲁迅:《两地书》三二。
③ 鲁迅:《且介亭杂文·序言》。
④ 鲁迅:《两地书》一二。
⑤ 鲁迅:《三闲集·我和〈语丝〉的始终》。
⑥ 鲁迅:《两地书》一七。

最有战斗的效力。鲁迅先生说他编《莽原》时的情形是：

> 我所要多登的是议论，而寄来的偏多小说、诗。先前是虚伪的"花呀""爱呀"的诗，现在是虚伪的"死呀""血呀"的诗。呜呼，头痛极了！所以倘有近于议论的文章，即易于登出。①

这就充分说明了杂文的价值和鲁迅先生自始即要掌握这一武器的原因。

目的既是为了战斗，文章就不能不顾及所要发表的刊物的性质，《热风》的简短，是为了《新青年》的随感录写的；以后的《伪自由书》《准风月谈》《花边文学》，也因了《自由谈》等报刊的性质，篇幅比较简短。但如《二心集》，"因为揭载的刊物有些不同，文字必得和它们相称，就很少做《热风》那样简短的东西了"②。可知文章的长短是无关重要的，那都是杂文；中国传统文集中不也同时有寥寥百余字和长达万言的文章吗？

杂文和所谓散文小品本来是一样的文体，只因为后来一些作者退出了战斗，自我陶醉于性灵幽默的氛围中，才觉得发议论够不上文学。其实，在中国的传统文学中，固然有性灵小品的文字，而议论倒从来是"文"中的正宗。"五四"时期的文章，也还是有它的内容的，因此也就不像后来一些人的那样排斥杂文；等到这些人引上欧美大学的"文学概论"来规定散文的定义的时候，杂文的价值和意义却更为分明了，标示了这才是中国文体的最正确的发展。鲁迅先生驳林希隽时说：

> 他的"散文"的定义，是并非中国旧日的所谓"骈散""整散"的"散"，也不是现在文学上和"韵文"相对的不拘韵律的"散文"（Prose）的意思：胡里胡涂。但他的所谓"严肃的工作"是说得明明白白的；形式要有"定型"，要受"文学制作之体裁的束缚"；内容要有所不谈；范围要有限制。这"严肃的工作"是什么呢？就是"制艺"，普通叫"八股"。③

这一段"杂文"就匕首似地戳穿了反对杂文者所要的是什么样的文学。但"五四"时代的散文也并不是如此的：

---

① 鲁迅：《两地书》三四。
② 鲁迅：《二心集·序言》。
③ 《鲁迅全集补遗·做"杂文"也不易》。

到五四运动的时候……散文小品的成功，几乎在小说戏曲和诗歌之上。这之中，自然含着挣扎和战斗，但因为常常取法于英国的随笔（Essay），所以也带一点幽默和雍容；写法也有漂亮和缜密的，这是为了对于旧文学的示威，在表示旧文学之自以为特长者，白话文学也并非做不到。以后的路，本来明明是更分明的挣扎和战斗，因为这原是萌芽于"文学革命"以至"思想革命"的。①

而这取法于英国随笔的散文小品，其实也还是一种杂文。他曾说：

杂文这东西，我却恐怕要侵入高尚的文学楼台去的。……杂文中之一体的随笔，因为有人说它近于英国的 Essay，有些人也就顿首再拜，不敢轻薄。……杂文发展起来，倘不赶紧削，大约也未必没有扰乱文苑的危险。以古例今，很可能的。②

其实这些人讨厌杂文的并不在文体风格或写作技巧上，他们惧怕的是正视现实的战斗性的内容，而这却正是广大读者所欢迎的，鲁迅先生说：

我是爱读杂文的一个人，而且知道爱读杂文还不只我一个，因为它"言之有物"。我还更乐观于杂文的开展，日见其斑斓。第一是使中国的著作界热闹，活泼；第二是使不是东西之流缩头；第三，是使所谓"为艺术而艺术"的作品，在相形之下，立刻显出不死不活相。③

这还不够说明杂文这一文艺形式的价值吗？我们这里要说明的是：文章中包有多样的内容和以文艺的笔调发议论的形式，在中国传统文学中是有的，而且可以说是正宗的"文"的传统。当然，那精神面目是和鲁迅先生不同的，特别在尖锐的战斗性上；但那形式，当作传统散文之承继和发展看起来，鲁迅先生的独创是和过去历史有着密切的联系的。

什么是鲁迅杂文的主要特点呢？用他自己的话说：在内容上，"论时事不留面子，砭锢弊常取类型"④；在表现方法上，"好用反语，每遇辩论，辄不

①　鲁迅：《南腔北调集·小品文的危机》。
②③　鲁迅：《且介亭杂文二集·徐懋庸作〈打杂集〉序》。
④　鲁迅：《伪自由书·前记》。

344

管三七二十一,就迎头一击"①。"我自己也知道,在中国,我的笔要算较为尖刻的,说话有时也不留情面。但我又知道人们怎样地用了公理正义的美名,正人君子的徽号,温良敦厚的假脸,流言公论的武器,吞吐曲折的文字,行私利己,使无刀无笔的弱者不得喘息。倘使我没有这笔,也就是被欺侮到赴诉无门的一个;我觉悟了,所以要常用,尤其是用于使麒麟皮下露出马脚。"②这些,都说明了用讽刺的笔调来暴露和议论现实的丑恶的特征,瞿秋白先生称之为"神圣的憎恶和讽刺的锋芒"。讽刺,原是暴露的一种有力手段,鲁迅曾说:"悲剧将人生的有价值的东西毁灭给人看,喜剧将那无价值的撕破给人看。讥讽又不过是喜剧的变简的一支流。"③"他所讽刺的是社会,社会不变,这讽刺就跟着存在。"④当然,我们现在的社会是已经变了,但这不就是像鲁迅先生这样的人们勇敢地战斗过来的吗?关于讽刺,我们前面也讲过,中国传统文学中也有这样作品的存在;而当作议论文章存在的,最有这样特点的,是魏晋文章;其中《嵇康集》尤其显著。中国传统的文章中最适宜于说理的是魏晋文,先秦的太古奥,唐宋以下太装腔作势,桐城派曾国藩自己就说:"古文无所不宜,惟不宜于说理。"魏晋是思想比较解放的时代,议论的文字很透辟,章太炎在主持《民报》时期提倡魏晋文,也未尝不是这种道理。鲁迅说"刘勰说:'嵇康师心以遣论,阮籍使气以命诗,'这'师心'和'使气'便是魏末晋初的文章的特色。"⑤鲁迅特别喜欢《嵇康集》,和这"师心"以遣的议论文也很有关系。嵇康的诗不多,集中大半为议论文,鲁迅说:"嵇康的论文,比阮籍更好,思想新颖,往往与古时旧说反对。"又说"嵇康的害处是在发议论"。嵇康自己说他"刚肠嫉恶,轻肆直言,遇事便发"⑥,遗文中辩难和讽刺的笔调也很多,这些都可以看出他的特色来。鲁迅杂文的特色之一是理论的形象化,在表现上,多用譬喻,用古人古事来说明今人今事,引对方的话来举例反驳,这些特点,在嵇康的文章中也是很

---

① 鲁迅:《两地书》一二。
② 鲁迅:《华盖集续编·我还不能"带住"》。
③ 鲁迅:《坟·再论雷峰塔的倒掉》。
④ 鲁迅:《伪自由书·从讽刺到幽默》。
⑤ 鲁迅:《而已集·魏晋风度及文章与药及酒之关系》。
⑥ 《嵇康集·与山巨源绝交书》。

多的。鲁迅又曾捐资刻过《百喻经》，那用意自然也是为了文学的取喻的方法。他说"佛藏中经，以譬喻为名者，亦可五六种，惟《百喻经》最有条贯。其书具名《百句譬喻经》"①。这些，都说明了鲁迅曾广泛地受到过中国传统文学的影响。其他如文章的题目，集子的名称和编例，文笔的简劲有力，都可以看出这种修养来。他曾说：

> 现在还在流传的古人文集，汉人的已经没有略存原状的了，魏的嵇康，所存的集子里还有别人的赠答和论难，晋的阮籍，集里也有伏义的来信，大约都是很古的残本，由后人重编的。《谢宣城集》虽然只剩了前半部，但有他的同僚一同赋咏的诗。我以为这样的集子最好，因为一面看作者的文章，一面又可以见他和别人的关系，他的作品，比之同咏者，高下如何，他为什么要说那些话。②

鲁迅先生在《伪自由书》《准风月谈》里，也附录了别人的文章，为了"以见上海有些所谓文学家的笔战，是怎样的东西，和我的短评本身，有什么关系"③。这便是仿照《嵇康集》的编法。当然，鲁迅先生杂文的精神和成就，不是过去任何一位作者所可比拟的，这是中国文学的崭新的最高的成就；但在过去作品中类似这种萌芽状态的特色，是可以找到一些的；而鲁迅，正是大大地发展了这种民族的优良传统的。

七　研究和创作的一致

鲁迅先生是历史主义者，他深刻了解历史是不能割断的；他没有完成要写的"中国文学史"，是我们的一个重大损失。在厦门时，他就说"我还想认真一点，编成一本较好的文学史"④。1933年给曹聚仁的信云：

> 中国学问，待从新整理者甚多，即如历史，就该另编一部。古人告诉我们唐如何盛，明如何佳，其实唐室大有胡气，明则无赖儿郎，此种物

---

① 鲁迅：《集外集·〈痴华鬘〉题记》。
② 鲁迅：《且介亭杂文二集·"题未定"草（八）》。
③ 鲁迅：《伪自由书·前记》。
④ 鲁迅：《两地书》四一。

件，都须褫其华衮，示人本相，庶青年不再乌烟瘴气，莫名其妙。其他如社会史，艺术史，赌博史，娼妓史，文祸史……都未有人著手，然而又怎能著手？居今之世，纵使在决隄灌水，飞机掷弹范围之外，也难得数年粮食，一屋图书。我数年前，曾拟编中国字体变迁史及文学史稿各一部，先从作长编入手，但即此长编，已成难事，剪取钞，无此许多书，赴图书馆抄录钞，上海就没有图书馆，即有之，一人无此精力与时光，请书记又有欠薪之惧，所以直到现在，还是空谈。①

但这计划始终没有放弃，据冯雪峰先生记载说："最后两年则在上海又购买了为查考用的许多书籍。在一九二九至一九三一年之间，翻译科学的社会主义观点的艺术理论的时候，他常常谈起的多是文学史的方法问题。鲁迅先生一向已注意到文艺与时代及社会环境的密切关系，到这时似乎更觉得非先弄清楚历代的经济、政治和社会生活不可。记得他说过这样的话：中国更需要有一部社会史，不过这当然更难。"②这计划没有能够完成，是我们的不可补偿的损失。许寿裳先生记载鲁迅计划中的文学史的分章是：（一）从文字到文章，（二）诗无邪（《诗经》），（三）诸子，（四）从"离骚"到"反离骚"，（五）酒、药、女、佛（六朝），（六）廊庙和山林。③ 这大概还是在广州中山大学时的讲授大纲，但已可以看出他是如何把握了每一时代的最本质的现象。他的《中国小说史略》是这方面开山的著作，郑振铎先生说："近三十年来研究中国古小说的人很多，但像鲁迅先生那样气吞全牛，一举而奠定了研究的总方向，有了那么伟大而正确的指示的，还不曾有过第二人。"④鲁迅先生研究文学史和小说史的目的，并不在于琐碎的考证，主要仍是为了批判地整理我们民族的文学遗产，为了我们今后的文学实践。因此他的研究工作和创造活动的目标是同一的；这样，他就自然能在传统文学中找到了有营养的资料。又如我们知道鲁迅先生对翻译的态度是主张"以信为主"的，这也是他参考了晋唐译经历史和严复各译本得来的。他知道汉末质直，六朝达而

① 鲁迅：1933 年 6 月 18 日致曹聚仁信。
② 冯雪峰：《鲁迅先生计划而未完成的著作》。
③ 许寿裳：《亡友鲁迅印象记》。
④ 郑振铎：《中国小说史家的鲁迅》，《人民文学》创刊号。

雅，"唐则以'信'为主，粗粗一看，简直是不能懂的"，而严译各书的后胜于前，也是因为后来看得"信"比"达、雅"都重一些的关系。[①] 这样，善于学习过去，对于当前的工作不也是很有意义的吗？

当然，传统文学也是有它的消极面的，我们并不在这里盲目地提倡国故；但是他不同于"五四"时期的形式主义的看法，完全否定了民族的传统文学，而是要求摄取和发展过去的进步的一面，来作为新的人民文艺的营养的。"五四"时期的口号是"除旧布新"（钱玄同语），我们现在是"推陈出新"，这简单的两句话就标示了马克思主义的批判精神和形式主义的根本区别。这里并没有抹杀"五四"革命传统的意思，那时是受有更多的历史条件的现实限制的，而且就"五四"主要任务的反封建的要求说，"除旧布新"这口号也仍然有它进步的作用和意义，我们不能说那就是错误的。但当中国人民在革命实践中更具体地学会了掌握科学的历史观和思想方法时，就必然更会在民族的宝贵遗产中摄取那有益于目前的养料来丰富自己，这就是我们今天的态度和任务。而鲁迅，由于他的眺望历史前途和关心人民利益的精神，由于他的爱祖国爱人民的高贵热忱，从"五四"时期起，他的清醒的现实主义的眼光就不曾在传统的文学遗产里迷过路。这种理性的光辉使他知道了如何抉择，如何以人民的立场来批判传统文学的丰富遗产，从而接受其中有健康内容的和优良表现方法的正面影响。这些影响构成了鲁迅作品中的有机部分，也使鲁迅和中国过去的文学史有了血肉的联系，成了文学史的新的更高的发展和成就。研究这些不只对我们学习鲁迅有帮助，而且对于我们现在有目的有批判地接受文学遗产也有深刻的意义。

1950 年 4 月 5 日，于清华园

原载 1950 年 10 月 1 日《小说》第 4 卷第 3 期，署名王瑶。收入《鲁迅与中国文学》（平明出版社，1952 年版；陕西人民出版社，1982 年重版），《关于中国古典文学问题》（上海古典文学出版社，1956 年版），又收入《王瑶全集》第 6 卷《鲁迅与中国文学》（河北教育出版社，2000 年版）。

---

① 鲁迅：《二心集·关于翻译的通信》，《小说》月刊 4 卷 3 期。

从俞平伯先生对《红楼梦》的研究谈到考据

一

俞平伯先生的《红楼梦辨》是他在 1921 年 4 月到 7 月和顾颉刚先生通信讨论《红楼梦》的结果,前面有顾颉刚先生的序,俞先生自己也说他"兴致很好","得到颉刚底鼓励",①关于这件事,顾颉刚先生在《古史辨自序》中有一段详细的说明,他说:

> 《红楼梦》问题是适之先生引起的,十年(1921)三月中,北京国立学校为了索薪罢课,他即在此时草成《红楼梦考证》,我最先得读。……适之先生第一个从曹家的事实上断定这书是作者的自述,使人把秘奇的观念变成了平凡,又从版本上考定这书是未完之作而经后人补缀的,使人把向来看作一贯的东西忽地打成了两橛。我读完之后,又深切地领受研究历史的方法。他感到搜集的史实的不足,嘱我补充一点。那时正在无期的罢课之中,我便天天上京师图书馆,从各种志书及清初人诗文里寻觅曹家的故实。果然,从我的设计之下检得了许多材料。把这许多材料联贯起来,曹家的情形更清楚了。我的同学俞平伯先生正在京闲着,他也感染了这个风气,精心研读《红楼梦》。我归家后,他们不断的来信讨论,我也相与应和,或者彼此驳辨。这件事弄了半年多,成就了适之先生的《红楼梦考证改定稿》,和平伯的《红楼梦辨》。我从他们和我往来的信札里,深感到研究学问的乐趣。

俞平伯先生自己也说,在胡适提倡考证《红楼梦》以后,"于是研究的意兴方

①　俞平伯:《〈红楼梦研究〉自序》。

才感染到我"。由此可见,俞平伯先生从他研究《红楼梦》的开始起,就是在胡适思想的感染下进行的。因为他的这种工作符合胡适的要求,因此也得到了胡适的很大的鼓励。例如胡适在《红楼梦考证》中说:"程伟元的序里说,《红楼梦》当日虽只有八十回,但原本却有一百二十卷的目录,这话可惜无从考证。"于是俞先生在《红楼梦辨》中就辨"原本回目只有八十",胡适就在另一篇文章里称赞说"他的理由很充足,我完全赞同"①。《红楼梦辨》中有《论秦可卿之死》一篇,完全是一种割裂人物形象的穿凿附会的考据,后来胡适就也写了一节《秦可卿之死》来增强他的论点。② 但这还只是他写《红楼梦辨》一书前后的情形。到 1952 年《红楼梦研究》出版时,俞先生写了一篇自序,说他对《红楼梦辨》已经"发觉了若干的错误",而且说"错误当然要改正";能发觉以前的错误并加以改正当然是值得欢迎的,但他并没有在观点方法上发觉有任何不妥的地方,而只是修正了一些琐碎的考据结论。他自己举了两个错误显明的例子,第一是关于《红楼梦年表》的编制;第二是他以前误认为从戚本评注中发现的所谓"后三十回的《红楼梦》"是较早的续书,而现在认为是散佚的曹雪芹的原稿了。就他所举出的这两点说,恰恰就都是遵照胡适的意见提出来的。胡适在 1928 年得到了《甲戌脂砚斋重评本》十六回,就写了一篇《考证红楼梦的新材料》,其中说到"我的'考证'与平伯的'年表'也都要改正了"。又说:"以上推测雪芹的残稿的几段,读者可参看平伯《红楼梦辨》里论《后三十回的红楼梦》一长篇。平伯所假定的'后三十回'佚本是没有的。……平伯所猜想的佚本其实是曹雪芹自己的残稿本,可惜他和我都见不着此本了!"可知《红楼梦研究》中修正了《红楼梦辨》的一些地方,也正是承继了胡适的意见的;而书中所表现的根本的立场、观点和方法,却正像胡适的一样,是经过了三十年而毫无改变的。一直到今年 3 月,俞平伯先生写了一篇《曹雪芹的卒年》③,根据敦诚《四松堂集》挽曹雪芹的诗中"絮酒生刍上旧坰"等证据,断定曹雪芹卒于 1763 年 2 月 12 日(乾隆二十七年壬午除夕);曹雪芹是否卒于那时我们可以不论,但俞先生解释

---

① 胡适:《重印乾隆壬子本红楼梦序》。
② 胡适:《考证红楼梦的新材料》。
③ 见 1954 年 3 月 1 日《光明日报》。

"旧坰"为"旧坟"是错了的,因此曾次亮先生曾加以指正,[①]证明"坰"字只当"郊野"讲,并没有"坟墓"的意思。我们要说明的是俞先生这个错误也是由胡适那里抄来的,胡适在《考证红楼梦的新材料》里说:

> 雪芹死于壬午除夕,次日即是癸未,次年才是甲申。敦诚的挽诗作于一年以后,故编在甲申年,怪不得诗中有"絮酒生刍上旧坰"的话了。

可以知道俞先生在研究《红楼梦》的方法和途径上,三十年来是如何忠实地遵循着胡适的道路了。

俞先生对《红楼梦》的一些看法也是与胡适相同的。除了他认为"《红楼梦》是感叹自己身世的""是情场忏悔而作的""是为十二钗作本传的"等论点与胡适的"《红楼梦》只是老老实实的描写这一个'坐吃山空''树倒猢狲散'的自然趋势""《红楼梦》的真正价值正在这平淡无奇的自然主义上面"等同样是企图抹杀这部伟大的现实主义作品的社会意义以外,其余如俞先生认为"凡中国的小说,都是俳优文学,所以只知道讨顾客的喜欢",他不满于《水浒》的"奖盗贼贬官军",也不满意于《儒林外史》的"牢骚",而认为只有《红楼梦》是一部"怨而不怒"的名贵的书,但《红楼梦》在世界文学中的位置是不高的;这种对祖国古典文学的全面否定态度,也是和胡适的观点一致的。周作人在"五四"时期写的一篇《人的文学》的文章里,就说"中国文学中,人的文学,本来极少";他举了十类所谓"非人的文学",其中就把《水浒》列在"强盗书类",《西游记》是"迷信的鬼神书类",《聊斋志异》是"妖怪书类"等,认为"全是妨碍人性的生长,破坏人类的平和的东西,统应该排斥"。又在另一篇《平民文学》里,他说"只有《红楼梦》要算最好……因为他能写出中国家庭中的喜剧悲剧",这种观点和俞先生对中国几部著名小说的看法不是完全一致的吗? 而这同样也是胡适的观点;胡适自己就说:

> 在周作人先生所排斥的十类"非人的文学"之中,有《西游记》、《水浒》、《七侠五义》,等等。这是很可注意的。我们一面夸赞这些旧小说的文学工具(白话),一面也不能不承认他们的思想内容实在不高明,够不上"人的文学"。用这个新标准去评估中国古今的文学,真正站得住

---

① 曾次亮:《曹雪芹卒年问题的商讨》,载 1954 年 4 月 26 日《光明日报》。

脚的作品就少了。①

这个所谓"新标准"正是资产阶级唯心论的文艺标准,在他们看起来,中国文学作品中就没有什么好东西;胡适赞成这些作品的只有一点,就是"白话"。在"五四"当时很多人提倡白话文当然是有伟大的革命意义的,这是适应中国民主革命的启蒙要求,而且是与后来的"大众化"运动一脉相连的;但胡适这些人却正如他们想把蓬蓬勃勃的反帝反封建的文学革命限制在"文字工具的革新"一样,他们对于古典文学的评价也同样是企图取消那些作品中所表现的伟大的人民性与现实主义精神的,而只形式主义地就"白话"来肯定它的价值;并用烦琐的考证来代替对作品内容的分析,以散播资产阶级思想的毒素。如果在不可能不接触到作品内容的时候,他们就用"思想内容实在不高明"的全面否定态度,或者是"平淡无奇的自然主义"等歪曲的论点,来限制这些作品中所反映的社会矛盾的伟大意义。俞平伯先生对于《红楼梦》和《水浒传》等名著的观点,正是和这一脉相承的。

除与胡适等人相同的部分以外,俞先生当然也有一些他自己的看法;用俞先生在《红楼梦简论》里所用的名词,或者就叫"独创性"罢;我们这里只举"反照风月宝鉴"一点来说明,因为这是他在近来的几篇文章中所特别发挥了的。他认为二百年来的读者"对作者强调的'正'为'假','反'为'真'完全不了解,始终是在'正照风月宝鉴'";"这个影响未免太大了"。这种说法虽然在《红楼梦辨》中已露端倪,但却是愈来愈发展了的;在《红楼梦简论》等文章里都特别强调了这一点。这当然是由他的《红楼梦》"本演色空"而来的唯心论的观点,但他却发展到凡书中"明显地写出来的是假的;相反的,含而不露的才是真的,书的本旨"②。这样就很便于穿凿附会;因为我们分析和评价一部作品只能根据作品中所表现的内容和他在读者中所起的作用,但他却可以说那都是假的和靠不住的,你又"正照风月宝鉴"了;而所谓"含而不露"的东西却可随他去解释,例如说贾宝玉对黛玉、宝钗二人并无偏爱之类的荒谬说法。但这却显然是违背常识的,而且连他自己所讲的一些论点也有站不住的危险,因为有些地方他也是从"明显地写出来的"地方去了解的。

---

① 胡适:《中国新文学大系·建设理论集导言》。
② 俞平伯:《我们怎样读〈红楼梦〉》,载 1954 年 1 月 25 日上海《文汇报》。

这就不能不使他"越研究便越觉胡涂",堕入不可知论的泥坑里了。为什么他的这一论点会在近年来特别发展了呢？我想这有两个原因：第一，在《红楼梦辨》里，他和胡适一样，认为《红楼梦》是完全写曹家的实事的，但三十年来胡适及其门徒们无论费了多么大的力气，竭尽穿凿附会之能事，也无法考据得《红楼梦》里的一切情节都符合于曹雪芹的身世遭遇，于是便只好由俞平伯先生来一个修正了。在《红楼梦简论》里，他便认为这种"把假的贾府与真的曹氏并了家"的说法是"犯了一点过于拘滞的毛病"，于是就来了一个修正的说法，说《红楼梦》有"现实的""理想的""批判的"三种成分。他所谓"现实的"与我们平常所说的"现实性"的意义并不相同，他是指《红楼梦》中符合于曹家事实的一些故事情节的；而所谓"理想的"和"批判的"就是其中不合于曹家事实的一部分；这些成分必须统一起来才能"自圆其说"，于是他便抓住了书中的"本演色空"一句话，说就是统一于"色空"这个"基本的观念"，于是便大谈其"风月宝鉴"了。第二，这个说法便于他利用《脂砚斋评本》中的一些意义不大明确的材料来附会穿凿，故弄玄虚，以便抹杀《红楼梦》的现实主义的光辉；他的宝钗、黛玉"两峰对峙"论就是这样得出来的。这就是俞平伯先生近年来对《红楼梦》研究工作的进展，或者说是他的"独创性"。

这还不够说明俞平伯先生的研究完全是胡适的忠实的追随者和继承者吗？但就是这种彻头彻尾的资产阶级唯心论的观点和方法，直到今天竟然还在我们的古典文学研究领域中发生作用，这是不能不引起我们的严重警惕的！

二

以胡适为代表的资产阶级知识分子，是参加了"五四"的文学革命和新文化运动的；毛主席在《新民主主义论》中说："当时的资产阶级知识分子，是五四运动的右翼，到了第二个时期（1921 年以后——笔者），他们中间的大部分就和敌人妥协，站在反动方面了。"当作资产阶级知识分子站在反动方面的一个标志的，就是胡适等人所提倡的整理国故运动。我们平常有一种错觉，以为整理国故或提倡考据的人是不过问政治或逃避现实的；如就这种风气影响下的某一些人说,的确有这样的现象;但胡适他们却从来是对政治有兴趣的,他们的每一行为也都是有他们的政治目的的。开始提倡整理国故的《读书杂志》是附刊于《努力周报》的,而《努力》就是一个胡适等人宣传资产阶级政治思想的刊物。到 1923 年《努力》实在办不下去了停刊时,胡适还说:

> 《努力》暂时停办,将来改组为半月刊,或月刊,专就文艺思想方面着力,但亦不放弃政治。……此时仍继续《读书杂志》。①

《努力》的后身就是《现代评论》和《新月》那些刊物,都是为了抵抗马克思列宁主义在中国的传播而办的一些资产阶级的期刊。《努力》为什么要停刊呢? 胡适说:"停办之意,原非我的本意。但此时谈政治已到'向壁'的地步。""我想,我们今后的事业,在于扩充《努力》使他接替《新青年》三年前未竟的使命,再下二十年不绝的努力,在思想文艺上给中国政治建筑一个可靠的基础。"《新青年》的停刊标志着"五四"时期革命统一战线的分化,而 1923年瞿秋白同志等所主持的《新青年》季刊的出版,才真正是承继和发扬了"五四"时期《新青年》的革命精神的。但胡适却想使《努力》来接替《新青年》未竟的使命,给中国政治建筑一个基础;这不显然是想使中国走买办资产阶级的路线、抵抗人民革命的巨流吗? 但《努力》毕竟走到"向壁"的地步了,因为他所要谈的"问题和主张",如全国会议、息兵、宪法等改良主义的论调,已受到读者的唾弃。他自己也说再谈这些"势必引起外人的误解",说他"为盗贼上条陈";所谓"盗贼"就是指当时的北洋军阀统治者,在这种人的统治下面来谈粉饰太平的全国会议之类的"问题",当然是要在读者面前"向壁"的;于是《努力》"暂时停办"了,"仍继续办《读书杂志》"了。《读书杂志》创于1922 年 5 月,这是"五四"以后胡适等人提倡整理国故的第一个刊物,在"缘起"中就说:"我们也许能引起国人一点读书的兴趣,——大家少说点空话,多读点好书!"他是想用古书来把人的视线从社会现实引开,使大家少说"空话"的;他所谓"空话"是什么呢? 像他在《多谈些问题少谈些主义》一文中所说的,"国内一般新分子,天天高谈基尔特社会主义与马克思社会主

---

① 胡适:《〈努力周报〉停刊信》。

义,高谈阶级战争与赢余价值",而他认为这是"阿猫阿狗都能做的事"。这还不够明白吗?从胡适等人提倡整理国故的开始,就是为了抵抗马克思列宁主义在中国的传播的,这正是他所谓"在思想文艺上给中国政治建筑一个可靠的基础"的重要工作;他何尝又脱离了"政治"! 1923 年 1 月,《国学季刊》发刊了,胡适写了一篇宣言,强调了整理国故的重要性和宣传了所谓实验主义的"治学方法"。他一方面认为清朝学者的考据之学是有成绩的,但一方面又说清儒缺少"综合的理解";他也仍然是强调观点方法的重要性的。他说:"清朝的学者深知戴眼镜的流弊,决意不配眼镜;却不知道近视者不戴眼镜,同瞎子相差有限。"于是他就号召说:"西洋学者研究古学的方法早已影响日本的学术界了,而我们还在冥行索途的时期。我们此时应该虚心采用他们的科学的方法,补救我们没有条理系统的习惯。"他正是要借整理国故来宣传他的反动的实验主义思想的,他在讲治学方法时就说:"这是一种实验主义的态度在各方面的应用。"①他又何尝不重视观点和方法!

当时胡适他们是把整理国故当作一个运动来进行的,因此所发生的影响也很大。郭沫若先生在《整理国故的评论》中就说:

> 整理国故的流风,近来也几乎成为了一个时代的共同色彩了。国内人士上而名人教授,下而中小学生,大都以整理相号召,甚至有连字句也不能圈断的人,也公然在堂堂皇皇地发表著作,这种现象,决不是可庆的消息,所以反对的声浪也渐渐激起。

郭先生认为"国学研究家就其性近力能而研究国学,这是他自己的分内事……但他却不能大锣大鼓四处去宣传,说'你们快来学我! 快来学我!'"而胡适他们的提倡整理国故,却正是"大锣大鼓四处去宣传",非常注重政治效果。胡适批评"前清用全力治经学,而经学的书不能流传于社会","他们尽管辛苦殷勤的做去,而在社会的生活思想上几乎全不发生影响"。② 可见胡适他们是非常注重要在"社会的生活思想上"发生影响的。因此他们到处写文章、演讲、为青年开国学必读书目;他正是要积极宣传反动的实验主

---

① 胡适:《治学的方法和材料》。

② 胡适:《〈国学季刊〉发刊宣言》。

义唯心论的思想,防止青年们"被马克思列宁斯大林牵着鼻子走"的。当然,既然他把整理国故和提倡考据当作一种运动来进行,就不可能不遇到进步文化界的反击。上引郭沫若先生的文章就是一个例子;其余如成仿吾先生在《国学运动的我见》一文中也说:"他们是想利用盲目的爱国的心理实行他们倒行逆施的狂妄。"1925 年《京报副刊》请许多人开"青年必读书"的书目,鲁迅先生的答复就是"我以为要少——或者竟不——看中国书,多看外国书。少看中国书,其结果不过不能作文而已。但现在的青年最要紧的是'行',不是'言'。只要是活人,不能作文算什么大不了的事"。后来鲁迅先生在和施蛰存关于《庄子》和《文选》的论争中曾解释过这件事:

> 这是施先生忽略了时候和环境。他说一条的那几句的时候,正是许多人大叫要作白话文,也非读古书不可之际,所以那几句是针对他们而发的,犹言即使恰如他们所说,也不过不能作文,而去读古书,却比不能作文之害还大。[1]

"时候和环境"是重要的,对于一般青年,在当时最重要的就是坚持"五四"以来的革命精神,韧战下去;这就是鲁迅先生所说的"行",而绝不是读古书和整理国故那些事情。鲁迅先生的那条意见正是针对胡适这些人给青年开国学书目等行为所散布的不良影响而发的。

《读书杂志》中发表的整理国故的文章,最多的是所谓古史的辨伪的部分,就是后来由顾颉刚汇印成册的那些厚本的《古史辨》。在他们"大胆的假设"下,我们民族的历史都是假的了,中国人民什么创造也没有了;"辨伪"成了当时的学术风气,还印行了《辨伪丛刊》。这风气也同样影响到古典文学的研究方面,胡适、顾颉刚、俞平伯等关于《红楼梦》的讨论就是在这时期进行的。俞先生把他的书取名为《红楼梦辨》,也就是要"辨"出书中那些不是曹雪芹作的和他认为不合于曹雪芹原意的部分,来说明《红楼梦》不过是一部"自传"性质的书籍。

像《红楼梦》《水浒传》这些伟大的现实主义作品,为什么胡适他们也会提倡,并以为考据的对象呢? 这的确是值得研究的。当然,这些作品用的是

---

① 鲁迅:《准风月谈·答"兼示"》。

"白话",而"白话"后来便成了胡适他们形式主义地限制和曲解"五四"新文化运动意义的主要借口,因此在文字工具上他们是赞成这些作品的。但还有更重要的原因,胡适在《中学国文的教授》一文中说:

> 一定有人说《红楼梦》《水浒传》等书有许多淫秽的地方,不宜用作课本。我的理由是:(1)这些书是禁不绝的。你们不许学生看,学生还是要偷看。与其偷看,不如当官看,不如有教员指导他们看。

很显然,如果这些书是可以禁绝的话,胡适是并不一定要让人去读的。这些伟大的作品在封建社会里用自己的艺术力量来争取到了广大读者的爱护和自己的存在,因此尽管有一些御用文人给它们以曲解或诬蔑,但它们仍然流传下来了,并得到了人民群众的喜爱。胡适这些人"聪明"多了,知道"禁绝"的办法是不解决问题的,于是让人去"当众看",去"指导他们看"。用什么去指导呢? 当然就是胡适的《红楼梦考证》和俞平伯的《红楼梦辨》这一类东西;于是《红楼梦》便变成了"平淡无奇的自然主义"作品了,于是《红楼梦》在世界文学中的位置就不高了。

胡适这些人的荒谬看法三十年来是在社会上起了相当作用的;过于低估了这种作用和它今天还在一些人的思想中有残余影响这一点,实际上便是在思想战线上战斗性薄弱的表现。因此,问题不在于所谓"国故"中也有许多人民性的精华,或者考据的某些结果也在一定程度上对我们的研究工作有用处,而在他们整理国故和提倡考据的目的究竟是什么,在社会上究竟起了些什么样的作用! 一句话,问题仍然在政治。胡适他们的提倡整理国故与我们今天所主张的批判地接受文化遗产,在本质上是毫无共同之处的。

三

一直到全国解放以前,在古典文学、历史、哲学等各学术研究部门,除去少数进步的学术工作者以外,胡适的影响面是相当广的。我们如果查看一下解放前出版的各种学术性刊物的内容,就知道里面几乎全部都是考据性质的文字。这一方面因为这种学术风气本来是当时反动统治者所提倡的,胡适就是反动统治在学术上的代表,因此它必然是会发生相当影响的。

另一方面它也有它一定的社会基础;因为革命形势愈尖锐,一部分脆弱的知识分子逃避现实的倾向也就愈浓厚,正像有些学技术科学的人以为他可以不受政治的影响一样,研究文史的人也把单纯的技术观点建立在他们的考据上了。这些考据文字中虽然有的也在某些方面有它一定的贡献,但由于形而上学的治学方法的限制,由于在处理史实和问题时摒除了有关联的别的事实,把问题孤立在静止的平面上去考察,因此尽管某些研究者也作出了辛勤的努力,但所能解决的也多半只是一些无关宏旨的问题,例如作家的生卒年月之类;这也就是用这种方法去治学必然会钻牛角尖的原因。胡适以"一点一滴"为最高的真理,认为真理只是小的结论的量的堆积;这当然是从他的反动的实验主义理论来的,但这正是过去从事考据工作者的指导思想。用这种观点、方法当然不可能解决任何重大的有关本质的问题,譬如说我们认为《红楼梦》是一部伟大的现实主义的作品,这个结论就绝不是可用罗列史料证据的简单方法来得出的;用那种方法只能找曹家的事迹或《脂砚斋评本》来作证据,结果就只能是俞平伯先生的《红楼梦简论》。胡适常常用老吏断狱来譬喻考据,认为"考证学只能跟着材料走",他说:"做考证的人,至少须明白他的任务有法官断狱同样的严重,他的方法也必须有法官断狱同样的谨严,同样的审慎。"[①]这个譬喻很好,我们也可以借用一下。法官当然不能制造证据,他必须严肃地重视和辨别这些证据;但更重要的,法院是国家机构中的重要组成部分,他所服务的究竟是哪一阶级的政权?他所根据的法律是国民党的《六法全书》呢,还是人民政府的政策法令?这就不能不牵涉到原则性的问题了;研究工作者的立场、观点和方法。那种以为考据可以与马克思列宁主义无关的想法,那种"为考据而考据"的想法,实际上就只能变成资产阶级思想的俘虏。恩格斯在《社会主义从空想到科学的发展》中说:

> 人的常识,在家庭四壁之内的生活范围中,虽是极可尊敬的伴侣,但是一踏上广大的研究世界时,它立刻就会经历最可惊的变故。形而上学的思维方法,虽然在某一多少宽广的领域中(宽广程度,要看研

---

① 胡适:《治学的方法和材料》。

究对象的性质而定），是合用的甚至必要的，可是它迟早总要遇着一定的界限，在这界限之外，它就变成片面的、局限的、抽象的，而陷于不能解决的矛盾之中；因为它只看到个别的事物，而看不见它们互相的联系；只看到它们的存在，而看不见它们的产生与消灭；只看到它们的静止状态，而忘记了它们的运动；只见树木，而不见森林。

这段话是完全适用于我们批判考据方法的局限性和片面性的。由于没有正确的思想方法作基础，过去许多的研究工作者常常面对着茫然的罗列的材料，既不审查它的真实的程度和一定的阶级背景，而只把它机械地堆积或排列起来，甚至利用一些材料来达到他主观所臆想的结论（所谓"大胆的假设"）；这样的情形在过去的考据文章中并不是个别的。

当然，我们并无意抹杀过去一切考据文字的成就；有些研究者所致力的对象是着重在恩格斯所说的"在家庭四壁之内的生活"中，就是说用"人的常识"可以处理的范围中，也就是说形而上学的思维方法可以运用的范围中，再加上研究者的详细占有材料和谨慎的工作，那是可以得到一些正确的结论的。这是因为在一定的时间内和一定的具体条件下，某一历史现象是可以被视为已经形成的相对地分离的、稳固的和确定的史实的；这就是恩格斯所说的"某一多少宽广的领域"，这里形而上学的思维方法是可以合用的。例如说曹雪芹的《红楼梦》只写了八十回之类的问题，是可以用考据的方法来解决的。但这种方法"迟早总要遇着一定的界限"，那时它的片面性和局限性就完全暴露出来了，"而陷于不能解决的矛盾之中"。

"详细占有材料"是好的，但重要的是从这些事实、材料中引出正确的结论；而这就绝不能离开正确的立场、观点和方法，绝不能离开马克思列宁主义。就以一些人喜欢把考据比作调查研究来说罢，我们的调查研究也绝不同于资产阶级社会学的"调查"，而是为了贯彻工人阶级政党和人民政府的政策的。

就古典文学的研究工作说，因为语言文字和某些历史材料的隔阂，目前从事这项工作的人绝大多数都是已经比较长期地进行过一些研究的人，至少也是在旧日所谓"学院派"的大学里训练出来的人，而胡适的那种反动的资产阶级思想是曾经长期地在学术界散布过不良影响的，因而每个人身上

（包括作者自己）都可能或多或少地留有这种思想影响的残余；而更重要的，掌握正确的研究方法实质上是一个思想改造的问题，而这正是我们尚须继续长期努力的，因此目前的状况就十分不能符合人民对于古典文学研究工作的要求。俞平伯先生的错误之所以引起大家的重视，除了问题的本身以外，就因为它表现出了在古典文学研究工作中的一个带有根本性质的问题。在我们国家向着社会主义社会过渡的时期中，阶级斗争的面貌是非常复杂和尖锐的，它必然也会反映到我们研究工作的领域中。因此我们应该通过这一次的讨论，结合对于自己工作和思想的检查，清除资产阶级的思想影响，认真学习马克思列宁主义，将我们的思想和研究工作都提高一步。

1954 年 11 月 3 日

原载 1954 年 11 月 19 日《文艺报》第 21 期，署名王瑶。收入《红楼梦问题讨论集》2 集（作家出版社，1955 年版），《关于中国古典文学问题》（上海古典文学出版社，1956 年版），又收入《王瑶全集》第 2 卷《中国文学论丛》（河北教育出版社，2000 年版）。

论考据在古典文学研究工作中的地位与作用

一

在对胡适派治学方法的批判过程中,大家都提到了考据的问题,并且都提出了我们并不一般地反对考据的论点。但究竟我们所反对的是哪一种的考据,我们所认为对于研究工作有用处的又是哪一种;它们之间的原则区别在哪里?胡适派的考据与清朝学者的考据究竟有些什么区别?在运用马克思主义来进行研究工作时,特别在研究反映社会生活的古典文学作品时,科学的考据工作究竟能起些什么样的作用,这种作用在整个研究工作中居于何种地位?这许多问题都是需要进一步加以明确的。

马克思主义者研究任何问题,都必须详细占有材料;只有从可靠的材料中进行分析与研究,才有可能得出正确的结论。但在占有材料与辨别材料的真实性时,首先就碰到了必须进行的考据工作。郭沫若先生在《古代研究的自我批判》中说:

> 无论作任何研究,材料的鉴别是最必要的基础阶段。材料不够固然大成问题,而材料的真伪或时代性如未规定清楚,那比缺乏材料还要更加危险。因为材料缺乏,顶多得不出结论而已,而材料不正确便会得出错误的结论。这样的结论比没有更要有害。

> 研究中国古代,大家所最感受着痛苦的是仅有的一些材料却都是真伪难分,时代混沌,不能作为真正的科学研究的素材。(中略)

> 《诗三百篇》的时代性尤其混沌。诗之汇集成书当在春秋末年或战国初年,而各篇的时代性除极小部分能确定者外,差不多都是渺茫的。自来说诗的人虽然对于各诗也每有年代规定,特别如像传世的《毛诗》

说，但那些说法差不多全不可靠。例如《七月流火》一诗，《毛诗》认为
"周公陈王业"，研究古诗的人大都相沿为说，我自己从前也是这样。但
我现在知道它实在是春秋后半叶的作品了。就这样，一悬隔也就是上
下五百年。

关于神话传说可惜被保存的完整资料有限，而这有限的残存又为
先秦及两汉的史家所凌乱。天上的景致转化到人间，幻想的鬼神变成
为圣哲。例如所谓黄帝（即是上帝、皇帝）尧舜其实都是天神，却被新旧
史家点化成为了现实的人物。这项史料的清理，一直到现在，在学术界
中还没有十分弄出一个眉目来。①

古代神话和《诗经》都是属于古典文学的范围，而且还是经过许多学者研究
过的，但问题仍然是如此之多。关于周代社会性质的问题之所以迄今未能
达成结论，对于《诗经》中的农事诗所赋予的不同解释也是其中的原因之一。
屈原部分作品的真伪和生卒年代仍为今日大家所讨论的问题之一，这些都
足以说明郭先生的意见的确是他多少年来做古代研究工作的深刻体会。其
实不只是先秦古籍有这些问题，中国有悠久的历史，古典文学方面的典籍非
常之多，即使是近代的作品也同样是有这类问题的。例如我们知道了七
十一回《水浒传》是金圣叹腰斩的，《红楼梦》后四十回乃出于另一人之手等
等，对于我们研究《水浒传》和《红楼梦》这样伟大作品的内容是有很大帮助
的。一直到现在，对于许多重要作家作品的必要的考证工作我们做得还是
很不够，而且因为过去的考据学者得不到正确的思想方法的引导，有许多人
还做了胡适派的俘虏，把考据工作当成了宣传反动的实验主义的工具，其影
响就更其恶劣了。

我们反对用资产阶级唯心主义的观点方法来进行研究，反对假借考证
史料来偷运唯心论的毒素，并不等于说我们就可以不重视材料的搜集和必
要的考证工作。马克思主义经典作家在进行科学研究时，向来是从严格地
掌握材料入手的。恩格斯说："即令只要在一个单独的历史实例上发挥唯物
主义观点，也是一种需要多年静心研究的科学工作。因为很明显，在这里讲

---

① 郭沫若：《十批判书》。

空话是无济于事的,这样的任务只有依靠大量的、经过批判地审查了的、完全领会了的历史材料才可解决。"①根据格拉塞《马克思列宁主义经典作家的工作方法》一书中所记,"马克思从不利用任何未经检验的材料来源,决不引用间接的根据,而总要找到它原来的出处。甚至次要的材料,他也要查出原始根据"。列宁在《关于帝国主义的笔记》中,"按照他的批判的方法作出了许多摘录,这些摘录是他从不同的作者用不同文字所写的一百四十八种图书和二百三十二篇论文中选出来的"。不只在进行社会科学的理沦研究时是如此,在进行文学研究时也同样是如此的。马克思在《路易·波拿巴政变记》的第二版序言中批评法国作家雨果的《小拿破仑》一书说:"雨果只是对政变事件负责发动人作了一些辛辣的和诙谐的詈骂。事变本身在他笔下却竟绘成了晴天的霹雳。他认为这个事变只是一个人的暴力行为,他没有觉察到,当他说这个人表现过世界历史上空前强大的个人主动作用时,他就不是轻蔑而是抬举了这个人哩。"②可知只有对于作家所描写的事件和人物按照它的社会历史意义予以认真的考察,然后对作家是否真实地反映了现实才可能给予允当的评论,而这些都是必须根据对于史料的掌握和严格考辨才可能获得的。

一般地讲,做研究工作应当掌握材料,尊重事实与证据,原没有什么毛病,而且可以说只有在马克思主义思想方法的指导下,才能彻底地贯彻这样一种实事求是的态度。胡适夸诩考据学的方法是"只不过尊重事实,尊重证据",与我们这里所谈的是有原则区别的。这不只因为他在"只不过"三字的限制下,排斥了理论的指导作用和由大量材料中提升出理论的目的,而且这样的治学态度本身恰好是最不尊重客观的事实与证据的反科学的态度。因为正如围绕着我们的社会生活现象的形形色色一样,古籍材料的性质也是极端复杂的;读过一点古书的人都知道,任何人企图证明任何命题,甚至是最荒谬绝伦的命题,都可以或多或少地找到一些个别的有利的事实或证据。如果研究者不严格地审查这一材料的来源,它的真伪、时代性和阶级背景,而且排除了与这一材料完全相反的大量的可靠的事实,将它孤立地提供

---

① 恩格斯:《论卡尔·马克思著〈政治经济学批判〉一书》。
② 马克思:《路易·波拿巴政变》二版序言。

出来,那是什么问题也不能证明的。事实和证据只有经过严格的审查,不是孤立地,而且从它与相关事实的联系中,被看作是表现某些有决定性的本质意义时,它才能发生证据的作用。事实要看是什么样的事实,证据要看是什么样的证据;事实和证据当然是重要的,但其中有主要与次要之别,也有本质与非本质之别。如果把个别事实的作用来夸大和绝对化,那就必然会从偶然的、片面的和表面的事实,来根本否认事物发展的客观规律性,就必然会达到主观唯心论的结论。胡适的企图正是这样,他的许多考据文字之所以荒谬,不只在于它的政治企图的反动性,而且从方法上也正可以说明它的反科学的性质。他根本否认屈原的存在,认为《醒世姻缘传》的作者是蒲松龄,何尝有什么确凿的证据。事实证明,资产阶级学者实质上是最不尊重事实与证据的。

在对待研究材料的态度上,马克思主义者与胡适派是根本对立的。我们对于任何历史材料,都必须首先确定它们的真伪、时代性和阶级背景、可靠程度与应用价值,然后根据我们所要研究的问题,由大量史料的相互联系来加以分析和综合,才可能得出正确的论断。任何事实和证据都是一定的社会环境的产物,我们是必须依据马克思主义的原则来进行分析和研究的。胡适派的所谓考据方法则是脱离了社会经济关系和阶级性质来对待材料,将个别有利于它的主观主义的"大胆的假设"的材料来给予唯心主义的解释,甚至公开地捏造史料。俞平伯在 1921 年 5 月 30 日写给顾颉刚的信中讨论《红楼梦》的作者问题时曾说:"我底意思,是:假使陆续发现曹雪芹底生活人品大不类乎宝玉,我们与其假定《红楼梦》非作者自寓身世,不如定《红楼梦》底真作者非曹雪芹。因为从本书看本书,作者与宝玉即是一人,实为最明确的事实。若并此点而不承认,请问《红楼梦》如何读法?但雪芹与宝玉底性格,如尚有可以符合之处,那自然不成问题,我们也可以逃这难关了!"[①]这还不明白吗?根据他们反动的自然主义的文艺观点,是必须把《红楼梦》大胆假设为作者的"平淡无奇"的"自叙传"的;如果陆续发现的曹雪芹的事实竟与贾宝玉的不符合,那他宁可否认曹雪芹的著作权。假如他们需

---

① 见《学术界》2 卷 3 期《考红楼梦三家书简》(1943 年 4 月 15 日出版)。原书未见,此处乃据《文艺月报》1955 年 1 月号王若望《肃清古典作品研究中实验主义的毒害》一文中转引。

要这样做，是一样可以写出考据文字来的；胡适的《醒世姻缘传考证》不就是由同样的假设来考定作者的吗？如果只是看到文章中引有事实和证据就认为结论可靠，那就势必连美国国务院所发表的白皮书之类的材料，以及反动通讯社的消息也会深信不疑了；事实上胡适之类的所谓学者与人民口头所说的"中央社是造谣社"的那些记者们是无所轩轾的，他也一样在捏造事实。最常见的是他把一些只在某种条件下或某种局限意义上才有用的材料，来当作无任何限制的绝对正确的证据，以便导致他所预先假设好的符合于他的反动意图的结论。列宁曾说：

> 在社会现象方面，最普遍而最不可靠的方法，要算断取个别事实和玩弄事例。一般地搜集事例倒是轻而易举的，但是毫无意义，即使有也是坏的意义。因为一切问题都存在于个别事件的具体历史环境中。凡是取自整体、抽自相互关联中的事实，不仅是"胜于雄辩的"，而且是确凿的。如果不是从整体中，从联系中抽取的，而是片断的和信手拈来的事实，那就只好称之为玩具，或者连玩具也不如的东西。①

可知只有在认真审查了某一事实或材料的有关的一切情况，才能够判定它是否对某一论题有作证据的可能。这种从事实和证据的一切情况的总体出发的态度，才是真正的尊重事实与尊重证据，也才真正对科学研究工作有所帮助；而胡适派所夸称的事实与证据却只不过是伪科学的"连玩具也不如的东西"而已。

对于任何一个问题的有关的事实与材料都是牵涉各方面的，我们已经习惯地把"罗列现象"来当作某种不好的考据文章之常用的评语了。因此我们对待事实和材料，就绝不能为它的头绪纷繁所扰乱，而必须从所研究的问题的本质出发，选择最典型和最重要的事实。这原是服务于我们进行科学研究的目的的，我们搜求证据是为揭示问题的实质以求得科学的解答，并不是为证据而证据；因此必须舍弃那些不可靠的、不重要的、偶然的和个别的事实，而选择那些对于揭示问题的本质和解决问题有密切关联的事实。胡适派的考据之所以常常堆积材料和罗列证据，正是为了要混淆某一事实的

---

① 《马克思列宁与统计》（增订本），东北统计局版。

偶然现象和它的必然的、本质的特征,从而夸大某些偶然现象的作用,并据之得出远超过它所能证明的结论。可见在对待材料的态度上,我们与胡适派是存在着完全对立的不同路线的。

真正的与人民相联系的科学研究工作,总是与荒谬的伪科学的东西不相容的。这些伪科学的东西之所以存在的社会根源,也总是和反动阶级的实际利益密切相连的。因此真正的科学研究工作在前进的道路中就必须与一切反科学的荒谬论点进行斗争,而真理也只有在对荒谬学说的批判中才能更加明确起来。应该指出,在对于反科学的论点进行批判时,除了由理论上加以驳斥以外,揭发它所根据的事实与材料的来源上或逻辑上的虚伪性,常常是最有力的论据。例如胡适曾根据《诗经·七月》等篇想说明当时的社会完全没有阶级矛盾,而只是一幅"行乐献寿图",他这样无耻地说:"试看《诗经·豳风·七月》、《小雅·信彼南山》、《甫田》等诗,便可看出一幅奴隶行乐献寿图。那时代的臣属真能知足! 他们自己'无衣无褐'却偏要尽力'为公子裘''为公子裳'! 他们打猎回来,'言私其豵,献豜于公',便极满意了。"[①]要有力地驳斥这种说法,除过理论的说明以外,还必须对这些诗篇的训诂、背景作出科学的考释。郭沫若先生的《屈原研究》之对于胡适的荒谬说法的批判,便是在古典文学研究方面的很好的例证。由此可见,材料对于研究工作的重要性是无可怀疑的;我们不能以重述众所周知的道理或简单地援引经典著作来代替科学研究,而真正深入的创造性的研究则是必须植基于大量的事实与材料的。问题在于我们对待材料时不能茫然地成为它的俘虏,陷于资产阶级客观主义的立场,更不要说如胡适派之使材料服务于诡辩的目的了。我们对于材料必须加以分析和批判,严格地审查它的真伪、时代性与阶级背景,内容的思想意图和政治倾向,从而为解决某一具体问题服务,以便据之得出合乎历史真实的科学结论。而这一切,才真正是有助于科学研究的考据工作所应该进行的范围。

考据只能就研究工作中所遇到的某些问题的个别部分,进行合乎历史事实的科学的考察,从而得出正确的判断;以推动研究工作的向前进展。它本身不能代替研究;无论就与各个时代的阶级斗争相联系的文学史说,或就

---

① 胡适:《井田辨》。

某一古典作家及其作品的具体分析说，都不单是考据的工作所能胜任的。但这并不说明考据对于古典文学研究工作没有意义，恩格斯曾说："为认识这些个别部分起见，我们应该把它们从自然或历史的联系中抽取出来，加以分别的研究，考察每部分的特性及特殊因果关系等等。"①这是研究工作的基础，是在进行复杂的全面的研究时所必须解决的。在研究过程中，我们很容易判断什么样的问题是必须用考据来解决的，而什么样的问题又决不是考据的方法所能胜任的。譬如考定《红楼梦》的作者、版本情况等就属于前者，而在研究《红楼梦》的思想内容与艺术特征等巨大复杂的问题时，就绝不能用"从历史的联系中抽取出来"的考据了。这里应该说明的是：并不是所有在性质上可以由考据来解决的问题在实际上都可以得到解决，它还受到史料的限制，而且这个限制是很大的。刘师培在《近代学术变迁论》中说："自征实之学既昌，疏证群经，阐发无余；继其后者，虽取精用弘，然精华既竭，好学之士，欲树汉学之帜，不得不出于丛缀之一途……一曰据守……二曰校雠……三曰摭拾……四曰涉猎……甚至考订一字，辨证一言，不顾全文，信此屈彼……然所得至微！"为什么会"所得至微"呢？就因为几部经书（群经）里面的一些基本的考据问题，清朝人已大部解决了，或尚未解决而现在仍很难解决，就是所谓"阐发无余"了。当然，不只用一种新的观点来研究还会有新的问题需要考据，而且研究的对象也绝不只是"群经"；但这里却说明了材料对于考据的限制性。胡适说"考证学只能跟着材料走"，就正是利用了材料对于考据的重要性这一特点，来宣传他的单纯注意经验的反动的实验主义哲学的。实际上每一个进行研究或考据的"人"，包括胡适在内，都有他研究的目的和服务的对象，都受着一定的世界观的支配，绝不会茫然地跟着材料走的。但我们并不因此就说材料不重要，不过绝不能把这种重要性来绝对化，变成"材料主义"。例如关于曹雪芹的卒年问题，在性质上是可以用考据来解决的，但因为记载材料少而又互相抵牾，因此迄今未成定说。某一问题因缺乏材料而一时不能解决，是可以暂时存疑的，但绝不能因此就不进行更重要的研究工作；事实上曹雪芹无论卒于"壬午"或"癸未"，对《红楼梦》内容的研究是没有什么影响的。当然，有些问题未能解决对于研究工

① 恩格斯：《反杜林论·导论》。

作的进展可能有较大的影响，我们应该设法研究清楚；但如果一时确实无法考定，那也不能因此就对全面的复杂的研究工作停止进行。这因为不只我们不能因小失大，而且对全面的或过程的了解反过来也是有助于对个别问题的解决的。因此，我们虽然强调考据对于研究工作的作用，但并不就认为是必备的前提条件。有些材料本来不够的地方（并不是搜求不勤），研究者仍然可以根据一些有限的材料和相关的事实来作必要的推论，这正是科学的态度，与那些虚构证据或牵强附会的主观主义的考据是截然相反的。在旧日的考据学看来，这样做是不严格的，证据不足就只能"存疑"；但为了进行全面的和深入的研究，我们不能因为没有考定曹雪芹的卒年，就不敢对他的世界观或创作过程进行分析。在治学上采取谨严的态度是必要的，但如果"谨严"到这种程度，就一定会陷入到胡适派所设下的"跟着材料走"的唯心主义的泥坑。

二

在1954年10月中国作家协会所召开的"《红楼梦研究》座谈会"上，周扬同志的发言中曾对考据作了下列的说明：

> 我们需要真正科学的考证工作。关于作者的时代生平，创作过程以至作品中文字真伪的考证，都是需要的。但这种考据工作只是研究工作的基础，而不是目的。我们反对为考据而考据，反对用资产阶级唯心论的观点来进行考证，反对歪曲地利用考证材料来宣传资产阶级文艺思想。近两年来，有些古典文学研究的专家已开始尝试用新的观点来解释和研究古典文学，这是应当欢迎的。他们所进行的一些新的考据工作及对于材料的说明工作，不少也还是有益的。[①]

这里所说的我们反对的那些现象，正是胡适派所提倡的考证学的基本特点。我们这里要阐明的是真正的考据对于古典文学研究工作的作用，这是和胡适派根本不同的。考据的范围本来很广，例如版本、校勘、训诂、年代考辨

---

① 见《文学遗产选集》1辑。

等,都属于广义的考据,也都是对于研究工作有一定帮助的;而我们今日所要的属于考据的范围却比这还要广阔,因为它本来是为我们研究工作的需要所决定的。例如我们对于曹雪芹的时代生平和《红楼梦》的创作过程现在已大体上考证清楚,这对我们进一步研究《红楼梦》的内容和曹雪芹的思想是有帮助的。就是俞平伯对《红楼梦》所作的某些字句上的考订,对于理解原书也不无用处,譬如他指出第三十七回贾芸给宝玉的信尾"男芸跪书一笑"中"一笑"二字是评注者的批语误入正文的,这就对理解作品有好处;问题是我们不能以对个别问题的考据来代替对作品本身的分析和研究,以致由此得出荒唐的结论。这和我们进行考据的目的是分不开的,如果它最终是为了研究作品的思想内容和艺术成就,社会意义和历史意义,那么在考据的过程中就不致走进牛角尖,为考据而考据。人的思考总是和某种观点、方法相联系的,对于考据也丝毫不能例外。在这方面,鲁迅先生的一些工作仍然可以作我们的典范。他称赞清人杭世骏是"认真的考证学者",并由杭著《订伪类编》的启发来考定明末关于永乐惨杀铁铉以后,将其二女发付教坊,后来二女献诗,被永乐赦出嫁给士人等等的记载是错误的;流传的铁铉女儿作的《教坊献诗》原是范昌期《题老妓卷》诗,铁铉有无女儿尚有歧说,这种附会完全是无聊文人为了粉饰现实的捏造。鲁迅先生批评这种捏造的"佳话"说:

> 这真是"曲终奏雅",令人如释重负,觉得天皇毕竟圣明,好人也终于得救。她虽然做过官妓,然而究竟是一位能诗的才女,她父亲又是大忠臣,为夫的士人,当然也不算辱没。但是,必须"浮光掠影"到这里为止,想不得下去。一想……在这样的治下,这样的地狱里,做一首诗就能超生的么?[1]

可知认真的考据是可以揭露出事实的真相,而且为我们正确地研究问题提供条件的。

就是一些比较琐碎的关于版本目录、校勘训诂等方面的考证,如果结论精确,也仍然是有用的。当然,问题的大小轻重并不是没有关系的,这需要

---

[1] 鲁迅:《且介亭杂文·病后杂谈》及《病后杂谈之余》。

由这一问题与我们整个研究工作的关系来决定,我们首先应该致力解决那些带有关键性的问题。像胡适那种认为"一个塔的真伪同孙中山的遗嘱有同等的考虑价值"①,"发明一个字的古义,与发现一颗恒星,都是一大功绩"②的鬼话,正是引导人去为考据而考据,把眼光停留在个别琐碎的事实上的。但这也并不是说关于小问题的考据就决无任何作用,事实上有些重要的考证常常是需要以这些较小问题的解决为基础的,而且某一问题如果搞错了对于整个研究工作也不是没有影响的。鲁迅先生曾两次讲到过关于《唐三藏取经诗话》的版本问题③,他反对以"单文孤证"来"必定"一种史实,他以此书为元椠,而别人则肯定为宋椠;鲁迅先生说:

> 但我以为考证固不可荒唐,而亦不宜墨守,世间许多事,只消常识,便得了然。藏书家欲其所藏版本之古,史家则不然。故于旧书,不以缺笔定时代,如遗老现在还有将仪字缺末笔者,但现在确是中华民国;也不专以地名定时代,如我生于绍兴,然而并非南宋人,因为许多地名,是不随朝代而改的;也不仅据文意的华朴巧拙定时代,因为作者是文人还是市人,于作品是大有分别的。

他举北京图书馆藏的《易林注》残本为例,缪荃荪因为其中恒字搆字都缺笔便定为宋本,"但细看内容,却引用着阴时夫的《韵府群玉》,而阴时夫则是道道地地的元人。所以我以为不能据缺笔便确定为某朝刻,尤其是当时视为无足轻重的小说和剧曲之类"。鲁迅先生的这些意见其实是牵涉考据者的观点方法问题的,可知即使是一个细小的问题,如果孤立地去考证,也还是易于坠入"墨守"或"荒唐"的。他最反对"在考辨的文字中杂入一点滑稽轻薄的论调",因为这样便"每容易迷眩一般读者,使之失去冷静,坠入彀中",胡适派借提倡整理国故来宣传实验主义,便是用这种手段来迷眩读者,企图使之"坠入彀中"的。

但这并不说明对版本的考据就没有用处,鲁迅先生就是很注意于版本的差别的;他曾从不同的版本的比较中,揭发了清朝统治者的"愚民政策":

---

① 胡适:《庐山游记》。
② 胡适:《胡适文存·水浒传后考》。
③ 鲁迅:《华盖集续编·关于三藏取经记等》及《二心集·关于〈唐三藏取经诗话〉的版本》。

单看雍正、乾隆两朝的对于中国人著作的手段，就足够令人惊心动魄。全毁，抽毁，剜去之类也且不说，最阴险的是删改了古书的内容。乾隆朝的纂修《四库全书》，是许多人颂为一代之盛业的，但他们却不但捣乱了古书的格式，还修改了古人的文章；不但藏之内廷，还颁之文风较盛之处，使天下士子阅读，永不会觉得我们中国的作者里面也曾经有过很有些骨气的人。①

他从"影宋元本或校宋元本的书"中，知道了清代统治者的"阴谋"，更从而发现了中国作者的不屈服于敌人的优秀传统。校勘也是一样，他花了许多工夫校勘《嵇康集》，就因为嵇康是一个喜欢反对传统旧说的诗人。他曾从《四部丛刊续编》中的影旧抄本宋晁说之《嵩山文集》来和《四库》本对比，证明"大抵非删则改，语意全非，仿佛宋臣晁说之，已在对金人战栗，嗫嚅不吐，深怕得罪似的了"，来揭发"清朝不惟自掩其凶残，还要替金人来掩饰他们的凶残"。②这样的为研究服务的校勘是非常需要的；除过统治者有意的删改以外，古书因为传抄踦刻，常常有错谬到不可句读的情形，因此博采善本或据他书所征引来进行校勘，是有助于对内容的研究的。这是清人在整理古籍工作中贡献很大的一面。段玉裁在"与诸同志论校书之难"中就说："不先正底本，则多诬古人；不断其立说之是非，则多误今人。"③可见校勘原是为研究批判作准备工作的。鲁迅先生的这些对于考据工作的意见，现在仍然是我们应该遵循的典范，这是与胡适派的考据有原则区别的。鲁迅在《故事新编》的《理水》中，就曾辛辣地嘲讽过那种聚集在"文化山"翻遍群书，只考证出大禹是一条虫的"学者"；他们居在"文化山"上，吃着奇肱国用飞车送来的食物，还向群众进行诈骗，但乡下的"愚人"却以切身的经验证实了禹正在治水。从这里可以看出鲁迅先生对胡适派考据学的斗争，也可以说明我们所说的考据无论在目的或观点方法上，都是与胡适派根本对立的。

正确的训诂对于古典作品内容的理解也是有帮助的，特别是年代久远的作品。文学是语言的艺术，要理解作品首先必须明确它的语言的含义，那种认为"诗无达诂"的不可知论的说法是完全错误的。由于古今语言的变迁

---

① ② 鲁迅：《且介亭杂文·病后杂谈之余》。
③ 段玉裁：《经韵楼集》。

和作家个人的语言风格,有些词句并不是可以一目了然的,这就需要作细致的训诂工作,考定它的准确含义。清代考据学的前辈顾炎武等都是主张"读书自考文始"的,就是为了矫正明末空谈心性的毛病。在古典文学的研究方面也是如此,譬如闻一多先生在《诗新台鸿字说》中证据确凿地将《新台》一诗中"鱼网之设,鸿则离之"的"鸿"字训为蟾蜍(虾蟆),对这诗的理解就是有帮助的。但这里也同样存在着在观点方法上的基本方向的分歧,如果滥用了训诂,同样也是会坠入唯心主义的泥坑的。俞平伯的《再说乐府诗羽林郎》①就是一个明显的例子。他把"结我红罗裾"的"裾"字认为是衍文,"结"训为"贻",目的就在把下文"不惜红罗裂,何论轻贱躯"中的"裂"字训为与"新裂齐纨素"中的"裂"字同义,于是"红罗裂"变成了"一匹红罗",再增字为训,意义就变成了"君不惜红罗裂,妾何论轻贱躯";于是这一首诗就"婉"了。这诗本身明白地写出了"霍家奴"冯子都是"倚仗将军势,调笑酒家胡"的,也明白地写出了胡姬的反抗强暴的经过,但俞平伯却借着训诂来作掩护,让这首诗"婉"到互相赠答和调情的程度,还说是因为冯子都长得漂亮;这样,就很容易地歪曲了诗中的主题,取消了作品的倾向性,而合乎他所要求的那种温柔敦厚、怨而不怒的风格了。其实仅就训诂说,这种解释也是很难说得通的,"增字为训"本来就很不妥当,何况染了色的"红罗"是根本不可能从布机上来"新裂"的。可知如果从唯心主义的观点出发,训诂也同样是会带来错误的。斯大林在论到语义学的地位时说:"应当保证语义学在语言学中的地位。然而,在研究语义学问题和使用它的材料时,千万不可过高估价它的意义,尤其不可滥用它。……过高估计语义学与滥用语义学,就使马尔走向唯心主义。"②语义学大致相当于我们所说的训诂,但斯大林这段话其实是适用于考据的各个方面的。可见考据虽然对于研究工作有一定的作用,但如果过高地估计了它的意义或者滥用了它的时候,它就一定会走向唯心主义。

其实如果运用正确的观点方法,则不只关于作品的版本校勘和作家的生平身世等需要考察,就是作品中人物形象的来源和创作过程也是可以进行考察的。苏联学者多宾曾根据各种不同的作家回忆录来研究著名作家的

---

① 见《语文学习》总 37 期。
② 斯大林:《马克思主义与语言学问题》。

生活里有哪些原型，又有哪些现实的生活冲突推动了作者的想象，这样就可以明了每个作家是从哪一方面来改造他从生活中得来的素材的。例如契诃夫的小说《跳来跳去的人》，他研究出了其中女主人公的主要面貌是最符合于实际生活中的原型的，但她也并不像在小说里所写的那样是一个浅薄的妇女。小说里画家的原型是契诃夫的朋友列维坦，但他并没有像小说中所写的那种放浪怠惰的特征。他研究了许多著名作品的取材，指出了古典作家是从生活中汲取他们的题材的，不过他们在创作中把题材改造得符合于自己的人生观。[①] 这种考证对于理解古典作品是很需要的，从这里可以看出作家观察生活和用艺术来体现生活的过程和能力，因此法捷耶夫称赞多宾的文章是"优秀的论文"[②]。我们从来承认《红楼梦》中贾宝玉的形象在一定程度上是包括着曹雪芹自己生活经历的概括的，这是由作品的内容和作者的生活经历所提供了的；我们只反对胡适派那种自然主义的观点，把作者的身世和作品中的形象等同起来，从而抹杀文学典型的社会意义。又如胡适研究《西游记》故事来源的目的只是为了证明《西游记》是一部杂凑的、价值不高的作品[③]，这当然是极端错误的，但我们不能因此就认为作品题材的来源是绝不可以研究的。伟大的现实主义作品既然是表现典型环境中的典型性格，则对于环境和人物形象的典型意义当然是研究的首要对象，这就必须对作者所生活的时代、社会历史条件和他的创作过程作细致深入的研究，而其中有些事实的部分就是必须进行考据的。由此可见，必要的考据工作对于古典文学的研究是有重要的辅助作用的；如果是在正确理论的指导下，为全面深入的研究服务的必要的考据，而并不是滥用了它的时候，那它就可以对研究工作起一定的推进作用。

旧的考据家们一向是以超然的客观相标榜的，不承认思想观点可以在考据中发生作用，事实上当然不是如此。不管这些人自觉还是不自觉，在他们搜集事实以求证明某一论题时，总是要受某一种哲学观点的影响的。恩格斯曾说："不管自然科学家们高兴采取怎样的态度，他们总还是在哲学的

---

①　多宾：《论题材的提炼》，《译文》1955 年 11 月号。

②　法捷耶夫：《论文学》，《文艺报》1955 年 20 号。

③　胡适：《西游记考证》。

支配之下。问题只在于他们究竟愿意由一个坏的时髦的哲学来支配他们，还是愿意由一个建立在思维历史及其成绩的知识上的理论思维形式来支配他们。"①这一段话完全适用于考据；三百年来旧考据学在观点方法上的局限性正是它不能取得重大成就的原因，而胡适派的考据之所以常常是荒谬的，也是和它的反动的实验主义哲学分不开的。西方资本主义国家的一些"汉学家"，他们也常常用考据的形式来证明中国文化或中国人的创造发明都是外来的，中国的历史记载不可靠，等等，那显然是为帝国主义利益作辩护的。一些"善良的"学者虽然以超然的客观自诩，但正如毛主席所说："小资产阶级的思想方法，基本上表现为观察问题时的主观性和片面性，即不从阶级力量对比之客观的全面的情况出发，而把自己主观的愿望、感想和空谈当做实际，把片面当成全面，局部当成全体，树木当做森林。"②这也就是说他们事实上是很容易不自觉地受到坏的时髦哲学的影响的。胡适所谓"科学的态度在于撇开成见，搁起感情，只认得事实，只跟着证据走"③，实际上就是击中了这些人的弱点，企图引导他们蒙着眼睛跟着反动派走的。我们虽然也认为考据的对象只能是某些个别问题和有关历史记载的某些方面，但我们从来是强调应该以事物的整体和彼此间的联系为基础来研究这些方面的，而个别问题的解决也应当对于整个的研究工作有所裨益。就研究古典文学说，我们当然应该了解产生作品的历史环境以及当时社会生活的面貌等等，但这些都是服从于整个作品中所反映的人民性和现实主义成就的。这一切，就说明我们所认为的科学的考据，一定是在马克思主义的世界观的指导下进行的，而这也就给考据带来了巨大的方法论的意义，因为真正的科学方法必然是建立在承认物质世界及其发展规律性的唯物论世界观的基础上的。我们不只要使证据是正确可信的，而且要从逻辑上论证由此必然导向受其制约的结论的联系性，而且这种工作是服务于我们对古典文学的全面研究的。当然，对于深入的全面研究来说，例如研究古典作品的思想性和艺术性，必要的考据只能是第一步的准备工作，不可能

---

① 恩格斯：《辩证法与自然科学》。
② 《关于若干历史问题的决议》。
③ 胡适：《胡适文存·自序》。

用它来代替研究或企图用考据来解决研究过程中的一切问题。恩格斯把自然科学的发展分为"搜集材料的科学"和"整理材料的科学"两个阶段,而后者是"研究过程、研究这些事物发生和发展、研究那把自然界这些过程结合为一个伟大整体的联系的科学"。① 我们所说的考据大体上相当于前一阶段,而我们所要全力进行的却是约略相当于后一阶段的工作。但这并不说明第一阶段的工作就没有意义;由于中国历史悠久,文献材料异常丰富,在流传过程中又不断发生错乱,因此前人虽然做过一部分工作,我们对于这些成果也是要批判地接受的,但必要的而前人尚未致力的方面仍然很多;为了创造性地进行研究,科学的考据工作仍然是很需要的。

三

清朝人对古籍的整理是有相当功绩的,我们所谓"考据"一词即由清代相沿而来。在最初,它并不是完全脱离实际的;清代考据学的开山大师顾炎武就说:"凡文之不关于六经之指、当世之务者,一切不为。"② 可见他是非常关心当世之务的。考据学的兴起,本为矫宋明理学的空言心性之弊,而且是与当时民族压迫的时势密切相关的。由于针对宋明理学对于"六经"的唯心论的解释,因此他们主张从"小学"入手,先求训诂名物的真义;由于反对清朝统治阶级,因此同时主张学术要有关当世之务,喜欢研究史迹成败和地理形势;等等。这种学术思想就它与"宋学"相对待的意义上说,是带有一定进步性的,而且在考据方法上也是能够尊重客观事实的。后来的发展虽然脱离了有关"当世之务"的目标,但在治学的对象与方法上还是承继了顾炎武等人所开辟的道路的。就对象说,因为它是在封建社会内部发展起来的,因此虽然在训诂、校勘的范围内也深入到诸子史地等各方面的文献,但所谓"六经"仍然是治学的主要对象。因为"六经之指"与"当世之务"二者本来是存在着矛盾的,这种矛盾正是顾炎武等人思想上的矛盾的反映。到后来清朝的统治力量相当巩固了,又大兴文字狱,许多学者都逃到故纸堆中去

---

① 恩格斯:《费尔巴哈与德国古典哲学的终结》。
② 顾炎武:《亭林文集·与人书二》。

了，于是不但把有关"当世之务"的目标丢掉了，反而以考据来粉饰了所谓"乾嘉盛世"，成了清朝政权的点缀。"六经"本身的范围本来有限，就是那么几部书，这种"范围"的桎梏是和这些考据家们本身思想的局限性分不开的；但为了搜求证据，他们也不能不在别的典籍中援引例证，于是触类所及，对于先秦古籍差不多都有过比较谨严的考证。就是对于六经本身的研究，在重视客观事实的精神下，有时也能突破传统的旧说，例如奠定汉学基础的阎若璩的《古文尚书疏证》，就是显明的例证。这种学术研究对于阐明我国古代文化的许多方面都是有一定贡献的。另一方面，他们也有一套比较严密的方法，这种方法在对待某些个别问题例如训诂、校勘等，是有效的；它与胡适派主观主义的考据方法是有区别的。关于这点，我们还需要详细考察。

《四库提要》于《日知录》条下云："炎武学有本原，博赡而能贯通，每一事必详其本末，参以证佐，而后笔之于书，故引据浩繁，而牴牾者少。"这是可以概括他的考据方法的，"每一事必详其本末"，就做到了详细占有材料；而引据浩繁又无牴牾则说明他是由归纳例证中得出结论的。清儒向来反对对古代典籍的主观主义的解释，戴震曾说："宋人则恃胸臆以为断，故其袭取者多谬，而不谬者反在其所弃。"他对于"依于传闻以拟其是，择于众说以裁其优，出于空言以定其论，据于孤证以信其通"等等穿凿附会的办法，都认为是"徒增一惑"，于事无补的。① 这种方法和精神在清代著名的学者中，大体上是承继下来了的。试以王引之《经传释词》为例，他在"自序"中说："自九经三传及周秦西汉之书，凡助语之文，遍为搜讨，分字编次，为《经传释词》十卷。"他能把他所研究的范围内的材料"遍为搜讨"，然后得出新的论断，这种论断又能"揆之本文而协，验之他卷而通"，于是自然就发现一些古助词的文法规律了。由此可知，清朝考据家所处理的对象主要是经学，而通经则自小学始，所以他们所处理的问题多半是训诂、校勘等一类问题；在方法上则多半采取遍搜例证，然后归纳出论断来。他们对搜求例证用力极勤，反对隐匿和曲解例证，反对用孤证，遇到有力的反证就放弃原说；而他们所处理的问题又是用这种方法可以胜任的，因此所得的结论也就大都是可信的。经过他们的努力，各种经书都有了新的注疏，而文字音韵之学也因之大昌，此外

---

① 戴震：《东原集·与姚姬传书》。

在史学、地志等各方面也都有所贡献。一直到鸦片战争前后，由于政治社会情况的变化，学者们要求从典籍中得到对当世之务能够有所裨益的教训，遂不满意于只求章句训诂等窄狭的治学范围；同时也由于学术本身的发展，因为考据受到了研究对象的限制，属于几部经书范围的可以用考据方法解决的问题已经阐发得差不多了，要求更系统地研究这些典籍的全面的含义，因此晚清今文经学遂又发展到"经世致用"的道路上，专求"微言大义"来发挥他们的政治思想了。龚自珍、魏源等人揭开了近代思想史的序幕，梁启超说："光绪间所谓新学家者，大率人人皆经过崇拜龚氏之一时期。"①这些人是以经学来当作政论发挥的，而考据学遂衰微了。我们今天一般所谓清代的考据，实际是指乾嘉时代的那些著作的。

虽然考据在开始时并未完全脱离"当世之务"，而且在与宋明理学的对垒上也有一定的进步意义。但到考据学全盛的乾嘉时代，却完全不是如此的了。那时清朝的统治力量已经巩固。在大兴文字狱之后，许多人都不敢公开议论时事了，于是清朝统治者便奖励考据，把它引导到完全脱离实际的道路，作为闭塞思想的工具。这原是清朝的有计划的文化政策，而一些学者们也就自愿地钻进故纸堆里去了；这是清朝考据学兴盛的基本原因，也是胡适派所以要用提倡考据的方法来企图抵制人民革命的原因。鲁迅先生说：

> 说起清代的学术来，有几位学者总是眉飞色舞，说那发达是为前代所未有的。证据也真够十足：解经的大作，层出不穷，小学也非常的进步，史论家虽然绝迹了，考史家却不少；尤其是考据之学，给我们明白了宋明人决没有看懂的古书……我每遇到学者谈起清代的学术时，总不免同时想"扬州十日"、"嘉定三屠"这些小事情，不提也好罢，但失去全国的土地，大家十足做了二百五十年奴隶，却换得这几页光荣的学术史，这买卖，究竟是赚了利，还是折了本呢？②

鲁迅先生这里不只指出了考据学兴盛的政治背景，而且对胡适派的提倡考据也有实际的战斗意义。因此，过高地渲染考据学的成就，把考据来夸大为

---

① 梁启超：《清代学术概论》。
② 鲁迅：《花边文学·算账》。

唯一的治学途径，是完全错误的。但仅就"给我们明白了宋明人没有看懂的古书"这一点来看，则除过考据本身所包括的缺陷以外，在方法和成就上应该是有所肯定的。而这正是与胡适派的考据不同的地方，因为胡适派的考据是反科学的，也是毫无成就的。这就需要我们来仔细地分析他们之间的区别。

首先在考据的对象和研究的范围上，清朝人是只限于对于古代典籍的训诂、校勘等方面的，也就是说用他们那套方法大体上是可以解决问题的范围的；但胡适派却认为研究范围的窄狭是清代学者的第一大缺点，于是他要扩大研究的范围，要研究"一切过去的文化历史"，而且说"在文学的方面也有同样的需要"。① 我们姑且不论胡适派的方法是与清代学者异趋的，即使完全按照清代考据学的精神和步骤，最多也只能解决一些史料上的问题，绝不可能用考据来研究"一切过去的文化历史"和文学。这样做就必然要引导到穿凿附会的道路上，如同我们在批判《红楼梦》研究中所指出的那些荒谬的情形一样。胡适曾给他的所谓"国学研究"开列了一个总系统，其中就有"文艺史""学术思想史"等等，他还要构造一个"历史的系统"，而这些却显然是远远地超出了考据所能处理的范围的。其次，清代考据是在反对宋明理学的空谈心性的情况下产生的，因此发展到另一极端，就是极端轻视甚至否定理论对于研究工作的作用，这当然是错误的，甚至是不可能的；但因此他们在考据时就比较客观，能够从大量的材料出发，而所得的论断的科学性也就比较大。但胡适派却不是如此，他认为清人"太注重功力而忽略了理解"，要在考据中注重"材料的组织与贯通"，而他所谓"理解"与"贯通"等等的理论和方法，则毫不讳言地自称就是那反动透顶的实验主义。从方法论上来歪曲真理和宣传唯心主义是胡适的一贯伎俩，他到处宣传他的"治学方法"，并且明白地说"只是这一种实验主义的态度在各方面的应用"。② 这种主观唯心论的思想就使得他的考据也只能从主观臆测的假设出发，而不可能从大量的客观史料出发。他虽然也说"考证学只能跟着材料走"，但他所找的一些材料原是服务于他的假设的，而他的一切假设又都是与宣传唯心

① 胡适：《国学季刊发刊宣言》。
② 胡适：《治学的方法和材料》。

主义的毒素分不开的。因此在对待材料的态度上,胡适派与清朝学者是基本不同的。这也就是他之所以认为清人考据"在社会的生活思想上几乎全不发生影响"是极大缺点,而他却要大吹大擂,把考据当作"从思想文艺方面去替中国政治建筑一个非政治的基础"的根本原因。由此可见,至少在主观上清朝学者是排斥理论对于考据的指导作用的,而胡适则是自觉地借考据来偷运实用主义的毒素的;这种差别除过政治上的作用不同以外,在论断的科学性上也是非常显著的。由主观臆测的假设出发的考据,就不可能不穿凿附会,就不可能如清代著名考据文章中的那样无所抵牾的。

当然,我们研究清人考据与胡适派的区别,丝毫也没有认为清代考据家的一切都是完全正确的意思;我们不但承认一个人的政治社会观点必然会影响到他的研究,而且认为只有在马克思主义的正确指导下,依据已经认识了的社会历史规律,把某一个别问题放在它与整体的联系中来考察,然后才可能根据客观的事实和可靠的史料,得出正确的结论来。清人排斥理论的思想是完全错误的,但因为他们所研究的范围大体上都是可以从历史的联系中抽取出来的个别部分,与研究者的政治社会观点的关系较远,因此在尊重客观事实的情形下,是可以得到正确的论断的。这丝毫也不能说明考据可以脱离正确理论的指导。恩格斯曾说:"人们远在知道辩证法是什么东西之前,已按辩证法来作论断了,正好像人们远在知道'散文'是什么东西之前,已经说着散文一样。"①在没有正确理论的指导之前固然也可以得到某些符合客观实际的正确结论,但自觉地在正确理论的指导下就能够更有效地解决一些更为复杂的问题。实际上清代考据家之所以把六经当作研究的主要对象,也正是不自觉地受着一种思想的支配;而且这种把考据来和义理完全对立起来的思想也并不是没有消极作用的,它可以为胡适派所利用而且还得到了许多人的相信这一点,也正是它本身存在着弱点的一种说明。

在方法上清代考据也是与胡适派有所区别的。如前所述,清代考据学一般多用归纳法这样一种思维形式,他们常常在同类现象的类比中发现问题,而在遍搜事例中归纳出结论来。顾炎武说:"经学自有源流,自汉而六朝

---

① 恩格斯:《反杜林论》。

而唐而宋,必一一考究,而后及于近儒之所著,然后可以知其异同离合之旨。"①他们一般都是在研究了大量的材料之后,才在其中找出共同点和主要点的。这种方法在考据学适用的范围内,在材料全面和充分而又彼此间无所抵牾时,是可以得出正确结论的。列宁曾指示为了建立考察社会现象的真正基础,"就必须不是抽取个别的事实,而要从无一例外地、与所观察的问题有关的一切事实的总体着手"②。因此在考察某些可以从整体抽取出来的局部问题时,这种方法是可以适用的。当然,他们有时也用演绎法,但通常都是根据已经证明了的确凿不移的定说,而且是与归纳来结合应用的。但胡适派的考据方法却不是如此,他是过分强调演绎法的作用的。在《清代学者的治学方法》一文中他说:

> 这种方法,先搜集许多同类的例,比较参看,寻出一个大通则来,完全是归纳的方法。但是以我自己的经验看起来,这种方法实行的时候,决不能等到这些同类的例都收集齐了,然后下一个大断案。当我们寻得几条少数同类的例时,我们心里已起了一种假设的通则。有了这个假设的通则,若再遇同类的例,便把已有的假设去解释他们,看他能否把所有同类的例都解释的满意。这就是演绎的方法了。

在《实验主义》一文中,他认为"弥儿和培根都把演绎法看得太轻了",而且说近来的科学家和哲学家"渐渐的明白科学的方法不单是归纳法,是演绎和归纳的相互为用的"。他这样说的目的在于强调演绎法,是企图为他的主观臆测的假设来找求根据的。我们知道在复杂万分的材料中,甚至要证明任何荒诞的假设都可以或多或少地收集到一两条个别的材料,但同时却也存在着与那假设完全相反的材料,如果只选择符合于自己假设的例证来应用,是可以得到完全荒谬的结论的。我们并不否认演绎法也是一种可以应用的思维形式,也并不否认结论通常是先作为假设而出现的,但胡适强调演绎法的原因却在否定清儒所常用的归纳法,在于用个别的材料来得出符合于他的主观意图的全面的结论,从而歪曲真理的。他常常把一个假设来建筑在另一个假设

---

① 顾炎武:《亭林文集·与人书四》。
② 《马克思列宁与统计》(增订本),东北统计局版。

之上，例如由《史记》的不可信来否认屈原的存在；而对于存在着的许多与他的臆测互相抵触的史料，他就竭力排除或熟视无睹，这样是不可能得到任何科学结论的。此外他也运用其他的方法，例如他说清人不重视比较的研究，于是他就把王莽、王安石的变法来与近代社会主义作不伦不类的比较，这的确是与清人"不务牵连"的精神完全不同的。他又吹嘘什么统计法和"试验室的方法"，于是根据"於"字和"于"字两个不同字形的应用数字的比例，就断定《左传》不是左丘明作的；这种统计法是和马尔萨斯的反动的人口论的统计法完全一致的，他们的根据都是建筑在假设上面，完全是反科学的。他又说学好"试验室的方法"就可以"一拳打倒顾亭林，两脚踢翻钱竹汀"，而这种方法照他的解释却是"可以创造新的证据，实验的方法便是创造证据的方法"。① 由此可见，胡适派的考据方法的确是"超越"了清代考据学的，他所用的这种种方法有一个共同的特征，就是虚构事实和滥用材料来为他臆想的假设制造根据，而他的假设又是实验主义的应用，因此这种方法也就不能不是为反动阶级"应付环境"用的反科学的方法；从这里是不可能得出任何科学的结论的。

　　清代考据学所用的是形而上学的思维方法。这种方法在处理某些个别问题，例如史料的订定以及训诂、校勘等字义的确定上，是可以适用的。恩格斯说："对于日常应用，对于科学的小买卖，形而上学的范畴仍然有其效力。"②由于清代学者所考据的范围一般都是可以从整体中抽取出来、可以从静止的状态去观察的狭小的范围，因此所得的论断就多半是有效的，而且对我们进一步引导出理论性结论的科学研究工作也有重要的帮助；但显然，这种方法的应用是有它的一定限度的，不可能用它来进行对于整体的发展和全貌的考察；如果超出了这个范围，就必然如恩格斯所说，"它就变成片面的、局限的、抽象的，而陷于不能解决的矛盾之中"③。但胡适派的考据却是有意识地要把仅仅在某些条件下是正确的东西用来当作无条件、无任何限制、可以代替一切研究工作的东西，企图利用某些个别的偶然的材料来得

　① 　胡适：《治学的方法和材料》。
　② 　恩格斯：《辩证法与自然科学》。
　③ 　恩格斯：《社会主义从空想到科学的发展》。

出本质的必然的结论；形式主义地对待材料，并自觉地给以唯心主义的解释；这种方法就完全脱离了科学性，而陷入了诡辩论的范畴。他虽然也说什么"尊重事实，尊重证据"，但事实只有不是孤立地，而是从它们的联系中被看作是可以表现某些事物的本质和主要的东西时，才具有可作证据的价值；如果用个别的、可疑的甚至虚构的事实来作为他那主观臆测的假设的证据，是根本违反科学的，而这正是诡辩论的特质。因为任何正确的方法都不能证明一个显然荒谬的论题，诡辩论者就不得不虚构证据，或夸大某些适合于他意图的材料的作用，或混淆一些名词概念的真实意义（例如社会主义），然后由此得出他所想望的结果。这样的考据对于那些不了解真相的人可以发生一定的欺骗作用，就因为表面上它也好像是言必有据似的。胡适派的考据方法是服务于他的目的的，他的根本企图并不是进行科学研究，而是歪曲真理和欺骗人民，因此他所提倡的方法实质上也不可能带有任何科学的性质；它不只与我们所遵循的辩证唯物主义是根本对立的，就是与清代考据学的方法也是大有区别的。在讨论老子年代问题时，胡适和他的派下人等应用同样的方法得出了不同的结论，于是胡适便向他的门徒们说："我现在很诚恳的对我的朋友们说：这个方法是很有危险性的，是不能免除主观成见的，是一把两面锋的剑可以两边割的。你的成见偏向东，这个方法可以帮助你向东，你的成见偏向西，这个方法可以帮助你向西。如果没有严格的自觉的批评，这个方法的使用决不会有证据的价值。"①这说明他的方法是服务于他的成见的，而且除过那句骗人的"严格的自觉的批评"的话以外，他也完全理解这种方法是没有任何科学价值的，这就彻底地暴露了他所谓"科学的方法"的诡辩论的性质。我们今天在科学研究中对某些问题所需要作的一些考据工作，则无论在目的上或方法上都是与清代学者不同的；至于对胡适派的伪科学的考据，则更是根本对立的了。

四

胡适特别喜欢借考据来宣扬实用主义的方法论，在《胡适文存》的"序

---

① 胡适：《评论近人考据老子年代的方法》。

例"里,他说其中的文章"范围好像很杂乱",但"都可说是方法论的文章"。他把这种方法渲染为"科学的方法",而且说"在应用上,科学的方法只不过大胆的假设,小心的求证"①。在这里我们就不能不分析假设与求证在考据中的正确作用,以及它与胡适派的伪科学的方法的根本对立。这是因为:第一,"大胆的假设"与"小心的求证"两句话并不能完全概括实验主义方法论的特点,他这样宣传只是为了更容易迷惑人,这就需要我们去揭发它的反科学的本质。第二,我们在考据工作中并不一般地排斥假设和求证,但在意义和作用上却与胡适派的方法有原则性的区别。

在对于某一问题的考据过程中,结论通常总是先以预测性的假设出现的,然后根据陆续收集来的可靠的材料来从逻辑上证明它是否可以成立。我们研究某一问题并不是毫无目的的,因此对于任何材料的考查都是服从于正确地揭露问题的本质这一任务;当我们已经初步接触到一些材料,我们对于这一问题的认识也就随着逐渐明确,那么我们就有可能根据已经理解的事实来预测到结论的可能性,然后再根据更多的材料来检验这一预测性的假设,最后来确定这种假设是应该成立或者应该推翻。这是对有关研究对象的事物和材料进行科学概括的一种形式,在任何研究工作中都是如此的。可见问题不在要不要假设,而在对于假设的看法和如何成立假设。我们的假设是从客观来的,它虽然尚未得到完全的证明,但它本身也反映了一定的客观对象,即使最后的证明是不能成立的,它也至少包含着客观知识的某些个别方面或某些因素的真实,因而它对进一步研究问题是有帮助的。不但如此,在研究工作中我们还鼓励研究者去创造性地发现问题、解决问题,自然也鼓励他在这过程中根据已有的认识提出假设来,因为只有这样才会引导出正确的结论。但胡适派却根本否认假设的客观意义和价值,他们的假设是由效果出发的,而决定效果的却归根到底总是反动阶级的利益;因此他可以毫无客观根据、仅凭主观臆测来建立假设,这样的假设既不反映任何客观真实的东西,自然也就不可能由它引导出任何正确的结论。假设并不只是逻辑上的一种推理形式,它本身就包含有客观的根据;真正的假设总是由已发现的有关事实和资料的综合来的,它不能凭直觉或敏感来建立,而

---

① 胡适:《治学的方法和材料》。

且也不能仅只根据个别的或少量的材料就贸然建立起来，它必须建立在比较丰富的事实基础上，建立在正确理论的指导下，那么这种假设最后得到证实的可能性才比较大。胡适派既不承认假设是由客观来的，其中包括了客观正确的东西，那他们的假设就必然是荒谬的、"大胆的"。而且他认为一切的理论都是"待证的假设"，把正确的科学理论和假设等同了起来，这样就既诬蔑了理论的作用，而把假设也更玄虚化了。脱离了假设的客观基础，则"大胆的"三字就变成了主观主义的赞颂词，而并不含有任何鼓励创造性研究的科学意义了。

列宁曾说马克思开始提出唯物史观的思想时"暂时还曾是一个假设"，后来"根据非常浩繁的材料（他用了不下二十五年的工夫研究了这些材料）把这个形态（商品经济制度）底动作法则和发展法则作了一个极详尽的分析"，"现在，自《资本论》出现以后，唯物史观已经不是什么假设，而是已用科学方法证明了的原理"。[①] 这里不只说明了假设对于科学研究的重要性，而且也说明了使假设变为结论的证明的过程。研究者必须根据大量的事实和材料，进行严密的分析和综合，才能够得出证实或者推翻假设的结论；如果在研究过程中发现有与假设相抵触的反证，说明假设不符合于客观真实，研究者就应该勇敢地抛弃那个假设，再在新的事实基础上建立一种新的假设，重新开始研究的过程。结论必须要求论证过程，是科学的特点之一；科学不能容许脱离客观实际的无稽之谈，因此在考据中求证的过程是必须的，而且也应该以一种客观的态度来严肃地对待在研究过程中所陆续发现的大量的新的事实和资料，从它们的整体和相互联系的关系中来严格地加以分析。不只注意那些能够证明假设的资料，而且特别注意那些与假设相矛盾的资料，然后才可能保证论断的正确性。论证的根据必须是经过检验的，无可置疑的，而且必须正确阐明这些根据与结论之间的必然的逻辑联系；使之表明只要承认了论据的正确就不能不承认结论的正确。而论据又是无可怀疑的，这样的论证才有科学的意义。因此论证的过程是一个创造性的科学工作。在这个过程中随时都可能发生错误；首先是在材料的鉴定和应用上，对于材料的来源、阶级背景、可靠程度等等的唯物主义的分析就

---

① 列宁：《什么是"人民之友"以及他们如何攻击社会民主党人》。

需要进行细致的工作。只有在分析了与每一论据有关的一切情况，才能够确定它是无可置疑的。同样，错误也可能发生在论证过程中；在这里不能容许任何主观的偏见，不能根据孤立的个别事例来得出结论，不能在逻辑联系上有任何错误，不能在分析与综合中忽视了材料的主要与次要、偶然的与一般的特征，任何的疏忽都可能导致结论的错误。这就说明，为了保证在假设与求证当中的科学性，就必须在辩证唯物主义的指导下进行工作。这也说明，孤立地看待"小心的求证"这句话是没有意义的，决不能认为我们主张"不必求证"或"求证不必小心"，问题在于"求证"的本身就存在着不同态度的原则分歧。

胡适派的求证是由臆造的假设出发，他很"小心"，但他"小心"的内容是抽取能够适用于他的假设的个别事例，目的只在粉饰他的假设的可靠性。对于与他的假设相抵触的材料他就或者视而不见，或者臆断为不可信；而在论证过程中也没有什么必然的逻辑联系，这种论证当然只能是反科学的。例如胡适曾根据雍正朱批谕旨中有一个名叫李煦的织造因为亏空被追查，就断定曹雪芹的父亲曹頫也必然是如此，理由是曹頫也曾任过织造。[①] 这当中有什么逻辑联系呢？为什么曾经在不同时期担任过同一职务的人就一定会是同样的下场？但不仅如此，他又以这一论断为前提，证明了《红楼梦》里的贾府就是曹家，因为贾府的下场也是被抄家。这除过说明他论证的目的只是为了要给《红楼梦》是自然主义的作品这一假设作粉饰以外，还能说明什么呢？他的"小心的求证"只表现在他对雍正朱批谕旨的找求上，而并不表现在论证的逻辑联系上。在对证据的采择上更能说明他这种主观随意的态度，他把《诗经》中的《小星》一诗解说为"妓女生活的最古记载"[②]，而证据却出自清末的《老残游记》；这除过说明他为妓女制度的"合理性"找求历史根据以外，还能说明什么呢？

由此可见，仅从"大胆的假设，小心的求证"的字面意义出发，不能揭穿胡适派考据方法之反科学的性质，我们必须由他对这两句话的实用主义的解释，以及他在运用这种方法的实例中，指出他的反科学的唯心主义的本

---

① 胡适：《红楼梦考证》。

② 胡适：《谈谈诗经》。

质。我们的"假设"是从客观实际出发的，毛主席说："提出问题也要用分析，不然，对着模糊杂乱的一大堆事物的现象，你就不能知道问题即矛盾的所在。"①我们的假设正是由事物的分析中得来的。但胡适派的假设却完全与此相反，他之所以加上"大胆的"三字，目的正在使假设脱离客观的事物；他在介绍杜威的学说时曾说，假设"是自然涌上来，如潮水一样，压制不住的；它若不来时，随你怎样搔头抓耳，挖空心血，都不中用"②。这种完全由主观臆测而来的假设是不可能得到真正的科学证明的，因此他就要"小心的"找寻个别事例来作反科学的演绎了。他说："大之，科学上的大发明，小之，日用的推理，都不是法式的论理或机械的分析能单独办到的。"③为了证明他的假设，他不能不排斥理性和逻辑；因之他的论证过程也是完全脱离了逻辑规律的。这也很容易理解，方法是不能脱离世界观的，正确的思想方法是客观事物的规律在人类主观上的反映，实验主义既然否认客观事物及其普遍规律的存在，它就不可能还有什么科学的方法论。胡适不过拈取了"大胆的假设"和"小心的求证"这两句话来利用考据，来粉饰他那"只问效果、不顾实质"的主观唯心论，并企图以之混淆人对于假设与求证的正确理解罢了。总之，胡适派考据的特点就是企图从历史材料中来找到他所需要的为反革命效果服务的东西。我们要用马克思主义的观点来研究古典文学，就必须正确地阐明考据的意义与作用，就必须对胡适派的考据方法和"考据癖"进行斗争。

当然，即使受到胡适派的严重影响的人，在进行考据时这些人一般也并不是自觉地为反革命服务的。但胡适派的考据之所以会有很大的影响，是和小资产阶级知识分子本身的弱点分不开的；他们在思想方法上常常带有主观性和片面性，而胡适派的理论又是在旧社会学术界占统治地位的思想，因此即使在许多认真地从事考据工作的学者中，也常常会有这种不良影响的存在。他们忽视正确理论的指导作用，忽视科学的抽象的价值，因此在考据上就常常表现有烦琐和穿凿的倾向。烦琐是研究工作脱离实际和把大

---

① 毛泽东：《反对党八股》。
② 胡适：《实验主义》。
③ 胡适：《五十年来的世界哲学》。

小问题来等量齐观的必然结果,而穿凿正是主观片面性的表现。鲁迅先生曾说:"清初学者,是纵论唐宋,搜讨前明遗闻的,文字狱后,乃专事研究错字,争论生日,变了'邻猫生子'的学者,革命以后,本可开展一些了,而还是守着奴才家法,不过这于饭碗,是极有益处的。"[①]"饭碗"问题正说明了旧社会统治者对于"邻猫生子"式的研究的鼓励,当时这种竞尚烦琐的现象是很流行的,所考的问题之冷僻远远地超过了清朝学者;俞平伯的考据"宝玉为什么净喝稀的"就是一个很好的说明。[②] 穿凿附会更是普遍的现象,俞平伯曾考证过杨贵妃死于日本的问题,并且说:"附会果然是附会,但若连一点因由也没有,那么就是附会也不容易发生的。"[③]这就简直是为穿凿附会找寻存在的根据了。当然,无论烦琐或穿凿,有些人的错误并不是自觉的,与胡适的有意识地运用诡辩方法是有区别的;但对于运用马克思主义观点来进行的科学研究工作说,无论有意或无意,这些都是有害的,我们必须坚决地反对这种不良的倾向。

五

研究古典文学的目的在于把各个时代储藏在文学作品里的巨大精神财富来作正确的阐发,使之对人民发生教育的作用,丰富人民的精神生活,并为创造新的文学建立坚实的基础。这是一件极为细致的工作;我们不只要理解当作社会意识形态的文学的特点,而且也要理解文学本身的不同于其他社会意识形态的特点。不只要对每一文学作品具体地分析它的思想性和艺术性,它对于我们今天的意义,而且也要研究文学本身的发展历史,它的发展规律和它与每一时代社会的密切关系。这就说明,对于研究古典文学具有首要意义的是研究者的立场观点和方法,他必须具有马克思主义的理论修养,包括马克思主义关于文艺科学的理论在内。只有这样,才有可能对古典文学作出正确的分析和阐明。因此任何企图把考据来当作研究古典文

---

①　《鲁迅书简·致姚克第二十三信》。

②　俞平伯:《读红楼梦随笔》之十三,见 1954 年 1 月香港《大公报》。

③　俞平伯:《杂拌儿》之二。

学的首要的甚至唯一的途径的看法，都是错误的，那结果只能引导人掉入胡适派的泥坑。唯心论的文艺观点否认文学作品的客观标准，他们渲染"诗无达诂"一类的不可知论的论调，认为说明文学发展的规律和具体分析作品内容的研究都是"说空话"的，他们只企图通过烦琐的考证，以个别的材料来概括整体，这就不能不坠入类似《红楼梦研究》一类的错误。他们把文学看作可以离开社会历史条件而独立存在的现象，并在作品的客观意义与作家的主观意图之间画上了等号，因此他们所最有兴趣的就是作者的家世和生平事迹、故事源流和版本异同等问题了，而且以为这就是关于古典文学研究的全部范围。这种研究方法就必然会抹杀伟大的古典作品的人民性和它对于当时社会中不合理制度的批判意义，使读者对作品得不到正确的完整的概念。更其荒唐的是把考据运用到文学批评和作品中的人物形象上来，简单地用文字异同和情节对比的方法来确定人物形象的意义，企图用考据来代替分析和研究，并妄想由此作出定案；这就不只对于古典文学的研究工作没有任何帮助，而且是荒谬绝伦，含有很大危害性的。俞平伯曾由《红楼梦》中用过十一个"十二"的数字，来考定秦可卿在书中的地位是"既兼钗黛之美，即为钗黛之合影，其当为十二钗之首，实无疑者"①。这种考据就不能不取消了古典文学中的思想意义和现实主义的艺术特征，使之降低为消闲游戏的东西。因之，如果说考据对于历史科学的研究只能居于辅助的地位，那么在古典文学的研究工作中它所应该占据的地位比在历史科学中还要略低一点。这是因为：第一，文学作品是通过生动的形象来反映社会生活的，有些形象的塑造或故事情节的安排虽然可以根据某些实在的人物和事件，但如果它是现实主义的作品，作者在创作过程中就必然经过了艺术的加工和概括，如果机械地用题材的来源、素材与作品中的情节和人物典型来互相比附，结果就只能歪曲和降低作品的思想意义；至于从作品本身的文字异同或情节安排来把作品中的人物形象当作考据的对象，就更其是荒唐的了。其次，对于作家的家世与生平经历等等的考证最多只能说明作者的思想或对于作品的主观意图，这对于理解作品虽然也很有帮助，但"文学形象几乎永

---

① 俞平伯：《读红楼梦随笔》之十二《送宫花与金陵十二钗》，见 1954 年 1 月香港《大公报》。

远大于思想"，我们必须分析作家通过艺术形象所反映出来的社会生活的客观意义，而这就绝不是用考据的方法所能胜任的。伟大的现实主义古典作品的内容一般总是突破了作者的主观意图和阶级观点的限制的，通过生活本身的再现，它常常会显示出甚至为作者本身所不能理解的巨大深刻的意义。列宁关于托尔斯泰的论文，一方面分析了作者世界观的特点，同时又对作品的意义给以正确的评价，而这样的做法正如列宁所说，"只能从社会民主主义的无产阶级观点"来进行。[①] 由此可见，方法是服从于观点的，那种企图完全用考据来解决文学研究工作的人，正说明了他们在文学上的资产阶级形式主义和自然主义的观点，而这是只能借着考据来偷运唯心主义毒素，不可能解决任何科学问题的。

但这绝不是说考据对于古典文学的研究就没有积极作用，或者说它是可有可无的东西。反之，它虽然不是首要的，但也是不可缺少的，问题在于它必须为研究工作服务，服从于整个研究的需要，那么它才可能发挥积极的作用。我们说古典文学的研究绝不仅限于研究作家的身世经历等等，并不是说这些方面就不必研究，反之，即使在有关这一类事迹的考订上，也只有在马克思主义的理论指导下才可能有更大的成就。作品是和作家个人的时代、生活经验、世界观等等密切联系着的，尽管作品能够在作家的主观思想以外获得客观意义，但这只说明了作品所写的内容和作家的生活经验不是相等的，却并不是毫无关系的。作品是由作家创作的，在作品的各方面都不能没有作家个人人格的色彩，因此对作家事迹等等的考据对于理解作品是有很大帮助的。我们无论研究任何一部古典作品，从分析艺术形象所表现的思想内容和社会意义的要求出发，都必须多方面地掌握大量的材料。只有在事实的基础上才可能对作品作出深刻的、历史的分析。对作品内容的具体分析固然是非常重要的，但具体事物也是在与周围一切的联系中存在的，只有正确了解了与作品有关的一切，对作品的分析才可能全面和深刻；而必要的考据工作正是服务于对古典文学的全面研究的。

古典文学作品是产生于不同的历史时代的，不同的历史背景会使文学形象带有不同的面貌和特征，也会带有时代色彩互不相同的文学体裁和艺

---

① 见《马克思恩格斯列宁斯大林论文艺》。

术方法,因此对于产生作品的时代背景的研究对于理解作品也有很重要的意义。文学是通过形象来反映生活的,每一时代实际的社会生活面貌与作家对于一般生活的理解情况,都脱离不了一定的历史环境。如果我们对于当时的政治社会、人民生活、文化思想等各方面的情况都只有社会基本矛盾这样概念的了解,那就很难判断某一作品是真实地反映了现实还是不真实地歪曲了现实。脱离了一定的历史条件是无法理解古典文学的,我们对于某一作品思想内容的进步或反动的评价,是必须在分析了一定时期的阶级斗争情况和作品本身社会意义的性质以后才可能得出的。而对于时代背景的研究,对于某些历史情况的正确说明,都须有必要的考据来作辅助,才能使我们的研究顺利地开展。至于关于作品本身的必要的考据工作,例如校勘训诂、版本流传等等,更是对于研究工作有帮助的;不可能设想不理解作品的文字意义就可以对作品作出正确的研究分析来。

文学是艺术,但关于文学的研究却是科学。马克思主义认为任何社会现象都是可以认识的,都是可以给予科学的分析和解释的,在古典文学方面也毫不例外。而且只有在马克思主义的正确指导下,古典文学的研究工作才可能提高到真正科学的水平。考据既然对研究工作有一定的作用,在某些方面甚至是必要的,那么它即使在整个研究中只居于辅助的地位,也仍然是不可缺少的,我们不能一看见考据就联系到胡适派,这需要作具体的分析;考据可以是胡适派的,也可以不是胡适派的。这正如我们不能以为研究作品的形式特点就一定是形式主义,研究作品的历史背景就一定是庸俗社会学一样,这种看法本身就是形式主义。问题不在表面而在实质,我们所说的考据无论在目的、范围或者观点方法上,都是与胡适派根本对立的。

毛主席说:"一般地说,中国幼稚的资产阶级还没有来得及也永远不可能替我们预备关于社会情况的较完备的甚至起码的材料,如同欧美日本的资产阶级那样,所以我们自己非做搜集材料的工作不可。"[①]在古典文学的研究方面这种情形尤其显著,资产阶级给我们预备下的就是没有任何科学意义的胡适派的考据,因此我们除了与胡适派作坚决的斗争并彻底肃清其影响以外,在许多方面我们还必须做搜集材料的工作。要搜集材料并分析、

---

① 毛泽东:《"农村调查"的序言和跋》。

综合材料，就必然会牵涉到考据；要利用前人在考据方面的成果，就必须重新给以分析和批判；这些都是我们在开展研究工作中所不能不碰到的问题。由此可见，笼统地对考据加以赞扬是错误的，它很容易使我们脱离了科学研究的目的，陷入唯心主义的泥坑；但笼统地排斥考据也是对研究工作有害的。我们不只仍然需要对一些必要的问题作出新的考据，对三百年来考据学的一些成果也是要批判地加以利用的。因此问题不在考据是否需要，而在究竟是为什么目的和在什么思想指导下来进行这一工作的。我们的一切科学研究工作都必须是在马克思主义的理论指导下，为了建设社会主义的文化而进行的。只有首先服从于这样的条件，必要的考据工作才会在整个的科学研究中占有一定的地位，才会在古典文学的研究中起它所应有的作用。同时也只有这样才会使我们所说的考据与胡适派的考据划清界限，才会使我们正确地执行自己的路线，并与敌对的思想进行不可调和的斗争。

1956 年 3 月 29 日

收入《关于中国古典文学问题》（上海古典文学出版社，1956 年版），又收入《王瑶全集》第 2 卷《中国文学论丛》（河北教育出版社，2000 年版）。

鲁迅关于考据的意见

鲁迅是对胡适派的考据进行过严峻的批判的。在《阿Q正传》序中,已对有"历史癖与考据癖"的胡适派作过嘲讽;在《出关的"关"》一文中,更讥胡适之流为"特种学者";而在《故事新编》的《理水》一篇中,对那种聚集在"文化山"上翻遍群书,只考证出大禹是一条虫的"学者",更给予了辛辣的讽刺。这些人居住在"文化山"上,吃着奇肱国用飞车送来的食物,还向群众进行诈骗,但乡下的"愚人"却以切身的经验证实了禹正在那里治水。通过形象的描写,鲁迅对那种从主观出发的考据给予了无情的抨击。对于一些烦琐的不切实际的考据文字,鲁迅先生也是很厌恶的,他曾说:"清初学者,是纵论唐宋,搜讨前明遗闻的,文字狱后,乃专事研究错字,争论生日,变了'邻猫生子'的学者,革命以后,本可开展一些了,而还是守着奴才家法,不过这于饭碗,是极有益处的。"①"饭碗"问题说明了旧社会的统治者对于"邻猫生子"式的研究的鼓励,而这也正是胡适派的考据之所以能够流行一时的社会基础。在《花边文学》的《算账》一文中谈到清代考据学的成就时他说:

> 说起清代的学术来,有几位学者总是眉飞色舞,说那发达是为前代所未有的。证据也真够十足:解经的大作,层出不穷,小学也非常的进步;史论家虽然绝迹了,考史家却不少;尤其是考据之学,给我们明白了宋明人决没有看懂的古书……我每遇到学者谈起清代的学术时,总不免同时想:"扬州十日"、"嘉定三屠"这些小事情,不提也好罢,但失去全国的土地,大家十足做了二百五十年奴隶,却换得这几页光荣的学术史,这买卖,究竟是赚了利,还是折了本呢?

---

① 鲁迅:1934年4月9日致姚克信。

清代考据学在开始时虽然并未完全脱离"当世之务",而且在与宋明理学的对垒上也有一定的进步意义,但到考据学全盛的乾嘉时代,却完全不是如此的了。在大兴文字狱之后,清代统治者便作为一项文化政策,有意地奖励考据,把它当作闭塞思想的工具,引导一些学者将精力全耗在古籍中去了。鲁迅指出了清代考据学兴盛的政治背景,这在当时对胡适派的提倡考据是有实际的战斗意义的。但鲁迅对清代考据学与胡适派的考据也还是区别对待的;他对清人"给我们明白了宋明人决没有看懂的古书"这一点是承认的,只是觉得若以此来与政治上的失败比较,是大大"折了本"的;从而引导读者关心民族、人民的利益,不要脱离实际地只把眼光集中在"邻猫生子"上面,这与他对考据大禹是一条虫的"特种学者"之流的态度上,是有所不同的。

我们不能由以上各点,得出鲁迅是根本反对任何考据的结论。他自己也是写过考据文章的;校勘、辑佚,在过去都属于考据的范围,像鲁迅先生精校的《嵇康集》和辑存的《古小说钩沉》等,都需要极谨严的考据工夫;而且在《嵇康集》后就附有"逸文考"和"著录考",1954 年的《历史研究》第 2 期还发表了他的遗稿《嵇康集考》。许寿裳的《亡友鲁迅印象记》中载有鲁迅的一篇关于《吕超墓志》的跋文,更是精审严密的考据文章。这是鲁迅未完成的《汉魏六朝石刻研究》中的一部分;吕超墓志石于 1917 年出土后,因为国号年号都看不清楚,很难确定时代,但后来鲁迅和范鼎卿都作了跋文,而且不谋而合地得出了相同的结论,考出这是南齐永明中所刻;这也说明了严格的考据文字所应该具有的科学性。

在别的文章中也可以看出鲁迅并不是反对一切考据的,他称赞过清人杭世骏是"认真的考证学者",并由杭著《订讹类编》的启发来考定明初永乐皇帝惨杀铁铉以后,将其二女发付教坊,后来二女献诗,被永乐赦出嫁与士人等等的记载是错误的。流传的铁铉女儿作的《教坊献诗》原是范昌期《题老妓卷》诗,铁铉有无女儿尚有歧说,这种附会完全是无聊文人为了粉饰现实的捏造。鲁迅批评这种捏造的"佳话"说:

> 这真是"曲终奏雅",令人如释重负,觉得天皇毕竟圣明,好人也终于得救,她虽然做过官妓,然而究竟是一位能诗的才女,她父亲又是大忠臣,为夫的士人,当然也不算辱没。但是,必须"浮光掠影"到这里为

止,想不得下去。一想……在这样的治下,这样的地狱里,做一首诗就能超生的么?①

"认真的考证学者"是从历史实际出发的,实事求是的,因而也就可以揭露出事实的真相,为我们研究问题提供条件。1935 年鲁迅在《〈中国小说史略〉日本译本序》中说:

> 关于小说史的事情,有时也还加以注意,说起较大的事来,则有今年已成故人的马廉教授,于去年翻印了"清平山堂"残本,使宋人话本的材料更加丰富;郑振铎教授又证明了《四游记》中的《西游记》是吴承恩《西游记》的摘录,而并非祖本,这是可以订正拙著第十六篇的所说的,那精确的论文,就收录在《痀偻集》里。还有一件,是《金瓶梅词话》被发见于北平,为通行至今的同书的祖本,文章虽比现行本粗率,对话却全用山东的方言所写,确切的证明了这决非江苏人王世贞所作的书。②

鲁迅先生对于别人的"精确的论文"是称许的,而且据以订正自己著作中的论点,这种精神特别值得我们学习。学术著作与文艺创作不同,应该是后来居上的;我们可以向《阿 Q 正传》学习,可以出现新的创作而在水平上达到甚至超过《阿 Q 正传》,但绝不能再写一部《阿 Q 正传》而达到鲁迅的成就。小说史则不然,我们是可以遵循鲁迅所已经开辟的途径,吸收学术界研究的成果,并通过刻苦的研究工作,来重新写出一部更好的中国小说史来的。如果把《中国小说史略》当作永远不可超越的成就,那是不合鲁迅先生自己随时订正的精神的。现在我们有些出版机关在重新出版一些古典小说作品时,为了应付读者要求加"导言"的麻烦,常常摘录一段《中国小说史略》中的文字来作简短的说明,这是不很适当的。姑且不说由于时代的进展,在观点上我们与鲁迅写小说史的时候也应该有所差别,即以所根据的材料来说,情况也已很不相同;譬如白话短篇小说的"三言",鲁迅就说"今皆未见",他只能根据"今古奇观"来立论,而我们现在则到新华书店就可以买到"三言"。

---

① 鲁迅:《且介亭杂文·病后杂谈》。
② 鲁迅:《且介亭杂文二集》。

诚然,我们现在还没有更好的小说史著作出现,但这不但是可能的,而且也正是我们这一代研究者的责任。而在研究的过程中,当然也会碰到一些需要用"精确的论文"来考据的问题。

鲁迅曾从"影宋元本或校宋元本"的书籍中,揭发了清代统治者的删改古书的阴谋,例如他曾从《四部丛刊续编》中的影旧抄本宋晁说之《嵩山文集》来和《四库全书》本对比,证明"四库本""大抵非删则改,语意全非,仿佛宋臣晁说之,已在对金人战栗,嗫嚅不吐,深怕得罪似的了"[①],揭发"清朝不惟自掩其凶残,还要替金人来掩饰他们的凶残"[②]。他很愤慨地说:

> 单看雍正乾隆两朝的对于中国人著作的手段,就足够令人惊心动魄。全毁,抽毁,剜去之类也且不说,最阴险的是删改了古书的内容。乾隆朝的纂修《四库全书》,是许多人颂为一代之盛业的,但他们却不但捣乱了古书的格式,还修改了古人的文章;不但藏之内廷,还颁之文风较盛之处,使天下士子阅读,永不会觉得我们中国的作者里面,也曾经有过很有些骨气的人。[③]

正是通过版本、校勘这类考据工作,他才揭发了清代统治者的凶残,并从而发现了许多作者的不屈服于敌人的优秀传统。由此可见,对于有助于研究问题的考据,鲁迅是肯定的。

究竟用什么样的态度来对待考据才是正确的呢?我以为从鲁迅关于《唐三藏取经诗话》版本的意见中是可以得到启发的。他曾两次讲到过这个问题,反对以"单文孤证"来"必定"一种史实,他疑此书为元椠,而别人则肯定为宋椠。鲁迅说:

> 但我以为考证固不可荒唐,而亦不宜墨守,世间许多事,只消常识,便得了然。藏书家欲其所藏版本之古,史家则不然。故于旧书,不以缺笔定时代,如遗老现在还有将仪字缺末笔者,但现在确是中华民国;也不专以地名定时代,如我生于绍兴,然而并非南宋人,因为许多地名,是不随朝代而改的;也不仅据文意的华朴巧拙定时代,因为作者是

---

①②③　鲁迅:《且介亭杂文·病后杂谈之余》。

文人还是市人，于作品是大有分别的。①

他又举北京图书馆藏的《易林注》残本为例，缪荃荪因为其中恒字构字都缺笔便定为宋本，"但细看内容，却引用着阴时夫的《韵府群玉》，而阴时夫则是道道地地的元人。所以我以为不能据缺笔字便确定为某朝刻，尤其是当时视为无足重轻的小说和剧曲之类"②。鲁迅的这些意见其实是牵涉我们对待考据的态度问题的。有用的考据一定是实事求是的；它既不是主观主义的"荒唐"，仅只凭"单文孤证"就作结论，像胡适派的考据那种情形；但也不是保守主义的一味笃守旧说，不敢发现问题与正视问题。譬如《诗经·小星》一诗，《毛诗》小序说是"惠及下也，夫人无妒忌之行，惠及贱妾，进御于君，知其命有贵贱，能尽其心矣"。胡适在《谈谈诗经》一文中不赞成旧说，却认为是"妓女生活的最古记载"。很明显，笃信前者是"墨守"，而后者却是"荒唐"的；要得到正确合理的解释，就必须实事求是地从考释训诂入手，摆脱"荒唐"和"墨守"的偏向。鲁迅最反对"在考辨的文字中杂入一点滑稽轻薄的论调"，因为这样便"每容易迷眩一般读者，使之失去冷静，坠入彀中"的。③

不能因为考据有流于荒唐和墨守的可能，便根本排斥一切的考据，连能够解决问题的实事求是的考据也不要了，这其实也还是"荒唐"和"墨守"。这种想法之所以是荒唐的，因为任何治学途径如果运用得不恰当也能陷于主观主义，不能因噎废食地就连正确有用的也一起取消了；而有些问题如果需要用考据来解决也不敢用，则结果只能笃守旧说，就自然陷于"墨守"了。这种态度用鲁迅的话说，叫作"透底"；他说：

> 凡事彻底是好的，而"透底"就不见得高明。因为连续的向左转，结果碰见了向右转的朋友，那时候彼此点头会意，脸上会要辣辣的。要自由的人，忽然要保障复辟的自由，或者屠杀大众的自由，——透底是透底的了，却连自由的本身也漏掉了，原来只剩得一个无底洞。④

---

① 鲁迅：《二心集·关于〈唐三藏取经诗话〉的版本》。
②③ 鲁迅：《华盖集续编的续编·关于〈三藏取经记〉等》。
④ 鲁迅：《伪自由书·透底》。

我们对于荒唐的和墨守的考据，都是坚决反对的；这是我们反对主观主义的一个部分，而且从鲁迅的著作中也可以学习到他那种坚强的战斗精神。但对于那些能够解决具体问题的（例如史料真伪、时代前后等等），有助于研究工作进展的考据文章，则绝不应该加以反对；这也同样是可以从鲁迅的著作中得到启示的。

1956 年 9 月 21 日，为鲁迅先生逝世二十周年纪念作

原载 1956 年 10 月 7 日《光明日报》"文学遗产"副刊第 125 期，署名王瑶。收入《鲁迅作品论集》（人民文学出版社，1984 年版），又收入《王瑶全集》第 6 卷《鲁迅作品论集》（河北教育出版社，2000 年版），均改题为《鲁迅关于考据的意见》。

《中国新文学史稿》初版自序

　　本书是著者在清华大学讲授"中国新文学史"一课程的讲稿。1948年北京解放时,著者正在清华讲授"中国文学史分期研究(汉魏六朝)"一课,同学就要求将课程内容改为"五四"至现在一段,次年校中添设"中国新文学史"一课,遂由著者担任。两年以来,随教随写,粗成现在规模。1950年5月教育部召集的全国高等教育会议通过了"高等学校文法两学院各系课程草案",其中规定"中国新文学史"是各大学中国语文系的主要课程之一,并且说明其内容如下:

> 　　运用新观点,新方法,讲述自"五四"时代到现在的中国新文学的发展史,着重在各阶段的文艺思想斗争和其发展状况,以及散文,诗歌,戏剧,小说等著名作家和作品的评述。

这也正是著者编著教材时的依据和方向。因为现在坊间还没有这种性质的书,教这门功课的人都感到很吃力,清华添设此课略早,到"高教会议"以后,著者即不断接到各大学友人的来函,索取讲义或讲授大纲之类,但清华没有印刷讲义设备,著者只自存原稿一份,因此不仅对索取者无法应命,而且写成后也无法送请各方指正,再加修改。这种草创成的东西自然难免疏陋,这就接触到两种最易犯的毛病,"疏"则评述失当,"陋"则挂一漏万;著者自己自然是尽力向好处做的,但能力有限,纰漏之处一定很多,希望读者予以教正。去年著者曾接臧克家先生来信说:"教新文学史颇麻烦,因系创举,无规可循,编讲义,查原始材料,读原著,出己见,真不是一件轻易的工作。"著者编写此书,也并非自己觉得很胜任,只是因为工作分配关系,必须把它来当作任务完成的。而且自己藏书太少,许多以前出版的书籍简直无法找到,所依赖的只有清华图书馆所存的书籍,但清华图书馆所收的新文学书籍并不很多,特别是抗战期间一段的书籍作品,简直等于空白,这些限制就更增加了著者的疏陋。但现在正是努力进行课程改革的时候,为了便于同学们的学习和爱好新文学的人们的参考,这书虽然还只能说是一部草稿,著者仍然愿意把它印出来,希望能由此听取到各方面的批评意见,给自己一个改进的机会。在编写过程中,清华中文系同事李广田、吕叔湘、吴组缃、余冠英诸先生曾给予了不少的鼓励和帮助,其中数章又蒙《进步青年》先行发表,著者敬在此一并志谢。

1951 年元旦于北京清华园寓所

原收入《中国新文学史稿》(上册)(开明书店,1951 年版;新文艺出版社,1953 年 7 月修订重印版;上海文艺出版社,1982 年修订重版),又收入《王瑶全集》第 3 卷《中国新文学史稿》(上册)(河北教育出版社,2000 年版)。

《中国新文学史稿》重版后记

　　《中国新文学史稿》是中华人民共和国建国初期曾出版过的一部旧作，上册于 1950 年脱稿，下册也于 1952 年写竣，距今已达三十年。本书所论述的是新民主主义革命时期即从"五四"到 1949 年三十年间中国现代文学的发展史实；古称三十年为一世，时光荏苒，转瞬之间又过了三十年。取名"史稿"，原为应教学需要之急就章，本拟俟有较多积累之后，另行改写；但三十年来中国现代文学史这门学科的研究工作也经历了它自己坎坷的道路，后来一直发展到那骇人听闻的"史无前例"的年代，于是凡有所论述者，无不谥之以"为黑线人物树碑立传""三十年代吹鼓手"等恶名。本书出版较早，自难免"始作俑者"之嫌，于是由此而来之"自我批判"以及"检查""交代"之类，也层出不穷。今幸天晴日照，阴霾永消，拨乱反正，科学研究工作又迈新步。承各地从事本专业之同志多方敦促，又蒙上海文艺出版社予以鼓励，认为此书可以重版，以供参考。我想此书如尚有某种参考价值，其意义也不过如后人看"唐人选唐诗"而已。如《河岳英灵集》等不选杜诗，偏颇昭然，但后人之所以仍予以一定重视者，盖可从中觇见当时人之某一观点而已。人的思想和认识总是深深地刻着时代烙印的，此书撰于民主革命获得完全胜利之际，作者浸沉于当时的欢乐气氛中，写作中自然也表现了一个普通的文艺学徒在那时的观点。譬如对于解放区作品的尽情歌颂，以及对于国统区某些政治态度比较暧昧的作者的谴责，即其一例。作者目前既无力重写，而此书又非略加修订即可改观，因此此次重版，大体上仍采取了保持原貌的办法。但承北京大学孙玉石、乐黛云，华中师范学院黄曼君及鲁迅研究室王德厚四位同志热情协助，分别就第一至第四编详细校改了一次，于语句之间，略有增删，但体例框架，一仍其旧；作者在此谨向他们表示谢意。其后又经作者看过一遍，增入《"五四"新文学前进的道路》一文，作为"重版代序"；又删去了初版下册附录的《新中国成立以来的文艺运动》(1949 年 10 月—1952 年 5 月)部分，以保持它属于中国新民主主义革命时期文学史的比较完整的体系。因此总的说来，它仍然是一部旧作。

前者本书曾被译为日文，在东京河出书屋出版；承译者日本早稻田大学实藤惠秀教授函约，作者为日译本写了一篇简短的序文。其中说："至于我的书，那缺点是非常之多的。因此，我希望读者仅只当作一种媒介，像书目介绍之类的东西看，如果它能够使人对中国的现代文学发生兴趣，并愿意录求原作品来阅读，那么，像过去年代的中国读者一样，能得到例如从鲁迅作品中所能汲取到的那种伟大的反对帝国主义与封建主义的力量，那对作者就是十分欣慰的了。"因为"几乎在所有的著名作品中，我们都可以看到中国人民在革命过程中的曲折的经历和坚强的战斗意志，它是表现出了中国人民在长期革命斗争中的精神面貌的。这些作品无疑地会给人以鼓舞，使人增加战斗的力量和胜利的信心。因之，从文学作品中来理解中国人民今天所已经得到的胜利和正在从事的伟大建设事业，是很容易理解其正义性及胜利的必然性的。那些作品将真实地、形象地告诉人们：中国人民蕴有无限的伟大的战斗精神和创造力量"。今值本书重版之际，我对本国读者想说的仍然是这些话。

1930 年鲁迅于重印旧作《中国小说史略》时，作《题记》云："大器晚成，瓦釜以久，虽延年命，亦悲荒凉，校讫黯然，诚望杰构于来哲也。"愿录之以为本文之结。虽比拟不伦，迹近攀附，且同类新作颇多，亦至不侔，惟略有同感，斯实情耳。盖就中国现代文学史学科之研究工作而言，固"诚望杰构于来哲也"。

1980 年国庆之夜于北京大学镜春园寓所

原载 1981 年 9 月《中国现代文学研究丛刊》第 3 期，为《关于中国现代文学专题书籍序跋五题》之五，署名王瑶。收入《中国新文学史稿》(下)(上海文艺出版社,1982 年重版)，又收入《王瑶全集》第 4 卷《中国新文学史稿(下册)》(河北教育出版社,2000 年版)。

治学经验谈

　　我从事中国文学史的研究工作,就专业的性质来说,可以说是严格的"科班"出身。我毕业于清华大学中国文学系和清华研究院中国文学部,因此就师承关系说,我是直接受到当时清华的几位教授的指导和训练的。1934年我考入清华大学中文系,系主任是朱自清先生,以后我的毕业论文导师和研究院的导师,也都是朱先生。当时听课和接触比较多的教授还有闻一多先生和陈寅恪先生,他们的专业知识和治学方法都给了我很大的影响。

　　像许多青年人一样,我也是由于爱好新文学才选择了"中国文学系"的;但当时大学的课程都集中在古典文学方面,于是我也就把汉魏六朝文学作为自己的专业方向了。一个人所经历的道路总是要受到他所处的时代和前辈的影响,在我开始进入专业学习的30年代初期,我受到了当时左翼文化运动和鲁迅著作的很大影响。由于自己缺乏创作才能和生活积累,当时又正在学校读书,于是便把文学研究工作当作自己的专业方向,而且努力从鲁迅的有关著作中汲取营养。我的大学毕业论文题目为《魏晋文论的发展》,研究院的毕业论文题目为《魏晋文学思想与文人生活》,就都是在鲁迅的《魏晋风度及文章与药及酒之关系》一文的引导和启发下进行研究的;同时,还写了《文人与药》《文人与酒》等专题论文。应该感谢朱自清先生,他很尊崇鲁迅,对我的想法和努力方向给予了很大的支持。我自己则对"五四"以来的新文学仍然保持很大兴趣,而且也经常注意和关心文学创作的发展情况。但说不上什么研究,只是业余涉猎性质。全国解放以后,在教学改革中,"现代文学史"成为中文系的一门主要课程,当时教师又十分缺乏,遂适应教学需要,改教"中国现代文学史"等课程,并着手编写《中国新文学史稿》一书。我的研究范围虽然有所变化,但在现代文学研究方面,我仍然是以鲁迅的有关文章和言论作为自己的工作指针的。这不仅指他的某些精辟的见解和论断是值得学习和体会的重要文献，而且作为中国文学史研究工作的方法论来看，他的《中国小说史略》《汉文学史纲要》《〈中国新文学大系〉小说二集序》等著作以及他的关于计划写的中国文学史的章节拟目等，我以为不论是研究古典文学或现代文学，都具有堪称典范的意义，因为它比较完满地体现了文学史既是文艺科学又是历史科学的性质和特点。他能从丰富复杂的文学历史中找出最能反映时代特征和本质意义的典型现象，然后从文学现象的具体评述和分析中来体现文学的发展规律。鲁迅根据他长期研究中国文学史的经验，感到自从学习了马克思主义的文艺理论之后，才"明白了先前的文学史家们说了一大堆，还是纠缠不清的疑问"（《三闲集·序言》），更清楚地说明了马克思主义理论对于文学史研究工作的指导作用。因此谈到所谓"治学的经验和方法"的话，我以为鲁迅的经验和著作才是值得我们大家学习的典范。我自己研究的范围或选题虽然屡有变化，但几十年来一直是照着这一目标来努力的。

我平日读书，可分为"通读"与"涉猎"两类。通读之书多为自备，因此可以随时作各种记号以及于眉端书写一点随感，有时也另外写一点提要式的笔记或摘录某些重要论点及论据。如所读之书为文艺作品（如小说），则通常是写提要及随感；如为学术著作，则除于书中有所批点外，有时也摘录一些重要的段落。至于涉猎式的阅读，则涉及面较广，报纸杂志，各种图书，皆不免如鲁迅所说的"随便翻翻"；遇到自己认为有用或有趣的，也偶尔摘抄一点，但数量不多。上述这些都带有某种积累资料的性质，但都谈不上是有意搜集，只是在阅读过程中的一些备忘式的抄撮工作。至于着意搜集资料，则是围绕选题范围来进行的。无论撰写书籍或论文，对于选题总有自己初步的构思和框架设想，而且除论述对象之外，也要充分掌握有关的文献记载和前人的研究成果，这就要进行一番有意搜集的工作。为了写作时运用方便，也为了根据有关资料重新确定自己的写作计划，我通常是用卡片来抄录材料的。以上只是我个人习惯运用的方式。由于选题的性质和范围各不相同，也由于人们的学术修养和工作习惯的不同，我以为在积累资料方面，可以根据自己的需要和方便，采用各种不同的方式；只要能够为研究工作提供必要的和准确的根据，就可以了。

我是在大学读书时开始写论文的。1936年我曾任《清华周刊》第45卷的总编辑，同时还参加了一个文艺刊物《新地》的编辑工作，我在这两个刊物上曾写过一些关于文艺问题和评论作家作品的文章，但都谈不上在某一问题上"有所突破"。其中关于评介鲁迅和茅盾作品的文章，后被收入萧军编的《鲁迅先生纪念集》和庄钟庆编的《茅盾作品评论集》中，现在还容易见到，可以算作是早期的习作吧。

　　我没有什么成功的经验可说。至于"基本功"的训练，根据我二十多年来指导研究生的体验，认为下述三方面是极为重要的：一、必须具备一定的理论修养，包括马克思主义基本理论和文艺理论，善于发现问题和分析问题；二、知识面不能过窄，必须有比较广泛的文化历史知识，不能把目光局限于狭小的论文题目的范围；三、语言文字能力必须强一点，要能看懂一般的古籍和掌握利用工具书的能力，也要具有清晰通畅的文字表达能力，能够准确、扼要地把自己的观点表述出来。

　　　原载《江海学刊》1983年第2期，署名王瑶。收入《王瑶全集》第7　卷《竟日居文存》（河北教育出版社，2000年版）。

研究问题要有历史感

——在《文艺报》座谈会上的发言

从《文艺报》所整理的"情况摘编"看，我们中国现代文学研究会的刊物《中国现代文学研究丛刊》,《文艺报》的同志都下功夫看了,我很高兴,这对于我们改进工作会有很大帮助。这个刊物的文章我自己看得比较少,都是别的同志具体负责编辑的。

现代文学研究作为一门学科,是很年轻的;因为严格地讲,它是解放以后才开始的。解放以前虽然也有过一些文章,但是并没有人把它当作一门学科来研究。那时大学里根本没有开设现代文学史这门课程。中文系的必修课仍然是从文字训诂入门,越古越好。那时搞现代文学的人是受歧视的。朱自清先生开始在清华大学教现代文学的课程,教了两年也教不下去了。当时的社会风气就是这样。

全国解放了,在民主革命胜利的高潮中,大学生们很兴奋,由于对旧的一套教学内容不满意,要求改革的呼声很高。1950年,教育部开始课程改革,就规定了要把"五四"以来的现代文学史作为必修课。1953年,教育部召开第一次现代文学史教学大纲讨论会时,全国只有十几个教员参加。现在我们从事中国现代文学教学和研究的,全国已有三千多人。从这个队伍的成长过程看,这门学科确实有了很大的发展。大家努力用历史唯物主义的观点来研究现代文学发展的历史。当然在它的发展过程中,由于受到各种政治运动的影响,不可避免地也经历了它自己的曲折坎坷的道路。例如就所评述的作家来说,1955年因为胡风事件而去掉了一批。1957年又因为反右去掉了一大批。到了"文化大革命",就只剩下鲁迅一人了。

三中全会以后,大家解放思想,开始以新的眼光,从总结历史经验的角度进行现代文学的研究。应该说,无论从选题的广度或研究的深度看,这几年都取得了很大的成就，达到了新的水平，成绩是十分显著的。但为了更好地推动这门学科的发展，我们也不能不注意目前存在的问题。就作家作品的研究来说，目前的情况是两头大，中间小。一头是研究大作家的比较多。这是因为要按照教学计划给学生讲课，就必须讲鲁迅、茅盾、郭沫若等大作家，所以，1979年开第一次全国文学研究规划会议时，各高等学校报来的题目多是鲁迅、郭沫若、茅盾、巴金、曹禺、老舍等作家，而且多是讲稿。另一头是过去为人所忽视的一些作家，如沈从文、徐志摩等。《中国现代文学研究丛刊》收到的文章有许多也是这一类的题目。把现代文学作为历史现象进行深入的综合研究的文章，学术水平比较高的文章，也有一些，但是比较少。

就从事现代文学研究和教学的这支队伍看，绝大多数都是高等学校的教师，骨干力量都是四五十岁的中年人。因为现代文学这门课一向被认为是政治性很强的课程，所以教员也多半是"双肩挑"干部。他们既是政治干部，又是专业教师。他们都是历次政治运动的领导者或积极参加者，埋头走所谓"白专"道路的人极少。他们身上有许多优点，有一定的马列主义修养，有政治敏感，接受新事物比较快；但由于历史原因，知识面比较窄，业务基础尚欠深广，外语和古代文化知识较差。当然，这是就一般情况说的，而且只是个人的印象，并不准确。这些年来有些人十分勤奋和努力，已经出现了一些成熟的、有显著成就的人，许多是四五十岁的副教授，是这支队伍的骨干力量。由于受到十年动乱的影响，高等学校里讲师、助教一级青年教师的业务基础，一般更需积极加强。就现代文学研究这个领域来说，许多文章的一个比较普遍的现象是缺乏历史感，不能把所论述的作家或问题与当时的时代条件紧密联系起来。比如对沈从文的评价，这个作家没有得到我们应有的重视，确实与"左"的影响有关系，是我们研究工作中的缺点，但造成这种现象也有它的历史原因，而且作家自己也不是完全没有责任的。我们要纠正过去的缺点，但是也不能认为过去的评价全部都是错误的；这需要具体分析，而且必须置于一定的历史范围内加以考察。

我们不能低估一些国外学者的观点对我们的影响，现在有些人实际上是受了他们的影响的。由于社会条件不同等复杂的原因，国外学者的观点在许多方面都和我们有较大的差异，这就需要我们研究和分析，不能笼统地去对待。就目前的研究情况来看，虽然主流是健康的，但也有一些"左"的或右的偏差。外国人的某些价值观念,包括对作家、作品的评价以及一些文学观念,对我们是有影响的。过去"左"的框框的影响还存在着,在教学中也不少,但是也存在着另一种思潮。最近一期的《文学评论》上有一篇文章,认为现代文学的历史证明,作家离政治远一点,他的创作成就反而大一些。《中国现代文学研究丛刊》上也发表过持类似观点的文章。还有一些关于作家评论的文章,都使人感到多少受了一些国外学者的影响。

我们是赞成思想文化交流的,也赞成学习外来的有用的东西,但必须采取"拿来主义"的分析态度,而且既然是交流,为什么我们不能用我们的观点去影响别人呢?这当然有困难,因为他们有自己的政治观点和思想偏见的问题,但是如果我们相信自己的观点是符合客观实际的,是科学的,而一个严肃的学者是会尊重事实和真理的,那就有可能对别人发生影响。我们讲30年代的左翼文艺运动,那时我们什么宣传工具也不掌握,但是我们成长壮大了。为什么我们现在就不能做到这一点?对于国外一些人所写的现代文学史或小说史中的一些明显错误,我们必须坚持原则。

最后,谈一点关于现代文学的范围问题。史学界有些同志认为从鸦片战争到中华人民共和国成立都应该属于近代史,而把建国以后的历史归于现代史,这和文学史的习惯方法有所不同。文学研究工作者也有人主张现代文学与当代文学不应分开。总之,对于历史分期的界限,学术界是有一些不同看法的。我不打算在这里细谈这个问题,我觉得就文学史而言,目前流行的近代、现代、当代的分期界限是可行的;当然随着时间的推移,将来还会有变化,但目前这样的划分还是比较适当的。问题在于研究现代文学史的人不能眼中只有"五四"以后的三十年,既不关心"五四"以前的事情,也不关心今天的创作。历史的长河是连绵不断的,任何现象都是一定历史阶段的产物,都有它的来龙去脉、继往开来的历史延续性。因此必须扩大眼界,注意现代文学的历史渊源和它对今天可能发生的现实意义。这样才可以避免就事论事的毛病。

原载 1983 年《文艺报》第 8 期,署名王瑶。收入《润华集》(中国社会科学出版社,1992 年版),又收入《王瑶全集》第 8 卷《润华集》(河北教育出版社,2000 年版),均加上副标题"在《文艺报》座谈会上的发言"。

还是谨严一些好

——读文随感

无论是文学批评或文学理论的文章，尽管它分析或阐发的对象是具体作品或艺术特征，但既已形成了论文，就都应该属于社会科学的范围。既然是科学，则不论内容如何新颖，见解如何独到，在表述或论证时总应该要求论点鲜明，论据准确，文字清晰可读，不至出现纰漏或引起误解。这大概不能算是苛求罢。但在某些文章中，对这些基本要求却常常有不尽完善的地方。

譬如在论述中国文学应当走向世界文章中，不止一位作者引用了《共产党宣言》中的下面一段话："由于开拓了世界市场，使一切国家的生产和消费都成为世界性的了。……物质的生产是如此，精神的生产也是如此。各民族的精神产品成了公共的财产。民族的片面性和局限性日益成为不可能，于是由许多种民族的和地方的文学形成了一种世界的文学。"其实这里的"文学"一词并非指文艺作品，中译本下面已附有注解："这句话中的'文学'（Literatur）一词是指科学、艺术、哲学等等方面的书面著作。"就是说它指的是包括文艺理论在内的科学著作。至于具体的文艺作品，则马克思主义经典作家不仅在论述许多不同国籍的作家中都分析了它们的环境、语言与时代的特色，而且在《德意志意识形态》中还对德国人的"虚假的普遍主义和世界主义"给以严厉的批判，指出他们"把这个虚无缥缈的王国、'人的本质'的王国同其他民族对立起来，宣布这个王国是全世界历史的完成和目的"，"是以多么狭隘的民族世界观为基础的"。中国文学当然应该走向世界，在彼此互相借鉴和交流中提高自己的艺术质量，并以富有民族特色的优秀作品丰富人类艺术的宝库，但不仅人民的生活与心理状态有自己的民族特点，而且文学是语言的艺术，而语言又是同本民族的思维方式和感情表达方式分不开的,不能设想文学的走向世界可以同"虚假的普遍主义和世界主义"等同起来。如果这样的理解不算错误,那么引用《共产党宣言》中的那段话,就很难成为引用者自己论点的支柱了。

关于论据的采用也有很难成立之处。前些日子某些文章企图为周作人附逆平反的论据,就是明显的例子。有的人竟然说什么"由人民出版社出版的《毛泽东著作选读》一书在注释中,关于现代著名作家周作人的提法出现了引人注目的变化:不再提及他曾在抗战时期出任伪职之事"。一查新版《毛泽东著作选读》,这条注释是关于周作人、张资平两个人的,注文分别注明了两人的生卒年月、籍贯、简历,然后综述一句:"周作人、张资平于一九三八年和一九三九年先后在北平、上海依附侵略中国的日本占领者。"援引者连这条注文也没有看完,就匆忙地引为重要论据了。这类荒唐的例子当然是个别的,但作为重要论据而值得推敲或怀疑的地方,在某些文章中却是颇不鲜见的。

一些文章中用了许多不常见的难懂的新词语,读来有生涩阻滞之感,已颇为人们所诟病。当然,在广泛介绍外来的学术论点或表达作者自己的创见时,旧的词汇不能准确说明,运用一些新词是无可非议的;而且这种运用是否得当与他所持的论点是否正确,也并不是一回事,不能简单地对之持否定的态度。但运用时第一必须含义明确,第二必须如鲁迅所说,避免用那些"只有自己懂得或连自己也不懂的生造出来的字句"。现在有些新词确实使读者有似懂非懂之感,含义不太明确不能不说是一个原因。即如近来使用频率很高的"文化积淀"一词,从字面看来似乎是指传统文化总体,如果这种理解不错,那么照鲁迅"拿来主义"的提法,就可以对之采取"或使用,或存放,或毁灭"的态度;但在另一篇文章或同篇文章的另一处,作者又似乎用来专指类似精神胜利法等完全消极落后的糟粕,那岂不是就只能对之采取"毁灭"的态度了?这也许只是误解,但这类含义不太明确的词汇运用过多,是会影响读者的理解程度的。一位七八十岁的老教授曾半开玩笑地对我说:"现在的文学理论文章里面充满了什么'模糊性、共时性','失落感、孤独感','忧患意识、超前意识'之类的词汇,很难读下去,大概像我们这样年龄的人的'性''感''意识'的确'失落'了,只好不读。"当然,并不能说这些词不可以用,"性"是指事物的质的规定属性的,"感"是指人的具体感受的,"意识"是与存在相对立的思想领域的自觉活动,其本身并不玄虚缥缈;但如果作者赋之以不很明确的、只可意会的含义,又集中使用过多,那是只会使文章艰涩难读的。如果也学着用某些新词来说明的话,就是"过于陌生化是会影响接受主体的量的构成"的。

　　近年来宏观研究之风颇盛,作者观察问题时站得高,视野广,致力于全局的总体把握,这是时代的要求,是值得赞许的好现象。特别是针对某些如鲁迅讥为研究"邻猫生子"的钻牛角尖的文章,这种创新的努力尤为可贵。但宏观必须有准确的依据,总体把握常常要用一些高度概括的判断,如果根据不足,概括有误,是会影响主要论点的说服力的。有些论点之所以使人读后产生"似是而非"、又"似非而是"的感觉,就因为它所申述的观点虽不无所见,但所论问题的范围很大,而作者的概括和论据却是有漏洞的。譬如主张对外开放和文化交流,这本来是正确的论旨,但论者却用力抨击中国几千年来在闭关政策下所产生的封闭体系的文化,这就值得商榷了。因为中国并不是从来就采取闭关政策的,不要远溯玄奘赴西域和"万国衣冠拜冕旒"的唐代了,郑和奉命七下西洋是明代的事情,而由政府明令限制对外贸易和禁止教士传教等所谓闭关政策是从清代康熙时开始的,怎么能说从来就是封闭的呢! 又如有的人断言中国文学一向缺乏主体意识,也是很难自圆其说的。中国文学史中最丰富繁盛的作品就是抒情诗,而抒情诗的主体就是诗人自己。难道"帝高阳之苗裔兮"不是指屈原,见到"床前明月光"而"低头思故乡"的不是李白自己? 也许可以论证他们的主体意识与立论者所提倡的受过个性主义洗礼的近代主体意识有所不同,但决不能用缺乏主体意识来概括中国文学史。又如有的文章综论 20 世纪的世界文学思潮,笔触遍及世界诸大洲的众多国家,但并无只字涉及社会主义,就不能不说是重大的遗漏,而且是一定会影响到作者的总的概括和论断的。因为不论作者如何分析和评价,文学思潮和社会主义直接发生联系确实是 20 世纪世界文学的重要现象和新的思潮,它并不是处于萌芽状态的无足轻重的现象,而是在好些国家居于领导地位、影响遍及全球的重大现象。"视而不见"不是一般的疏漏,是与作者的论题范围直接相关的。类似上述诸例对于这些立论者的主要论点来说,似乎都是小疵,但它并非无关大局。因为大而空的文章是不能说明问题,也不会有很强的说服力的,可见即使从宏观着眼,也是既不能脱离客观事实,也不能和微观对立起来,排斥细致深入的研究的。

前人治学,有义理、考据、词章之分,各派着重点不同,各有其优点和成就。如果我们取其所长而综合运用之,则大体上与我们所提倡的鲜明、准确、生动是有其一脉相通之处的;因为这也是规律。再用通俗一点的话说,文章要有说服力,必须摆事实、讲道理。这就必然要求论点鲜明,论据准确,论证过程严密,文字清晰可读,这里并没有谈到论点的是非或正确与谬误的问题,那是要通过百家争鸣来求得解决的,但成为争鸣中的作家的前提条件,就是"言之成理,持之有故",如果所言之理或所持之故本身就发生了问题,甚至有不能自圆其说之嫌,是一定会影响论者在争鸣中的位置的。我们应该牢记一句老实话,文学研究是科学,因此还是谨严一些好。

原载 1987 年 10 月 16 日《红旗》第 20 期,署名王瑶。收入《润华集》(中国社会科学出版社,1992 年版),又收入《王瑶全集》第 8 卷《润华集》(河北教育出版社,2000 年版)。

我的欣慰和期待

——在清华大学纪念朱自清先生逝世四十周年、
诞生九十周年座谈会上的发言

朱自清先生离开我们已经四十年了,现在纪念他,我觉得有两件事情还是值得欣慰的。

第一件事情是《朱自清全集》已经出版了,印得很漂亮,收入的文章也很多。这应该感谢朱乔森同志,他做了许多工作。

1948年朱先生逝世不久,曾组织了一个全集编辑委员会,由浦江清先生负总责,成员有叶圣陶、郑振铎、吴晗诸位,我也忝居其列,做了一些具体工作。《全集》很快编好,交上海开明书店出版。1949年全国解放以后,由于开明书店是私营企业,业务收缩,没有能力出版《全集》,于是就删除了其中的大部分,改为《朱自清文集》。叶圣陶先生在《题记》中说,"文集"是"全集"的精简本,并列入原拟的"全集目录"二十六种。《朱自清文集》于1953年出版只印了2500本,现在已很难找到了。

当时,我对《朱自清全集》没有能够出版,感到十分不安。多年来不断有人来信询问编辑《朱自清全集》的事情,特别是北京师范大学的钟敬文先生,曾当面严厉地对我说:"为什么不把它搞出来,这是你义不容辞的责任。"然而实际上是有许多困难的,如朱先生的散文《背影》,多年来皆被选入中学语文教本,但在一个时期因为据说内容涉及人性论而被删掉了,"全集"怎么能有条件出版呢!后来环境宽松了,但我们国家的出版体制是搞分工的,人民文学出版社不出古典研究的书籍,古籍出版社又不要现代文艺创作,而且好些位原来的编辑委员已经先后逝世。我曾把他的"日记"选录发表了一部分,《新文学史纲要》也是我介绍发表的,做了一点微不足道的工作,就是无法促进"全集"的出版。后来我知道朱乔森同志曾写过《李大钊传》,是研究中国近代史的专家。于是有人找我时,我就请他去找乔森同志,这实在是一种不负责任的态度。今天《朱自清全集》终于出版了前三卷,而且收入的遗文比原来的计划还要多,这都是乔森同志努力的结果。我原来也做了些搜集佚文的工作,但很不完全,现在乔森同志编的"全集"确实是名实相符的,印刷装帧也比"文集"漂亮得多,我觉得这是一件值得欣慰的事情。

第二件事情是清华大学又成立了中国语言文学系,这也是值得欣慰的。现在全国新成立了许多大学,为什么清华大学中文系就该取消呢?应该看到,清华中文系不仅是大学的一个系,而且是一个有鲜明特色的学派。清华大学中文系的成就和贡献,是和朱先生的心血分不开的;朱先生当了十六年之久的系主任,对清华中文系付出了巨大的精力。朱先生在日记中提到要把清华中文系的学风培养成兼有京派海派之长,用现在流行的话说,就是微观与宏观相结合:既要视野开阔,又不要大而空,既要立论谨严,又不要钻牛角尖。他曾和冯友兰先生讨论过学风问题,冯先生认为清朝人研究古代文化是"信古",要求遵守家法;"五四"以后的学者是"疑古",他们要重新估定价值,喜作翻案文章;我们应该采取第三种观点,要在"释古"上用功夫,作出合理的符合当时情况的解释。研究者的见解或观点尽管可以有所不同,但都应该对某一历史现象找出它之所以如此的时代和社会的原因,解释它为什么是这样的。这个学风大体上是贯穿于清华文科各系的。朱先生在中文系是一直贯彻这一点的。清华中文系的学者们的学术观点不尽相同,但总的说来,他们的治学方法既与墨守乾嘉遗风的京派不同,也和空疏泛论的海派有别,而是形成了自己的谨严、开阔的学风的。这种特色也贯彻在对学生的培养上。清华中文系不但规定必修第二外国语,而且还必须要学一门欧美文学史,这是由西方文学系的外国教授讲的,要求很严,但是朱先生坚持必须学习。关于"五四"以来新文学的课程,也是从清华大学首先开设的,由朱先生自己讲。他强调要适应我们的时代发展。比如新诗,人们说是"欧化"的产物,朱先生说应该叫作现代化,因为诗要发展,就必须现代化。新诗不是借鉴历史来的,而是从欧洲来的,和过去的诗体变化不同,但它适应现代化的要求。清华中文系的许多学者都强调时代色彩,都力求对历史做出合理的解释,而不仅仅停留在考据上。这个学派是有全国影响的,在社会上发生了很大的作用。解放以后,北大教语言学的王力先生、朱德熙先生,教文学的吴组缃先生、林庚先生,社会科学院文学研究所的余冠英先生、俞平伯先生,一直到台湾大学的董同和先生、许世瑛先生,都是属于这个系统的,它的分布面相当广。清华中文系的成就和特点都是和朱先生分不开的。朱先生还长期兼任清华图书馆馆长,"五四"以来的文学作品,各大学以清华的藏书最多。30年代,朱先生开始为清华图书馆收集清人文集,现在清朝人的文集在清华图书馆收藏得最完全,这是清华图书馆的一个特点。朱先生对充实图书馆是有一套计划的,这也是他的功绩之一。现在清华中文系又成立了,我觉得应该继承过去的传统和成就。这些成就是和朱先生的努力分不开的,因此,对其成立表示欣慰。

谈到对朱先生的学术研究,现在许多文章都着重谈他的散文,而对他的诗和学术研究则相对忽略了。其实朱先生也是一个诗人。最早的诗集《雪朝》,就是朱先生与其他几个人的合集,《毁灭》是"五四"时期最著名的长诗。郭沫若在《创造十年》中就认为朱自清是文学研究会的代表诗人。湖畔诗社的几个诗人汪静之、冯雪峰等,也是朱先生早期当中学教员时扶植起来的。他对诗的研究很早,而且对新诗的发展一直是关心的,几乎每年都有关于新诗的评论文章。抗战期间他写了《新诗杂话》,一直到1947年还写了《今天的诗》的文章。他也写旧诗,有两本旧诗集,但未出版。一个叫《敝帚集》,另一个叫《犹贤博奕斋诗钞》,都是表示只是自娱性质,并非提倡旧诗。对古典文学的研究也是如此,他是十分重视古为今用的,强调要回到现代的立场。他很重视古典文学的普及工作,主张用中国的传统文化来提高人的素质。叶圣陶先生和朱先生从30年代便开始关注中学语文教育,现在中学语文课本叫"语文",这两个字就是叶圣陶先生和朱先生他们倡导的,原来都叫"国文"。朱先生曾说,中国有四本书在群众中很流行:《古诗源》《六朝文絜》《古文观止》《唐诗三百首》。他想把这四本书用白话文注解,用现代的观点加以解释。他鼓励中文系的毕业生去当中学教员,还自己开了"中学国文教学法"一课,与学生共同讨论。一直到他逝世之前,还同叶圣陶先生合编一套中学的语文教材。他研究中国文学批评是从词意辨析入手,强调必须分析传统用词的准确内涵,不能望文生义。例如"自然"一词,朱子说陶诗平淡出于自然,"自然"是指一种生活态度;钟嵘《诗品》中的自然是指不用典。都和今天"自然"的含义有所不同。又如妙不可言的"妙"不能改为"好"字。总之,不同时代的用词虽然相同,但其具体内涵是有变化的。这项辨析工作虽然没有按计划完成,但由此可以看出他谨严认真的治学态度。可见朱先生除散文外,值得我们研究探讨的东西还是很多的。

清华中文系既然成立了,就要继承朱先生的事业,这是我的期望和心情。

原载 1988 年 11 月 21 日《新清华》第 988 期,署名王瑶。又载 1988 年 12 月 10 日《文艺报》第 49 期,署名王瑶。收入《润华集》(中国社会科学出版社,1992 年版),又收入《王瑶全集》第 8 卷《润华集》(河北教育出版社,2000 年版),均改题为《我的欣慰和期待——在清华大学纪念朱自清先生逝世四十周年、诞生九十周年座谈会上的发言》。

文学史著作应该后来居上

——在《上海文论》主持的"重写文学史"座谈会上的发言

文学史是一门科学,它和文学创作有着明显的不同。比如说,鲁迅写过一部小说《阿Q正传》,这是文学创作。我们后人也可以搞创作,可以在质量上和水平上争取超过鲁迅,但却不能也去写一部《阿Q正传》。而文学史就不一样了。鲁迅写过一本《中国小说史略》,别的人还可以再写中国小说史,甚至你的书仍叫这个名字也无不可,因为中国小说史并不是鲁迅的专利。从道理上来说,后人总该比前人高明。鲁迅在写小说史时还没有看见过三言二拍,很多其他资料当时也没有看见过,而今天我们都看到了。所以,我们的小说史应该超过鲁迅的小说史——至于我们没有超过他,那只能怪我们水平低,没出息了。文学史既然是一门科学,它就得不断发展,而且理应后来居上。如果一门学科总是老样子,那只能说明我们的研究工作是停滞了,所以大家都希望重写文学史,写得比过去更好,这是理所当然的,应该这样。

过去的文学史,不管是谁写的吧,如果打个比方——我在我的《中国新文学史稿》后记中就这样说过——就好像是唐人选唐诗。后人选的唐诗远远超过了唐朝人,但唐朝人有唐朝人的选法。在唐人的唐诗选本中,有的连杜甫都不选,简直不可思议。但当时确实就是存在着那么一种观点,一种看法。至于这种看法对不对,我们可以也应该探讨、研究。我们的文学史作为一个学科也是如此。现在许多同志觉得需要以新的观点、从新的高度来重新研究这个问题,当然是一件好事,应该说,这是时代的需要。

但是,不管谁来写文学史,要求写出来就成为一致公认的定本,我觉得很难。现在大家在价值观念上也不尽相同。我觉得,只要在文学史的某一方面有所突破,有新的认识,有自己的特点,这就是好的。可以大家都来写,写出各种不同的文学史,每个人都谈他自己的观点和评价,不要被以前框框所拘束,这样我们就可以把文学史这个学科推向新的高度。

文学作品不可能随着时代的发展而任意改动,但文学史学科却总要发展,要突破过去,要后来居上。每个时代的文学史都应该达到自己时代的高度。我们正处在一个重新思考的时代,已经到了重新审视我们走过的道路,重新来研究文学史学科如何发展的时候了。所以我觉得,《上海文论》的同志们提出了"重写文学史"这一命题并在刊物上开辟专栏,是很有意义的。

重写文学史,现在大家都觉得有这种需要,但还没有也不可能很快就写出来。当前的问题是,我们需要认真地探讨一下,应该怎样才能写好,这种探讨是很必要的。同时,我也提出一点希望,就是不要认为我们讨论出的结论就是唯一正确的,我们将写出的这一本就是最好的,大家都照这个路数来。在这方面过去我们是有不少教训的,也吃了不少亏。那时候似乎总要搞一本最好的文学史,要一致公认,颇有点"钦定"味道。这种做法是不可取的。现在要重写文学史,我看就要真正做到百花齐放,百家争鸣。这些人愿意以这种框架、这种观点来写,可以;那些人愿意以那种观点、那种框架来写,也可以。不要认为过去的不好,我们的这本就最好,这种办法恐怕不行。还是大家都来写文学史,都来接受历史的不断检验。通过历史的检验,优秀的文学史总会出现的。

原载 1989 年 1 月 20 日《上海文论》第 1 期,署名王瑶。收入《润华集》(中国社会科学出版社,1992 年版),又收入《王瑶全集》第 8 卷《润华集》(河北教育出版社,2000 年版),均改题为《文学史著作应该后来居上——在〈上海文论〉主持的"重写文学史"座谈会上的发言》。

"五四"精神漫笔

一 "五四"理应是青年节

"五四"是一次伟大的思想解放运动,它在人们思想观念上所引起的巨大变化,的确是划时代的。现在我们规定"五四"为青年节,特别重视青年的创造性和历史使命,这确实是"五四"精神的一项重要内容。谁都知道,"五四"新文化运动的中心阵地是《新青年》,它创刊时的原名叫《青年杂志》;当时会员最多的社团是"少年中国学会",出过《少年中国》和《少年世界》月刊。李大钊写过著名的文章《青春》,认为"凡以冲决历史之桎梏,涤荡历史之积秽,新造民族之生命,挽回民族之青春者,固莫不惟其青年是望矣"。鲁迅当时的著名论点之一,就是"青年必胜于老年",他认为"创造这中国历史上未曾有过的第三样时代,则是现在的青年的使命"[①]。更趋极端的则有钱玄同的"四十岁以上的人都应该枪毙"之说,丁西林的名剧《压迫》中的主人公也说:"一个人一过了四十岁,他脑子里就已经装满了旧的道理,再也没有地方装新的道理。"这种新的观念和传统的看法是完全相悖的。孔子讲"三十而立,四十而不惑",人要到 40 岁才算成熟,于是 40 岁的人就开始留胡子,抱孙子,这才算熬到了可以成名立业的年龄。金圣叹在贯华堂本《水浒传》的序中说:"人生三十而未娶,不应更娶;四十而未仕,不应更仕。"40岁以前只是人生的准备阶段,属于少不更事的岁月。以前称赞青年最习用的一句成语是"少年老成",它的含义完全是褒义的;但经过"五四"的洗礼,人们如果仍用这句话来称赞青年,就等于说他没有朝气,变成贬义了。同样,如果我们说一位年长者富有青年人的气质,完全是赞扬性的;但在过

---

① 鲁迅:《坟·灯下漫笔》。

去,这等于是说他幼稚。观念的变化如此之显著,不能不说是"五四"思想解放的一项重要成果。

事实上新文化运动和文学革命的前驱者,当时也都是 40 岁以下的人,我们完全可以说"五四"是以青年为中坚力量的。以"五四"这一年为例,当时年龄最大的陈独秀和鲁迅,也只有 39 岁和 38 岁,其余的如周作人为 34 岁,李大钊为 31 岁,胡适 28 岁,郭沫若 27 岁,毛泽东 26 岁,叶圣陶 25 岁,茅盾 23 岁,冰心只有 19 岁。当时这些青年人树立了多么大的历史功绩,是人所周知的。记得抗战后期的 1944 年,当时国内民主运动高涨,重庆政府明令把青年节改为 3 月 29 日(黄花岗烈士纪念日),不准纪念"五四",重庆《中央日报》社论的题目就是《五四之风不可再长》,因此"全国文协"才针锋相对地定"五四"为文艺节。我们并不赞成在年龄上搞"一刀切",40 岁以前怎样,40 岁以后又怎样,思想意识的不同是不能简单地用年龄来画线的。但"五四"的经验告诉我们,青年人的热情是十分宝贵的,也的确能够有所建树;那种一听见青年人要求民主的声音就急着采取戒备措施的心态,恐怕最终是要碰钉子的。

二 "我是我自己的"

鲁迅的小说《伤逝》中的女主人公子君有一句著名的话:"我是我自己的,他们谁也没有干涉我的权利!"这的确是觉醒了的"五四"青年的语言。按照传统惯例,在谈话中除过对下属或子女等以外,是不能随便自称"我"的;现在的习惯用语如"我以为""我的意见"等,都是"五四"以后才流行的。过去官场中的自称"卑职"之类不说,即使是对地位相当的人谈话,也多自称名字,如"某某觉得尚可斟酌"之类;不是连孔子也说"巧言令色足恭,左丘明耻之,丘亦耻之"吗?那子贡自称"赐"也就更不稀奇了。如果不自称名字,也多半要用"自己""兄弟"等代词;敢于直称"我",以平等的态度表示个人的看法,要求别人尊重自己的独立,确实是"五四"以后的事,这是同"五四"提倡尊重个性、人格独立分不开的。

又如我们把文艺作品叫"创作",也是"五四"以后的事,这是同过去的"善属文,辞采华丽"之类不同的。郭沫若等讴歌创造,《创造周报》创刊号上就宣称"我们是要重新创造我们的自我",认为创造社同人的共同点就是"内心的要求",就是认为创作必须是表现作家的个性和内心世界的。当时对旧文学的批判是那么尖锐,如"桐城谬种、选学妖孽"之类,抨击的对象正是那种不要创造而一味以模仿古人为能事的旧式文人。譬如一个人写了一首律诗,如果别人称赞他是"盛唐风格"或"沉郁顿挫,直逼老杜"之类,他就高兴得不得了;这哪里谈得上作者自己的个性呢!所以鲁迅说:"最初,文学革命者的要求是人性的解放。"[1]沈雁冰在革新后的《小说月报》第 1 期上讨论文学问题,首先提出的是"文学和人的关系",周作人提倡"人的文学",都说明了人的觉醒和个性的解放是前驱者注意的焦点。尊重个性和人格独立是民主的基础,是和人的现代化密切联系的,这是值得我们继承和发扬的"五四"精神的重要内容。

三 "娜拉"的出走

妇女解放的程度通常是衡量社会解放程度的天然标尺,思想解放运动当然首先要接触到妇女问题。民主精神的锋芒是直接指向封建等级制度的,鲁迅指出中国过去"人有十等","一级一级的制驭着,不能动弹";那最下面的一级叫"台","台"的下面就是"比他更卑的妻"。[2] 这正说明妇女是长期处在社会最底层的,因此在《新青年》第 1 期上陈独秀就发表了他的《妇人观》,鲁迅在《新青年》上的第一篇文章就是《我之节烈观》,与《狂人日记》写在同一年。"五四"时期热烈地讨论女权问题,提倡男女平等,周作人称赞清初俞正燮的《节妇说》和《贞女说》,都是提倡民主精神的必然结果。

"五四"新文化是以西方文化为重要参照的,因而真正产生了巨大社会影响的,还是易卜生的《娜拉》。1918 年《新青年》4 卷 6 期上发表了罗家伦、胡适合译的话剧《娜拉》(以后潘家洵的译本更名《傀儡家庭》),胡适还写了介绍性的论文《易卜生主义》;剧中女主人公娜拉要求独立人格,不甘于做丈夫的傀儡,于是离家出走了。为什么要介绍易卜生呢?鲁迅的解释是"因为

---

① 鲁迅:《〈草鞋脚〉小引》。

② 鲁迅:《坟·灯下漫笔》。

事已亟矣，便只好先以实例来刺戟天下读书人的直感"①。事实上不仅在话剧创作上有了写女子追求自由独立而离家出走的如胡适的《终身大事》和欧阳予倩的《泼妇》，而且在社会上也直接引起了巨大的影响。鲁迅在北京女子高等师范学校演讲时所面对的那一群有一条"紫红的绒绳的围巾"的青年女性，就是娜拉的崇拜者，因此鲁迅所讲的题目才是《娜拉走后怎样》。我们只要翻翻例如白薇的《悲剧生涯》或者阎纯德等编写的《中国现代女作家》中关于早期一些女作家的经历，就可以体会到走娜拉道路者的艰辛经历了。

妇女对人格独立和男女平等的强烈要求，在"五四"时期的话剧创作中反映得最为明显。譬如以古诗《孔雀东南飞》为题材的剧作，一时竟出现了四种，即熊佛西的《兰芝与仲卿》，袁昌英的《孔雀东南飞》，北京女子高等师范学校国文部四年级学生联合编的《孔雀东南飞》，和杨荫深的《磐石与蒲苇》，内容都是控诉妇女的悲惨命运的。郭沫若写了《三个叛逆的女性》，歌颂历史上的卓文君、王昭君和聂嫈，作者在"后记"里强调"她们不是因为才力过人，所以才成为叛逆；是她们成了叛逆，所以才力才有所发展的呀"，就更是鼓动妇女起来自我解放和发展了。

经过了七十年，不仅当时所要求的参政权，就是鲁迅在《娜拉走后怎样》中所说的经济权，例如财产继承和男女同工同酬等，现在都已经明文载于宪法和法律，好像妇女问题已经不存在了，也不大有人认为男女平等还是民主精神的重要内容；但看看社会上计划生育工作所遇到的困难，甚至大学生分配工作时所遇到的阻力，就不能不深深地感到，民主精神是同现代化的进程相联系的，"五四"所强调的男女平等的精神，还是必须继续发扬的。

四 "重估一切价值"

鲁迅在《狂人日记》中大声疾呼："从来如此，便对么？"这是一种时代的呼声，因此才发生了那么激动人心的社会影响。胡适在《新思潮的意义》中对此更有明晰的理论表述："新思潮的根本意义只是一种新态度，这种新态度可叫作'评判的态度'"："对于习俗相传下来的制度风俗，要问：这种制度

---

① 鲁迅：《集外集·〈奔流〉编校后记三》。

现在还有存在的价值吗？""对于古代遗传下来的圣贤教训，要问：这句话至今日还是不错吗？""对于社会上胡涂公认的行为与信仰，都要问：大家公认的，就不会错了吗？人家这样做，我也该这样做吗？难道没有别样做法比这个更好，更有理，更有益的吗？"胡适由此而作出了一个重要的概括："'重新估定一切价值'，便是评判的态度的最好的解释。"周作人在《复古与反动》一文中对胡适这一概括给以很高评价，他说："新文化的精神是什么？据胡适之先生的解说，是评判的态度，是重新估定一切价值。""重新估定一切价值"可以说是"五四"新文化运动的理论旗帜，也是"五四"精神的中心内容。对于一切传统的观念和判断，包括权威的"圣贤教训"和社会公认的习惯势力，也包括外来的各种学说和文化，都要提出质疑和评判，当然这也就意味着新的思想观念的倡导和确立。为什么鲁迅、郭沫若、茅盾等人当时都赞扬过尼采呢？实际上他们并不是对尼采哲学体系的全盘接受，而是赞赏尼采那种独立思考、重新估定价值的鲜明态度。

那么什么才是进行评判的价值尺度呢？应该说，尽管前驱者们的观点并不完全相同，但就其主旋律来说，则不能不是符合于民主和科学的精神，有利于中国现代化进程的观念或事物。新文化运动本来是在世界形势和西方文化的影响下，中国人民对现代化的历史要求的一种自觉的反应。文学革命如果用一句话来扼要地说明，就是要求用现代人的语言（白话）来表达现代人的思想感情（民主、科学）；它是与封建专制主义和蒙昧主义直接对立的。因此就价值观念说，现代化就是对待文化评估的重要尺度。当时对国民性和启蒙运动的讨论等，都是为了促进人（国民）的觉醒和解放，使之成为"现代中国人"，即实现"人"的现代化，以适应中国走向现代化的历史潮流的；发扬民主是如此，发展科学也是如此。这是评判的尺度，也是"重新估定一切价值"的出发点。

中国社会的现代化进程是漫长而艰巨的，现代文化的创造和同外来文化的融合同样是一个长期的历史进程，这个历史阶段远未结束，我们今天仍处在这个进程之中。作为现代化的起点，"五四"新文化运动所提出或讨论过的许多问题，今天仍然是学术文化领域注意的热点。尽管问题的提法不同了，内容进入到更深的层次，更广阔也更复杂了，但就许多方面来说，仍属于同"五四"时期相同的类型或范畴；其根本原因就在于我们所面临的仍然是现代化的问题。因此就追求的目标来说,"五四"精神的许多方面都是需要我们继承和发扬的。尽管时代前进了,内容更深化了,但"五四"精神的主要方面是决不能随意抛弃的。

1989 年 3 月 7 日

原载 1989 年 5 月 7 日《群言》第 5 期,署名王瑶。收入《润华集》(中国社会科学出版社,1992 年版),又收入《王瑶全集》第 8 卷《润华集》(河北教育出版社,2000 年版)。

附录　念王瑶先生

陈平原

一　文章缘起

猛然间想起，我的导师王瑶先生去世已经将近十年了。

"十年生死两茫茫"，东坡居士的咏叹，千古之下，其含义已远远超越儿女情长。在我看来，"不思量，自难忘"的，应包括古往今来无数"凡夫俗子"对于远逝的亲人、师友乃至同道的思念之情。

十年前的这个时候，由于特殊的因缘，我与王瑶先生有了更多聊天的机会。在"纵论天下风云"的同时，先生不止一次叮嘱我"要沉得住气"。说这句话时，先生挥舞着烟斗，一脸刚毅。

那年年底，先生不幸仙逝，在悼念文章中，我以这么一句大白话结尾："我不能不谨慎着我的每一个脚步。"十年过去了，唯一可以告慰先生的是，虽有过不少春风与秋雨、忧伤与得意，但总的来说，还算把握得住自己。

作为学者，有无大成，受自身学力、才情以及外在环境的限制，勉强不得。能够祈求的，只能是尽可能少走弯路，别摔大跟头。当初先生提出告诫时，之所以声色俱厉，乃基于自家"文化大革命"中"虚度年华"的惨痛教训。十年后回首，忽然从先生的"刚毅"中，读出一丝无奈和悲凉来。因为，学者专心治学，"走自己的路，让别人说去"，如此"卑微"的诉求，也值得先生耿耿于怀，可见其巨大的隐忧。还好，十年问学，道路比原先设想的平坦，磕磕撞撞中，豪气与傲气依旧。

不知不觉中，我陆续发表了五篇涉及王瑶先生学问及人品的文章。此回清点，大为惊讶，不经意中，五篇文章竟互有趋避，而且思路大致连贯。调整一下章节顺序，再略作增删，便俨然成了一篇洋洋洒洒的"大文章"。不过,应该坦白交代,从题目的拟定,到连缀成文的写作思路,乃有意沿袭王先生的《念朱自清先生》。

初读《念朱自清先生》,感觉极佳。私心以为,此篇以及《论鲁迅作品与中国古典文学的历史联系》《自我介绍》三文,乃王瑶先生平生著述中最为神定气足的"好文章"。前者共九节,并非一气呵成,而是断断续续,写了将近四十年。

1948年,朱自清先生刚去世时,王先生连续发表《悼朱佩弦师》《朱自清先生的学术研究工作》《十日间——朱佩弦师逝世前后记》和《邂逅斋说诗缀忆》等四文。为纪念朱先生逝世一、二周年,王先生又相继发表《朱自清先生的日记》和《朱自清先生的诗与散文》。这六则短文,后被连缀起来,冠以总题《念朱自清先生》,收入平明出版社1953年版《中国文学论丛》。1980年,王先生撰写《先驱者的足迹——读朱自清先生遗稿〈中国新文学研究纲要〉》,介绍"始终忠于'五四'精神,忠于民主和科学的理想"的朱先生,如何用一种特殊的目光"关注新文学的成长",并由此开拓了一全新的研究领域。1987年三联书店出版《完美的人格——朱自清的治学和为人》,开篇即是王先生的《念朱自清先生》。不过,该文摇身一变,由六节转为九节。编者在《序》中引述王先生来信,称此文"其中有一部分是旧稿,有一部分是新写的"。除增加已有成稿的"《中国新文学研究纲要》"、将原先的"诗与散文"扩展成"新诗创作"和"散文艺术"两节,再就是补写了"新诗理论"。文末没有完稿日期,不过,根据《完美的人格》一书所收新作多完成于1984年冬至1985年夏,可以大致推断此文的定稿时间。

与《念朱自清先生》相比,我的十年一文,也就显得"小巫见大巫"了。考虑到不少师长比我更了解王先生,而且天津人民出版社1990年版《王瑶先生纪念集》和河南大学出版社1996年版《先驱者的足迹——王瑶学术思想研究论文集》流传甚广,没必要再作一般性的介绍。只谈我对先生的特殊感受,而不承担全面表彰的责任,这种论述视野的自我限制,使得本文无法与《念朱自清先生》相提并论。但有一点巧合,我与王先生都在"连缀成文"时,把最先写作的悼念之文放在最后。之所以如此布置,王先生的真实想法无从揣摩,至于我自己,则是基于如下考虑:学术乃天下之公器,谈论已经进入学术史的王先生,必须出于公心,而不得随意褒贬;至于作为追随六载的入室弟子,我同样珍视自己对于师长的温情与感觉。希望兼得鱼与熊掌,于是便有了以下"先公后私"的诸多文字。

二 从古典到现代

王瑶先生无疑主要以中国现代文学研究知名于世:一部《中国新文学史稿》,奠定了这一学科的坚实根基;十年中国现代文学研究会会长,更使得这一学科在 80 年代大放异彩。可王先生在中国古典文学研究方面,同样卓然成家——这点凡读过《中古文学史论》的,大概都不会有异议。

王先生早年在西南联大师从朱自清先生研究魏晋文学,50 年代初改教新文学史,自称是"半路出家,不务正业"。50 年代中叶以后,先生基本上不再撰写关于中国古典文学的研究论著,可并没有完全告别魏晋玄言和隋唐风韵。先生晚年"旧态复萌",喜谈阮籍、嵇康、陶潜、李白和杜甫,甚为关注这几个研究课题的进展,不时发表零星但相当精彩的见解,让来访者大吃一惊。可每当有人建议先生"重回魏晋走一遭"时,先生又总以"廉颇老矣"应对。

王先生晚年常自称是古典文学研究的"逃兵",没有发言权;可接下来马上又高谈阔论,讨论起这一领域里某些非常专门的问题。常有来访者因此恭维先生宝刀未老,仍是古典文学研究专家;每当这个时候,先生总是不无得意地谦称是"业余爱好者",只能进行"学术聊天"。了解学界的进展,知道如何突破,可精神和体力不济,无法从事专门研究,故先生晚年喜欢帮后学出主意、理思路,或者"辨章学术,考镜源流"。先生治学主张"识大体",好多具体课题其实他没有做过专门研究,可仍能非常敏锐地把握研究者的思路并判断其学术价值。这种特殊的本事,除了得益于其学识与修养外,更与其治学道路及由此而形成的学术眼光大有关系。

先生晚年为台湾一家书局编过一部自选集,题目就叫《从古典到现代》,拟收入他在古典文学和现代文学两个研究领域的若干论文。只可惜后来书局出于销售考虑,未采用这个书名。表面上兼收两个研究领域的论文,有点紊乱;可这正是先生一生的学术追求及长处所在。这主要还不是指研究范围,而是指学术眼光:以现代观念诠释古典诗文,故显得"新";以古典修养评论现代文学，故显得"厚"。求新而不流于矜奇，求厚而不流于迂阔，这点很不容易。

在现代文学界，王先生的古典文学修养有口皆碑。从50年代的《论鲁迅作品与中国古典文学的历史联系》，到80年代的《〈故事新编〉散论》，此类真正无可替代的名篇之得以完成，都是凭借其雄厚的国学根基。先生晚年述学，一个重要特点就是强调"五四"新文学与中国传统文学的历史联系，纠正世人将新旧文学截然对立起来的偏见。80年代初，先生在好多演讲及论文中大谈"中国现代文学和民族传统的关系"，重新评析"桐城谬种，选学妖孽"之类的口号，强调"五四"一代作家只是反对模仿，提倡创造，而并非真地"要打倒中国古典文学"。1986年，先生更发表《中国现代文学与古典文学的历史联系》，从内在精神、创作手法以及小说、诗歌、散文、戏剧等不同艺术形式的承传，看"中国向来的魂灵"和"固有的东方情调"如何内在地制约着中国现代文学的发展，论证现代文学史上的大作家大作品"都不同程度地浸润着民族文化传统，特别是中国古典文学的滋养"①。先生去世以前完成的最后一篇论文《"五四"时期对中国传统文学的价值重估》，更是旗帜鲜明地强调："本世纪对于中国传统文学的科学整理和研究，做出最卓越的贡献者，恰恰是高举五四新文化运动和文学革命旗帜的那一代人。"②这一切，不只体现了先生个人的学术追求，更对整个现代文学界逐渐摆脱将"五四"新文学只是作为西方文学的模仿这一偏向起了决定性作用。

强调新旧文学之间有蜕变，但不能截然分离，故研究者应该于新文化有所承传，于旧文化有所择取，这其实正是"五四"先驱者的胸襟与追求。正如王瑶先生所再三指出的，"五四"时期最热心对传统文化进行价值重估者（如鲁迅、胡适、郑振铎等），正是新文化的积极创造者。也就是说，"文学革命"与"整理国故"，不过是一个硬币的两个面；"五四"先驱者对传统文化其实颇多继承，并非像他们在与复古派论争中表现的那么偏激。这代人后来大都兼及创作与研究，既面对古人，也面对今人；既重古典，也重现代。这代人开启的学术范型，至今仍影响甚深；而王瑶先生则是自觉认同鲁迅等人开创的

---

① 王瑶：《中国现代文学与古典文学的历史联系》，《北京大学学报》1986年5期。
② 王瑶：《"五四"时期对中国传统文学的价值重估》，《中国社会科学》1989年3期。

这一现代学术传统的。考古但不囿于古，释今而不惑于今，着力在博通古今上做文章，这是"五四"一代学人的共同追求。

王先生学术上有两个主要渊源：一是鲁迅，一是朱自清和闻一多。这三位学者恰好都是既承清儒治学之实事求是，又有强烈的时代感，不以单纯考古为满足的。先生论及其恩师朱自清先生的治学时称："谨严而不繁琐，专门而不孤僻；基本的立场是历史的，现实的。"①这其实也是先生平生治学所追求的境界。博古通今并非易事，突出时代精神与深厚的历史感，二者有时很难协调。先生不止一次地发挥冯友兰和朱自清关于崇古、疑古、释古三种学术倾向的提法，并称自己属于释古一派。学术研究中不盲信、不轻疑，而注重理解与阐释，这固然可以避免过多的主观臆测，可研究者仍然必须有借以阐释的理论框架。这方面先生发挥其通今的长处，特别注重"五四"以来学者引进西方理论的经验。从50年代对清学的批评，到去世前主持研究"近代以来学者对中国文学研究的贡献"研究课题，先生的思路一以贯之：这个世纪的学者必须"既有十分坚实的古典文学的根底和修养，又用新的眼光、新的时代精神、新的学术思想和治学方法照亮了他们所从事的具体研究对象"②。正是基于这一学术主张，在完成上述课题时，先生选择了梁启超、胡适等，而不选择章太炎、刘师培，理由是后者虽很有学问，但学术思想和治学方法一仍清儒。具体评判或有偏差，但先生强调古典文学研究必须接纳新思路、新方法，以促进学科的发展，这点值得重视。假如考虑到鲁迅和闻、朱二师对西方文学观念和学术思路的热心借鉴，不难明白先生这一选择渊源有自。

有现实感，但不强古人所难，而是着力于"对古代文化现象作出合理的科学的解释"③，这点说来简单，其实不易做到。自从康有为开启"借经术以文饰其政论"的先例④，这个世纪的中国学者，才气大且现实感强者，多喜欢在学术著作中借题发挥，甚至"以历史为刍狗"。先生则希望尽量维护学术

---

① 王瑶：《念朱自清先生》，《完美的人格》10—63页，北京：生活·读书·新知三联书店，1987年。
② 《王瑶教授谈发展学术的两个问题》，《学术动态》第279期，中国社会科学院编印。
③ 王瑶：《念闻一多先生》，《中国现代文学研究丛刊》1987年1期。
④ 《清代学术概论》第二节，《梁启超论清学史二种》5页，上海：复旦大学出版社，1985年。

尊严，在可能的范围内保持学者的独立思考。我曾经专门阅读先生50年代撰写的批判胡适的若干论文，深深体味到在强大的政治压力下学者不甘沦落苦苦挣扎的良苦用心——在同一类型的文章中，先生从考据在古典文学研究中的作用和地位这一特定角度来立论，可以说是最具学术色彩的。先生晚年嘱咐弟子，若为他编文集，这几篇批判文章一定要收，除了让后人知道当年知识者的艰难外，更因这里面凝聚了他的不少心血。

"几乎每一位研究中国文学学者的最后志愿，都是写一部满意的中国文学史"①，先生自然也不例外。在古代文学和现代文学领域，先生各写了一部文学史，而且都大获成功，至今仍是研究者不敢漠视的经典著作。先生晚年追忆平生治学道路，曾这样阐述自己所从属的以"释古"为旗帜的"清华学派"："清华中文系的学者们的学术观点不尽相同，但总的说来，他们的治学方法既与墨守乾嘉遗风的京派不同，也和空疏泛论的海派有别，而是形成了自己的谨严、开阔的学风的。"②这与其说是一种学术史的总结，不如说体现了论者的学术追求。兼有京派海派之长，既立论谨严又视野开阔，这自然是理想的学术品格。可怎样才能保证不顾此失彼，甚至两头落空呢？先生同样明显得益于鲁迅和闻、朱二师。

在1984年为《中古文学史论》重版所撰"题记"中，先生强调"学术研究工作总是在前辈学者的哺育和影响下起步和前进的"。这部著作从初版起，每次重印，先生总要在前言或后记中表达他对鲁迅、朱自清和闻一多三位前辈的感谢——其实不只是这部名重一时的著作，先生的整个学术思路和方法都与这三位前辈学人密切相关。虽说有"亲承音旨"与"私淑弟子"之别，可很难说何者影响更大。相对而言，在人生理想和文学史方法论方面，先生主要受鲁迅影响；而在具体的治学门径以及学术观点上，先生则直接师从闻、朱。

在1948年初版《中古文学史论》的"自序"中，先生称此书第二部分"文人生活""主要是承继鲁迅先生《魏晋风度及文章与药及酒之关系》一文加以

---

① 王瑶：《评林庚著〈中国文学史〉》，《清华学报》14卷1期，1947年10月。
② 王瑶：《我的欣慰和期待——在清华大学纪念朱自清先生逝世四十周年、诞生九十周年座谈会上的发言》，《润华集》，北京：中国社会科学出版社，1992年。

研究阐发的"；后人也多从此角度讨论鲁迅对先生的学术影响。80 年代以后，先生多次在文章中提到鲁迅对他的启迪，不只限于某些问题的精辟见解，而是作为中国文学史研究的方法论："从丰富复杂的文学历史中找出带普遍性的、可以反映时代特征和本质意义的典型现象，然后从这些现象的具体分析和阐述中来体现文学的发展规律。"①当初只是受《魏晋风度及文章与药及酒之关系》启发，直觉到这一研究方法的魅力；一旦把它与《中国小说史略》《汉文学史纲要》《〈中国新文学大系〉小说二集序》以及计划写作的中国文学史的章节拟目结合起来，先生自认找到了"堪称典范"的文学史研究方法。先生晚年在很多场合阐述鲁迅这一抓住"典型现象"深入开掘的研究思路，以为其"比较完满地体现了文学史既是文艺科学又是历史科学的性质和特点"②。尽管先生总是谦称他对这一研究思路只是"心向往之"，可阅读先生的著述（不管是古代文学还是现代文学），都能感受到对这一思路的潜在回应。

王先生在 50 年代写了一批关于考据学（广义的，包括校勘、训诂、笺证、考辨等）的论文，如《论考据学》《从俞平伯先生对〈红楼梦〉的研究谈到考据》《论考据在古典文学研究工作中的地位与作用》《鲁迅关于考据的意见》《谈清代考据学的一些特点》等，除了时代风气影响故对胡适有不公允的批评外，其实这里还蕴涵着学派之争。先生同样欣赏清儒的学有本原，实事求是，"每一事必详其本末"；称其从小学入手治经，"所得结论多半是有效的"。③ 只是认定单纯的考据学，"由于在处理史实和问题时摒除了有关联的别的事实，把问题孤立在静止的平面上去考察，因此尽管某些研究者也作出了辛勤的努力，但所能解决的也多半只是一些无关宏旨的问题"④。在先生看来，"从乾嘉学者到胡适们，三百年来在方法上并没有什么进步"，其中一个重要原因是过分推崇考据而贬低理论。⑤ 承认考据可以解决具体问

---

① 《〈中古文学史论集〉重版后记》，《中古文学史论集》，上海古籍出版社，1982 年。
② 《〈中古文学史论〉重版题记》，《中古文学史论》，北京大学出版社，1986 年。
③ 王瑶：《谈清代考据学的一些特点》，1956 年 11 月 18 日《光明日报》"文学遗产"副刊 131 期。
④ 王瑶：《从俞平伯先生对〈红楼梦〉的研究谈到考据》，《文艺报》1954 年 21 期。
⑤ 王瑶：《论考据学》，《中国文学论丛》，平明出版社，1953 年。

题,但撰写文学史却"不单是考据的工作所能胜任的"。批评胡适引导人去为考据而考据,使得学者缺乏整体思考,"把眼光停留在个别琐碎的事实上"①。在学理上,先生主要仰仗闻、朱的探索,或者说,闻、朱为代表的"清华学派"与胡适为代表的"北大学派"(假如有的话)对考据学的不同看法,使先生得以理直气壮地批判胡适。

先生在论及"清华学派"之注重释古时称:"闻先生的《诗经新义》、朱自清先生的《诗言志辨》都是在这种学风下产生的成果。我是深受这种学风的熏陶的……"②而这两种文学史研究的典范之作,有一个共同特点,那就是讲考据而不囿于考据。闻一多先生称"清人较为客观,但训诂学不是诗"③;而据王瑶先生回忆,朱自清先生将"把诗只看成考据校勘或笺证的对象,而忘记了它还是一首整体的诗"的学者,称为"诗人的劲敌",其特长是"把美人变成了骷髅"。④ 因此,闻、朱二位虽都曾"像汉学家考辨经史子书"那样,专注于某些字和词的考据训诂,可都将其研究置于诗学、神话学或文化人类学的背景下。也就是说,这种蕴涵着理论眼光与历史意识、近乎小题大做的"考据",才是王先生心目中理想的文学史研究。这就难怪先生对胡适讲考据学"只不过尊重事实,尊重证据"的说法很不以为然。

这里只是指出王先生对胡适的批判包含学派之争,并不意味着我认可先生对胡适的许多断章取义且过甚其辞的批判。好在对那场政治运动略有了解的人,对此都会有比较通达的见解。先生治学,本不以考据见长,但无论是《中古文学史论》,还是《中国新文学史稿》,都以史料翔实著称于世。研究中注重史料的搜集整理、审订考核,但从不以考据家自居——先生显然更愿意成为学有根基的文学史家。

---

① 王瑶:《论考据在古典文学研究工作中的地位与作用》,《关于中国古典文学问题》,上海古典文学出版社,1956 年。

② 王瑶:《念闻一多先生》。

③ 《匡斋尺牍》,《闻一多全集》第一卷 356 页,北京:生活 · 读书 · 新知三联书店,1982 年。

④ 王瑶:《念朱自清先生》。

三 中古文学研究的魅力

王瑶先生的《中古文学史论》完成于 1948 年,距今刚好半个世纪。一部学术著作,问世十年后仍有人阅读,算是闯过了第一关;五十年后还能得到学界的欣赏,则很可能进入"传世之作"的行列。

半个世纪以来,不单是关于中古文学的具体论述,更包括文学史研究方法论,《中古文学史论》时常成为探索的伴侣:或引证,或评价,或品鉴,或引申发挥。得以介入一代代学人的认真思考,此乃著作传世的最佳标志。这种学术对话的最新成果,当属《先驱者的足迹——王瑶学术思想研究论文集》。

《中古文学史论》1951 年 8 月由上海棠棣出版社出版时,分为《中古文学思想》《中古文人生活》和《中古文学风貌》三册。如此分割,"不过为了出版家和读者的兴趣",在作者看来,"这三部分都互相有关联"。① 书甫面世,即获好评,但与新形势下的新要求仍有不小的距离。1956 年,作者将此三书合刊,删去了约三分之一的文章,其余的也略作修改,并增加了《关于曹植》《关于陶渊明》二文,改题《中古文学史论集》,由古典文学出版社刊行;此刊本 1982 年由上海古籍出版社重印时,又补充了《读书笔记十则》。或一分为三,或犹抱琵琶,此书几回现身,均非"本来面目"。直到 1986 年,方才由北京大学出版社将棠棣版三书合一,恢复《中古文学史论》书题,并作了认真的校订。

据《初版自序》,此书属稿于 1942—1948 年 ,历时整六载。经过五年颠簸,自觉"身心两方俱显停顿状态","以赴滇完成学业为一大目标"的王瑶先生,终于来到昆明西南联大复学,时年 29 岁。在《坷坎略记》中,先生称:"如能得诸名师之启发,及高等学府生活氛围之熏陶,或可于学术途径上,得一启示之机,亦求进步之欲望有以趋之也。"② 至此,原《清华周刊》总编辑、

① 王瑶:《〈中古文学史论〉初版自序》,《中古文学史论》,北京:北京大学出版社,1986 年。
② 《坷坎略记》,《王瑶文集》第七卷 439 页,太原:北岳文艺出版社,1995 年。

自以为的"左翼理论家",转而"埋头读古书",希望"在中国古典文学的研究方面成一个第一流的学者"。先生自信具备治古典文学三方面的基础：古书的知识、历史唯物论和马列主义文艺理论。这种自我期待，并非如"检讨书"所称的"狂妄"①，先生日后学术的发展，证明其长处确实在此。比起一般的古典文学研究专家，先生早年养成的政治意识与理论兴趣，使得其倾向于整体把握与综合分析。至于先生发表的第一篇学术论文《说喻》，以及《读史记司马相如传》《读陶随录》《文学的新和变》《谈传统批评术语的含义辨析》等，明显可见导师朱自清先生的影响。朱先生之讲授"中国文学批评史"课程，力图"寻出各个批评的意念如何发生，如何演变"，以及"像汉学家考辨经史子书"那样"从小处入手"的研究思路②，还有对陶渊明的强烈兴趣，都直接启示了王瑶先生的早年著述。

　　1943 年 6 月，先生以《魏晋文论的发展》为题完成了毕业论文，并进入研究院，正式师从朱自清先生攻读中古文学。1946 年 4 月，他从清华大学研究院毕业，论文题目是《魏晋文学思想与文人生活》。三年间，论题从"文论"转为"文人生活"，论述范围固然扩大，但更重要的是学术眼光的拓展：师法的目标逐渐从朱自清转为鲁迅。作为"左翼理论家"，王瑶先生理所当然对鲁迅十分景仰，早年主编《清华周刊》时曾撰写《盖棺论定》《悼鲁迅先生》二文。至于 50 年代以后，成为著名的鲁迅研究家，绝不仅仅是转治现代文学的"题中应有之义"。意识到"学者鲁迅"的开拓意义，先生乃自觉追随其后。《初版自序》提及《中古文学史论》的"文人生活"部分，即自承"主要是承继鲁迅先生《魏晋风度及文章与药及酒之关系》一文加以研究阐发的"。

　　王瑶先生对于"学者鲁迅"的承继，并非只是具体见解，更重要的是文学史研究的方法论，《中古文学史论·重版题记》对此有进一步的阐述。类似的表述，多次出现在其 80 年代撰写的诸文中，既是"自报家门"，又阐发了学术理想；当然，也可作为先生一生治学的自我总结。

　　强调"文学史作为一门独立的学科"，应兼及文艺科学与历史科学；论述时当以"具体现象"为切入点，目标则是"阐明文学发展的过程和它的规律

①　《在思想改造中的自我检讨》，《王瑶文集》第七卷 494—505 页。

②　《〈诗言志辨〉序》，《朱自清全集》第六卷 129 页，南京：江苏教育出版社，1990 年。

性"。如此界定"文学史",对于王先生来说,并非始于 80 年代,而是由来已久。1947 年,先生在《谈古文辞的研读》中,要求学文学者"培养一种历史的兴趣";在《评林庚著〈中国文学史〉》中,则对这部才气横溢的著作有所批评,理由是:"贯澈在这本书的整个的精神和观点,都可以说是'诗的',而不是'史的'。"①文学史家可以有不同的自我定位,自然也可以有不同的写作策略,王瑶与林庚学术风格的差异,并不妨碍其各自作出独立的贡献。倒是先生"年少气盛"的批评中,很能体现其关于文学史的想象。以此为"标尺",反观《中古文学史论》,当更能深入了解其成败得失。

一部名著的产生,除了作者本人的学识与才华,更牵涉"天时""地利"与"人和"。完成于 40 年代的《中古文学史论》,其实得益于"安不下一张书桌"的"兵荒马乱"。抗战军兴,学校西迁,"南渡"成了最为敏感的话题。1937 年底,北大、清华、南开三校组成的长沙临时大学开学,冯友兰拜谒南岳二贤堂,"想起来晋人宋人的南渡,很有感触",于是吟诗:

> 洛阳文物一尘灰,汴水纷华又草莱;
>
> 非只怀公伤往迹,亲知南渡事堪哀。(《回忆朱佩弦先生与闻一多先生》)

第二年初春,临时大学迁往昆明,途经桂林、南宁时,朱自清作《漓江绝句》四首,其一曰:

> 招携南渡乱烽催,碌碌湘衡小住才。
> 谁分漓江清浅水,征人又照鬓丝来。

是年春夏间,陈寅恪于云南蒙自联大分校写下的诗句,更是触目惊心:

> 读史早知今日事,对花还忆去年人。(《残春》)
> 南渡自应思往事,北归端恐待来生。(《南湖即景》)
> 南朝一段兴亡影,江汉流哀永不磨。(《七月七日蒙自作》)

40 年代漂泊西南的学者们,普遍对六朝史事、思想及文章感兴趣,恐怕

---

① 王瑶:《谈古文辞的研读》,1948 年 3 月 2 日《新生报》"语言与文学"周刊第 72 期;《评林庚著〈中国文学史〉》,《清华学报》14 卷 1 期,1948 年 10 月。

主要不是因书籍流散或史料缺乏，而是别有幽怀。像陈寅恪那样早就专治此"不古不今之学"者，自然鉴古知今，生出无限感慨；至于受现实刺激而关注六朝者，也随时可能借六朝思想与人物，表达其对于社会现实的关注。

1946年夏，闻一多先生被刺身亡，王先生的同学季镇淮先生即借《嵇康之死辨闻》《竹林故事的结局》等考史文字寄托悲愤①。季文议论精辟而又切合史事，可见平日读书兴趣所在。至于另一位同学范宁，则以魏晋小说为研究专题，与王先生的论述更是密切相关。据范先生回忆，西南联大研究生宿舍里，同学们"聚在一起时大都谈论魏晋诗文和文人的生活"②。南渡的感时伤世、魏晋的流风余韵，配上嵇阮的师心使气，很容易使得感慨遥深的学子们选择"玄学与清谈"。40年代之所以出现不少关于魏晋南北朝的优秀著述③，当与此"天时""地利"不无关联。

至于"人和"，不妨曲解为"学有师承"。"亲承音旨"的朱、闻二师，"心向往之"的鲁迅先生，以及作为前辈学者的刘师培等，王瑶先生在《自序》或《题记》中都有所交代，故常被论者提及。还有一位学者，对于《中古文学史论》的完成至关重要，那便是名满天下的陈寅恪先生。以"文学史论"为题，关注的重点却是社会风尚与文人心态，除了私淑鲁迅，其实还有陈寅恪作为导引。80年代初，王瑶先生撰《治学经验谈》，称30年代就读清华时"专业知识和治学方法都给了我很大的影响"的教授，除日后成为研究院导师的朱自清和闻一多，再有便是陈寅恪。④ 没有材料证明其写作得到过陈寅恪先生的亲自指点（虽然1947—1948年陈、王同在清华），但很少引证时人著述的《中古文学史论》中，起码有三章正面引述了陈先生的观点：《文人与酒》之于《天师道与滨海地域之关系》、《隶事·声律·宫体》之于《四声三问》，以及《徐庾与骈体》之于《读〈哀江南赋〉》。略感遗憾的是，《玄学与清谈》一章，倘

---

① 季镇淮：《嵇康之死辨闻》，1947年2月24日《新生报》"语言与文学"周刊第19期；《竹林故事的结局》，1947年12月9日《新生报》"语言与文学"周刊第60期。
② 参见范宁《昭琛二三事》，《王瑶先生纪念集》26页，天津：天津人民出版社，1990年。
③ 除本文提及的陈寅恪、冯友兰、朱自清等均有著述，此期关于中古思想及文学的精彩论说，著作可举出汤用彤的《魏晋玄学论稿》、贺昌群的《魏晋清谈思想初论》，论文则不妨以宗白华的《论〈世说新语〉和晋人的美》以及朱光潜的《陶渊明》为例。
④ 参见《治学经验谈》，《王瑶文集》第七卷448页。

能参考陈先生此前不久发表的《陶渊明之思想与清谈之关系》，或许会更加胜论纷纭。

先生晚年主持国家重点科研项目"近代以来学者对中国文学研究的贡献"①，特别强调史家陈寅恪的功绩，想来是别有会心。只可惜拟议中概述百年中国学术的宏文未及着手，先生即已仙逝。否则，关于陈、王学术因缘的说法，当有更多的佐证。

四　最后一项工程

记得是 1986 年岁暮的一个晚上，王瑶先生让我看中国社会科学院编印的《学术动态》第 279 期，上面刊有他在全国社会科学"七五"规划会议上的发言，题目叫《王瑶教授谈发展学术的两个问题》。其中第一个问题引发出此后的研究计划，也可说是《中国文学研究现代化进程》一书的胚胎，故全文引录如下：

> 从中国文学研究的状况说，近代学者由于引进和吸收了外国的学术思想、文学观念、治学方法，大大推动了研究工作的现代化进程。以中国文学史为例，过去只有诗文评或选本式的东西，第一本《中国文学简史》是外国人写的；林传甲、谢无量等早期中国人写的文学史，文学的范围及概念都十分驳杂；从王国维、梁启超，直至胡适、陈寅恪、鲁迅以至钱锺书先生，近代在研究工作方面有创新和开辟局面的大学者，都是从不同方面、不同程度地引进和汲取了外国的文学观念和治学方法的。他们的根本经验就是既有十分坚实的古典文学的根底和修养，又用新的眼光、新的时代精神、新的学术思想和治学方法照亮了他们所从事的具体研究对象。鲁迅慨叹说"中国之小说自来无史"，我们可以加一句说，有史自鲁迅始。王国维的《宋元戏曲史》、《红楼梦》评论、《人间词话》，梁启超的《中国韵文的变迁》和《饮冰室诗话》等，以及钱锺书的《管锥编》，都可以从中很明显地看出他们所取得的卓越成就和所受到的外

---

① 正式出版时，遵照先生遗愿，改题《中国文学研究现代化进程》（北京：北京大学出版社，1996 年）。

来影响。小说、戏曲等在封建社会没有地位,研究的人很少,情况固然如此;但即使过去很受重视的书如《诗经》,《皇清经解》和《续经解》中收了那么多关于《诗经》的著作,但很少有取得突破的书,只是到了胡适、闻一多等人那里,才开创了新的局面。近代学者的研究成果至少使文学的范围比较确定和谨严了,文学观念有了现代化的特点,叙述和论证都比较条理化和逻辑化;这些都可以说明,即使是研究中国古代的东西,也必须广泛从外国的学术文化中汲取营养。文学研究要发展,必须不断更新研究的观念和方法,而这就不能不吸收和利用外来学术文化的优秀成果。这一点无论从丰富和发展马克思主义,或是从具体的学科建设说,都是非常重要的。

王先生说,这个发言很受重视,好多朋友劝他把这作为一个学术课题来完成,可他精力不济,无法独力承担;如果有年轻的朋友愿意参加,他可以领个头。我当即表示很感兴趣,建议写成黄宗羲的《明儒学案》或梁启超的《中国近三百年学术史》那样的学术史著作。先生又征求了好多师友的意见,越聊越得意。到第二年夏天我帮着填写《国家社会科学基金研究项目申请书》时,先生已恨不得马上动手。只是碍于课题组成员还没能完全进入状态,才稍为耽搁了一下。

原先申报研究项目时,课题组除王先生作为负责人外,还有北京大学和中国社科院的六位中青年学者。听完先生畅述研究设想后,发现不少题目非课题组成员所能撰写;于是改为聘请学有专长的专家就其熟悉的题目撰稿。为了选择合适的研究对象和撰稿人,先生可谓费尽心机。那阵子只要学界友人来访,必谈此事。我因常到先生家走动,发现他几乎每天都有新想法。所谓"发起凡例",实非易事;后人习以为常的东西,草创时却需披荆斩棘。若只选六七位学者作为研究对象,那倒好办,大家意见相对一致;可先生认为这样不足以体现这百年的学术变迁。而选二十家可就麻烦了,因同样"级别"的学者颇多,取舍不容易。单是为了确定这"二十家",先生写信、打电话乃至上门拜访,不知征求了多少专家的意见。先生有的从善如流,有的则"固执己见"——因其代表了先生的学术追求,旁人不一定能够理解。

至于寻找研究者,也非易事。一来学术史研究并非独立学科,历来不受

437

重视;二来完成此课题需有古典文学和现代学术思潮两方面的兴趣和知识积累,合适的人选不多。先生斟酌再三,举棋难定,直到与所有拟议中的撰稿人交谈过,并获得某种理解和心灵契合后,才舒展了眉头。

1988年的元旦刚过,王先生就迫不及待地在镜春园家中召开第一次课题组会议,陈述他的研究设想,并征求诸位撰稿者的意见。那天先生情绪特好,谈笑风生,说这是他平生最后一项学术事业,也是"只能成功不能失败"。就在这次会议上,约好年底前各自拿出初步的写作大纲,以便互相交流,使全书具有某种整体感。

这年的11月,课题组在北大勺园开会,讨论全书体例和各章提纲。王先生再次陈述其研究设想,并对每位撰稿者的写作大纲提出具体意见。先生事先做了相当认真的准备,其批评大都让当事人出一身冷汗。看先生胸有成竹的样子,课题组同人纷纷要求先生早点把概论性质的"前言"写出来,以便各位撰稿时参阅。可先生说只能"同步进行":正是在与诸位的争论交流中,逐渐形成并完善自己的想法的。

本来约定第二年10月完成"前言"和各章初稿,然后再次集会讨论近百年的学术思潮。可1989年春夏之间的政治风波,使这一切都落了空。最初的动荡过去后,王先生隐忍悲伤,多次与我商谈此书的撰写情况。当时有人怀疑此书的价值,断言即使写完也无法出版;也有人因各种原因无法继续从事这项研究,希望退出课题组。大概是见多了风浪,先生处变不惊,反而更坚定了完成此课题的决心。先生去世前半年,虽有各种干扰而难得平心静气读书做学问,可只要提及此课题,先生那明显苍老了许多的脸上马上容光焕发——这毕竟是先生学术上最后的冲刺,怎能不牵肠挂肚!

可惜天不如人愿,先生最后还是没能见到此课题的真正完成。先生去世后,国家社科基金管理委员会依照规定征询是否撤销此课题,课题组同人多表示愿意继续工作。于是重新调整了布局,在主编缺席的情况下,全凭各位撰稿人的学术良心。只是斗转星移,协调起来更不容易;虽经再三努力,最后定稿时间仍一延再延。唯一可以告慰先生在天之灵的是,这事情总算没有半途而废。

王先生生前多次谈及此书的研究设想,只是当时以为先生会写成正式论文,故没有认真记录。除了上引《学术动态》上的发言外,手头只有一份

"研究项目申请书"和一张为讨论会报告所拟的"研究设想",二者虽都是由我执笔起草,可基本观点属于先生。以下根据这些相对零散的材料,略为介绍王先生为此书设计的理论框架和研究思路:

从黄宗羲写作中国第一部学术史《明儒学案》以来,产生过不少总结一代学术成就的著作。这些著作辨章学术考镜源流,对后学很有帮助。近代以来的中国文学研究,颇多建树,值得专门总结。一百年的学术史实际上已经成了某种"传统",对这一传统的隔膜与误解,很容易产生虚无主义态度或热衷于横扫一切的偏激。每个人都不愿沿着前人开辟的道路继续前进,都想重起炉灶,都重新经历了一番痛苦的摸索,而不曾很好地借鉴前辈的经验教训,这是近代以来学术思潮迭起,但都匆匆过场,热闹有余而成就不大的一个重要原因。需要认真研究这百年来的学术实践,为今人提供一些值得借鉴的学术规范和一些行之有效的治学方法。因此,本书选择梁启超、王国维、鲁迅、胡适等近二十位中国文学研究的大家,探讨他们在借鉴西方学术思潮和研究方法,以及继承发展中国传统治学精神方面的经验教训,并总结其学术成就。

本书之选择研究对象,不以学术成就为唯一标准,而更注重文学观念、学术思想的创新,以及研究领域的开拓。因此,不准备选择章太炎、刘师培等很有学问但治学方法比较传统的学者。不选不等于否认其学术成就,而是为了突出我们的学术追求。表面上一系列的个案分析,实际上贯串着我们对这百年学术变迁的历史思考。过去的学术史主要讲师承渊源,讲学术成就;而我们则必须回答如何协调西方研究方法和中国固有学术传统(如乾嘉学派的学术境界和治学方法)的矛盾。一方面新理论新方法的引进开拓了学者的眼界;另一方面新理论新方法往往是根据西方学术发展总结出来的,与"中国文学"这一研究对象之间不免有隔阂。食古不化的固然没出息,一味照抄西方理论也只能昙花一现。如何走出这种两难困境,没有完美的答案,但有可以作为借鉴的先贤的足迹。本书的任务就是帮助读者辨认这些足迹。

这不是一部学者传记集,虽然立足于个案分析,可着眼的是学术思潮的变迁。通过这二十位不同经历的学者的治学道路的描述及成败得失的分析，勾勒出近百年学术史的某一侧面。在具体论述中，学者的个人经历只作为说明其学术思想形成的辅助材料。也就是说，本书的主要着眼点在学者的治学成就、研究方法及其代表的学术思潮，而并非提供面面俱到的若干学者的生平资料。这需要理论眼光和问题意识，而且需要明确史家的立场。尽管撰稿者中不少是研究对象的学生或私淑弟子，但不想为尊者、贤者讳，更不想写成怀念文章。要正视这百年学术发展中的缺陷，也要正视学者性格中的缺陷。比如，谈郭沫若不能不谈晚年的《李白与杜甫》，不是专门揭短，而是展示学术道路的曲折坎坷。

本书侧重于中国文学研究方面的学术考察，但旁及其他人文学科。中国人做学问本就文史哲不分，而方法的借鉴、资料的融通以及学科的拓展等，都不是局限于文学研究能够说得清的。一来力求更准确地描述大学者的出入子史的治学生涯，二来把中国文学研究现代化作为中国学术转型的一个侧面来理解和把握，这样，才可能真正摸到近百年的中国文学研究的发展脉络。当然不想弄得汗漫无所归依，可也不能只盯着文集中那几篇诗论或小说考证。治史讲究识大体，这"大体"就是百年学术思潮的大趋势。有此眼光有此见识，再结合具体对象的深耕细作，方才能不辜负这课题。

以上复述王瑶先生的研究思路，虽自信大致不差，可一经转述必然口气有异。为了慎重起见，这里一概不加引号。

当初承接这一课题时，王瑶先生相当自信。理由是，在中国学界，像他这样在古典文学和现代文学两个领域都有深厚学术积累的学者很少。且先生亲承朱自清、闻一多二师教诲，又对鲁迅的学术思路别有会心；至于游国恩、孙楷第、俞平伯等，更是介乎师友。先生私下里不止一次说过："想来想去，我确是最佳人选，只好勉强再老骥伏枥一回了。"

正因为王先生是从事这一课题的最佳人选，也给此书留下了不小的遗憾。谈论近现代学者对中国文学研究的贡献，为何只及古典而不及现代，难道身为中国现代文学研究会会长的王瑶先生也是"厚古薄今"？要说开拓学术领域和更新文学史观念，《中国新文学史稿》乃这个学科的奠基之作，自然无法回避。不少人于是提议为王先生立一章,以便更好体现这个世纪中国学术思潮的嬗变。每当这个时候,先生总是叼着烟斗,不无得意地连连摆手:"不行不行!那不成了王婆卖瓜了嘛!"先生去世以后,又有几位学者提出一个变通的办法:从已经发表的论述王先生学术思想的文章中选一篇作为附录。考虑再三,为了尊重先生的意愿,决定保持原来的框架和章节不变。

需要说明的是,王先生最初拟定的章节中,除收入本书的外,还有另外四章。阿英一章由于我再三陈述理由,先生同意删去。冯沅君、陆侃如一章(陆、冯夫妇有些著作系合撰,故并为一章)因来稿不大理想,只好割爱。至于钱锺书、刘大杰两章本不能缺,可撰稿人最终没能完成,也只能徒唤奈何。缺了这三章当然很遗憾,起码使得全书显得有点"残缺不全"。可与其勉强凑数,不如以"残缺"示人。"二十家"云云本也只是取其代表性,无意如梁山泊英雄排座次。或许,正因为"残缺",使此课题成为开放的空间,召唤更多的研究者加入。若如是,则真的是"塞翁失马"。

五 大学者应有的素质

随着《中国文学研究现代化进程》的出版,王瑶先生生前所主持的最后一项学术工程,总算真正完成了。作为及门弟子,能帮助先生实现遗愿,本该可以松一口气。但面对孤零零的"王瑶主编"四个字,心里总觉得不是滋味。原计划由先生撰写的概述百年中国学术思潮的《前言》,终于只能以弟子说明写作经过的《小引》聊充篇幅。倘若先生的高论得以完整表达,能否石破天惊,不好妄加猜测。我能说的只是,先生对此项工作异乎寻常的热情,远非通常所说的"老骥伏枥,志在千里;烈士暮年,壮心不已"。在我看来,先生的学术理想,在此不大成功的"最后冲刺"中,得到充分的体现。

80 年代以后,渐入老境的王先生,并没把主要精力放在个人著述,而是着力培养后进,以及推动学科发展。这种选择,其实蕴涵着略显消极的"自我定位":已经没有能力冲击新的高度。先生一再提醒周围的学生,学问的规模以及主要的工作应该在 60 岁以前完成;60 岁以后,精力及眼界大受限制,很难再有惊天动地的突破。还能出成果,但主要是延续此前的思路,先生颇为幽默地称此为"收尾工程"。以此标准衡量，作为现代文学学科的奠基者，80年代的王先生，确实有理由"偷懒"：因为功业已成，框架依旧，写多写少都一样，不值得为其劳神伤心。而最后两三年的"发奋"，很大程度则是看到了自我突破的可能性。

王瑶先生自视甚高，就读西南联大时曾声称："我相信我的文章是不朽的。"①这绝非一时戏言。50年代以后，王先生不断检讨成名成家思想，可传统中国"究天人之际，通古今之变，成一家之言"的学术理想，始终不曾为先生所遗弃。先生去世后，好友朱德熙撰《哭昭琛》，称：

> 我一直认为昭琛具备一个大学者应有的素质。要是环境更好一点，兴趣更专一一点，他一定会做出更大的贡献。

这里所表达的惋惜与遗憾，真乃知人之论，也只有朱先生才能说得出来。弟子及后学更多地表彰先生的学术贡献，而很少谈论其"壮志未酬"。借用先生最喜欢的陶渊明诗句"忆我少壮时，无乐自欣豫。猛志逸四海，骞翮思远翥"。表面上，此乃古今中外通用的对于时间及命运的感慨，可真正领略其沉重与苦涩者，需要某种高傲的心志。即，确信自己本来可以做得更完美。

王先生也喜欢以是否具备"大学者的素质"，来品鉴师友乃至晚辈。偶然听他感叹"某某本来具备成为大学者的素质"时，一脸惋惜与悲悯，颇有代上苍鸣不平的意味。先生当然清醒自己已经达到什么学术境界，也明白自己在多大程度上实现了年轻时的理想。我常常猜想，先生晚年面对众多恭维时的心境：志得意满中，定然不时掠过一丝苍凉。

朱先生提及王先生做学问同时占有两种优势：

> 一是记忆力强，过目不忘；二是聪明绝顶，有敏锐的洞察力和细密的分析力，无论知人、论世、治学，多有深刻独创的见解。②

其实，还可以再加上一条：明确的学术史意识。这里所说的，不限于先生主持的最后一个项目，而是贯穿其整个治学生涯的对于课题潜力、研

---

① 季镇淮：《回忆四十年代的王瑶学长》，《王瑶先生纪念集》22页。

② 朱德熙：《哭昭琛》，《王瑶先生纪念集》11—13页。

究思路以及学术潮流的格外敏感。先生喜欢衔着烟斗，纵论天下政治乃至学术之大势，颇有"运筹帷幄之中，决胜千里之外"的"大将风度"。这种战略家的眼光，使得先生40年代选择六朝文人及文章，作为自己的主攻方向；也使得先生50年代迅速地转向现代文学的学科建设。前者是40年代的"显学"，除了陈寅恪、冯友兰表述的不尽一致的"南渡意识"①，章太炎、刘师培阐释的学科意义②，鲁迅、宗白华所赞叹不已的生命境界与人格魅力③，更有技术手段方面的限制：从事此"不古不今之学"所需的资料，对于避居西南的学者来说，不太多也不太少，足以应付自如。常有文章提及王先生《中古文学史论》资料运用上的"竭泽而渔"，这其实正是先生选择此课题的先决条件。

顺便说一句，50年代以后，先生转而专治现代文学，这是一次相当成功的"战略转移"。即便继续研究六朝文学，先生也不大可能在此领域作出整体性的突破。这既取决于国家意识形态的"导向"，也受制于此学术领域的"潜力"。

对于50年代的转治现代文学，先生曾表示，此乃工作需要，并非个人的主动选择④。可是，有早年主编《清华周刊》的经历，念研究院时师从的又是新文学大家朱自清、闻一多，再加上为人为文均私淑鲁迅，先生之学术转向，其实十分自然。有工作安排等外在因素，但先生之迅速转向（1949年即在清华大学中文系讲授"新文学"课程），以及全力以赴地投入新学科的建设，在短短三四年内完成本学科的奠基之作《中国新文学史稿》，明显是意识到此课题的发展前景及学术价值。顾炎武《日知录》卷十九《著书之难》有言：

> 其必古人之所未及就，后世之所不可无，而后为之，庶乎其传也与。

---

① "南渡自应思往事，北归端恐待来生"（陈寅恪）；"当我国家民族复兴之际，所谓贞下起元之时也"（冯友兰）。

② "真以哲学著见者，当自魏氏始"（章太炎）；"其以文学特立一科者，自刘宋始"（刘师培）。

③ 参见鲁迅的《魏晋风度及文章与药及酒之关系》和宗白华的《论〈世说新语〉和晋人的美》。

④ 参见《〈中国新文学史稿〉自序》，《中国新文学史稿》上册，开明书店，1951年。

不知先生当年下决心"改弦易辙"时,是否忆及顾炎武此论学名言。

选择既有发展前景又能从容驾驭的学科或课题,是学者眼界高低的一个重要标志。陈寅恪《陈垣〈敦煌劫余录〉序》称:

> 一时代之学术,必有其新材料与新问题。取用此材料,以研求问题,则为此时代学术之新潮流。治学之士,得预于此潮流者,谓之预流(借用佛教初果之名)。其未得预者,谓之未入流。此古今学术史之通义,非彼闭门造车之徒,所能同喻者也。[①]

何谓"新材料与新问题",各家说法自是不一;但时刻关注学术潮流,选择最有可能获得突破性进展的研究课题,也是"大学者应有的素质"。正是在此意义上,我对先生晚年的学术敏感格外敬佩。其提出"近代以来学者对中国文学研究的贡献"的课题,并以极高的兴致从事组织与指导,此举极具前瞻性。直到今天,此课题的价值,方才被学界所普遍承认。

由于各种难以抗拒的因素,此课题没能按计划在90年代初完成并出版,这是一件十分遗憾的事情。若天如人愿,先生成功地实现本课题,必能开一代新风,再次领导学术潮流。艺术史上的大师,其"衰年变法",往往令世人惊诧不已,并为后世开无限法门。可惜,先生未能充分展示其作为大学者的最后的辉煌。

在我看来,学术史上的王瑶先生,除了中古文学研究和现代文学研究这早有定评的两大功绩外,还必须加上意识到但尚未来得及展开的学术史研究。行文至此,涌上心头的诗句,竟是"出师未捷身先死,长使英雄泪满襟"。

六 为人但有真性情

"魏晋风度"和"五四精神",不只是王瑶先生的治学范围,更是其立身处世之道。从第一次拜访起,我注意到,王先生客厅里一直挂着鲁迅《自嘲》诗手迹和题有《归去来兮辞》的陶渊明画像。我想,这大概可作为王先生精神、

[①] 陈寅恪:《陈垣〈敦煌劫余录〉序》,《金明馆丛稿二编》236页,上海:上海古籍出版社,1980年。

情趣的表征。

追随王瑶先生近六载,令我感叹不已的,主要还不是其博学深思,而是其"真性情"。有学问者可敬,有"真性情"者可爱,有学问而又有真性情者可敬又可爱。此等人物,于魏晋尚且不可多得,何况今日乎? 知王先生学识渊博者大有人在,知其"为人但有真性情"者则未必很多。或许,这跟好长一段时间中国知识分子的经历实在过于坎坷,或多或少心灵都受到某种程度上的扭曲有关,也跟我最早了解王先生是借助撰写于 40 年代的才气横溢的《中古文学史论》,而实际接触又是在其本性得到较充分表露的 80 年代,漏过了中间一大段辛酸岁月有关。

我从王先生游,最大的收获并非具体的知识传授——先生从没正儿八经地给我上过课,而是古今中外经史子集"神聊",谈学问也谈人生;谈学问中的人生,也谈人生中的学问。在我看来,先生的闲谈远胜于文章,不只因其心态潇洒言语幽默,更因为配合着先生的音容笑貌,自有一种独特的魅力。先生习惯于夜里工作,我一般是下午三四点钟前往请教。很少预先规定题目,先生随手抓过一个话题,就能海阔天空侃侃而谈,得意处自己也哈哈大笑起来。像放风筝一样,话题漫天游荡,可线始终掌握在手中,随时可以收回来,似乎是离题万里的闲话,可谈锋一转又成了题中应有之义。听先生聊天无所谓学问非学问的区别,有心人随时随地皆是学问,又何必板起脸孔正襟危坐? 暮色苍茫中,庭院里静悄悄的,先生讲讲停停,烟斗上的红光一闪一闪,升腾的烟雾越来越浓——几年过去了,我也就算被"熏陶"出来了。

王先生晚年写文章不多,而且好多绝对精彩的议论也未必都适宜于写成文章。我一边庆幸自己有"耳福",一边叹惜受益者太少。好几次想做点笔记或者录音,又嫌破坏情绪,无法尽兴而谈。1989 年年初,我和师兄钱理群商量好,拟了好些题目,想有意识地引先生长谈,录下先生的妙语和笑声,给自己也给后学留点记忆,我相信那绝不比先生传世的著作逊色。只可惜突然的变故,使得这一切都成了泡影。

王先生爱喝酒,但似乎量不大,也未见其醉过。大前年春节,先生留几位在京的弟子在家里吃饭,听说我不会喝白酒,先生直摇头:"搞文学而不会喝酒,可惜,可惜!"四十多年前,先生撰《文人与酒》一文,曾引杜甫诗:"宽心应是酒,遣兴莫过诗。此意陶潜解,吾生后汝期。"1986 年先生为陶渊明学会题辞,又引录了这首诗。先生"诗"不大作,"酒"却是常喝的。"悠悠迷所留,酒中有深味。"(陶潜《饮酒》)喝酒不见得都有什么"寄托幽深",不过是"宽心""遣兴"而已。借用先生文章中的话:"酒中趣正是任真地醋畅所得的'真'的境界,所得的欢乐。"①整天醉醺醺自然不足为法,可"终年醒"者也如陶令所讥笑的"规规一何愚"。人生总是得意时少失意时多,总有忧愁需要排遣,神志清醒而又醉眼蒙眬的"微醺"大概是人生的最佳状态。可又有谁能保证不"酒入愁肠化作相思泪"呢?酒不一定能消愁,但酒肯定能助谈兴:"寄言酟中客,日没烛当秉。"(陶潜《饮酒》)先生酒后总是谈兴倍增,而且更加神采飞扬,妙语连珠,我自惭不解酒味,可喜欢看先生饮酒,不为别的,就为先生的神聊将有超水平的发挥。如今,这一切也都成了过眼烟云。

学术上先生相当宽容,只要能言之成理就不再苛求,因此带出来的研究生颇有不守规矩者。可对人生,王先生却并不怎么宽容,甚至可以说有点峻厉。几十年风风雨雨,多的是恩恩怨怨,先生不放在心上,并非健忘,而是推己及人,感叹"我在那位子上也许也会这样作"。可理解人性的弱点并不等于泯灭是非,先生谈到有些人和事时声色俱厉,就因为其并非"身不由己",而是"人品问题"。先生喜欢品评人物,也喜欢谈论轶闻琐事;不只是因其有趣,而是安危显大节,琐事见性情。先生往往于一些并不怎么起眼的小事中分析、判断一个人的性格、趣味和才情,而且确实有先见之明。我相信先生此等"识鉴"的本领是从魏晋文人那里学来的。与此相关的是先生那么多广泛流传的"隽语",几乎每个历史时期先生都有一两句名言流传下来。喜欢把深刻的生活感受凝聚成甚具幽默感而又容易记忆的简短句子,除了自身的敏锐和机智外,我相信跟《世说新语》的影响不无关系。多少人一辈子说不出一句属于自己的有意思够水平的"好话",先生却留下那么多耐人咀嚼的妙语,怎能不令人羡慕?

王先生为人坦荡、达观,但又有点高傲、任性,有时甚至近乎专断——这一点子女及弟子的感受可能与外人不同。先生明显"内外有别",对一般朋友和客人注重礼节,可对子女和弟子却从不讲客套,批评起来一点不留情

---

① 王瑶:《文人与酒》,《中古文学史论》163 页,北京:北京大学出版社,1986 年。

面,不止一个弟子被当面训哭。先生从不当面夸奖学生或者问寒问暖表示关心,似乎高傲而又冷漠;但大家都知道先生很有人情味,只是不愿表露。先生常暗地帮助学生解决实际问题,可当面偏又装得若无其事,决不允许向他道谢。这样一来,出现一个有趣的现象,先生和他众多弟子都不习惯于那种表面的"热情洋溢",见面时反而不如不见面时亲热。尤其是近两年,每次去见先生,先生都会兴奋或者惋惜地诉说,他哪一个弟子大有长进,或者哪一个弟子哪一篇文章写得不大理想。去年夏天的一个晚上,先生突然把我找去,告诉我他对我最近发表的几篇文章很满意,随后又为我写了一幅字:"讵关一己扶持力,自是千锤锻炼功——读君近作书此志感",真的让我有"受宠若惊"的感觉。那个晚上,先生听我谈了我学术上的设想,然后才说:"本来我不给已经毕业的学生指什么路,每个人都应该自己去闯。既然你征求我的意见,我就谈些想法供你参考。"令我惊讶不已的是,先生是从我的性情和气质说起,然后才逐步转到如何在学术上发展自己。我乘机问了一些他对其他弟子的看法,先生实际上为弟子们想了很多很多,只是怕影响弟子自己的选择,一般不直接表示。

王先生最后一次跟我谈学问,是在1989年初冬时节。针对有人怀疑先生主持的国家"七五"科研项目"近代以来学者对中国文学研究的贡献"的价值,先生再次谈了学术史研究的意义,以及撰写中应注意的若干问题,并吩咐书出版时可定名为"中国文学研究现代化进程"。当我谈起从梁启超、王国维、鲁迅、胡适以来,百年中国学术界,颇给人一代不如一代的印象时,先生感慨良多,最后只说了一句:"路要自己选择,认清了就一直往前走,不为时尚所动,也不用瞻前顾后。"

这话包含着一代学者的辛酸苦辣。王瑶先生在学术上是有遗恨的,以先生的才华,本可在学术上作出更大的贡献。"文革"后先生曾有一个大的研究计划,可终因年迈精力不济而无法实现。他常说,1957年以前他每年撰写一部学术著作,1957年至1977年这20年却一部著作也没出版。大家都说耽搁了,可耽搁在人生哪一阶段大不一样,正当创造力最旺盛的时候被迫搁笔,等到可以提笔时却又力不从心,这种遗恨只有个中人才能理解。先生再三叮嘱,大环境左右不了,小环境却可以自由创造,起码要自己沉得住气。

王瑶先生七十五诞辰时,我曾戏拟了一副祝寿的联语:"清茶三盏纵论天下风云说了自然白说,烟斗一根遍打及门弟子挨过未必白挨。"如今,先生走了,再没有人拿着烟斗敲打我们这些有出息的、没出息的及门弟子了。

我不能不谨慎着我的每一个脚步……

1999年7月9日连缀若干旧文而成,借以纪念先生逝世十周年

(此文第二节初刊《文史知识》1993年1期;第三节原题《中古文学研究的魅力——关于〈中古文学史论〉》,收入拙著《文学史的形成与建构》,广西教育出版社,1999年版;第四节初刊《书城》1995年3期;第五节初刊《光明日报》1997年2月12日;第六节初刊《鲁迅研究月刊》1990年1期。修订稿最初收入拙著《北大精神及其他》,上海文艺出版社,2000年版)

编　后

陈平原

　　转眼间,王瑶先生(1914年5月7日－1989年12月13日)去世已将近二十年了。随着时间的流逝,即便是及门弟子,也都走出了单纯的怀念,而习惯于从思想史、学术史上谈论"学者王瑶"。记得先生去世十年时,孙玉石、钱理群、温儒敏和我合编过一册纪念文集,在《编后记》中有这么一句话:"这本《王瑶和他的世界》的出版,或许能够帮助年轻的朋友了解王瑶的'人'与'学术',走近他的世界。这大概也是一种精神的传递吧:我们确实是这样期待着的。"说是"期待着",也就等于承认,这不一定能成为"现实"。在一个"江山代有才人出,各领风骚三五天"的时代,恭恭敬敬地与往圣先贤对话,认认真真地阅读其著作,并努力走进"他们的世界",很可能不被看好。可除此之外,我们难道还有什么捷径可走?

　　当然,对于一般读者来说,动辄十卷八卷的"全集"似乎更适合于收藏,而不是捧在手上仔细品读。在这个意义上,再伟大的学者,真正流通的恐怕都只能是其"作品精选"。十年前曾作为"北大名家名著"刊行的《中古文学史论》和《中国现代文学史论集》,就是这样的好书。只可惜限于篇幅,加上楚河汉界,王先生的好文章,仍有很多"养在深闺无人识"。有感于此,我特意商请北大出版社,除重刊上述或"考古"或"论今"的二书外,增列一论题"从古典到现代"的新书。

　　十几年前,我曾在文章中提及,先生晚年为台湾的大安出版社编过一部自选集,题目就叫《从古典到现代》,拟收入他在古典文学和现代文学两个研究领域的若干论文。只可惜后来书局出于销售考虑,未采用这个书名。"表面上兼收两个研究领域的论文,有点紊乱;可这正是先生一生的学术追求及长处所在。这主要还不是指研究范围,而是指学术眼光:以现代观念诠释古典诗文,故显得'新';以古典修养评论现代文学,故显得'厚'。求新而不流于矜奇,求厚而不流于迂阔,这点很不容易。"(参见本书附录《念王瑶先生》)当初写文章全凭记忆,后来发现王瑶先生给大安出版社的书札,原稿上写得清清楚楚,初拟的书名是《中国文学:古代与现代》。这回北大新书采用了先生自拟的书名,既是为了表达对逝者的敬意,也是有意凸显王瑶先生的治学路径。

　　全书共收长短文章四十则,分为五辑。前三辑意思显豁,无须赘言,有必要略加辨析的是后两辑。第四辑文章写于四五十年代,带有明显的时代印记,但潜藏其中的学术趣味仍值得关注。第五辑所收杂感,时间跨度很长,隐约可见先生学术思路的变迁,其中《王瑶教授谈发展学术的两个问题》并非正式文章,可涉及其"衰年变法",不能不收①。在我看来,学术史上的王瑶先生,除了中古文学研究和现代文学研究这早有定评的两大功绩外,还必须加上意识到但尚未来得及展开的学术史研究。单凭这短短的"发言纪要",确实无法体现王先生晚年重新披挂上阵、横刀立马、开疆辟土的气概与情怀。这也是我不揣冒昧,收入拙文《念王瑶先生》作为附录的缘故。拙文对于学者王瑶的描述,基于一己之眼光与趣味,且考虑到有诸多师长的精彩文章在前,写作时不免多有趋避。故而,若希望全面了解王瑶先生的"人"和"文",除八卷本的《王瑶全集》(河北教育出版社,2000年)外,建议有心人同时翻阅《王瑶先生纪念集》(天津人民出版社,1990年)、《先驱者的足迹——王瑶学术思想研究论文集》(河南大学出版社,1996年)和《王瑶和他的世界》(河北教育出版社,2000年)三书。

　　本书的编选,得到师母杜琇老师的授权,并得到孙玉石、王得后、钱理群诸先生的指导,特此致谢。

2008年2月5日于香港客舍

---

　　①　考虑到《念王瑶先生》第四节"最后一项工程"已引录此谈话的主体部分,为避重复,不再收入。